大胶济

① 失路惊魂

胶济铁路长篇历史小说三部曲

戚斌 著

山东人民出版社·济南
国家一级出版社 全国百佳图书出版单位

图书在版编目（CIP）数据

大胶济.1,失路惊魂/戚斌著.--济南：山东人民出版社,2024.5
ISBN 978-7-209-15116-0

Ⅰ.①大… Ⅱ.①戚… Ⅲ.①长篇小说－中国－当代 Ⅳ.①I247.5

中国国家版本馆CIP数据核字（2024）第096372号

大胶济（1） 失路惊魂
DA JIAO JI（1） SHILU JINGHUN

戚　斌　著

主管单位	山东出版传媒股份有限公司
出版发行	山东人民出版社
出 版 人	胡长青
社　　址	济南市市中区舜耕路517号
邮　　编	250003
电　　话	总编室（0531）82098914
	市场部（0531）82098027
网　　址	http://www.sd-book.com.cn
印　　装	山东新华印务有限公司
经　　销	新华书店
规　　格	16开（169mm×239mm）
印　　张	27.75
字　　数	452千字
版　　次	2024年5月第1版
印　　次	2024年5月第1次
ISBN 978-7-209-15116-0	
定　　价	158.00元（全三册）

如有印装质量问题，请与出版社总编室联系调换。

没有哪一次巨大的历史灾难，
不是以历史的进步为补偿。

目　录

第一章 / 001

第二章 / 083

第三章 / 177

第四章 / 243

第五章 / 279

第六章 / 395

失路惊魂

第一章

1

锡乐巴接到张之洞的电报后,陷入了极度的困惑之中。他预感到有大事可能正在发生或者已经发生。"派洋员锡乐巴速来问询相关事宜。"这是一种公事公办的口吻,其中所透露出来的不满甚至是愤怒只有锡乐巴本人能够体会得出来。以他与张之洞的交情,无论于公于私都是可以换一种表达方式的。但张之洞采用了一种最为陌生或者最生硬的方式传唤锡乐巴迅速回汉口让其讲述某件他尚不知情的事。

锡乐巴还不知道,德国军舰于1897年11月14日占领了胶州湾,更不知道张之洞正是为此事召他回来。此时的锡乐巴正受命考察卢汉铁路北端线路,这是张之洞在卢汉铁路建造中遇到的最棘手的问题。本月初,张之洞已领衔向朝廷上奏了卢汉铁路由湖北进入河南后的选线方案。方案本已确定,但锡乐巴看得出来,张之洞仍举棋不定,犹豫不决,总怕有不妥。果然,张之洞很快便再次派锡乐巴到楚豫交界的武胜关一带实地勘察,做最后确认,确保万无一失。

按照传统驿路,出汉口后直接向北经襄樊、南阳即可到达郑州。但是,锡乐巴等人经过实地考察后,却提出了另外一条线路,就是从汉口直接向北经孝感、武胜关、信阳到郑州。后者的线路较前者短三百余公里,是最划算的,但武胜关一带地形复杂,筑路难度大。两者之间优劣同在,只有专业的把握和对比才能确认其合理性。这是锡乐巴的专长,他的建议是后者,并且正是张之洞在奏折中所采纳的方案。锡乐巴以其精准的专业计算说服了张之洞,以造路每里两万计,襄阳一线须多费六百四十万两,以养路每里两千计,襄阳一线须每年多费六十万六千两。这些具体的数据对比,使得合理性得到充分认定。对经费拮据的铁路公司来讲,这无疑最能打动张之洞。张之洞对锡乐巴专业能力有着绝对的信任,这也成为他上奏朝廷确定选线的重要依据和底气所在。

锡乐巴明白,尽管如此,张之洞对卢汉铁路的选线偶尔还会处于摇摆不定的状态。在他看来,这种摇摆不定除却专业方面的因素外,很大程度上还是因为他有着更多的政治考量。由容闳提议修建的津镇铁路突然间加快了速度，并且朝野上下对"举津镇缓卢汉"的呼声渐成一气，让张之洞感受到了巨大压力。自津镇铁路修建动议提出后，张之洞持坚决否定态度，这是因为津镇铁路与他正在筹划修建的卢汉铁路会呈并行之势，必然会在将来的运营中形成竞争。在张之洞看来，两条南北并行且相距不远的铁路，必然会带来对资源的恶性争夺，导致两败俱伤。所以，张之洞坚决反对津镇铁路的修建。两条铁路孰先孰后、建谁停谁已经演化成政治矛盾，并逐步变得剑拔弩张，无法调和。

锡乐巴回避进入政治层面的博弈，他让自己的思路止于政治界限之外，他知道其中纠缠的利益关系绝非他一个外籍专业工程师所能理清的，妄加评价，会惹是非。他很明白哪些是自己该做的，哪些是自己不能做的。锡乐巴在处事分寸把握上的精准也是他深得张之洞信赖的原因之一。其实，这种分寸感无非锡乐巴一种刻意从专业角度处理问题的方式，只从专业角度思考问题，尽量不介入中国政治纷争是他的原则。同时，也只有他自己知道，自己所具有的那种特殊身份使他必须时刻保持一种高度的警惕和戒备。

张之洞为何匆匆召自己回来？而他所派遣自己复核线路走向的任务实际还没展开，有什么事情比此事更为他所关注？

回到汉口，锡乐巴稍作休息，便前往湖广总督府拜见张之洞。而在此期间他已经听到了德国军舰占领胶州湾的消息。这着实让他大为震惊。难道张之洞会为此事召他？本来他想打探更多细节，但碍于环节过多，事处机密，一时也难以搜集更多信息。况且张之洞召之甚急，还是先去拜见听命为要紧。

下午四时，锡乐巴怀着忐忑的心情走进湖广总督府。张之洞的午觉雷打不动，且一觉睡到下午四时，那才是张之洞新一天的开始。在此之前，张之洞绝不见人。锡乐巴熟悉这一规律，因此所把握的时间节奏也便非常精准。张之洞醒来吸了一袋烟，精神头刚好，听说锡乐巴来了，马上召至后宅相见。

虽然在召他回来的信中满是公事公办的意味，但从召见的地点还是可以看出两人关系的亲近与私密。锡乐巴进到后堂，张之洞双目炯炯，却并不直视他，自顾问："听说了吗？"

锡乐巴有点摸不着头脑，沉吟片刻，疑惑道："……大人是指？"

张之洞鼻孔里"哼"一声,带着不屑说:"山东。"

锡乐巴已经习惯了张之洞的这种行为方式,他的不满当然不是指向他,而是事情本身。

锡乐巴听张之洞如此之说,知道自己猜对了,果然是东亚舰队占领胶州湾之事。但此事对他来说,非但不知情,反倒较张之洞得到的消息更迟。所以,他不可能给张之洞提供更有价值的信息。

他略正正身子,实事求是地说:"大人,这事……我并不知情,只知道之前有两名德国传教士在山东巨野磨盘张庄被杀,当地的安治泰大主教震怒,要求山东巡抚衙门缉凶赔偿。没有想到会有德舰占领胶州湾之事。"

张之洞目光游离,锡乐巴的回答在他意料之中,虽然他因此事紧急召回锡乐巴,但冷静下来之后也知道身在偏僻之地的锡乐巴未必能提供更多信息。锡乐巴所说的巨野之事,之前他已接到专报,但并未给予关注。教案在曾国藩时期最盛,甚至到了动摇国本的地步,这些年虽时有发生,但已非中外间的主要矛盾,大家更愿意把它作为普通民事诉讼事件来处理,而不愿上升到政治层面;更愿意息事宁人,而不愿意激化矛盾,因为这对谁都不会有利。所以,在张之洞看来,巨野教案也会被导入这样一个轨道进行处置,惩凶赔款,费些周折而已,不至于酿成大祸。没想到,实际情况并非如此,接续而来的德军占领胶州湾成为巨野教案发生后的连锁反应,如果事态扩大的话,其严重程度将会远远超过教案事件本身。

张之洞道:"你认为教案与胶州湾的事会有必然的联系吗?"

锡乐巴不知如何回答。从直觉上判断,其中一定有着某种关联,但因为缺乏更多信息支持,并不能得出两者之间必然的逻辑关系。另外,作为德国人,他不愿作出德国以巨野教案为借口武力占领胶州湾这样的判断。

但此时的锡乐巴又不能不回答张之洞的问话。以他对张之洞的了解,他非但要回答,还必须以最真诚的态度应对,否则会被对方好不客气地呵斥,对方甚至会拂袖而去。锡乐巴尽管对此已习以为常,但他还是不愿意让这样尴尬的局面出现,便说:"实话说,我无法判断两者间的关系,但德国政府一直想在中国东部沿海谋求一块殖民地却是人所共知的,大鹏湾、胶州湾等处都是选项,或许,这可能是最后的选择。"

张之洞听罢长叹一声,摇摇头,气愤与无奈尽在其中。当然不是针对锡乐巴,而是针对德军占领胶州湾这件事。锡乐巴是真诚的,这也是他在众多洋员中格外受到青睐的一个重要原因。仅在汉口为办铁厂修铁路，张之洞就聘请了英德法比等国的几十名洋员，这些洋员或懂铁路或懂冶炼或懂枪械制造，都是专业中的翘楚，却极少有人能够如锡乐巴这样与他坦诚相见且不卑不亢。或慑于他的威望或顾虑于他的怪癖，这些洋员见了他或谨小慎微怯于言谈，或敬而远之避之犹恐不及。唯独锡乐巴愿意和他做专业上的交流甚至是学术上的争论，这让张之洞很是愉悦，加之锡乐巴非常善于把握分寸，很多问题尽管争论激烈，但最终不但会让张之洞心满意足地有个台阶下，还会以自己某种程度上的退让使张之洞得到与一位外国人争论胜利后的满足感。锡乐巴总是会把这一切做得顺理成章，不落痕迹。

　　锡乐巴对此事并不知情，这在张之洞的预料之中。他之所以怒气冲冲地把锡乐巴召回来目的有二。一方面是作为对德国不耻行径的本能反应，禁不住要拿一位亲近的德国人是问。这是他基于与锡乐巴的良好关系做出的任性反应。另一个方面，更为重要的是，他知道锡乐巴身份特殊，他需要通过锡乐巴的个人渠道了解更多不为人知的消息，以帮助自己做出更准确的判断。

　　锡乐巴不但以坦诚和耿直赢得他的器重，而且他很明白锡乐巴所具有的特殊背景，这是可以在关键时候加以利用的。锡乐巴对他除却专业上的帮助外，还在于其观察欧洲经济形势所独有的不为常人所具备的视角和站位。另外，锡乐巴在操作一些具体经济项目上提出过很多建设性的意见，当然其目的更多的是助力德国技术设备的售卖，但确实也为张之洞解除了许多后顾之忧。这是锡乐巴时有所忤而不被他怪罪的另外一个原因。有些事情只可意会不可言传。这是属于张之洞与锡乐巴之间的默契。

　　锡乐巴对德军突然占领胶州湾的看法，张之洞是认可的，锡乐巴所提及的内容也是他近期关注的焦点。锡乐巴作为一名德国人持有不偏不向的立场，他并不避讳本国政府早就隐含的不可告人的阴谋。这个阴谋，在中国官场很多人洞若观火，却是不敢轻易触碰的敏感话题。

　　甲午海战后，李鸿章舍得一张老脸、一条老命与日本外相伊藤博文在日本下关春帆楼进行了一场特殊的外交博弈，其惨烈程度并不亚于战场上的真枪实弹，拖着半残身体的李鸿章最后以被无尽地羞辱和日本浪人射出的子弹而拼出一个割地赔款的结果，让举国震惊错愕，特别是割让辽东半岛的条款，让光绪慈禧痛心裂肺，也让满朝文武大臣失魂落魄，更是激起朝堂之外的民众们一片愤慨和怒吼，甚至有杀李以谢国人的呼声。辽东半岛是清朝龙兴之地，平时禁绝外人进入，而现在却要割与东夷，既是情感上无法接受的奇耻大辱，更是国运上的天崩地陷。国人无法接受。当然，如此恶果，又如何仅仅是李鸿章造成的，其实是清政府风雨飘摇、无力自救的必然，几经裱糊的大清江山实在无药可救，想想让人不寒而栗。

张之洞对李鸿章所抱持的态度极复杂，可恨可恶可怜可憎可惜……最后归结为兔死狐悲意味的同情。谁又能挽大清于既倒？无非大家都在凭着一身残体。

后来局势的发展突起波澜，出人预料，德国竟然出手，联合俄法两国公开向日本叫板，要求日本无条件将辽东半岛交还清政府，这简直是既亡之人的救命稻草。最终的结果竟然如愿以偿，日本在德俄法三国的强硬表态和武力恫吓下把已吃到嘴的肥肉硬生生吐了出来。三国干涉还辽成为当年国际外交史上的大事件，也成就了清政府与德国之间特殊的友情和睦谊。辽东半岛的失而复得让清政府满朝文武喜极而泣，对德国更是感激涕零。但事态的发展证明，天上不会掉馅饼，给予愈大，索取的欲望也便愈大。德国人的真实目的无非自身长远利益，第一，他们不允许日本因占领辽东半岛而将势力渗透到华东、东北地区，必须遏制日本。第二，德国较于俄法两国来讲有着更深的考虑，那就是以此为条件迫使清政府在中国东部沿海地区划出一块殖民地让度德国。

1896年，李鸿章前往欧洲八国访问时，在德国受到了德皇威廉二世超常规的接待。传言德皇威廉二世当时就已经与李鸿章对在东亚设立殖民地进行了磋商。德国统一较晚，加之地处欧洲中心，面临着周边国家的威胁。为维护安全的环境，德国长期以来奉行以俾斯麦为代表的大陆政策，而德皇威廉二世上台后却欲改大陆政策为海洋扩张政策，情势迥异于前。李鸿章在德期间专程拜会了有铁血宰相之称的俾斯麦，但此时的俾相已非权倾一时的俾相，已下野退出权力中心。在东亚谋求一块殖民地成为德国国家政策调整的必然所求，在威廉二世看来是迫在眉睫的事情。张之洞对李鸿章欧洲八国之行极为关注，重点在于有传言他在俄国与财政大臣维特签订了一份中俄密约，另外便是他与威廉二世对德在东亚的殖民地问题有了深度沟通。两者都为"传言"，但在张之洞看来，无风不起浪，两件事情均干系国本，需要密切关注事态发展，并且必须考虑好应对之策，以备不测。所以说，他对李鸿章的态度是复杂的,在他看来,李鸿章既可以以自己的隐忍甚至生命捍卫国家主权,也可能会为区区小利而出卖国家利益。

张之洞边想边喃喃自语:"巨野、胶州,海靖、总理衙门、外交部、海军部……"张之洞似是漫无目的的话语间却有着某种逻辑上的联系。锡乐巴仔细听记,他知道这是张之洞关注的要点。

就这么默坐了很久,张之洞才从自己的世界里走出来。他起身在房间踱几步,说:"尽快了解相关信息,山东的事很麻烦。中德之间不应该走到这一步。"

锡乐巴说:"有切实消息再来禀报大人。"

锡乐巴离开时不忘问一句:"卢汉铁路的事,还去吗?"

张之洞干脆地说:"不去了,让他们做吧。山东的事更急。"

锡乐巴心里有数了。作为封疆大吏,张之洞虽身在汉口,但有着谋略天下的雄心和格局。锡乐巴离开后,快步往自己住处赶。事不宜迟,他必须以最快的速度为张之洞探听更多信息,越是非常时期,越需要动用一切力量为这位中国"大佬"提供有价值的报告,他深知这也是自己维持与张之洞特殊关系的重要手段。对张之洞,他从不隐瞒任何来自德国政商各界的信息,也正如他对自己祖国的忠诚一样,从来都是尽心竭力把从中国获得的情报甚至包括张之洞的一些案头文件都无条件地转达给德国政府。这就是锡乐巴的行事风格,也是由他的特殊身份决定的。

2

其实,锡乐巴还没有来得及动用关系对胶州湾事件进行了解和核实,涉及他的一些具体信息便分别由德国驻华公使馆、外交部、海军部、礼和洋行纷至沓来。虽然没有任何人明言这些信息与胶州湾事件有直接关系,但他以自己的敏感度还是把握到了其中的脉络联系。他隐隐意识到,自己的命运或许将会产生重大变化。无论是外交部对他身份的核实,德国驻华公使馆要求他尽快进京办理与劳工局的人事关系变更,还是海军部寄来的调查表,礼和洋行聘请他到山东对一条即将建设的铁路进行前期考察的聘任函……都无不说明,他将会结束在汉口为时五年跟随张之洞工作的经历,前往山东进行一项新的工作。而此时此刻,一切显然都还处于保密阶段。他知道,对任何人包括张之洞都不能透露任何消息。

而他在随后接到的一封家信中，知道了自己的弟弟锡贝德也中止了在德国某铁路公司的工作，正在由汉堡前往山东的路上。锡乐巴既生出一份迷茫与无助，也有着一种难捺的兴奋与激动，他知道已经有人开启了秘密按钮，自己的命运正在悄然发生着改变。

而现在他感到更紧迫的是，必须尽最大可能打探些有价值的信息，以满足张之洞的需求，哪怕是他已经预感到自己将会很快结束与张之洞的这份情缘，还是愿意不遗余力、倾尽一切为这位可敬可爱可憎可笑混杂一体的中国大吏服务好。

就在锡乐巴思考如何通过更有效渠道获取信息的时候，驻汉口德国领事馆打来的一个电话，让他所面临的难题迎刃而解。德国驻汉口领事贝斯先生让他尽快到领事馆一趟。锡乐巴想，不妨就先从领事馆入手。但以他的常识判断，从汉口领事馆或许很难获取更多的信息。当他来到领事馆见到一个人后，他大喜过望。此人便是德国驻华公使海靖。他万万没想到海靖会突然出现在汉口，无论官方还是民间对此均未有任何信息。他是秘密而来的？

海靖五十左右的年纪，面孔消瘦，精神矍铄，一缕短粗坚硬的小胡子愈发显出他的精干。一见面，锡乐巴就感受到了他的奔放热情，他并没有和这位刚从马来西亚来到中国任公使的同胞见过面，但对他暴躁易怒、极易激动的性格脾气早有耳闻。所以，锡乐巴尽管见到他有些喜不自胜，但还是克制住情绪，尽量少说话以免稍有不慎会引起他的不快。

果然，一切甚至都不用锡乐巴刻意去问，海靖就像竹筒倒豆子一样，干脆利落地说了出来。

海靖用激动的眼神望着锡乐巴说："你是铁路方面的专家，将会大有用武之地了。"

这话虽然说得没头没脑，但由于锡乐巴之前已经看过了这些天各处寄来的信件，所以对海靖所说的"大有用武之地"还是多少能够猜得出来的。但他并没有接这个话题，而是直接问一句："听说，德国军队占领了胶州湾？"

海靖正在与贝斯说话，听锡乐巴如此说，猛地转过头来，用一种持续的兴奋的神情望着他，说："没错，东亚舰队已占领胶州湾，德国的目的达到了。这是我们的胜利，在东亚的德国人都应该喝一杯庆祝。"

"但是，"锡乐巴装出一副费解的神情问，"我们将要长期占领下去，还是……只是对中国惩罚一下？"

海靖哈哈大笑，说："当然是长期占领，胶州湾将成为德国在东亚的据点和堡垒。它将会与英国所占领的香港一样，成为欧洲在东亚存在的象征，并且德国政府会后来居上，把胶州湾打造得比香港更出色。"

"这……"锡乐巴故作不解道，"中国政府会轻易把胶州湾给德国？"

海靖得意道："当然不会，但我们自有办法。况且，我们有战舰、有火炮，中国人会无可奈何的。亨利亲王已率领后续增援舰队从基尔港出发，不信中国人不屈服。"

从海靖眉飞色舞的样子看得出来，德国蓄谋已久的计划显然已经进入了实质性操作阶段，并且从现在来看，一切都在按照既定计划进行。

锡乐巴的心情有着些许复杂，但总体上他对自己的国家能够在东亚占有一席之地还是感到由衷的高兴，但同时对这个生活了多年的古老国度产生了恻隐之心。他面无表情道："好事，这自然是好事。"他虽然知道海靖为事件的顺利发展而高兴，但他还是觉得作为一个外交官，海靖对自己所说的一切实在有些太多了。

海靖也看出了锡乐巴细微的情绪变化，说："锡乐巴先生，我今天可以告诉你，希望你抓紧办理完相关手续，尽快到山东去。"

锡乐巴做出片刻的沉思状，他觉得涉及自己的问题是完全可以多问些的，由此可以从中得到更多信息，并且不显唐突。他说："我不知道事情……发生到怎样的地步，关于我在汉口的工作……"锡乐巴故作吞吐。

海靖丝毫没有怀疑锡乐巴会有更深一层的考虑，打断他的话说："现在国内包括礼和洋行在内的几十家洋行已联合成立辛迪加，由德华银行牵头，计划筹备山东铁路公司和山东矿业公司。占领胶澳后，一个最重要的规划就是修建一条由胶州湾通至山东省会济南的铁路，而这个规划的前期工作必须马上进入实质性推进阶段。"

锡乐巴表现出更大的不解："难道中国政府会同意德国的计划？如果谈判不能确定下来呢？是否操之过急？"

海靖说："不是操之过急，而是晚了，我们已等了太久，从中国甲午年开始，我们已经尝试实施这一计划，至此算也有三年有余，再不抓住机会，德国在东亚就会永远失去自身存在的价值，那便会永远落于英国人之后。"

锡乐巴故作思考状，然后说："我会抓紧去做。"

海靖说:"你的身份转移手续比较麻烦,还是尽快做,否则你便无法顺理成章地进入山东铁路公司。"

这时锡乐巴才明白他的下家是山东铁路公司。

中午,贝斯先生在汉江边的一家西餐馆宴请海靖公使,宴请规模是小范围的,从彼此间的交谈可以听得出,海靖先生是秘密到汉口的,包括湖广总督在内并不知道他此行的消息。宴会期间,海靖与其他人聊事情,便再无与锡乐巴的交流。贝斯先生中间刻意来到锡乐巴身边叮嘱,不要将海靖先生的行程告诉张之洞。贝斯对锡乐巴与张之洞的私人关系心知肚明,他感到有必要提醒一下,不要声张海靖的行程。锡乐巴虽然不明就里,但他知道中德两国之间的关系正处于一个极度微妙的时刻,因此也不问缘由。

宴会结束,锡乐巴直接来到湖广总督府。等到四时左右,张之洞醒来后听说锡乐巴来了,马上习惯性地将他召到后堂。他知道,锡乐巴或许会带来他意想不到的消息,每次他都不会让自己失望。

锡乐巴一五一十地把德国占领胶州湾的意图说了。他的结论是:"……德国政府对胶州湾的占领将是长期的,这显然是参考了冯·李希霍芬先生的意见。希望中国政府从长计议,切实应对……"听罢锡乐巴的一席话,张之洞大感意外。他从锡乐巴的口气和神态中判断他的信息一定是准确的,尽管他知道锡乐巴有通畅的个人信息渠道,但还是对其如此迅速准确地搞到翔实的信息感到惊奇。他突然觉得,搞清锡乐巴的信息来源甚至比信息本身更重要,便问:"消息从何而来?"

这话问得唐突,让锡乐巴犹豫了半天,这在平时,会惹张之洞不满的,但此时的情形确实并非一般,最后,锡乐巴还是说了实话:"海靖在汉口。"

此话一出,张之洞"啊"一声,惊得半天没说出话。

"他何时来到汉口的?"

尽管贝斯反复叮嘱锡乐巴对海靖的行踪要保密,但以他多年的经验判断,这种事情是不可能瞒过张之洞耳目的,况且自己已经与海靖吃过一次饭,如果张之洞了解此节的话,一定迁怒于自己。既然如此,为何不直接把这事报给张之洞,以争取他更大的信任。特别是接下来自己将会前往山东的事情,还有很多纠结,如果没有张之洞支持,恐怕寸步难行。如果在此节上开罪了张之洞,显然是不合时宜的。

张之洞的震惊在锡乐巴预料之中,对他的诘问,锡乐巴同样以实相告:

"我也不知,并且……领事馆显然是……不想让大人知道。"此话既说了实情,也道出了自己的隐忧,更表达了自己的忠诚。锡乐巴知道话说到这里足够了。

张之洞沉思半天,才缓缓点头。

张之洞知道,现在清廷处置此事的军机大臣们一定正如热锅上的蚂蚁,满世界地寻找海靖,没想到他竟在汉口!这些天,张之洞不断通过多种渠道打探山东方面的信息和清廷的处置应对之策。自从德军由胶州湾上岸,清政府就开始寻求与德国驻华公使馆的沟通,但让人意外的是,公使馆方面却表现得不急不躁,推托之意明显。负责处置此事件的军机大臣翁同龢、张荫桓,为谋求尽快解决问题,已反复跑了德国公使馆几趟,这本就有悖常理,但德国公使馆还是置外交礼仪于不顾,表现得傲慢无礼,接待两位军机大臣的竟然只是一等秘书福兰阁。福兰阁是位汉语通,对汉文化有着极深的造诣,为人谦逊,但他却并非主事之人,所以言语间除却无奈,也无非敷衍而已。福兰阁告之两人:"海靖不在北京,有事外出了。至于去哪里,我也不知。"翁同龢、张荫桓知道福兰阁前半句是真,后半句是假。海靖确实不在北京,但福兰阁不会不知道他的去向。尽管如此,却也无奈。两人知道,拖延时日是德国政府的策略,他们是想在军事占领既成事实后,再坐下来与清廷谈判。如此一来,清廷就会失去主动权,所以必须尽快找到与之"藏猫猫"的海靖,并且认定他大概率会在天津或上海躲着,因此向当地官员发出信息全力寻找海靖公使。此番情节,尽在张之洞掌握之中,只是他没想到,海靖竟然出现在汉口。中德战事即起,谈判在即,海靖远避湖北,实在不知他葫芦里卖的什么药。想到这里,他对锡乐巴的坦诚与忠心感到极为满意,觉得与这位洋员之间确实有着可遇而不可求的缘分。他投给锡乐巴一份赞赏的目光,这在平时是绝少有的,哪怕是他对你有好感或在某件事上极具赞赏,脸上也不会有半点真实情感的流露。

锡乐巴感到一丝欣慰,但这种欣慰瞬间便消失得无踪无影。一种巨大的云翳迅速弥漫上心头。

此时此刻,锡乐巴最大的不安是自己将要离开汉口之事如何向张之洞启齿。他翻来覆去想了多种方案,但每个方案都有失妥当,这让他陷入了巨大的精神煎熬之中。如果是一般洋员遇到此类情况,尽可以以公函方式名正言顺地提出辞职。但是,以他与张之洞的特殊关系,在履行官方手续前,必须找到个名正言顺的理由向张之洞禀明才行,否则,不要说他的调离请求会被

失路惊魂

张之洞否决，张恐怕还会迁怒于他，两人多年建立起来的私人关系将毁于一旦。他非常明白张这位清廷"大佬"喜怒无常的性格。如果更深一步探究，这么多年来两人共同参与处置了很多隐秘之事，如果张之洞有所猜忌，后果不堪设想。

锡乐巴知道，在这件事情上他必须找到充分的理由才能向张之洞提及，否则，他将会极为被动。如果说，之前他与张之洞无话不谈，从无隐瞒任何事情，那么在这件事情上，他显然不得不先隐瞒下来，等他找到合适的理由和时机时再说不迟。但事情显然很急，一时又无法找到合适的理由，这让他极度不安，心乱如麻。

张之洞对锡乐巴细微的心理变化洞若观火，但他绝对没想到锡乐巴会有离开自己的想法，此时此刻，他只是认为锡乐巴的局促不安源于德国人对胶州湾的入侵，他没有往其他事情上去想。

锡乐巴知道一时不能将心里的想法坦白，也怕自己的不安情绪会让张之洞疑心，便适时告退。他现在亟须要做的，是找到一个离开汉口的借口，既在公事上合情合理，也从私人感情上能够得到张之洞的理解和认同。

3

这事非常难，越是往深里想，越是无法打通其中的症结。锡乐巴困顿不安。最绕不过去的是时间节点。这个时刻提出离开汉口前往山东并且是要去修建另外一条铁路，而据海靖的说法这条铁路一定会出现在将来要签订的条约里面，那痕迹就太过明显了，或许张之洞还会以此认定，自己参与到了德国人的这个巨大阴谋之中，至少自己对事件的发生在局部上是知情的，而在此之前，他曾说过对于德国占领胶州湾一无所知。作为帝国的一个棋子，他无法绕开这样一个落子的时间节点，因此也便无法摆脱和解释自己在这个阴谋之中所扮演的角色。况且有些事情，无论他对于张之洞如何忠诚都是无法直言相告的，需要对方无条件理解宽容，而这一切对于自私偏执的张之洞来说，显然是很难接受的。

他从位于汉阳铁厂不远的住处走出。汉口的辽远宽阔隐在了夜色中，只有点点帆船上的灯光和偶尔传来的汽船鸣笛声还可以拓展着人的想象。锡乐巴太爱这块土地了，每当事闲之际他便会来到这条小路散步，起初是排遣对故土的思念，时日久了，他突然发现了这块长江与汉水交汇之处的壮美与雄伟，也逐渐在这种山河美景中找到灵魂的凭依和救赎，他渐渐爱上了这块山峦起伏、汉江交融、风景如画的热土……但是，现在他要离开了。这么晚的时间，他从未走过这条小道，况且现在正是寒冷的冬季，凛冽的风里挟裹着让人无法忍受的潮寒，尽管如此，锡乐巴还是在这条看不见的小道上绕了几个来回，纾解着即将离开此地的不舍，也尝试着找到一个适宜的借口和理由让自己脱身。

锡乐巴知道，极少有人知道自己的身份，而现在将会有更多的人面对即将的揭谜而对他产生新的看法，这当然是没办法的事情，却是他不能不加以思考和面对的问题。身份的改变将会改变人们对他的认知，当然也会考虑改变与他的交往方式。这是自己，以及与自己产生交往的人需要共同面对的问题。

锡乐巴很无奈。人的命运有时并不是自己能掌控的。

四十二年前的1855年3月，锡乐巴出生于德国莱茵兰－法耳次州比特堡郡。1874年在家乡完成了高中学业便进入柏林高等技术学院学习，当时他才19岁，后来他便很少再有机会回到家乡。在柏林他选学的是工程学、建筑学，这是他的爱好也是他的志向，他因此把两门枯燥的学问读得有滋有味；24岁时，他成为一家建筑公司的工程领班；5年后，具备了政府聘发的工程技师资格。

锡乐巴的铁路生涯是从德国西部艾菲地区的支线铁路建设开始的。他已记不清是哪年参与到艾菲支线铁路建设的，只记得自己的弟弟锡贝德也是同年进入铁路建设，开始了与自己并肩作战的日子。在他的职业生涯中最让他记忆深刻的是1888年主持了科隆中央火车站的改造，该工程辐射延伸到科隆周边的铁路线路改造，除却车站改造外，他还负责起了周边铁路桥梁的建设。这项大型工程让他声名鹊起，几乎没人怀疑锡氏兄弟在建筑界特别是铁路建筑领域不可限量的辉煌前程。但是，就在科隆火车站改造工程完工不久，锡乐巴却突然接到一项特殊任命。那天，他奉命来到了外交部下属的一个不知名的部门，负责人与他进行了半天的谈话，询问了他的身世，还问了他许多对国家政策的看法，问话方式几乎是刨根问底，但锡乐巴又明显感受到对方其实早就对自己的一切了如指掌了。谈话结束几天后，他被原来的铁路部门通知不需要再到工地工作了，在家听候消息，并且专门叮嘱他尽可能不要接触其他人。本能告诉他，一项特殊的任务正在等待他去完成。但在当时，他永远都不会想到，自己将会被派往一个遥远而神秘的东方国度——中国。

虽然威廉二世对铁血宰相俾斯麦的大陆政策极度反感，并且变得越来越无法接受，但从微观政策层面，俾斯麦对于向东方渗透与扩张同样是不遗余力的。他甚至在1890年就开始秘密制订并亲自推动了一项旨在向中国实施经济侵略的计划，并由政府专门提供一笔秘密经费，支持选派铁路工程师前往中国执行任务。而因在科隆火车站的突出表现，锡乐巴进入了执行此项秘密计划的外交部负责人的视野。这次人选考察甄别格外慎重，只有两人被选中，和锡乐巴同时被选中的还有一位叫时维礼的人。

随即，锡乐巴的身份转移到了外交部，他也以突然的方式从相熟的同事面前消失。很多人大感不解，一位杰出的铁路建筑工程师为何会如此不明不白地消失？

1890年，锡乐巴、时维礼在外交部参加完短期培训，接受了前往中国的任务。直到这时，锡乐巴才恍然明白，在堂而皇之的外交官的身份掩护下，他的主要任务是"观察中国在铁路技术上的动向"。5月份他来到上海，后经天津，前往北京公使馆担任秘书。

在北京的日子，看似轻松，却是为以后打基础的关键阶段。他的主要任务是学习汉语和熟悉中国文化，足迹遍布大江南北，遍识中国各阶层人士，熟知中国地理地质状况，不知不觉间已成了一位中国通。在学习游历的同时，锡乐巴接触并参与到了一些实业操作，他在铁路、工程建设方面的才华为当时的铁路督办大臣盛宣怀所赏识，当张之洞由两广总督调往汉口任湖广总督时，由于积极推行洋务新政，亟须洋务人才，盛宣怀便推荐锡乐巴到张之洞麾下协助处理洋务事宜。

锡乐巴到任后，运用既有的专业知识加之到中国后在官场商界的多阶层历练，各项事务办得井井有条，自成章法，先后参与了大冶铁路、大冶铁厂设计，还承建了一座汉口江防上的军事要塞。他的出色表现屡屡让张之洞眼前一亮，于是便逐渐被委以重任，他与诸多洋员一起参与了卢汉铁路的前期勘察。后来，张之洞署理两江总督，便又调锡乐巴规划勘察和负责筹建淞沪铁路。张之洞回任后，不愿意锡乐巴这样的人才为他人所用，迅速将他调回卢汉铁路进行北段的勘察，正是他以精到的专业能力力主卢汉铁路改变传统的陆路走向，从汉口直接向北经孝感、武胜关、信阳到郑州，最终确定了卢汉铁路北段的选线。锡乐巴在张之洞幕下如鱼得水，张之洞也因为有了锡乐巴的相助而处处得心应手。两人之间越来越超出了一般官吏与雇员之间的关系，形成了一种亦官亦友的特殊关系。锡乐巴常常在张之洞面前畅所欲言，并且能够在一些专业问题上坚持主见，哪怕时有触犯之举，但每每总能证明其主张的正确性，所以尽管张之洞口头上不认输，实际上对锡乐巴越来越欣赏，时间长了，对他的建议几乎到了言听计从的地步。锡乐巴虽然有着专业上的固执，但他还是特别照顾张之洞的感受，总是把话讲明白后，便顺势下坡，给足总督面子。张之洞当然领情。其实对张之洞来说，他除却欣赏锡乐巴的专业能力外，他感到锡乐巴与其他洋员最大的不同是其游刃有余的协调和管理能力。专业能力与管理能力的结合是锡乐巴最大的优势，这让他的专业能力如虎添翼，也让他的协调能力无懈可击，这是很多洋员不能做到的。

关于锡乐巴的身份问题，张之洞早就有所怀疑，但他非常明白，像锡乐巴这样由外交部派出的洋员，如果没有特殊背景反倒不真实，但他不愿意对此深究，他追求人为我用。其实在他身边具备这样身份的人也不止锡乐巴一人。彼此之间都存了各取所需的想法而已。尽管彼此间的信息互通有时会有损国家利益，但如果没有利益的互移，没有彼此间的信息流动，那么如何才能做到彼此受益？任何事情都不可能只是单向流动的。锡乐巴对欧洲诸国各类军事、铁路技术设备的优劣评判有着非常独特的见解，时常让张之洞有豁然开朗之感，张也乐得从他的建议中购置所需的技术装备，常常可以解燃眉之需。而锡乐巴从与张之洞的谈话中可以精准地预测中国在铁路、军事等方面诸多的政策变化和装备需求，以此向德国外交部提供经济情报，使德国企业有的放矢地组织研发，以满足出口需要。锡乐巴经常会把自己与张之洞的谈话要点整理出来，送交公使馆转德外交部，成为国家经济外交政策的依据。

张之洞与锡乐巴之间就是这样一种互为利用的关系，并且在这种关系的基础上又建立起了特殊的个人情感。

在之前所形成的和谐的关系下，一切都可以继续沿着默契的思路继续前行，但当他面对不得不离开的抉择时，一切便都无法隐瞒。

他又逐次打开摆在桌上的信，这时的他已经将事情的来龙去脉梳理出了一个大概的头绪。礼和洋行在即将要成立的山东铁路公司中为他谋得了一个在胶州参与具体管理一条铁路的职位，而在此之前，他需要提前介入到这条铁路的选线与勘测之中。这让他又想到了11月14日德军的占领行动，显然是蓄谋已久的。不然的话，怎么会在没有结果的情况下，提前把筑路计划提到议事日程。海靖的身影又在他眼前闪过。然后是外交部的信函，他必须按照外交部的要求将自己的身份转移到劳工部。因为对于到辛迪加任职的员工必须由劳工部派发相关证明才合法。如此一来，他之前在汉口的工作便会暴露无疑，他会迅速被人怀疑是在为外交部窃取情报而工作。他和张之洞之间的默契便会被打破。等一切手续办妥后，他才能将自己洗白，才能接受礼和洋行的聘任参与到山东铁路的勘测之中，继而等中德之间的谈判结束后，他才能到那个目前尚不存在的山东铁路公司任职。这是他身份的打开方式和转化逻辑。

说一千道一万，张之洞这一关如果不能顺利过，其他一切都无从谈起。

4

无疑，德军占领青岛的直接诱因是两名德国传教士被杀。祸起于山东西南部巨野的一个小村庄磨盘张庄。磨盘张庄是再普通不过的北方村庄了，但是它与中国传统村庄所表现出来的迥异之处在于有一座雄伟的基督教堂。教堂让这样一个村庄成为传统意义上的异类，也从某种程度上解读着西方教会对中国传统文化的强烈的渗透意愿。巨野与中国儒家文化中心曲阜近在咫尺，德国天主教圣言会把传教的主要领域放在曲阜周边，大主教安治泰安身于与曲阜毗邻的兖州，巨野在他传教的核心覆盖范围之中。

教会鼓励教民的行为，他们恃有教会撑腰，以教民身份挑事端、惹是非，甚至介入村民家族纠纷、房产之争，而官府知道对涉及教民的事无法公判，避之犹恐不及。所以这些年教会与村民之间时起纷争，已完全没有了前些年教会诸事忍让、以爱化人的行事风格和仁爱做派，有些矛盾纠纷甚至演化成激烈的冲突，变得不可调和。村民与教会成了死对头。

在这样的背景下，韩·理加略和能方济两位传教士被磨盘张庄村民杀了。

磨盘张庄天主教堂的驻堂传教士是德国人薛田资。此人并非中规中矩之人，在巨野一带时常代教民行事，插手村庄事务，特别是与教民沾边的，更是打着护教名义，指手画脚，颐指气使，早就引起公愤。不时有村民告官，但官府也拿他无奈，每次都采取息事宁人的态度，得过且过，不愿惹是生非。由此愈发引得村民不满，时间长了，矛盾变得激烈。前些日子，曹家庄村民曹作胜因翻修房屋比邻居房屋高出了几分，引起纠纷。薛田资又出面打抱"不平"，竟然逼迫巨野知县许廷瑞现场处置，逼着曹作胜拆下一层青砖，把高度降下来才作罢。曹作胜由此暗地里联络村民，决计要把薛天资"解决"掉。曹作胜的提议得到了很多村民的响应，一股充满杀机的暗流开始向薛天资涌来。

1897年11月1日，天气阴冷，彤云密布，鲁西南的空旷与疏落弥漫出一种沉寂与压抑，地里的庄稼活已经结束了，村民们大多在自家围炉烤火，无事可做。村民又开始议论起了薛天资的所作所为，曹作胜又在走村串巷继续鼓动村民行事。这天，曹作胜备了酒菜，几位相契之人越喝越尽兴，越喝也越向着那个蓄谋已久的计划靠拢，并最终形成共识，将思想统一成了一个具体的行动方案。今晚行动，把薛田资"做"了。

薛田资这些天心里总有种恐慌感，似乎会有什么事情要发生。韩·理加略和能方济的到来让他很开心，至少有人可以聊聊天了。当他听说，两人要到平阴一带为中国教徒治病，便执意让两人留宿。两人的安排也并不着急，见热情备至的薛田资盛情相约也便住了下来。韩·理加略内向，并不喜聊天，且所聊皆为教义，并不做过多延伸。能方济恰恰相反，性格脾气与薛田资相仿，除却教义的交流外，更关注中国政府和民众对教会的接纳与排斥的话题。

天很快就暗下来，薛田资尽最大可能给他们提供了好的吃食。聊到有了困意，三人才准备休息。由于教堂没有客房，薛田资便让韩·理加略与能方济住进自己的卧室，他自己抱着铺盖到门口的杂物室睡下。杂物室里放了些草料，可以御寒。

曹作胜等人是下半夜开始实施对薛田资的谋杀的。村民对薛田资的起居习惯早就熟悉，所以直奔他的卧房而去，他们并不知道这天有两个教士突然来到教堂并住进了薛田资的卧房，所以当他们在深夜时分悄悄翻墙而入并且不顾头脑地对着床上的一团黑影一顿狂砍猛剁时根本没有想到杀错了人。

韩·理加略和能方济在睡梦中成了冤鬼，当一声声惨叫在寂静的夜里传出，睡在杂物间的薛田资惊出一身冷汗。他早就听人说有人要杀自己，但他以德国人的傲慢和自负认为这无非村民脆弱的威慑，包括地方官员都拿他没办法，村民敢做出出格的事来？他根本就没放在心上，但此刻他突然感受到了死亡原来真的就在眼前，也为两位过路神父替他担了这分罪责而惶恐。

薛田资在惊恐中等到天亮，才从杂物间爬出，见四周无人，便战战兢兢挪到卧房去看究竟。

眼前的一幕实在太过恐怖。韩·理加略和能方济一人横卧床头，被砍得血肉模糊，凝固的血把人塑造成一个惨不忍睹的模样，另一个人匍匐在地，身首似断还连，让人毛骨悚然。薛田资跟跟跄跄走出来，顿觉天旋地转，太阳升起来，模糊的光晕让他感到迷离，教堂的十字架似乎瞬间折断，向他头骨倾斜而来……

5

总署接到消息时，距离教士被杀已是五天后的事了。让人不可理解的是，此时远在万里之遥的德国，皇帝威廉二世反倒更早知道了这一消息。也因此在第一时间利用这起教案开始大做文章，武力占领胶州湾的事迅速进入实施阶段。

总署之所以如此迟钝近乎失聪，并非没有原因。从惊恐中恢复过来的薛田资在传教士被杀的当日便到巨野县衙告官。知县许廷瑞听罢大为震惊，尽管多次出现过教会与村民的纠纷，他极尽所能利用个人的智慧和拖延战术息事宁人，但没想到还是没有躲过此劫。在最初处理教民问题时他也想极力秉公办事，但经过几件事情后，他逐渐发现，无论大小官员只要涉及外国人的事都避之远矣，外国人特别是这些天天走街串巷的教士，伶牙俐齿，才思敏锐，讲起道理来头头是道，谁都不愿去触碰他们。薛田资是教士里面比较难缠的一个，并且特别愿意介入教民纠纷，以公正自许，行偏袒之实。许廷瑞苦不堪言。自己暗地里自求多福，不愿招惹他。没想到，是福不是祸，是祸躲不过，还是惹了如此大的麻烦。两名德国传教士被杀，如何向上司解释，又如何为自己开脱？许廷瑞困顿不已。

两位传教士被杀的案子在许廷瑞府前压了两天，才报至省府衙门。山东巡抚李秉衡接到呈报后，也大吃一惊，尽管他对许廷瑞极为恼火，但本能还是让他做出第一判断，大事化小，小事化了，但必须找到个合适的借口。于是，他便派出臬司毓贤前往巨野了解情况。毓贤的仕途起于巨野，他去调查事情的原委既在职司之内，又可以利用熟悉情况的优势方便行事。临行前李秉衡已把处置原则与他做了沟通。毓贤在巨野任职时，大肆捕杀义和团，只要看到有义和团痕迹，不问青红皂白，直接砍头，为此得了个"鬼剃头"的名号。他最痴迷的惩罚囚犯方式是"站笼"，把人置于囚笼中，夏天暴晒，气绝生蛆，冬天浇冷水，冻成冰柱。毓贤常常亲到现场观瞻，这给他极大快感。听说"鬼剃头"毓贤要来，许廷瑞极紧张。自两位传教士被杀后，他加紧收集传教士的种种劣迹，以备应付，心里暗自祈求毓贤大人不会节外生枝。但待见到毓贤后，许廷瑞心里的石头落了地，毓贤一副云淡风轻的样子，简单问了些情况，许廷瑞心里早就准备好的素材足够应付。他的话还没答完，毓贤就挥手不让他再说下去，但还是以责备的口吻说："发生这样的事，实在是失职。不过……唉，你要处置好，不能让人抓住把柄。听说那个薛田资很难缠，想办法安抚才是。"

这基本上就是给许廷瑞出主意了。许廷瑞深施一躬道："大人明察秋毫，实在是传教士可恶，为害乡邻，惹了众怒。"

毓贤说："说这些无用，还是得把这事压下去，尽量不要闹大。毕竟死的是德国人。"

许廷瑞忙道说："是，是。"

毓贤说："把薛田资安抚好。还要缉拿凶手。否则，没法交差的。德国人不会善罢甘休。"

许廷瑞对毓贤所说都已考虑到了，最大的问题是薛田资，想要安抚他当然极难，薛田资差点成了刀下鬼，并且他的两位同事替他挡了刀，他当然不会轻易让步。况且，他今后的人身安全更是个现实问题，他是要极力严惩凶手的。从命案发生后，薛田资几乎每天都会来找许廷瑞，过问缉凶的事，每次都情绪激动，尽是污言秽语。许廷瑞一直隐忍。其间，薛田资还多次前往兖州，显然是在争取教会力量的支持。这个结是很难解，让许廷瑞愁肠百结。

关于案犯问题，他需要从毓贤那里得一个明示，以便确定着手之处。他问："关于缉凶的事，当然会做准备，现在所有的疑点都指向曹作胜，他似乎……是组织者。"

毓贤说话总会显出一幅不耐烦的神情，摆摆手说："真的是他？也算有血性。"

只此一句话，许廷瑞便有所领会。毓贤虽残暴，但对西人的横行霸道深恶痛绝，内心里还是纵容村民的。他便说："谢大人，我知道如何去做了。"大牢里有的是身披命案之人，找几个替死鬼也不难。

毓贤刚回到省城，总署的电报就到了巡抚案头，责问李秉衡是否有传教士在巨野被杀。李秉衡"哼"一声，把电报丢在桌上，对毓贤说："军机过问了，这事瞒不住，按你的意思报吧！"

李秉衡较之毓贤更恨洋人，对传教士也无好感。毓贤报告了巨野的调查，重点还是在说传教士们如何危害乡里，激起众怒，所以才有此命案。凶手已被缉拿，待审判后立即正法。两人有着共识，所以给总署的报告也是极力掩盖事情真相，极尽淡化。

李秉衡的电报传到总署后，翁同龢读罢交给张荫桓。张荫桓读罢苦笑道："谁能信李秉衡的话，太过轻描淡写。"

翁同龢有同感，但没表态，他想观察事态发展再决定下一步的对策，但愿能够低调处理，不惹出其他事端。

但两人心里其实都非常纠结，有着一种不祥的预感，总觉得这件事似乎并不会那么轻易过去，而至于将会产生怎样的影响，现在还无从预测。两人没有再做更深的交流，彼此都以消极的心态应对后续可能的反应。

一连几天，两人都揣着心事，但事态出奇的平静。越是如此，两人却愈发惶恐，只是两人定力足够，表面看不出来罢了。

事态的发展很快便急转直下。就在两位传教士被杀两周后，德国东亚舰队从上海吴淞口出发占领了胶州湾。自甲午年以来清廷所面临的最大危机出现了。

6

张之洞的来信让翁同龢、张荫桓两位军机大臣大有久旱逢甘霖的感觉。从得知德军强占胶州湾，两人有条不紊的节奏便完全被打乱了。他们先是向德国公使馆提出抗议，对方并无反应，抗议书石沉大海。翁同龢、张荫桓只得直接到德国公使馆追问情况，但每次都吃了闭门羹，后来由福兰阁出面接待，但他直言自己并没有处置此事的授权，所以无从就此事做出任何答复。与福兰阁的对话无异于白费口舌。

在所有使馆工作人员里，福兰阁是公认的对中国最友好的外交官，甚至有人说他骨子里流淌着中国人的血。所以，他的答复唯一的可取之处是他表现出的同情。他告诉翁同龢、张荫桓，海靖不在公使馆，包括他在内都没人知道他到底去了哪里，只知道他先去天津，后到上海，但他已经从上海启程去了另外的某个地方……翁同龢、张荫桓一筹莫展。胶澳总兵章高元正面对着德军刀枪的威逼，前线的状况每时每刻都会有巨大的变数；慈禧、光绪声色俱厉的呵斥，李鸿章老奸巨猾的眼神，都让两人如坐针毡。

张之洞从汉口的来信让翁同龢、张荫桓突然找到了解决危机的线索。两人立即让总署给张之洞回电，让他立即拜会海靖，请他即刻到京，谈判交涉德军占领胶州湾事宜。

远在汉口的张之洞接到军机来信后，当然会立即去办，因为这确实是关系国家危亡的大事，没理由耽误。同时，张之洞也陷入了对清廷在处置德、日、俄关系问题上的思考，有些事情他必须想透彻才能办。张之洞对清廷的外交政策是有自己的看法的，传说上年李鸿章在参加俄皇尼古拉二世加冕典礼时曾与之签订了中俄密约，目的在于共同防范日本入侵。其实，在他看来，日本人的威胁已经过去，最大的威胁非日而为俄。俄国中东大铁路的修建，明显是针对中国所为，如果密约对此有所涉及实在不是件小事情，只是这份所谓的密约在坊间传得较盛，而官方却似乎对此讳莫如深。李鸿章从俄国到了德国，威廉二世给予了他极隆重的礼遇，包括锡乐巴对此也津津乐道。但张之洞从中看到了巨大的危机，德国人的技术、人才可以利用，但德、俄国之间千丝万缕的联系让他心底不安，德国超乎常规的热情一定不会仅仅是为了满足几位军火商向中国售卖武器装备的需要才呈现出的。

依现在的情势看，似乎德国人的真实目的已经隐隐约约露出端倪。那么李鸿章在1896年的德国之行与威廉二世是否也有过秘密协定？往深里想，确实让人心生恐怖。

张之洞叹口气，不再往下想。这些事情还是让总署操心吧，自己把该说的话说了算尽了责任，多说无益。现在他的任务就是去找海靖，转达总署的意思，希望他能尽快回北京谈判胶州相关事宜。

其中有层窒碍，那便是锡乐巴可能会因此受到影响，贝斯对他和锡乐巴之间的私人关系是明白的，他一想便知是锡乐巴把信息透给了自己。但细细想，这并非不能解释，海靖如此重要的人物来到汉口，作为湖广总督可以从任何渠道获得信息，不难为锡乐巴开脱。

正当张之洞要去德国领事馆，海靖却主动找上了门。

张之洞大感意外，而站在面前的海靖所表现出来的激动更是让他困惑不已。张之洞听说过海靖的很多奇闻轶事，他的专横暴躁更是很多人都刻意提示的。有次，在朝见皇帝时，一位叫印信的堂官为提醒海靖注意礼仪，拉拽了下他的衣襟，没想到海靖勃然大怒，认为对方是蔑视自己，大闹不已。最后，印信亲自到领事馆负荆请罪，才算作罢。此事在朝野上下盛传，彼此都有了共识，千万不要招惹此人。尽管张之洞以他的资历威望，并不把海靖放在眼里，只是现在中德处于特殊时期，还是好言相待，避免话不投机，说不下去。张之洞揖手道："公使来汉口，本官却不知，有失远迎。"

海靖怒气未消，赌气道："不知大人真欢迎还是假欢迎？"

张之洞的脸色阴沉下来，说："公使为何如此说？"

海靖从未与张之洞谋面，但早知张之洞的大名，并不敢造次，刚想说什么，见有官员上前与张之洞耳语，便赌气把头扭向一边。

张之洞听罢官员的耳语，似乎明白了海靖怒气冲冲前来的原因，带着几分歉意地向海靖点点头。原来，海靖是乘坐东亚舰队的船舰来汉口的，军舰在汉口码头停留几天，本来就引起了关注。海靖返程时，岸边竟然聚集起了大批围观者，其中有人见到有趾高气扬的德国人过来，便向舰船抛掷起石块，海靖见状大怒，一番怒喝，反倒引起更多人起哄，石块也跟着越来越多。海靖大怒，便来总督府讨个说法。张之洞暗想，这个海靖果然与众不同，如此缺乏涵养的西人少见，特别是在外交官行列，更是难得一见。要在平时，张之洞绝不会与此辈费口舌，而此刻尽管心里不快，还是耐着性子与他周旋。

张之洞淡然一笑，说："公使谅解，西南多粗人，何必为此动怒，如果真的惹恼了大人，我替他们赔个不是。"张之洞的答复让周围官员大感意外，在他们看来，总督从未用这样的口吻与人谈过话，包括西人在内。

海靖也大感意外，没想到张之洞竟替乡民给自己道歉，火气也便大消。

张之洞挥挥手，摒闭众人，说："你们退了，我和公使有话要谈。"

众人退去，海靖戒备之心大增。

张之洞问："公使大人，胶州之事，不知是否有处置方略？"

海靖一怔，随即淡定下来，说："需回京后再做商议。"

张之洞沉默半天才说："我有一言，请公使三思，事不宜迟，夜长梦多，无论对总署，还是对德国政府都是如此，事情总得要商量才能办结，拖延不是办法。"

海靖顿顿说："教案处置起来复杂，还要看圣言会的态度，也不是使馆能决定的。"

张之洞半闭一会眼，似是闭目养神，嘴上却说："此事我本不该多言，但我知道总署的意见有时也会受到地方官员的影响，章高元、李秉衡不见得与总署意见一致，所以……迟则生变。"

海靖听罢不作声。本来从德国的角度讲，在他避而不见的几天时间里，后续的事情已经布置好，他已经决定尽快回京，现在听了张之洞一席话，觉得确实事不宜迟，便说："谢大人提醒，我的事情已办完，今天就返程。只是……"

张之洞说："那真的是我的不是了，治下刁民不懂礼貌，冒犯公使，还请见谅；本就耽误了公使行程，就不久留您了。"说着站起身，意思是送客。

海靖乖乖走出总督府，这时他才体悟到一位中国大僚的气场。

海靖乘船由汉口至天津，由大沽口上岸，然后由陆路回京。

苦等消息的翁同龢、张荫桓在接到张之洞的电报后，终于松了口气，接着便进一步商议海靖到京后的处置方法。这本就不是一件顺畅的事，两人分析推演了可能出现的多种情况，但还是有些不得要领，因为两人都知道海靖并不是一个按常理出牌的人，所有的预测可能都是无的放矢。而在此期间，张之洞接二连三的电报，又让翁、张二人徒生烦恼。张之洞在电报中又提及了胶澳设防问题，认为德国占领胶州湾是防备松弛的必然结果；还提到了一位叫冯·李希霍芬的德国地理地质学家，他曾经提出过要修建一条由胶州湾到济南的铁路的设想……几份电报中都说到了关于修建铁路的问题，先是说："……惟山东铁路最毒恶，意在吞吸全齐……"后又进一步拓展了这种分析，认为"洋报载德总领事自言德将以山东铁路为吸取全山东地利，深入豫省中原之根。其说甚详，计甚毒。中外皆见此报，明是见英吞长江，彼嫌胶州尚小，故得步进步，觊我中原"。在张之洞看来，德国人占领胶州湾后，将会修建一条铁路，先是与山东省会济南相连，然后会逐步将这条铁路延伸到河南境内，以达中原腹地。

翁同龢、张荫桓看了张之洞的电报都不以为然，张之洞自识有先见之明，其事态发展远没有达到可以预见德国人要修建铁路的地步，即便如此，也并非外臣所置喙，多少犯了忌讳。而现在最要紧的还是要见到海靖，想办法让他从胶州湾退兵，然后再商量教案赔偿之事。至少张之洞的分析无论其见地如何，终不是现在可以考虑的事情。两人都有同感，总署只是让张之洞找到海靖并劝说他尽快回京，并没有让他参与事件处理，他对时政强烈的参与欲望显然不合时宜。

7

不管怎样，海靖的去向已经探明，从报送的情况看，大体可以判定海靖正在返京途中。接下来，还是要苦等，但毕竟可以专心致志地考虑下一步和海靖的谈判事宜了。

军机处清冷逼仄的空间里让许多难解的话题凝结，外面不时吹过的枯叶沙粒打上毛边窗纸。窗户纸糊了两层，不密实的粘贴处被风鼓动，发出"扑哧扑哧"的声音，像是这排低矮阴暗的廊房的心脏在跳动。权倾朝野的军机，在宫中其实无非就是一排长长的低矮的厢房而已，军机大臣们在这里酝酿着需要禀奏的大事，太后、皇上传下的旨意也在这里转化为可操作性的具体措施和方案，军国大计均出自这块生冷之地。夏天里这里燥热难耐；隆冬时刻却滴水成冰，军机大臣手不出袖，瑟缩不已。正是此时的情景了。

与冬天的寒冷同步而来的是心里的寒气。翁同龢和张荫桓各自想着心事，有时乐观，有时悲观，有些能想到一起，大多却是各有看法。每个念头里面都透着寒气，两人若坠冰窖，从里到外找不到一丝暖意。嘴里哈出的气凝结成胡须、眉毛间的霜凌。两人虽无交流，但心里都在想着一个最基本的问题，那就是海靖可能会提出什么样的要求？海靖暴躁刻薄是出名的，提出什么样的要求都有可能，这让他们所预想的应对之策变得既漫无边际，又虚弱无力，根本无法确定一个有效的应对的主旨。唯一可以确定必须要做的，那就是惩办凶犯，尽可能堵住海靖的嘴巴，避免他狮子大开口。如果连这点都做不到的话，海靖那里无论如何是过不了关的。但是，尽管如此，两人还是感到压力巨大，困难重重，眼前一片茫然。

阻力还是来自山东巡抚衙门。军机处已经给李秉衡连发两份电报，责成他必须以最快速度缉拿凶犯，绳之以法。但李秉衡的反应极为消极。在翁同龢和张荫桓看来，李秉衡根本没有意识到问题的严重性，如果内部不能形成共识，接下来应对海靖的挑衅便会雪上加霜。这是当前首先要解决的问题。

翁同龢说："给李秉衡再发电报，责成他务必尽快办理缉凶。"

张荫桓叹口气说："李秉衡实在不像话。"他没有翁同龢的涵养，对李秉衡的固执己见已由不满变得气愤不已。

张荫桓接着说："还是要把话说重些才是，不行的话，禀告皇上、太后。如此不顾大局，会使局面难以收拾。"张荫桓之前已经提出，要参李秉衡一本，争取能以圣上名义责成对方听命缉凶。但翁同龢考虑了更深一层，李秉衡是慈禧太后的爱臣，一旦处置不好，会使事态变得更为复杂。

翁同龢沉吟道："我们先办，实在不行再说。"

张荫桓对翁同龢最大的不满就是他的优柔寡断，事到如今，还是前怕狼后怕虎，极易造成被动。

张荫桓叹道："但愿他能有所改变。"

张荫桓叫来听差的军机章京，口述了给李秉衡的电报内容，大致意思是，教案之事，已惹出大麻烦，德国以此为借口派兵占领胶州湾，巡抚衙门需以国家大局为重，速责令当地官员拿办凶犯，就地正法，并将处置细节全文呈报，不得有任何拖延，处置不当，会动国家根本。军机章京下笔迟疑，因为军机极少有用如此严厉口吻给地方官员下指令的。尽管如此，稿子拟完后，张荫桓仍觉力度不够，提笔圈点删改，然后让翁同龢过目。翁同龢也有些犹豫，但知或许非如此不足以让李秉衡理解军机的态度，也便同意发出。

电报发出后，已无事可做，其他军机早就退值了。翁同龢与张荫桓仍在枯坐军机，虽然知道海靖不可能现在就会到京，但还是生怕错过丝毫关于胶州湾的消息，耽误了大事。

坐了半晌，翁同龢说："不知海靖何时才能到京？"

张荫桓说："既然已到天津，不是今天，怕就是明天了。"

身在天津的直隶总督王文韶已把海靖到达天津的消息报到军机，海靖的行踪已经清晰了，之所以有此一问，无非是愁闷之中无奈地叹息而已。

翁同龢说："不知道李秉衡能否理解我们的难处。"

张荫桓答道："话说到这个份上，他如果还不能理解，恐怕就是有意为难我们了。事情说不定真的会毁在他手上。"

"李秉衡一向仇视洋人，路人皆知。如果真的抵抗不办，纵容凶犯，和海靖就无法一谈了。"翁同龢说着一阵剧烈咳嗽。

张荫桓心生恻隐，说："翁大人还是先回，我在这里盯着，有事向您通报。"

翁同龢摇头说，"不妨不妨。再说，回去也坐不住，倒不如在这里踏实。"这话说的也是实情。张荫桓说："好吧，看会不会有消息来。"

翁同龢说："现在处境最难的恐怕不是我们，而是章高元，不知胶州现在怎样了。"

章高元是驻守胶澳的总兵，德军上岸后，他所率的四营清军在德军逼迫下一退再退，他已经多次向军机处发来电报请示是战是和，但由于找不到海靖，军机处无法做出决断，只得让他隐忍，不能先行构衅。但设身处地地想，在德军枪炮威胁下，如何隐忍？这让翁同龢心里既生愧疚，也感不安。情势千钧一发，战便战，和便和，隐忍是何策略？这样含混不清的命令对一线将士来说是残酷无情的，也是极不负责的。翁同龢心知肚明，只是他无法做出更为准确的决策，只能如此模糊，这便把所有的责任都推给了章高元。但愿这位身经百战的将军能理解军机难处。军机的难处便是皇上、太后的难处。同时，但愿章高元能顺势而为、妥善应对处置好所直面的危局。

张荫桓知道翁同龢的担忧，无奈道："其实还是在李秉衡，他已连发几道命令，让章高元不惜一战也要夺回胶州。我们让章高元忍，他却逼着章高元打。成事不足，败事有余。"

翁同龢说："沽名钓誉，不顾大局。"翁同龢从不轻易褒贬他人，如此一说，可见心里也是早对其不满。

张荫桓说："但愿章高元能顶得住。"

这时，军机章京匆匆走进，说："王大人请见。"

"王大人？"翁同龢、张荫桓不约而同地问，"王文韶？"

还没等军机章京答话，王文韶已掀帘进门。见到翁、张二人，说："二位大人，大事不好，章高元被德军掳到舰船囚禁了。"

翁同龢、张荫桓大吃一惊，四目相望，说不出话来。

王文韶说："刚接到胶澳总兵衙门从胶州打来的电报，德军昨天到总兵军营，再逼章高元退出胶州。没有军机命令，章高元无论如何不敢再退。德军恼羞成怒，便把他掳走了。前方紧急，军机早做决定。"

翁同龢和张荫桓听罢都低头不语。无论王文韶，还是翁、张二人，他们心里都明白，现在让章高元退出胶州是谁也不敢发出的命令，因为如此一来就等于不战而退，把整个胶州让给了德国人，那么谈判还有何意义？更重要的是，丢失领地的责任谁来负？这可是要犯杀头之罪、背千古骂名的，想想都让人不寒而栗。

王文韶的不招自来，虽然是情急所为，但也大有"问罪"之意。

翁同龢说："王大人，您说军机应该如何决定？"

王文韶被回怼了一下，话便说不出来了。

张荫桓一旁解围道："王大人，您应该看得出来，这是海靖的拖延之计，目的就是让德军占领胶州成为事实，如此一来，我们怎么谈？"

王文韶也为自己的冒失感到后悔，说："我理解军机难处，但章高元进退两难，如何自处，后果无法预测。"

翁同龢、张荫桓都没有回答他的话，两人理解王文韶的心情。胶澳防务既归山东巡抚管辖，更归直隶节制，所以对胶州湾的情势，王文韶当然更为焦虑，否则他也不会专程来军机，实则只是想面对面催促军机想办法解胶州燃眉之急。现在看来，一切枉然，再急的事也得慢慢来。一切还是要等海靖来了才能解决，虽然胶州危在旦夕，但只能凭运气了。

但还有一层不得不说。王文韶说："既然如此，我抓紧回天津，再催海靖进京。但是……希望总署能制约李秉衡，不要再向章高元施压。"

翁同龢说："我们已向李秉衡晓之利害，该说的都说了……"

王文韶听罢知道也没有更多可以沟通的事了，便匆匆返回天津。

天已傍晚，天空变得愈发灰暗，风的势头愈大，一片萧瑟。翁同龢仰头看天，最后还是抛出一声长叹。

张荫桓问："翁大人是不是担心……"

张荫桓没把话说完，但他知道对方明白自己的意思。

翁同龢把头低下，说："正是这个意思……如果'合肥'插手此事，就麻烦了，但事情这么拖着，他便越发有了机会。"

这是胶州战事之外的另外一层让人深感忧虑的症结所在。

张荫桓说："此事绝不能让他插手，否则，事情就会更加复杂，我们也便无法控制局面。"

翁同龢点头。"此事绝对不能让俄国人插手，中德之间的事，中德自了，这是原则。相信以我们与德国多年的睦谊，应该有这种自信，关键是看这个海靖，哪怕他有些过分的想法，也不是不可以谈的，他这么拖着会把事情拖往最坏的境地。"

张荫桓默念道："中德自了，中德自了。对。我想，这个原则应该让恭亲王点头认可，也好给'合肥'以压力，不让他介入此事。"

翁同龢说："我晚些时候去趟恭王府，和他讲一讲。"

张荫桓说："这是要害所关。最好恭亲王点头。"

翁同龢说："对。"

所谓"合肥"便是李鸿章。自甲午年后，李鸿章在一片共诛之的讨伐声里如履薄冰，小心谨慎，再无作为。虽然上年前往欧洲八国访问，赢得世界赞誉，但在翁、张二人看来，无非是垂垂老朽的回光返照。李鸿章仍是军机大臣之一，却很少到军机处坐班，这既可以理解为皇上、太后对老臣的优遇，也可以理解为他被放逐到了权力边缘。但是，对翁同龢、张荫桓来说，他们非常了解李鸿章，他不会满足于这种投闲置散的状态，一旦有机会便会伺机而动。自从恭亲王复出重领军机，军机并无大的振作，军机处大小事宜实则有翁同龢、张荫桓独自掌衔，而两人中又以翁为主席。所以关于中德之间发生的事情，翁同龢便与恭亲王奕䜣商议，由他与张荫桓专办，不让他人插手，其实便是有意将李鸿章排除在外。去年李鸿章前往欧洲时，在德国受到了空前的欢迎，甚至被德皇威廉二世称之为"副王"，实为异数。人们不知道他与德国之间到底谈了些什么，所以包括恭亲王在内也不愿让他参与此事，生怕节外生枝。但翁、张二人隐隐感到，李鸿章自德军占领胶州湾后，一直在蠢蠢欲动，试图插手此事。对此，二人不约而同地保持着高度警惕。

天快黑了，翁同龢与张荫桓离开军机处，一人径自回家，一人前往恭王府。

8

章高元是在1897年11月13日知晓有德国军舰停泊在胶州湾的。当时他只是稍有迟疑。一般讲，他国的船舰停靠是会知会当地驻军的。为何德军不请自来，却没有任何消息？如此疑问，瞬间闪过，一种解释似乎非常合理地出现在眼前。德国东亚舰队一直没有固定锚地，大多时间在上海吴淞或日本长崎泊靠，如果说突然来到胶州湾也并不难理解。如果是他国舰船或许还会引起关注，但因为有着三国干涉还辽结下的睦谊，德国舰船有事靠岸哪怕是没有照会自然也是该给予体谅并特殊关照的。不久前，朝廷就曾向东部各港口秘密发布过对德船提供行驶便利的函电。所以，章高元对德舰的靠岸在片刻疑问后，紧接着就消解了防备之心。

章高元出生于安徽合肥，早年加入淮军，隶属刘铭传部，随刘南征北战。1874年，日本武力进犯台湾，章高元随刘铭传渡海守台，力保台湾不失。1884年，法军侵台，章高元再担保台重任。是年7月，法兵攻陷基隆，章高元主动请命，仅率人马两千，夜袭法营，杀伤法兵千人，收复失地。

章高元基隆一战成名。后由台返回大陆，授胶澳总兵，驻守胶州，成为李鸿章所构建的海防体系的重要一环。但是只在胶州任职不到两年，甲午战事起，于1894年奉命前往辽东迎击倭寇，在旅顺一带抗击日军，多有斩获，尤其是在盖平，与被日本奉为"战神"的乃木希典一决高下，打成平手，如果不是因为宋庆部支援迟缓，本可以打一场胜仗的。如果那样的话，甲午陆战或许会是另外一番局面，整个战局也将会有所改变，但时势弄人，大局难改，章高元率部独自与日军搏杀一天一夜，最后率残兵冲出重围，退往营口。盖平之战被称为甲午第一恶战，日军死亡将校多达三十六人。乃木希典的两个儿子都死在这场战役。章高元部虽以失利告退，但其敢打敢杀的作风让日军闻之色变。

甲午战后，章高元回防胶澳。没想到的是，时隔三年，章高元又迎来了人生中的一次绝大危机……

听闻德舰靠岸后，章高元告诉在其麾下效力的儿子章维均注意关注动向，但德舰半天没有动静，这让他很是奇怪。尽管如此，章高元还是雷打不动地睡了午觉。醒来后，又想起德舰之事，便带守卫来到岸边，只见远处前海栈桥不远处，停靠着一艘军舰，还有一只货船，德军三三两两地下了岸，眼前的一幕让他释然，有的德军士兵正与清兵嬉笑打闹，有的清兵甚至还摘下德军腰间的枪械摆弄，有的德军去扯清兵的长辫子……章高元虽感不妥，但也没了最后的疑虑，他摇摇头，便习惯地绕总兵衙门遛起弯来。

例行的几圈走下来，还未回到衙门，章维均又送来消息，说："德国舰船指挥是棣利斯，说是例行巡航，只是暂驻。"

一听棣利斯的名字，章高元大为惊觉，难道是东亚舰队司令棣利斯？如果是他亲自带队而来，那便万万不可失了礼数。章高元让儿子前去确认，得到回话，果然是东亚舰队司令棣利斯亲率舰队而来。章高元心里生出几分不安。不安之余渐渐也有了几分不满。东亚舰队司令来胶澳，自己没理由不迎接，而对方更没有理由不事先照会。这么想来想去，除却不安、不满外，便觉得有些蹊跷。最后，章高元还是认为，作为东道主，应该宽容些，本来西人就不怎么讲礼数，何必与他们计较，再说清廷早有吩咐要尽可能照顾过往德船，或许他们真的遇到了难处？想到这，章高元便再到岸边，让章维均前往德舰询问是否需要帮助。

　　得到的答复是，即刻便走，不必多礼。

　　德舰的傲慢让章高元有些动气，转身离开。

　　没想到，德舰并没有像他们所说会即刻离开。次日凌晨，章高元在一阵剧烈的敲门声中被惊醒。"怎么了？"被突然惊醒的他有些恼怒。

　　"德军袭击我们了，父亲大人……"外面传来章维均急促的声音。

　　章高元一骨碌爬起，坐在床上愣了半天。"袭击？"他似乎突然间意识到了什么。

　　打开门，点上灯，见章维均惊恐万状地站在面前。"父亲大人，德国人没安好心，他们占了周边山头，架起了炮，抢占了兵营，让我们撤出胶州……"

　　此刻章高元稳下神来。"不要慌，细细讲来。"

　　章维均平复一下紧张的情绪，缓缓道来，德军麻痹清兵后，在夜间秘密布置兵力，控制了胶州湾周边的制高点，就在刚才突然袭击了清兵各营。章高元听罢，知道大事不好，赶紧来到大堂。各营官兵已齐聚衙门等候，但章高元并不了解德军的实际布置情况，一时不得要领。此时，天已渐明，外面传来了嘈杂声，一队荷枪实弹的德军突然闯进衙门。章高元惊得张大嘴巴，他没想到德军竟然如此轻易地进到了总兵衙门内。

　　德军上尉庞克带着翻译来到章高元面前，虚情假意地深施一恭。"章总兵，奉大德国东亚舰队司令棣利斯之命，限清军三个时辰内，撤往四方以西，否则后果自负。"

　　章高元怒道："你来命令我？"

　　庞克说："总兵可以拒绝，但午后三时不能撤出，便用大炮轰门！"

　　章高元质问："我们以诚相待，你们为何以怨报德？"

庞克说:"中国人并不是真正的友好,你们在巨野杀了两名德国传教士,自然会得到报应。"

这时章高元才隐约明白了德军为何突然袭击胶州,原来是因巨野教案之事。他对教案有所耳闻,并不知晓详情,所以根本没想到德军会以此为借口占领胶州湾。

他愣住了,竟然半天没反应过来。

庞克脸庞掠过嘲讽的一笑,摆手道:"总兵大人,记得午后三时。撤。"一众德兵退出总兵衙门。

章高元对众将说:"他们如此嚣张,你们,你们……"

众将低头。章维均说:"父亲,他们已占了小青岛、团岛,有钢炮瞄准总兵衙门,不能轻举妄动。"

章高元吼道:"难道真的让我退出总兵衙门?"章高元虽然口上在吼,但此刻已经冷静下来,他知道手头的兵力,他所带的广武、嵩武四营兵马分散在胶州、即墨一带,兵勇不足两千,远水不解近渴,况且事出仓促,弹药补充不足,根本没有应付眼前危机的能力。

想到这里,章高元有几分泄气,只得说,抓紧拟电请示总署。虽然大家都知此举事不缓急,但是必须要做。章高元口述了电稿。"二十三年十月二十日(1897年11月14日),早七点,德棣督借巨野仇教一案,率领德兵纷纷上岸分布各山头。后照会,胶州一地,限三点钟,将驻防兵勇全行退出四方一带……事变仓促,我军兵单,究应如何办理?请速电示遵行……"总兵衙门并无发电设备,吩咐兵士骑快车急驰胶州发电。

众将各自回营听令。只有章维均陪父亲想对策。章维均说:"德军凶悍,况且总署的指令根本不可能在午后三时回复,不如先退往四方看事态发展再定。"

章高元大摇其头。

章维均说:"四方也在父亲防区,我们只是移防,并没有退出胶州。"

这既是情理之中的话,也是在给自己找台阶下。章高元知道事已至此,先让驻军退往四方也不是不能接受的事情,便无奈地点点头说:"下命令吧!"

命令发出后,章高元再续电稿发往直隶总督府和总署。"……高元亲往面见该提督。剀切告知,未奉本国公文,碍难撤离,反复争辩,伊坚持不允；并声称下午三点钟，率队进营各等情。元顾将队伍拔出青岛，于附近青岛山后四方村一带扼要整军据守，以免彼此军队见面，滋生事端，转贻德人口实……元欲战恐开兵端，欲退恐忝职守，再四思维，唯有暂将队伍拔出青岛……"

在这番电文中，章高元耍了个小聪明，他所说的"亲往见该提督"，实际非真实情况，到现在他也根本没见到那位在幕后指挥了这次军事行动的东亚舰队司令棣利斯。他所见到德军最高指挥无非是庞克上尉而已。章维均明白父亲的心思。

移防四方后，德军虽然没有炮轰总兵衙门，但实际上已经将衙门包围起来。而就在次日，章高元也终于得到了由胶州转来的天津督署和山东巡抚的复电。但是，看完电文后，他大失所望，因为非但没有得到明确指示，模棱两可的态度反倒把他推入进退维谷的地步。事态的发展远比他所想象得复杂。直隶总督王文韶的来电是"此事无理可讲，势难开仗，只好相机办理……"语气之间显然透着总署的意思。而山东巡抚李秉衡的电文却是："德棣提督借端寻衅，断非口舌所能了，尊处四营务须坚谕勿动。弟已电奏请旨，拟调夏庚堂统领所部各营开拔赴胶；并电万荣齐就曹州赶募五营，以厚兵力……"也就是说，总署的意思决不开战，山东巡抚李秉衡却力主开战，并且信誓旦旦会加派兵力驰援。

章高元陷入了难以自处的境地。

在这种困顿局面下，德军却又步步紧逼。棣利斯又让庞克送来照会，驻防四方的清兵，再退三十里。

章高元知道已到了悬崖边，如何进退是他必须做出的抉择。尽管总署与山东巡抚衙门意见不一，但章高元还是从电报中找到一些重要信息，以方便自己决策，朝廷决计不"衅自我开"，尽管口气窝囊，但其中的意思是明确的，就是一定要忍下去。他又想到了甲午年的事，无非因朝鲜之事竟酿成国难。胶澳之变，又何尝不是灾难肇端。甲午之鉴，很难说不重蹈覆辙。

这时，章维均来报，说清兵在四方一带与一队德军相遇，互不退让，差点交火。又有一将来报，德军在强行收缴清军枪支。如此情势下，大概率会激起变故，如果局面一旦无法收拾，后果不堪设想。章高元随即下定决心，既然已退至四方，再退三十里又何妨？或许还能以此争取到总署通过外交手段解决问题的时间。总署不会对胶州之事坐视不管。

而就在此时，章高元又神奇般地接到了直隶总督府和山东巡抚发来的电报。只是两者大义并无改变，仍是南辕北辙。王文韶的电文是："此事特借巨野一案而起，度其情势，万不可遽行开仗之理。……断不可先行开炮，致衅自我启。"谆谆教诲之意。而李秉衡口气依然咄咄逼人："……务须整顿严扎以待，倘再退步，有干职守。"总署仍是息事宁人，山东衙门还是不惜一战。

章高元刚刚读完两封电报。李秉衡的另一份电报又来了："……子药已饬莱局照发。夏庚堂十二营已领开拔至平度，节节进逼，以资援应……"而紧接着，王文韶的电报也至："……速行转传夏镇辛酉一体，钦遵查寻。再，万镇招募五营，已奉旨不准。"

章高元怒不可遏，把两通电文撕扯后掷于地，前者说要调兵，后者又说不准，岂不是拿他的危难为儿戏。

章高元咬牙顿足，下令各营撤往沧口、女姑口。

章高元退兵命令刚下，却意外地接到了李鸿章的急电。李鸿章自淡出权力圈后，极少向下发布指令。章高元本能地意识到，这份电报或许比其他任何电文都更有价值。

"胶州镇台鉴：汝不可轻离青岛地方，李抚已严劾，须查探德人举动。密报。鸿。漾。印。"

电文虽短，但意思非常明白，如果他要是"轻离青岛"，一定会背负丢失领地的罪责。那便是死罪。李秉衡已经上奏"严劾"。章高元读后大汗淋漓，知道女姑口是他最后的底线了，哪怕是死也不能再退了。

李鸿章的电报让他在激愤、恐慌之余，心头涌起一股强烈的委屈。李鸿章是他的恩师，或许只有恩师的话他才能真正相信，也或许只有他才能从自己的角度考虑问题。如果真有不测之祸，也只有他能替自己说句公道话了。想到这，他便决定把事情的经过原原本本向李鸿章细述清楚，以便为无法预测的结果留下证据。他要告诉世人，自己非贪生怕死之辈，现在所做的一切无非是为情势所逼，为大局考虑。想到这，章高元把儿子章维均叫到跟前，把想法说了，章维均经过一夜酝酿，把事情的经过写了个清清楚楚，由于章维均与父亲感同身受，所以其间夹杂着委屈怨愤，更是让一份电文变成了声情并茂的陈词，无处不抵人心。最后作结为"……此等情形，想邀鉴察，元特为时局所关,进退维谷。又奉北洋相机办理之示,元一身事小,国家事重,殊恐激起兵端,获罪更巨,望赐原鉴"。

此时的章高元已做好了最坏的打算。

9

王文韶听闻章高元被掳至敌舰大为惊恐。在他看来,胶州方面两军对峙的状态显然会随着清方主将的被掳而失去平衡,战事很快就会发生。他多年磨炼出来的耐心和定力被动摇,一度曾被慈禧调侃为"琉璃球"的直隶总督王文韶方寸大乱。他知道总署的难处,但现在他必须面对面让总署知道前线所可能发生的变化。所以,这才有了他前往总署的仓促之行。平时,如果没有朝廷宣召外臣是不能擅自入京的,但非常时刻便没有了那么多顾虑。但是,总署之行除却表达自己对前线的看法以及个人急切的心情外,并没有更多收获。返程时,他才愈发觉得此行的草率。唯一让他心安的是,无论章高元发生什么不测,他都仁至义尽了。他没有办法扭转时局,总署的具体决策者一筹莫展。自己算是对得起良心了。至于章高元的命运如何,只有天知道了。

确如王文韶所想,章高元在被掳前没有一刻不在渴望着总署的明确指示,但事态的发展让他明白,或许更糟糕的事情还未到来,必须做好充分的思想准备。率军退至沧口、女姑口后,已是退无再退,但他预感到德军一定还会得寸进尺,所以日夜绕室徘徊,心惊胆战,不时有万箭穿心之感。

最糟糕的事情很快就降临了,庞克又幽灵般地出现在了章高元面前。庞克之于章高元,几乎就是个噩梦般的存在。他的每次出现,便会把章高元往悬崖边推一步,这次也不例外。庞克提出的新条件是章高元终将无法接受的,他嬉皮笑脸道:"请章将军即刻离开胶州。"

章高元故作不解。"离开胶州?"然后说,"我没有得到皇上的旨意!"

庞克摇头,一脸睥睨,道:"你现在不必听皇帝的,只要听棣利斯司令的命令即可。"

章高元一脸怒容。"岂有此理!"

庞克讪讪不语,他也从章高元的脸上读出了一种坚定与决绝,他知道这次或许没有那么容易再让章总兵退缩了。章高元身经百战,他本就多有忌惮，反倒让他不解的是，所谓的大清朝的民族英雄在他的恫吓下竟然惶惶如丧家之犬，实在出乎预料，这也让他对章高元产生了几分鄙夷，认为他不过是位徒有虚名的垂垂老朽而已。但在章高元的怒目中，老将咄咄逼人的气势还是让他感受到了一种恐惧和慌张。

庞克还是要履行自己的职责。沉默片刻，他对章高元说："章将军，我奉命行事，您早点退出胶州，相安无事，如果坚持不走，那就不要怪我不客气了。"

章高元听罢冷冷一笑，说："你会对我如何不客气？"

庞克说："只能请您跟我见棣利斯司令了。"

章高元嘴角掠过一丝轻蔑。"你们的棣司令不是一直不愿见我吗？我现在也不想见他。"

庞克说："此一时彼一时，过去棣司令不想见您，现在又特别想见您了。"

章高元一梗脖子。"我不想见他了。"

"那就请总兵大人不要见怪了。"

说完一挥手，几名壮硕的德国士兵一拥而上，倒剪起章高元的双臂。清廷官兵没想到德军会对总兵大人突然出手，见状便想向前相救。章高元大喊："毋动手。"说着臂膀一使劲竟然挣脱了德军的羁押，说："既然强行让我去见棣利斯司令，那么我和他聊聊也未尚不可。"章高元知道已免不了走这一遭，不愿官兵与德军正面冲突。

自知此去凶多吉少，章高元对庞克说："我与属下有事交代，一会和你去见棣司令。"

庞克道："那便好。"

章高元便到衙门后庭交代事宜。章维均见戎马一生的父亲落到如此地步，悲从中来，号啕大哭。

章高元怒道："大丈夫死都不怕，何必这么婆婆妈妈？"

章维均知道一定有大事交代，便抹把泪，挺挺胸，站在父亲面前等候吩咐。

章高元说："事起突然，朝廷也有难处，和他们周旋或许能够争取时间，还有一线生机，一定要挺住，挺住。不能擅自开衅，后果不堪设想。不可再退半步，否则死无葬身之地，还会留万世骂名，切记，切记。"说完，取出关防、文牍、名册交给儿子说："营务由你掌管，我去了。"

章高元走出后堂，大踏步自顾向外走去。章维均挑选了左营哨长千总赵先善及两名兵士随行，庞克反倒落在了后面。

章高元登上了停靠在前海的"威廉王妃"号军舰。那里有个人在等他，棣利斯。

"章将军好。"棣利斯假惺惺地向章高元伸出手。章高元打量着出现在对面的德军将领，见棣利斯足有一米八的个头，头发稀疏，额头高耸，鹰钩鼻子，眼睛明亮如炬透着凶狠的光。棣利斯也在打量着这位久闻大名，却首次相见的清廷传奇人物，大为诧异，尽管章高元头发凌乱，衣衫不整，但所透着的坚定与刚毅让他不得不肃然起敬。

只是棣利斯伸出来的手始终没有迎来对方的回应，悻悻地把手收回，说："章将军辛苦。"

章高元说："棣司令不宣而战，是何用意？"

棣利斯笑笑说："不宣而战？军人只是执行命令而已，你也一样。现在，胶澳已是德国的租借地，您只需把军队撤出即可。"

章高元惊讶道："胶澳何时成了德国的租借地？况且我也没得到撤退命令，当然不会离开胶州。你是军人，知道擅离职守会掉脑袋，你让我撤可以，那就先把我的脑袋砍了，也保全我一世英名！"

棣利斯听罢哈哈大笑，说："将军何出此言，我不会伤害您这位赫赫有名的大英雄的，但实言相告，亨利亲王已从基尔港出发，很快就会率领庞大的舰队来到中国。您的皇上、太后，连同您的性命恐怕都不能保全。等亨利亲王舰队一到，大清的江山也难保全，您为何如此固执己见？"

"强盗行径！"章高元怒道。

棣利斯说："不是强盗行径，而是强权逻辑。中国是个弱国，需要德国参与治理。请章将军识时务，撤军是现在的最佳选择！"

章高元坚定道："不可能！"

棣利斯见状，便说："好，既然如此，请章将军再考虑。"说完便退出。

章高元被囚禁在了"威廉王妃"号上，船舱有德兵把守。头天，德军还对章高元保持着足够的礼貌，棣利斯也不时来和章高元聊两句，竭力劝他撤军。但见他主意已决，也便失去耐心，不再出现，章高元的处境急转直下。德军开始肆意辱骂，有时还以刀相逼，极尽恐吓之能事；有次，一名德军厨师故作发生意外，将一盆污物倾倒在章高元身上……随行亲兵向前寻理，遭到德军拳打脚踢，打个半死，不留情面。

性情刚烈的章高元知道棣利斯很快就会下毒手，他已将生死置之度外，只是无法忍受德军的污辱，暗下决心，以死抗争。所以，当这天又有一位德军向他怒吼时，他一拳击出，将其打翻在地，自己也跃身撞向舱壁，力求一死。章高元的举动大出德军意外，急忙出手相救，尽管作为俘虏，但章高元身份特殊，一旦发生意外，后果难料。棣利斯得知后也是一惊，忙派军医前来救治。

经此一闹，德国兵老实了，但此时的章高元已觉生无可恋。夜里，透过舷窗，看到远处小青岛方向有亮光一闪，他大感意外，猜想着那里有谁存在？此刻的一束光都是一种信念的指引，让人生发无限想象与期待，但那缕光再没有出现，章高元不知道是自己出现了幻觉，还是真的曾经有一束光出现过。外面的黑夜无边无际地漫延，所有的期待都渐自销声匿迹。

以死明志，成为他最后的执着，强烈到无法遏制。他起身向门外走去。德军虽仍对他严加看管，但撞壁事件后，德军不敢再有强硬举动，此刻也便由着他向甲板走去，只当他要到外面散心，没想到的是，当他走到甲板边缘时，却没有停步的意思，直接纵身跳了下去。幸好千总赵先善和两名亲兵紧随其后，奋力相救，才算没掉进海里，随从兵士跪地痛哭，涕泗磅礴。

章高元求生不得，求死不能。

10

翁同龢、张荫桓在总理各国事务衙门终于见到了姗姗来迟的德国驻华公使海靖。海靖不紧不慢的步态和轻松自得的神情既是自然的流露，也是刻意扮出的做派。心情急躁，做事鲁莽的海靖或喜或忧，从不会有此从容的姿态，而这种扮演出来的从容只有在进到总署衙门见到故作镇定但难掩惶恐之色的翁、张二位清廷大臣的瞬间才会有，很快他便故态复萌。

海靖开门见山道："我不想浪费时间，我必须看到清廷的诚意。"

翁同龢说："太后、皇上当然有诚意，胶州的事还是越快解决越好。"

海靖说："胶州之事，起于巨野，巨野之事不了，胶州局面难了。"

翁同龢故作不解道："凶手已缉拿正法，不是了了？"

海靖说："我了解你们地方官欺上瞒下的伎俩，曹州府如此，山东巡抚如此。真凶真的受到了惩罚？只有鬼才晓得。"

翁同龢说："这有何可怀疑的，人头就挂在巨野城旗杆上。"

翁同龢虽然嘴上强硬，心里却在打鼓，因为他也听说了缉凶过程中的猫腻。自从责成山东巡抚从速缉凶后，李秉衡是否情愿且不说，但在行动上还是迅速的，这也是因为德国人以巨野教案为借口出兵占领了胶州湾，虽然借口牵强，但毕竟被他们抓住了把柄。李秉衡尽管对德国的无赖做派深恶痛绝，但面对这样的局面他也不能不有所顾忌。他可以依仗皇上、太后的信任做出一些出格的事，但一旦胶澳有失，深究起来，自然脱不了干系。所以，李秉衡权衡利害，还是派毓贤再到巨野，督促从速捉拿凶犯，就地正法，以对内对外有所交代。

别看巨野知县许廷瑞平日不温不火，但极有谋略，他表面上极力敷衍穷追不舍的薛田资，暗地里已做了周密安排。所以，当毓贤来到巨野，把抚台大人的意思说完后，他干脆地答道："没问题，已经办好。"许廷瑞办事周到为毓贤赏识，听他如此说，也不再纠缠，次日便打道回府。

为了把文章做足以便应付薛田资，许廷瑞前些日子就开始大张旗鼓地派出多路人马缉捕凶手，抓了很多人审讯，所抓之人多是日常为害乡里的小偷小摸，审完后便释放，过几天再抓来审问一遍，搞得很多人摸不着头脑，不知道这位许大人到底做什么。其实，无非做些假把式而已。

一直不依不饶的薛田资开始还认可许廷瑞的做法，时间一长也觉得不对劲，执意要到大牢看捕获的凶手，没想到站在栅栏后面的是一群大多面黄肌瘦手无缚鸡之力的人，气得半死。便问："到底谁是凶手？"

许廷瑞不慌不忙地说："惠潮起、雷协生。"

薛田资喝道："谁是惠潮起？"半天没人答应，他又喊一遍。许廷瑞说："神父，惠潮起是哑巴。"

薛田资错愕，哑巴？

许廷瑞说："在家行二，外号惠二哑巴。"

薛田资气得脸皮涨红。

"那谁是雷协生，不会又是哑巴？"

这下倒是有人应了，但走过来位跛子。

薛田资恼羞成怒，却无计可施。

毓贤离开巨野当天，惠潮起和雷协生的首级就挂在了巨野城门口的旗杆上。看着布告，市民都生出大大的问号，这俩人不是另有命案吗？为何突然成了杀教士的凶手。也有明白人知道其中蹊跷之处，只是笑而不说。

　　无论如何，李秉衡可以对上有所交代了。巡抚衙门把凶手的行凶过程做了详细描述，杀人动机归结为盗窃教堂银两。言外之意，无非是见财起意，陡生杀心。另外一层意思颇让人生疑，教堂银两从何而来？这种编造出来的谎词，让人疑窦丛生。无论如何，只要应付得过去海靖，总署才懒得深究。

　　海靖看罢了翁同龢递过来的有着缉凶过程的公函，脸上掠过一丝轻蔑的微笑，摇摇头，把公函拍在桌上，心思却也不在凶犯的真假上，只是说："实言相告，圣言会大主教已回德国，教案之事威廉皇帝极为不满。德国是刚刚被梵蒂冈大主教承认的护教国，你们觉得凭杀一个人来顶罪便能交代得过去吗？"

　　翁同龢没作声。张荫桓却说："请教公使大人，如此才能交代得过去？"

　　海靖听罢，狡黠一笑说："这里有个条款，你们可以细看，只有如此才能作罢。"

　　说罢，从携带的公文包里取出一张折纸递到翁同龢手里。翁同龢看罢脸色大变，顺手交给张荫桓，手竟有些抖。张荫桓细看，见纸上写了五条惩罚性条款：

　　第一条，李秉衡免职，永不叙用；第二条，济宁教堂给六万六千两，敕天主堂匾，立碑；第三条，曹州、巨野立教堂两处，为被杀传教士赔偿；第四条，明谕地方全力保护；第五条，如中国开办山东铁路及路旁矿场先尽德商承办。第六条，两国照会后，即为办结完毕教案。

　　空气凝滞了。半晌，翁同龢才说："公使所提条件是万万不能得到皇上、太后同意的。"

　　海靖说："不能同意，胶州的事便难办，还是先呈给你们的皇上、皇太后看了再说。"说完，扬长而去。

　　翁同龢、张荫桓默然相对，都在想着心事。两人知道，六项条款，单是第一条就无法在慈禧太后面前通过，李秉衡既是封疆大吏，又为太后宠信，"免职，永不叙用"，她从情感上就不能接受。更重要的是，为他国所要挟免职大臣为法理不容，也一定会为众臣反对，清廷竟然连大臣的官位都不能保证，那如何还能行使主权？至于第五条，翁同龢、张荫桓先是不明就里，一头雾水，为何会突然提出"开办山东铁路"一节，及至张荫桓顿悟道："难道是张之洞所说，占胶澳修铁路之事？"翁同龢这时也想起了张之洞的分析。如此说来，德国人惩办巨野教案凶手为虚，而以谋求胶澳为实，胶州撤兵自然也就不是那么容易的事情了。

翁同龢、张荫桓感觉出了事态的严重，德国人的这盘棋确实下得有些大了。

果然不出二人所料，当把海靖的六点惩罚条款递交到皇上、太后手里时，太后先自动怒了。她说："这个海靖如此不讲道理，任免大臣难道是他人能插手的？"光绪皇帝没有讲话。

翁同龢说："我们也是力争了，但海靖此人不讲情面。"

慈禧说："外夷果然都是翻脸不认人的白眼狼，尽管有还辽之事，但这些年大清对德国的情分不薄，只是买枪械、修铁路就让他们占了多少便宜！真的是贪得无厌。"

翁同龢作揖道："太后所言极是。"

慈禧说："再和海靖说，其他都可以答应，李秉衡是不能免的，更不要说永不叙用。"

翁同龢说："是，我们力争，恐怕极难。"

慈禧叹口气说："动之以情，晓之以理。告诉他们凡是要看长远，大清会许给他们好处的，只是……"

翁同龢知道是很难让海靖松口，但没有这一来二往，慈禧也会认为军机不认真办事，所以也便告退再去与海靖力争。翁同龢见慈禧对第五节办铁路之事没有任何提及，想可能是她的思路集中在"李秉衡免职"一节上，便想提醒他，但只是瞬间的犹豫，便决定不去涉及，如此交涉还不知道反复多少回，一步一步走，一个问题一个问题解决吧。

翁同龢、张荫桓次日便相约到德国驻华公使馆，与海靖再次磋商。似乎意识到了自己东道主的身份，海靖没有像在总理事务衙门时表现得那么飞扬跋扈，平和了许多。他说："我们提出要免除李秉衡的职务非但只是因为这一件事，这些年来他在山东一直对传教事业持有敌视心理和挑衅行为，威廉皇帝感觉此人不去断不会让中德之间恢复良好的睦谊。"

"这么做会伤害皇上的尊严，于国体不益，希望公使体谅。"翁同龢说。

海靖说："无法通融。"

气氛平静和谐，但问题无法得到解决。

时间眨眼就到了午时，两人离开时，问明天是否可以请海靖到总署再议。海靖说："只要清廷不答应条件，就不会前去总署。"

两人随即告辞，悻悻而去。

但事情不解决，总不能就如此僵着。第二天，两人又到公使馆见海靖，虽然知道愈是如此，对方会愈发不肯让步，但又有何法？

先是扯了闲篇，无非是为了拉拢感情，海靖也不急着往根本上讲，云来云去，言不由衷。

还是翁同龢先说到了正题。"请海靖大人是否可以退一步考虑问题。其他的要求总可以在以后有所补偿。"

海靖故作沉思的样子，然后才说："既然如此，我可以退一步。不过，李秉衡留在山东巡抚的位子上，无论对中国，还是德国，恐怕都是有百害而无一利，所以还是周全考虑。德国政府可以降低调子，由你们主动撤换。"海靖说到这里顿一顿，说："永不叙用，也可以删除。"

翁同龢、张荫桓听到后面一句，禁不住对视，心里为之一亮，如此一来便真的是绝大的进步。

翁同龢说："那便有得商量。"

没想到海靖跟着又说了一句话："作为条件，能不能把胶州作为德国海军东亚舰队的固定锚地使用？"

翁、张二人大起警惕，因为这事又和胶澳扯到了一起。

翁同龢说："两者要分开说。"

海靖又变得咄咄逼人起来："如何才能分得开？"

翁、张二从面面相觑，不知如何进行下去。

海靖又变得苦口婆心的样子，说："设立锚地，对中德两国是互利的。"

张荫桓从不轻易讲话，突然问："何为锚地？"

海靖一愣，说："就是停泊船只的地方。"

"临时，还是长期？"

海靖知道张荫桓明白问题的实质所在，讪讪道："那就看协议签到何时了。"

翁、张二人不作声，那又是更深一层的周折了，如何轻易答应。

把海靖的意思向慈禧太后、皇上禀报后，慈禧先是一喜后是一忧，说："德国人算是有良心，不究李秉衡了，但后面的话是何道理？"

翁同龢说："想在胶州谋得一地。这是他们的野心。"

慈禧说："这事自然不能答应，李鸿章出使欧洲时，德国皇帝就曾向他提过此事，李鸿章都没有答应，现在重提此事，自然不能答应。那不又成了割地赔款吗？"

翁同龢说："我们再和海靖谈。"他最怕慈禧把这事与李鸿章扯在一起，如果说一句"让李鸿章协助襄办"，事情就麻烦了。

好在慈禧没有动那个念头，说："不管怎么，先让他们把章高元放了。"

翁同龢忙说："臣遵旨，只忙这头，忘了那头，我们现在就去找海靖。"

当听到翁同龢提出要释放章高元时，海靖一副爱莫能助的样子，耸耸肩说："胶州的事，我不能遥制，解决问题的关键还在于你们的态度，而不在我，中国人有句话，叫'夜长梦多'，我就不多说了。"

海靖霍然起身，便是逐客的意思了。

11

正当与德国公使海靖的谈判陷入僵局之时，李鸿章不失时机地出手了。

其实，李鸿章的出手既有其不甘寂寞的一面，更因为他从中所感受到了一种潜在的巨大威胁，他认为自己不得不出手了。李鸿章明白，如果按现在的谈判趋势，依照翁同龢、张荫桓的能力会越来越陷入被动之中，局势一旦导入德国人的轨道，那么去年他访德后所吹嘘的神话便会破灭，会沦为别人嘲弄的对象。非但如此，如果别有用心之人以此做文章，认为他早就与德国达到了秘密协议，很难说不会被人冠以"莫须有"的罪名，毕竟朝野上下视他为死对头想置他于死地的人不在少数，有人给他编织一个通敌罪名也不是没有可能，早在他从欧洲返回后，他与德人达成秘密协定的说法就甚嚣尘上。他之所以不去辩解，一方面感到没必要，另外一个方面是怕引出另外一桩事。那桩事才是他的心病，那便是与俄国人签订的密约。这是李鸿章不顾翁、张二人极力设障，也要走向前台的重要原因。

还有一层纠结，就是一旦谈判失败，德国人占领胶州湾，将其辟为殖民地的话，还会把前些年饱受争议的胶澳设防的旧事重提，也会成为潜在的对手攻击他的武器。

还有不能说出口的原因是，他从内心深处对翁同龢、张荫桓二人在谈判中处处失策充满鄙夷和不满。他明白，所谓的"中德自了"无非是排斥他介入的红线，如果真的能发挥作用，他并不会去做阻拦，但随着谈判的逐步深入，可以看出这一原则恰好为德人所利用。在他看来，德国人最害怕的其实是俄国会有不同意见，而"中德自了"，反倒消除了德国人的顾虑，这不是正中下怀吗？无论与公与私，他都对所谓的"中德自了"产生了强烈的抗拒之心。另外，他对翁、张二人节节失策，却又刚愎自用、排斥异己的做法极度不满，决心出手相搏。

李鸿章平时并不怎么到军机，但自从德占胶澳后，只要没有特殊情况都会前来，哪怕不能前来也会格外留意军机送的折子，几天下来，他对胶澳战事和处置方略便有了自己的想法。

李鸿章这天又来到军机处。天很好，阳光很厚实，暖暖地照下来，空旷的回廊被切割成明暗分明的空间，几天来一直刮着的风销声匿迹了。他让军机章京搬把椅子放在墙角阳光饱满处，享受着难得的惬意，不知不觉，进入了昏昏欲睡的状态，眼前恍然出现了一年前欧洲之行的盛况，这是近年来时常会进入他梦境里的一个场景，这是他晚年最值得回忆的时刻。

自甲午战后，李鸿章咬着牙躲过了舆论的攻击，进而进入一种赋闲状态。他野心已无，只求平淡度过余生。没想到，慈禧太后和皇上突然决定让他前往俄国参加新登基的尼古拉二世的加冕仪式。当然他也明白，最初的出使者并非他，而是张荫桓，但俄国方面却以张的资历威望不够而婉拒，并点名要清政府改派李鸿章，这才促成了李的欧洲八国之行。李鸿章最初对此抱有可有可无的心态，尽管这趟旅程的公务压力并不大，但对年迈的他来说，自认为并非一次轻松之旅。但让李鸿章没想到的，此行他却收获了一个最大的外交成果。在他看来，这一外交成果足以保大清三十年无虞，那便是与俄方签订了中俄密约。更让他引以为荣的，是他在欧洲各国受到的热烈欢迎，特别是在德国的礼遇让人难以忘怀，并且见到了他心仪已久的铁血宰相俾斯麦。在他看来，此行不失为个人生命的登峰造极时刻，也是一生功业被世界认可的体现。他心满意足。

在他看来，中俄之间秘密协定具有巨大的现实意义，除此之外，他更引以为傲的是在德国与威廉二世之间的一场斗智斗勇。进入德国前，李鸿章早有心理准备，他通过不同渠道知道德国一直谋求在中国东部沿海找到一块殖民地，尽管有着三国干涉还辽的背景，但清政府对德国的这一想法还是大为警惕，并不去做正面回迎。德国对此耿耿于怀。在他们看来，德国联合俄法把本已为日本所割的辽东半岛要了回来，要一块区区的殖民地作为回报是理所当然的。清政府却不这么看，无论"恩情"多大，割让领土以回报却是没有任何人有胆量做的决定。李鸿章明白，此行将会大概率地面对这一问题，如何避免以及如何应对德国可能提出的这一要求，成为李鸿章启程前就在考虑的问题。

　　从莫斯科开往柏林的列车进入德国境内后，李鸿章脑子里的弦便绷紧了。德国的热情从列车停靠那刻起，就扑面而来。

　　陪同李鸿章此行的除却儿子李经纬、清廷要员罗丰禄等外，还专门安排了天津税务司德籍总办德璀琳。此次在德国的行程主要是德璀琳协调安排的。此时，德璀琳敲开李鸿章包厢的门说："柏林到了。"李鸿章起身，郑重其事地整整衣襟，把随身携带的小痰盂塞进袖筒，缓步向车门走去。车门打开，站台挤满了人，每个人的兴奋之情都溢于言表。

　　队伍前面清廷官服打扮的人，是大清驻德公使许景澄，与之并立的是德国皇宫秘书长荷尔。李鸿章下车后，许景澄趋步向前行礼，逐一介绍德方官员。这时，李鸿章突然发现了一张特殊的洋面孔，此人便是曾在北洋水师担任过副提督的汉纳根，他曾帮助清廷海军训练水师，还参加过甲午战争。李鸿章向他伸出手，汉纳根疾趋向前，眼角竟泛起泪花。

　　李鸿章一行分乘两辆礼车前往下榻的恺撒大厦，荷尔、德璀琳、李经方陪同李鸿章居首车，其他人随后。沿途迎候欢迎者可谓人山人海，添街塞巷，使团所有人都大感意外与惊喜，由此可见德方安排之用心。住进恺撒大厦，李鸿章更加深刻地感受到了德方的细致入微，他所居住的房间按中式样式布置，所有用品、摆件竟全是他平日喜爱之物，包括鼻烟壶、茶具、西式小闹钟，甚至窗前还挂了一个鸟笼，一只画眉在笼内欢快雀跃，画眉的毛色竟与自家所养的画眉极相似。李鸿章禁不住上前挑逗一番，心生欢喜。

　　李鸿章绕室一周，抬头看见客厅里悬挂着两幅西洋画，一幅是他本人的，另一幅只觉眼熟，并不能辨识。"这便是俾斯麦，"李经方说，"德国人称您为'东方俾斯麦'。"俾斯麦是德国人心目中的民族英雄，德国人竟将自己与之相提并论，李鸿章心潮澎湃。李鸿章几乎是在半梦半醒间度过了在德国的首夜。

次日，觐见德皇威廉二世。

李鸿章呈递国书。德璀林以德语代为朗读：

　　使臣震仰皇威，已历年所。今来贵国，亲见朝野上下之德行教化。益信鸿名远播之贵先皇，贻厥孙谋，尽善尽美。寸衷羡慕，莫可言宣。矧蒙适馆授餐，款待之优，逾于常格。使臣德薄能浅，何以克当？然即此一端，已见中德之友谊，实较诸此外有约各国，更形洽比矣。至敝国去年之祸，托赖福庇，俾辽南数地失而复得，五中铭感，至今不忘。使臣在国久任直隶总督，志欲别练新军。早知贵国陆军，雄冠五洲万国。曾蒙恩遣数武员航海而东，训练华兵。重以敝国频年购械铸船，皆蒙慨助，俾敝国军中得知战阵之新法。此情此意，山高海深。伏念使臣钦佩贵皇帝匪伊朝夕，常愿中德两国式好无尤。惟恨职守所羁，不能远诣贵朝廷一倾诚悃。今年忽奉使欧之命，顿忘老迈，星夜遄征。尤可幸者，今日得亲递国书，转致我大皇帝与贵皇帝互相钦爱之意，并遂使臣面达尊敬之忱。惟冀贵皇帝知我大皇帝命使臣远来之意，从此中德两国之交，传诸子孙，永远无极。下怀缕缕，不胜眷念之至。

威廉二世回了答书：

　　朕今奉迎大清国头等特使、大才能、大名望、老大臣，中怀欣悦，匪言可喻。又知老大臣之来德意志，奉有新美文凭，表明贵皇帝与朕暨德意志全国益敦亲爱之意。朕亦愿披露真诚，以矢琼瑶之报。更愿自今以后，中德交谊，匪特不减于昔日，抑将更增于他年；而且中德两国，同有日长炎炎之势，共享升平之福。朕愿借老大臣回国之便，传谢贵皇帝致书之盛意。遥祝大国金瓯巩固，宝祚绵长。并颂老大臣旅祉骈蕃，多福多寿；凡在敝京都敝国境游历之日，安稳畅适。籍申朕喜卿来，无有敢阻之诚意，不胜庆幸之至。

　　……

礼毕，李鸿章向威廉二世深鞠三躬后告退。

次日，德国外交部送来了德皇威廉二世赠给李鸿章的"红鹰大十字头等宝星"。当天，李鸿章到威廉一世陵前敬献花篮，陪同威廉二世检阅了御林军……其间，李鸿章与威廉二世的交流并不多，只有一次简短会谈，无非是互致问候，叙些两国睦谊的话。波澜不惊。

行程中，最重要的活动是与商界的会谈。在柏林的几天，李鸿章渐渐意识到，德国人特别是商界超乎寻常的热情，一个重要原因就是军火商误认为他此行是抱着采购军火的"大单"而来，所以才趋之若鹜。李鸿章明白这层意思后却并不说破，任由他们去做。

与商界会谈最重要的安排当属参观克虏伯。克虏伯工厂设在埃森，董事长阿尔弗雷德早早就在工厂外面迎候。作为世界著名的军火商，克虏伯与大清的合作由来已久。同治五年（1866），清政府就派斌椿、张德彝来克虏伯学习。从那时起李鸿章便与克虏伯家族有了私交。有一年，李鸿章过生日，阿尔弗雷德竟然送给了李鸿章一座大钟作为礼物，没想犯了国人"送终"的忌讳，传为笑谈。但这并没有影响彼此的交往。现在执掌克虏伯的已是阿尔弗雷德儿子小阿尔弗雷德。小阿尔弗雷德对李鸿章的到来很是期待，极尽周到之能事，除会谈、参观外，还特意安排了观摩大炮的实弹演习。李鸿章在小阿尔弗雷德陪同下来到克虏伯的梅彭靶场，目睹了火炮的射击表演。17种火炮，5种海岸炮，还有水师炮、榴弹炮轮番出场，尖锐的呼啸，雷鸣般的爆炸声，让见过大场面的李鸿章也是惊叹不已。

一切都按照既有的行程安排有条不紊地进行，李鸿章的担心也渐自消退。但是，就在行程即将结束之际，却突然接到威廉二世举行欢迎酒会的邀请。这并不是行程之内的议程，这让李鸿章大为惊觉。正如李鸿章所料，就是在那次酒会上，威廉二世提出关于德国想在东亚谋求一块海军锚地的要求。

宴会安排在皇宫内庭。李鸿章再次见到威廉二世时却见他已没有了公开场合的严肃刻板，而是满脸堆笑，彬彬有礼，温文尔雅。威廉二世臂挽皇后，向夫人介绍李鸿章。除却德皇夫妇，外交部、海军部等重要部门的大臣大都参加，大臣们也没有了外交场合上的拘谨，很多是携妇人出席，彼此敬酒，嬉笑打闹者有之，插科打诨者有之，气氛情绪愉快。李鸿章知西人不拘小节，但还是第一次见到这样的场面，心里甚觉有趣。

宴会正式开始前，德皇致欢迎词，说了些客套话，随后便入席，德皇夫妇、德璀琳、李经方、许景澄同桌。威廉二世夫妇频频敬酒，李鸿章也学西人礼仪，举杯答谢。宴会越往下进行，话题愈发轻松。李鸿章的警觉又因这样一种行程之外的安排而被唤醒，他时刻提防着可能涉及的敏感话题。气氛越轻松，越是最接近危险。他不断地提醒自己。交谈中，他尽可能附和一些无关紧要的话题，希望把话题扯得越远越好。

威廉二世的热情显然是基于表面的，他的眉头的褶皱中隐隐浮现着一层阴暗之色，欲言又止的话语间，让人明显感觉到在等候机会。李鸿章几乎整个晚上都机敏成功地规避了对方的试探。但到最后，还是被威廉二世强行"突破"了防线。宴会即将结束时，威廉二世突然把李鸿章请到旁边的休息室，直截了当地说："李相，一事相求。"

李鸿章知道绕不过去了。没作声，静听他说什么。

威廉二世说："德国的东亚舰队一直没有固定锚地，一旦有事，便会被动，希望中国能够提供一个锚地供其使用……德国已经向大清政府多次提出过此议，不知为何一直没有答复？"

李鸿章答非所问道："皇帝陛下，我也有一事相求，不知是否可行？"

威廉二世道："李相请讲。"

李鸿章说："我想见一见俾斯麦宰相。"

威廉二世没想到李鸿章突然提出如此要求，这让他措手不及。

没等威廉二世说什么，李鸿章突然大咳起来，嗓子伴着浓重的痰音，越咳越重，且不加克制，让德皇没有机会再继续刚才的话题。咳嗽渐轻，德皇想趁机再提前话，李鸿章却从袖间掏出袖珍痰盂，吐了一口浓痰。威廉二世忍无可忍。

李鸿章以让人作呕的手段有效地阻止了威廉二世的进攻，但他觉得事情一定还没完。果然，第二天，德国外相比洛亲自来到恺撒大厦，直言不讳道："皇帝已答应了您的请求，安排您前往福里德里斯鲁去见俾斯麦。"

李鸿章听罢很兴奋，他也明白，威廉二世并不是真心要让自己去见这位与他持不同政见者，只不过是想达到自己的目的而已。

前面的话说完，比洛首相并没有离开的意思，站在原地，当然是在等李鸿章对另外一个话题的答复。李鸿章使劲咳嗽几声，似乎那天晚宴上的痰又涌了上来。比洛以一种渴求的目光看他。他不能再装嘲卖傻，便说："我从福里德里斯鲁回来后会给皇帝一个满意的答复。"

比洛有些犹豫。

失路惊魂

047

李鸿章说:"您不信我?"

比洛迟疑片刻说:"希望李相信守承诺。"

李鸿章嘴角掠过一丝意味深长的笑意。

李鸿章不经意间巧妙地实现了一个多年的愿望,那就是见一见有着铁血宰相之称的俾斯麦。

6月底的这天,李鸿章由柏林出发,当日抵达汉堡。由于连日奔波,李鸿章感到双腿胀痛,不得不以轮椅代步。俾斯麦离职后,德国政府专门为其修建了一条由汉堡通往福里德里斯鲁的铁路,直抵俾相庄园。李鸿章由汉堡乘火车前往福里德里斯鲁。

见到俾斯麦后,李鸿章神奇般地从轮椅上站了起来。俾相也是摒绝随从的搀扶,上前挽住了李鸿章的胳臂。俩人你看我,我看你,相对大笑。俾斯麦深有感触道:"终于见到东方的'俾斯麦'了。"李鸿章答:"终于见到真正的俾斯麦了。"

从未谋面的两位老人,却似久别的老友。真是惺惺相惜。

李鸿章问俾斯麦:"身体安康?"

俾斯麦叹道:"夜不能眠。您可好?"

李鸿章叹道:"伤疾时有复发。"

俾斯麦关切道:"日本留下的隐痛?"

李鸿章无奈地点点头。那是个沉重的话题,他不愿意提及。

在福里德里斯鲁,两位老人更多的是在交流回忆往事。两位垂暮之年的政治家有着常人的心态,只是他们不经意的回忆都关系着世界的风云变化。

对李鸿章来说,这次见面纯粹是个人的心愿使然,是一趟轻松愉快不存在半点功利的旅行,但如果说还有些目的性的话,那便是李鸿章想听一听这位功勋卓著的德国政治家对中国如何走好富民强国之路的建议。

当李鸿章问到这个话题时,俾相不假思索地说:"练兵!要害在于兵。"

李鸿章:"大清也没有少练兵,这些年也在学习西方的强兵之道,但似乎并没有多大进展。"

俾斯麦说:"兵不贵乎多,一国之兵,没必要超过五万,关键技艺要精,技精才会所向披靡,无坚不摧……贵国这么多年也没少向西方学习,但没学到根本,以至甲午战败,不得不靠李相一人独撑局面。问题就在于,没有掌握练兵的精髓要义……"

李鸿章眯着眼想了半天，频频颔首，一位七旬老人竟像小学生样聆听，谦逊而不谦卑，可爱而不可笑，流露出垂暮之年人性的情趣与真诚。

　　在李鸿章眼里，这位如己一样已退出权力中心的人物，句句箴言，如重鼓击胸。他觉得此番欧陆之行最大的收获就是与俾斯麦的这次会面，既了却了多年心愿，又讨得了一位欧洲强者远距离观察中国的经验。生命时日无多，但还是体会到了"朝闻道夕可死"的喜悦与欢欣。

　　福里德里斯鲁的晚霞是极美的。在两位老人的闲聊中，日头不知不觉地退却到地平线上，随之迸发出璀璨的光芒。大地流光溢彩。李鸿章恍惚觉得这片神圣浓重绚烂的光泽生发于内心深处，是一种真理的力量的折射，也是一种极致生命状态的呈现。这种光芒与神圣的境界，或许正是源于李鸿章、俾斯麦两位东西方政坛代表人物心灵的碰撞与交融。

　　李鸿章忘情于德里福里斯鲁原野的夕阳景色，叹道："真是太美了。"

　　老人眼里的美是与众不同的。

　　由德里福里斯鲁返回后，李鸿章在汉堡做了几日停留，出席了商会的几场活动。他把逗留柏林的时间压缩到了极限，除却程序性的外事活动外，他没有给自己留出回答威廉二世所提出的关于殖民地话题的时间和空间。

　　李鸿章一直得意于自己与威廉二世的周旋，他的智慧让德国的阴谋终未得逞。回到国内，李鸿章向慈禧、光绪回奏时专门对此做了陈述，尽管寥寥数语，但得意之色还是流露无疑。只是李鸿章忽视了一点，那就是他所认为的对威廉二世的戏耍其实某种程度上激怒了对手，最终使威廉二世下定决心，不再做和平的努力，而是不惜以一切手段包括军事手段占领胶州湾。而对李鸿章此行寄予厚望的德国商界特别是军火商们没有得到一份合同，望着这位蹒跚而去的东方老人的背影，整个德国政商界都有了一种被欺骗的感觉，德国的舆论迅速便倒向反面，有的媒体甚至公开指责政府对李鸿章不合时宜的接待，威廉二世更是感受到了巨大压力。

　　……

　　老眼昏花，在军机处廊檐下晒着太阳的李鸿章朦朦胧胧地感受到了由遥远的西方传递过来的一种恐惧的力量。他隐隐感到，自己曾经引以为傲的外交博弈，其实并没有结束，而是一直处于胶着的相持阶段。他高兴得太早了，力量正在发生着变化，他已经渐渐有一种力所不支的感觉，一切开始向着被动转化，而接下来等待他的又会是什么呢？

12

　　如果说，仅仅是过去荣誉的幻灭并不是什么大问题，但章高元的突然被掳却让李鸿章突然之间有了一种危在旦夕的现实的刺痛感。章高元是他的爱将，也是他在胶澳防务上的一枚重要棋子。德国突然占领胶州后，由于总署不能给予确切的命令，章高元战和两难。李鸿章同样陷入极度纠结之中，他觉得这是一个无法解开的节，如果章高元一怒之下，与德国发生正面冲突，引发事端，一定会背上一个擅自构衅的罪名，会死无葬身之地。因为在他看来，与日一战刚刚三年，清政府无论如何是不会与任何一个国家开战的，更不要说对手是德国了。但如果出现另外一种情况，章高元被逼无奈，一气之下，退出胶澳防区的话，一定会陷入被举国唾骂的地步，后果同样不堪设想。也就是说，如何做，章高元都不会有好结果。章高元唯一能让人无话可说的，就是他绝对不是贪生怕死之辈，这可以以他的身经百战出生入死为证。但这只能说明他的个人品性，无法避免其他罪责加身。

　　李鸿章看似担心的是章高元的生死，其实还是自己的荣辱。章高元无论如何都不会有好下场的，而任何无法避免的结果都会很容易让人把视线转移到胶澳设防问题上来，他将由此承担所有罪责。而章高元的被掳使这种凶险最大限度地逼近着。

　　关于胶澳设防的问题，最早提出的还是现驻欧洲大使许景澄。

　　早在1886年，许景澄就上书朝廷提出把胶澳建作海军屯埠，奏折中说"西国兵船测量中国海岸，无处不达，每艳称胶州一湾为屯船第一善埠"。慈禧将许景澄的奏折批转给了时任直隶总督的李鸿章。李鸿章看罢极为矛盾。一方面他对许景澄看问题的敏锐极为欣赏，他知道胶澳在战略位置上的重要性，并且也早听人言有西人不断进入胶澳水域进行勘测。在许景澄上书前三个月，李鸿章就已派北洋水师管带鱼营刘含芳带兵轮到胶澳进行过实地勘测。但另一方面，当时北洋海军的战略方向早就确定，旅顺、大连和威海为海军建埠之先，如何能轻易转移防务重心？况且在刘含芳的勘测报告中也讲到，胶州湾地形与旅顺、大连和威海比较，前者拱卫京畿，关乎大局……作为胶州湾，从东部海岸线形态看，紧缩内陆，一旦发生战事，敌兵船由远海驶过，侦察困难，弊端明显。孰轻孰重，一看便知，并不难决策。

更重要的一层原因还在于，李鸿章知道如果在旅顺、大连和威海等基地还未形成战力之时，就贸然转移重心，扩大规模显然是不合适的，关键是没有经费可以应付。李鸿章明白，海军最大的难处是缺银子。李鸿章还明白一层更为隐秘的缘由，主管海军衙门的庆亲王奕劻其实与慈禧是有着一层不为人知的默契的，庆亲王要把海军衙门成立起来，慈禧要以海军衙门为依托寻找一份款源，力图把被八国联军毁坏的颐和园重新修建起来。但彼此的用意谁也不能说破。奕劻在奏请成立海军衙门时，提出了在颐和园建操练水师的意见，聪明的慈禧一看便知是为他挪支经费所开的方便之门，海军衙门就这么成立了。

本来海军衙门的开办费用就捉襟见肘，有此不好说出口的一节，实际数字便大大打了折扣。所以，旅顺、大连和威海的海防筹建从开始便陷入经费紧张的状况之中，如果再把防务规模扩展至胶澳，不用说会影响到整体防务建设，就连偷偷用来修园子的费用也会枯竭。如此这种默契也便不存在了。

李鸿章说服慈禧否了许景澄的折子。

但是，没想到许景澄却有一种不达目的不罢休的劲头，再次上折强烈呼吁胶澳设防，更有不明就里者跟着起哄，御史朱新一上折言及胶澳"胶州湾宜设重镇……旅顺一区，非战守之善区，欲固旅顺、威海卫，则莫如先固胶州"。李鸿章抓住朱新一的漏洞和草率大加驳斥，怒斥其"书生妄谈"。胶澳设防成为当时的一个非常敏感的话题。

为平息舆论，慈禧让李鸿章再做考察。

无奈之下，李鸿章又派了北洋水师统领丁汝昌前往。丁汝昌手下有位叫琅威理的洋员，军事防务能力极深厚，两人的考察与刘含芳的说法便有了些出入，正如丁汝昌所说，"如果胶州设为海军屯埠，可与旅顺、威海互为犄角，并且从南、北两洋水师的全盘考虑，其居于黄海，两师中间，自然是总汇之区"。厉害的是琅威理，直接提交了一份十分详尽的筹划方案，包括在胶澳区域内设置多少炮台，放置几艘鱼雷艇，峡口配置多少机炮、快炮及炮台、船坞都有详细描述。正是这个详尽而庞大的计划，反倒让李鸿章更加坚定了缓办胶澳防务的决心。如此庞大的防务耗费实在太大，如果缩减防务力量，在琅威理看来也便会使战力大减，失去意义。如果投入如此巨大，李鸿章知道势必会影响建设中的旅顺、大连和威海基地。李鸿章认为，这是必须

051

坚持的原则，决不能通融。

于是，在读完琅威理的报告后，李鸿章便到总署找到庆亲王奕劻，讲明利害，奕劻听罢也频频点头，认为在经费本不凑手的情况下，如果接办胶澳、旅顺、大连、威海必大受其累，说不定会前功尽弃。

有了共识，李鸿章便上了关于胶澳缓办防务的折子，由于奕劻的铺垫，慈禧太后已知其中利害，更知一旦胶澳防务开工，保不齐修园子的经费也会没了着落，这让她无法接受，从此也便不再提及胶澳设防之事。在许景澄和朱新一等人看来，正是李鸿章与奕劻的上下假手扼杀了胶澳设防的动议，不但对其大为不满，朱新一更在背后指李鸿章为"祸国殃民"之人。

其实，李鸿章在胶澳设防问题上并无私念，经费的挪用是慈禧的私心，在李鸿章看来，如果连这点油水都不让慈禧太后沾，那么海军建设的国家大计就会落空，这是算小账不算大账，以小失大。在设防问题上，他只是考虑主次先后问题，并非建与不建问题，但许景澄、朱新一等人根本不理解他的用意，只是简单地认为他在阻挠胶澳设防，却根本不加考虑是否具备条件。其实，李鸿章一刻也没忘记胶澳设防之事，在加快旅大、威海屯埠建设的同时，也在谋划着胶澳的防务。1891年7月，在旅顺港即将建成之际，李鸿章亲率兵轮再到胶澳考察，他这次是有备而来，不但带了海军方面的军事人员包括具有较高建港水准的琅威理，还把山东巡抚张曜等一众地方官员招到胶澳，他已经决定在这次考察中要把胶澳设防的事宜布置清楚。

考察过程中，李鸿章就与山东巡抚张曜就防务和经费问题进行了充分沟通。张曜对胶澳设防没有太明确的概念，胶澳虽在山东，但军事防御权限掌握在直隶总督手里，所以无论李鸿章说什么，他都满口应承，毫不含糊。在军事防务力量调整上，李鸿章决定让登州总兵章高元调任胶澳总兵。张曜知道章高元是李鸿章的嫡系，当然不会反对。而最大的问题还是军费，李鸿章说："海军衙门负责筹款，但山东也要替承担些才是。"

张曜便不作声。

李鸿章自顾道："把海防捐留给山东，用作胶建炮台之用如何？"

张曜面有难色，说："杯水车薪！"

李鸿章说："虽是杯水车薪，但可应急，以后还会有办法。"

张曜知道不能否认，也知道胶澳设防非一日之功，走一步看一步！便勉强点头。

有此初步规划，回到天津总督衙门后，李鸿章立即上书要在胶澳建设海军屯埠，胶澳设防问题重新提上议事日程。尽管如此，还是有人认为，是李鸿章延误了胶澳设防的时机，更让李鸿章苦不堪言的是，他的胶澳设防的上奏被批准实施不久，中日间就因朝鲜问题而发生甲午战事，章高元被紧急征调辽东应战。胶澳防御工事建设随之被搁置。战后，章高元返回胶澳，但甲午战败，旅顺、大连、威海军事力量荡然无存，京畿门户洞开，胶澳防务体系已无任何意义……

胶澳设防一直为人诟病，这么多年始终会被人提及，就像有一颗火星藏在草丛，一旦青草干枯季节便会变得非常危险，德军的突袭上岸让这种潜在的危险成为燃眉之急。

李鸿章知道自己不得不出手了。

13

抛却"中德自了"这一谈判策略中隐含的对自己的排斥之意，就策略本身来讲也是不符合李鸿章一向所秉持的外交原则的，以夷制夷才是国人百试不爽的招式，李鸿章对此运用得更是得心应手，出神入化。西方列强都想保持在华利益，利用他们之间的矛盾达到目的，最容易做到，为何却要单独过招？不借助他国之力要想取胜德方，简直是异想天开。李鸿章对此不屑一顾。

这些天来他已经揣摩透了，采取"联俄制德"的方式才是最佳策略。首先这是有现实基础的。胶州湾距扬子江较远，对老派英国来讲并不构成太大威胁，但华北却与俄国势力范围近，特别是胶州湾与旅顺、大连隔海相望，俄国修建的中东铁路已通达旅、大，与胶州湾近在咫尺。中国有句老话，卧榻之侧岂容他人酣睡。俄国当然不愿看到德国向华东、华北一带渗透。

从外交上讲，李鸿章还握有一张王牌，那便是人们猜测已久的中俄密约。东部海域一旦有事，两国可以相互派兵支援。当然，不到万不得已，这张底牌不能轻易打，但眼前的形势危在旦夕，不能不孤注一掷了。

1896年，李鸿章欧洲之行的第一站是俄国，那条线路是曲折迂回的，从上海出发，经黎士运河，到敖德萨，然后再经圣彼得堡，最后到莫斯科。

原计划在到达圣彼得堡后要进行几天的等候，尼古拉二世加冕仪式开始前再前往莫斯科。但是，让李鸿章没想到的是，俄方突然改变行程，没让使团一行在圣彼得堡逗留，而是直接去了莫斯科。李鸿章对此并无异议，在他看来提前到达莫斯是件好事，因为他正揣着一项秘密任务需要在莫斯科有充分的时间得以展开。但到达莫斯科后，李鸿章才明白自己揣着心事，俄国人更是打着如意算盘。俄国人也想有充分的时间和李鸿章谈另外一件对他们来说极重要的事。而李鸿章由此也看到自己所带来的秘密任务实现的可能性。

当时，俄国正计划修建中东大铁路，这条铁路由莫斯科出发，绕行贝加尔湖，到达东部港口城市海参崴，全程达一千余公里。为节省资金和缩短里程，这项由俄国财政部牵头的工程正在酝酿进行新的修改。由于修建过程中需要大量木材和金属，因此沿途铺设了多条通往中国东北的支线小铁路，受此启发，有人提出，何不与清政府合作，将这条铁路直接穿越中国黑龙江，那样便会避开荒凉的北部地带，且大大缩短行程。这当然是个好的动议，并且随着论证的不断深入，人们发现其更大的价值在于不仅缩短行程，这条铁路将会因此深入资源丰富的中国东北地区而产生更大的经济甚至是政治影响力，这种影响力甚至会波及中国的华北地区。而在当时，还有一个因素使财政部认为不得不重新考虑铁路线的走向问题，那就是原线路走向会形成铁路与阿穆尔汽船公司的竞争。俄国财政部决定尝试实施穿行中国东北的新计划。当年4月，俄国驻华公使喀西尼向清总署衙门提交此议。不出所料的是，清政府一口回绝。俄国财政部的尝试受挫。

财政部部长维特从李鸿章的来访中看到了实现这一计划所带来的新契机，便向尼古拉二世禀告，希望同意李鸿章提前抵达莫斯科，以便有足够的时间商议此事。尼古拉二世同意了维特的请求，这才有了李鸿章行程的改变。

维特的计划并非没有反对者，外交部首先对此就有不同看法，外交部部长罗拔诺夫早就不满于维特的越俎代庖，并且坚定地认为这一计划很难得到清廷同意，哪怕是费尽力气说服了清廷，实施起来也非常困难，因为这会刺激到其他列强特别是日本的反对，从而引起不必要的国际纷争。但维特主意已定，在他看来，与所有可能产生的负面影响相比较，一条铁路所具有的重大战略意义是显而易见的，并且还能化解当前国内因这条铁路出现的商业竞争，所以修改铁路走向势在必行。维特争取到了尼古拉二世的支持，如愿与李鸿章开始了关于中东铁路穿越中国东北地区的沟通和协商。

李鸿章早就耳闻此事，没想到此时会遭遇。所以，无论是否具有合理性，在没想明白之前当然抱持着否定的态度。况且，凭着最简单的判断可知，这条由俄国管辖的铁路一旦穿越东北地区就会像一把刀一样把东北一分为二，这几乎是无法接受的事情。所以，他直接对维特说："这是件不能做的事。"

维特温文尔雅，却意志坚定，说："对俄国来说，只是想借地修路，无非方便自己，并无侵占中国领地之意。对清廷来说，也有着积极的一面，那就是可以借助这样一条铁路实现与俄国的互通，还可以战时运兵……"

维特最后一句话打动了他——"战时运兵"。尽管他否定了维特的请求，但还是突然之间感到这一请求与自己怀揣的那个秘密计划有了某种程度上的契合。维特离开后，他翻来覆去权衡利害，越发觉得不妨一试。在起程前他面见慈禧、光绪时，太后、皇上摒绝他人，对他说了一番话，让他觉得此行突然变得沉重起来。慈禧太后说："你知道为何让你去欧洲？"李鸿章不知为何会有此问。因为一般都认为，这原本是张荫桓的差事，因俄方蛮横而换人，并且俄方指名李鸿章前往。

李鸿章并没有回答慈禧的问话。

慈禧说："此行俄国最重要，可尝试有无联俄制倭之策。"

李鸿章恍然明白了慈禧、光绪的真实用意。

自甲午年后，朝廷内便有联俄制倭之议，但苦于无合适的渠道和契机，并无实质性推进。李鸿章明白，太后、皇上之所以如此痛快地答应了俄方的换人请求，原来也是大有深意。当李鸿章听到维特提及中东大铁路时，同样也是恍然大悟，明白俄方的换人同样也是有着深谋远虑的。如此一来，便有了一种本能的默契。此不可谓不是一种历史机缘。

李鸿章听罢慈禧的话，沉默半晌说："老臣愿意一试，但结果并无把握。"

慈禧点头，没再说什么。彼此都明白，有些事不但要看努力，还要看机缘。话说到这个份上就够了。

李鸿章想，如果答应俄方所提出来的中东大铁路改道要求，继而以此换得俄国承诺，共同防御东方那个最危险凶狠的日本帝国，也不失为上策。李鸿章动了心，便向国内发电，征求太后、皇上意见。

李鸿章并没有得到想要的复电，这让他忐忑不安。不知是慈禧太后和光绪帝是不同意此议，还是让他便宜行事？

维特又上门拜访了。李鸿章对维特多有几分瞧不上，表现得极傲慢。维特却很有涵养，彬彬有礼，有着不达目的不罢休的执着。维特善于察言观色，上次交谈结束之际，他已从李鸿章的言谈举止中嗅到了对方的微妙变化，觉得并非没有突破"瓶颈"的可能，所以一刻也不放松，紧盯不舍。他对李鸿章的傲慢并不太在意，只要能达到目的，轻视、鄙弃无关紧要。维特的尊严与目的性是一种异样的结合，这使他成功的概率倍增。

果然，在李鸿章一番没头没脑的高谈阔论后，突然问一句："俄国是否有与大清共同御敌的想法？"

维特微微一笑，胸有成竹道："中东大铁路其实就是御敌之术。"

"如何说？"

维特说："甲午年，俄国曾有意向辽东派兵，但因路途遥远而延误，只得眼睁睁看着清廷战败而无力出手相助。"

李鸿章曾听俄驻华公使喀西尼有过此说，但他始终认为是事后邀好之举，并无太大可信性，但现在又听维特说起，想想也并非没有可能，因为从自身利益出发，俄国对日本向中国东北的渗透有着本能的防范和抗拒，这也是后来三国干涉还辽的一个原因所在。

李鸿章点头表示认同，说："不知俄皇如何评判此事？"

维特没有犹豫地说："皇上当然支持此事。"

李鸿章困惑，维特说得如此干脆，一方面说明他早有此念，二是维特与俄皇确实有着非同寻常的关系，也就是说，他是可以"先斩后奏"的。对前者，李鸿章倒是不觉得他在提出签订条约前，俄皇就已提前知晓，那么，就是后者了。这时，李鸿章才正眼去看维特，下意识地点点头。维特知道，自己的策略发挥了效用。

正如李鸿章所想，维特深得尼古拉二世信任，并且在廷前有着充分的话语权，这也是他作为财政部部长能插手亚洲事务的重要原因，所以当李鸿章质疑皇帝是否会同意时，他能毫不犹豫地表态。他相信自己有充分的理由说服皇上，而在他看来，其实更难说服的是那个因亚洲事务被分权而心怀不满、处处掣肘的外交部部长罗拔诺夫。

果然，尼古拉二世对维特的呈请没有丝毫犹豫，并授权其全权处理。皇上总是主动帮助维特解决可能因外交部不满而造成的困难。再次会谈时，维特信心十足，让李鸿章疑虑尽失。能取得皇上绝对信任，是事情成功的关键。于是，李鸿章毫无保留地说出自己的意见："如果日本入侵中国……或俄国的远东地区，两国应以陆海军及军火、粮食互相援助。"

维特说："这是共同的责任，但要把这一责任落到实处，中国在战时所有口岸均应向俄国兵船开放。"

李鸿章犹豫片刻，说："那首先要征得清政府同意。"

维特说："当然。为运兵方便迅速起见，中国应当允许俄国将正在修建的中东大铁路改由向南移见，线路穿越中国的黑龙江、吉林等地。"

李鸿章说："有一点要说清楚，接造铁路不能借机侵占中国土地，亦不得有碍大清权利。"

维特点头说："那是当然。"

商谈并非一帆风顺。当维特提出这条铁路应该由俄国财政部来修建和管辖时，李鸿章却不容回绝道："那是不可能的，所修铁路必须由一个私营公司建设管理。"

这让维特很踌躇。因为财政部已经接手前期的铁路建设的一些工作，现在突然改变管理关系，需要重新梳理的东西太多。

接下来的几天，维特与李鸿章反复磋商，但李鸿章对此并不让步。后来，维特答应了下来，在他看来哪怕是成立一个私营公司也得完全听从俄国政府，还是要由财政部管理，大同小异，并无实质性区别。两人约定，此条约属国家最高机密，无论哪方都必须承诺绝对保密。所以，在整个条约签订过程中，具体细节都由维特本人经手，尽量缩小知密范围。

条约由维特起草，经李鸿章认定，便分奏各自国家皇帝签认。李鸿章此时心里却不安起来，因为第一封电报至今没得到回复，是朝廷改了主意，还是不愿意担责？在他看来，这实属不负责任。为避免出现再无信息的情况，在条约签认稿发出后，紧随其后，便发电催请皇帝画押。好在，清廷这次没有回避，同意签字。但回复的冷淡与生硬却让李鸿章莫名其妙。依他的猜测，无论慈禧，还是光绪，显然对如此重大的决断缺乏信心，既想做，又怕发生意外，犹豫不决。

李鸿章无奈叹气。在他看来，主政者缺乏坚定的意志和明确的主见是大清朝给外族以上气不接下气虚弱不堪印象的重要原因。大清的很多事情做不好，也与此大有干系。

本来已经商谈完成，但在条约签字前，却突然发生了意外，外交部部长罗拔诺夫竟然将所有涉及"日本"的字眼都改成了"他国"。维特提出质疑，罗拔诺夫说："如果表述太明显，会刺激日本。倒不如以他国概之。"并坚持己见。

维特也是态度强硬，他认为"他国"会让人误解为针对的是其他所有国家。如此一来，岂不树敌太多。维特愤怒地向皇帝提出抗议，皇帝让罗拔诺夫更正。外交部部长显然对皇帝不能采纳自己的意见不满。表面答应，实际并没去改正。直到签字仪式要进行时，维特发现，条约仍然维持了罗拔诺夫的意见。

维特怒不可遏，找到罗拔诺夫问个究竟。罗拔诺夫说："自己忘记了。"有谁相信如此重要的事情会忘记。这位对维特极为不满的外交部部长显然是在蒙混过关。好在，在维特的坚持下，最后还是改正了过来。

李鸿章在签字仪式即将开始的关头，也看到了维特与罗拔诺夫之间突起争执，虽然不明就里，但他还是把条约细细地看了一遍，看出了措辞上的变化，便长呼口气，等着看事态变化，好在签字仪式在晚了一段时间后，重新誊写的条约文本又恢复了谈判时的表述，他才定下心来，拿笔签上了自己的名字。

中俄密约共有六条，一是日本侵占俄国亚洲东方土地或中国土地，中俄两国共同御敌。二是中俄既经协力御敌，非由两国公商，一国不能独自与敌议立和约。三是当开战时，如遇紧要之事，中国所有口岸，均准俄国兵船驶入。四是为将来转运俄兵御敌并接济军火、粮食，以期妥速起见，中国国家允于中国黑龙江、吉林接造铁路……其事可由中国国家交华俄银行承办经理。五是平常无事，俄国亦可在此铁路运过境之兵、粮。六是条约以十五年为限，到期再议。

当李鸿章实在看不下去翁同龢、张荫桓在处理德军占领胶澳问题上的态度和方式，决计要打破局面时，自然就想到了那份中俄密约。尽管条约是针对日本的，但此时此刻他却想起了那个被有意或无意篡改成"他国"的措辞，其实这份条约并非不能借用于第三国对中国的侵略，只要能说动俄方口径一致，足可以成为请俄干预的法理依据，反正这是份不能公开的密约，只要中俄之间认定密约的存在，那中俄之间所有的协同动作都是可以归于密约之下的，李鸿章决心下气力一试……

14

　　李鸿章在这天晚些时候，前往俄国驻华公馆拜访新任公使巴甫洛夫。巴使对李鸿章的突然造访非但没感到意外，反倒嘴角隐隐浮现出一丝嘲讽的笑意，他期待的大鱼终于上钩了。

　　前些日子他就接到外交部密函，让他高度关注胶州湾事态发展，特别是中德之间的谈判。翁同龢、张荫桓的被动显而易见。他判断，不出意外的话，德国一定会将胶澳据为己有。由此一来，德国将会因三国干涉还辽而得到一个巨大的回报。巴甫洛夫知道，作为干涉还辽的三国之一，俄国政府也正期待着能够分得一杯羹，德国的捷足先登显然会进一步刺激俄国的欲望。俄国当然会不甘人后，如何利用中德之间的谈判获利是当然要关注的。但翁、张二人"中德自了"的谈判原则把第三国排除在外，就会大概率地让俄国的努力和期待落空，德国会独得这份巨大的利益。巴甫洛夫虽然对更多内幕并不知情，但他本能地意识到，俄国绝不会善罢甘休，并且直觉让他感到德俄之间一定有着某种潜在的默契，由此也会有着进一步合作的可能。

　　海靖对大清谈判代表的戏耍几乎到了无所顾忌的地步，表面看是海靖刁蛮无礼，甚至大有无视国际规则的味道，但从深层次分析，或许这正是德方的一种战术，或者说是德俄之间默契协作的战术。有些事情他并不知情，但却能够隐约感受得到。拖延时间，以便使德俄间寻找到一种合作的契机，从而谋求两国在华利益的最大化。巴甫洛夫的判断是准确的。

　　被海靖所牵制的翁、张两位谈判代表已疲惫不堪，力所不支，而大权旁落、意志颓废的李鸿章也渐渐不耐烦起来，逐渐从旁观者的冷眼相向而变得心情焦躁、跃跃欲试。把谈判的对象从翁、张二人转移到李氏正是德、俄两国的默契和战术。

　　巴甫洛夫终于等来了李鸿章。

　　巴使热情相迎，问："这么晚了，如何会劳李相亲自跑一趟？"

　　李鸿章沉默良久，说："巴使如何看胶澳之事？"

　　"这……"巴甫洛夫耸耸肩说，"爱莫能助，你们的策略很明确，中德自了。"

　　李鸿章说："那是一厢情愿，巴使不必太看重。"

巴甫洛夫说:"李相的意思是……"

"请俄国出面……调解。"李鸿章目光前视,似在看着一个空洞。

巴甫洛夫没有答话,但透着欲擒故纵的险恶。

老道的李鸿章倒是先沉不住气了,说:"中俄间是有约定的,一旦有事,可以互相支援。"

巴甫洛夫故作惊讶道:"难道传说中的密约果真存在?"

巴甫洛夫的惊讶既有虚假的成分,也有真实的一面,因为他也从未得到有中俄密约的证实,包括外交部对此讳莫如深,但他判断肯定有这样一个密约存在,而现在从李鸿章口里几乎得到了肯定。

李鸿章不置可否,神情肃穆。巴甫洛夫知道,如果会动用密约条款,那对大清来讲其急迫程度可见一斑。

巴甫洛夫试探道:"两国之间不是只为了防御……东国吗?"

李鸿章道:"不止。"说着从衣袖里取出袖珍痰盂,吐口浓痰。

巴甫洛夫听罢一惊,话语间也变得小心,问:"李相的想法是……"

李鸿章脸上表现一种特别的淡然,像拉家常一般,说:"请俄皇派军舰驰援,迫使德军退兵。"

巴甫洛夫半晌没说话。李鸿章说:"事不宜迟。"

巴甫洛夫说:"李相放心,我马上报告外交部。"

李鸿章前往驻俄公使馆的消息次日便为张荫桓所知,他问翁同龢,翁却一脸茫然,说:"他意欲何为?"

张荫桓知道他明知故问,也没有接话。

翁同龢说:"不能让他瞎掺和。"

张荫桓说:"有必要请示恭王,让他出面阻止。"

翁同龢说:"我再考虑考虑。"

翁同龢的态度让张荫桓深感不安,如果对李鸿章不能采取坚决的态度制止,不但会前功尽弃,关键是接下来一定会生出更多是非,前景难测。而翁同龢意志不坚,或许会使这种可能成为现实,如果李鸿章一旦掌握了谈判的主导权,那他便会重拾在军机处的话语权,后面的事情就更难说了,自己与翁的联盟一定会成为李鸿章攻击的对象,那就会陷入被动。

走一步看一步吧,先看恭王的态度,如果他支持,这一局还是可以扳回的。张荫桓心情极为复杂,希望翁同龢能够打开局面。没想到,次日见到翁同龢时，翁竟只字未提此事。张荫桓大为困惑，只得去问，翁同龢却轻描淡写地说："昨日已向恭王报告，恭王说虽然也感惊讶，但他对出面阻止李相很是犹豫，担心面子上不好看。"

张荫桓一夜未眠，在他看来，这是整个事件处置至为关键的环节，如果不能坚持，局面就会崩溃，没想到恭王竟然为了面子而不愿开罪李鸿章。更让人费解的是，翁同龢深知其中利害，非但不晓之以理，却听之任之。如此一来，真的就是前途未卜了。张荫桓突觉心灰意冷。

半夜下了雪，张荫桓披衣坐榻，想着心事，知道不能不考虑退路了。

次日，张荫桓夜访李鸿章。李鸿章很意外。张荫桓说："关于胶澳的事，想听李相吩咐。"

李鸿章听罢，心知肚明。他早知道张荫桓有能力没风骨，看风向要变便想掉头了。只是没想到他见风使舵的本领如此之快。李鸿章打心眼里瞧不上他，但眼下要极力拉拢，一旦张荫桓归顺，"中德自了"之局就不攻自破，他的"联俄制德"计划便可以名正言顺地得以实施。事到如今，李鸿章并不避讳把计划讲给张荫桓听，当然只讲大概，不讲细节。张荫桓也是只点头，不表态，但如此已让李鸿章非常满意了。

话说得差不多了，张荫桓告辞，李鸿章突然问："英洋行借款事我想没有什么不可以的。"张荫桓一愣，没想到李相突然把话题转移到借款之事上。甲午战后，为支付向日本的赔偿款，清政府优先向德俄法借款，因此造成英国恐慌，因张荫桓多年负责与英交涉事宜，便找到张荫桓，想让他从中斡旋，不至于使英商在此次大借款中落了下风，受到损失。但借款事宜为李鸿章掌控，张荫桓费尽心机也没有寻找到机会，已使他在英国公使馆的威信大为消减，大有灰头土脸之感。没想到，李鸿章突然说起此事。张荫桓当然明白他的意思，这是为自己的"投诚"送过来的一份大礼。张荫桓受宠若惊，却也不便多说什么，深施一礼，告退。

张荫桓刚刚退去，巴甫洛夫就紧跟着来到李鸿章宅邸。他自信满满地对李鸿章说："俄国已决定将驻扎在日本长崎的三艘战舰调至中国。"李鸿章大喜。他坚信，只要俄国出手，清朝的颓势便会迅速得以扭转。

次日，李鸿章出人预料地一大早就来到总署。翁同龢、张荫桓来见到李鸿章后心情各异，两人已听说了俄军舰停泊旅顺的消息，知道李鸿章已经开始暗中操作胶澳事宜，但并不了解细节，也不敢公开质问李鸿章。李鸿章见两人局促不安，却摆出一副满不在乎的样子。似乎是他一直在处理主持胶澳的事，对着两人大谈胶澳处置的不妥，又讲海靖的不义，话题自然而然地来到了"联俄制德"的必要性上。后便无所顾忌地告诉翁、张二人，俄舰已经从长崎驶往旅顺，他已经让总署发电旅顺港宋庆，切实照料好俄舰到后的一切事务……

大臣们面面相觑，有人想说什么，但见主持此事的翁同龢、张荫桓哑口无言、垂头丧气的样子，也便知道事态出现了大反转，谁也不敢轻易开口。翁同龢见张荫桓无可奈何的样子，知局面已无法挽回，大为颓丧……

15

所有的默契无不建立在处心积虑的考量之上。德国与俄国在关于中国问题上的共识其实在李鸿章1896年访德拒绝了威廉二世的企图后便已为两国皇帝所密谋形成。李鸿章自作聪明，认为对德皇的拒绝证明了自己的政治智慧，其实从那刻起，德皇威廉二世就放弃了以外交手段谋求殖民地的努力，决心不惜以包括武力在内的一切手段达到目的，以推进他的海洋政策。为此，他动用一切力量开始了对中国东部沿海区域的实地考察。

德国政府的考察不但包括胶澳，舟山群岛、大鹏湾、澎湖列岛也在其中，但胶澳一直是第一选项。这源于德国著名地理地质学家冯·李希霍芬。冯·李希霍芬曾受私人机构委托先后五次来中国进行实地考察。1869年，冯·李希霍芬在山东做了为期六周的考察。山东丰富的矿藏资源和地理地质环境让他印象深刻，特别是对济南以东博山等地所蕴含的优质煤炭资源给予极高评价。他在考察后的报告中写道："博山是我迄今看到的工业最发达的城市，所有人都在劳动……胶州湾的开放和上述与内地连接的交通线的开辟，是山东丰富的煤矿资源的前途所在……"考察让他意识到，山东待开发的矿产资源特别是煤炭非常丰富，同时还以盛产蚕丝闻名，遗憾的是山东非常贫穷，而他认为造成这种贫穷状况的原因就是交通不便。

1871年，冯·李希霍芬写出了著名的《中国》一书，对德国如何利用这块东亚海域有了相对成熟的规划。他在给首相俾斯麦提交的一份报告中提出，继续增长的德国商业和航运利益，使得"发展海军以保护这些重要的利益和支持已订条约"及"在东亚获得一个固定的据点"非常必要，以便"万一发生战事时,德国的商船和军舰有一个避难所和提供后者一个加煤站"。他认为,所选地点无论如何要在中国东部沿海,因为中国的经济潜力使欧洲以外的任何国家都相形见绌。让他感到无奈的是,俾斯麦并不想把德国的势力拓展到遥不可及的东亚。冯·李希霍芬的理论受到了广泛关注,却无法进入当时的国家层面,而威廉二世的上台终于让他有了这样一个条件和机会。

冯·李希霍芬对山东铁路的构想从开始就得到了德国政府的高度关注,威廉二世上台后更是把冯·李希霍芬的理论作为国家政策调整变化的重要依据来对待,陆续派出军事、水利专家对胶澳的水文、交通、气候等情况进行考察。1896年8月,当时的德国东亚舰队司令蒂尔皮茨受德皇威廉二世秘密派遣,前往胶澳考察,他的调查结论归结为四点:(1)安全停泊处;(2)容易设防无须过多费用;(3)根据冯·李希霍芬教授的说法,附近有煤层,能提供很大的经济利益;(4)气候比较凉爽,有利于驻守士兵的健康。蒂尔皮茨的结论对德皇的最终决定有着至关重要的作用。在蒂尔皮茨考察结束四个月后的11月份,德皇已经在枢密会议上向大臣们提出了胶州湾将会作为未来殖民地的重要选项,当时还有舟山群岛、大鹏湾、澎湖列岛作为备选,并且明确要求驻北京公使全力通过外交手段向清政府索要胶澳作为东亚舰队的锚地,其实就是将来要在此建立殖民地。但是,外交努力并不能够让德皇威廉二世满意,为此他甚至不得不把以脾气暴躁著称的驻菲律宾公使海靖派往北京,希望加大对北京的压力,但海靖的努力仍然收效甚微。

李鸿章的访德在威廉二世看来是一次绝佳的时机,他亲自出面,相信大清政府不会不给面子。没想到的是,李鸿章非但没有直接答复,反倒借势争取到了与俾斯麦见面的机会。与俾斯麦的会面对威廉二世来讲是有着一定政治风险的,他的海洋政策并不是每个人都支持,而俾斯麦的朋党或许会借此机会大做文章,但为了争取到东亚殖民地,他还是忍气吞声,答应了李鸿章的要求,希望以此能够换取对方的让步。没想到,李鸿章并不领情,从福里德里斯鲁返回后便扬长而去,对他的请求置若罔闻。威廉二世愤怒至极,无法容忍。加之李鸿章离开德国,政界商界随之做了理性反思,批评声一片,都言受了中国老狐狸的欺骗。威廉二世羞愤交加,发誓要让大清政府付出代价。

为此,他甚至在人事上做了重大调整,将东亚舰队司令蒂尔皮茨调回国内任海军部部长以便统筹规划海军整体战略，而在东亚占领一块殖民地归属在了海军部的整体规划之中。棣利斯接替蒂尔皮茨任东亚舰队司令。正是在蒂尔皮茨直接策划下，棣利斯具体组织实施了对胶澳的占领行动。

但是，占领胶澳前有一个最大的滞碍不能不考虑。由于胶澳地处华北，英国势力并不能覆盖，但与俄国的控制范围有所重叠，冲突的可能性是存在的。如果不把这一问题解决好，潜在的隐患太大。威廉二世决定亲往俄国与沙皇尼古拉二世商谈。威廉二世是沙皇保罗一世外孙女的孙子，而沙皇尼古拉二世是保罗一世孙子的孙子，两人属表兄关系。尽管如此，尼古拉二世对威廉表兄的突然到来还是很感意外。他知道这位反复无常的表兄的野心，明白他的突然而至绝不会仅仅是为了表达友情，定有着深层的原因。

两人的见面看似很愉快，大多时间在聊天、喝茶，说些无关痛痒的话。尼古拉一世甚至一度真的认为威廉二世是来述家常的。但就在访问的最后一天，威廉二世终于涉及了那个敏感的话题。不出尼古拉二世的预料，他说的果然是胶澳问题。

尼古拉二世故作不解道："胶澳的位置并不好？"

威廉二世道："退而求其次，我们当然不能再向北靠近了。"言外之意，德国是不会与俄国发生冲突的。

尼古拉二世沉吟良久，似乎这个话题来得太突然，他根本没有思考的机会。

威廉二世含着歉意道："我一直不好意思开口，还是请……您理解我的心情，更理解德国的战略需求。英国一家独大的日子不行，世界是大家的，不是英国一家的。"

尼古拉二世故作为难道："确实要好好考虑一下，并且需要征得相关部门认同，并非一句话就可以解决问题的。"

威廉二世说："当然，请您斟酌。"

威廉二世整宿未睡好，他对尼古拉二世的答复感到忐忑不安。如果俄国采取不合作态度，他的战略计划恐怕就会受到重大的影响。

在第二天的早餐桌上，威廉二世有些许的局促不安。

尼古拉看出了表兄微妙的情绪变化，故意说："昨晚没睡好，想着如何答复您给我出的难题。"

威廉二世听出尼古拉二世话语里轻松的语调，心里一喜，笑道："我也一样，期待您的答复。但我相信不会失望的。"

两人相视而笑，心照不宣。

威廉二世知道，自己的请求看来被认可了。

尼古拉二世说："表兄既然想要胶澳，我们并不反对，只要不干涉俄国在华利益即可。但是……"

威廉二世先是一喜，后是一惊。问："还有什么顾虑？"

尼古拉二世说："当然有……我们对胶澳不存奢望，但从俄国利益出发，也需要在华拥有一个出海口。我们的选择可能是……旅顺或大连？"

威廉二世明白了，尼古拉在和他讲条件，彼此之间相互支持在华的利益需求。

威廉二世说："没问题，我当然支持表兄的想法。"

尼古拉说："那我们就有合作的可能……"

两人相视而笑。

威廉二世俄国之行与尼古拉二世所达成的默契与所谓的谅解，解除了他的后顾之忧，也加快了德国占领胶澳的步伐。1897年春天，威廉二世下令，要求海军部再对胶澳做出更具操作性的考察。蒂尔皮茨由此知道，皇帝对军事占领胶澳下了决心，于是便挑选曾担任过基尔港建港工程师的佛朗裘斯到胶州湾做最后的技术准备。佛朗裘斯来到胶澳后，对胶州湾一带的地势、面积、岛屿、风力、潮汐差度、地质状况、饮水、居民和工商业等作了全面论证，论证项目达到30余项，并最终为德国海军部提供了一份翔实的可操作性的技术资料。

箭在弦上。德国只需要找到一个理由和借口。

所以，当安治泰将德国传教士在山东巨野被杀的消息转告给威廉二世时，他像个孩子一样狂笑不已，一番布置后，向蒂尔皮茨下达了军事占领胶州湾的军事命令。

16

北京又下雪了，不知道胶澳现在如何？章高元在敌舰上死活不知，事态发展仍然处在胶着状态。宋庆报告，俄国的三艘舰船已停泊旅顺港，一切都按照预定的布置完成。只是一种特别的安静让他感到隐隐不安，这种安静充斥在一个巨大的空间内，从旅顺到胶澳到北京，他所听到的消息，都无所谓好坏，他感到一种巨大的不确定性正在这种胶着之中慢慢形成。这种安静的时序拉得越是长久，这种不安的情绪越是强烈与浓重。

此时，在北京的李鸿章陷入了极度的焦虑之中。

俄国为什么还没有任何动静？他应该向德国政府提出抗议才对。德国政府也应该听到俄舰到达旅顺的消息了，为何各方都没有一丝反应？

他想有必要前往俄使馆探个究竟，如此拖延当然不利于处于危险临界点的胶澳前线，当然也不利于他联俄制德政策的实施。

到了俄国公使馆之后，巴甫洛夫却没在。副使出面相迎，虽然夜里灯影恍惚，但李鸿章还是觉察出了对方神情有些异样，但他并没有在意，只是问巴使何时能回。副使说："还是请李相先回，巴使有应酬，不知何时才能回。"

李鸿章口里诺诺，但并没有走的意思，既然来了，一定要见到巴使，把事情问清楚，如此回去，一夜肯定不能合眼。事情太过重大了。

他说："我等一会吧。"

对方有片刻犹豫，但见李鸿章留意甚决，也怕有逐客之嫌，毕竟对方是大清重臣。俄副使也是对李鸿章产生了恻隐之心，在大清朝可谓一人之下万人之上的老臣拖着垂朽病体，冒雪来到使馆，而想见的人却正在与他的对手把酒言欢——巴甫洛夫此时正在德使馆参加海靖举办的酒会，无疑是对这位老臣的戏弄。而这位老臣却蒙在鼓里，还一厢情愿地期望能够得到俄国的军事支持。真是弱国无外交。

公使馆的取暖设备好，不一会李鸿章竟觉得身上微微有汗，这让他的等待显得不那么凄凉。还好，巴甫洛夫并没像副使暗示的那样会很久才回，不一会就听到门外有声音，李鸿章知道巴甫洛夫回来了。因为看到了外面的轿子，巴甫也知道李鸿章来馆造访，进门也不觉意外，只是说："劳李相久等，有个酒会不能不参加，因为有重要的事商量。"

李鸿章内心卑微，表面还是派头十足，微微点头说："巴使公务繁忙，老臣今天来，是想问……"话说了一半，相信对方一定听得懂他的意思，便不再往下说，只是用眼神盯视着他。

巴使故作迷茫道："李相所言……何事？是胶澳事？"

李相心里一沉，这些天此事就像大石头压在心头，他无时不在等着俄使军事干预的消息，没想到对方竟然如此无关轻重的样子，脸色阴沉下来，没再说话。

巴使歉然道："想来李相一定是说胶澳事，这事已办妥了。"

李鸿章一愣，不知道他所说的办妥是什么意思。

"如何妥帖？"他不得不问。

巴使道："俄舰已停泊旅顺，自然会对德国政府造成压力。"

李鸿章说："俄国政府如果不着一言，就这么默默停在旅顺，如何对德国形成压力？"

巴甫洛夫说："压力当然会有的，不需要大张旗鼓。"

"这话就不明白了，俄国政府不表明态度，压力何来？"

巴甫洛夫沉吟半晌才说："李相，俄国政府只是为了给德国施压，但……也不能与德国政府反目成仇，您说如何表明态度？"

"就这么僵持？"

"僵持也是解决问题的一种方式。"

李鸿章知道事情或许正在向着自己最不愿意看到的方向发展，过了很久才说一句："那要僵持多久？"他不愿意听到那个最坏的结果。

这些天，当朝臣们见胶澳谈判发生了重大变化后，已有人质疑"联俄制德"的可行性，甚至公开指出这是引狼入室。李鸿章对这些意见并非不在意，他也担心会出现意料之外的事，但想想有中俄密约做保证，完全可以以此作为决策的依据。他最大的担心是恭亲王奕䜣会向自己质询，好在恭亲王自始至终并没有提及此事。慈禧、光绪同样没有干涉他对胶澳的介入。对于翁、张二人，李鸿章反倒并不觉得有多难对付。李鸿章心存侥幸，因为慈禧、光绪最明白中俄密约的存在，这是最牢固的靠山。

但是，如果俄国的态度发生转变，那么一切努力非但会迅速瓦解，恐怕只是舆论也会把他压死，那个既存在又不存在的密约或许根本就无法成为他的救命稻草。李鸿章一阵战栗，突然间像是掉进冰窖，在巴使没有给出准确答案时，此时此刻他正承受着无以复加的坠落恐惧。

"我想得到一个准确的说法，俄国到底如何帮大清将德军逐出胶澳？"李鸿章的声音有些颤抖。

巴使的对答仍然从容，说："我相信只要有俄国的军事存在，德国政府一定不敢轻举妄动。"

李鸿章不禁动怒，说："如果德军不走呢？"

巴使说："德军不走，我们也不走。"

李鸿章听罢，突然感觉到脖子上早就被系了一个绳套，而自己却浑然不知，直到此时此刻，巴使一用力他才感受到一种强烈的窒息感。他半天没说出话来，全身大汗淋漓。

李鸿章没再说什么，他已不需要再求证，否则便是自取其辱了。坐了半天，平息下心情，一言不发离开俄国公使馆。

雪下大了，轿夫脚下发出"咯吱咯吱"的声响，他知道大势已去，本想给翁、张上堂他得心应手的"以夷制夷"外交课，没承想马失前蹄，不知道接下来的局面该如何收拾。他的脑子一片空白，那个遥远的胶澳似乎正在离他越来越远，而他却无法想出一个挽救的办法。

17

远在汉口的锡乐巴虽然知道北京正在发生着一件关涉中德两国间关系的重大外交事件，但他对其中的细节却不能熟知，只知道自己必须为接下来可能发生的事情做好准备，他预感到北京所发生的事情一定在某种程度上与自己有着联系，否则，他不会接到礼和洋行的邀请函，也不会得到德国公使馆转换身份的认同。

对他个人来说，眼前最需要解决的事情便是如何向张之洞解释自己离开的原因，他既怕张之洞在感情上一时无法接受，更怕会使让这位"老朋友"误解。他最大的顾虑就是担心这位大清重臣会认为这是自己与德国政府合谋的一场骗局。所有的事情都发生在德占胶澳这样一个敏感的时间节点上，而自己特殊的身份又不能使自己的所作所为能够给他一个常理上的解释。

锡乐巴下决心去见张之洞，他知道这场"遭遇"是难免的，并且一定是"残酷"的。

张之洞这天心情还好，锡乐巴感到一丝幸运。两人的见面是在衙门后堂。一见面，张之洞就问："山东的事有没有消息。"

锡乐巴说："没有，海靖公使已回北京，相信很快便会解决。"

张之洞狐疑地看一眼锡乐巴，对他所表现出来的温顺和拘谨有些意外。

"公使馆里没有其他信息？"

"没有……"

张之洞见锡乐巴神情异样，便放下手里的书。他喜欢在和别人谈话时，手里捧本书。

"有什么事情？"

张之洞有一种不祥的预感。胶澳事件发生后，他的态度是强硬的，绝不能让德国阴谋得逞，他多次给朝廷上书，除详陈德占胶澳的危害外，更对德国包藏祸心极力痛斥，但是，让他感到意外的是，他的几次措辞激烈的奏折，并没有得到朝廷回应。尽管他知道翁同龢、张荫桓不愿外臣过多干涉外务，但此事已涉及国本，每名臣僚都有上折言事的权利。但是，细细想来，或许有着更为不为所知的原因，也就不再多言。但是，尽管不再说话，但他一刻都没减弱对胶澳的关注，知道翁、张二人与海靖的谈判并不顺利，海靖提出了"山东巡抚李秉衡免职，永不叙用"的苛刻条件，在他看来这是绝不能答应的；后来，听说李鸿章正极力干预中德之间的谈判，这是他最为担心的。他同样明白，如果一旦李鸿章介入谈判之中，翁、张二人所订立的"中德自了"原则一定会被打碎，李鸿章的套路他最熟悉不过了，他与俄国之间眉来眼去的暧昧关系一定会左右谈判走向。在张之洞看来，"中德自了"无论是否有着排斥他人进入谈判的意思，终归不失为相对正确的选择，翁、张二人真正的目的就是以此避免其他外国列强介入胶澳事务。张之洞只求翁、张二人能坚持下去，顺利完成与德国的谈判。

锡乐巴失魂落魄的样子，让他认为中德之间的谈判失败了。他知道，锡乐巴一定会从其个人专属的渠道得到一些他不能掌握的信息，这在以往是常有的事，张之洞时常可以由此作为判断某件事情的重要依据。

张之洞目不转睛盯着锡乐巴。锡乐巴在张之洞的盯视下，全身竟有些瑟缩发抖。

"胶澳发生了什么？"

锡乐巴这才说："大人，胶澳的事情没有更多新的消息，无非还是那么一个胶着的局面。今天……我是来向大人辞行的……"

"辞行？"

"是……"

"你去往何处？"

一进入实质性谈话，锡乐巴绷得过久的神经反倒松弛下来。

失路惊魂

069

"大人……这么多年，我在汉口一直蒙大人器重，真的是不忍说出口。其实，我也有苦衷。"他干咳一声，接着说，"这些年在大人的安排下勘测设计了一些铁路，但是，这些铁路不是比利时人修，就是英国人修，我所设计的铁路没有一条是德国人所修。我一直非常郁闷，也想有机会勘测设计一条由德国人修建的铁路。"

张之洞大感意外，任由锡乐巴说下去。

锡乐巴说："现在有个机会，去山东，我想去山东修建一条铁路。"

张之洞的意外变成惊讶。"德国人真的要在山东修建铁路？"

张之洞困惑，尽管他从冯·李希霍芬《中国》一书中分析判断过德国人如果占领山东的话，一定会修建一条由胶州通往内地的铁路，并在奏折中反复陈述其危害性，但前提是清政府真的同意把胶州作为殖民地割让给德国。锡乐巴现在突然提出要到山东修铁路，让他震惊不已的是，锡乐巴实际上已经向他提供了一条最为重要的信息，德国人已经有把握获取胶澳一带的控制权。

张之洞这么想着，故作平静道："你要到山东修铁路，山东有铁路吗？"

锡乐巴说："是的，那是一条正在设想中的铁路。"

"你参与了这条铁路的……设想？"

张之洞摆出一怒不可遏的神情瞪着他。

锡乐巴说："我最担心大人会误解我，其实在此之前我一概不知。"

"德国外交部指派你去的？"

锡乐巴听罢，知道张之洞对他的身份了如指掌。他忙起身道："并非如此，我是受礼和洋行邀请去的。"

"礼和洋行？"

"是的，礼和洋行奉命在山东做一条铁路的勘测设计。当然……我想……也与将来对于殖民地的建设会有联系的，但现在还无从判定。"锡乐巴说。

"也就是说，德国人对胶澳势在必得？"

锡乐巴没作声。

突然，张之洞眼里露出一丝凶狠的光，直视着锡乐巴半天，说："你早有预谋？"

刚刚坐下的锡乐巴，屁股迅速离开位子，摇摇手说："大人，这正是我为难之处。上次您问我胶澳之事时,我对此尚且不知,没想到紧接着就收到了礼和洋行的聘书,实话说……我动了心。"

张之洞嘴角轻蔑地一撇,鼻孔"哼"一声,说明他并不相信锡乐巴所言。

张之洞说:"您可以拒绝他们。"

锡乐巴说:"我……"他差点就说出"无法拒绝"。但随即一想,还是不能太过直白,因为此事确实是他的个人所愿。他说:"我确实存有私心,如果德国能在中国修一条铁路,那里才是我应该效劳的地方。我并非不愿意留在大人身边,请大人体谅……"

张之洞此时此刻心情复杂,他几乎是无条件地相信了锡乐巴所说的一切,又几乎是无条件地对他的话置于全部的怀疑之中。因为在他听来,锡乐巴的话既合情合理,又漏洞百出,既情真意切,又藏着阴谋。他既相信,又怀疑,既理解、同情,又不满、愤怒。

张之洞起身,深叹一口气,拂袖而去,带着愤懑,也掺杂着无奈。锡乐巴坐在原处,久未起身,既长出一口气,为自己终于把憋在心里的话说出来而感到轻松,又为离开张之洞而感到伤神。从张之洞的不满与愤怒中,他能够感受得到他的不舍与留恋。当然,张之洞决不会把这样一份复杂的情绪外露,但锡乐巴却感同身受。他隐隐感到,有些对不起这位对自己有知遇之恩的清廷重臣。锡乐巴对张之洞无限崇敬,在他看来,清朝大臣中能像张之洞有胆识有作为的人并不多见,而自己被他赏识实在是幸运之至,在他身边的这些日子或许将是一生中最宝贵的一段时光,而现在自己却要不得不离开了。

锡乐巴回到住处,便接到了礼和洋行总办的来信,他已经记不得这是对方寄来的第几封信了,每次都是在交代完相关事宜后,催促他马上前往山东,显然山东铁路的修建已迫在眉睫……

但是,他还要等德国公使馆将他的身份变更手续办完,他必须从外交部转移到劳工部后才可能成为礼和洋行的员工,否则按照德国的法律将是违法的。

张之洞送走锡乐巴后立即向总署发电报,报告了自己从锡乐巴辞职一事上所得出来的最新判断,德国人对胶澳已经势在必得,并且他再次提及了那样一条由胶州修到济南的铁路,希望总署高度重视,提前应对,以免延误时机,事所不挽。

18

　　但是，张之洞的提醒已经太晚，也太过微弱无力。

　　此时清廷的心脏之地——北京，几乎处于了一种休克状态，李鸿章无力抵抗，已经放弃了所有挣扎。

　　李鸿章的失败大家看在眼里，气在心里。德国人和俄国人共同导演和策划的阴谋也渐为更多人了解。李鸿章出于自救的需要，咬牙将不愿意看到的一切向着最为合理的方向引导。大清早无清流，包括恭亲王奕訢在内的众大臣竟无一人戳破李鸿章的诡计，甚至人们的思维也早被大清的软弱导入一种吊诡的模式，似乎李鸿章做不到的事就无人能做，包括他的错误也被人们高估成一种无法实施的智慧。实在让人无话可说。

　　并非没有明白人，但大清此时的权臣更多地陷入一种可悲的为了自保而患得患失的境地之中，恭亲王奕訢并不是不明白李鸿章的奸计，但他在慈禧的打压下早已没有了同治年间的锐气，多一事不如少一事。翁同龢在与张荫桓的联盟破灭后，也自知无力回天，不愿放下儒家的慈善与之较真，在他看来那样会失了儒雅、丢了面子，似乎是件不耻的事。张荫桓一方面为大清感到悲哀，如此之多的人看透了事物本质却都三缄其口；另一方面他也为满足了个人欲望而窃喜，李鸿章借英款的笼络既给足了他面子，又让他得了一大笔佣金。满朝文武，各怀鬼胎，竟无一人为大清江山着想，让一个李鸿章刮得妖风四起。

　　山东巡抚李秉衡被免除，余缺有布政使司毓贤接任。慈禧很无奈，不过连李鸿章都扭不过来的事，谁还有挽乾坤之力？

　　清廷的退步让海靖看到了德俄两国所唱的这出"双簧"终于起了作用，他的积极性又重新迸发出来，主动到总署与李鸿章见面，商谈下一步解决胶澳的办法。

　　李鸿章试探道："山东巡抚已被免，德军是否可以退出胶澳？"

　　海靖说："德国当然没有理由退军，为增强两国睦谊，德国需要这样一块锚地供东亚舰队使用，这一直是威廉皇帝的心愿，希望贵国皇帝、太后能批准为盼。"

　　李鸿章无声地长出口气，似是大清朝那口游丝般无力的气息。

"那就先放了章高元再谈。"

海靖说:"当然可以,但有一点,章高元必须离开胶澳。"

李鸿章明白,让章高元离开胶澳也就意味着清政府被迫放弃主权,德军的占领随即便会变成现实。他现在面临的处境与章高元一样,进退两难。章高元与他不同的是,李鸿章毕竟还是能够以总署集团名义研判事态的发展,最后会借皇帝的圣旨发布命令,这至少算是一种集体行为。罪不在己,至少不全在己,这是章高元所不具备的条件。所以,章高元最终只能引颈待戮,而李鸿章还是可以大开大阖的。

总署最后的意见是,章高元退出胶澳,前往芝罘扎营待命。

总署一班人在一纸命令前,垂头丧气,如丧考妣。

李鸿章在命令下达后,便请见慈禧、光绪,说明了如此做的无奈。光绪面色苍白,不知是久病的自然反应,还是为此信息所惊,总之在慈禧面前,光绪始终都处在一种病态之中。见多识广的慈禧沉稳得多,只说一句:"德国人真无礼。"

李鸿章请见并不下跪,这是礼遇和皇恩,但此刻他也觉得无地自容,恨不得把头伏在地上才算遮羞。

李鸿章不能让慈禧面上难堪,就说:"德国人早就想到这一步了,只是老臣最终没能阻止他们的阴谋,想来惭愧。但我想他们也不至于太过胡闹。"

慈禧轻叹道:"但愿如此,大清这些年一直怀柔于德人,他们也不是看不见。"

李鸿章说:"是。"

"李鸿章。"一种尖利、虚弱的声音突然传过来,是光绪在问。

"臣在。"李鸿章极少听到皇上问话,忙回道。

"俄国人怎么办?"光绪问。

李鸿章一惊,忙道:"他们是请来的,对德国是一种制衡。"

光绪问:"制衡?"

李鸿章说:"德国人不会得寸进尺。"

光绪用一种不轻易有的怒气道:"德国人还会怎样得寸进尺?难道连北京都占了才是?"

慈禧一听这话,心里大为不快,对李鸿章说:"你退下吧。事情往好里办,尽可能少吃亏。"

失路惊魂

073

李鸿章忙走出大殿。

回到总署,堂内空无一人,他觉得有些不对劲,这个时候不应该如此冷清,但仔细一想,这段时间主要还是处理胶澳事件才变得繁忙起来,既然此事已到如此地步,也便没什么急迫的事了。李鸿章怔怔地坐了一会,一位侍从送来一封信,李鸿章打开,却见是章高元的电函,忙看下去,才知道章高元已退至百余公里之外的芝罘。

与被掳时不同,章高元是被德军欢送归来的。棣利斯亲自送他到下舰船,还伸出戴着白手套的手和他告别。章高元并不领情,头也不回就走开了。棣利斯并不觉得尴尬,反倒自嘲地向章高元行了个德式军礼。

前来迎接章高元的是章维均兄弟二人,还有部分官兵,神情肃穆,看到消瘦的老将军很多人掉下了眼泪。章高元问:"他们为什么放我,我在舰上待了几天?"

章维均说:"整整十五天。父亲大人受委屈了。"

"他们为什么会放我回来?"章高元又问。

章维均等人沉默不语。

及至大营,章高元才明白,清廷已下令他所辖四营官兵全部退出胶澳前往芝罘,另觅地驻扎。听罢,他悲从中来,号啕大哭,众将也跟着哭起来,营帐被一片悲哀笼罩。

此刻,庞克带着一队德军正在监督章高元撤兵。章高元抹去泪,又恢复了男儿豪气,说:"我要去总兵衙门看看。"

翻译告诉庞克,庞克非但没阻拦,反倒爽快地表示同意。章高元带着五六名将官和十几位随从向衙门走去。日将西沉,清冷的海面折射出刺眼的光束,人们往前走着,会从不同角度得到不同的反射效果。人们对这种奇特的景象感到惊讶,这种特殊的折射现象极少出现。衙门在光影间显得深邃厚重,巨大的照壁上所画的那个巨大的"饕"兽是章高元的信仰和追求,他以此警示将官们做一个正直非贪的人。"饕"是一只有着巨大贪欲的怪兽,可以毁一个人。但现在看来,却格外滑稽,一个人只有不贪是不够的。丢了胶澳,当他离开这片海天一色之地后,他身后将会留下怎么的骂名?那又不是一个戒"贪"可以饶恕的。他的一世英名将在这片散发着奇异光彩的海陆幻象中被终结,他将由此时此地开始,变成一个比"饕"更为恶毒的人,他会成为一个贪生怕死之辈,他将在冰冷刺骨的细风中被撕扯,身败名裂,生命不复存在。

　　章高元没有进到衙门内,那间他曾经问事的大堂,那些他进进出出的房间,那一株株苍劲的松柏,那株秋天里一树金黄的银杏树……所有的一切,他都想看看,摸摸。但是,他最终没有进到衙门里面,因为他看到,衙门已成为德军的临时军营,面对一列德军给予他的高规格的嘲讽的军礼,他觉得一种羞愧与耻辱扑面而来,他转身离开,一刻都不愿在此久留。

　　章高元丢盔卸甲地离开了他曾经为之向往为之骄傲的胶澳,他曾想在此终老一生,而现在他的灵魂将不得不再次拖着疲惫之躯而流亡,前路无法预知……

　　而在北京,李鸿章已开始张罗组建谈判班子,海靖提出要在章高元退出胶澳后,迅速展开关于东亚舰队租借胶澳作为锚地的谈判。

19

　　北京的寒冷依旧日复一日,与往年相比,这种持续的寒冷是少见的。从室外到室内,从体感到灵魂,一样的冰冷。

　　总理衙门屋檐下挂满了一长串冰凌,这是前些时间那场雪在时暖时冷的变化中结成的形态,竟有几十厘米长,像是倒悬的剑,进出大堂的人都会感到一种危险。总理衙门正在召开一场会议,鲜见地有恭亲王奕䜣参加,当然包括李鸿章、翁同龢、张荫桓等大臣,能参加者悉数到场。会议商议的是如何应对与德国公使关于胶澳问题的谈判。谈判的主旨需要确定,具体的谈判人员需要确定,采取如何的战略战术也需要确定……议题集中而事项繁杂,会前人们都有一种不知从何说起的感觉。

　　虽然开场很艰难,但大堂的气氛却显出一种特别的平静,根本没有生死攸关的紧张,大臣们都以每临大事有静气的态度保留着自己的涵养,只是每个人心里又都不可避免地翻江倒海着。恭亲王抽着水烟袋,发出大堂里唯一灵动而怪异的声音,作为亲王与军机处领班,他一直采取着一种不合时宜的回避态度,哪怕在此刻已躲无可躲,也不愿首先表达自己的观点。但是,这样的会却一定是他先开口的,所以他在揣摩着如何说好第一句话。而第一句话的关键就是要把责任落到人头。这个人当然是李鸿章,或者是翁同龢,抑或张荫桓。他在察言观色,从中选择一个最为合适的担当者。

李鸿章的神态安详，大有成竹在胸、舍我其谁的架势。翁同龢低眉锁目，痛苦不堪，没人知道他此刻心如刀绞，痛苦之色却也掩饰不住。而张荫桓呢？看似沉静，眼神间却是扑朔迷离，一幅环顾左右而言他的神情。

奕䜣清清嗓，让痰气下沉，发出嘶哑的声音："众大臣，与德交涉，关系重大。妥当处置，当然先要选好主持。此前一直由李相，翁、张二位大人操办，我想还是少不得三位大臣主办，牵头人总还是李相为好。"

奕䜣停顿了一会，说："那就请李相谈谈看法。"

李鸿章没有客气，在他心里这件事当然非他莫属，当仁不让。他人接手会于己不利，所以明知困难重重也得摆出一付勇挑重担的样子。

李鸿章慢悠悠道："为臣不敢推责。我们已经退出胶澳，与德的交涉将会更难。我想还是不能示弱，无论谈判走势如何，现在还是要向德国表达一种强硬态度，以总理衙门的名义，向德国公使馆发个照会，告诉他们，如果德军不撤出胶州湾，总理衙门绝不会和他们谈判。"

翁同龢、张荫桓都不作声，既然恭王已确定李鸿章主办，二人知道，这个时候最合时宜的做法就是表现出一副言听计从的样子。

李鸿章继续说："我们现在还不知道德国人的底牌，所以有必要采取拖延战术，摸透他们的底线再说。"

恭亲王含糊其词道："翁大人，你看呢？"

翁同龢不得不说话了，便说："甚好，甚好。只是，时日久了，德国人在没有任何和约的情况下继续占着胶澳不退，会惹来他国效仿。"

翁同龢的话说到要害处。

恭亲王转头看一眼旁边的张荫桓，问："张大人怎么看？"

张荫桓说："稳妥去办，走一步看一步。我觉得李相所说甚是，可以硬一下，也可以软一下，谈判无非试探与进退。"

恭亲王说："好，就这么定了，请李相接下来还是要组成谈判班子，荫昌可以参与，他刚从德国回来，与威廉皇帝也有些交情，既有专业知识，也有人脉上的优势。"

李鸿章说："那是自然，我们已经想到了。"

恭亲王问："德国公使馆现在什么态度？"

李鸿章说："当然是催促抓紧开谈了。"

恭亲王说："他们现在的要求是什么？只是租地？"

李鸿章说："是，他们要清廷效仿香港，租借胶澳99年。"

恭亲王不言语。他心里明白，仅这事就难了，只是康有为一人就把清廷搞得不知如何是好，他已连续给光绪帝上了五个条陈，强烈表达了对德占胶澳的愤懑与推行变法的紧迫。光绪帝将他的第五书分发众亲王阅，其中那句"瓜分豆剖，渐露机牙，恐惧回惶，不知死所"让他刻骨铭心。大清真的到了"不知死所"的地步了吗？

尽管对康有为的话大为惊恐，但此刻说出来的话却平平淡淡。"那是道光年间的事了，如何效仿？"

众人均不敢多言，有人听出不满，也有人听出心酸，更有人听出无力回天的叹息。

会议只能议定总体的原则和策略，接下来的具体操作与实施便又回到了李鸿章与翁同龢、张荫桓手里，张荫桓已改弦更张，与李形成统一战线，虽然仍与翁着面上的合作，但其中的隔阂与陌生却是显而易见的。翁同龢孤立无援，当然这也是优柔寡断造成的结果。

因为秉持"联俄制德"策略，李鸿章与海靖不睦，也尽量减少接触。就在恭亲王主持的谈判议定会结束的次日，李鸿章便暗示翁同龢与张荫桓到德使馆与海靖交涉。两人当然不能不迈出这关键的第一步。两人心情复杂地来到驻德公使馆。海靖看似感冒了，鼻音很重，神情委顿，见到二人也不开口，一时陷入尴尬之中。还是海靖先开口，感冒并没有遮挡他的蛮横，他说："谈判无论是否已经开始，清政府都没有权利把德国的条件先行公开。"

翁、张对视，知道他说的是关于租借胶澳99年的事。

张荫桓辩解道："这事不能怪我们。"说到这里，又住了口。他不能说出李鸿章的名字。为了破败海靖的阴谋，李鸿章通过日本领事馆把这一机密事先透露了出去，致使日本使馆直接找到海靖，责问是否有此事。这是件绝大的麻烦，三国还辽之事让日本人一直对德国怀恨在心，如果让他们知道德国索取胶澳，一定会把三年前的事联系在一起，肯定会提出抗议，况且现在俄国已实质上占领了旅顺，当初强行把他们从辽东半岛赶出来的两个国家，几乎是在同一时间占领了中国东部领土，如何让本来就感到吃了哑巴亏的日本咽下这口气。海靖在日本公使的质问下，无言以对。况且如此一来，也会为接下来的谈判带来绝大困难，很难不说会受到日英等国的阻挠，他不愿意看到鸡飞蛋打的局面出现。所以，他认为这是清廷在谈判前出的阴招，因此对李、翁、张等人深恶痛绝。

海靖说:"我知道谁在其中捣鬼,但这会给谈判带来不利影响。所以,既然你们不着急,那就慢慢来。"

翁同龢说:"公使大人不必如此。其实,……态度已经缓和,也不再强求按他的意思办。"无论如何,翁同龢都不愿在外人面前提那个人的名字。

海靖说:"租借99年,这没有什么法理上的障碍。香港已经是成例,大清政府为何如此耿耿于怀?"

翁同龢心里说,割地赔款涉及领土主权,谁能轻易答应?但他只是问:"公使大人,何时可以开启谈判?"

海靖说:"你们不是发了声明吗?不撤兵就不谈判。那就等着吧,除非你们重新发道声明,无条件谈判。"

张荫桓说:"大人,这事难办。"口吻已近乞求。

海靖说:"那我就无能为力了。"说着站起身,便是下逐客令的意思了。

谈判僵持着,无法进行下去。清政府始终处于被动之中,一方面谈判不能,另一方面德军已实际占领胶澳。还有一层不能对外人所道的,便是国内局势急转直下。光绪帝无法抵御国内的滚滚舆情,在康有为的鼓动下开始跃跃欲试,一场维新变法运动即将拉开帷幕,而中德之间不谈不和的局面注定会增加不可预知的变数。

20

谈判终于还是在德国人已占领胶澳的情况下开始了,所有的对等也便是不可能的了。清政府官员都明白,如何动用智慧和德国人讲条件,尽可能地减少损失是最客观的实事了。清政府实际上已经无法推动战略上的主动,只有寻求一些战术上的弥补。因此,荫昌加入了中方的谈判队伍里面,在战略失策的情况下,几乎所有的人都寄希望熟悉德国情况并与威廉二世有交情的荫昌发挥更大作用。

荫昌是满洲正白旗人,早年在国子监学习,后入京师同文馆德文馆学习,学成后被派往驻德公使馆任翻译,在此期间与德皇威廉二世相熟,且相处融洽,颇聊得来。1885年由德回国后便任了北洋武备学堂的教习翻译。平日喜欢听戏,爱穿戏装,是个极有趣的人。

有意思的是，在德方所选定的谈判代表中却有一位与荫昌经历极为相似的人，他就是德国公使馆的翻译福兰阁。福兰阁在德使馆供职多年，汉语流利，对汉文化有着特殊爱好，喜欢中国的风土人情，在德国是家喻户晓的汉学专家。

荫昌与福兰阁几乎是中德谈判战术层面所能找到的最好人选，加之平日两人私人关系不错，时有交流，而现在他们把能够共同参与中德之间的谈判作为一种奇遇，跃跃欲试，想着各自为自己的国家展示一番作为。

在战术层面做着认真准备的同时，包括李鸿章在内的清廷总理衙门的官僚们还在打着如意算盘，他们知道不能轻易后退，哪怕一切努力都无济于事，也不能留给人松懈和轻易退却的蛛丝马迹，甚至必须刻意强化这种毫不让步的印象。为此，李鸿章在谈判开始后，提出的应对之策是："希望德国能够在胶澳以南的东部沿海地区找到一个新的租借地点。"

这似乎是一个很高明的意见，既可以通过德军退出胶澳换得清廷面子，也可以使谈判得到更大的回旋余地。但在翁同龢、张荫桓看来，其实这是个很弱智也根本不可能实现的极其幼稚的想法，因为稍稍向南一点便是英国的势力范围，英德间极易发生冲突，英国与日本又有战略协议，英国政府绝不会同意德国向南挪动半步。

果然如此，当这一意见摆上桌面后，海靖不屑一顾地说："胶澳是德国选好的地点，没有更改的可能。"态度强硬，不容置疑。

此话题在提出后迅速便被搁置，而无人也无力反驳，接下来的谈判便都是建立在胶澳被租借的基础上展开的。

海靖说："从胶州修建一条通往济南的铁路是德国皇帝最关心的事，希望各位大人对此不会有什么异议。"

态度之蛮横，就像是他们可以直接确定了此议。

谈判桌前一片静默。翁同龢、张荫桓想到了张之洞所提及的铁路事宜，他的先见之明在此应验了。

许久，翁同龢才说："修一条铁路何其难，山东民众不开化，恐激起事端。"

海靖说："修铁路会有利两国贸易，对两国都有利。另外，德国政府希望在铁路沿线三十里内能取得采矿权。"

翁同龢忙说："如此更不易。"

海靖一副不屑的神情，说："希望各位大人能学会说是，而不是只会说不。德国政府的要求并不过分，大家想想，法国人不是在云南这么做了吗？俄国人不是在满洲这么做了吗？为何德国不行？况且开矿同样有利于两国商业。潍县、坊茨早就有煤，但中国落后的生产工具始终不能进行规模化开采，而德国有这种能力，何乐而不为？"

翁同龢还是讲了些民众不认同的话，但对海靖的驳斥极为脆弱。一旁的荫昌对翁同龢多有不满，他认为如此纠缠在修铁路、开煤矿上太过琐碎，更是不得要领，徒费口舌。荫昌不知道，这其实正是李、翁、张所谓的谈判艺术，他们现在只有寄希望于通过拖延时间来寻找更好的机会了。浪费时间有时也是一种谈判方式。

这一招对于试探易躁的海靖还是比较有用的。翁、张二人的千回百转、不务实效的做法让他忍无可忍。对海靖来说，他的背后还有威廉二世，皇帝在时刻关注着谈判进程，迟迟不能打开局面会表现出自己的无能。德国舰队实际上已经占领胶澳，为何谈判桌上的功课却做不下来？越是想到如此，海靖愈发暴躁。而实际上，威廉二世通过外交部已经多次表达了对驻德公使馆的不满。海靖感受到了巨大的压力。

这似乎是中国谈判代表的计谋达到了，但是暴躁的海靖却丝毫没有如中国方面一厢情愿的那样有所让步。当谈判再次进行时，中方代表愕然地发现，海靖几乎带了公使馆全部人马来到总理衙门的谈判桌前，事先准备的座席无法满足需求。

很显然，海靖不想再寻求过程的努力了，他要即刻锁定谈判结果。所以，双方并没有实际性的对话，这次谈判更像是听了海靖的一次长篇演讲：

……尊贵的亲王和大臣们！我在此谨以我至高无上的政府的名义向你们明白无误地宣布，胶州现在是德国的港口，将来也仍然是德国的港口。德国并不需要就此事实继续与你们谈判，因为当今世界不会有任何一个国家愿意为帮助中国重新夺回胶州而动一根指头，而中国自身软弱无能，根本就是一个扶不起的阿斗；既没有自己的军队，也没有自己的舰队。

但出于对中国的传统友谊，我们仍然选择了谈判的道路，向你们提议了和约草案，这样既可以保存中国的声誉和脸面，同时也可以把德国的要求框定在最后有限范围内。

　　我们并不追求分割中国的领土，而是承认胶州永远属于中国的皇帝，我们只不过要求可以从中国一小块土地。

　　眼下正在欧洲散布着一种观点，好像我们想要占据整个山东省。我可以在这里坦诚地告诉你们，我们的军队的确希望获得比我提出的更多据点，他们已经占领了相当于我所要求的三倍的土地，如果不久之后我们的增援部队抵达中国，我们可能还会占领更多的领土。

　　在这里，我可以告诉诸位，威廉皇帝已经派出由亨利亲王带队的更大的舰队来华，他们已经从基尔港出发了。

中方谈判代表听到这里，都面面相觑，面露恐慌之色。
海靖继续着他的演讲——

　　……难道你们看不出来，如果德国不与你们签署任何和约，却依然占据着胶州湾，你们将会无法挽回地把你们的颜面丢个精光？

　　然后就会发生你们现在最为害怕的事情：欧洲人普遍认为不需要与中国进行谈判就可以随意抢占中国的领土。于是其他列强便会利用这些所谓的经验向中国巧取豪夺，然后就会出现我上面所提到的情况：是你们自己，而不是德国，把中国这条大船引向了倾覆！

　　在此关键时刻，我作为中国的好朋友建议你们选择这条道路。我收到了我的上司和皇帝措辞严厉的命令，所以这一刻也许就是你们可以自由做出决定的最机会。

一番慷慨陈词后，海靖带人扬长而去。
总理衙门恢复了平静，但每个人都听到了来自世界列强的战靴的"笃笃"声，每个人的心脏都感受到了来自一只重拳的撞击……
　　或许这真的是最后的机会了。

失路惊魂

失路惊魂

第二章

1

锡乐巴临行前到湖广总督府向张之洞辞行。张之洞面如止水，已无愠色。锡乐巴的离开让他既生气又伤心，而非真正的恼怒，或许只有两人才能体会到彼此所形成的这种特殊情感，既有着远隔万里的陌生，又有着近在眼前的亲近，既有相互之间的提防，又有彼此帮助的需求，既有着不同的话语，又有着相同的心声，既有着民族情感的差异，又有着彼此眼神之间的默契，既有着高高在上的权威，又有着亲若一家的和谐……这么多年，张之洞与锡乐巴之间结下了一份非常特殊的情感，非常人所能理解。

自从上次说明辞职理由后，两人再无见面，但张之洞决计要把锡乐巴的身份搞清楚，他通过不同渠道了解到了对方的真实身份，更知劝阻无益。在他看来，锡乐巴的离开或许非他所愿，尽管他要报效国家的理由一定是真实的，因为在此之前他就曾抱怨过自己勘测设计了那么多条铁路，却没有一条是真正由德国人承建的，现在他又把这个理由当成离开的借口，既真实又不真实，既不真实又真实。但是，无论如何，他是能够理解锡乐巴苦衷的。

锡乐巴已经办理完成了在汉口铁路厂的离职手续，他知道锡乐巴临行前一定会来辞行，所以张之洞对他的如期而至在预料之中。

锡乐巴脸上的歉意仍在，但张之洞的平和却让他不再惶恐。他知道，如果张之洞从中作梗，他一定不会如此顺利地办完离职手续，心里愈发充满感激。

张之洞说："你来汉口几年了？"

锡乐巴说："五年。"

张之洞说："你帮我做了很多事，希望走后还能关注汉口，有难事还能出手相助。"

两人虽然神交，却从没有如此交心之谈。锡乐巴有些哽咽，此去千山万水，真的不知道下次见面会在何年何月。

想到这里，起身深揖一躬，说："大人尽管吩咐，如果能帮上忙，万死不辞。"

张之洞一摆手说："没必要这么客气。你是我见过的对我最没有礼貌的外国人，你这一客气我反倒不适应了。"

锡乐巴听罢笑了，气氛和缓了许多。

张之洞与锡乐巴共进午餐，也算是给锡乐巴饯行。两人心里都有着说不出的伤感，所以饭间杯盘交错，声响话少，都揣着心事。饭罢，张之洞也没送锡乐巴，径自去了后庭。锡乐巴呆呆地在饭堂站了半天，抬脚离开曾经常出常进的湖广总督衙门。

次日，锡乐巴就离开了汉口前往山东胶州。他的行程是先从汉口乘船到上海，再换乘礼和洋行的快轮前往芝罘，到达胶东半岛后由陆路前往胶澳。

此时的胶澳还是个小渔村，分属上青岛村和下青岛村，除却渔民外，就是章高元所带的四营兵队，而这四营的兵士分布于胶州、即墨等百公里地域内，可谓人烟稀少，极其荒凉。德军由此上岸后，这片沉寂百年的土地上，突然有了一个异族的进入，便变得不一样了。锡乐巴想象着他将要抵达的这个"城市"的样子，无论如何也没想到是现在的模样。

在十几天的行程中，他首次从一份报告中看到了关于一条尚未诞生的铁路的模样。那是礼和洋行寄给他的一份考察报告。

考察报告是由礼和洋行委托的普鲁士皇家土木技监、总工程师盖德兹完成的。对于盖德兹，锡乐巴早闻大名，但并未与其谋面。从礼和洋行提供的信息得知，在此之前他们就已聘任盖德兹进行了一次长达半年多的对山东铁路的考察，但在礼和洋行的总体考虑中，并没有把盖德兹作为项目具体实施者和将来铁路建成后的实际管理者来认定。这个位子留给了锡乐巴。而盖德兹将会成为将来要成立的山东铁路公司的技术总监。也就是说，盖德兹将来会是铁路最高决策和管理部门的技术总管。这也就意味着，盖德兹将是直接决定着将来铁路技术标准和管理模式的人。

所以，锡乐巴对此人所写的考察报告极为重视，一路上，几乎把全部时间都用在了阅读这份考察报告并思考上，因为这将是他下一步勘测设计一条铁路的重要参考依据。

随着对这份报告的全面阅读和深入理解，一向孤芳自赏，特别是专业领域从不服人的锡乐巴越来越对盖德兹佩服得五体投地。历时两个月，在中国山东完成这样一份报告的难度可想而知，盖德兹在这份翔实的报告中对这样一条铁路所需的土方工程、轨道设计、机车车辆、桥梁建设、建筑成本等所有技术方面的数据都做了近乎精准而完美的计算。锡乐巴想，如果这份报告与现实条件没有太大出入，他的前期工作将会有一个非常扎实的基础。

盖德兹的考察是从胶州出发的，自东向西，途经潍县、博山、济南等地，最远达德州。通过考察报告，可以看出他的行程共分了8段，先是青岛—沧口—亭口—饮马—潍县；再到潍县—南流—峠山—高密—马店—青岛；再到青岛—胶州—高密—安丘—潍县；再到潍县—昌乐县—金岭镇—张店—周村—普集—济南府；再到济南府—晏城—禹城—平原—黄河涯—德州；再到德州—陵县—临邑县—章丘—邹平—周村；再到周村—箕山—淄川县—博山—金岭镇—潍县；再到潍县—峠山—亭口—蓝村—即墨—沧口—青岛。其中还对有些路段还进行了往返考察。全程用时长达两个多月，1800余公里。

经过考察，盖德兹将这条铁路的选线确定为，起点是胶州，终点是德州，全长545公里，其中干线500公里，张店—博山支线45公里。具体线路走向是，胶州—沧口—女姑口—棘洪滩—大沽河桥（57公里）—潍河桥（132公里）—潍县—昌乐—弥河桥（205公里）—青州府—淄河桥（235公里）—张店（支线张店—淄川—博山）—周村—王村—明水—济南府—禹城—平原—德州。

这条选线基本遵循了冯·李希霍芬"从胶州湾出发、连接山东的煤田、经过济南府通向北京"的设想。这条铁路如果真的能够修建起来，将会把位于黄海之滨的胶州湾和山东内陆腹地连接起来，意义非常重大。更为重要的是，这条铁路沿线分布着一些非常重要的煤炭产区，冯·李希霍芬当年考察的山东煤田包括沂州府、新泰、普集、博山、潍县等地都将覆盖。锡乐巴对这样一条线路的基本走向给予充分肯定。

盖德兹还对铁路土方量进行了测算，"……这条铁路的路堤顶宽5米，路堤边坡倾斜度为1∶1.5。在路堑中，碎石道床下面的路基宽4.8米，两边排水沟的底宽0.4—0.5米"。如此精确的计算足见盖德兹的非同寻常的专业水准。凭借职业敏感和判断，锡乐巴知道盖德兹的土方测算是按照《德国铁路管理协会规定》的有关质量要求得出来的。盖德兹的细致还在于对细节的提示。他在报告中专门写到"黄土含有碳酸钙和易溶解的碱盐，易碎而坚固。岩层中的黄土很少会脱离，除非有石灰凝结物。为保护路堑中的边坡不被冲毁，必须对边坡进行覆盖和种植被"。此番提示对于铁路路基的设计负荷非常重要，但很多专业性的报告却往往对此忽视。

盖德兹对修建这条铁路显得非常有信心，特别是表现在桥梁建设上，他认为绝大部分砌筑工程不难，因为附近通常就有建筑石料。一般来讲，桥梁总是在铁路建设中最复杂和艰巨的工程。盖德兹认为，只要使用铁制桥梁即可以满足行车条件，而安装这样的桥梁只需要以跨度3米的小支架，辅助于足够强的绞车即可安装。难度并不大。锡乐巴长吁口气。这样的专业判断消除了他许多顾虑。

报告中说，在由胶州通往济南的路段中，桥梁架设完全没问题，但如果要远达德州，那便是要跨越黄河。锡乐巴本能地意识到，包括盖德兹本人在内恐怕都不会相信以现有的条件能让这样一条铁路跨越黄河天堑而通达德州。哪怕是在利用德国本土技术也非易事。尽管盖德兹意识到了这一点，但他还是把终点站定在德州，体现了他思维中所渗透着的浪漫化情节，而从专业的角度讲，这是会影响到判断的有害的思维方式。在此，锡乐巴对盖德兹的报告还是产生了一些怀疑。

除却对桥梁的判断，铁路所涉及的一些其他技术性设备都在他的详尽的思考之中。关于轨道，盖德兹建议采用34公斤的钢轨，因为虽然比一般线路所采用的30公斤钢轨要额外多花1%的总建筑成本，但确实会带来安全保障。盖德兹计划采用2.5米长、50公斤重的低碳钢枕。每根10米长的钢轨铺设在12根钢枕上。这些并没有太大问题。在火车站的规划上，盖德兹计划在胶州—济南府干线上设置34个车站，张店—博山的支线上设4个车站。车站共分成四类，一是主车站，包括胶州、潍县、周村、济南府；二是支线车站，张店；三是装煤车站，包括淄川、博山，第四类是普集或明水和其他停靠站。还计划在青岛—济南府段建设11个给水站、13个蓄水池。

锡乐巴意识到，尽管盖德兹的铁路选线延伸到了德州，但他的报告其实在很大程度上还是只规划了胶州到济南的路线，跨越黄河只在他的构想而未在他真实意义上的实施计划里面。盖德兹自己也明白，在现在条件下，铁路修到德州是不可能的。

铁路机厂的规划设计至关重要，尽管它是脱离于铁路本身的辅助性工程，但不可或缺，因为建设前期的很多设备要依靠机车厂组装，建成通车后也需要对机车车辆进行定期维修，合适的建设地点直接关系到后续的运输组织。锡乐巴对此看得格外详细。从报告中可以看出，盖德兹认为机车工厂的建设应该具备四个条件，一是应尽可能靠近铁路中间地段，以实现向两端的有效辐射；一是尽可能平坦，节省土方工程；三是地方不能太狭窄；四是距离大海不能太远，这样就不会给进口材料运输造成负担。基于这些条件，盖德兹认为最适合的位置是建在潍县。并且在报告中还规划了机车工厂的规模，包括能安置12%—15%的机车、4%—5%的客车和1.5%—2%的货车；工厂附近轨道能安置全部车辆的3%，同时能进行小型的修理；工厂还要建一个较大仓库。对于工厂的规模，锡乐巴认为可以根据实际情况确定，但是潍县在哪里，与胶澳的海湾有多远，这是他最关注的。当然，既然盖德兹的条件中也有着"不能离海太远"的描述，位置应该不是问题。

还有信号和电报问题，包括机车车辆信号、道岔转换信号、信号灯、简易信号装置、区间路段的坡度指示器、主通道的警告路牌，以及千米和百米石标。电报线路计划架设两条，一条用于大站的直接通信；另一条用于客车通信；再有一条用于电话通信，如果不可能，就将其与客车线路合并。盖德兹甚至考虑到了电线的粗细，建议用4毫米镀锌铁电线，以保证使用安全，而不受到割盗。

关于土地征收，盖德兹写得较简略，认为要对土地所有者按当时地产价值给以补偿，对种下的种子和果树给以特别补偿。他写到"按山东人的性格，和平手段很难实现"，并且担心工程可能会因此而延迟。锡乐巴用笔在此画下个大大的问号。以他参与铁路建设的经验，征地拆迁是铁路建设前期面临的最大问题，往往直接影响着工期，但盖德兹对此却没有太多论述，只是认为"工程可能会因此延迟"，似有难言之隐。锡乐巴做了个明显的标注。

在盖德兹的设想中，铁路通车后，每天在胶州—济南府的干线上将会有一辆35—40公里的混合列车往返行驶；如果客运盈利，还可以加开一辆时速50—55公里的客车。很显然，盖德兹在很大程度上将这铁路设定为一条以运输煤炭为主的货运线，而在锡乐巴认为，它的客运需求量或许也非常之大。盖德兹对机车的各项技术系数也做了明确：煤车机车采用重量80吨的机车。机车应该是有三个连接轴，制成复胀式蒸汽机车，以节省煤炭消耗并提高效率。煤水车是两轴或三轴式，有12—15米的水区。在开工后先行订购15台。盖德兹还对所需客车、行李车和货车进行了细致的规划设计。

而在报告的最后，盖德兹按照山东地理地质的特点，对铁路建设成本和效益做出估算，他认为这条铁路建筑的难易程度适中，总建设成本可能会达到为5885万马克，包括机车车辆的763万马克，平均每公里为10.7万马克。

参考当时中国已经建成的铁路运输费率，盖德兹预测了这条铁路的费率，并估算出其客运率和货运率，计算出运营初期的收入，认为建成当年的货运收入就会达到412万马克，其他收入会达到4.6万马克，毛收入575万马克。总费用可能会达到272.5万马克。每公里纯收入为5500马克。虽然盖德兹在报告中也认为所有计算只"适用于初始阶段，也就是头两年"。但在锡乐巴看来，关于煤炭费率还是极低的，如"经胶州出口的煤"每吨每公里运费只有2芬尼，那费率就是最保守的估计了。盖德兹在报告对此做了解读，"为了让矿主愿意以低价将煤运往沿海市场，同时也为了对抗一直在那里销售的劣质且较贵的煤。一旦赢得了市场，并且生产猛烈增长，就可以在不损害矿主利益的条件下，提高一点价格"。他预计从第三年，从胶州出口的煤炭费率可以提高到0.25芬尼，直至20%。但在锡乐巴看来，这样的估算还是非常保守。但这并非报告的实质所在，此类问题还不会被提上议事日程。锡乐巴不太关心。

除却对铁路建设的管理的分析判断，盖德兹还分析了这条铁路后续可以连接的几条铁路线，包括济南府—泰安府—沂州府全长310公里的线路，沂州府—胶州—棘洪滩全长260公里的线路，济南府—济宁州—峄县的铁路。锡乐巴对此缺乏概念上的认知，但在他看来，盖德兹的规划是有前瞻性的。

除却专业论述，更让锡乐巴感兴趣的是，盖德兹对山东的人文地理、自然景观还做了描述，那些带有浓厚个人情绪和观感的文字激发了锡乐巴对建设这样一条铁路的憧憬和畅想——

"许多村庄位于异常茂盛的果园中间；加上树叶和麦田的新鲜颜色都赋予了土地以魅力"；过了陵县后，"一路上都能见到丰收的景象。一望无际的金色田野在夕阳的余晖中构成一幅迷人的图画。有趣的是，这里的谷子不用镰刀收割，而是由女人和孩子连根拔起。根用来做燃料……那里的人们听说要建铁路，但不知道铁路是什么样，也不知道铁路会带来什么变化"。

"当地人对我的着装和设备表现出天真的惊讶……在济南府西北方向的晏城出现了我在整个旅途中最令人不快的一幕，……整个村的村民野蛮地号叫着，企图追逐外国人。"

盖德兹的描述使尚不了解山东地域风情的锡乐充满好奇和惊叹，他知道将会面对诸多的风险和挑战,但山东神秘而摇曳的文化风情还是让他感到神往。

2

锡乐巴带着对即将考察和建设一条铁路最美好的想象踏上了胶澳这片热土。这里虽然空旷与荒凉,但是抬眼望面前的一片澄碧明澈的大海,海上泛起的清冷的粼光,就像一块处女地等待着开垦,他迅速体会到了德国对这块领地占领所具有的合理性,他能够想象得到这里有一种最为清澈的自然本色。锡乐巴冰冻的激情迅速复苏,觉得劲头十足,他自感需要以最快的速度投入工作之中。

德国对胶澳占领的痕迹并不明显,远远能看到的两艘军舰根本无从标明曾经有一场战斗在这里发生,更无法想象关于一场领地的争夺正在远在千里的大清的政治中心北京激烈对决。关于一条铁路在这样一种政治背景下诞生,锡乐巴并没有强烈的意识,他只是就铁路说铁路,知道它已经在远在千里之外的德国得到了实质性的推动。

礼和洋行信函几乎每天都有,当他在海边租借到的一间小房子里开始工作起来时,这些天的行程中所无法接收的信件一股脑由济南转交过来。礼和洋行让他报告行程,让他确定工作计划,而最紧迫的是让他依据盖德兹的考察报告最终确定线路走向以便向正在组织筹备的铁路公司报告。从来信中,锡乐巴了解到,由礼和洋行、纽伦堡钢铁公司等经济体参与组建的铁路公司正在竞标。一个由14家德国工商界联合组成的辛迪加正在争取德国政府的铁路特许权。这就是将来柏林要在山东成立的铁路公司管理机构。该机构目前最紧迫的任务是在公司成立前,提交一份铁路建设的前期可行性报告,以便于股东评估。

锡乐巴当然想尽快开展工作,但孤身一人的他实在有些力不从心,不知从何入手。从济南来协助他的工作的是礼和洋行的一位中国代办,叫蔡理。蔡理衣衫干净,举止文雅,与一般的中国人截然不同。锡乐巴很快就发现,蔡理只能在生活上给予他照顾,对专业技术问题无丝毫助益,如何迅速展开工作?

但随着拆阅接下来的信件,锡乐巴的愁忧很快就消失了,礼和洋行已选派多名工程师前来中国,有的是现在在中国国内工作的人员,他们很快就会来到胶州与他汇合。最让他的兴奋的是，他看到一位叫作韦勒的瑞典工程师的名字，在此之前他早就听闻其人，如果有他的相助一定会收到事半功倍的效果。这让他变得信心百倍。

在一大堆信件中，他最后才看到了弟弟锡贝德的来信。

他兴奋地打开看。

……亲爱的哥哥，我已到达北京，很快就会和您在济南或者是某个地方汇合了，国内民众对德国在东亚取得的殖民地欣喜不已，他们认为这是德国的胜利，并最终能让德意志的旗帜在东亚上空高高飘扬。对此人们深信不疑。我为能够和哥哥在东亚并肩作战感到高兴，因为这种荣耀并不是每个人都能争取到的。历史不会垂青每个人，让他有机会接续而创造历史。我觉得自己是幸运的。

德国皇帝真的伟大，他在基尔港为亨利亲王送行时说，如果中国人不顺从，会报以老拳。我觉得这真是个形象而又有趣的比喻，或许从今以后我们会经常听到这样的辞藻……当然，我和您一样并不关心政治，我们关心的是铁路，这条铁路能够让德国殖民地插上翅膀，以此为跳板，飞向中国内陆。

德国国内的狂热是您无法预知的，我们将会以一条铁路的建成让这份狂热变得无以复加。期待着与您见面……

锡乐巴被弟弟的一番话所激动，心潮澎湃起来。除却锡贝德的信件，他也从礼和洋行的公函中理出了下一步的工作思想和工作重心。

在等待其他人到来的日子里，锡乐巴一直没有间断研读盖德兹的考察报告，力求从理性上先梳理出对一条铁路的思考。所有的事情在细细推敲中终会露出端倪。尽管锡乐巴仍然对盖德兹的报告给予充分肯定，但很多问题还是被他敏锐地感知，并且有些问题让他感到困惑而无法从理念上和思路上找到破解的路径。

线路的终点到底应该确定在哪？机车工厂的位置到底应该选在何处？线路走向是否真的合适？当一条铁路要从纸面走向现实时，诸如此类的问题非但要得到明确的答案，并且必须具备最佳的合理性和最优化才行，纸上谈兵是不行的。这天晚上，辗转反侧的锡乐巴决定重走一遍盖德兹的路线，对其合理性进行实地考察，或许这会给礼和洋行以最快的速度得到方案带来困难，但如果失去了这个环节，锡乐巴觉得自己无论如何无法向更深的一步推进，锱铢必较，精益求精，把所有的事情做到自己最无可挑剔的地步，这是他的职业追求，也是他的行事风格，他决不容许别人更不容许自己纵容自己。

不几日，瑞典籍铁路工程师韦勒率先抵达青岛。锡乐巴就决定开始实施自己的考察。韦勒长的人高马大，脸宽眉重，办事风风火火，他对锡乐巴的提议感到惊讶，他说："都说我性子急，原来您比我性子还急。"

锡乐巴说："我等您很久了，当然急了。你刚到，确实是辛苦。不过，这里也没有什么可看的，还是到山东内地看看什么样子。"

韦勒说："听您的。您怎么安排都可以。"

锡乐巴本能上就能感受到这位工程师的敬业，心里感到很是欣慰。他需要同甘共苦的朋友，直觉告诉他，韦勒是这样的一个人。锡乐巴当然也给他做出解释，说："礼和洋行催得紧。我们必须得抓紧时间。"

韦勒笑笑说："那我回去准备一下。"

两天后，锡乐巴和韦勒都做好了准备，礼和洋行代办蔡理做翻译，还雇了位中国用人做下手，从胶州出发开始了对胶济铁路选线的勘测设计。

这次的考察尽管是在冬季，但还是形成了锡乐巴从构建一条铁路的角度所形成的对山东地质地貌和风土人情最为直观的印象，并且这样一个框架性的印象成为他最深刻的标记。从胶东一路向西，山东的富庶与贫穷相互交织，时隐时现，胶州、即墨因毗邻大海，交通便利，商业发达；高密、潍县一带是中国传统文化重镇，有着丰富的物产，大片平整的良田，地下还有看不见的煤炭资源；博山一带是冯·李希霍芬激赏的"世界级的大都市"，虽然城市的繁华并没有给锡乐巴留下太深刻的印象，但丰富的煤炭资源以及由此衍生出来的瓷器制造行业的兴盛不还是让他大为惊叹，当然这些煤炭资源大多是小作坊式，还不能形成规模化的生产。锡乐巴想，一旦能够修通铁路将会极大地促进煤炭开采业的发展，山东半岛将会面临着巨大的商机。一路走来，到了山东省府济南。济南是地处山东中部重要的政治经济文化中心，城北的泺口黄河码头上，一艘艘木质人工帆船首尾相接，转运着从一条叫小清河而来的货物。当地人说，小清河连接到大海。锡乐巴一行站在码头，极目远眺，黄河滚滚，枯水期的大河仍然让人望而生畏……

不出锡乐巴所料，尽管盖德兹对这样一条线路作为极为详尽的考察，针对某些难题提出了解决方案，但实际考察下来，锡乐巴发现很多具体情况与盖德兹所描述的有着很大出入，他的一些所谓的建议也并不那么精准，有些根本不切实际。

关于选线的终点问题。经过考察后，锡乐巴愈发坚定地认为铁路到达德州是不可能的，除非铁路建设没有期限，但那又绝对是不可能的。这并不是最重要的问题，但是需要马上决断。

还有一个隐藏的问题让他担忧，它出现在潍县地段。潍县土地平整，但凭锡乐巴的经验和实地勘测感到，此区域内的地质条件很可能会给铁路修建带来意想不到的困难。根据冯·李希霍芬博士记述，潍县地段处于中国东部第二隆起带和第二沉降带的衔接处，境内有4条东北西南走向的断裂带，这会给穿过此地的铁路造成极大的不稳定。从地形看，潍县北部的潍河河面较宽，河汊较多，仅此，盖德兹先生"以跨度3米以内的小支架，辅助于足够强力的绞车即可安装"的想法就很难实现。返程路上，锡乐巴与韦勒再次返回潍县，做了进一步确认，更加坚信了自己的判断。韦勒也认同锡乐巴的判断，一路上韦勒对锡乐巴事必躬亲、不达目的不罢休的劲头佩服得五体投地。在他看来，自己已经足够敬业，而与锡乐巴相比，他自愧不如。

如此一来，潍县一带的线路走向就被重重地打上了一个问号，这需要深度的地层探测才可能最终做出判断和确定方案。

涉及潍县的还有另外一个问题，锡乐巴也做出了自己的判断。在盖德兹的考察报告中，明确提出将来的铁路机车工厂要建在潍县。经过考察后，锡乐巴认为铁路机车工厂选址在潍县并不合适。潍县距离胶州太远。对于一条不可能会以正常方式修建的殖民铁路来讲，最大限度地满足最初的机械设备的组装非常重要，而将来筑路的机械设备以及运营后的机车车辆设备只能海运到胶州，胶州至潍县间还有二百余公里的路程，如何抵达？对于先期修建的铁路来讲困难尤大。这基本上就不符合盖德兹本人所提出的铁路机车厂要"靠近大海"的基本原则，锡乐巴对此感到疑惑不解。

最后他所考虑的是一个在他看来最为重要的问题，这个问题一路上一直在困扰着他，但由于这个问题会关系到整个线路的走向，他不敢轻易提出来。但是，在回到胶州之前他似乎有了一个清醒的认识和清晰的方案，也是他经过一路深思熟虑后最终需要做出的决定。这个问题是胶州以西的线路走向问题——

按照盖德兹的设计方案，从胶州湾出来，到达女姑口后，线路开始逐渐向西北而去，然后舒缓西行，这样虽然满足了线路的平滑度，降低了筑路的难度和成本，但如此一来，铁路线路将会离开两座中国重要的传统重镇胶州和高密，这对于繁荣商业是极为不利的。同时，对于铁路吸引到更多货源也是不利的。那么为什么盖德兹会做如此的选择？这是锡乐巴最初的困惑所在，但经过一路考察，锡乐巴窥见了盖德兹设计的局限性，他很大程度上把这条铁路当成了一条运煤的专用铁路来设计。在这思路指导下，他舍弃了很多需要考量的问题。而在锡乐巴看来，山东内陆的农副业非常发达，铁路开通一定会激发沿线商品经济发展，而不仅仅是煤炭。铁路应该是与城市双向刺激共同促进发展的产物，而简化它的功能不合时宜，或许眼前修建起来节约成本，但会制约今后的发展。

　　锡乐巴向韦勒谈了自己的看法。韦勒深有同感。

　　锡乐巴决定在为礼和洋行所提的规划中将把这几处进行修改……

　　韦勒有些犹豫，提醒他说："这可是盖德兹的考察报告，他是皇家设计师！"

　　锡乐巴笑笑说："皇家设计师就是万能招牌？我是在向他致敬。"

　　韦勒说："还是慎重为上，不要把他得罪了。"

　　锡乐巴不以为然，一笑了之。

3

　　并不是所有的人都把匡正错误作为正确的事情来看，特别是对当事人来说，是不容易看到自己错误的，更无所谓匡正之说。对别人所提的意见，最基本的认识是把他作为对自己专业能力的不认可或对自己身份的不尊重。这是人的本能，无法回避的缺点，所以人与人之间需要沟通。但胶州与柏林之间远隔万里，这种交流变得不可能，通过书信交流的方式根本不可能达到交流沟通的目的，有时还会因为词不达意而让人产生更大的误解。

　　当盖德兹拿到锡乐巴修正后的勘测方案时，大为光火。他认为自己的考察报告和建设方案几近完美，有着教科书般的价值，他甚至已经在锡乐巴的方案提交前将自己的考察报告分发给了即将成立的辛迪加企业巨头。如果锡乐巴的方案正式提交后，辛迪加组织的负责人当然就质询修改的原因，这会让他大失颜面的。况且每次方案的修订都意味着是对他既有方案的否定，至少是局部的不认可，这会让他作为皇家工程师的权威受到削弱。他不能容忍这种情况发生。

盖德兹越是往深里想，越是恼怒。

虽然身在东亚的外交官的拙劣表现曾经让德国民众感到无比气愤，但没有人怀疑那个叫作胶澳、有时也会被称之为胶州湾的地方早已为德军占领。它将会顺理成章地成为一块与香港所媲美的德国殖民地。一切为政治权利服务和为经济利益驱动的机构得以快速组建，其中关于铁路与矿务的管理机构在德占胶澳之前已经酝酿形成。

政府的鼓动不可或缺，那是强大的支持和后援，也是攫取经济利益的保障。多年在中国经商的礼和洋行显然是最能够认识也最有条件开发这样一条殖民铁路的机构。于是，洋行总裁埃里希正在四处奔波张罗着组建一个铁路公司。他的想法是，由礼和洋行牵头，联合十家以上的企业组成一个联合体共同实施对铁路的管理运营。公司由政府给予修建铁路的特许权。作为回报，铁路公司在铁路运营后可以缴纳税款，并随着利润增加而适当增加。埃里希现在要做的是，争取更多股东对未来这条铁路的认可，从而融入更多资金进入前期建设之中。同时，他需要与政府谈判，争取更大税利优惠，从而获得更大利润空间。为了达到目的，他把退休的皇家副国务秘书、枢密大臣菲舍尔博士以及具有皇家工程师身份的盖德兹作为未来铁路公司管理机构的预定领导者，以使政府能够对未来铁路公司的领导能力有足够的信任。尽管如此，霍亨熙政府似乎仍然举棋不定，因为以现有的资料判断，还很难测算出一个合理公平的价格比例做到既满足德国政府需要，同时又不影响企业的积极性。无论是经济体、个人，还是政府，在利益面前总是要算账的。赔本的买卖没有人愿做。

再大的事业也要从一根丝线做起。现在，埃里希最需要的是能够提供一份务实而又专业勘测设计文件，让自己也让政府能够从中测算出可以认同的价格比率，这成为关键所在。他对此非常有信心，因为已经有了盖德兹的考察报告，那是份相当成熟而具有专业水准的报告，使他对接下来要做的勘测设计可行性方案有了基础保证。尽管有足够的信心，但毕竟盖德兹提交的只是一份考察报告，当然他的考察报告内容之详尽、措施之具体已远远超出预想。但是，还要在此基础上有一个可具体操作的详细方案，而现在他等待的便是锡乐巴提交的具体方案。为了这样一个方案他已经三番五次催促锡乐巴。

锡乐巴的工作能力并不让他怀疑，但让他感到意外的是，锡乐巴却提出重新考察一遍盖德兹所走的线路，并且要对盖德兹的考察报告做重新论证。埃里希觉得大可不必。但锡乐巴固执己见，在信中他告诉埃里希，"我不做任何没有把握的事情，如果我提交了一份自己没有底数的报告，会心里不踏实的，也会对下一步的工作造成影响。我必须坚持亲自去走一趟。这一趟一定是要走的，并且必须在提交方案之前"。

锡乐巴的职业精神让他无话可说，尽管他想尽快拿到一份粗略的方案，但锡乐巴的固执让他既感无奈，却也无话可说。

当盖德兹听到锡乐巴要重新考察自己走过的线路时，他甚为不屑。他当然知道这位年纪轻轻就主持过科隆中央车站大修改造工程和艾菲地区铁路支线建设的铁路工程师，后来他的销声匿迹也曾一度让他不解，但没有想到直到现在他的神秘面纱才被揭开，原来是被外交部派去了中国从事着商业间谍，直到被礼和洋行相中，在办理身份转移时，盖德兹才知晓其中秘密。他因此对锡乐巴产生了浓厚兴趣，但让他没想到，正是这个人却对自己的报告产生置疑，他觉得锡乐巴有些狂妄自大，不可理喻。

但专业的自信还是让他不以为然。

埃里希来征求他的意见时，盖德兹说："好，让他重新走一遍，他应该到现场做实地考察，虽然现在并不是一个恰当的时机，但那是他的工作方法，我不干涉。"

尽管埃里希知道盖德兹心口不一，但既然无法说服远在万里的锡乐巴放弃想法，盖德兹又不表示反对，那就敦促锡乐巴尽快进行，他不想把时间浪费无目的的协调上。

当锡乐巴的方案寄到礼和洋行时，埃里希开始看到锡乐巴的几处修改后，也觉得较为合理，并且都是可以作为下一步铁路建设进入实质性阶段考量的重点。但看过后，埃里希多少也觉得这种修改或许会伤及盖德兹的自尊，但转眼一想，这应该算是正常的专业行为，不至于上升到"冒犯"的程度。所以，便把方案转交给盖德兹，让他从专业角度做一次审定。

出乎埃里希意料，盖德兹看到修改后的方案后，大光其火。

盖德兹说："我是经过了两个多月深入考察后得出的结论，他能如此轻率地改动？"

埃里希说："可是……他也是从考察现场得出的结论。"

盖德兹说："我现在开始对他的专业能力产生怀疑了。线路为什么要经过胶州、高密？修建这条铁路的目的是什么？煤炭，煤炭。东亚舰队需要煤，殖民地需要煤。……铁路机厂选在胶州，那里离海是近了，将来的机车调度会带来多大困难，潍县处于中间地段，是铁路机车厂设置的最佳位置。不能只看眼前，不看长远……"

埃里希知道自己并不能从专业的角度说服盖德兹，但是他可以换一个角度来给他讲道理。"专业的问题可以反复论证，也并不是锡乐巴说过的就一定不能改了。现在最为重要的是给政府提供一份计划报告，把这条铁路的价值和意义讲明白，让政府能够给予我们最大限度的支持，而非专业方面的问题……锡乐巴已经耽误了够多的时间了，不能再耽误了，否则我们就无法让政府信服。"

但盖德兹认为，虽然埃里希的说法没错，但他一旦在锡乐巴的方案基础上测算铁路的估价，便会有了被认可的印象，再加改动就处于被动了。他据理力争："我是负责技术的，不能让他如此草率而为。"

埃里希知道如此纠缠下去不是办法，他板起脸说："我并不认为锡乐巴是对阁下的冒犯和不敬。请盖德兹先生不必如此。"

盖德兹从未见过和善的埃里希如此严肃。知道坚持下去，或许真的会影响到埃里希的整体推进，便重重地叹了口气，说："……好吧，我持保留意见。"说着，转身就要向外走去。

埃里希感到在公司的筹建阶段，不能失去一位关键的技术管理人员支持，便耐心地解释道："先生的考察报告可谓尽善尽美，但根据现场修改也是必要的，请盖德兹先生理解锡乐巴的工作。并且，每位工程师都有自身的风格和特点，考虑问题的角度不同。我认为，锡乐巴还是从整体考虑的，虽然有些问题还需要论证，但我们现在需要的不是一份精准确定预算和每个问题都有解决方案的细化措施，而是一份能让股东有积极性、让政府有信心的方案。我觉得，锡乐巴先生的方案足够了。"

盖德兹停住脚步，听埃里希说完。一脸无奈道："好，听您的。"

看着盖德兹转身离去，埃里希不忘调侃道："您有足够的时间与锡乐巴斗争，但现在……你要做的就是抓紧签字。我想尽快发到各位股东手里。"

盖德兹摆摆手，也不回头，走了出去。

当埃里希拿到盖德兹的签字时，一个更深层次的问题浮上脑海。在和既有的股东的探讨中，未来铁路公司的总部会设在德国柏林，只在胶州设立一个经营处负责建设和未来运营，现在看来这样一种架构是否科学的确值得深思。当然，就铁路建设前期来看，是具有合理性的，因为大部分规划、审批都要在柏林完成，总部设在柏林可以更方便有效地完成这些工作。但是，当前期工作完成后，工作重心便会迅速转移到胶州，譬如锡乐巴修改线路设计这样的具体问题也会大量出现，如果每件事情都要柏林批准，显然是不可能的。只在胶州设立一个经营处，恐怕难以应付繁剧的现场施工任务。

虽然这并不是眼前要解决的问题，但不能不考虑。接下来当股东会成立后，还要具体征求股东的意见，当然，更要看锡乐巴有什么具体建议。他是一个非常关键的人物。

4

正当埃里希、锡乐巴、盖德兹从专业角度上谋划着一条铁路时，一条从政治角度考量的铁路已经诞生了。

1898年3月6日。农历新年刚过，酒浓菜香的余韵尚未散去。一杯苦涩的酒又摆在了大清重臣们的面前，他们不得不喝下去。中德之间的谈判宣告完成，《中德胶澳租借条约》谈判被提上议事日程，并最终确定在这天签字。

签字前，条约最后的审定是由清廷的荫昌和德使馆的福兰阁完成。校对无误后，分别誊写两份送给李鸿章、翁同龢最后确认。两人将代表大清在条约上签字。

《中德胶澳租借条约》全篇共分三端：

第一端　胶澳租界

第一款　大清国大皇帝欲将中、德两国邦交联络，并增武备威势，允许离胶澳海面潮平周遍一百华里内，准德国官兵无论何时过调，惟自主之权，仍全归中国。如有中国饬令设法等事，先应与德国商定，如德国须整顿水道等事，中国不得拦阻。该地中派驻兵营，筹办兵法，仍归中国，先与德国会商办理。

第二款　大德国大皇帝愿本国如他国，在中国海岸有地可修造、排备船只，存栈料物、用件整齐各等之工，因此甚为合宜，大清国大皇帝已允将胶澳之口，南北两面，租与德国，先以九十九年为限。德国于所租之地应盖炮台等事，以保地栈各项、护卫澳口。

第三款　德国所租之地，租期未完，中国不得治理，均归德国管辖，以免两国争端……

第四款　胶澳外各岛及险滩，德应设立浮桩等号，各国船均应纳费，中国船亦应纳费，为修整口岸各工程之用；其余各费，中国船均无庸纳。

第五款　嗣后如德国租期未满之前，自愿将胶澳归还中国，德国所有在胶澳费项，中国应许赔还，另将较此相宜之处，让与德国。德国向中国所租之地，德国应许永远不转租与别国……

第二端　铁路矿务等事

第一款　中国国家允准德国在山东盖造铁路二道：其一由胶澳经过潍县、青州、博山、淄川、邹平等处往济南及山东界；其二由胶澳往沂州及由此处经过莱芜县至济南府。其由济南府往山东界之一道，应俟铁路造至济南府后，始可开造，以便再商与中国自办干路相接。此后段铁路经过之处，应于另立详细章程内定明。

第二款　盖造以上各铁路，设立德商、华商公司，或设立一处，或设立数处，德商、华商各自集股；各派妥员领办。

第三款　一切办法，两国迅速另订合同，中、德两国自行商定此事；惟所立德商、华商公司，造办以上铁路，中国国家理应优待，较诸在中国他处之华洋商务公司办理各事所得利益，不使向隅。查此款专为治理商务起，并无他意，盖造以上铁路，决不占山东地土。

第四款　于所开各道铁路附近之处相距三十里内，如胶济北路在潍县、博山县等处，胶沂济南路在沂州府、莱芜县等处，允准德商开挖煤斤等项及须办工程各事，亦可德商、华商合股开采，其矿务章程，亦应另行妥议。德国商人及工程人，中国国家亦应按照修盖铁路一节所云，一律优待，较诸在中国他处之华洋商务公司办理各事所得利益，不使向隅。查此款系专为治理商务起见，并无他意。

第三端　山东全省办事之法

在山东省内如有开办各项事务，商定向外国招集帮助办理，或用外国人，或用外国资本，或用外国料物，中国应许先问该德国商人等愿否承办工程，售卖料物……
……

三月的北方春寒料峭，看不到半点生机和活力，总理衙门墙角的积雪还没融化，一段艰难的历程终于尘埃落定，但另一种煎熬和痛苦才刚刚开始。

庆亲王奕劻率一众清廷大臣参加了签字仪式，李鸿章、翁同龢神情落寞，低眉肃穆坐在谈判桌前。恭亲王没有出席，他准确地以身体的不适回避了这个尴尬的场面和应该背负的责任。只是李鸿章、翁同龢、张荫桓却退无可退，注定要替大清背锅，注定要为彼此的算计、倾轧付出代价，尽管他们都自认为付出了努力，但最终的结果还是无力回天。

按照中德谈判代表的协商，并报请太后、皇上同意后，李鸿章、翁同龢两人将代表大清政府在条约上签下自己的名字，虽然说这无非程序而已，但举笔的瞬间两人才体会到一种难以言说的痛楚和心力交瘁。

但是，签字的场面平静无澜，曾经的惊涛骇浪已息宁。历史已经铸就，无从更改。而现在李鸿章和翁同龢将为历史划出一个坐标，1898年3月8日，胶澳将租借出去，成为一个强权国家的势力范围。按照条约，胶澳是德国的租借地，主权名义上仍在中国。但德国把它作为自己的永久殖民地来看待。胶澳东临黄海、北依京津、西接齐鲁，它是归属于大清国属下的山东的一块宝地，现在它将成为德国盘中的饕餮大餐。

《中德胶澳租借条约》铺展在长条几上。签字仪式马上就要开始了。

李鸿章故作轻松地向荫昌询问着什么，其实荫昌自己也没听清对方嘟嘟囔囔说什么，他明白此刻这个人其实什么也没有说，无非是在掩饰自己的不安。李鸿章曾经签过无数个条约，尽管如此他还是觉得情绪有些难以把控。他颤颤巍巍在"大清钦命总理各国事务大臣太傅文华殿学士一等肃毅伯"名衔后面签下了"李鸿章"三字。笔一丢，颔下的胡须颤抖几下，抿抿嘴，像是在吞咽着什么，目光由平淡到空洞，像一片树叶一样无声无息了。

翁同龢签字的幅度有些大，也更容易让人观察出他此时此刻的情绪变化。作为两朝帝师的翁同龢涵养极高，不露声色，就像是在一片普通信札中签上自己的名字。"大清钦命总理各国事务大臣军机大臣"下面落下了"翁同龢"三个字。落笔平静，收放自如。签好名字后，他习惯地把毛笔在砚台边梳理顺滑，工工整整地放置在笔架上。

签字前，海靖一直在高谈阔论，大谈中德睦谊友好，努力想把现场气氛搞得活跃些，当然这也是他的真情流露，这是他来北京后最开心的时刻，他秉承德皇威廉二世的意旨，费尽心机想谋取胶澳，却一而再再而三地失败。可以说，在这一过程中他无所不用其极，既有冠冕堂皇的外交辞令，也有蛮横刁蛮的泼皮手段，还有欲擒故纵的卑劣伎俩，最终在与同族的合谋中达到了目的。他此时此刻所想的是，所有的辛苦和努力都是值得的，德国终于如愿以偿，得到了想要的一切。他似乎也在某个时刻意识到了自己的兴奋之情过于外露，便故作矜持，挺直腰板，似乎是非常好意地在迎合着清朝代表的情绪，但越是如此他的虚伪与狡诈便愈发暴露得明显。所以，他处于一种过度兴奋造成的手足无措状态，喜怒哀乐极度失真。

悲伤是不用掩饰的，但幸灾乐祸是需要刻意遮掩的。两者之间所表现出来的冰火两重天便是此刻总署衙门大堂里面怪异的气氛。

当李鸿章、翁同龢拿笔签字的瞬间，海靖的兴奋之情突然凝滞了下来，不知为何，他变得高度紧张起来。他知道，一切都已经成为事实，没有人可以让李、翁停下手里的笔，但他还是担心两位对手会突然之间掷笔变卦。尽管这种微妙的心理发现连他自己都感到可笑，但是实实在在瞬间的反应。他知道，尽管大局已定，但对面这两个人是无论如何不愿意把自己的名字签到这张黄色的特制的绫裱宣纸上的。

李、翁两人的签字完成了，尽管两人表现得气定神闲，但都明白两个人手中的笔都有千钧之重。海靖终于松了一口气。

荫昌和福兰阁一起将李鸿章、翁同龢签完的条约文本转移到了对面海靖的面前。海靖手里的水笔早就旋开了笔帽，等到铺展工整，他在"大德钦差驻扎中华便宜行事大臣"字样下写下自己的名字。他的笔式与李、翁所签的不一样。他是横写，而后者是中式的竖写。后者是下笔拘谨正工，而海靖出笔迅疾潇洒，一气呵成，透着一种情绪的表达和宣泄。

衙门里响起例行的掌声，虽然稀拉，但都能通过每个巴掌的声音分辨出来自何人。不同的心境显而易见，难以掩饰。

荫昌似乎很是兴奋，这种兴奋也是真实的，他对于德国的情感，让他认为自己做了一件大好事，此必成为中德交流的一个重大历史事件。荫昌与国人的心态不一样，甚至与李鸿章、翁同龢都是不一样的。福兰阁面无表情，这位同样对中国有着极度好感，也致力于为中德交流做些事情的德国人此时此刻却有着与荫昌截然不同的复杂心境。两人合作将《中德胶澳租借条约》放置于黄色缎面盒子里，它将分别被送到德国皇帝和中国皇帝手里认定后被保存起来。

签字仪式结束了。中德两国代表算是正式完成了谈判，彼此做着礼节性的告别。海靖与他的一众人在喧哗与躁动中离去。而奕劻自始至终都没有说话，似乎根本不存在一样，散场时仍然没有人觉察到他的存在，尽管他就在眼前，像极了一个玩偶。李鸿章出门后向左拐去，翁同龢向了右。他们各自有各自的想法，也各自有各自的方向。

而当离开了公众的视线，不再有礼仪和程序上的负累，他们的真实情感却流露无疑。尽管表现形式不同，但他们的悲愤与伤感却是相同的。

李鸿章下轿后，移步若无物，整个身子似乎都不再归属于他。北京的三月原来竟还会如此的清冷与灰暗，往年这时沿河的柳槐都会打尖冒芽了，而眼前却还是灰暗的枝条横亘眼前。府邸前的胡同幽静而深邃，在他看来就像是一种阴暗的通道，明明空无一人，却让他看到有无数的人影浮动。他走到哪里，那些人影就会跟到他哪里；他驻足回望，他们又消失得无踪无影。他恍恍然，心里大为恐惧，他突然觉得自己时日无多了。他一生签下了那么多的条约，有几个是自愿的，又有几个是为大清造福的，似乎所有的一切都是被动的，但又有哪一个条约不是为了挽大清于既倒才签下的。有谁理解自己？他又签了一个条约，是在积累自己的罪责，还是为了支撑大清的基业？有谁能理解他？在这个条约签订后，一定又会掀起新一轮的讨伐声，他觉得已经无力应付，或许真的很快就要离开这个世界了，那倒真的是轻松了。但是，他走了之后，大清会怎样？他突然生出一丝悲悯。不是为自己，而是为黎民社稷，为大清。自己身后的大清朝将会怎样？他为自己悲哀，为大清伤感。他自认为没有他的大清一定也将变得无救。他叹口气，想，或许有没有他的大清其实都已经无救了。

翁同龢与李鸿章的绝望不同。李鸿章的痛悔是麻木的。他知道自己必将无法自保，大清必将无法自保，他也无力再做努力。但翁同龢的绝望却是撕心裂肺的。他曾经是同治、光绪两任帝师，他的痛悔是与具体的活生生的人物联系在一起的，同治年纪轻轻就死了，他一直为之愧疚；而光绪帝在任事后，经历了甲午年的国耻，割地赔款，辽东半岛差点不保，作为主战派的他也难辞其咎。而今天，他又签下了这样一份条约，将胶澳割让给了德国，又一次把将国家政治局面置于险恶。他与李鸿章不同，还没有签订过丧权辱国的条约。他虽然在谈判桌上显得气定神闲，但回宅的途中，他一直在想着自己签字时用过的那支笔，手里就像是拎了一把刀。回到书房后，那支无形的刀一直悬挂在他的手腕上，抖之不去，稍不留神，刀刃便划过心头，流淌出一汩浓浓的滚烫的负罪感。他把自己关进书房，老泪纵横，享受着独属于自己的痛不欲生。夜不成寐。半夜时分，翁同龢起身，打开日记簿，写下"以山东全省利权拱手让之腥膻，负罪千古！"，此乃"最憾最辱之事，何时雪此耻？"……笔至此，便泣不成声，魂失魄散。

5

亨利亲王率领的远征舰队从基尔港出发驶往中国胶澳地区。远征舰队由德意志号、菲格昂号和奥古斯塔皇后号组成。威廉二世亲自到港口送行。亨利亲王先陪同皇帝检阅队伍。即将前往那个东方神秘国度使士兵们按捺不住兴奋的心情，听说那个国家的男人都留着辫子，女人都是尖尖的小脚，这样的远征已经被德国人渲染成了一次神奇的旅行探险。士兵们整齐划一的号子声让整个港口为之颤动。

与此同时，德国政府为防卫胶澳成立了海军第三营。此刻，1155名官兵和303名海岸炮兵列队等待皇帝的检阅，他们将分别乘坐北德邮船公司的达姆施塔特和克莱菲尔德号运兵船从基尔港出发驶向遥远的东方。

自从棣利斯率舰队占领胶澳后，作为威廉二世皇帝弟弟的亨利亲王就有了一个梦想，到东亚去做胶澳第一任总督，但这一想法似乎并没有得到兄长支持。亨利亲王明白，兄长是担心自己还不具备担任总督的威望和条件。确实，毕竟对从未涉足东亚这块领地的他来说，是否具备租借地的管理能力让人质疑，况且这是德国在海外的第一块租借地，成败与否事关皇帝新政策的成败，更关系着皇帝的权威与荣誉，不容有半点闪失。只是，亨利亲王太渴望获得这个总督的称号了。

为达到目的，就一定努力。所以，当亨利亲王得知威廉二世要派后援舰队前往中国时，便主动请缨，要领兵前往。在他看来，这是一次难得的积累经验的机会，也是一次证明自己能力的机会，更是一次接近梦想的尝试。威廉二世当然知道这位小弟的想法，也希望他能借此得到历练，所以对他的请求没有丝毫犹豫就答应下来。

来自中国的消息并不乐观，原以为清政府会很快屈服于德国炮舰，但没想到他们在采取拖延战术，把一场本可以速战速决的外交战役抻得无限期延长。只要事情没有最终结果就会始终存在变数，包括日本、英国，他们是张之洞所倾向的合作者，包括俄国，也很难说不会从自身利益出发而别生枝节。谈判已进行两个多月，海靖说中国人正在过春节，他们的节奏向来会在这样一个传统的节日中被拉伸得更慢，每个中国人无论遇到多大的事都会在春节期间停下手里的活与家人无休无止地聊家常、守夜、拜年……包括那些掌握着国家权柄的清廷大臣也不例外。海靖说，在谈判如此胶着的情况下，恭亲王、庆亲王等人甚至还带着一大帮权臣到公使馆拜年。所以在这样的一个国度，等候是一种再正常不过的现象了。尽管如此，威廉二世还是不能理解领事馆信函中对中国传统文化的解读，他最终还是决定派遣后援舰队向清政府施压，以求尽快签署条约。

派舰队施压的做法，首先得到了海靖的反对。海靖认为这会把中国逼到死胡同，因为中国人已答应了相关条件，明显处于劣势，只是在做着最后的抵抗和挣扎。如果让他们颜面尽失，很难说不会做出格的事。中国人太爱面子了，有时他们对实际利益的得失并不在乎，但对面子却看得天大。外交部部长比洛也是反对者，他认为向海外派兵必须慎之又慎，如此会刺激日、英、俄等在中国有自身利益存在的诸国，一旦引起他们联手反对，局面恐怕会难以收拾。

威廉二世的决定一旦做出，很难挽回。大臣们对此是明白的。但因事关自身的利益荣辱，所以无论是海靖，还是比洛，都在可以控制的范围内尽可能地表达自己的意见。尽管专横霸道，但威廉二世也知此事利害攸关。对海靖的委婉表达出来的反对意见，他满不在乎，丝毫没有放在心上，但对于比洛的不同意见，却不能不加以重视。毕竟比洛作为外交大臣，他的意见影响到威廉二世海洋政策的具体推行，并且他深知外交部与海军部之间因为租借地管理权的问题争执不下，已经出现了不和谐场面。

参照其他国的殖民政策，管理权应该归属外交部，但由东亚舰队司令转任海军部部长的蒂尔皮茨却极力鼓动皇帝把胶澳的管理权划归海军部。外交部部长比洛对此大为不满。

尽管蒂尔皮茨的提议有悖常理，但他的理由还是非常充分的。他对皇帝说："我们是以为东亚舰队谋求一块锚地而占领胶澳的，第一步当然是要满足东亚舰队的需要，这也可以名正言顺地向各国做出一个解释，以后可以随着形势发展再做政策上的调整，所以需要海军部的介入。"

威廉二世也认可，蒂尔皮茨所说的是正确的，考虑也是周全的，目前来讲租借地管理归属海军部而不是外交部是适宜的决策，而蒂尔皮茨的请求有利于国家利益，并非仅仅为了争取局部权力。

但对于外交部部长比洛来讲，他有着深深的顾虑，因为只要一旦海军部介入海外事务的管理中，就会蚕食和渗透外交部的利益，一旦未来租借地形成了利益主体，再想争取到管理权便非常困难了。作为军方，他们总是以军事需要为理由把控权力之柄不放。一旦占据主动，如何放手？所以，他坚持不松口。

威廉二世以耐心的态度听取了两位重臣的意见，但他权衡后还是倾向于由海军部管理，在他还没有就此事做出最后的决定时，他对于租借地政策的咨询已经更多的是在听海军部的意见。

所以，当蒂尔皮茨表达了坚决支持威廉二世向中国派后援舰队，而比洛却表现得态度暧昧时，威廉二世更加坚定了由海军部管理租借地的决定。

亨利亲王在向威廉二世表达要率舰队前往中国的想法前，早已争取到了蒂尔皮茨的支持，他已经看到，要实现自己的总督梦，不能没有这位海军部部长的支持，将来租借地的管理权已初现端倪，虽然看似外交部有法理上的主动权，但已经没人怀疑海军部会插手其间。蒂尔皮茨对东亚、对胶澳太熟悉了，而比洛只是纸上谈兵，无法占据实际上的主动权。

蒂尔皮茨支持亨利亲王，于是，把这种权力之争掺进了亲情关系之中，感情因素会在不知不觉间产生化学反应，这种反应有时会产生决定性影响。

基尔港的锦旗猎猎、群情振奋的一幕由此也成为必然。在检阅这支将要不远万里前往东亚的队伍时，威廉二世做了即席演讲，他说："……你们现在带着德意志帝国的荣誉前去一个不开化的国家，你们担负着传播文明的使命，你们要让中国人知道，他们必须听命于德国。中国人一直看不起德国，他们能够给英国、法国、日本提供利益，现在要给他们施以颜色，如果中国人反抗，便施以老拳……"

德国士兵以山呼海啸般的激情回应着皇帝的召唤和指引。以给中德谈判施加压力为目的德国后援舰队在亨利亲王率领下由基尔港启程,前往中国一个叫胶澳的地方。

　　似乎上帝在有意成全亨利亲王,当他还行驶在烟波浩渺的大海之上时,《中德胶澳租借条约》已签订完成,实际上当他还没到达中国,任务已经完成了。他一路饱满的渴望之中混杂着的紧张恐惧情绪随之烟消云散,他心里除却快乐就是兴奋,没有了半点顾及和担心,旅程从此便变得轻松起来。

　　放慢了节奏的亨利亲王得以用更加悠适的目光和怡然自得的心情观顾旅行风景。他所率的舰队先是到了香港,然后前往上海,接着便是他向往已久的胶澳。

　　已经有很多人向他描述了胶澳的空旷与荒凉,但当他刻意地计算了从上海到胶澳的路线行程时,却更加感觉到了这块必然的荒凉之地所具有的宏观上的军事战略价值,特别是当他遇到海面上驶来的几艘外轮时,不禁惊讶于在胶澳以北仅百公里的地方,便是早已开了商埠的烟台港,而上海与烟台之间早就开辟有客货航线,这些航线可以通达世界各地,而那个被称之为荒凉之地的胶澳就在上海与烟台中间的位置,如果建成港口码头的话,那些商船客轮其实只需掉个头便可以很快到达这个有着深深澳口的港湾。

　　棣利斯的舰船迎接了到达胶澳的首批德国最高级别的官员。

　　亨利亲王率众走向一个怪石嶙峋的山头,抬眼望去,澳口周边情景尽收眼底。他观察着周边的环境和远处的海平面,现实的状况与他心里的宏观概念极为吻合,他很满意于这个所谓的荒凉之地,这里正是德意志最为神圣而干净的画布,它不会因为要清除既有建筑物与文化特质而做更多付出,也不需要纠结迁就于一些原始的障碍。他只需要一只画笔,准备足够多的材料——石头、建筑物料、机械设备、器具、车辆、脚手架、水泥、沙子、电线杆等等诸如此类的东西,那就可以开工了,当然首先要规划好,哪里是军营、城市区,哪里是教堂、学校、监狱……一个东亚的蓝图将会在这里展开。

　　亨利亲王在棣利斯陪同下前往章高元的总兵衙门,那里是东亚舰队现在的办事机构,也是亨利亲王此行的下榻地。路上,棣利斯报告了占领胶澳的情况,特别详细地介绍了驱逐章高元的情节,亲王听得津津有味。到达衙门口,亨利亲王马上就被气质恢宏的衙门所震撼,所有的人告诉他的都是此地的荒凉,但仅这所衙门就足见清政府对于经营胶澳的重视程度,他们把那么一位战功赫赫的老将军放在这里，修建了规模庞大奢华的衙门，其重要的战略位置不言自喻。亨利亲王相信只有自己的亲眼所见才是真实，他愈发坚信，德国对胶澳的占领是正确的，皇帝是伟大的。

亨利亲王在青岛并没有逗留太久，他现在的任务已经发生了变化，由最初向清廷的施压变成了宣示德国与大清国的友好亲善。行程中，他已发电请示威廉二世皇帝，表示会尽最大可能向清政府表达德国与之交好的真诚愿望，希望中国皇帝和太后理解德国对取得胶澳的良苦用心。德国的行动是为了满足德国在东亚的利益，从而在全球战略中与英国一比高下，并没有丝毫与中国为难之意。至于说修建港口、修建铁路、开采煤炭这些具体措施都会对两国的商贸易有益，不只是德国，中国也会彻底打破多年来传统的商业模式，利用西方先进的理念与手段来改善的推动生产力的发展……完成这样的任务压力是巨大的，需要外交的协调，他已通知海靖尽可能争取到清廷重臣李鸿章、翁同龢的支持，为见到光绪皇帝和慈禧做努力。他已耳闻，见中国皇帝极为困难，要行磕头礼，这对亨利亲王来说是绝无可能的。

逗留几日，亨利亲王乘船前往天津，由天津大沽上岸，再经陆路进京，开始做另一番外交的努力了。

6

海靖的来访让李鸿章大感意外。真的是外交上没有永远的朋友，也没有永远的敌人。亨利亲王的到来成为一种新的外交斗争形势，而此番，对海靖来说不得不把一向视为对手的李鸿章作为奉承的对象。外交部发电，威廉二世要求必须尽一切可能让光绪皇帝、慈禧太后表现出最大的热情迎接亨利亲王，因为那既是消弭两国因胶澳事件所带来的敌视的现实需要，也是大德国在东亚获得尊重的最直观体现。因为胶澳一事，在华各国列强都对德国冷眼相向。既然已经得到了想要的一切，就必须缓和局势，因为接下来的工作需要一种更和谐的环境和氛围。

李鸿章虽然有些端架子，但事已至此，也乐得玉成此事。但他也明白，此事有着更多礼仪上的障碍，从英使马戛尔尼拜见乾隆被要求行跪拜礼后，中西间便在礼仪上结了疙瘩，外使从不会得到皇帝接见。只这层滞碍就远比任何具体利益更致命。但他还是尽可能答应海靖争取使光绪帝乃至于慈禧太后接见亨利亲王。一席话掉足了海靖的胃口，第二天他专门送了一对印有德国图案的花瓶表达谢意。

而光绪皇帝真正顾问的人却非李鸿章，而是翁同龢。

此时的光绪所面对的政局极为复杂，因胶澳之事所引发的多米诺骨牌效应开始发酵，徐致靖所保荐的康有为、梁启超、谭嗣同等人连连向皇帝上奏，提出学习西法的建议，而作为光绪的帝师，翁同龢自然会得更频繁的召见。在此期间，恭亲王离世。光绪悲痛之余，也不无解脱羁绊之感。但是，恭亲王离世前的一句话极为隐秘又令光绪举棋不定，迟迟难下决心。而翁同龢在奏对中的态度是所有大臣中最为稳妥的方略。翁同龢认为，修铁路、建工厂这些西法不得不用，但圣贤义理之学尤不可忘。光绪深以为然。翁同龢此时便说到亨利亲王要拜见皇帝、太后的请求。

在翁同龢看来，光绪皇帝一定会陷入为难之中。但让他没想到的是，光绪帝竟然没有丝毫的迟疑，兴奋地说："见。"

尽管胶澳之事一度让光绪愤恨不已，但是此事也反照出中国政府的腐败与落后，光绪已找不到更好的理由来解释何以一个曾为清廷仗义执言的国家会执意强占中国一隅，西方现代文明的强势以及弱肉强食的森林法则在光绪懵懂的灵魂深处透进一缕曙光，他开始认识到，中国的落后不在于他一直纠结痛悔于自己的无能，甚至也不是历朝历代哪位皇帝的罪责，归根到底是一种文化制度的没落。要想改变被动挨打的局面，就要学西学，更弦张，强国本，就像日本，他们比大清更靠东，他们对于传统的彻底破坏反倒让他们有了彻底的解脱，最终才有了彻底的自由和解放。

坏事变好事，丢了胶澳，或许正是反向推动清廷改革的一种力量，它让一切繁文缛节无法牵绊改革的步伐。而亨利亲王的来访，又可以使他继续利用这个长期的盟友，拉近与世界的联系，得到政治、军事、物资等方面的支持。这或许是大清的一个机会。所以，光绪的回答才那么干脆。

但是，看到迟疑不定的翁同龢，他这时才意识到，会见一位外国亲王在礼制上有诸多不便。

光绪幽幽地对翁同龢说："如果连礼仪上的事都这么斤斤计较的话，何以改革、变法？"

翁同龢说："话是如此说，但这堵墙还是很难拆的。"

光绪沉默半天，说："我倒想试试看，拆不拆得动。"

翁同龢心情复杂，他知道皇帝如果在这件事上都不能迈出一步，又何谈改革？但这层礼制滞碍毕竟是中国人千年未曾穿透的壁垒。他替光绪皇帝担心。

他知道不能阻拦皇帝的决定，也无法给出一个合适的建议。只得诺诺而出。

慈禧也知道了亨利亲王来访的消息，并且知道了光绪打算接见他。一方面，她倒想借这件事情看看皇帝处理外交事务的能力，因此也不发表意见，任由皇帝安排。另一个方面，她知道改革势在必行，皇帝锐意进取的积极性是不能打击的，并且她多少也为皇帝的信心和勇气所感染；她也知道，应该通过这样重大的外交场合让皇帝得到历练，改变他致命的怯弱性格。总之，一切都在按照皇帝的意思行使，内务府紧锣密鼓地做着精心准备。

只是，那个最为致命的礼仪问题却始终没人提及，大家心照不宣，没人直面难题，包括翁同龢在内都在采取观望的心态看着皇帝如何处置。

一直在争取李鸿章支持的驻德公使海靖此时也看出了真正主宰此事的不是李而是翁。海靖有些惶惑，在中德谈判之中被李鸿章抢了先机的翁同龢，并没有失势，反倒是李鸿章也未见得在谈判中出了风头而重回权力中心。他觉得清政府的权力架构充满了人事的暧昧与诡异。

海靖转而向翁同龢献殷勤。

随着会见的日子临近，礼部最为紧张，因为一旦皇帝让他们提出会见方案，那这个难题首先就得由他们解决。礼部的难题反倒为海靖解决了。

负责安排亨利王子会见的海靖见清廷方面都持事不关己的态度，先沉不住气，因为他要提前把亨利与皇帝、太后会面的礼仪向德方报告清楚。

海靖最先提出了会见方式，这便直接涉及了礼仪式问题。

翁同龢当然会按照成例来回答，他不敢有丝毫突破。他不想成为众矢之的。

海靖对翁同龢的答复当然不满意。"亨利亲王是威廉二世皇帝的兄弟，如同皇帝本人，绝对不能行跪拜礼。"海靖的话说得很坚决。

翁同龢点头："礼节可以商议，皇帝仁慈宽厚，但到底行何礼还要礼部来定。我倒想听听海靖公使的看法。"

海靖说："免冠鞠躬最相宜。"

翁同龢不再说话，他不想在如此"重大"的细节问题上明确表达自己的意见。当年马戛尔尼会见乾隆的折中办法，是行了单膝跪拜礼。但正是这一礼节不为英国人所接受，引为奇耻大辱，后来国家的命数趋向很难说不与此事有着千丝万缕的关系。

一旁的张荫桓岔开话题，咨询亨利亲王会问些什么问题，因为他需要给光绪帝准备一份"口敕"。

这反倒好回答，海靖说了些已经想好的对答预案，无非是些常规性的拜会言词、客套话而已。张荫桓点头，心中有数。

海靖知道关于礼节的事还得细细商议，并且自己还不知道亨利亲王的底线是什么，便把话题转到会面地点上。

翁同龢说："当然是在颐和园。皇上和太后都在园子避暑，这样比较方便。"

海靖听罢却皱了皱眉，在他看来，颐和园缺乏严肃性和仪式感，毕竟那是休闲度假之地。他说："最好在北海。"

翁同龢摇摇头。"现在太后、皇上都在万寿山，回宫旅途劳顿，不现实。"

海靖说："亨利亲王带着仪仗队同行。人员也多，去往颐和园也非常不便。其实这些需要劳顿清廷衙门去办，同样不方便。"

翁同龢没见过所谓的"仪仗队"为何，不知如何答应。但他知道，所有的繁杂的礼仪都以保证皇帝、太后方便为第一要务，这是基本原则。其他都好说。他也知道，尽管海靖说了很多理由，但他最大的想法就是让太后、光绪在一个正规场合接见亨利亲王。

翁同龢认为，在德占胶澳不久的背景下，在正式场合的会面反倒多有不便。他没有松口。

海靖没有想到，翁同龢竟然在见面地点上也不能通融，心里极为不快。怏怏而去。

几番商谈下来累积的问题一并汇到慈禧和光绪那里。慈禧淡淡地说："听凭皇上裁定。"

光绪嗫嚅道："只要不关乎原则，尽可答应。"

这是不好把握的原则。恭亲王去世后，领衔军机换成庆亲王奕劻，也少经验，便找准机会进一步请示。

慈禧说："西人不讲礼数，可随机应变，不必拘成节。总之，要让他们欢欣。虽然有那档子事，但德国还是讲情面的，也好交往。眼光还是要放长远些。"

经历了甲午年的挫败，慈禧太后随和了许多，这既有对时局变化的无奈，也是反躬自省使然。这样一个时段，是大清最为微妙而敏感的，变与不变，变又如何变，向哪个方向变？大家都在观望思考。

1898年5月14日。中国皇帝光绪在颐和园万寿山接见了亨利亲王。

亨利亲王对中国皇帝接见礼仪问题早有耳闻，海靖也不能拿出一个主导意见，很显然他的所有方案都无法得到中国官员的确认。这让他感到极为无趣而烦恼。他没有想到英国一百年前遇到问题，现在又摆在了他的面前。处置不好，确实是件丢面子的事，但好在他与马戛尔尼的境遇不同，马戛尔尼是代表英国正式访问的使臣，有着英国朝廷的明确的仪式要求。而他尽管也是作为国家使臣而来，所承担的使命与任务不一样。而对于此事，威廉二世开通得很，让他便宜行事。这就让亨利亲王有更大的回旋余地。所以他可以采取一种审慎积极包容的态度来处置。这是个充满着探险乐趣的"游戏"。

在迟迟不能确定接见礼仪的情况下，亨利亲王认为会见的地点反倒更为合适，因为要在北海接见，那么仪式的正规性会得到最大程度的强化，而在颐和园这种场合或许更容易实现原则性与灵活性的结合。所以，地点按照翁同龢的意见定在颐和园。并且此时的光绪帝与慈禧太后都在园子，与两人见面是必然的，而在北海可能就不一样。

对于中方来说，接见的礼仪最终没有确定下来，局面也便走到了让光绪帝临场处置的地步。

中方的安排果然让亨利亲王满意，也让海靖长出了一口气。在颐和园里，慈禧太后、光绪皇帝将会分别与亨利亲王见面，并与之共进午餐。

接见当日，庆亲王奕劻先把亨利王子引到慈禧太后的驻跸之所。庭院不大，古树老藤，清风徐徐，对面海子里吹过的风还带着一丝凉意。慈禧太后很慈祥，坐在榻上，穿了件类似于戏服的服装，在亨利看来这或许是太后为了见自己所穿的盛装。亨利亲王免冠鞠躬行礼，见慈禧太后头顶上的巨大凤冠微微摇动，便向亨利亲王致以问候。

福兰阁担任翻译。亨利亲王听到是慈禧太后所问的无非是些辛苦劳累的话。坐了不一会儿，似乎有些冷场的意思。很显然，慈禧根本是没有打算与亨利亲王往深里谈些什么的。

亨利亲王问:"我想给太后引见一下我所带的人员。"

慈禧没想到会有此节,随口说一句:"好啊。"

亨利亲王所带的人员较多,不可能全部挤到正殿。正当礼仪官感到为难时,慈禧太后竟然站起来,说:"今天难得的好天气,我倒愿意到门口走走。"

在亨利看来,这也是莫大的殊荣了。见慈禧站起身要往外走,竟然伸手要有搀扶的意思,翁同龢一众官员见状吓得冒汗。好在亨利亲王也意识到了自己的随意之举与太后肃穆的神情格格不入,没有更夸张的表示。

慈禧在正殿门口接见亨利亲王的随从,竟然有很多女眷,这让她很意外,也很惊喜。亨利亲王所带女眷按捺不住好奇,竟有人叽叽喳喳说起话来,慈禧不以为忤,反觉得挺有意思,她在"西狩"回驾后曾经接见过一次西方领事馆的女眷,知道西方女士不拘礼数,甚是有趣。慈禧和她们摆了摆手,说了几句问候的话,福兰阁翻译完后,她们竟然都鼓起掌来。慈禧太后笑了。

慈禧太后举止得体,雍容大度,所表现出来的友善很是让亨利王子感动。

与此同时,在不远处的另外一座院落里,光绪皇帝正以紧张的心情等着他的到来。高大威猛的亨利亲王进到大堂后,光绪的怯弱与单薄迅速被映衬出来。光绪皇帝竟然不自觉地站起身。翁同龢心里一紧,担心皇帝会失礼。亨利亲王来到光绪帝面前,恭恭敬敬地脱下帽子,缓慢而深深地给光绪施一躬。这时,人们都暗自以紧张的心情注视着光绪皇帝接下来的举动。

只见光绪向亨利亲王伸出了手,是想和对方握手的意思。翁同龢紧张的心提到嗓子眼。光绪帝曾问过他:"外国人见面礼是不是握手?"是张荫桓肯定了皇帝的问题。或许皇帝想尝试一下这种新鲜的礼节。

光绪的细微举动并没有延续下去,这让他略显得紧张但又不失庄重。翁同龢、张荫桓等人算是松了一口气。但与光绪帝有着特殊情感的翁同龢却不觉升出一份负罪感。如此严肃的场合,让光绪帝自行处置如此重大的事情真的是一种失责。

随即,亨利亲王站立说明了来意,表达了威廉皇帝的问候,大意还是德国渴望与中国交好的愿望。接着,便有侍从呈上一对紫色花瓶。这是亨利亲王向皇帝赠送的觐见礼。

光绪领授后，回到御座，示意给亨利亲王搬来高凳。亨利亲王便坐下来。

光绪皇帝按张荫桓拟定的"口敕"询问，无非是些中规中矩的客套话，亨利亲王一一作复。亨利亲王也介绍了德国的一些情况，再次表达德国是中国最信得过的盟友，在胶澳问题上一定会有很好的合作。

胶澳问题并不在"口敕"的范围，翁同龢等随同接见的大臣们又变得紧张起来，在他们看来应该是个避讳的话题。光绪皇帝不置可否，还算得体。亨利亲王正在想着如何转移一下话题，见光绪帝站了起来。知道对方想结束见面了。本来他听说光绪皇帝正在积极推动变法，准备了一套说辞，却无法用上了。

起身的皇帝，走到亨利亲王面前，毫不犹豫地向他伸出了手，他似乎在谈话过程中一直在盘算着是否与亨利亲王用握手礼的事情。此时终于如愿。亨利亲王激动地伸出手，与光绪帝相握。

握手礼来得突然，既显得唐突，却又在一番谈话铺垫后显得合情合理。尽管如此，翁同龢仍感到如电灼目，惊诧万分。

这正如晴空里突然滚过一声尖锐隐秘短暂的炸雷，让人一惊。抬头看，却仍是艳阳高照。

接下来的仪式，都在事先安排的框架内有条不紊地进行。庆亲王奕劻带领亨利亲王一行至南配殿，同坐用宴。中午时分，光绪帝亲临南配殿慰问亲王，并向亲王赠送宝星。亨利亲王则引光绪帝检阅其随带的卫队。

颐和园春意渐浓，亨利亲王虽然对仪式的简略有些意外和遗憾，但并没有影响他的好心情，毕竟太后和皇帝的双双接见已属最高礼仪，自己顺利完成了威廉二世期望的关于增进与清廷关系的目的，为下一步开发胶澳奠定了基础，这将成为他一笔非常大的政治资本值得炫耀。

但对于翁同龢来说，这件事情实在是清廷的异数，是德占胶澳后挫败的延续，它让中国礼仪之邦的权威受到了西方的挑战，终结了由马戛尔尼觐见乾隆帝时所引发的中西礼仪之争，站立、握手、坐谈……这些细节上的改变，无不是一种心态的变化。既有着必然，也不能不说又是那么仓促、张皇、不安。

行变莫大于心变。一切都有可能被改变。在他眼里，大清的前路一片混沌……

7

1898年夏季的青岛，已是一片德国色彩。

《中德胶澳租借条约》最初实施的简略描述无非有三，一是建港口，二是修铁路，三是规划城市。而规划城市又与港口、铁路建设融合推进，德国人似乎是一夜间蜂拥而至，人群之中，港口建筑师、铁路工程师、城市规划师成为城市主流。

东亚舰队所属的威廉皇帝号舰舰长特鲁泊被授予临时总督，行政地点设在章高元的总兵衙门。不久，特鲁泊被海军上校罗申达尔取代。他们成为第一批租借地开垦者中的最高军政管理者。条约虽签，但中德双方在确定租借地划界方面还是颇费周折，而最终确定的租借地管辖区域使用怎样的名称具有重要的象征意义。总督府列定了几个名字呈送给远在柏林的皇帝。威廉二世圈定了"青岛"。

为满足东亚舰队需要，港口先于铁路迅速进入建设施工阶段。

1898年5月16日，海军部精心挑选的首位建港工程师格罗姆施就站在了青岛海边。就在《中德胶澳租借条约》签订不到一个月，国会就完成了烦琐的审批手续，为港口建设拨付了首批500万马克的资金。格罗姆施到达青岛后，马上开始制订大港的规划，包括港口防波堤和码头，随即便开始组织中国劳工在妇人岛及与其毗邻的位于西南方的一个暗礁所在水域填筑石坝，主要是抵御强大的西北风侵袭。

海军部启动了建港承包商招标。著名建港工程师约翰·斯提克弗茨受德国维林公司派遣来到青岛进行建港的考察。尽管一波三折，但维林公司还是以参与过威廉港扩建、汉堡远洋轮船港以及北海至波罗的海运河工程建设的丰富经验得到海军部青睐。约翰·斯提克弗茨正式主持青岛港建设。约翰·斯提克弗茨的具体港口规划分为五部分：（1）兴建小港，作为嗣后大港的辅助港，即实际上的民船贸易港；（2）兴建船渠港；（3）兴建大港，即青岛主体港；（4）兴建大型修船厂；（5）安设航灯标志。而"敷设专用铁路"成为整体规划最基础性的工程。

一位叫单威廉的人不显山不露水地来到青岛，但是他成为德国租借地开办以来在青岛因风流韵事受到攻击的第一人，并最终导致了总督罗绅达尔被撤换。

租借地政府成立后，确保土地安全有效使用成为紧迫的任务。城市建设的需求，必然会带来土地价格上涨，私人投机商会从中谋利。为保证土地收购顺利进行，德国外交部电令驻上海总领事司徒白以及翻译官单威廉来到青岛。二人几乎是与锡乐巴同时到达青岛的。司徒白和单威廉来到青岛后第一时间就投入工作之中，开始调查当地土地状况，谋划未来土地政策。按照单威廉的想法，青岛租借地的土地所有者只能将土地售给德国驻军及其后的德国政府授权机构，不允许私人交易，待政府获得全部所需土地的产权后再做一次性处置并以两年地租作补偿。

在单威廉的土地政策正式实施前，青岛的土地是不能正式交易的，因为那样的话会使一些权力部门有徇私枉法的可能。但是，就在这年4月5日，单威廉在他的夫人克拉克生日当天，私自购买了一块风景绝佳的地块作礼物送给夫人。巧的是，此事被正在青岛采访的德国记者沃尔夫知晓，随即写成文章发回国内，在柏林日报登了出来，顿时掀起轩然大波。

外交部不失时机加以攻击，海军部部长蒂尔皮茨非常恼怒，责成罗申达尔报告情况并进行反思。但罗申达尔不但不深刻反思，反倒极力替单威廉开脱。蒂尔皮茨一怒之下，撤换了罗申达尔。在他看来，租借地建设不能从一开始就进入一种受人非议的无政府的管理秩序。无论是德国国内，还是青岛，人们都在谈论这件事。

新任总督叶世克上任了。

叶世克仍然来自海军部。到任后的他当然先了解单威廉购地之事，但经过一番了解后，他越来越觉得此事似乎并没有像舆论渲染的那么不堪。很明显有沃尔夫夸大的成分。并且有人说，沃尔夫是因为受了罗申达尔的冷遇后才转而迁怒于单威廉的，其实目标还是总督。他的目的出人预料地达到了。叶世克发现，单威廉非但不像有些人说的那么不堪，甚至可以说他的工作成就非凡。国内的非议与在青岛的每名德国人的评价并不统一，并且是相反的。因此，叶世克上书海军部讲明情况，希望淡化此事，不必再对单威廉实施追究。但是，因为有着克拉克夫人的影子，这件事情还是吸引了很多人的兴趣，成为人们乐此不疲的谈资。再加上，在青岛属于德国的故事实在太少，每名德国人都需要用这样的事来亲近德国，改变青岛。他们或许根本没有恶意，而只是好奇和新鲜抑或是寂寞无聊的兴致所至。

铁路的征地拆迁始终是一项最重要的工作，所以锡乐巴多次就土地问题请教单威廉。尽管他的征地与单威廉的宏观土地政策并不一致，但其中需要借鉴的东西还是很多。单威廉的工作范围一直延伸到了胶州甚至更向西的地方，那里是他将来修建铁路的必经之地。

单威廉的确给他提供了许多好的建议。"以我的经验，与中国人打交道根本就是笔糊涂账，他们是家族式居住，一个家庭里面成员众多，财产边界非常模糊。表面上他们很谦让，一旦有实际利益，都会把眼睛瞪得大大的，生怕吃半点亏。但由于他们自己也分不出财产边界，所以很难帮他们理清楚。"

锡乐巴对中国家族式居住方式和由此形成的心态了若指掌，但单威廉的一席话，还是让他认识到山东作为孔孟之乡，家庭观念较之汉口等内地城市更是有过之而无不及。他希望能从单博士（他喜欢这么称呼他）那里找到更多的答案。

单威廉的话总是很有见地。"你可以找他们的族长，把你的预算给他，让他来分配，往往这样要容易得多，并且不用你来承担他们之间的矛盾纠纷。当然，这种事情也可以让当地官员来做，只不过这些官员大概率会有贪污行为，但中国老百姓对官员还是敬畏的，往往明知不公也没胆量问个究竟。"

因为无论是在汉口，还是在上海近郊所设计的铁路都是由德国以外的机构承建，他极少参与到征地拆迁这类事务中，所以单威廉的经验对他来说确实是非常难得的。他从这位严肃认真带有明显学者型印迹的专家身上看不出有半点传言中的情色韵味……

最让人激动的是，亨利亲王的到来以及随后而来的海军第三营士兵们，让德国的梦想越来越坚强地伫立在东亚的黄海之滨。亨利亲王的北京之行取得巨大成功，他让德国对青岛的占领在得到法理认可的同时，更得到了清朝皇帝情感上的认同，这对于青岛未来的成长极为有益。亨利亲王结束北京之行后，又回到青岛，住进了曾经的章总兵衙门。前些天，他还突然出现在了即墨大集上，和即墨县县长站在集市上聊了大半个时辰，成为轰动一时的新闻，德国皇室的影子开始出现在中国乡村。

而海军第三营的水兵小伙子们更是让这片逐渐热闹起来的空间变得生龙活虎。有传言说，这些士兵中有德皇威廉二世的次子阿达尔贝特王子……

宗教也不失时机地到来了。最先到达的是魏玛传教会委派的花之安教士。从1865年他就在香港传教，后移居上海，是在华基督教全国大会的七人通讯委员会委员之一,任中华教育会副会长,也是德国在华最有影响力的教士,他的到来无疑证明了德国对青岛文化影响力从一开始就有着长远的考虑。接续而来的还有柏林传教会的昆祚、寇勒克等人,还有卫礼贤……他们的身影不但出现在德国的兵营里、商人中,还出现在中国百姓聚集的地方,他们的任务是思想的传播和情绪的安抚,让德意志文明在这块土壤里坚韧与绵长地生长……

锡乐巴作为山东铁路公司青岛经营处建设与运营管理的负责人,知道自己已经成为这片热土里一分子,他在审视他人的时候,更多人也在关注着他,因为铁路建设在山东铁路公司成立的同时迅速被提上重要议事日程,成为租借地最为重要的工程项目之一。

除了先期到达已经与他共同进行了线路勘测的韦勒外,他的弟弟锡贝德也来到了青岛。上岸后的锡贝德眼神里满是失望的神情,他问兄长:"要往哪里修铁路?修铁路做什么,有什么物资可运?"

锡乐巴安抚道:"我刚到时和您一样失望,但当您进到山东内地后就会知道,那里有着肥沃的宝藏。"

锡贝德调侃道:"好,最好能找到宝。"

接着又有三位有着皇家工程师称号的铁路工程师来到青岛,分别是米勒、迈尔和登格勒。修建全长五百公里的线路有包括他在内的五名工程师已经足够。锡乐巴信心百倍。山东铁路公司最前沿的施工组织团队已经组成,并且开始做着前期的各项准备工作,具体的线路定桩、施工队伍的招标……虽千头万绪,但在几位有着丰富的铁路建设经验的工程师的操作下,铁路工程开始有条不紊地推进。

而锡乐巴始终没有解决的心病仍然存在,出青岛后铁路线路的走向是继续向西北,还是先向南再西进?后者可以经过繁华的城镇胶州,而前者不但会远离胶州,还会远离向西的另外一个更大的城镇高密。尽管锡乐巴的线路走向已发至礼和洋行,但来自盖德兹的反对声依然强大,这个问题不解决,直接影响着最终的线路选线。锡乐巴知道,此事已迫在眉睫。

8

1899年6月14日,"山东铁路公司"在德国柏林宣告成立。

经过与外交部的谈判，亚洲业务财团、山东辛迪加和工业辛迪加联合申请到了铁路和矿山的许可权。联合辛迪加最终由14家德国最重要的银行、贸易公司和出口企业组成，它们或为德华银行成员，或为亚洲业务财团成员，或兼为这两财团的成员。在提交最终的申请前，联合辛迪加与德国政府进行了多轮谈判。德国政府的条件是：（1）政府参与铁路公司和矿务公司的分红；（2）不能将开矿许可权延伸至所有矿产及授予排他性许可权；（3）两家公司给予海军在煤炭价格方面的优惠；（4）政府拒绝承诺在许可权期限内不允许建设竞争性铁路。据说，以礼和洋行为代表的联合辛迪加组织对此表示了极度的不满，特别是第四条，被认为是对于联合辛迪加利益有着潜在的巨大影响。

但无论如何，双方在共同利益的驱使下都有所让步，联合辛迪加在1899年5月24日向德国政府正式提交成立山东铁路公司的申请。6月1日，德国首相霍亨洛熙向山东铁路公司颁发了"山东铁路公司建设和经营许可权"。同时授予其在山东开采矿业的许可权。

锡乐巴在第一时间看到了许可权所有文本。

其主要内容：

（1）铁路的建设和经营由辛迪加组建德华股份公司来实施，公司名称为"山东铁路公司"，资本为5400万马克，德国人和中国人都可以参与股票的公开认购，尤其要在合适的东亚贸易区开放股票认购。

（2）铁路的定线要保证最重要的煤炭地区——铁路是潍县和淄川，以及介于青岛和济南府之间在人口数量或其他重要性方面突出的城市和地区，以最适宜的方式与铁路相连（这让锡乐巴突然之间又想到了胶州和高密两个城镇，按照原有设计这两个城镇将会被铁路所放弃，但是铁路许可权的这段描述到底是因为自己的建议发挥了作用，还是联合辛迪加早就意识到了这个问题，但是，从礼和洋行传来的消息看，盖德兹对于将胶州、高密两个城镇联系在一起的建议并没有认同。）路线的走向在内须得到胶澳总督同意，在租借地之外须得到驻京公使同意。列车时刻表须得到胶澳总督批准。铁路可以建成单线，但购置土地要考虑复线。轨矩为1.435米。

（3）铁路建设要尽可能使用德国材料。铁路包括支线在内的全部路段要在5年内完成，青岛—潍县段要在3年内完成，只有存在较大力量影响的阻碍才能延期。

（4）铁路公司在头十年可自主决定费率，而政府有权制定煤炭运输的最高费率。

（5）在许可权存在期间，帝国政府不能授予另一家企业建设一条位于所授予的铁路线旁边、以相同方式经过那些地点或经过另一些更多重要地点的铁路的许可权。

（6）公司管理层主席和最高经营管理者人选都须得到政府批准。

（7）当公司分红超过5%时，要向总督府支付一笔规定的金额，作为对帝国胶州湾港口建设费用和租借地一般管理费用的分摊。其计算方式是，分红5%—7%提1/20，分红7%—8%提1/10，分红8%—10%提1/5，分红10%—12%提1/3，分红12%以上提1/2。

（8）德国政府有权在60年后按当时的市场价格赎回山东铁路。

（9）对于青岛—沂州和沂州—济南铁路，该辛迪加有权在1908年之前提出申请，如果到那里没有申请，德国政府可以将其授予他人。

……

而从另外一件附加材料中，锡乐巴看到了股本的分配。山东铁路公司基本资本为5400万马克，这些股本按每股1000马克共分成54000股，在参与创立的14家银行和公司之间的分配比例为，德华银行上海分行4999股，柏林贴现公司4700股，汉堡北德银行4700股，柏林德意志银行4700股，柏林波恩布瑟贸易公司4700股，柏林华沙公司4700股，柏林布来希吕德贸易公司3394股，柏林商业与工业银行866股，汉堡贝恩斯父子贸易公司519股。

山东铁路公司进一步调整和明确管理机构的正式人员，包括菲舍尔（曾经的德国皇家国务秘书、枢密大臣）、盖德兹（普鲁士皇家土木技监、总工程师）、埃里希（贴现公司经理）。公司的监事会主席由贴现公司老板韩塞满担任，监事会成员有22人，主要为银行家、铁路经理、工厂经理、矿务顾问、枢密大臣、律师、海军副将。

公司总部设在德国柏林。青岛设立经营处，建设经营总办锡乐巴，商务成员、礼和洋行代表司米德。

……

锡乐巴从这些公文中，看到了两个比较大的问题。一是盖德兹以及他所坚持的关于线路是否经过胶州、高密的问题。二是青岛经营机构管理权限单薄，可能与实际执行权力不匹配。这或许会成为影响铁路建设工期的两大要害问题。按照特许权规定，铁路必须在5年内修到济南。照常理说，这是个合理的工期，但在一个陌生的国度修建一条完全由德国控制的铁路，并非想象得那么简单，工期的预定必须尽可能提前。在这两个问题中，最直接影响开工的是前者，因为是否到胶州是第一个标段所面临的问题，而到现在除却盖德兹的反对声音外，他依然没有听到新成立的山东铁路公司董事局的意见，或许他们真的无法判断线路走向的合理性，无法做出决定。他们距离青岛太远了。而从现在的管理权限来看，只是青岛经营处负责人的锡乐巴显然也没有这样的决定权。他觉得力不从心。这样，两个问题便成为彼此制约的同一个问题，并且后者会与接下来面临的所有问题紧密相关。

锡乐巴不再犹豫，决定再去胶州、高密，他必须依靠自己的实地勘测拿出一个切实的意见，说服董事局把方案稳定下来。

9

锡乐巴带着韦勒和锡贝德前往胶州、高密。他要以无懈可击的勘测结论否决盖德兹的设计，就必须找到一个更合理的线路走向。他已决定把整条线路划分为六个标段，青岛至胶州作为第一标段，由工程师韦勒负责。而高密标段是六个标段中距离最长，也让他本能地感觉到或许是整个工程最艰难的部分。高密乡民风彪悍，这是他在初步考察中就有所体会的。所以，在对线路做最后修正和优化时，恰又涉及这两个标段，所以韦勒、锡乐巴成为他这次勘察的伴随者。

韦勒、锡贝德是以非常放松的心情出来的，对于二人来讲，锡乐巴的修正方案没有任何问题，只需要下功夫说服柏林即可，此次重新考察实在没有必要。

锡乐巴想要以最充分的理由否决盖德兹的选线方案，但没有想到，他的此次考察在否决盖德兹选线方案的同时却验证了盖德兹在报告中所表达的另外一种担心。从青岛到胶州一路无事，但到了高密后，却遇到了大麻烦。当雇佣的中国仆人将勘测设施刚刚在一段平整的区段架设好后，突然遭遇到了一群高密农民的袭击，他们从地上捡拾大小合适的石块投掷过来，其准确性和娴熟程度让人瞠目结舌，锡乐巴、韦勒、锡贝德，包括中国小工的头上、身上接连不断地被击中，只到身上带有火枪的韦勒向对方扣动了扳机，在轰然喷射出去的火苗中，这帮破衣烂衫的农民才一哄而散。几个人聚拢到一起，才发现彼此均满头是血，其中韦勒的额头靠近眼部的地方肿起个大泡，血流如注。

几个人来到附近的村庄救助，但所有人都拒绝了他们。

盖德兹在他的报告中曾讲到在济南以北的晏城一带受到了农民的尾随，并遭到了石块的投掷。躲在沟渠角落的锡乐巴想到这里苦笑不已，盖德兹的考察虽然有不少谬误，但每一点的记录竟然都那么准确地得到验证，哪怕是受到石块投掷这样并不应该出现在专业报告里的情节也出现了。

而他们不知道的是，此时的盖德兹已经出现在了青岛。当狼狈不堪的锡乐巴等人返回青岛后，盖德兹已经在山东铁路公司青岛经营处租借的房子里等着他们。

当确认眼前的人就是盖德兹时，锡乐巴禁不住仔细打量起来。盖德兹的清高与傲慢是显而易见的，从他考究的装束上就可以感受到作为一个皇家工程师刻意追求的品位，而对于锡乐巴来说，他以常年在外奔波的习惯有着对这种品味的本能排斥，在他看来，或许正是这样刻意假扮出来的派头影响到他专业追求的客观公正。铁路工程设计不是假想出来的，也不是想当然画出的图画，而应该尊重现场的每条沟渠和山岭。

盖德兹丝毫不掩盖对锡乐巴等人的欣赏，当然也不缺少专业的自负和轻蔑的意味，有这样的工程师在现场负责组织实施工程建设一定会让管理者放心，但仅凭现场而不从理论的高度统筹考虑问题又是这群现场设计师缺乏全局观的通病。盖德兹也在观察着锡乐巴一行几人的表现，他得出的是以上的结论。

盖德兹说："我此行的目的是要向胶澳总督报告铁路建设情况，根据特许权规定，铁路选线和建设必须向总督和驻华公使通报，然后才可能施工。请锡乐巴先生准备一下相关资料，和总督约好时间后一同前往。"

锡乐巴说不出来什么，但心时总觉得有几分不舒服。他说："是。"

盖德兹见他欲言又止的样子，知道他想说什么，就先自开口道："我知道你最关心的是青岛到胶州、高密之间线路走向问题，我可以告诉你……你的考虑董事会已经通过了。不需要再上报告了。"

锡乐巴听罢心里一喜，他最担心盖德兹反对，既然他如此说，便意味着一切都没有障碍了。

"但是……我要告诉你一个问题。你的选线没有问题,从长远看覆盖胶州、高密这两个山东东部重要的城镇非常有必要。但你作为专业的工程师忽略了一个问题,从现在线路选线向南移动,特别是高密一带会穿越更多村庄、农田、河道,会给铁路建设造成很大难度,甚至会引发当地民众反抗。不过……既然,董事会坚定地认为你的选线是正确的,我无话可说。"

锡乐巴心里认同盖德兹的想法,通过反复考察他也感受到了盖德兹线路之所以偏向北的深层考虑,但在他看来这也多少有些回避问题之嫌。所有的困难都可以通过适度的架设桥梁加以避免和克服,并非不能解决,但他不愿意再在这个问题上与盖德兹发生冲突,便没做再多解释。

几天后,在锡乐巴将相关资料准备好后,盖德兹与他一起去拜会了到任不久的胶澳总督叶世克。胶澳总督府的建设已得到了德国议会的财政审批,正在规划建设之中,人们都在畅想着未来总督府的庞大与恢宏,那将是一座德国在东亚存在的象征意义的建筑物。而现在总督府只是坐落在前海边的一座瑞典木屋,既不气派更显简陋。德国在青岛的建设才刚刚开始。

在候见总督时,锡乐巴遇到了单威廉,他正在前庭与两位年轻军官说话,与锡乐巴打过招呼后,不忘介绍身边的两位军官。"这位是海军第三营毛威上尉,刚随亨利亲王从北京回来,这位是阿尔贝特王子……"所有在青岛的德国人都习惯与把朋友介绍给对方,这是远在异国他乡的本能。

锡乐巴有些惊讶地看着那位叫阿尔贝特王子的年轻小伙子,人们的传言难道是真的?

盖德兹一旁刚刚走过来,也好奇地看着两位年轻军官远去的身影。

两位军人的无忧无虑与青岛的浪漫很契合,他们一定觉得来到这里是一种享受和荣耀。

此中蕴含的东西似乎很多,但因为要见叶世克总督,所以一切都非常遗憾地省略而过。

叶世克总督很有军人的威严倔强,又有体察下情的和善与亲近,两者的混合让人总会有一种总督非他莫属的感觉。简单寒暄后,叶世克认真听取了锡乐巴关于铁路建设的报告,频频点头,最后问了几个非专业性的问题,看得出,他对时间节点上的推进极为关心。

他问:"青岛至胶州这一段何时完工?"

锡乐巴说:"如果没有意外,会在一年内建成。"

叶世克点头说:"这一段越快越好,因为它是租借地之内的一段铁路,是租借地的重要组成部分,也是服务于租借地的基础设施,有着双重意义。"他接着问:"我看到特许权里面,修到潍县的时间是两年半,能顺利完工吗?"

锡乐巴想了想,说:"这一段困难较大,要通过高密,变数比较多,但我们力争在特许权规定的时间完成。"

叶世克说:"这一段的意义也非常之大,因为德国对租借地之外最大的关注就是煤炭,如果坊茨煤能按时运抵青岛,那就标志着德国殖民政策的巨大胜利,租借地的存在也会有了更加充分的保障。也会让一些人闭口……"叶世克解释道:"德国政府里面并不是每个人都支持殖民政策,我们要以实际行动捍卫皇帝的权威。"

盖德兹比锡乐巴对此更有体会,接话说:"一定会完成。"

很清楚,叶世克对铁路的关注在于能否在整体上保证德国国家利益的实现,他关注的这两个时间节点当然是对德国殖民政府的两大支点。

最后一个问题,叶世克问:"实际上,铁路已经开工,还需要举行仪式吗?"叶世克所说,是指大港站的建设,因为港口码头建设需要铺设轨道运输物料,所以大港站实际上在铁路正式开工前已开工建设。

盖德兹说:"开工仪式,当然还要等您和驻华公使批准后才能考虑,我们还没想此事。"

叶世克沉吟片刻,说:"乏味的仪式实在没有太大意义。但如果亨利王子参加的话,可能就非同寻常了。"

盖德兹和锡乐巴听罢均为之一震。

叶世克说:"……但是,亨利亲王有些公务处理,可能要到9月份才回来。工期肯定不能拖到那时?"

锡乐巴和盖德兹都明白,叶世克非常希望举办这样一个仪式,而山东铁路公司却无法做如此漫长的等候。

盖德兹说:"我们按照既定时间开工,可以等亨利亲王处理完公务后再补办仪式。"

叶世克听罢,说:"这样最好。"

盖德兹却带着几分遗憾道:"一个月后,我可能无法参加这个具有划时代意义的仪式了。"

叶世克说："是有些遗憾，但这个仪式对于山东铁路公司来说意义深远。"

"那是当然，总督大人。"盖德兹说。

汇报结束后，走出总督府。盖德兹对锡乐巴说："晚上要参加建港设计师格罗姆施的一个宴请。"锡乐巴听出，是没有让他作陪的意思，便识趣地告辞。盖德兹的清高与傲慢显而易见，并且他越来越感觉出，尽管在胶州、高密的线路选向上不知为何他做了妥协，但他还是保留了自己的看法，一定是董事局的意见让他不得不改变主意，他心里或许并不情愿。

锡乐巴多少看得出来，盖德兹有些冷落自己。在青岛的聚会竟然不让自己参加，说明盖德兹虽然远在柏林，但在青岛还是有着一个隐形的圈子的。

锡乐巴明白，这是他不断地质疑并修改盖德兹的方案造成的局面。

在接下来，盖德兹在青岛的几天时间里，锡乐巴觉得盖德兹一定会和自己做一些全面深刻的交流沟通，但让锡乐巴困惑的是，盖德兹一直在他的隐形小圈子里面活动着，既不让锡乐巴参与，也没有单独就山东铁路公司的建设问题向他做过单独的交代。青岛距离柏林远隔万里，作为董事局的技术总监，没有理由不利用这样一个难得的机会与现场负责人进行充分沟通，哪怕仅仅是安排总署工作把自己的意志强加于人也算是一种方式。锡乐巴极度失望，由失望逐渐愤怒而不能接受。

当然，也有一次例外。这天，盖德兹突然向锡乐巴交代，他要在去北京向驻华公使做例行报告前，与青岛建港师和城市规划师进行一次会面，尽快将青岛火车站的选址问题确定下来。

现在正在规划中的城市中心建设的火车站叫扫帚滩火车站，也就是叶世克所说的大港车站。"扫帚滩"是中国人的叫法。因为这座火车站是与港口的设计同步进行的，既是将来山东铁路线上的一个车站，同时也是正在建设中的大港一号码头的配套火车站，在港口建设中主要用来运输建设材料和机器设备。而未来一座更大的可以兼顾货物运输与客运运输的火车站将会成为青岛的中心车站。因为这样一座车站必须在充分酝酿成熟后才能动工建设，所以具体位置还没有确定下来。

虽然这样一座车站在租借地内，但因为此站涉及全线开通之后才能真正付诸实施的一座综合性车站，所以它的建设并没有那么急迫。在叶世克关注的第一标段修建完成后，租借地管辖区内会有包括大港等几个小型功能齐全的车站可供使用。盖德兹要在这个时候与建港工程师、城市规划师们商量此事，锡乐巴感到意外。就锡乐巴本人来说，他还没有对这样一个大型车站做全面的掌握和了解，和那帮高傲的建港工程师、城市规划师们又做如何的交流与沟通呢？

但锡乐巴并不能拂盖德兹之意。决定先听听他们说什么再定。

盖德兹对他说："青岛火车站是一个大站，应该与青岛的城市建设和港口紧密联系，不可孤立行事。我在离开青岛前，先把这事提前和海军部的港口规划师格罗姆施，以及维林公司的建港工程师约翰·斯提克弗茨提前敲定为好。"

锡乐巴只是点头。

看得出来，盖德兹对这次会面很是期待。这样一次盛大隆重的会面如约而至。会面安排在港口建设所在地的私人餐厅，与其说是一次会面交流，倒不如说是一次酒会，或许更像是为盖德兹先生送行的宴会。锡乐巴自始至终都处于一种被动之中。

盖德兹对于青岛的熟稔让锡乐巴很是怀疑自己的思路，更像是他在青岛的时间长而并非自己。盖德兹的交际能力十分出众。盖德兹与几位港口设计师谈得热火朝天，从谈话的语气和表达看，他们之前已对此有过充分的沟通，并在一些问题上达成了默契。

他们没有人主动地上前来和锡乐巴讲话。锡乐巴却从他们谈话中了解到了这帮人到底是一种怎样的思路主宰着青岛火车站的建设。

格罗姆施说，"我认为青岛站选址的最佳位置是栈桥，让火车站尽可能靠近海边。我们要把这样一座火车站建设成为世界上靠海最近的火车站，功能上可以把火车站与将来栈桥一带所开行的游轮接泊起来。你们看怎样？"

约翰·斯提克弗茨说："这真是一种美妙的想象。"

格罗姆施说："那是当然，我们要让来到青岛的每个人都从下车的那一刻就感受到这座城市的魅力所在。"

格罗姆施接着又长篇大论地描述了一座火车站建设如何与城市规划衔接的问题。他说："……这座火车站需要尽可能靠近西海岸，如此一来便不会把城市分割开来，破坏城市的整体性……"

盖德兹说的更多的是并非一个火车站修建的专业性问题，而是对于建港工程师的阿谀奉承。锡乐巴有些不理解。但他能猜到一些特殊的意味在里面，或许盖德兹在某些事情上有求于格罗姆施。

掌握了更多信息，锡乐巴觉得他们所说的都有一定的道理，但似乎又有些不能涉及内在的感受。火车站与城市规划统一衔接是没有问题的，但如何衔接，会不会有些技术上的问题他不得而知。他们的谈话在锡乐巴听来便很是有些空洞乏味，甚至不着边际。

当从探听这些谈话的情绪中拔出来，锡乐巴突然产生了一种强烈的屈辱感。他们的谈话如此热烈，如此接近于铁路，却没有人主动征求他的意见！作为山东铁路公司在青岛的总办，青岛火车站的选址没有他的意见当然是不可能的。铁路火车站的选址听命于港口设计师、城市规划师，是不能容忍的。锡乐巴越想越不舒服，心里的疙瘩越结越深，后来就有了几份莫名之气。

但是，似乎没人注意到锡乐巴的表现，他被全方位忽略了，只是一个陪伴和衬托而已。

会面结束后的第二天，锡乐巴便陪盖德兹去北京。在路上，盖德兹有意无意地说："青岛火车站的选址问题已经大致定了思路，你也听到了，还是按照这个基本思路来确定。"

锡乐巴不置可否。

盖德兹狐疑地看他一眼。

锡乐巴说："要看完现场之后再确定，与城市做好衔接当然是必要的，如何衔接不能纸上谈兵，还要根据现场的实际来定。"

盖德兹听罢脸上有些不好看。

锡乐巴装作没看见。他一直在怀疑，盖德兹为何对格罗姆施言听计从？

来到北京后，盖德兹和锡乐巴都大感紧张，他们没有想到北京的局势变得如此糟糕。大街上空无一人，却弥漫着一种浓浓的火药味。到了东交民巷的德使馆，两人才有了一种安全感。

驻京公使已换成克林德，他显然对修建一条铁路没有太大兴趣，或许是目前北京的局势让他根本无暇关注远在千里之外的一条铁路。两人例行公事般地作了汇报。克林德忧郁地说："光绪皇帝的变革普遍被认为是激进的，他与慈禧的关系几近破裂，北京的局势瞬息万变，不可预测。至于山东铁路？我看变数也很大。义和团在山东的势力很大，尽管毓贤接替李秉衡后对他们实施了围剿，但瞬息万变，很难说的。"

两人都听得出来，铁路根本不在公使的关注之中。但锡乐巴还是说：

"义和团主要在山东西部，对铁路修建影响不大。我们会加快施工进度。"

克林德说："好，你们抓紧推进吧！"

说着，站起身，拿起帽子，是要出门的样子。

盖德兹、锡乐巴告辞而出。

两人匆匆离开北京前往天津，两位掌握着山东铁路公司技术管理的两位最重要的人物再也没有做深入沟通，那些摆在面前或能够想到的潜在的诸多技术性问题而被刻意回避了。盖德兹的傲慢与锡乐巴的桀骜不驯让他们之间的交流可怜而微弱，反倒是让他们的冷漠与隔阂越来越大。

在天津的码头上，锡乐巴甚至都没有与上船的盖德兹挥手告别。只是那么默默地站立着，看到盖德兹的背影混入人流，便转身离开……

10

山东铁路实际上在1899年的8月25日已经正式开工建设由青岛到胶州的第一段铁路。其他线路，特别是高密一段的线路业已进入实质性定线筑基阶段。

在紧张的忙碌中，锡乐巴开始考虑青岛站的选址问题。这个问题显然被盖德兹的青岛之行提前了，当然青岛整体规划与港口的建设息息相关，提前考虑或许是必然。

对青岛站选址的考察极方便。锡乐巴和其他几位工程师的住处就在距栈桥不远的地方。锡贝德去了高密，做筑路前的准备工作。锡乐巴就和韦勒一起，多次到栈桥附近做实地勘察。问题很快便被发现，尽管通过建立铁路与海运之间的联系能更好地强化青岛的城市功能，但盖德兹和格罗姆施的想法还是过于理想化了，或者说没有充分考虑到铁路自身的技术特点。那个"离海近点更近点"的想法或许只是一厢情愿，越是极致唯美的想法越是容易存在无法逾越的障碍，有时哪怕只是一点瑕疵就会难以达到预期。

锡乐巴问韦勒："你能看到问题在哪吗？"

韦勒说："当然，这个计划不切合实际。"

问题简单到两个人几乎懒得去说。如果火车站像盖德兹那样选址在栈桥边，那么铁路轨道在进入车站前会出现一个近乎四分之一的巨大弧形，非但建设上的技术难度大，并且会给今后的维护管理以及运营安全留下隐患。

尽管锡乐巴意识到，这样的错误一定不会完全是专业方面的原因造成的，更大程度上或许是为了迎合和迁就格罗姆施的建港需求和对城市规划的极致想法而做出的。但这种违背铁路技术规律的事情一旦成为现实，对后续的运营所带来的麻烦太大了。这也不是一个科学合理的城市规划所需要的。

锡乐巴问韦勒："你觉得如何修正？"

韦勒沉思了半天，眼睛不断地向西边的海岸线眺望，然后说："其实也简单得很。向西移动一公里就可以把这个弯取直。"

现场的条件让修正的意见简单明了，但锡乐巴忧心忡忡，他知道盖德兹之所以让自己参加与建港工程师和城市规划师的会面，却又不听取自己的意见，其实很大程度是向自己表示青岛火车站选址关系的人物众多，并且都是不能得罪的，也是在变相地给自己施压。如果他前脚刚走，自己就否定他的选址，他一定不能接受。

但是，锡乐巴是决不会让具有如此巨大缺陷的方案得以实施的，他也决不能因为港口、城市的需要而牺牲铁路的安全冗余。思考几天后的结果和他第一个念头其实是一样的，坚决否定青岛站的选址方案。

锡乐巴亲自动手修改青岛站的选址方案。几天后，便寄给了柏林董事局。具体意见是，把现在的选址向西移动一公里，车站设立在进入城市后的直线上，由东西走向变成南北走向，这样那个弧线便不存在了。

盖德兹在回到柏林不久就收到了对青岛火车站方案的修改建议书。所谓的建议书毫不留情地将他原有方案做了否决。

当他读完菲舍尔递过来的建议书后，火冒三丈。

他把建议书狠狠地丢在桌上，气急败坏道："不可理喻。"

菲舍尔沉稳地说："你觉得他的方案合理吗？"

盖德兹听得出来，菲舍尔其实是在说，这个修改意见是合理的。

盖德兹不能理解菲舍尔为何会三番五次地袒护锡乐巴。在此之前，他就与菲舍尔有过一次激烈的对话，那就是让锡乐巴大感意外的胶州、高密区段的选线问题。尽管他对锡乐巴说得轻描淡写，但其实他是与菲舍尔激烈争论后的结果，当然也是董事局最终集体决定的结果。他认为作为一条以运煤为主的铁路线，没有必要非得要穿过中国传统的城镇，相对于修建一条笔直的线路，还是后者更为划算。但锡乐巴的意见却得到了菲舍尔和董事局其他成员的认可，很显然他们的胃口越来越大，已经不再满足于一条铁路的单一功能。盖德兹屈服了，但他把这种屈服所带来的不满加之于锡乐巴身上。所以，在青岛活动期间，他表现出了足够的冷漠和疏离，不动声色之间给予他以羞辱。盖德兹认为自己的目的达到了，满足了自己的虚荣心。

在此之前，建港工程格罗姆施就曾与他沟通过，希望把青岛火车站建成一座迷人的建筑，并且把他的想法提前告诉了自己。盖德兹也觉得有些烦琐，但格罗姆施在专业领域的权威性是有目共睹的，人脉深厚，在德国政商两界如鱼得水。盖德兹看来，将来他会有很多工程项目需要格罗姆施的帮助，所以尽量迁就他的想法。

所以，他让锡乐巴参加了那次会面，也是为了防止锡乐巴节外生枝，让他知道是有更大的权势人物在支持和左右着车站的选址和建设。

没想到锡乐巴并不买账。更让盖德兹不能容忍的是，他前脚刚走，紧接着他就有了这个否决案。这无异于对自己的羞辱。格罗姆施等人一定会怀疑自己在铁路公司的权威，这是他不能接收的。

他决定绝不轻易让步。

11

1899年9月，铁路建设进入全面开工前的紧张阶段，胶州段的工程路基已经筑完，有的区段甚至路轨都已经到达了现场，锡乐巴忙得不可开交，到了分身乏术的地步。这段时间里最牵扯他精力的就是筹备亨利王子出席的开工仪式。

尽管只是象征性的，但锡乐巴知道其中的意义不只是对于山东铁路公司，对于租借地都是一种荣誉。山东铁路公司必须尽心筹办，不能有丝毫纰漏。为此，锡乐巴甚至忍痛将锡贝德、韦勒都召回青岛本部，集中力量，全力以赴筹办。叶世克甚至提前到仪式现场做了两次预演，可见重视程度。

前些日子听说，亨利王子已经离开青岛。在锡乐巴看来，他一定是回国了，没想到他突然又回到了青岛，真的有些神龙见首不见尾的味道。外界有人传言，亨利王子一直钟情于总督之职，虽然没有得到威廉二世认可，但他以皇室身份驾临青岛，真的是有总督之上的总督的意味。

这都是只可意会不可言传的事情。锡乐巴对此并不感兴趣，但亨利亲王对参加山东铁路公司开工仪式显然很感兴趣，这便不能不让他高度重视。

1898年9月23日，天气闷热，位于胶州某地段的铁路施工现场搭起了彩棚。包括格罗姆施在内的建筑工程师们，总督府官员，还有礼和洋行等商界的人员都涌到了现场，由于现场逼仄，来宾席并不能容纳如此之多的人。人们都在起伏的土岭山岗上站着，高低不平，人头攒动，蔚为大观。

午时时分，在叶世克的陪同下，亨利王子来到了仪式现场的彩棚下，他穿着笔挺的军服，目光炯炯，脸上堆着威严而和善的笑容，优雅地向周边的人群招手致意。锡乐巴惊讶地发现，随在他身边的还有在总督府见到的那位阿尔贝特王子和那位叫……毛威的海军少尉。锡乐巴更觉惊奇。

亨利王子在彩棚下的台子上讲了话。很多人并不能听到他讲什么。倒是负责现场组织的锡乐巴、韦勒、锡贝德等人因站在最前面而听得清清楚楚。

亨利王子说："……在青岛的所有为租借地服务的人，都承担着神圣的责任，把青岛打造成一座'模范殖民地'，让西方国家不再轻看德国在东亚的存在。……山东铁路是租借地的重要组成部分，一定要建设好，它通往中国的内地，也是我们将来与中国进行更深度交流的纽带和平台。山东铁路公司要在特许期内把这条铁路修到济南，然后再修到更远……"

能够听得清楚还是听不清楚的人在确认亨利亲王讲完话后都以最热烈的态度鼓掌，但由于处在空旷的郊外，掌声还是变得漫无边际，极其虚弱。

讲话后，亨利亲王拿起了一把扎了红绸的铁锨，象征性地铲下了一锨土，由此标志着胶济铁路正式开工建设了。亨利亲王铲完土后，大家一起欢呼。锡乐巴看到阿尔贝特王子和毛威在人群中像孩子样又蹦又跳。亨利王子走到锡乐巴跟前伸出手，锡乐巴惶恐地与他握手。亨利王子打趣道："皇家工程师，辛苦。"锡乐巴受宠若惊，想说些什么，亨利王子转而与韦勒、锡贝德依次握手，没有再说什么。然后转身向仍在欢呼的人群招招手，便向土坡下的马队走去。仪式结束了。

锡乐巴还要把后续事情做完，但抬头见人群散去的坡地上，除却韦勒、锡贝德等铁路公司的人之外，还有一人远远地站在外围看着锡乐巴他们，是格罗姆施。锡乐巴看他的样子，知道是找自己有事。便走过去。

"有事？格罗姆施先生。"

"听说你对青岛火车站选址有不同意见？"格罗姆施有稍许的犹豫。

锡乐巴一愣，他还没有得到柏林董事局的回复，建港工程师就知道了铁路内部的事？这让他困惑，继而感到愤怒，说："是我的建议，但还没有得到董事局同意，阁下是怎么知道的？"

格罗姆施说："这是我们共同研讨的结果，也得到了总督的认可，不能随意乱改动。"说着，向远处看了一眼远去的亨利王子的一骑轻尘。

"格罗姆施先生，我同意你的看法，青岛火车站当然应当和城市的整体规则、港口的发展相匹配，这没有什么问题的。但，其实这无非是铁路自身的问题，有一个克服不了的技术难题，所以我不能冒着风险坚持去做这件事。"

锡乐巴说到这里，不愿意再听他往深里说，因为在此之前他们之间的交易到底是什么，不得而知。但他坚持一个原则，必须确保铁路建筑周期和运营安全，而不能听命于一个外部的人指手画脚。哪怕是总督叶世克在眼前，他也直言不讳。

"我只是想知道，仅仅……是技术问题？"

锡乐巴有些卖关子，只是不说出技术性问题的细节，但肯定地说："纯粹的技术问题。"

格罗姆施耸耸肩说："如此的话，您还是要考虑如何向总督解释。我们需要一个完美的城市规划，而不能有任何遗憾。皇帝说了，要建设一个'模范殖民地'。这个'模范殖民地'一定处处会比香港完美，希望您不要破坏这种完美。"

锡乐巴说："我会向总督解释的，格罗姆施先生。"

果然，仪式结束的第二天，叶世克就召见锡乐巴。

锡乐巴早有准备，他已经听说叶世克因改变青岛站选址的事而大发雷霆。当然，这很大程度上是因为格罗姆施提前在叶世克面前说了话。锡乐巴的宗旨是，坚守底线，决不让步。

叶世克对待锡乐巴的态度倒是温和，并没有像格罗姆施所说的那样极为愤怒。叶世克用一种极为委婉的语调问："为何要改变最初的决定？"

锡乐巴说："青岛站选址问题从开始就没征求过我的意见。我们经过论证认为，原有的方案是有瑕疵的。"

叶世克说："有何瑕疵？"

锡乐巴说："一个很难逾越的技术问题。"锡乐巴便一五一十地把修改的原因说了。

叶世克说："难道不能做技术上的创新？因为所有的设施都要服从服

于租借地的规划。"

锡乐巴沉思半晌说："线路的弯道与列车的速度所形成的技术参数是一定的，不会因人为的力量而改变。改变就是违背规律，隐患更大。总督大人还是要从绝对安全的角度考虑。"

叶世克说："既然技术上的障碍不能克服，那……只能改变原来的设计方案？"从叶世克的语气听得出来，他还是不愿意看到这种改变可能给城市规划所带来的影响。

锡乐巴说："总督大人，城市的品质既在于外观，也在于体验，如果列车进站时因弧线问题不要说发生不安全问题，哪怕只是剧烈的碰撞和颠簸，人们对青岛的感受又会怎样？任何事情都是外在美观与内在实用相结合的。追求完美有时候需要妥协。况且，如果真的发生事故，对租借地的影响不可估量，技术的成熟是保证整体完美的必然，否则……所谓的完美便不复存在。"

锡乐巴为了说服叶世克，经过了精心准备，所以他的话句句说在要害处，让叶世克不能不动摇。

两人谈了很久，最后叶世克说："虽然我不愿意看到既有的规划有任何改变，但我从不怀疑您对帝国的忠诚。确实，有时改变是不可避免的。另外，我想说的是，您也不必为此事而有过多的心理负担。"

叶世克反倒安慰起自己来了。锡乐巴知道，自己已经说服了叶世克。或者说，叶世克在此问题上根本就没有格罗姆施所说的那么不可更改，而只是在他们鼓动之下的一个固执的想法而已。

消息很快反馈到了德国柏林，盖德兹怒不可遏。

他向菲舍尔表达了强烈的不满，再次表明，在这件事情上不会再有任何让步。青岛站的选址方案必须得到尊重，因为它是港口、铁路以及与城市规划综合评估的结果。面对情绪激动的盖德兹，菲舍尔只是耸耸肩，表现得非常为难。他已收到了锡乐巴的来信，对改变青岛站选址再次做了说明，说明绝无其他用意，而是纯粹的技术性原因使然，并且表示他已经用不可反驳的论据得到了胶澳总督叶世克的认可。

菲舍尔知道此事到了两者各不相让的地步，实在难以举措。他再次发电给锡乐巴让他再做技术论证，是否能找到解决问题的办法，以便执行原定的方案。

其实菲舍尔之所以这么做，无非是给盖德兹一个台阶下，让他知道并非自己不努力争取，而是确实有着无法克服的技术障碍。他非常理解同情盖德兹与锡乐巴多次交锋落败后的心情，也想以此给予他更多的安慰。但是，锡乐巴对此并不能理解。当他接到菲舍尔的电报后，勃然大怒，认为是作为董事局主席的无能与怯懦的表现。

他用一个晚上的时间，把自己所有的不满倾注在了写给菲舍尔的一封长信中。在信中，他公开指责盖德兹的原方案在"技术上是极不成熟的。"写道："……亲爱的董事局主席，让人无法容忍的是，排除青岛铁路经营处来确定青岛火车站的选址太过荒谬。他在根本没有听取我的意见的情况下，与所谓的筑港工程师、城市规划师来合谋青岛火车站的选址，这是极其蛮横和粗鲁的，希望菲舍尔先生明断是非……"

菲舍尔从锡乐巴的来信中，看出问题的症结所在，无论青岛站的选址是不是纯粹的技术性问题，两人之间的关系已降至冰点。他陷入了深深的担忧之中。试想，如果让分管铁路技术管理的董事局成员知道了下属评价自己"技术上极不成熟"，那将会是怎样的后果？锡乐巴作为现场人员无论如何不该说出这种话。他听说过人们对锡乐巴的评价，说他固执己见，性情暴躁，现在看来，确实不虚。

盖德兹仍然不退步，坚持自己的意见。当他看到菲舍尔手里的信时，从隐约的字迹上猜到了是锡乐巴的来信。他说道："不管他怎样的意见，我都不会同意的。"

菲舍尔无奈道："盖德兹先生，不要赌气。作为董事局成员，应当体谅下属难处，多听听他们的意见也没错。锡乐巴这么做……也是为了让青岛站选址更科学合理，不要让专业上的问题成为大家共事的障碍。"

盖德兹摇摇头，苦笑道："我已经忍得太久了。在这件事上他如果有不同看法，应该先和我沟通，而不应该在董事局不知情的情况下，去和海军部的建港工程师，甚至是和胶澳总督说三道四。他代表的是我们的意见，还是他个人的意见？现在，让胶澳总督、在青岛的工程师们看我们的笑话吧！"

在这一点上，菲舍尔认为盖德兹说得有道理。锡乐巴不应该在没有征得董事局同意的情况下，擅自向海军部的建港设计师甚至是胶澳总督交涉此事。

菲舍尔说："盖德兹先生，不要生气，我会就此事和锡乐巴交换意见。

不过，我还是想听您一句，你认为锡乐巴的意见是否正确？"

盖德兹沉默了很久，说："青岛的建设是大局，铁路应该服从青岛建设所需，技术障碍可以克服。"

菲舍尔此刻已经清晰，解决山东铁路公司管理体制的问题是一个迫切的问题，如果这一问题不解决，类似于青岛站选址此类的事情还会出现。况且，如果青岛与柏林之间频起龃龉，不但会影响铁路建设效率，更会影响山东铁路公司的形象。

他觉得有必要写封信给锡乐巴，表明董事会对他的支持。在信中，他说得依旧很委婉，特别是对于他从技术方面的建议持肯定态度，选址在经过董事会集体表决后不是没有改变的可能。当然，他也毫不含糊地指出，所有事情都应当局限在铁路内部解决，决不能在没有形成统一意见前去寻求外部力量助力，这样会影响山东铁路公司的形象。

锡乐巴读完菲舍尔的信后，惊出一身冷汗，本是盖德兹先把信息透给格罗姆施的。格罗姆施先找的他，然后又有了胶澳总督的约谈，现在竟成了他自作主张寻求外力改变现状，这几近诽谤与陷害了。

性格直率的锡乐巴当然不会容忍这种不利于自己的局面出现，他回信把过程作了详细描述，表示自己并没有以个人意志来改变现状的想法，并且自己处处维护山东铁路公司的形象。他在信中写道："……菲舍尔先生，自己将永远不再在青岛火车站选址问题发表意见，也将严格遵守董事局的决定，哪怕是错误的，但前提是他绝对不会对错误的决定承担任何责任。"他抱怨道："但愿柏林董事局能成为上帝，可以在万里之遥决定一座桥梁、每一个车站的类型和方式。柏林无法决定哪颗道钉、螺丝的位置和拧法。"揶揄、威胁的意味非常明显。

菲舍尔从锡乐巴的来信中进一步判断出两位皇家工程师的恩怨，对他们彼此的攻讦深感不安，他觉得必须广泛听取董事会成员的意见，慎重决策青岛火车站的选址问题。同时，必须改变山东铁路公司现有的管理体制。柏林只需要掌握更大的宏观决策权，应该赋予青岛更大的决策权和执行权。正如锡乐巴所言："柏林无法事事遥制青岛。"

1899年12月22日，山东铁路公司总部迁往青岛。锡乐巴全权负责山东铁路的建设和未来管理事宜。董事局仍保留在柏林，但不再对铁路建设管理具体事务负责。

胶澳总督叶世克接到了山东铁路公司董事局的报告，他隐隐知道了围绕青岛站选址问题在山东铁路公司内部所形成的巨大的争论。董事局的报告让他判断出，锡乐巴不但在青岛选址问题上取得了胜利，同时还争取到了山东铁路公司几乎把全部的决策权和执行权都让度到了青岛。锡乐巴已经远不是一个经营处的负责人，正如他的名号所发生的变化，他已经是山东铁路公司的"总办"了。叶世克对锡乐巴这样一个饱受争议的人产生了更大的兴趣。

面对这种变化，锡乐巴当然感到高兴和振奋。但是，他眼前所面临的一场危机却让这种兴奋非但无法持续，反倒迅速消失……

12

锡乐巴将山东铁路划分六个标段施工。

第一工段是青岛至胶州间，韦勒负责；第二工段是胶州至高密，锡贝德负责；第三工段是丈岭一带，米勒负责；第四至第六工段尚未确定人选，将根据前三个工段的施工推进情况再定。另外还有一个勘测分部，将对全线的线路铺设情况进行现场勘测定线，由第三工段米勒兼任。另外还有位工段长布兰科备用。

韦勒的第一工段推进相对顺利些，因为整个工程在租借地政府覆盖范围内，海军第三营的驻扎近在咫尺，不会遇到当地民众阻挠。最关键的地段当属锡贝德负责的高密地段，这里地质地形复杂，当地民众也对铺设铁路有着一种本能的抗拒。

本能让锡乐巴知道，高密或许是全程最为困难的标段。

所以，锡乐巴在盯紧第一工段施工，确保如叶世克总督所说，以最快速度完成殖民地界铁路铺设的同时，还是把重点放在了高密。这可以从他对人员的配置上就能看得出来，锡贝德是他的弟弟，他还把勘测分部的米勒派在了与他相接的第三工段丈岭一带，另外，布兰科自开工以来，也一直在高密帮助锡贝德进行线路勘测。

但是不利的消息接二连三地从高密传来，高密民众对铁路的破坏几乎到了肆无忌惮的地步。头天晚上刚刚打下的线路界标，第二天早上就全部被村民们拔掉；再打下去，又神不知鬼不觉地消失了。包括小孩、妇女无不以和德国鬼子玩拔桩游戏为乐，搞得锡贝德、布兰科、米勒等人苦不堪言。

锡贝德找当地士绅交涉过多次，他们表面上都装得谦和恭敬，点头哈腰赔着笑脸，说着好话，但界桩该丢还是丢，村民偷盗铁路器材还是照常偷盗，并无半点好转。锡贝德明白了，这无非是高密人对抗铁路公司的一种手段。气愤不过，他们便开始设计诱捕偷盗界桩的村民，真的有人当场被抓获。被抓者总是会被铁路公司的小工们轮流暴打。村民与筑路工人之间的关系更加恶化。

这天，锡乐巴等人又抓捕到堤东村的一位破坏铁路设施的村民。经过这些天的斗智斗勇，锡贝德已经对周边的情况掌握清楚，知道堤东村是聚众反对修铁路的所在地。村里有位赵五太爷，年逾花甲，神智时昏时醒，但却是村民奉为神明的人物。锡贝德曾经拜访过他几次，这位赵五太爷拍着胸脯说，堤东村绝无偷盗铁路的人。

所以，锡贝德五花大绑将被抓者带到赵五太爷家对质，让他说明白堤东村是否有人偷盗铁路器材，并勒令赔偿。赵五太爷先是不出面，让儿子赵大应付。赵大不含糊，简单干脆，把偷盗者大骂一顿，然后却不了了之。锡贝德坚持要偷盗者赔偿，赵大黑了脸，说："德国爷，你要能管得了中国的事，你就管，那我就不管了。"说罢，下了逐客令。

锡贝德等人强迫村民赔偿，冲突便起了。面对人多势众的村民，德国工程师无计可施。但村民反倒不依不饶，不要说拔界桩，现在根本就不让施工了。堤东村由此事便闹起来，说："德国人从我们这里修铁路，本身就把风水破坏了，现在还要我们赔偿，打我们的兄弟，没王法了。"

村民孙文带着一帮乡民来到工地闹事，把锡贝德、布兰科、米勒等人一顿穷追猛打。

锡贝德等人也不示弱，重新站稳脚跟后，就纠集筑路工人要与村民争个高下。山东铁路公司的筑路工人很大部分来自东北，并且大多是前些年闹灾荒时闯关东的山东人，这些人中有很多曾经参与修建中东铁路，有着铁路建设经验，为锡贝德所赏识。他们本就性情彪悍，争强斗狠，有德国人撑腰，更加有恃无恐。锡贝德平时施以小恩小惠，把这帮人调动起来了。加上村民对铁路的破坏，无形之中也是对他们劳动成果的破坏。辛辛苦苦栽下的地桩被拔了，还得再干，这让他们对村民有了怨气。所以，当锡贝德喊"打"的命令下达后，筑路工人便在锡贝德率领下追将出来。孙文本不是堤东庄人，一时呼应不过来，算是吃了个大苦头。

事态平息后，筑路又得以开始。锡贝德告诉工人们，只要有人再敢破坏铁路，见者就打，不必客气。这便助长了筑路工人胡作非为的恶习。平时休息时，闲来无事，也会三五成群地到村里寻衅打架，村民深恶痛绝。渐渐地，筑路工人与沿线村民成为死对头，恨不得置对方于死地而后快。

这天，是堤东村五天一次的大集，几名筑路工人在集市小酒馆里喝酒撒泼，摔了酒馆的家什，还打了店主，结果由于当地人多势众，反被围殴，人被打得鼻青脸肿。气不过，几个人商量后，晚上放火烧了酒馆。堤东庄的民众不干了，几乎倾巢出动，围攻筑路工人的营地。自知寡不敌众，锡贝德让人退却。村民不依不饶，一路追打，布兰科匆忙间滚下了山坡，为村民俘获，好几天后才在村头发现，已是遍体鳞伤，奄奄一息。筑路工棚让村民烧了，机械被推下高岗，有的被拆卸成废铁。筑路定线只得停滞下来。

望着被送回青岛治疗的布兰科，锡乐巴怒火中烧。现在看来，他只得亲自去趟高密了。他要去找高密知县葛之覃，让这位一县之长来主持公道。

来到高密后，先见到了神情憔悴的锡贝德。只是有半个月的时间不见，锡贝德面容大改，让锡乐巴心里涌起一阵酸楚，心想："一定和那个姓葛的知县理论一番。"

锡贝德一旁提醒："我觉得好像就是那个知县怂恿的。"

锡乐巴说："不管是不是他在怂恿，他对发生的一切都得负责。"

高密县衙就在县城中心，门口有株百年古槐，砖厚门深，有种幽静古怪气息。锡乐巴此前曾与知县葛之覃因签订征地合同、补偿青苗等事有过接触，觉得此人古怪，说话客气，却含含糊糊，似乎并无多大智慧，根本也没把他放在眼里。此刻来兴师问罪，更是理直气壮。

锡乐巴的到来在葛之覃的预料之中，但表面却显得惊讶不已的样子，说："怎么会把惊动了总办大人。"客客气气地把锡乐巴让到大堂，却不问何事，只是做出洗耳恭听的样子。

锡乐巴压着心里的火气，说："葛大人，你知道我这次来干什么吗？"

葛之覃赔笑道："当然是筑路的事。大人是筑路总办嘛！"

锡乐巴板起脸说："我们已和高密签了协议，大人要无条件支持筑路，为什么村民不断阻挠，还打伤德国工程师？"

葛之覃装作大惊失色的样子，说："有这事？"

锡乐巴恼怒道："大人不会没听说过吧？这可并不是一次两次了，前些日子就有德国工程师差点送命。"

葛之罩起身深施一躬，说："大人，此事本官真的不知。我也是昨天刚从省城回来。毓贤大人还给我讲，一定保护好德国的筑路，没想到竟出此事，赔罪，赔罪。"

锡乐巴说："那就请大人赶紧缉凶。"

葛之罩故作一愣，说："缉凶，这凶……这么多民众打了一个人，缉谁呢？"

锡乐巴见他推脱敷衍，便沉下脸说："大人，如果你要不拿人，可不要怪我不客气。我会向胶澳总督报告，让他找你们的巡抚大人评理。"

说完，一拍桌子，起身便走。葛之罩慌忙往外送。

锡乐巴到了门口，说："既然大人不肯拿凶，不要怪我不客气，我已经给我的工程师配发了火枪，如果再发生此事，他们就会直接开枪，不要怪我们手下无情。"

葛之罩望着锡乐巴远去的背影，长叹一声，脸上却露出了鄙夷嘲讽的笑。

13

葛之罩来到堤东村见赵五太爷。

赵大说："老人身体不好，不能见客。"

葛之罩知道赵五太爷不愿意见他。便对赵大说："赵大，我知道赵五太爷的心思，但德国人修铁路是皇上同意的事，如果再横加阻拦，会惹大麻烦的。"

"这事我们不管。"

"你也不要如此说，你们管得还少吗？"

赵大迟疑一番，没再说什么。

葛之罩说："赵五太爷得出面发话了，越闹越大，对谁都不好。德国不是好惹的。德国人说了，他们都配了火枪，真的动了枪炮，村民会遭殃的。"

赵五太爷之所以不愿意见葛之罩是认为他处处维护德国人的利益，根本不从村民利益出发考虑问题。在屋里听到葛之罩与儿子的对话，说："让知县大人进屋吧。"

屋里阴森空寂。

葛之覃说:"五太爷不要责怪我,我也是有苦难言。"

赵五太爷说:"知道你有难处,但德国人在高密这么张狂你得管啊。"

葛之覃说:"修铁路是光绪爷和老佛爷与德国人商定下来的事,都写在了条约里面,不做也不行啊?难道连皇上圣旨都不遵了吗?"

赵五太爷的喉咙里发出一阵怪异的声响,就像身后阴暗处有人正在抽拉着一件老旧风箱。赵五太爷说:"知县大人,你也不要拿皇上压我。我知道有些事情皇上不能做,没办法,但心里并不一定真想做。怎么办?那就得老百姓替皇上排忧解难。"

葛之覃忙摇手道:"太爷不能这么说。您不要为难本官,再说,我这七品芝麻官算得了什么,老百姓遭了殃才是事大!"

赵五太爷身后的"风箱"更响了,说:"怎么,德国人难道还能派兵杀我们不成?"

葛之覃说:"那倒不至于,但他们……唉,这事也难说。"

赵五太爷说:"皇上的事大了,老百姓也避讳。但堤东村的事我不能不管!德国人修铁路把村子北面的几个河沟填了,我问你,知县大人——夏季发洪水如何办?高密乡十年八涝,知县大人不会不知道吧?"

葛之覃沉默半晌,说:"这事我们向德国人讲了,他们会拿出解决的办法。"

赵五太爷说:"什么办法?看不出他们有什么办法!"

一旁的赵大说:"他们在胶州修桥,到我们这里就筑路基,筑路基挡水道,如果现在不制止,以后堤东村就会被水淹。"

赵五太爷又问一句:"葛大人,我问你一句,修铁路有什么好?"

葛之覃想想说:"当然有好处,高密乡的农产品可以卖出去,外面的货物也可以进来,两厢得利,何乐不为?"

赵五太爷说:"高密乡缺什么吗?我们不需要外面的东西,外面的东西也休想进到我们高密。"

葛之覃听罢轻声叹口气。他知道,堤东村之所以民情汹汹,其实就是这位高深莫测的赵五太爷在后面鼓动所为,他不让步,堤东村一天就不会消停。非但堤东村,周边的村庄也视堤东村为风向,那个扬言"有铁路没孙文,有孙文没铁路"的人就是赵五太爷的远房亲戚,正是他不断在四邻八乡串联活动,是个破坏铁路的领头人和组织者。

葛之覃说:"堤东村的占地补偿已经发下来了,拿了德国人的钱再与德国人为难,也不是这样一个理。"

赵五太爷阴阴一笑,说:"这点钱能做什么?我不拿的话,你葛知县能答应?你扛着毓贤大人的招牌四处压人,我们只是小老百姓,敢不听你的话?但是,我想问你一句话,你认为毓贤大人真的就这么愿意和德国人合作?"

葛之覃知道赵五太爷说得有道理,便说:"请太爷谅解我的难处。"

赵五太爷说:"我可以谅解你的难处,但谁谅解我的难处呢?有钱就可以让赵家迁坟?我还怕天打五雷轰呢!还怕断了赵家的龙脉。"

葛之覃知道赵五太爷祖上曾出过状元,子孙满堂,家世显赫,是村里的隆鼎望族,而铁路在高密的选线又恰恰穿过他们家的祖坟。这是他过不去的坎。

葛之覃与赵五太爷这样的对话已经不止一次。这次,葛之覃还是没有撼动赵五太爷这棵阴气深重的大树。

葛之覃回到衙门,意外地见到了登州府候补知府石祖芬来访。他忙把石祖芬让到前堂,问:"石大人何以会来高密?"

石祖芬沉吟片刻说:"实不相瞒,我刚从巡抚衙门回来,路过高密,想和知县大人一叙。"

葛之覃见他面色凝重,心里忐忑。

葛之覃平时对石祖芬并无好感,感到此人虽心地不坏,但好以势压人,让人生厌。加之他不知为何颇得毓贤赏识,越发趾高气扬,盛气凌人,时时会把毓贤大人挂在嘴边,又无端带了份媚样,让葛之覃不耻。葛之覃心里对他不以为然,但确不敢得罪他。

葛之覃奉承道:"一定是毓贤大人又请您出谋划策了。"

石祖芬虚伪地客套道:"毓贤大人高参如云,何会让我置喙。但确实还是有件事问起了我,那便是……高密的事。"

"高密的事?"葛之覃有些紧张。毓贤大人怎么会提及高密?难得是自己公务上有了差池?

石祖芬摆手笑道:"葛大人不必紧张,巡抚大人对知县大人并无成见,只是铁路的事……高密如何处置却是需要慎之又慎的。"

葛之覃听罢松了一口气,叹道:"难啊,谁不想把这件差事办好,终究是关系到德国人的事,不管怎么说也会尽力办好,但高密乡的民众不开化……"

葛之罩突然发现石祖芬脸上露出几份诡异，不知道自己说错了什么，忙反思，没觉得话里有什么不妥，便说："请石大人指点。"

石祖芬说："大人，您应该把这事反过来想一想。您认为毓贤大人真的希望你这么做吗？"

葛之罩一愣，情不自禁道："毓贤大人不想尽快把铁路修好？"

石祖芬边笑边摇摇头，说："有些事情……很难说。你知道北京的局势吗？光绪爷是个什么光景，听说是袁世凯告的密。还不一定会是个什么局面？庆王爷也控制不了局面了，或许最后有些事还真得依仗义和团做。"

葛之罩每临大事，总会不动声色，但此时内心却惊涛骇浪。早知道光绪变法让慈禧太后终止了，老佛爷和外国人翻了脸，难道老佛爷真的会依仗义和团来扭转局势？毓贤大人在曹县是剿灭义和团的能手，但这些日子也改了称谓，称其为义士。下一步局面到底如何发展实在难以预测。如此说，是义和团得势了？那又与修铁路有何关系？

石祖芬见他一头雾水的样子，提示道："或许铁路本身就不该修。"

这倒真的出乎葛之罩所料。石祖芬走后，他翻来覆去前后想了个通透，觉得此事还真的不能轻举妄动，走一步看一步为好。至少谁都知道毓贤对洋人是深恶痛绝的。阻止德国人修铁路或许才是根所在。

葛之罩觉得上边的意思确实难把握。当个知县实在太难，一不留神就会犯下大错，落个杀身之祸不是没有可能。想到这里，竟然心升悲凉，伤感不已。

14

锡乐巴回到青岛后本想直奔总督府，把高密村民阻路的情况向总督报告，以求得总督出面责成山东巡抚衙门出面阻止村民的不法行为。但是，当他刚刚走出山东铁路公司的大门，就碰到礼和洋行经理费德勒。费德勒一副焦急的神情，把锡乐巴挡在门口。

锡乐巴问："何事？"

费德勒说："大人，我们非常担心'苏特兰舍尔号'的情况，它本该早就到青岛了，但现在仍然没有任何音信。"锡乐巴听罢也皱起眉头，心里掠过一丝不祥之兆。按照《中德胶澳租借条约》规定，山东铁路公司所使用的全部建筑设备材料都将从德国公司进口，山东铁路公司董事局在德国完成了各项设施材料的采购招标，轨道采购于德国克虏伯公司、波鸿集团公司；桥梁委托给了古斯塔夫斯堡桥梁建筑公司；电报线由费尔滕—古尔绍姆公司提供；电报机器由洛伦茨公司提供；就连电报杆也是由瓦拉赫兄弟公司的供应。机车车辆更是分别采购于洪堡机器制造厂、博西格机器制造厂、萨克森机器厂……这些超大数量的铁路建筑材料和机车车辆必须万里迢迢从德国本土运到青岛，其艰难程度可见一斑。

这条运输线所潜在凶险是巨大的，沿大西洋东岸南下，到达直布罗陀海峡，横穿地中海，再过苏伊士运河，出红海，经亚丁湾、印度洋，再过马六甲海峡，经南海，沿马来西亚和菲律宾北上，最终由东海抵达青岛。哪怕只是从地图上看一看这样一条线路，就足以让人望而生畏。就在前不久，已经确认的一条由礼和洋行租借的商务船"亨尼埃列门"号就沉没在了印度洋，船上的10245桶水泥同时沉入大海，损失惨重。几乎同时，还有"苏柯特拉"号、"奥西登"号两艘船在航行中失火遇难……

而费德勒所说的"苏特兰舍尔号"装有3200根电线杆，自从在苏门答腊某岛接到过船只所传来的消息后，便再无音信。而这个时候，它应该停靠在青岛港口才对。费德勒之前已向锡乐巴报告过此事，这批电线杆以及随船所运送的其他设备是铁路开工之后急需的，如果"苏特兰舍尔号"一旦发生意外，不但会带来经济上的巨大损失，也会对铁路建设工期造成影响。锡乐巴叮嘱费德勒随时报告船只的消息，心里却极度悲观。

费德勒说："我已多次和礼和洋行本部联系，但愿上帝保佑。"

锡乐巴忧心忡忡地说："但愿不要发生什么事情。"

费德勒见锡乐巴要外出，说完便离开了。

锡乐巴必须把这件事忘记，他现在的首要任务是尽最大可能说服叶世克向山东巡抚衙门施压，以使高密地方官员能切实履行职责，保护好铁路修筑。

叶世克有着军人的勇武，难能可贵的是他还有着军人普遍并不具备的善于听取各方意见的优点。加之山东铁路的建设是租借地建设的基础性保障工程，更是租借地向中国内地渗透的一条"输血管"，所以他对铁路的修建极为重视。此刻，他认真听取了锡乐巴关于高密阻路情况的报告，意识到了事情的严重性。

听完锡乐巴的请求，叶世克很长时间没说话，而是起身在会客室里踱了几个来回，才说："你认为山东巡抚真的支持我们的提议？"

锡乐巴霍地站起身，说："条约有规定，地方政府没有理由不支持修建铁路。"

叶世克说："但毓贤是中国官吏的另类。我对他已经进行过深入了解，他固执己见，且有个人想法，包括他对义和团的纵容。此人不可信，不足以为依靠。"

锡乐巴说："这……"

叶世克说："我觉得，筑路之所以如此艰难，或许正是他对中央政府阳奉阴违造成的，也是他对抗租借地的一种方式。所以，求他帮助，可能会适得其反。"

锡乐巴语塞。

叶世克说："前些日子，他给总督府发来电报，表面上表示支持筑路，但他关心的却是要让山东铁路公司签订一份具体章程，美其名曰要保护双方权益。不知锡乐巴先生对此有什么看法？"

锡乐巴毫不含糊地说："我们不想和他们签订这样一份章程，这会把我们的手脚捆死的。"

叶世克叹口气说："我研究了租借条约的条款，里面确实有这样的规定。条约是个大框架，不可有把筑路所涉及的详细问题全部写进去，确实有必要有一个可操作性的章程，无论对中国，还是对德国都是有益的。你不这么认为？"

锡乐巴说："总督大人，从理论上讲是这样的。但……中国人没有契约精神，他们只是想通过这样一个章程争取到自己的利益，他们不会履行职责。"

叶世克不解道："条约没签，怎么断言中国人不会履约。如果签了，哪怕他们不履约，也会成为我们的证据，逼他们就范。"

锡乐巴沉默。他知道叶世克对中国国情的了解还是有限，只得解释道："中国人的家庭资产是以家族为单位共用的，根本不可能理清楚，如果一家一户签订协议，工作量非常大，或许根本就没有可能建成这条铁路。所以，我们觉得还是一事一议最好。"

叶世克情不自禁道："一事一议？"

锡乐巴说："对，一事一议。具体讲就是遇到什么事就解决什么事，对老实者，可以办得快些；遇到棘手的事，可以单独与之谈判，大不了多给些钱。较之签订一个共同的约定，这样不但会提高效率，减轻阻力，还会节省成本。"

叶世克听罢点点头。"这是董事局的意见？"

锡乐巴点头说："这是我的经验，当然也是报请董事局批准后的决定。我们立定主旨，不和山东衙门签订这样一份所谓的章程。"

叶世克犹豫道："这对山东铁路公司是有益的，但毓贤是否答应就成问题了。"

锡乐巴问："他一定要签章程？"

叶世克说："中国的官员从来都不会把话说明白，但是如果他们不满意，就会暗自抵抗。这个毓贤本就是巨野教案的指使者，一向仇洋，怎会支持我们？照会我自然会发，但他是否真心去落实，很难说。"

锡乐巴知道叶世克所言都是为山东铁路公司着想，心里领情，但事情到这里，显然没有达到预期的目的。他等着听叶世克更进一步的意见。

叶世克确实也在思考解决问题的办法。过了一会，他对锡乐巴说："这样吧，我给克林德公使发电，让他通过总理衙门给毓贤施加些压力。我想会起作用的。毓贤因为支持义和团，已经引起了各国公使的公愤，我们不妨给他进一言。让他好自为之。"

锡乐巴大喜，知道如此一来，毓贤恐怕不会不有所忌惮，哪怕是做做样子，也会给高密的地方官员施加些压力。

从总督府出来，海风拂面。锡乐巴心情有所好转，但却又想起了"苏特兰舍尔号"的事。犹豫片刻，他找了辆黄包车前往四方。四方距离正在建设的大港火车站不远，所有从德国运来的筑路器材和机车车辆都会在大港卸船后被运送到四方一块巨大的场地做短暂存放。锡乐巴想看一看近期从德国运过来的货物。到达四方存贮场后，锡乐巴见四方周边已形成了个天然工场，水泥、电杆、起重机、装卸器材，以及先期到达的一些需要组装的工程车辆、施工设备分别堆放在不同区域。几名德国工程师正在辅导一批临时召集的中国工人组装一辆工程车，德国工程师焦急的神情与中国工人好奇的样子让锡乐巴感到一种莫名的激动，铁路建设或许就会在这种不和谐的对撞中得到积极推进。他愿意看到这一幕，或许这正是铁路建设的动力所在。别看这些中国工人看似憨厚愚笨，但他们一旦掌握了一门技术，会非常熟练地加以运用，并且他们都有着不知疲倦的干劲和丰富的创造力和想象力。只不过他们所处在的环境，让他们的智慧受到了限制。

一名德国工程师见到锡乐巴，跑过来向他问好："我们的电线杆为什么还没到？"

锡乐巴只得应付道："这么远的路程，自然不会那么顺利。"

德国工程又和锡乐巴聊了些闲话，就走开了。

因为这位热心的工程师的问话，那艘不知下落的轮船再次让锡乐巴的心情变得忧郁起来。

回到住处，他便接到了董事局菲舍尔的电报，确认"苏特兰舍尔号"已经在苏门答腊一带触礁沉没，船上之人无以生还。锡乐巴心情沉重，掉下了眼泪……

15

伤感过后，锡乐巴眼前又浮现出四方一带设备堆积如山的场景。这对他来说，同样是急需解决的问题。随着越来越多的机车车辆以及各种大型设备的到来，组装任务越来越重，而现在露天堆放的条件非常简陋，风吹雨淋，会对设备带来极大损害。虽然已经有了在四方建临时组装工棚的计划，有些区域已付诸实施，却是权宜之计。解决好机车车辆组装问题是个长期的事情，并且随着铁路建设的展开和运营的实施，铁路机械设备的组装维修都将会进入常态化阶段。

建设固定的机车工厂必须提上议事日程了。但让锡乐巴极为困顿的是，他或许会将再次面临与盖德兹的冲突。因为在盖德兹的考察报告中已明确将未来的机车工厂选定在了潍县。而在他看来，这种教科书式的中规中矩的方案，对山东铁路这样一条需要满足五年特许权建设条件的殖民铁路来讲，显然是不科学的。如果所有机器设备要从青岛上岸，二次转运到潍县的机车工厂装配，基本是不可能在规定期限内完成铁路建设任务的。况且中国内地的陆路运输根本不具备转运大型设备的条件。而在盖德兹看来，机车工厂的建设不但要着眼于眼前，更要着眼于将来的运营管理。潍县地处铁路中段，可以更方便和以最合适的成本进行机车的检修调度。但是，现实允许吗？

山东铁路公司总部已迁移到青岛。作为总办的锡乐巴其实从另一种角度讲，已被赋予了更加充分的权责，这些权责在锡乐巴本人看来却是并不明确的，这让他既可以得心应手地处置一些问题，但一旦处置不当，他也将会承担无限责任。他并不认为权力对他完全有益，他担心有人赋予他无限权益，是在为他可能出现的过错"埋雷"。锡乐巴似乎看到了盖德兹蔑视的目光和嘲讽的笑意，他真的不想也不愿意与他再起冲突。

但是，想来想去，锡乐巴也没有找到否定自己的理由。他告诉自己，如此患得患失不会对铁路建设有利。机车工厂设在潍县是不正确的，最恰当的地点是青岛，并且四方一带已形成了天然的工厂趋形，为何要舍近求远？

既然坚信自己的判断是正确的，为何还要犹豫不决？锡乐巴对自己有些不满。

锡乐巴不再顾及其他，坐下来把自己的想法形成了一个完整方案。他要寄到董事局呈请批准，尽管他知道以董事局对山东铁路公司的授权，几乎没有否定的可能。但是，他深知，这对于他与盖德兹之间的关系肯定是雪上加霜。锡乐巴自己认准的事情，一定会坚持下去的，他已经对自己的犹豫不决感到不满。此时此刻，已没人会阻止他认为是正确的事情。

处理完这些事情，锡乐巴感到很疲惫，把腿搭在桌上，身子倚靠在椅背上，竟然睡着了。不知过了多久，他恍惚觉得身边有个影子在晃动，一睁眼见锡贝德站在面前。旁边的凳子上还坐着韦勒。

"怎么了？"他问。

锡贝德说："见你这么累，没好意思打扰您。"

锡乐巴看到窗外的光线已经昏暗，知道他俩来了很久。

"有什么事？"锡乐巴问。

这时，韦勒也从凳子上站起了身，走到桌前。

锡贝德说："董事局寄过来了这样一个东西。"

邮件已经打开，从封口的粗糙程度看，显然锡贝德们已经看过了里面的内容。

锡乐巴从邮件里抽出一摞厚厚的图纸。

锡贝德说："封面只写有'山东铁路'收，所以我们就打开看了。"

锡乐巴并不见怪于他们看这些纯粹的技术资料，毕竟这两个工程师一个是他的弟弟，一个是引为知己的朋友。

锡乐巴仔细一看，大为惊讶。原来是董事局寄来的一份由盖德兹设计的青岛火车站的站房方案。

　　盖德兹火车站的选址方案被董事局否决后,锡乐巴的方案最终在得到胶澳总督支持和认可后被采纳,但这丝毫没有减轻格罗姆施等人基于自身利益对他的责难,只是山东铁路公司毕竟是一个独立的投资公司,他们不可能把手伸得过长,他们只能把这份责难和怨气强加到锡乐巴身上,从此绝少和锡乐巴交往。锡乐巴乐得如此,因为他有太多的事情要做,他更愿意在工作中得到乐趣,而在人与人之间的交往中,他总是不接纳别人的缺点,容易发生矛盾。有时他自己想控制自己,但当发现对方一句话说得与自己的心思不投契时,总会忍不住发火。这是他的毛病,也是他的性格。避而不见,倒是他更愿意看到的局面。他引人注意的方式,是希望以自己创造性的工作和无可挑剔的荣誉来赢得的,而不是吹吹捧捧,哗众取宠。

　　虽然在锡乐巴的总体设想中,青岛火车站的选址并没有那么紧迫,但既然选址提前确定,也就意味着整个车站的工期得以提前。接下来,主体站房方案的确定便提上议事日程,因为站房需要与包括轨道、信号在内的其他配套设施共步推进,所以也便不能拖延太久。

　　选址确定后,韦勒已经多次催促锡乐巴研究确定站房方案。锡乐巴多次致电柏林董事局。董事局暗示他,车站方案或许会有盖德兹设计。锡乐巴明白董事局的意思,既然盖德兹的车站选址被否定,或许可以让他在站房设计上挽回些面子。锡乐巴默认了,这也是青岛站站房迟迟没有确定的原因所在。

　　前些日子,韦勒还找他,说,站房方案已到了不能拖延的地步了。锡乐巴为此再次发电催促董事局尽快提出方案。现在,董事局把方案寄了过来。并且韦勒和锡贝德在他之前,已经看到了站房的设计方案。

　　锡乐巴一边看着设计图纸,一边问:"你们感觉如何?"

　　锡贝德、韦勒两人都没说话。

　　锡乐巴粗略看完图纸后,挺直腰板,一言不发。

　　"谈谈你们的看法吧。"过了很久,他说。

　　韦勒先开口,说:"无疑,这是个宏大的站房,但很显然或许它并不适合青岛。它……太大了。大到和周边环境不协调了。"

　　锡贝德说:"这更像是他在最初的车站选址上建造的火车站,与整个城市呼应,追求宏大。但从现在车站的走向看,根本就是一个庞然大物,一个……盛气凌人的庞然大物。"

韦勒说:"我不知道董事局为何会把这样一个方案推荐给我们。他们一直在讲节约预算,想尽可能把站房规模压缩。很多小站的站房都做了修改,尽管一些大站尽可能保持原状,但以这样的设计……青岛站与节省成本的原则根本是不相称的。"

锡贝德说:"如果仅从周边环境和车站规模看,这样的一个设计也太过夸张。"

锡乐巴和两人的看法一致。盖德兹所设计的这个车站体量巨大,处处效仿科隆火车站的规模,而对于租借地来讲显然是华而不实的。锡乐巴比锡贝德、韦勒更了解董事局对成本控制的要求,因为这已经不再是铁路建设的投资问题,而成为一个政治问题。德国议会很大一部分人从总督府的建设起,就一直对租借地政府在青岛城市建设中所秉持的铺张思路极为不满,董事局提请身在青岛的山东铁路公司必须尽可能量力而行,不要因为投资过度虚夸而再受诘难。甚至提出,哪怕把站房建得"寒酸"些,也不要过于张扬。因此,山东铁路公司对岞山、胶州等一些车站已经做了最大限度的修改。

晚饭时间到了,三人一起吃饭,继续着关于站房的话题。锡乐巴没有发表更多的意见,一直若有所思的样子。

晚饭后,锡贝德、韦勒离开。锡乐巴独自再次反复审视着站房的设计图纸,越看越觉不妥,最后他的所想的可以修正的思路又殊途同归地走到了一个点上,那就是否定它。

盖德兹的方案就是用来让锡乐巴否决的。锡乐巴并不愿意这样,却是不得不为的事情。

锡乐巴的执拗与傲气同步,他不否认这个建筑的恢宏奇伟,但盖德兹显然没有认识到这与之前所犯的错误其实是源于同一个原因,那就是对青岛实际情况的陌生,当然还有他天生好大喜功、意气用事的因素。越是完美的东西,越没有修改的价值和意义,因为它本身就是基于根本的错误而存在的。

那么一个与青岛环境和谐工整的火车站是怎样的呢?锡乐巴在决定否定某项方案时,总会找一个替代的解决方案,所以当他下定决心,不惜彻底得罪盖德兹而否定他的车站方案时,他提醒自己必须同步找到一个能为公司决策层接纳的更合理的方案出来。

锡乐巴睡不着觉，披衣出门，走向火车站选址的位置。青岛已经有了路灯，昏暗是它初始的色彩，但也是一种朦胧与梦幻的意象。踟蹰街头，锡乐巴放空头脑，让自己处于一种极度的松弛状态，总是在这种状态下才会与灵感不期而遇。当然，灵感会反复与我们擦肩而过，但总会在某个瞬间擦出火花。锡乐巴一直走着，直到打了几个剧烈的喷嚏，才回到住所睡下。在梦里，他却在继续着自己的漫步与思索，一座位于家乡的教堂进入了他的视野，它并不是第一次出现，而是时常会在苦闷不安的时刻在梦里与他相逢。每当梦到这座典型的欧式田园小教堂时，他总会有一种亲近感，总会有一种精神的皈依和欢喜。

一连几天，锡乐巴总会在梦里看到那座教堂。他问锡贝德，是否知道家乡的原野深处有座小教堂，锡贝德回忆了很久，才说，那样一座教堂并不在家乡比特堡郡，而是在距离科隆几十里外的一片庄园的山丘上，他们在科隆火车站维修工程时去过一次，那时就让他们欣喜若狂。但锡乐巴丝毫想象不出，在科隆有那样一座教堂，也想象不出曾经有那样一次欣喜之旅。

但他相信，那座经常在梦里出现的教堂是真实存在的，虽然他已经无法找到它的确切位置，但有一点是肯定的，那就是它已经深深镌刻在了自己的心灵深处。

在一个阳光灿烂的日子，锡乐巴从山东铁路公司的住处经霍亨索伦大街前往火车站施工现场时，看到了一个非常奇妙的由街道构建起来的视线夹角，霍亨索伦大街与海因里希大街相交的尽头是火车站的选址之处，现在那里已经是一片狼藉的施工现场。他突然看到了梦里无数次出现过的那座教堂，恰好就伫立在两条进入火车站主街道的视野之间，它让进入火车站的人第一印象就会感受到德意志的自然风光，会产生一种回家的感觉。这不正是它追求的火车站所独有的温馨感受吗？

锡乐巴在这样一种街景的构建比对中形成了他对青岛火车站的设计思路。

但是，当这样一种思路连同对盖德兹方案的否决意见来到柏林董事会的会议桌前时，所有董事局成员都沉默不语。人们对锡乐巴步步紧逼、丝毫不让步的态度感到惊讶，也为肩负着山东铁路公司技术总监的盖德兹一而再而三地受羞辱感到不安。盖德兹显然对锡乐德的否决不屑一顾，他已经把锡乐巴对他方案的否决归结为一种人身攻击和争夺权力的必然，根本不从方案的合理性去寻找这种否决的理由和深层次原因。他甚至把董事局主席菲舍尔的合情合理的解释也作为一种对锡乐巴委曲求全的不得已行为。在他看来，菲舍尔为了五年特许期能完工，已经到了丢失尊严的地步了。

实际上，菲舍尔对盖德兹的方案也存在着不同看法，虽然没有与锡乐巴沟通，但他与锡乐巴的看法基本一致，这是一个不切实际的方案，并非建筑本身，而是它显然是脱离实际的。山东铁路公司没有这么大能力去建设一座超豪奢的火车站，在盖德兹的思路中仍然与青岛的某种势力相贯通，要建设一座与所谓的"模范殖民地"相匹配的火车站。他们因此贯穿了一种宏大的理念，而这种理念正在接受着议会的审视，也正拘囿于预算的窘因。

菲舍尔之所以把这个方案寄给山东铁路公司先做审阅，也是想以用锡乐巴的意见对撞董事局直接否决所带来的尴尬，并且从董事局角度讲，并不是所有人都愿意得罪盖德兹来换取一个正确的决定。

尽管如此，菲舍尔还是用巨大的精力说服盖德兹接受锡乐巴的方案。

盖德兹不屑道："我可以接受从预算角度换一个方案，但把一座德国乡村教堂搬到青岛，不伦不类。"

对这个观点，董事会成员有很大一部分人是认同的，包括菲舍尔在内，很多人都不能理解，一座教堂式的火车站出现在青岛会是怎样一种情形？

但是，与五年特许期必须全线通车这个大目标相比，在一座火车站上过度纠缠显然是不明智的。哪怕是一座教堂的简单移植也不是不能接受的。董事局搁置了对这个方案的审定，大家都看得出，这无非是给盖德兹面子而已，当锡乐巴再次催促的电报到来时，虽然大家仍然感到一座教堂式的火车站可能会呈现出怪异，还是通过了这个方案。

工期的紧迫总是最先予以考虑的，牺牲效果有时是无奈和必须的。

锡乐巴接到董事局批复后，心里知道背后可能隐藏着巨大的风浪，但他不愿去问，也不愿意去想，反正最坏的事情已经发生，又何必在乎这一次呢？锡乐巴隐约感觉到，过去每当董事局有不同意见时，会有交好的朋友写信告诉他，而现在越来越没有人再把一些事情背后的故事通过另外渠道转告他了。他有些不安。但也觉得不知道这些背景，反倒少了烦恼。

火车站站房的方案确定下来后，锡乐巴第一时间安排韦勒和锡贝德做施工前的准备。在把方案寄给董事局之前，韦勒和锡贝德已看过锡乐巴的方案。两人都觉新奇，只是说不清好坏。一个欧式乡村教堂在青岛的海边出现，总让人有种怪异的感觉，但同时又有着一份异想天开的新鲜。两人其实对于董事局能否批复这样一个方案是缺乏信心的。锡乐巴打趣道："他们没有时间再否决这个方案了。"

16

高密又出事了。

祸还是铁路公司的筑路工人惹得。几位闲来无事的工人临时起意，相约到附近戈东村偷鸡，得手后本该逃之大吉，一位工人却偏偏去招惹迎头走来的小媳妇。小媳妇大喊大叫，于是几乎把全村人都招来了，仓皇逃路的筑路工人被堵在一个死胡同，一顿饱揍才被放回。锡贝德自知理亏，本想息事宁人，没想到几位被打的人却不甘心，半夜去村里放火烧了草垛。村里早有防备，听到动静后追打出来，一直追到工地。锡贝德夜里看不明白情势，指挥几位配了枪的工程师胡乱放枪，没想到竟然打死了一位村民。

事情闹大了。

葛之覃闻讯赶来，质问锡贝德为何会出此事？

锡贝德解释，也非他的本意。

葛之覃说："铁路也别修了，先谈如何偿命吧！"

锡贝德说："这属误伤，也并非我之所愿，再说村民要不追打过来，我们也不会开枪。"

葛之覃知道，这番解释无法让村民满意，他是好说歹说才安抚下村民的，并且保证让铁路公司拿出合适的赔偿。如此看来，锡贝德不但不愿赔偿，反倒把责任归罪于村民。葛之覃知道，这下场面难收拾了。一连几天，葛之覃苦口婆心，两边做工作，但根本无法达成一致。孙文来到戈东村，对村民说："葛大人都出面了，我们看葛大人是向着我们，还是向着德国人，向着我们便是好官，向着德国人，我们把他和德国人一起收拾了。"

锡乐巴得知消息后，怕激化矛盾，急急忙忙赶往戈东村事发现场。他知道，这次必须赔偿才能了事。但到了现场，却找不到主事人。葛之覃跑得不见踪影，托人找赵五太爷，赵五太爷说听不懂德国话，不见。锡乐巴一筹莫展。中午时分，村里突然响起一阵唢呐声，有人说村里为死者办丧事了。还有人对锡乐巴说，办了丧事就等于事情了了。看来，村民认倒霉了。但锡乐巴本能地觉得或许要出大事。必须找到葛之覃，让他转告村民，山东铁路公司愿意出钱对死者家属抚恤。但是，去哪里去找葛之覃呢？

锡乐巴的直觉是准确的。葛之覃见无法给村民一个满意的答复，好汉不吃眼前亏，早就溜之大吉了。孙文知道无法讨回公道，也便放弃了努力，准备开始实施自己这些天来早就谋划好的报复计划。

入夜，天刮起大风。临时搭建的工棚摇摇晃晃，锡贝德找来几个人加固。工人们这些天都提心吊胆，因为见村里已为死者办了丧事，觉得危险过去了，到底是怕了德国人。所以，都踏踏实实地睡下了。锡乐巴却睡不着，总有一种不祥的预兆在心头出现，他问锡贝德怎么看这事，锡贝德说："他们一定不会这么算了，还是要严加提防。"

锡乐巴说："明天再去找葛之覃，无论如何还是要安抚村民，不然铁路没法修。"两人说着话，半夜才睡下。不知过了多久，锡乐巴突然被一股浓烟呛醒，大喊道："怎么了，怎么了？"锡贝德也醒了，喊道："拿枪，拿枪。"这是喊给旁边工棚的德国工程师听的。自从上次冲突后，锡乐巴在海军第三营支持下，分别给德国工程师们配备了枪支。

这个工段上，除锡贝德外，还有三位德国工程师，此时都醒了，但是因为有了前车之鉴，他们拿着枪却不敢放。一位工程师懵懵懂懂走出工棚，马上就被迎面削来的一把刀片砍中，惨叫一声倒地，这时就听到工棚外响起打斗声，砍杀声，哭喊声，尖叫声……风把这些声音连贯在一起，让整个夜都变得恐惧而凄惨。

呼喊搏杀声退去后，工棚被点燃了，火苗升腾起来。德国工程师这才心惊胆战地从工棚走出来，胡乱向四周放枪。而此时除却火烧着树枝茅草的"噼啪"声外，已经悄无声息。

火越烧越大，把外面的一切映照出来，筑路工人们在工棚外骂骂咧咧像一个个无头苍蝇，一边做出提防架势，一边战战兢兢地四处搜寻，德国工程师躬着腰举着枪……火把工棚全部烧了，所有人都跑到了外面。锡乐巴也想往外走，被锡贝德拉到一边墙角躲起来，暗暗观察着周围的一切，深恐会再招致突然一击。

天亮时，人们才完全看清周围的一切。工棚被焚烧殆尽，至少有两名筑路工人被刀砍死，有几人受伤，一名叫迈尔的德国测绘师倒在血泊中。锡乐巴走向前，把他的身子翻过来，见迈尔的整个脸几乎被砍成两半，一道深深的刀痕如沟壑般向上而下斜着被切割出来。锡乐巴从未见过如此惊悚的场面，整个身子瘫软下去……

锡贝德说："再在此待下去恐性命不保了。"

锡乐巴说："找葛之覃，让他把凶手找出来。"

锡贝德说："这个时候还能指望他们吗？很难说不是他和村民合谋的。"

锡乐巴说："他呢？"

锡贝德明白，所说的"他"是指死去的迈尔。便说："先把他葬了。"

锡乐巴知道只好如此。便对中国工头说："各自散了吧？去青岛会合。"

中国籍的筑路工人自知祸从己起，便草草地把死去的工友埋了，灰溜溜离开。

但是，让锡乐巴等人没想到的是，由孙文组织的一场专门针对德国人的猎杀行动才刚刚开始。

锡乐巴等四位德国籍工程师开始返回青岛，他们有两匹马可骑，由于不敢到周围村子寻找其他的代步方式，只得轮流骑乘。

路过一个荒坡，马上的锡乐巴突然感觉周边岭上好像有影子闪现，便停下来，招呼走在最后的一名工程师跟上队伍。这位工程师或许是走得太累，或许太过紧张，紧走几步，一会又落在后面。这时前面出现一座桥，桥下是深沟，刚刚骑马走过桥的锡乐巴突然听到身后一声大叫，然后是"噗通"一声响，回头却见走在最后的工程师坠落到了桥底。

另一位工程师伸头向桥下望，一根绳子从桥底下抛上来，显然是想把这位工程师也拽下桥，好在没有套住，吓得工程师嚎叫一声向桥头跑去。锡贝德拿起枪，小心翼翼地凑到桥边，向桥下开了几枪，见无动静，才敢探头看下面的情况。掉到桥下的德国工程师头部摔在一块巨石上，巨石已浸满鲜红的血液。

锡贝德不敢下到桥下看究竟。锡乐巴说："不行，我们不能回青岛了。他们在跟着我们，天黑下来就更麻烦了，去高密县城，那里人多，他们不敢随便下手。再说，还有可能找到葛之覃。"

锡贝德犹豫半天，看看桥下的工友确实没有生还的可能，便拐弯向高密城而去。

去往高密县城不远，只要绕过一座水库便是。锡乐巴兄弟两人骑着马，招呼身后的另一位德籍工程师跟紧，但到了水库旁边时，这位工程师却突然腹急，锡贝德警惕地向四周观望，没发现异常，便示意他到旁边一棵树旁方便。没想到，工程师刚走到水边，还没解开腰带，便被人推进了水里，几番挣扎，沉到水底。锡贝德瞠目结舌，举起手里的枪疯狂地扫射起来，工程师早就沉到水底没有声息……

现在只剩下了兄弟二人了，两人若惊弓之鸟，抖动缰绳，骑马进了高密城。

17

锡乐巴和弟弟锡贝德死里逃生，从高密回到青岛。锡乐巴几乎是一整天都躺在房间里面，大脑一片空白。后来，之前所发生的一切才慢慢地在脑海里重新显影，一帧帧闪过，清晰而真实，似乎悲剧又重演了一遍，有几次锡乐巴被吓得大喊，惊出一身冷汗，从床上蹦起来。一个过程闪现完，那些突出的环节开始强化出现。被刀把脸砍成两半的迈尔，他是勘测分部的人，本来结束第二标段任务后会继续往西，没想到却把命丢在了高密这个对于他来说一生都不会想到会到达的地方；被"黑影"拖进水库的工程师，尸体已经没有可能找到，高密知县葛之覃组织装模作样地打捞，但看得出来，其实他是幸灾乐祸的；他看到那个从桥底抛上来的绳套，如果抛得更精准些的话，或许自己抑或是自己的弟弟也会被拽下桥，命丧黄泉……想想这些，锡乐巴浑身发冷。

他发烧了，持续了三天。三天里，锡乐巴迷迷糊糊中做出一个决定，请求叶世克出兵高密，剿灭毁路的村民。否则，非但此仇不能报，铁路也不再可能前进半步。高烧退去后，他才意识到要让叶世克做出这样一个决定其实是很难的。但又别无他法，必须一试，给叶世克晓以利害，让他明白，如果得不到总督的支持，山东铁路的工期便无法保证按期完成。

当锡乐巴把这一想法告诉锡贝德时，锡贝德认为他的想法几乎可以说是异想天开。让叶世克向租借地之外的地方派兵，无异于向中国开战。况且，叶世克没有这份权限。锡乐巴愣了半天，知道弟弟的说法是对的，但他最终还是决定一试。

叶世克已经听到了锡乐巴在高密的遭遇。而在那时，他也接到了山东巡抚毓贤发来的电报。叶世克本以为毓贤是对高密发生的事做个解释，没想到还是在质问关于签订铁路章程的事，还是陈词滥调，如果不能签订章程，实难保证铁路工程顺利进行。叶世克对山东铁路公司拒不签订章程的做法也持保留意见，本想合适的时机会说服锡乐巴考虑谈判签订章程。但当听到锡乐巴的遭遇，再看到毓贤电报里流露出来的傲慢无礼，他深信，哪怕是答应了山东巡抚衙门的要求，筑路也不一定顺利，因为对方根本不是为了解决问题，而是为了拖延时间，不让铁路继续修下去。

这时，锡乐巴上门拜见了。

叶世克当然会在第一时间接见。尽管锡乐巴养足了精神，但叶世克还是明显感受到对方精神的委顿与狼狈，心升痛惜。

锡乐巴详细叙述了整个过程，一旁有书记官记录。山东铁路公司的遭遇会形成书面材料递交到海军部，还要起草一份抗议书交给山东巡抚衙门。这在叶世克是已经想好的。履行完官方程序，叶世克与锡乐巴单独交谈。

叶世克说："现在看，山东巡抚必须撤换，否则铁路很难推进。这一点我已向驻华公使表明态度。但是，这需要时间，要等待机会。尽管各国公使都强烈要求撤换毓贤，但清政府要找到合适的替换人选也是需要时间的。"

锡乐巴半天没说话。只到叶世克不得不催问："锡乐巴先生，您怎么想？"

锡乐巴这时才开口说："总督大人，无论换谁，也解决不了问题。办法只有一个……"

"噢？"

"惩罚。他们对德国人太凶残了。我死了两名工程师，这个仇一定要报。"

"我们会向清政府抗议，并提出赔偿。"

"总督大人，这显然无益。山东铁路公司不能陷入旷日持久的文字游戏中，我们还要修铁路。"

叶世克愣了半天："你说……怎么惩罚？"

"派兵围剿。"锡乐巴以坚定的口吻说，似乎是要替叶世克下决心。

"这……我无权向中国内地派兵。"叶世克摇摇头。

"中国人能杀德国人，难道您就不能派兵保护？"

叶世克突然有些领悟，对，保护筑路倒是个好理由。可是，这得授权？毕竟是向租借地外的地方派兵，此事不要说需要报告海军部，恐怕还要征得外交部同意。那样的话，流程下来，晚之大矣，于事无补。

但是，如果不采取果断措施，筑路工程肯定会停止。现在看来，山东巡抚对筑路问题采取了消极对抗的态度。

锡乐巴说:"德国人性命都不保,难道您作为总督就没责任和义务保护？"

如果平时,锡乐巴是不敢如此对叶世克讲话的。叶世克更不会接受他这样的态度。但锡乐巴的遭遇让叶世克深感同情,锡乐巴也很好地利用这样一种氛围和条件,说出了自己平时不能说也不敢说的话。

锡乐巴几乎到了声泪俱下的地步。

叶世克的信心一点点被锡乐巴时而慷慨陈词、时而涕零恳求的悲伤所瓦解。他觉得,作为租借地最高军政长官,让山东铁路公司的总办如此质问自己,实在汗颜。

他说:"保护德国的生命财产安全当然是我的责任,但这里有个界线问题。你不应该不明白！"

锡乐巴看到了叶世克的动摇,这更加坚定了他的信心,他说:"我看不出有什么界线。难道说,两名德国工程师就该死在高密？中国人应该为此付出代价。"

叶世克犹豫。"这事要履行程序,不能擅自作主。"

锡乐巴说:"您只是派兵保护,德军一到,村民自会吓得屁滚尿流,吓唬下他们,有什么可担心的？再说,德国占领胶澳有什么依据？后来签了条约不自然就有依据了？"

这话着实打动了叶世克。他心里一动,想,尽管锡乐巴的说辞牵强,但仔细想来,保护筑路也没什么不可,如果中国政府抗议,大不了撤回来,与弱国的外交无非如此。况且这样还会试探一下清廷的承受能力,说不定会有意外收获。军人冒险的天性让他突然间由抗拒变得跃跃欲试。

叶世克还是没有贸然答应锡乐巴。但就在这时,毓贤又来了一封不合时宜的电报。毓贤在电报中质问叶世克,为何会无端杀害高密村民？也就是在这个时候,叶世克才知道是山东铁路公司的工程师先开枪打死了村民,后才有了工程师被追杀的过程,显然锡乐巴将此淡化甚至有意将颠倒了时差,让他误认为是村民先打死德国工程师,然后才有了后面的冲突。锡乐巴的话给他的感觉是,村民与德国工程师的冲突中造成了互有伤亡,而起因是村民阻止筑路,而根本就没有谁先谁后的概念。

但是,这个关键的时间顺序显然与德国人被杀相比较已经无关紧要,尽管他明白了锡乐巴在其中一定隐藏了其他用意,但还是被先入为主的观点所牵引,对毓贤的责难大为恼火。在他看来,毓贤非但不道歉,反倒责备山东铁路公司开枪伤人，真的岂有此理。叶世克怒不可遏。

派兵到内地的想法，突然间清晰而真实地出现在叶世克的脑海中。

军人的冒险与谨慎是同步的。在最终决定是否向高密派兵前，他还是给德国海军部部长蒂尔皮茨发了电报，委婉地提出武装保护高密筑路的问题，并特别强调对中国政府的试探性意义。在他看来，哪怕是没有这次冲突，在以后的时间里也不能排除使用武装给清政府施压的必要。

蒂尔皮茨很久才回复，这可以判断为海军部部长的审慎。蒂尔皮茨既没有肯定叶世克的做法，也没提不同意见。叶世克从顶头上司模棱两可的态度中看到了自己闪转腾挪的空间。电文最后，蒂尔皮茨还是留下了一句耐人寻味的话："行动的成功与否，既可能意味着将军的进退不定的结局，相信您一定是为了德意志的利益在努力。"

18

海军第三营上尉毛威奉命率领一个连的兵力前往高密保护筑路，尽快恢复停工多日的铁路修筑工程。

八月的天气，烈日炎炎。毛威骑着一匹白色纯种的高头大马，带领着百余号人马缓缓向高密前行。所带队伍中大部分是步兵，有二十多人的炮兵，有一尊大炮。配备了一名翻译。

毛威二十八岁，长着一张清秀英俊的脸庞，金黄色的头发掩在军帽下，只在脑后飘逸着整齐的发际，一个活生生的青春气息洋溢的德国军人。毛威有着典型的贵族血统，既高傲又和善，做事既干脆利索，又不计后果。他是带着建功立业的想法来到东亚的，他需要从这里带着功勋回到德国，传承家族的荣耀。所以，当他接受了叶世克要他率队到高密执行任务的命令时，心里感到无上荣耀和自豪。他知道，从这一刻起他的生命注定将会改变，他的家族也注定将以他在东亚的征伐而写上浓彩重抹的一笔。

而对叶世克来讲，正是毛威的家庭身世才使他在决定这次军事保护行动的领导者时第一时间想到了他，这是一次难得的锻炼机会，也注定会为他铸就军人的荣耀，并不是每名军人都有这样的机会，况且去对付手无寸铁的村民并无多少危险可言，是件既稳妥有光荣的使命。

进入高密行程，对一位德国军人来讲，充满着渴望与期待，却没有预知到潜藏在这块炽热土地里的顽强抵抗的情绪。

葛之覃十天前就得知了德军从青岛出发前往高密实施报复的消息。作为一县之长，本就对上次冲突所造成的伤亡负有责任，在向毓贤的报告中他极力夸大德军向村民开枪的情节，但毓贤明察秋毫，他的不实之词也露了破绽，好在毓贤对德国人恨之入骨，并未究诘深问。葛之覃明白，毓贤对他的看法肯定是大打折扣的。

现在德国人竟然打着保护筑路的幌子出兵高密，这等于把事情搞到不可收拾的地步。他没有想到德国人真的敢派兵到内地来，而现在他对冲突的处置不当成为德国人的借口，如此罪责实在担不起。

葛之覃方寸大乱。

他掐指算着德国人进入高密的时间，其间他先是来找赵五太爷想办法。他神色不安地说："太爷，您看果然把德国人招来了不是？"

赵五太爷眯着眼，说："该来的早晚会来，谁也挡不住。"

葛之覃说："太爷说得轻巧，我却是要千刀万剐的。"

赵五太爷说："你无非怕丢了乌纱而已。"

葛之覃说："太爷，您要有法子让德国鬼子回去，我宁肯不要这顶乌纱。"

赵五太爷冷笑道："德国人来与不来，你都该把这顶乌纱摘了。"

葛之覃若坠冰窖。

不过，赵五太爷还是为他想了法子，说："你放心，德国人来了，我们有办法对付。"

葛之覃听罢既喜又惊，喜的是赵五太爷已经有了处置的法子，惊的是不知道他会不会出馊主意，把事情越闹越大。

赵五太爷出人预料地留葛之覃吃晚饭。天傍黑时，陆陆续续有人来到赵五太爷的老宅，包括反对修铁路的"急先锋"孙文，还有孙书成、李金榜、徐元禄、徐元和、雷步云，这些人分别来自高密县城周边的堤东村、芝兰庄、濠里村，都是上次追杀德国人的骨干，他们现在成为高密乡大名鼎鼎的抗德英雄。

葛之覃见状叫苦不迭。平日里他不屑并且深知也不能与此辈为伍，但没想到此刻竟然不得不和他们搅到一起，这是赵五太爷在拉自己下水，如果发生更大的事，自己罪责难逃。

赵五太爷家里摆席，众人围坐，胡侃神聊，话题自然是如何拼死阻止德国人进高密。葛之覃被请坐在主宾位置,但他却一言不发,只是半眯着眼在听,这些平时被他嗤之以鼻的村民似乎也没有给他更多说话的机会,自顾大谈特谈。葛之覃先是不把他们的话当真,德国人有枪有炮,和他们对抗无异于死路一条,光绪爷都不能阻止德国人进胶澳,我们能阻止德国进高密?葛之覃觉得一介草民,不自量力。

但是,听着听着,他突然感到这批不起眼的村民确实还是有些智慧的,他们的计划不可谓不缜密,并且细细想来,如果实施周密的话,也并非没有胜算。渐渐地,他的心里敞亮起来。想,如果朝里官员都有这么齐心杀敌的信念,或许德国人真的不敢占领胶澳。葛之覃开始对他们升出几份好感,渐渐也有了几分钦佩。

葛之覃听明白了,他们的计划是先派人骚扰德军,把他们由大道引到堤东村,然后实施袭击。堤东村分前村、后村,前村原有一处清军驻防之所,已废弃,现在只有几户人家居住。村民大多住在不远处的后村。前村地势较高,周边有高大的青砖城墙,虽有倾覆,但大体坚固;村口是护城河,八月的雨季已注满雨水,正是可以利用的地理优势。德国人来到村头后把寨门关闭,置土炮一门,出其不意地向德军轰击,周边城墙上放置火铳。一旦德军进入寨子,可以跑向周边的玉米地藏身……计划不可谓不周密,葛之覃也有几分信心。没有人不对德国人恨之入骨,他葛之覃也不是孬种。

赵五太爷一直没有进屋参与商量,显然他对此计划了如指掌。这时,掀帘进屋,问:"葛知县认为如何?"

赵五太爷一问,大家似乎才发现知县大人的存在。葛之覃也是一愣,只"嗯,嗯"两声,算是表了态,似乎什么也没说。

回到县衙已经半夜,葛之覃躺在床上辗转反侧,想来想去,觉得虽然他们说得头头是道,但没有明确如何实施。这让他重新又悬起了心,但事已至此,只能走一步看一步。不过,他知道自己还是得需要考虑一个进退两全的办法才是。

计划的实施者正是孙文,没人授命于他,但所有人都觉得他该担此任,孙文也有当仁不让之感。自那天晚上在赵五太爷家里商议后,孙文一直和手下人商量如何实施计划,当然这些事情没必要告诉葛之覃,并且有些事还要避讳他。在他们看来,所有人中,唯有葛之覃是最有可能与德国人站在一起的。当官的是不值得信赖的。

所以，当葛之覃惴惴不安之时，堤东村早就热火朝天。按照孙文的分工，大家各自分头做着准备，有人组织加固村寨大门；有人负责到周边村子收集土铳；有人已经把周边乡里唯一一尊土炮修整完，此刻已拉到了堤东村村寨的门洞里……

毛威的队伍行进缓慢，这是策略。叶世克对他有所交代，此行目的既是对上次冲突的报复，但更大程度上是为了给筑路沿线村民宣示德军威力，不让他们再行破坏之事。果然，德军所到之处，村民闻风丧胆，不见人迹，甚至整个村庄因为德军的到来而空无一人。毛威很是得意。

但是，进入高密地界后，毛威本能地提高了警惕，他已经多次听人说过，高密村民对德国人极为敌视，民风彪悍，是有名的出"亡命徒"的地方，必须加以小心。

果然，开始有人骚扰行进的德军队伍，突然间会有石块从路边的玉米地掷出，不见人影，只听"窸窣"之声远去；也会突然间发现道路上堆出土堆，很明显是刚完成的，目的是阻止德军前进；还有的路段被挖了深沟，表面加以掩盖，毛威一个马失前蹄，差点把他从马背上摔下。信号越来越危险。毛威让大家小心前行。

这天，当走到一段岔路时，毛威发现队伍右侧不远处有段荒废的城墙，很明显有人活动的迹象。他既紧张，又兴奋，因为一路走来，闻者远遁，还没发现对抗者，这让他很是不过瘾，如果能抓获几名破坏分子，岂不是件很有成就的事情？也是此行的战绩了。毛威一挥手，指挥队伍向右侧的村子走去。

这个村子正是堤东前村，孙文所领的人已在此布置好。修好的火炮已经在门洞下安置好，桥下放了炸药。德军一旦攻击，便可以先下手为强，用火炮轰击，打他们个措手不及；然后再引燃桥下炸药，把桥炸了，让德军坠入桥底；接着墙体四周的火铳再开火……如果德军攻进寨子，那他们就从后边的便门进入高高的玉米地逃走。

负责点炮的村民从寨门缝隙看到了一步步逼近的德国兵，便按照预测的时机引燃炮芯，没想到老旧的火炮没有发出炮弹，而是在一声惊天动地的爆炸后，把村民自己爆了个人仰马翻！门洞也被炸得洞开。火炮自爆了。好在，也并非没有成果，走在前面的德军还是有几人被炸伤，有名德军甚至趴伏在桥头上没了声息。出其不意的巨响，让德军大恐，顿时混乱不堪，没有章法。毛威大喊撤退。孙文指挥事先架设在城墙的土铳开始射击，眼见几名德军应声倒下。孙文有些着急，他不知道为何安放在桥下的炸药没有被引爆？

镇定下来的毛威重新指挥队伍慢慢靠近寨门，自爆的火炮已经使寨门大开，德军很轻易就进到村里。这时，他们才发现，这基本是座空村，德军朝着几个狂奔而去的身影射击，但并没有人被击中。

毛威转身回村，却见自己所带的兵士竟有两人死亡，还有几人受了轻伤。毛威无法接受。作为军人，非但没有剿灭破坏筑路的村民，反倒让村民当头一击。虽为军人，但他是第一次看到如此场面。血气方刚的他怒火中烧，歇斯底里地大吼一声："给我杀！"毛威上马追击，骑兵随之。但是，攻击他们的村民早无影无踪，毛威面对连绵的玉米田地不知何去何从。但是，当他掉转马头时，很快就找到了复仇的对象。

堤东后村留着的大多是老弱病残，此刻他们正瑟缩在墙角屋后。找不到攻击对象的毛威转而奔向后村，把怒火发在了这些老弱病残身上。毛威用军刀抵着一位老者的额头，大吼着，他已经忘记老者根本无法听懂他的话。他把老者恐惧的摇头，当成一种反抗，手起刀落，老人应声而倒。突然，一位壮汉从屋里奔出，举着一根木棒扑向毛威。旁边的兵士没等他靠近，便将其射杀。堤东后村并非没有青壮劳力，德军的兽性终于把躲藏在犄角旮旯里的青壮年激怒了，他们从玉米地里窜出来、从草垛里跳出来、从树上蹦下来、从井口沿跃上来，随手抓起身边的抓钩、扁担、菜刀，疯狂地向着德军攻去。荷枪实弹的德军先是被从不同角落冒出来的村民吓了一跳，接着更是对他们以命相搏的举动惊呆了。肆无忌惮的屠杀也便在这种反抗中开始了。德军骑兵绕着圈追杀无处躲藏的村民，不论反抗的壮汉，还是手无缚鸡之力的老人、孩子，统统都成了他们猎杀的对象。他们平时所习练的斩杀动作终于派上用场，一位位村民应声而倒，德军的兽性也由此得到了更大的刺激和鼓励，愈发放纵自己的暴行；步兵加入其中，他们列好队，举着长枪，配合着骑兵的砍杀，向着跑出了骑兵斩杀距离的村民射击，一串串火苗蹿出，子弹啸叫，本来跑远的村民仍然在步兵的射击范围，他们被准确地击中跌倒。呛鼻的火药味弥漫周边。德军的骑步兵的有效配合使他们的残忍达到了极限，使他们的暴行无以复加。哭喊声、尖叫声、怒骂声……在堤东村的山野乡间回荡，德军刀尖划出的弧线、子弹迸溅的火星，伴随着呛鼻的火药味，在目光所及的空间闪现出骇人的光泽。一场正义与邪恶，善良与野蛮间的对决在世界的一个角落上演着。邪恶有时总会站在正义前头，恶魔在善良面前总会占得上风。高密乡的八月，弥漫着挥之不去的血腥气息，飘向远方天际……

19

毛威在惊惧与虚无中度过了接下来的一天。他要亲手埋葬战友的尸体，而更大的痛苦与挣扎并非将同胞的尸体埋入异国土地的瞬间，而是由此所映照出来的对自身内心邪恶的恐惧。正如作为军人，他从未目睹战友被杀，更没有亲手杀过人，况且是手无寸铁的农民，面对被杀的战友所抑制不住涌现出来的痛苦，远没有对于自己亲手杀人所带来的恐惧更为强烈。他从未想到过自己会杀人，用砍刀，犹如砍菜削瓜一样那么自如，他几乎无法相信那会是自己，分明是从身体分离出来的恶魔。

毛威在长时间的痛苦挣扎后，还是顽强地拒绝了情感的泛滥。军人必须直面一切，包括内心的邪恶。以邪恶对待仇恨本身也是符合逻辑的。毛威接下来的时间，又用了很长时间为自己的残暴寻找理由和借口。对他来说，现实不允许他犹豫不决，因为接下来或许会面对更加危险的境地。理智必须战胜感性。他告诫自己，要坚强，坚强。顺着这样一个思路，毛威不但很快从自我否决的痛苦中走出来，相反更加意识到，对待高密刁蛮的村民必须强硬，强硬，再强硬。他暗自庆幸，自己的思路回归到了一个理性轨道。他代表着德国的国家意志，也代表着德国军人形象。他必须强硬，甚至是残暴。他为自己一直没有意识到的一个问题而感惭愧，那就是残酷和强暴是军人的天性，是军人及格的标志。

他的杀伐对象不只是堤东村一群根本看不清面目的村民，而是不远处高密城的知县，还有藏在城里的所有对德国筑路怀有敌意的中国人。毛威意识到了这一点。

高密城里，葛之覃已经知晓了堤东村发生的一切。他好像热锅上的蚂蚁，绕室徘徊，不知如何是好。本来他的抵抗意志已经被村民信誓旦旦的豪言壮语所巩固，回到高密城后，他也按照拒绝德军入城的方略作了一番部署，城头架起土炮，尽可能多地收集土铳，城门的吊桥也试过几遍，可以随时起落；大街小巷做了安排，封门堵路，布设机关，设想德国人进城后的进攻路线组织设置防御，就连高密书院都把早已腐朽的门闩做了更换……葛之罩从没有像现在这样赢得过老百姓如此之多的笑脸和溢美之词，这愈发激发了他内心的豪情，他甚至专门到城里各处转了一圈，对民众抗德的热情予以褒奖。高密百姓万众一心，誓不让德军入城。

葛之罩的信心是脆弱的，当衙役报告给他堤东村发生的一切后，他便浑身筛糠，六神无主，找不到方向了。这时他才明白，自己的信心是建立在堤东村民不切实际的幻想之上的，高密乡的百姓凭借着热情和棍棒又怎能阻挡得住德军的枪炮？葛之罩后悔得直拍大腿。他感到自己对村民的盲从不但会害了自己，也会害了高密乡全体民众。一阵唉声叹气后，他决定不再等了。必须对发生的错误予以纠正，因为只有这样才能避免更大的灾难。他不再犹豫了，招呼衙役四处传递信息，拆除所有一切用于抵抗的器械和设备，并且不能留下任何让德军看得出抵抗的痕迹。高密县城的百姓听罢知县下的命令，惊讶不已，随即便知道知县被德军的暴行吓破了胆。

"德军太残忍了，把堤东村老少百十口人都杀了，血流成河。惨啊！"有人说。

"是啊，我们干不过德国兵的。知县大人识时务。"也有人说。

更多的人在问："难道我们乡亲的血白流了，和他们拼了！"

"不行，不能蛮干！"

"事已至此，和他们拼了。不能等死。"

对德国兵的愤恨是一致的，但如何自处却有各自态度。

葛之罩亲自下场了，情势紧迫，他知道仅靠衙役传达信息显然不够，他到街头巷尾，找领头人把意思说了："抓紧撤。君子报仇十年不晚。"

人们先是对葛之罩的贪生怕死不屑一顾，但很快便觉得他的出尔反尔或许并非没有道理。好汉不吃眼前亏。之前人们高估了德军的善意，他们本就是寻仇的。能把堤东村杀个血流成河，再来个屠城也不是没有可能的。勇气萎缩了，退缩的人也便越来越多。当然，也有热血男儿，但已无法挽回颓势。葛之罩见状适时地下了死命令，要在一个晚上，抹掉所有抵抗的痕迹，不让德军找到半点报复的借口。

黎明时分，葛之罩对自己的命令执行情况进行了检查，结果让他长吁一口气，明显的反抗设施基本拆除，市民们不愿意拆的，衙门里的人已经组织人员强折了。葛之罩希望以不反抗的态度可以平抚德军的兽性。毛威所率的军队在葛之罩稍稍放松之后,便杀气腾腾来到高密城。高密城门大开,有猫腔从门洞传出。毛威有些不相信自己的耳朵,高密知县不会不知堤东村的情况,而现在他以这种方式"迎客"本身就是一种挑衅。

但高密城大开城门,让他确信此处是没有危险的。

毛威的马停在县衙门口时,葛之罩踉踉跄跄跑出来。还没等他定神,毛威的军刀已抵上他的喉咙。葛之罩瘫软下来。

"军爷……"

借助翻译,毛威淫威被刻意拉长。他吼道:"你是知县?"

"是,是……"

"村民竟敢袭击我们,你要拿命偿还!"

葛之罩定定神,哀求道:"军爷不能如此,我也管束不了他们……"

毛威恶狠狠地盯着葛之罩看了半天,见他跪地哀求的可怜相,手里的刀也慢慢撤回。

他说:"给我的军队找个扎营的地方,要快。"

葛之罩愣了半天。很显然,毛威的部队是要在高密驻扎下去了。他只得说:"高密城区狭小,如何容得下百号人马?可否……城外……"

毛威的刀又举起来,说:"就在高密城。"

葛之罩为难了,一则是高密城狭小逼仄,二则与百姓混杂在一起,极易发生冲突。他更想让德军在城外的某个村庄扎营。但是,现在看来不行了。他的脑子高速转着,极力想着应对之策。

这时,一位德军进来,对着毛威讲了些什么。看样子是在讲扎营之事。

两人嘀咕完,毛威对葛之罩说:"高密书院。"

葛之罩大惊。德军要在高密书院扎营?

毛威没待葛之罩表态,转身离去。葛之罩知道遇到大麻烦了,德军要把高密书院作为扎营之地的话,那一定是高密人最不能容忍的事情。

高密书院在县城中心,原是座千年古刹,院内遍植龙柏,幽深静邃。院中有两株高大的银杏树,一雌一雄,吉祥如意。后有人在大殿里供了孔子像,古刹便成为读书人家进香许愿之地,据说极灵验,很多进士举人,都是从书院的香火中氤氲而出的,慢慢成为高密乡的神圣之所。后来,不断有告老还乡的士绅在古刹旁建起些附属建筑,特别是一座藏书阁历经多年建成,里面藏了很多地方古籍,奇珍异本应有尽有。藏书阁与古刹贯通一气,融为一体，从此人们便只称呼书院而忽略了古刹。高密书院是高密人的神圣之地，如何为兵马所浸污？作为一县之长，他无法向高密乡民众交代。

但是，德军不会征得他的同意，已经兀自前往扎营了。

葛之罩慌慌张张尾随德军来到书院，果见德军已将人马集中到高密书院的门口。

葛之罩走到毛威马前，哀求道："不行，军爷，我给你们找个更方便的地方。"

高密书院大门紧闭，几位守院的私塾先生已将门闩系牢。

葛之罩大惊失色的样子，非但没博得毛威同情，反倒更激起他的占有欲。他已从翻译口中得知了书院之于高密的意义所在，越是如此，越是要征服高密人的精神高地，让他们痛不欲生，以此告慰死去的战友。军人就是这样在死亡、仇恨中被迅速进化成恶魔的，不需要多久，只需一泪喷迸的鲜血即可成为引子。

军刀很容易就劈开了古老的大门。葛之罩老泪纵横，却无法阻挡德军对圣地的践踏。院内几位孱弱的老者拼死顶着门闩，但锋利的军刀伤了他们的胳臂，有人在哀号；有人被蜂拥而至的德军掀翻；有人面对深目卷发的德军，眼里充满恐惧，往院子的角落躲……

天很快就黑了，书院的门被德军掩闭了，他们在院子里扎下帐篷，把马拴在粗壮的柏树上，把火炉架在院中央……随着院门的关闭，院子里发生的一切都无法得知，只能听到德军追逐喜乐的叫喊声，马的嘶鸣声，敲打着金属物体的声音……围观的百姓陆续离开，但也有一部分人不愿离去，直到被淹没在浓浓的夜色里，但浓浓的喘息声还是从不同位置传过来，让人愈发清楚地感知到精神世界的共鸣，对这些人来说，高密书院被异族占领比对他们的杀戮更可怕，他们像是脱身于书院松柏里的千年幽灵，身体和精神都是书院的一部分，而现在他们却被一群牲畜驱赶，精神与身体分离。灵魂不能游离于肉体，而肉体失去了灵魂也便不复存在。一个强烈的声音在呼唤着他们精神的回归。

这里面就包括葛之罩。

他们开始行动了。没人动员，也没有彼此的提示，但他们身子旁边都藏下了一堆堆石块以及其他看不清楚什么的锐器，在夜的某个时刻，情绪达至最顶点，在书院里面听不懂的异族人的啸叫沉寂后，就有第一个人将手里的武器投掷进书院，紧接着就听到挟着飕飕风声的物体连成一片，书院的寂静被打破了，先是有马挣脱缰绳的撕扯，接着就有叫喊声，有被击中的哀号声，紧接着就响起枪声，有了灯光……书院的门被打开，子弹从狭窄的门缝射出，一道道火苗喷出，就看到影影绰绰的身子在奔走、纠缠、冲撞，有人迅速消失，有人倒下，还有人不知所措地游荡。

葛之罩凭着本能和周边人流的挟裹而拼命跑着，跑着，跑着，突然之间天空似乎亮了起来，他不敢相信眼前的一切，脚步慢下来，停下来，他能感觉得到，所有像他一样奔跑的人都和他一样受到了同样的震惊，也在这种震惊之下表现出了同样的节奏和模式，在黑夜里奔跑的所有人几乎都在同时扭转身子去看书院到底发生了什么，只见一团腾空而起的大火把夜幕撕开了，德军纵火焚烧书院？！所有人几乎同时意识到这点。有些失去理智的人转身向书院跑，他们不知道为何转身奔向书院，没有任何人相信自己能救得了书院，但还是有越来越多的人效仿，向着书院奔去。德军追击的枪声一直没停歇，但随着越来越多人的顿悟，德军的脚步也犹豫了，复而折身向书院退去，等他们到了合适的位置和距离时，枪声复又大作，向书院跑来的人一个个倒下，火越来越大，射杀者和欲火焚身者都被越来越清晰地刻画出来。

当清晨的第一束光线透进高密城，人们看到了高密书院的残垣断壁，火熄了，一排排房顶上冒着的烟萦回在凄惨的书院上方，那些大多数百姓都没有见识过的老旧书化作了灰烬升成了头顶的一缕烟雾，他们知道这些书是高密乡的根基所系，他们将会随着这些书籍的消泯而变得一无所有，他们将无以告慰父老的在天之灵，也愧对下一辈的子子孙孙。书院的消失让所有高密人失魂落魄，也让他们决心与德国人势不两立。

20

叶世克自作主张的尝试得到了强烈反映。

在北京的克林德公使首先从俄、法公使馆的质询中得到了一丝不安的信息，但对他来讲，还不知道叶世克抽调了海军第三营一个连的士兵前往高密。军队调配权在海军部，但也仅限于租借地管辖范围，向内地派兵他没有可能得不到租借地政府的任何通报。他给叶世克发电，但未等对方回电，便从《字林西报》上了解到了事情的全过程。

如同俄、法等公使馆的质疑，《字林西报》也表达了舆论的不满，质问德国有何权限向山东内地派兵，甚至诘问是否有侵占全鲁之企图。克林德生气地将报纸拍在桌子上，这既成的事实让他无法容忍，公使馆竟然对此一无所知。如果清政府追究，自己如何应对。克林德愤怒之余也起了一丝困惑，难道外交部对此也是一无所知？也就是说海军部在瞒着外交部行事。克林德早闻外交部、海军部之间的龃龉，但如果真闹到置国家利益于不顾的地步，实在讲不过去了。克林德发电给外交部询问此事。

外交部部长比洛接到克林德的电报后也是愣了半天没回过神来，因为他对此事没有得到任何信息，无论是海军部，还是皇帝本人都没有对此有过任何通报，哪怕是一些信息的透露。比洛认为这是件非常严重的事情，容易引发国际争端。本来各国对德国占领胶澳就不乏激烈的反应，只不过碍于各方利益，隐忍不发而已，如果一旦突破底线，很难说不会引发连锁反应，到时候应对局面的自然是外交部。

比洛拨通了蒂尔皮茨的电话，对方的言辞暧昧，让人不明就里。但比洛由此可以判断出来，蒂尔皮茨与皇帝对此事应该是知情的。当然还有另外一种可能，就是叶世克擅自行动，蒂尔皮茨也并不知情或不完全知情，蒂尔皮茨只是在袒护叶世克。叶世克深得蒂尔皮茨赏识，他的自主意识强，经常有擅自作为的举动。比洛愈发担心，东亚的局面或许为此而变得复杂而微妙，甚至爆发激烈冲突的可能都有。

比洛专门向威廉二世报告。皇帝听罢很惊讶，却不是震怒。比洛瞬间捕捉到的皇帝的细微反应，让他心里"咯噔"一下，在他看来，以皇帝的脾气性格，如果对如此重大的军事行动一无所知的话，一定会暴怒起来，他所表现出来的惊讶太过平淡了。由此比洛便增加了一份小心，或许蒂尔皮茨与皇帝有了某种沟通或者默契。

皇帝的进取精神有时让他振奋，有时让他困惑，甚至他不得不时刻准备以外交努力来应对可能由于皇帝脾气性格所带来的外交麻烦。

比洛的担心并没有得到进一步证实，威廉二世还是紧急召见了蒂尔皮茨，当着比洛的面征询此事。这也成了他们两人的公开对质，而这种对质更像是皇帝在撇清自己与此事的瓜葛。

面对皇帝的质问，蒂尔皮茨说："我也是刚得知相关消息，已责成相关部门了解，也给叶世克发了电报。"

比洛不依不饶:"叶世克事前没向你报告。"

蒂尔皮茨说:"他只说派兵保护山东铁路公司筑路工程,但范围与手段并没讲,再说,作为军事指挥官,他可以见机行事。"

比洛对蒂尔皮茨模棱两可,却又明显袒护叶世克的态度大为不满:"你的意思到底是什么?"

蒂尔皮茨说:"军事上的事要看敌人的抵抗程度。我听说,有德国军人牺牲了……所以他可以根据形势变化,判断采取怎样的行动。"

两人的对话已明显有了争执的意味。

威廉二世说:"总之,事态不能扩大,山东铁路建设也要保证。你们处理吧!"

皇帝退去,留在会议厅的只有比洛和蒂尔皮茨。两人闷坐一会,彼此叹口气,也离开了。

而远在青岛的叶世克也感受到了来自万里之遥的柏林所具有的紧张的对峙气氛,尽管有着巨大的时间差,但这种感觉还是特别强烈,他知道自己把自己置于了一种命悬一线的境地,一旦处置不好将会陷入万劫不复的地步。

叶世克走出总督府,远眺青岛山的方向,那里有一座新的总督府正在热火朝天地施工,因为国会对租借地的投资所产生的巨大分歧,总督府的建设一度停工,有人指责总督是在为自己建设一座奢华宫殿,而对叶世克来说,他认为总督府将是"模范殖民地"的标志性建筑,它的外观设计与建筑规模都必须与德意志强大的意志和精神所并存,所有对此的质疑都是不能理解其中所蕴含的深刻内涵的。但是,一种悲观的情绪从心底蔓延,或许自己将无法在新的总督府里行使权力了。

叶世克在木栈道徘徊良久,渐渐恢复了决心,既然事情已走了这一步,必须坚定不移地走下去,自己已无回头之路。保持平衡,取得胜利,只有前行。

叶世克对自己出兵高密的决定虽然信心依旧,那是因为他有着特殊的动机和想法,他在替海军部,也是在替威廉二世试探着清政府的态度,看对方的容忍度,从而为德国政府实施对华政策甚至是军事行动寻找一个底线。但让他没想到的是,德军在高密的军事行动会如此狼狈,又会招惹出如此大是大非。虽然毛威在书信中做了极力的辩解,但堤东村的血案无法回避,仅从他的报告中就可以认定有几十人死亡;而高密书院被烧,更是对高密甚至是清政府情感的极大伤害，中国人视为圣洁的东西被马蹄、刀枪和烈火损毁，这种伤害更不容易化解，会成为心底挥之不去的痛。

叶世克对毛威的莽撞与无知极度愤慨，他的行为会使这场军事行动变得无限扩大化，并且易为别有用心者利用。最坏的结果可能是，非但无法实现他心中潜藏的那个试探清政府底线的目的，反倒让清廷大佬们抓住把柄而声讨德国政府。这是叶世克所恼怒的。他冒着被免职的危险，无法得到想要的结果，这是不能接受的。

叶世克做好了最坏的打算。

21

毛威被迫将队伍从高密城转移到离城十余里的高岗。高密人以鲜血、死亡所营造出来的抗争氛围让他不寒而栗，毛骨悚然。他明白，在书院扎营是失策之举，无非要尽最大可能打击葛之覃和高密民众的嚣张气焰，将高密置于控制之下，没想到会闹得如此不可收拾。狼狈退出县城的毛威在这块高岗找到宽慰自己的理由。这里确实是安营扎寨的好位置，居高临下，既可以俯瞰整个县城，也更有利于防范村民对筑路现场实施破坏。但是，尽管有着地理上的优势，潜在的破坏与抵抗仍然无时不在，让毛威紧绷的神经一直没有松弛下来。这种破坏主要还是发生在夜间，高密民众以对地形的熟悉巧妙地找到最有利的攻击点实施精准打击，哪怕仅仅是投掷过来的一块石块、一把菜刀、一根棍棒都会带来超出预想的伤害，更不要说有天晚上，一支火铳突然向营地开火，击中两位巡逻的士兵。这时，毛威才意识到，所有这些袭击之所以有如此高的准确度，很大程度上还是来自村民白天躲在暗处的窥伺，他们对兵营的情况和规律有了普遍掌握。既然如此，就不能再固守，必须主动出击。把那些躲在暗处的眼睛打掉。

从此，毛威改变战略，每天派出几支小队，在周边村庄往返巡查。果然大有收获，有的村民趴在屋顶、攀附在浓密枝叶的树上，或在某个合适的角落鬼鬼祟祟潜藏……还在很多村民房前屋后搜到了筑路用的柱桩、铁器、零部件。德军毫不客气，作为偷袭营地和破坏筑路的罪证，不是毒打，就是押回营地拷问，折磨几天后才放回去。

毛威没有意识到，自己的暴行也让危险向他慢慢靠拢。

孙文有着火眼金睛，他对孙金榜等人说："擒贼先擒王。我看出来了，那个挎长刀的金毛是个头，想办法先宰了他。"

孙金榜迟疑道："这……高头大马，还有枪。"

孙文说："我看出来了，他有时会一个人到坡下的河边饮马。有时还在河边小树林里写字……王八蛋还挺有兴致。我们可以瞅准机会，把他杀了。"

一旁的孙元禄说："我觉得可以在当他看书时下手……"几人耳语一番，有的点头，有的摇头。

孙文说："不能前怕狼后怕虎，就这么办。"

八月的高密暑气杀人，蝉在枝叶间有气无力鸣叫。德军的巡查搜索仍在轮番进行，筑路进度虽然因为有了德军保护而有所起色，但不时发生的骚扰并没有中断，加之阵阵酷热浪潮给施工带来客观影响，工程大部分时间还是处于停滞状态，距离预期的进度差得很多。身在青岛的锡乐巴焦躁不安。他虽然极力撺掇叶世克对高密实施军事行动，但他和叶世克一样，同样没想到会造成如此大规模的正面冲突。自从听到消息后，他便感到强烈的不安。他对派兵的认识确实就是为了"恐吓"，当然对个别刁蛮者武力惩戒一下也未尝不可，但闹到如此激烈的地步实在非他所愿，他既不愿看到有人流血，更重要的是这样会给他的后续工作带来更大麻烦甚至危险。高密距青岛尚近，随着工程向西，这种潜在危险会越来越大。他致电锡贝德，让他与毛威就此事做进一步沟通，最大限度地使用恐吓与安抚手段，而不是一味武力征服。身在现场的锡贝德对哥哥的用意很明白，但他知道这已几无可能，因为村民们与德军已经到了水火不容的境地。

锡贝德看到毛威又到河边乘凉去了，本想和他聊一聊，这么想着也便失去了兴趣，就回到工棚休息了。

毛威不敢远离营地，他把活动范围限定在自认为绝对的安全区域，但没有想到，他在高密人心中种下的仇恨的种子已经迅速发芽成长，聚集膨胀成强烈的复仇指向。这种复仇的指向，正在使他自认为的安全距离迅速缩小。此时此刻的他其实正坐在危险的中心，一张巨大的刻意围捕他而做成的网正悄悄地向他靠近，等待着时机张开。

毛威极度痛苦，尽管从外表看来他表现得足够坚强勇敢，但这只是本能的责任感催使他不得不勉强为之，这种支撑的能量到底有多大，他自己都怀疑，一旦折断他将无法承担起领导这支队伍的责任，他甚至可能无法将这支队伍顺利带回租借地。所以，他必须坚强、坚强。

从堤东村事件发生后，他一直怀疑自己是否是名合格的军人，他为自己的胆怯、懦弱叹息，为自己的迟疑、困惑不安，甚至是不满。他在想，自己将会在高密待多久？何时才能回租借地？有时他甚至在想何时才能回德国，所有来租借地前所抱持的快乐、浪漫的幻想都不复存在，剩下的只有无时不在的对死亡的畏惧与精神的折磨。

毛威还是找到了一种放松的方式和手段，那就是牵马到坡下的河边乘凉，坐下来给远在德国的家人写信，这些信现在是寄不回去的，但他要把在高密的所作所为所思所想尽可能写下来给父母，尽管在写到堤东村时他的手腕发软，笔触发抖，但还是想尽可能把自己的内心世界的真实想法表达出来，只有在父母面前他才是个不懂事的孩子，而现在他是名军人，需要掩盖自己的真实个性。

一旦渲染到对亲人的诉说和思念，他便物我皆忘，而他作为一个恶魔头子正在不知不觉中陷入牢笼之中。马离开了稍远的距离，它似乎意识到了什么，耳朵竖起来，打了个响鼻。毛威对此并没觉察。等他意识到危险发生时，他已经为危险所攫取。一张专门为他结成的网突然从天而降，将他罩起来后便命向河道拽去。毛威极力挣扎，想把手伸向腰间拔枪，但却无能为力；他被一种巨大的力量牵引，一种无助迅速弥漫全身，一直到成为一声声绝望的呼喊。

毛威的坐骑救了他，看到主人突然落水，它一路嘶鸣向着营地奔去。最先发现不对劲的是锡贝德，他慌忙抄起手边的火枪，向着河边开枪，接着就有德国士兵冲下山坡。毛威早已不见踪影，但河边的痕迹还是清晰地表明了他被掳去的大致方位，士兵沿着河堤向下游追击……

天快要黑时，他们终于找到了九死一生的毛威。

本来，士兵们已经绝望，包括锡贝德等人也随德军在沿河岸边找寻，也断定毛威肯定为歹人所掳，凶多吉少了。就在大家几乎要放弃寻找时，却发现暮色掩盖下的河道突然有个物体站了起来，有人喊道："看！"大家相信那便是上尉毛威了。

本来已经得手的孙文等人本不想放弃到手的战利品，但没想到德军的枪弹如此凌厉，孙金榜肩膀中弹，手上的力量顿时削减，失去平衡的捕获工具也便失去效用，毛威被留在了河道，但此时的他由于被网绳勒拽以及石块不断碰撞而昏死过去。随波逐流的他只到遇到一处浅滩和一块巨石的阻挡才停下来。

被人抬回营地的毛威遍体鳞伤，奄奄一息。

22

消息传到青岛后，叶世克如坐针毡。

他已把兵派出去了，非但没达到预期效果，反而火上浇油，把局面搞得一塌糊涂，难以收场。有几个晚上他都在做同一个梦，突然被人追赶，快速奔跑，旋转坠落，最后一身冷汗惊醒。大清王朝的改革正如火如荼地进行，很显然出现了不妙的现象，光绪帝的激进的理想化的改革似乎很难持续。直隶按察使袁世凯在天津做了一些出格的事，使得慈禧对光绪帝的改革产生了强烈置疑。叶世克并不能够完全把握得准清廷的政治生态，但他知道如此混沌的政治形势对自己的计划是有帮助的，但现在最大的问题不在清廷中央政府，而在于对现场的掌控，一旦高密乡的民众坚定的抗德决心爆发成一场农民运动，那便无法收拾。已经有迹象表明，发轫于山东西部的义和团渗透到了高密乡民众的行动中，如此一来，自己的计划非但不能达到甚至会陷入极度的危险之中。

叶世克知道，当务之急是把现场情况控制住。

如此一来，必须向山东巡抚施压。他要让毓贤明白，如果他不能控制局面的话，自己将会利用清廷政治上的不确定性，强行通过西方的力量来改变山东的权力局面。

叶世克向毓贤提出了抗议。明确表示，毓贤必须派得力人员到现场处置善后，并指派专人到现场办理铁路事务。否则，青岛将会增兵驰员高密的德军。这让毓贤左右为难。对于他来说，同样无法判断中央政府混乱的局面对高密事件的影响到底会有多大，更不知道叶世克充满威胁的言辞中哪些是真哪些是假。在此之前，他并不怕事情闹大，舆情越大，越能逼迫德军退兵，现在看来，皇帝的改革险象环生，总署已没精力顾及地方事务，哪怕是德国人突破极限进入山东内地这种伤及主权的大事也已无力应付。如果任其发酵，局面失控，必会伤及自己。

毓贤必须要做出一种姿态。

在这种情势逼迫下，石祖芬被授意前去处置高密愈演愈烈的阻路事件。石祖芬当然不愿淌这趟浑水，无奈身不由己，先到济南领命，然后再去高密，他必须要听毓贤讲明白，才能明明白白赴任，否则如此乱局下，如何把握？出乎预料的是，毓贤见到他后却以一种满不在乎的态度说："你酌情处置便是。叶世克嫌我们现场处置的人员级别低，那你就现场坐镇。"

石祖芬心想，这个原则也太宽泛了。高密乡现在如烧沸的滚水，是添水扬沸，还是釜底抽薪，总有个切实的对策才是。想了半天，说："高密的情火烧眉毛，我……不知具体如何处置才妥当？"

毓贤皱皱眉，说："谁又有妥当的处置策略？到现场后视情况应对，总是控制得住局面，不扩大事态为原则。"他去看石祖芬，只是望着窗外。"天是说变就变，还不知下一步什么风向。"

石祖芬说："……大人的意思，总体要稳定。"

毓贤没作声。虽然没得到想要的准确答案，但毓贤本身的态度说了一切，石祖芬也由此立定了稳妥的处置原则。倒是石祖芬临告辞时，毓贤突然说出的一句话，让他在一个具体问题上得到进一步明确，也使他在整体判断的处置高密事件上有了基本准则。

"总之，葛之覃是干不成了，不管他受了多大委屈，总得给德国人以交代。"毓贤说。

毓贤定了调子，石祖芬赶到高密后，见到葛之覃后不客气地问："为何会把事情搞得如此不堪收拾？"

葛之覃虽然并不怎么瞧得起这位候补知府，但因为他是来调查和督办高密事件的，还是赔着小心，说："德国人太蛮横。"

石祖芬皱下眉，表现得极不耐烦，说："德国人不讲理，天下人共知。知县应该随机处置才是。"

都说站着说话不嫌腰痛。葛之覃叹口气，没作声。

过了一会，石祖芬问："我想问知县大人，大吕庄村民与铁路公司小工发生斗殴一事，你为何说是'双方购物时发生纠纷'。大家都在说你和稀泥，怎么讲？"

葛之覃从石祖芬的问题中觉察出了他的不怀好意。坊间也有人诘难他，稍有常识者都会明白他的良苦用心，无非是想大事化小，小事化了。石祖芬竟然郑重其事地谈起这件早就过去、不足挂齿的小事，吹毛求疵、没事找事的痕迹很明显。"

葛之覃不去表白，谈话冷场了。

石祖芬也觉出不妥，清清嗓说："至少通过这件事，说明你在处置上是有欠缺的。"

葛之覃说："我不是完人，当然不会十全十美地有个处置结果。算我这个知县倒霉，碰上了德国人！"

葛之覃明显是在赌气。恐怕他不但是想说碰上了德国人，潜台词是说倒霉的是碰上了毓贤，还有他石祖芬。

石祖芬知道话说不下去了，便起身离开。

几天后，石祖芬把提交巡抚衙门的调查报告写好了，先让葛之覃过目，然后再寄。石祖芬不愿意和葛之覃结仇，有明人不做暗事的意思。葛之覃看到报告中"……突发问题犹豫不决，小事小节处置不当，乡民蛮横约束不力……终到高密书院被焚……"等一番描述，愣了半天。石祖芬知他在这些章节上有看法，便说："葛大人理解，这并非我意。"

葛之覃就明白了。他还有什么可说，扭头到后院收拾行李，准备离开县衙了。果然，就在石祖芬的报告送出不久，葛之覃被免职的公函就送达到了高密。

葛之覃走了。高密乡的老百姓心情复杂。有人恨他到切齿，有人替他喊冤，有人说："谁来高密也不好干，只要铁路修一天，就不会消停了。"人们继而将关注点放在是谁再来跳高密这个"火坑"。

新任知县叫季桂芬。接事后，石祖芬也他做了单独谈话。现在，全山东都视高密为危途，季桂芬从接到任命的那刻起就叫苦不迭，只是他对这件事的症结还没看明白，所以当石祖芬与他说了一番妥当与德军交涉、安抚好乡民等不着边际的话后，他仍然是一头雾水。

他说："石大人，我有一个建议，不知是否妥当？"

"说。"石祖芬现在正急于脱身。

季桂芬说："石大人，实不相瞒，也不敢自欺欺人。修铁路不只是高密的事，尽管修到了高密，作为知县就要负起责任。但……实话说，知县是无法统筹铁路所涉及的全部事项的，所以，要让铁路顺利通过高密，就不能不有专办之人，赋予专办之权。所以……我建议，能否专设一位委员，专司铁路事务。"

石祖芬愣了半天。他本以为在季桂芬懵懵懂懂间把高密的事交卸了，他也好快快离开这是非之地，没想到季桂芬却说了一个最要命的话题。

半天他才说："你不能推责？"

季桂芬面露惶恐，说："知府大人，非季某推责，这是问题的本质。知县的权责如何能处置得了铁路事务？石大人明察。"

石祖芬有些生气，心想，就是有个全权大臣在这里又如何呢？你这是出难题啊！从这番话中，石祖芬也看出季桂芬棱角分明，作风硬朗，与葛之覃受气的小媳妇性格不同。所以，石祖芬怕把事情闹僵，便忍口气，摇摇头，说："难啊！秉明巡抚大人再说吧。"起身走了。

季桂芬把问题提了出来，如果置之不理，那责任就是自己的了，所以石祖芬尽管不愿意接招，但也不得不考虑应对之策。而这些天，高密乡一带的村民们攻击筑路工人的事件又进入一个高峰期。毛威的被袭，使德军不得不暂停了对周边村庄的搜查，同时也极大地鼓舞了村民的士气。

石祖芬来高密本身就是纠察督办的临时差事，本想换了知县可以抓紧抽身，没想到季桂芬凭空出了这么道难题，让他欲进不得，欲退不能。非但如此，经过几天的观察，石祖芬发现，季桂芬对乡民极为纵容。石祖芬大为困惑，如此一来，事态不将会更加难以控制吗？毓贤让季桂芬来控制局面的目的会很难达到。转眼一想，或许这正是季桂芬动的小心思，要在他提出的问题得不到明确答复前，把石祖芬拖住。石祖芬觉得季桂芬这人太有心机。

就在进退两难之际，一个重大消息让他震惊，也让他顺势逃离了高密这个水深火热的"苦海。"

毓贤调离，袁世凯接任山东巡抚。

失路惊魂

第三章

1

自从朝鲜回国，袁世凯便在天津小站练兵，后在荣禄保荐下任直隶按察使司。小站练兵仍是他的主业。1899年，袁世凯恰好四十岁。本来敦厚结实的身材，已开始发福。这对于习惯了长年奔波的他来说，一旦安定下来，身体就会有变化。这是正常的事。12月18日，袁世凯已经在天津德州间的某个村庄驻扎了多日。雪仍在下，几天几夜，时断时续，周围的山峦村庄被雪覆盖，厚重舒缓的曲线勾勒出北方独特的韵致。袁世凯知道已无法完成预定训练课目，正在盘算着何时返回天津。

外面数九寒天，大帐温暖如春。袁世凯午时休息后，翻出本兵书看，这是他找人代笔依托德国的一本战法写就的，他准备有机会的话把他带进宫送给庆亲王奕劻。袁世凯务实，多有心得，但对文墨多不屑，只是他觉得这样一本书的内容却是要吃透的，因为他要把其中的要义讲给庆亲王。他已看了三遍，可以说滚瓜烂熟了。把书阖上，愣了会神，脑子里又想到了几个月前的那幕他最不愿意想见的场景。但是，越是不愿见，记忆却总是以最顽强的方式往脑子里钻。光绪帝交代了一件他永远都不可能去做的事情，那就是要将老佛爷幽禁。他知道是掉脑袋的事，无奈之下只得把实情告诉荣禄。荣禄及时处置，才有了后来的事情，但是坊间都把这笔"功劳"记在了自己头上，康、梁六君子被株，万岁爷失势……所有戊戌年发生的或明或暗的事情都将会与他有着说不清道不明的关系，他恨得这一年能快快翻过去。

人常说，四十一岁是人生的一个槛，按农历虚岁算法，他恰好就在过槛的时候。最近，他觉得左眼皮总跳。常言道，左眼跳财，右眼跳灾，真希望有喜庆的事冲冲霉运。

喜事总是不期而至，袁世凯刚想挑帘出门看雪，有侍卫进门通报说军机有电，让他着速进京陛见。袁世凯正在困惑，徐世昌来了。他才知道了皇上、太后的一番人事调整，自己要到山东接替毓贤任巡抚。袁世凯并无大喜过望，心里反倒格外坦然。在清廷官吏中，较之袁世凯有资历、经验和能力的大有人在，这巡抚为何会单单落在袁世凯头上？

接旨陛见刻不容缓，况且大雪封道，由德州到京也会费尽周折。袁世凯没有丝毫犹豫，略加收拾只带了几位随从便匆匆进京。就是这样，到得京城时也是第二日了，好在赶上了皇上、太后的早班叫起。

袁世凯在故宫大殿小心翼翼地给皇上、太后磕头，他感觉到脑门上正受着一双目光的灼烤，他心惊胆战。戊戌年的所有罪过都扣在了他的头上，光绪帝恨不得扒他皮，抽他筋。其实，与他由恐惧而形成的感受不同，光绪帝的目光涣散，根本就没心思看他一眼，那些与他锐意改革的猛将现在跑得跑、亡得亡，与慈禧重新并坐在一起只不过是个没有思想的空壳而已。光绪帝现在自己都感觉不到自己的存在，他的仇恨、愤怒与激奋都不存在了。

问话的是慈禧，声音极低，像是久病初愈。"袁世凯，你要尽心尽力才是。"

袁世凯磕头，说："臣以死尽忠皇上、太后。"

慈禧说："山东的事越来越难办了。不是说毓贤不好，只是西人纠缠，一定去他而后快，唉！"

袁世凯再把头往地下磕着，说："臣到山东，一定尽快稳定局面，以解皇上、太后烦忧。"

慈禧有气无力地说："尽心就好。我和皇上对你寄予厚望，你前些日子上过折子，好像之前也有过，都在理，所以也才有了现在的任命。总之，尽心就是。"

一番温谕，袁世凯结束陛见退出。

回到住所，袁世凯知道自己必须尽快赶往山东，虽然事出于急，他对山东面临的具体情况也不甚了了，但大形势还是了如指掌。德国人与高密民众的冲突已成全国关注的焦点，几个月了，仍处于胶着状态。毓贤对德人的强硬态度与对义和团的纵容袒护让局势变得越来越复杂，找不到一点可以解决的办法。这次调任，很显然是毓贤让圣上失去了耐心。

自己去山东后如何处置面临的危机？如果仅凭现在的认知，懵懵懂懂闯进去，显然会吃亏。先征得朝中权臣支持才是最急迫的事，哪怕山东十万火急，这一步也是不能少的。这么想着，袁世凯当天未离京，傍晚时分，去拜访了军机领班大臣庆亲王奕劻。

"给王爷请安。"

"还没走？"虽然这么问，但袁世凯来访还是让奕劻很欣慰。

袁世凯说:"请王爷指点迷津。不然,我是不敢贸然赴任的。"

"如何说?"

袁世凯说:"请王爷明示,此去山东如何应付?"

奕劻叹口气说:"山东的事让毓贤搞得越来越复杂。一条铁路修起来有这么难吗?我觉得不是高密乡里村民有问题,而是毓贤有问题。总署宽容筑路,他却暗地里鼓动村民抗争,如此一来,总署的意见落不去,也落了把柄在外国人眼里。十几个国家的公使联名要换他……"

"听老佛爷的话音,毓贤也没错,倒是外国人蛮横。"袁世凯小心地把太后的意思说了出来。

奕劻说:"老佛爷就是那么一说,外面的事还不得主政者视情况定夺。再说,老佛爷愿意给德国人翻脸?这个毓贤不会不知道。"停顿会,他从旁边拿出本小册子,说:"这是个叫蒋楷的人写的《平原拳匪记》。毓贤先是剿匪,后又和拳匪沆瀣一气,真不知他怎么想的。作为大清的官,好像在处处与朝廷对着干。"

说着,把那本小册子丢给袁世凯。"你好好看看,就知道拳匪是从哪一流出来的,也才会有应对措施的。"

袁世凯诚惶诚恐地接过小册子,卷入袖中,说:"谢王爷赐灵丹妙药。"

袁世凯如此紧跟不舍地讨计策,一方面确实是想从庆亲王手里讨得"上方宝剑",另一方面也是以对庆亲王的依仗,表达犬马衔环的效心。他的目的达到了。

奕劻沉吟半天,又说:"你去山东后,只需办好两件事就够了……"他停顿片刻,果然向袁世凯授了锦囊妙计,"一是剿灭义和团;二是与德国人搞好关系。只需两点即可。"

袁世凯听罢,忙不迭弯腰作揖,说:"谢王爷,我好好领会,一定按王爷的指示做。"

从庆亲王府出来,袁世凯知道自己可以安心上任了,但快到住处时,突然又想起一人,盛宣怀。他与盛宣怀相交不多,现在突然想起他是因为突然想到铁路。山东的事情大半是德国人修铁路引起的,盛宣怀是公认的洋务专家,是总理事务衙门专办铁路事务大臣。办好山东的事,如何能不听他的意见?

袁世凯转身去了盛宣怀处。

盛宣怀一直为李鸿章办洋务，也帮助张之洞在湖广建铁厂、修铁路、筑炮台，铁路、电报、轮船行业可谓样样精通。盛宣怀自视甚高，一般人并不放在眼里，见袁世凯来见，心里却大喜过往。他从直觉上感到，此人必将担当大任，万不能忽视。刚刚被钦点为山东巡抚，他就来拜见，盛欣喜不已。

盛宣怀说："给巡抚大人道喜。"

袁世凯深施一躬说："盛大人如此说，让我愧疚难当，一直想登门拜访，只怕唐突，今天是不来不行了。"

盛宣情举止言谈颇有几分西派，让人给袁世凯递上一杯外国咖啡。袁世凯说："很香，听说这东西苦。"

盛宣怀说："确实如此，试一试就会觉得很有味道。"

袁世凯说："东方、西方，口味不一样。都是好东西。今天来就是来请教盛大人的。"

盛宣怀摆手，说："何谈请教？"

袁世凯虔诚道："当然是请教，办铁路有谁比盛大人更在行？"

盛宣怀谦虚道："过奖，过奖。"随即便板起脸来，一幅当仁不让的神情，说："你对山东铁路怎么看？"

袁世凯迟疑片刻，说："山东铁路是德国用枪炮开路来修的，民愤较大。不同于盛大人主动引进外国技术资本所开的铁路，所以总不能用一般眼光看。"

盛宣怀点点头，说："山东铁路确实比较特殊，但清政府和德国人已经有了约定，那是一定要修的，并且一定要修好。"

袁世凯问："如何才能修好？"

盛宣怀说："定好约，维护权益。修好路，为我所用。"

袁世凯默念道："维护权益，为我所用。"

"对！就这两条。"

"如何维护权益？"袁世凯做出一副不耻下问的姿态。

"山东铁路之所以出现如此混乱局面，全是因为条约签订之后没有跟进签订详细的约束章程。如此一来，工程施工中的具体的事宜便没有章程可遵循，这是乱之根源。"盛宣怀说，"当然，包括毓贤在内都看到了这层滞碍，只是难以解决……我认为，这一点是要硬起手腕来做的，因为我们在理。"

盛宣怀说得明白，袁世凯听得透彻。

"还有就是，为我所用。不管什么性质的铁路，只要是修在中国地界，就可以为中国所用，为百姓造福祉。山东和中国其他地方没有太大区别，妨碍发展的根本问题就是交通不畅。铁路一修，必然会改变局面。德国人的眼光不浅，他们是要把这条铁路修到德州、天津，甚至想与卢汉接轨。铁路公司的总办锡乐巴我了解，能干的洋员，有专业，也热情。是可依仗之人，当年还是我推荐给香帅（张之洞）的，特别为香帅器重。"看得出来，盛宣怀对山东铁路还是格外关注的。

袁世凯表态道："听大人一席话，我心里就敞亮了。"

盛宣怀脸上突然显出几份犹豫之色："嗯……"

"大人有事尽管吩咐。"袁世凯说。

"听说近日又有人鼓动修筑容路（津浦铁路），还请大人警惕。"盛宣怀提醒道。

袁世凯并不知此事的要害关节，老老实实地问一句："大人的意思？"

盛宣怀说："容路决不能修，贻害大局。"

袁世凯虽然不明就里，但还是干脆道："大人放心，此事一定听您指示。"

两人的谈话就此结束。袁世凯在回住处的路上，还在想着盛宣怀所说的容路。所谓的容路，是最初由广东人容闳提议修建的由镇江到天津的铁路，过境山东。袁世凯虽然不知其中底细，但知道盛宣怀一直在试图左右中国铁路的规划，其中必有滞碍之处。但此事还处在争论阶段，没有那么急迫，倒不是眼前着急弄明白的事，也便不去想了。

京兆一带的雪虽然没山东大，但寒风凛冽。穿着厚重大衣的袁世凯信心满满，也知道此行不易，但这一步对他来说，终于还是迈出去了，作为主政一方的封疆大吏，是个大台阶。虽然山东事难，但如果不能勇于任事，主动去挑这副重担，又怎会有自己施展身手的机会？官场上，好位子总为有背景、有势力的人留着，只有烂摊子才会让无名之辈有机会利用。想脱颖而出，就要敢于直面挑战。并且谁都知道，山东巡抚是个特殊的位子，他名义上受直隶总督节制，实际上却是有着绝大的行政独立权的，也就等于是"半个总督"，如果是"风调雨顺"的年节这等好事也是落不到他的头上的。

袁世凯顶着寒风出京了，进入山东雪更大了。大有"欲渡黄河冰塞川，将登太行雪满山"之感……

2

袁世凯功夫下到了极致,他此行既表达了忠诚,也表现出了临危受命的惶恐与担当。其实,这是蓄谋已久的结果。

德国占领青岛后,清政府在应对胶澳的危机时,也在周边做了布置,当时正在小站练兵的袁世凯和聂士诚被派往德州一带,主要防范德国人可能趁机进入山东内地。后来形势发展证明,德国人根本是谋胶澳,对山东内地的想法是修铁路,实施经济渗透,其实并无进军犯山东内地的企图。后来,袁世凯所率新军便撤回小站。1899年5月,由于毓贤纵容义和团,为防拳民进京,清廷又想起曾在德州驻兵的袁世凯。袁便又领令带队进入德州防匪。而就在这时,自朝鲜归来一直埋头练兵的袁世凯突然有了一个想法,谋取山东巡抚之位以求更大发展。

他的突发奇想源于对形势的分析判断,无论张汝梅、李秉衡,还是毓贤对待拳民都持支持态度,这才有了拳民的猖獗。但拳民反对德国入侵的立场,又与清政府对德政策发生冲突,使得外来侵略与内部矛盾相互交织,无法排解,清廷也没有更好的应对之策,只在观望,这便使山东巡抚成为焦点,朝廷无论是对李秉衡,还是毓贤都表现出了极大的不满。机会总是容易从矛盾中出现,自己必须抓住。袁世凯想。

徐世昌给他出主意:"要想谋山东,就得让圣上知您知兵。"

袁世凯不解:"我已在小站练出新兵,还不知兵?"

徐世昌说:"知兵要有谋,谋在识全局。"

袁世凯明白了,便让徐世昌帮他谋划出一纸《时局艰危亟宜练兵折》。奏折中,袁世凯详细陈述山东局势:"……德人首发难端,袭据胶澳,嗣是俄人取金旅,英人占威海,法人索租广州湾,交迫迭起,不一而足。近日意大利谋索三门,德人复进踞日照,焚杀要挟,种种欺侮,条约不可行,公法不可诘,情理不可谕……"

历数面临的严峻形势后,他格外表达了自己对国家危亡的反思和忧虑:"推求其故,各国之所以蔑视夫中国者,果安在哉?盖亦由于我之兵力不竞而已。"建议仿照各国军制,在军规、器械、操练等方面实行统一章程,责成各军遵照执行。

这份折子果然打了慈禧的眼，几天后袁世凯就收到军机处要他将平日训练情况及操法绘图进呈备览的电文。袁世凯亲自组织修订了早已准备好的《训练操法详细图说》呈给皇上、太后。

后来便没了消息，袁世凯问徐世昌。徐世昌说："趁热打铁。"两个月后，以袁世凯名义再上奏折《强敌构衅侵权亟宜防范折》。这个折子对山东的局势讲得更透彻："德人窥伺山东，蓄志已久，分布教士，散处各邑，名为传教，实勘形势。而构衅之由，亦即阴伏于此……日照之事甫息，高密之变又起，接踵而至，竟成惯技，这也就是当时比较盛行、德国借机扩大势力范围的教案事件。……且东省居海北要冲，海程陆路悉由于此，倘滋他族逼处，我之漕运饷源势必梗阻，利害所关殊非浅鲜。在如此分析的基础上，提出，筹防之策，似莫若先自经理，不资以可藉之口，不予以可乘之隙……"分析完后，袁世凯提出了具体建议，归纳为四条：一"慎选牧令"，二"讲求约法"，三"分驻巡兵"，四"遴员驻胶。"

把这一连串环环相扣的折子连缀起来，慈禧心里亮堂起来，慨叹可用之人近在咫尺却不得识，便记了下来，也把折子顺手转给了毓贤。袁世凯以"慎选牧令"的建议不落痕迹地把自己推到的慈禧面前。

由此毓贤处置不当，义和团在山东闹得越来越凶，德国人要修的铁路也被阻拦，引得德国公使馆不断提出抗议，让总署苦不堪言，在皇上、太后面前没少说了毓贤的不是。这年（1899后）12月，美国公使康格领头向总理衙门提出撤换毓贤，以平息山东民教纠纷，并且建议从天津派新军进入山东防范拳民。康格的提议得到了包括德国在内的多国公使的响应，当奕劻将康格的抗议向慈禧提出时，慈禧顺口就说出了袁世凯的名字。

当毓贤听说袁世凯接替自己的消息后，顿时泄了气。对于他来说，袁世凯其实一直是个巨大的对手威胁着他。从袁世凯带兵进入山东练兵开始，他便升出防范之心，极尽所能地在驻防、围剿拳民方面给袁世凯制造障碍。后来，当他看到总署按慈禧、皇上之意将袁世凯的奏折转下来时，其中一句"慎选牧令"让他大为惊惧，袁世凯的狼子野心暴露无遗。

接下来，袁世凯就要到山东接任，两人的隔空对决马上就要变成面对面的交手，那将是一个艰难而又尴尬的场面。

由京入鲁途中，袁世凯也觉得接下来将要与毓贤的见面将会极为难堪。但这些已微不足道，他在进入山东后必须思考谋划好治鲁方略，以便能够扎扎实实地砍好"三板斧"。

坚决剿治义和团这是立定的主旨，并且也得到了奕劻认可，但是义和团很得民心，特别是德国人强占胶澳后，义和团强势介入反对德军占领的洪流之中，成为抗德阻路的一股坚强力量，如果强行剿办，引起变故会有大麻烦。况且朝廷中也很有一部分人对义和团推崇有加，认为代表民意，极力为其撑腰。正是因为有了不同声音，处置起来才困难重重。袁世凯一路都在翻看着蒋楷的《平原拳匪纪》。蒋楷是张之洞师门爱徒，在山东平原任县令时，因处理民教矛盾不当，与义和团首领朱红灯发生冲突，引起官兵与拳民发生冲突，造成拳民死亡。毓贤大怒，奏请将其免职永不叙用。袁世凯对此有所耳闻，没想到他竟然还留有一本描述拳匪起源的本子，是非曲直不说，单是如此有心便非庸官所为。

袁世凯细细读了一遍，果然发现了一些唯我所用的线索。尽管现在义和团打出了"助清灭洋"的大旗，原来它可以追溯到清初白莲教。白莲教的宗旨是反清复明，一度被清廷视为心腹大患，如此一来便可以剥去他们的伪装，让京里支持他们的满洲大佬们噤声。还有一点，就是拳民喜称刀枪不入，孙大圣附身。袁世凯对此最为不屑，把他们打回原形是很容易的事。看到这里，袁世凯鼻孔里哼一声，也便有了八成把握。同时，他也对蒋楷升出几分敬意，不禁慨叹一位小小的县令人微言轻，看得如此透彻，却不被人认同。

放下《平原剿匪纪》，他又拿起《中德胶澳租借条约》抄本，这是他在到达山东前一定要读透的两件文函。既然可以从蒋楷的书里读出剿匪的答案，那么从这份条约中是否可以找得到抵制德国人的秘诀？

他细细地读着条约各款，果然看到了奕劻所说的关于"另立章程"一节。其描述是，"……其由济南府往山东界之一道，应俟铁路造至济南府后，始可开造……此后段铁路经过之处，应于另立详细章程内定明"。从文本看，所指的是途径沂水、莱芜、泰安的另外一段铁路，但既然有此表述，现在建设中出现了如此多的问题为何不能仿效此节？这确实是个突破口。只是问题的症结恐怕还不止于此，否则的话，为何毓贤多次向山东铁路公司提出签订章程，却遭对方坚拒，问题出在哪？这个疙瘩恐怕需要到山东实地访问后才能解开。但要保证铁路建设顺利推进，签订章程非常必要，他在之前上书时所提的"讲求约法"便也有此意。

看到这里，袁世凯变得更有把握。济南就在不远处了，他感到信心十足。

济南城坐落在山东中部，南依泰山，北靠黄河，独特的地理位置让它作为一座北方城市有了自己鲜明的特征，人们将其概括为"四门不对，北门不通，南门半截"。由于山城挤压，济南城市只能依势而成，四个城门彼此不在同一水平线上；北门是泺水进入大明湖后经小清河再入黄河的出口，只供舟楫出行，无车马之路；南门不远便是舜耕山，只有短短的半截便被山所阻。山东巡抚衙门为明代世袭藩王德王府邸，俗称德王府。明天顺元年（1457），英宗皇帝封第二子朱见潾为德王。成化二年（1466），在济南建德王府。崇祯十二年（1639），德王府被清兵焚毁。入清后，康熙五年（1666），山东巡抚周有德始在此建巡抚院署大堂，以后历任山东巡抚均设于此。有记载，"德府，济南府治西，居会城中，占三之一"，东至县西巷、西至芙蓉街、北至后宰门街，规模宏大，建筑奢华。

袁世凯与他所带的武卫右军是由西门进入济南城的，西门是济南主城门，进城后沿西门大街前行至中段，左首便有一座巨大的木制牌楼，牌楼构制精美，雕琢细致，繁缛浮华，气派不凡，中有匾额"齐鲁总制"。浩浩荡荡的队伍在衙门牌楼前停下，袁世凯撩开轿帘一角，见围观的百姓首尾不见，欢呼雀跃，更有小儿四处蹿跳，手拿"炮仗"，被衙役追赶，空气中已弥漫着浓浓爆竹味。快过年了，自己在山东的履职将要从这样一个喜庆的时刻开始了，他知道，如何"总制"齐鲁，将是接下来面临的最大的考验。

3

袁世凯本以为与毓贤的交接将会非常尴尬，但出乎预料的是，毓贤根本就没有与他见面的打算，而是兀自离开济南去山西赴任了。按察使胡桂题受托捧着大印进了巡抚大堂，袁世凯有些哭笑不得，觉得如此也好，既省去了见面的难堪，也使对方先自失了礼数，算两者扯平了。虽然彼此不谐，但袁世凯并不全盘否定毓贤，甚至对他的某些做法还极认同，包括逼迫山东铁路公司签订章程之事，只是没想到他竟如此没格局，便有些不屑。

办完例行公事，当晚袁世凯便把由小站同行来到济南的徐世昌召到住处，商议下一步的事宜。两人无话不谈，袁世凯把自己的想法和盘托出，其间本就有徐世昌之前的建议，所以并无意见，只是在细节上做些打磨，特别是关于义和团的问题，徐世昌还是很有忧虑，说："解散拳匪自是必要，但要慎重，毕竟拳民发于山东，又为毓贤等人鼓励，极为嚣张，处置不好，容易激起变故，酿成大祸。"

袁世凯点头称是，倒剪着手在大堂踱了几个来回。

徐世昌适时又说："其实，对于拳匪也应该一分为二看待。近年，登、莱、青、沂四府旱蝗成灾，聊城、菏泽等鲁西南一带因黄河凌汛决口，农民迫于生计，出来讨饭，其间很多入了拳会，所以要区别对待。先以解散、晓谕为主，对非自愿或迫于无奈加入者通过赈灾救助方式，让他们返乡。然后才是缉拿匪首，以清祸根。对抗拒不散者，再派兵弹压。倘有顽抗者，可相机歼灭。如此一软一硬，才能成事，不致激起变故。"

徐世昌说得明白。袁世凯频频点头。又问："那第一步？"

"当然是拆穿他们的把戏。"

"好，明天一早就请这些大师兄们来衙门议事。"

徐世昌说："此事办来也得小心才是。"

袁世凯说："早就谋划好了。"

接下来又谈到山东铁路公司的事，徐世昌说："尽管讲洋务这么多年，但我们对铁路的修筑等专业细节并不掌握，决断起来也是不得要领，恐怕一定要找个明白人才行。"

袁世凯脱口而出："让荫昌来。他是条约签订的谈判人之一，又与德国人相熟。"

徐世昌说："我也正是此意。"

"好，就这么办了。"

两人商量了大半夜，把一些细节推演一遍，自觉有十足的把握了，这才散了。

次日一早，按察使胡桂题接到袁世凯召唤，怕有急事，忙不迭赶到巡抚衙门。没想到袁世凯却是让他把城里最有名的义和团大师兄招来。胡桂题摸不着头脑，不知巡抚大人为何上任伊始先招惹他们。

济南府最有名的大师兄被人称之为"大圣"，自诩齐天大圣下凡。"大圣"见胡桂题派人来"请"，吃了一惊，之前毓贤如何偏袒义和团都没亲自召见过他们，新任巡抚大人是何用意？或许袁世凯比毓贤还要对拳民好吗？如此自己或许会走好运。但外界却并不是这样评价这位新任巡抚大人的。

"大圣"计谋不够，信息不灵，稍有常识者将此视为异数，本就是凶多吉少。没想到，摸不着头脑的"大圣"便带着十几位手下大摇大摆地走进巡抚衙门，他的气数也便尽了。

袁世凯态度很好，"大圣"得意忘形。

袁世凯问："听说义和团刀枪不入？"

"大圣"说："金钟罩铁布衫。当然是刀枪不入。"

袁世凯摇头，脸上有了几分嘲讽之意。

"大圣"见此，急着表白，说："可以演示给大人看。"

由于事先有了布置，"大圣"便让同行者取来土枪，对着自己射击，一串火舌喷出，"大圣"果然毫发无损。

袁世凯也跟着大声叫好，说："果然厉害。"

叫好声未落，袁世凯突然顺手拔出腰间的勃朗宁手枪，嘴里喊一声："看看我这一枪如何？"

勃朗宁手枪是美国公使康格送他的礼物，此刻成了他的道具，朝着"大圣"就是一枪。枪声响处，所有人都愣了。只见对面"大圣"脸上夸张的笑容一下凝固僵硬了，紧接着"噗通"栽倒在地，抽搐几下，没了声息。随行拳民还没明白怎么回事，已被巡抚卫队拿下，各打了几十大棍才放走。

很快，西门内外便沸沸扬扬。神通广大的"大圣"被袁世凯轻而易举地击毙了。午时过后，就有衙门的人张贴告示，引得越来越多的人引颈观望，见是《署理山东巡抚袁慰庭侍郎解散拳匪告示》，大家这才明白，新任巡抚大人是要解散义和团的。但告示里面的言辞很是温和，充满劝导、宥过的味道，劝已入拳教者，痛改前非，立时解散，未入拳教者，勿复附从。

胡桂题以及衙门诸役也才明白，巡抚决计是与义和团势不两立的。人们也知道，袁世凯不但是在向民众宣示他的态度，更是对衙门官员的警示，知道从此不能再向毓贤在时那样，对待义和团首鼠两端了。

随之，袁世凯正式向各府州县村发布命令，正式解散义和团，并在蒋楷《平原拳匪录》的基础上，让人编写《义和团教门源流考》，刊印发行，以期民众知晓利害，不致盲从。如此一番摆布，义和团知道在山东大势已去，有的悄然返乡，有的流亡他处，有的隐于暗处，视袁世凯为死敌，伺机行事……

4

荫昌此时在总理衙门任职,这天正在南门胡同一处妓院听戏,嬉戏得开心,门人告诉他山东巡抚袁世凯派人来见。荫昌忙回府,见来人却是徐世昌,更不敢怠慢。

徐世昌说:"慰庭让我来一趟,请您去做高参。"

荫昌笑笑说:"我能猜出个八九不离十,山东铁路公司的事?"

徐世昌点头说:"料事如神,正是此事,慰庭最为挠头。"

荫昌说:"这事确实麻烦,也不是一句两句可以说明白的。"

"那便如何做才好?"

荫昌沉吟片刻说:"这事总体我是有把握的,只待看其间的具体事项才能定策略。"

徐世昌说:"那就快快去山东。我几日后也要去。慰庭等不及了。"

荫昌说:"慰庭吩咐,自然不敢怠慢。"

徐世昌这趟差事就算办完了。

在此之前,袁世凯就已经向总署衙门发函,请荫昌到山东巡抚衙门帮办铁路事务。几日,总署衙门就答复同意。

荫昌是个玩主,也乐得去济南。济南老城区暗妓颇有名,特别是夏季趵突泉一带绝佳胜地,游玩、盥洗的小媳妇常操此业。

但出现在济南的荫昌首先面对的问题非但没有这么有乐子,反倒是沉重无比的。袁世凯的忧心忡忡让他深觉处置山东铁路公司事务对这位新任巡抚大人的意义所在。所以,丝毫也不敢轻慢。

袁世凯最想求证的是,毓贤所一直坚持的,也是他想有所突破的签订胶济铁路章程事宜无法得以实施的原因在哪?

荫昌的答复很肯定:"这是再合理不过的要求了,非但章程有此条款约定,西方的习惯做法也是如此,一项工程最重要的是立定详细章程。"

"为何山东铁路公司如此冥顽不化?"

"那是有原因的……"荫昌想了想,似乎是在考虑从那个角度去讲此事更妥当。"山东铁路公司作为特许公司,他们必须要在五年内修筑完这条铁路,并且还有南面的另外一条铁路要考虑,所以要加快步伐,而签订这样一个工程对他们来说是得不偿失的,他们更愿意一事一议,而不愿意让一个充满约束力的章程捆住手脚。"

袁世凯似有所悟,但还是想听听他所说的"一事一议"为何?

荫昌说:"所谓'一事一议',就是具体问题具体对待。都言西人讲契约,其实也并非完全如此。山东铁路公司'一事一议'的行为,非但不讲契约,更无信用可言。好办的事,可以压价,让百姓吃亏;遇到刁蛮者或者换个话说遇到不畏强权者,也会好汉不吃眼前亏,从工程进度考虑,暗箱操作,花钱买平安、保进度。如果签了章程,都在同一个水平线上,就不便于暗中操作。还有,大人也知道,他们为了节约成本,在铁路出了胶州后就极少建桥梁,以筑路堤为主,如果章程明确了建桥条件,他们的'亏'更是吃大了。所以,他们不愿意这么做。"

袁世凯说:"真是欺人太甚。"

荫昌说:"其实德国人算是讲信用的,无奈山东铁路公司有一个人,颇不讲理,以至让人对德国多有看法。"

"谁?"

"锡乐巴。"

袁世凯"噢"一声,他也听说过此人。

荫昌说:"大人接下来,肯定会和此人打交道,一定要注意防范。此人混迹中国多年,足迹遍及京、汉、沪等地,虽然不过是一位铁路工程师,但颇有诡计。当然筑路的能力也是出众的,'一事一议'便是他的发明。"

袁世凯点头,默记了此人。

"听说此人在高密问题上也没出好主意。"袁世凯问。

荫昌说:"是。此人为加快铁路修筑,渲染扩大高密问题。叶世克的出兵很大程度上是他撺掇所致。"

袁世凯惊悟道:"此人如此可恶?"

荫昌说:"确实可恶,但此人专业精到,能力过人,为张之洞、盛宣怀所赏识。"

袁世凯说:"那就先从此人下手。"

荫昌说:"此人性格蛮横,并不是能轻易约束得了的,他连顶头上司山东铁路公司董事局的账都不买,好多事董事局成员都不能改变他的主意,也正是他的坚持,才让山东铁路公司总部由柏林迁到青岛的。"

听荫昌这么说，袁世凯觉得真的要重视与此人的交往，况且他与中国很多高官相熟，不能不谨慎待之。

"你的意见是……"

"给胶澳当局施加，叶世克有办法驾驭他。高密一事，由于德军太过出格，叶世克现在是腹背受敌，四面楚歌。听说他出兵高密一事，事先并未得到海军部同意，包括外交部对此也一无所知，驻京公使对叶世克也是极为不满。现在，又出现如此糟糕的局面，他肯定疲于应付，并且还不知道德国国内到底是什么态度，一旦处置不好，或者说其他列强不满，引起外交纠纷，德国会丢面子。"

荫昌的这段话引起袁世凯的兴趣，因为这不但可以让叶世克进一步约束锡乐巴的言行，在他看来，更重要的是可以最大限度地向叶世克施加压力，让他从高密撤兵，然后逼迫山东铁路公司谈判达成胶济铁路章程，通过修订章程使百姓权益得以保障，同时也保证铁路的修筑。

与荫昌商量到半夜，眉目愈发清晰。荫昌走后，突然间外面爆竹声大作，袁世凯想起今天是"小年"。回到寝室翻来覆去不能入睡，窗外不远处珍珠泉的喷溅声变得格外响脆与清晰。济南地脉相通，泉思奔涌，袁世凯非但消失了睡意，脑子反倒愈发清醒。

修铁路并非坏事，坏得是德国人强权霸道，不要说筑路沿线民众权益受到侵害而不满，全国人民都因德占胶澳而发出抗争之声，更有康有为、梁启超等人甚至以此为契机推动变法。无论如何，清政府是与德国政府签订了条约的，那就必须履行承诺。既然无法阻止铁路的修筑，退一步考虑当然就是如何实现这条铁路的为我所用。所以，现在最重要的是，一方面让德国人坐下来谈判签订章程；另一方面也要严加约束筑路沿线的村民，不能搞破坏，哪怕是一时利益受到影响，也要从长远考虑，有了铁路与没有铁路是不一样的，铁路是有益处的。当然，如果村民们与义和团搅在一块搞破坏，那就另当别论了，必然会对他们下手，不客气。

袁世凯想到这里，突然间形成了处置山东铁路问题的基本原则，那就是"一碗水"端平。山东铁路公司最大限度保证沿线民众的利益，村民不得擅自破坏铁路的修建，他作为巡抚，责任就在于保持"这碗水"的平衡。

其实，端平"这碗水"是不容易的。

5

当听到山东巡抚的人选由毓贤变成了袁世凯，叶世克长吁一口气，他确信，自己面临的危机已基本解除，尽管还有很多不确定因素，但至少最惊险的时刻已顺利渡过。这种由危转安的端倪从清廷免去高密知县葛之覃的那刻起其实就已显现，总署对于德军步步进逼的试探除却有过几次微弱的抗议之外，没有其他更加有效的办法，反倒不如其他列强的不满来得更强烈一些。

在此之前，关于撤换叶世克的呼声一直都有，后来几乎已经形成共识，哪怕不会引起更多负面反应，不听命于本国政府的命令擅自使用武力的做法就犯了大忌。尽管时态的发展并没有像人们担心的那么糟糕，但恶例一出，对政府甚至是对威廉二世的影响都是明显的，更不要说海军部、外交部之间本来就矛盾重重，如此一来，只能把事情搞得更加不可开交。但是，威廉二世对叶世克却表现出了一种极大的宽容，在他看来，这显然是一种敢于担当的精神，如果局面发生逆转，他肯定会被撤职，这对于叶世克来说，并不是不明白，但他还是愿意冒着这种巨大的风险一试，显然是在替威廉二世着想。叶世克的冒险让威廉二世进一步确认了清政府在此类事件上的底线，为他接下来制定东亚政策提供了重要的参考依据。

很显然，这些都是有计划有步骤进行的，至少海军部与租借地之间是在某种默契下所采取的行动，而并非不了解内情的人所简单认为的那样，是叶世克擅自所为。海军部需要摸清这样的"底线"才能更安全地执行落实皇上的海洋政策，而对于威廉二世来说，更是由此得到一份底气。而这一切都是以叶世克的冒险为代价的。威廉二世默认了叶世克的做法，也在心里有了力保他不为情势所逼而被撤职的可能。所以，威廉二世对向高密派兵一事缄默不语。

蒂尔皮茨当然更不会主动提及，他对叶世克控制局面的能力感到非常满意，至少对最终结果满意，接下来的事情都有了一个可以把握的尺度和分寸。外交部部长比洛也看出了其中的微妙，但他的反应却是相反的。当他确信这是皇帝、蒂尔皮茨和叶世克联合"导演"的一场戏后，表现得怒不可遏。在他看来，这是置外交部利益于不顾的冒险行动。一旦事态失控，海军部可以撤销一个租借地总督为代价而推责，但外交部却会因此受到巨大攻击，会深陷国际与国内强烈的舆论环境中，局面不可想象，会对外交部部长个人尊严和权威造成极大损害，毁了个人前程。比洛一度有辞职的想法，但在威廉二世的恩威兼施下还是忍气吞声作罢。

刚上任不久的克林德本来想与叶世克直接对话，但接到了外交部部长关于慎待此事的电报，大感不解，只道是海军部以权欺人，却并没往深处想。

叶世克奇迹般地渡过危机，这在很多人眼里包括青岛商界都感到是件不可思议的事，也为叶世克涂抹上了一层神秘色彩。

与此同时，叶世克接到了在他认为海军部最为温和的训令。蒂尔皮茨要求租借地政府尽最大努力修复与山东地方政府以及铁路沿线村民的关系。训令表达得很直白，要求他在预期的目的达到后，必须采取新的策略，因为任何事情最终都不能依靠刀枪解决，没有山东衙门的支持和与沿线村民和谐的关系，铁路建设将寸步难行。蒂尔皮茨告诉叶世克，海军部甚至已经通过教会组织，动员卫礼贤前往高密一带布道施舍，给受到德军伤害的村民心灵抚慰。

叶世克理解海军部的决定，作为身处现场的他来说，同样不愿卷入武力冲突，既然已经掌握了底线，那也是在极端的情况被迫采取的方式，具体到每次武力征服都会有意想不到的代价，毛威上尉的遭遇让他感受到中国民众中所隐含的巨大反抗力量。他不能无限度地去试探这种力量的忍耐度，那样肯定是危险的，于租借地不利的。

就在这时，他收到了新任山东巡抚袁世凯的信。

袁世凯的信写得既客观实际，又非常不和气，既有着官方的表述语境，也看得出袁世凯强烈的个性特征。不可否认，撤换毓贤以袁接替，是清政府软弱无能和各国对毓贤早存不满共同作用的结果，既然袁世凯是一位既得到清廷认可，又能为西方列强接纳的人物，他一定会有自己的一套处事方法，想必不会为难租借地政府。自己非常有必要主动改变之前的强硬态度，争取巡抚好感。在他看来，此时的袁世凯当然也会以最急迫的心情期待问题的解决。

叶世克仔细阅读了袁世凯的来信。除却官方套话、铺垫外，信中提到了解决问题的两个具体办法，一是责成租借地政府迅速从高密撤兵，铁路沿线筑路工程由山东巡抚衙门派兵保护，并向租借地政府保证，山东巡抚衙门有能力维护好秩序，对破坏铁路者绝对实施严惩。二是总督本人督促山东铁路公司尽快到济南谈判,签订一份能够让双方都满意的胶济铁路章程,明确各方所承担的责任义务,对工程中的具体细节问题协商,以便公平公正合理地处置可能遇到问题。

平心而论,袁世凯所提的两项办法都在情理之中,况且他本人也并没有要在高密长期驻兵的打算,反倒是毛威所带军队深陷高密,与村民处于对峙无法脱身的局面让他不安。没有山东巡抚衙门的承诺,哪怕是在枪炮逼压下,村民也会受到鼓励,找到机会就攻击德军。既然袁世凯做了承诺,那么把毛威撤出来,既缓解了燃眉之急,也给了袁世凯台阶,是一举两得的事情。叶世克决定撤军。

而对于第二项与山东铁路公司谈判,他不但没有不同意见,反倒与袁世凯看法一致,对山东铁路公司采取拖延战术迟迟不签章程的做法他同样极为不满。山东铁路公司为节约成本,以高路基替代桥梁的做法正是造成高密村民反抗的重要原因。山东铁路公司无论是从沿线村民利益考虑,还是从自身铁路建设考虑都应该把这些问题解决好。

他曾和锡乐巴谈过此事,也明白锡乐巴包括柏林董事局不愿签订章程的真实用意(当然,柏林董事局已经无法左右锡乐巴的意见),但从长远考虑,签订这样一份章程显然非常有必要。

为此,他约见了锡乐巴。

面对这一问题,锡乐巴表现得极为固执,坚决说:"总督大人,那不可能。铁路已开工,本来预算就紧张,现在再增设桥梁会加大预算成本,这种方式不足取。至于您所说的签订章程事宜,董事局包括我本人都不会同意。这是件劳民伤财的事,得不偿失。"

叶世克尽管对锡乐巴很欣赏,但在出兵高密问题上,他也敏锐地感觉到,锡乐巴的言谈话语带有极强的欺骗性和鼓动性,为了达到他个人目的,有时会虚张声势、夸大其词,甚至是欺骗误导,这让叶世克升出几分警惕和戒备。现在见他如此不明就里地拒绝自己,心里升出一分反感。

"任何事情不能以小失大,锡乐巴先生,您认为如果不改善现在与村民关系的话,铁路会修下去吗?"

锡乐巴从没听过叶世克的这种口吻。他也明白自己的态度太过生硬和刻板了,毕竟他所面对的是租借地最高军政长官。他沉默一会儿,换一种谦逊的语气说:"总督大人已经为我们创造了最好的条件,有兵护路,当然可以加快筑路速度。"

叶世克摇摇头，说："现在筑路速度快吗？哪怕有兵驻守，还是不尽如人意，村民的破坏行为仍在持续。再说，我们没有那么多兵力全程戒备，这种局面必须改变。"

锡乐巴由此明白叶世克在签订章程的态度上是强硬的，知道一时不能扭转他的想法，只得说："好，我请示董事局，尽快给总督大人答复。"

叶世克边点头边举起一封信，说："袁世凯在等我回信。我答复他，山东铁路会尽快到济南与他们谈判的。"

锡乐巴愣了，没想到叶世克会如此武断地替山东铁路公司做出决定。

6

正如叶世克所料，他迟迟没有从锡乐巴那里得到关于是否同意谈判的答复。几天来，他考虑了很多，更加坚定了让山东铁路公司与山东巡抚衙门坐下来谈出一份章程的想法。这并不是他不袒护本国企业，而是相信，如果拿不出诚意来与山东巡抚衙门谈，德国企业将会受到更大损失，而并非像锡乐巴一厢情愿的那样，靠兵保护筑路就可以一了百了的。

袁世凯接到的答复是圆满的。叶世克答应，只要山东巡抚衙门能提供有效保护，便马上从高密撤兵。并表示山东铁路公司会很快派人到济南谈判，只是需要略作准备。后面的话既是客观，也是保留了一份回旋余地，因为他到目前为止尚不能确定山东铁路公司的态度，或许他们真的会采取拖延战术，压根就不会去济南。他一时无法确定。事情到不了一定程度，又无法采取强制性措施。所在，他也需要观察。

几天后，毛威接到撤兵命令。毛威以狼狈不堪的方式离开了高密，也让他以九死一生的经历重新思考一个陌生国度给予他的教训。

德军如此痛快的撤军多少有些出乎袁世凯预料，这时他才觉得很多布置并没有做好。德军一撤，很难不说村民们卷土重来，大规模破坏筑路。袁世凯十分担心。为控制住局面，不给叶世克留下口实，他听取布政使张人骏建议，立即将莱州知府曹榕调派到高密，与季桂芬共同处理保护山东铁路公司事宜。

曹榕没想到突然间有了这么个差事，知道谁沾上铁路的边谁就会倒霉。

以他对现场的了解，德军撤出后，高密的局势必将会难以控制，村民早就憋着劲大干一场，不彻底把山东铁路公司逐出高密不罢休，特别是被德军杀死亲人的村民，更是有着以死相拼的决心。所以，这趟差事极凶险。

曹榕见了季桂芬，问："如何才能保护筑路？"

季桂芬知他胆怯。他也没更好的办法，先前提出派专人负责铁路事宜的建议没被采纳，便极为消极，凡事能拖便拖。德军驻扎高密，如果说他的不作为尚属情有可原；德军一撤，矛盾马上就会暴露出来，所以他也有逼上梁山之感，忧心忡忡。

听季桂芬如此问，只是摇头叹息。

曹榕说："我们终归是要晓谕百姓，袁大人是决计保护铁路的，决不能再有破坏举动，否则……"

季桂芬问："否则又如何？汹汹民情，难道我们要和他们作对？"

曹榕说："当然不能，但……？"

季桂芬说："村民之所以如此，并不是没有原因的，是德国人太不讲理了，难道我们和德国人站在一起？"

曹榕说："筑路工人又不是德军，如何是与德国人站在一起？"

曹榕觉得季桂芬的话有些逻辑混乱，或许是因无计可施而思路不清所致。

季桂芬说："终归一样。"

曹榕见无法和季桂芬形成共识，更觉此趟差事终要小心为上。非但如此，还要随时做出避险准备。季桂芬的暧昧态度会助长村民的反抗情绪，对控制事态有害无益。

就在曹榕与季桂芬别扭犹豫的当口，孙文等人已经聚在赵五太爷老宅子里议过了几次了。

孙文的态度很坚决。"德国兵走了，趁热打铁，把铁路搞垮。"

孙金榜说："这个季知县和前任不一样，他更向着老百姓。"

孙书成说："天下乌鸦一般黑，别对官府抱什么希望。晚上就把他们的工棚烧了。"

七八个人七嘴八舌地说着，虽然还没拿定行事的办法，但有着共识，那就是挂在孙文嘴边的那句话："有孙文没铁路，有铁路没孙文。"

大家正在议着，外面有骚动，有人说："知县来了。"

赵五太爷咳嗽不止，幽暗的空间里，他的脸上所发出来的一种苍老的特殊的鲜亮的光彩投射在每个人的心中。季桂芬的到来让大家突然安静下来，所有目光都投向赵五太爷。

赵五太爷举举手，示意请季桂芬进来。这时，所有人都不约而同地从那份奇异的光彩中对他的身体状况产生了深深的忧虑。

季桂芬是和曹榕同来的，进屋后见坐了那么多人，心里也明白个八九。

季桂芬直截了当地说："五太爷，您是明白人，村民可以议事，但不能替官府拿主意。我今天来就是听大家意见的，最后做决定的是县里，村民的要求，由本官代大家与铁路公司交涉，这才是解决问题的路子。"

赵五太爷一阵剧烈的咳嗽，平息后慢悠悠道："那当然好……事情摆在那，就看你愿意不愿意替村民办了？"

"您还是说征地、迁坟？"

"难道还有其他？"

季桂芬说，"那不都协商好了，铁路公司也给了补偿。"

"补偿，够用？是德国人给少了，还是让人生吞了？"

赵五太爷如此说，反倒把季桂芬呛得一阵咳嗽。

一旁暗自观察的曹榕，从季桂芬瞬间反常的举动中，似是看出了些不为人知的东西。坊间早有传说，山东铁路公司提高了征地单价，其中便隐含着德军对杀害村民的抚恤，但这笔费用并没完全分到村民手里，至少没有公平地得以分配。就在昨天，从青岛来的传教士卫礼贤还对此有过试探。其中隐情虽无实据，却也无风不起浪。

季桂芬很快恢复淡定。"当然，钱都会觉得少了，但德国人既然给了，也不能翻来覆去伸手。我觉得，重要的还是保护水系，让铁路公司多架桥，不破坏风水，这事更要紧。五太爷您看……"

赵五太爷说："是啊，事得一个个办，知县大人还得为民请命。"

季桂芬拍胸脯说："那是当然，只求五太爷约束，不让大家轻举妄动。"

赵五太爷没说话，算作默认。

季桂芬来这里无非就是想把这层意思说明白，也把村民的情况摸了些底细。

季桂芬和曹榕走后。孙文说："不能信他们的，他有自己的如意算盘。"

赵五太爷的声音突然变得微弱下来。"当然不能指望他们。这世道，这年头，无好官。"赵五太爷的整个身子委顿、暗淡下来。满屋子的人似乎都

失路惊魂

197

感觉到了一丝不祥的气息。

孙文说："大家都散了吧。"

晚上，赵五太爷死了。

季桂芬听到消息后很诧异，说："午时还好好的，如何……"

曹榕说："那是回光返照。我看出来了。"又说："如此反倒好了。"

季桂芬明白曹榕的意思，但他不这么认为，说："也未必然，虽然赵五太爷支持他们，但也约束他们，如果这帮村民没了一定之规，各行其是，那才麻烦。"

对于民情的透彻，曹榕佩服季桂芬。

三天后的下午，季桂芬约曹榕一起到山东铁路公司施工现场与锡贝德见面，曹榕不得要领，只是跟从。季桂芬与锡贝德谈的是，关于在高密县城北侧一条水道上架设桥梁的事。曹榕觉得此事好像已谈过几次。果然，锡贝德听罢，也显得极不耐烦，"叽里咕噜"说了一大通德国话，意思还是之前所说的"线路规划已确定，这里没桥，没有预算修"。

季桂芬仍慢悠悠地与锡贝德谈，视锡贝德的反感为不存在。

曹榕先是对季桂芬这种漫无目的、随便行事的方式感到诧异，联想到这段时间与之共事的情景，得出一个结论，季桂芬其实并无意解决问题，他不过是在走过场，做样子，给上下左右的人看看而已。在官僚体系里，凡事只要做了，便足以，成与不成那便与己无关了。曹榕看出了季桂芬的处事之道，觉得与他共事需要处处留神才是，既不能随便发表意见，让他抓住把柄，也不能让对方看出消极，还要随从其意，让他觉得自己十分配合。但是，暗地里，曹榕还是把这些消息透露出去，他也要为自己留后路，避免被动。

与铁路公司一番无头绪的纠缠后，季桂芬和曹榕返回衙门，途中遇到了发丧队伍，一行人从山岗的土路上走来，曲曲弯弯，悲悲哀哀，唢呐鼓乐，吹吹打打，白衣黑袖的至亲前面引领，走一段路跪下来哭一痛，走一段路散下一片白纸钱。季桂芬惊讶地看到走在队伍前面的孙文，才明白孙文与赵五太爷之间的至亲关系，难怪此人嚣张，千丝万缕的关系让一个村庄一个家族构建起盘根错节的联系，这种联系生发出一种力量，不知不觉间会彼此呼应，成为气候……

季桂芬怔怔地想着心事。山东铁路公司的筑路工人包括一些德国工程师为这支庞大的送葬队伍所吸引，特别是那些德国人对这种罕见的仪式表现出了巨大的困惑和无法理解的表情，生长于高密乡土的一种神秘的丧葬文化散发着诡异的信息在他们放大的瞳孔里飘荡。

也就是在这天晚上，几十名村民袭击了筑路工地，筑路工人有的被打伤，有的被赶跑，筑路设备不可思议地出现在几公里外的河道里，很长一段铺好的轨道不见踪影……当季桂芬、曹榕领人马赶到现场，除却看到被破坏的现场外，还看到了一些白布、麻衣和写有"孝"字的丧袖。所有在场的人都明白了什么，但没人去说破这些！

7

锡贝德跑回了青岛，当他讲述完高密再次发生阻路的相关情况后，锡乐巴感到了问题的严重性，这与之前村民自发的零散的对铁路实施的袭击显然有着质的不同。综合锡贝德的讲述，他得出这样的判断，这是一起官民勾结、合谋，有计划、有组织对筑路实施的破坏。如此一来，包括叶世克在内的乐观估计或许都是错误的，山东地方政府给租借地政府提供了一种误导。他们的目的或许根本就不是保护筑路，而仅仅是欺骗租借地政府撤出军队。

锡乐巴急匆匆赶往总督府汇报。叶世克听罢相关情况，惊得目瞪口呆。他对德军撤出高密后，破坏筑路的问题可能会有反弹有心理准备，但只要信守承诺，一旦有所布置，肯定会比德军的被动应付有效。现在看来，或许真的不像想象的那么乐观，难道真得如锡乐巴所说，这无非是袁世凯欺骗殖民地政府撤军，并且是刻意破坏铁路修筑的一种行为吗？

似乎作为新上任的清廷的官员不应该会如此轻率而无信。但事实又摆在面前，那么唯一的解释就是他对于现场缺乏控制力。但无论如何，还是要责成山东巡抚衙门做出解释。

叶世克给袁世凯发了一个措辞强硬的电文，表示如果不能马上维持秩序，他会再次出兵高密。

高密的事情袁世凯已经知晓，他也如叶世克一样，预测高密阻路问题可能会出现反复，为此强化了控制手段；但没想到，季桂芬、曹榕两人还是没有按照他的意思，控制住局面。这让他在大失所望之余，变得恼羞成怒。很显然，自己错误估计了形势，高密民众的抗德情绪远比想象的强烈的多。问题在于他信誓旦旦地向叶世克打了保票，对方撤出了军队，而自己却无力承担保护的责任，这让他陷入被动。更严峻的是，如果如叶世克所说，再次出兵高密，非但前功尽弃，不但不能取得太后、皇上的理解，反倒会把激化矛盾的罪责归于己身，那真的是开门跌了个大跟头。

查办季桂芬。

盛怒之下的袁世凯招来按察使胡景桂，让他亲往高密调查处置，叮嘱他，专门调查季桂芬侵吞补偿地价之事。说着，把收到的反映季桂芬问题的举报材料丢在他面前。

胡景桂半天没说话。直到袁世凯不满地瞪他一眼，才面有难色地说："现在调查此事，是不是不合时宜？"

袁世凯怒气未消，说："我本不想多生枝节，现在看来很多事情都是季桂芬处置不当造成的。"

胡景桂说："季桂芬本来就对处理铁路事宜不太积极，上任伊始提出要专人专办铁路，虽有卸责之嫌，却也并非没有道理。后来因无人支持他，便消极起来。这是实情，但侵吞地价之事，或许不一定为实。"

袁世凯说："那就查查看。"

"可……"胡景桂吞吐道，"民间多有人支持季桂芬。"

"支持？"袁世凯说，"他沽名钓誉，一味迁就村民，不讲原则，不讲大局，才造成现在的局面。"

见袁世凯火气依然很大，胡景桂诺诺不敢再言，忐忑地去了高密。

听说胡景桂到了高密，季桂芬心里就开始发毛。他已经从内部渠道听到了有人参他，知道胡景桂一定有备而来，思考着应对之策。想来想去，觉得自己的所作所为并无破绽，所谓不法之事无非官场通则，究则有，不究则无。如果一味软下来，反倒会让人生疑，所以立定主旨，保持强硬。

胡景桂并无为难季桂芬的意思，知道高密县令恐怕是当今中国最难做的县令了，怀揣恻隐之心，便想和他做番深谈，让他明白巡抚大人的意思，下功夫把高密民众的情绪安抚好，其他问题也便容易解决了。没想到季桂芬并不领情，两人一坐，自己还没说话，对方就嚷道："大丈夫行得正，做得直，无愧于心，无愧于民众，大人明鉴。"

胡景桂一时不知如何接话，沉吟半晌才说："季大人，我并没问你什么，何出此言？"

季桂芬一愣，自知过于敏感。此言一出，便是此地无银三百两的意思了。

胡景桂并不想让季桂芬难堪，说："季大人，高密的事关键是处置好铁路问题，大事讲原则，小事讲方法，不可一味迁就。"

季桂芬这些天肝火有些旺，胡景桂给了他台阶下，他还是不能领情，依旧愤愤不平道："我知道省府衙门都道我迁就百姓，可有没有想过百姓之苦之难，可知德军是如何残害百姓的？"

胡景桂对季桂芬的情商很是怀疑，但还是善意提醒道："知大人为官不易，但人言可畏。"

季桂芬竟然轻蔑一笑，道："清者自清，浊者自浊。身正不怕影子斜。"

话就说不下去了。胡景桂知道自己想以公平相待，反倒是季桂芬对自己先抱了成见，也便不客气道："季大人，总之事情是没有处理好的。如果德国人再派兵来高密如何办？"

季桂芬一愣，下意识地道："他敢？"

胡景桂说："难道德国人不敢？"

季桂芬怔了半天，最后说："本县不敢狡辩，如有违法情事，甘受撤参之罚"。

这几乎就是顶撞了。胡景桂掸掸衣衫，转身而出。从此再未与季桂芬谋面。季桂芬事后也觉做得偏激，几次要见胡景桂，但胡一直在乡里走动，并无定所，不几日就打道回府了。很快，袁世凯就以"功少计多""隐匿欺饰"将季桂芬的顶戴摘了。曹榕又临时兼任了高密的差事。胡景桂也再次派往高密辅助处置铁路事宜。

就在此时，骄横的叶世克果然又出兵高密。在他看来，这次是师出有名，既然袁世凯答应的事办不到，那我就理所当然地实施铁腕手段。

袁世凯听到叶世克出兵的消息后，知道事已至此，不能不碰这个硬钉子了。毕竟，这是他和叶世克第一个回合的对决，不能落了下风。首回合的对决将会直接表明自己对自己处置铁路问题的基本态度和原则，因此至关重要。袁世凯胸有成竹，发电给叶世克，不必劳公派兵，我自会对总督有所交代，山东巡抚衙门将派兵弹压。信发出去，兵也第一时间派出去了。几乎是在同时，德军与清兵都到达了高密。

胡景桂傻眼了，他没有想到会出现如此焦着的局面，德军和武卫右军一部在高密碰面了，一旦发生摩擦那就是大麻烦，他根本担不起这个责。他急忙发电给袁世凯，请示如何办理两军驻扎事宜。袁世凯并不给他回话，他在和叶世克较劲。胡景桂的担心也是他的担心，但他心里明白，其实这也是叶世克的担心。他的武卫右军是大清的精锐之师，相信叶世克不会不知，也不会轻易敢碰。他就是要让局势向着一个难以预测的方向发展，就像两个挥拳相向的巨人，一旦有谁稍有犹豫就会丧失主动并且会给对方以主动。袁世凯要向叶世克表明自己的强硬姿态，这既是应对德军擅自军事干预的态度，也是接下来逼迫山东铁路公司坐下来谈判的手段。袁世凯没有退却的余地。

最终犹豫的还是叶世克。这次带兵来高密的不再是毛威，而是换成了上尉康裴德。毛威已随新组建的东亚远征军前往北京。毛威之前在高密的遭遇使得康裴德所率军队更加小心翼翼，当他刚刚到达高密后便接到叶世克来电，知道了山东巡抚衙门的军队也已进入高密，要他小心处置。康裴德马上找了块易守难攻的地段扎营，并不轻易出击。

很快康裴德就发现，清兵的兵营也扎在了距德军营地不远的地方，因地势原因，康裴德对清军兵营的情况观察得清清楚楚。清兵进进出出，不断在铁路沿线村庄搜索着什么；有时还会押着村民回到营地，显然是找到了破坏者……康裴德一直在静静地观察，并将情况及时通报给叶世克。

这一天，德军发现有清兵军官模样的人向自己的营地走来。康裴德命令开门纳客。清兵军官进来后说："来向康裴德上尉通报，破坏者已经清剿完毕，筑路可以重新开始。"

康裴德知道清军对于德军的情况是非常熟悉的。便说："辛苦各位了，但真的能够确保工程的开工？"

清兵军官说："放心，袁世凯大人说了，我们一直会驻守在这里，确保铁路工程顺利推进。"

康裴德点头，说了感谢的话。看得出来，清兵是真心确保铁路的开工建设的，这也是他从这些天的观察中得出来的结论。

不几日，山东铁路公司的筑路工人们又开始忙碌起来。偶尔会有清兵从德军营前走过，康裴德主动上前打招呼。山东巡抚是在用心兑现承诺的。锡贝德来找过康裴德，说："你们可以撤回去了，袁世凯的兵比德国兵更卖力。"

这话听得虽然有些刺耳，但也不是没有道理。因为从他们来到高密之后，还没有出过营地。

信息传到殖民地，叶世克判断出了袁世凯的诚信，也有了撤兵的想法。这次的出兵对他来说最大的收获，是得到了进一步确认，他是可以自由向山东内地派兵的，因为无论清廷的中央政府，还是山东地方政府都已把这种方式视作了常态，没有再施加任何抗议。甚至西方列强对此也没有半点异常反应。

双方所刻意营造和维护的和平景象其实并不真实。不但德军上尉康裴德没有意识到，就连清军官兵其实也被麻痹了。在这种平和的气氛中，孙文酝酿已久的偷袭行动找到了机会。这天，放松了警惕的德军三五成群地来到赵庄赶集，在拥挤的人群中，一位德军突感身体异样，用手一捂痛处，随即扑倒在地。有人惊呼："有人被捅了。"人群轰散。其他几位德军见状，寻着若隐若现的目标去追。人影进了一个村子，追在前面的德军也跟着进了村子，跑在最前面的突然一声惨叫，跌进了草席掩盖着的陷阱里；另一位转身想跑，一把利刃横向脖子，顿时鲜血喷溅；还有一位德军慌不择路，自己跑进了村边的树丛，被人捆住了手脚，吊死在河边树上……

袁世凯认为与叶世克的过招已掌握了主动，没想到横生枝节。他知道，如果自己不出手的话，德军的报复马上就要开始了。为把可能出现的伤害降到最低，他第一时间给叶世克发电，除解释和哀悼外，表示会给对方一个满意的交代。袁世凯对高密的村民忍无可忍了，他知道不大开杀戒不足让德国人满意，不足以促进事态的解决，也会使自己的主动权丧失殆尽。

当然，他认为自己是怀揣着一丝悲悯开始了接下来的这场屠杀的。在他看来，无论如何，自己比德国人更善良，也会更加有分寸。他宁肯自己杀高密百姓，也不愿意让德国人杀。袁世凯为自己的举动感到了一分悲壮，也为可能背负的骂名附加上了一层庄严的责任和使命的意味。

8

袁世凯开始大张声势地捕杀高密乡的村民，一时间周边村子鸡飞狗跳，大批村民被捕捉拿问，反抗者被乱枪射杀者大有人在。康裴德远远地观望着周围发生的一切。他接到叶世克的命令，一旦发现袁世凯的军队只是虚张声势便毫不客气地出击，很显然，袁世凯没有给他出兵的机会，他看到了袁世凯对于治下村民的行动是真实的，并且还能够不时地得到清军对捕杀村民情况的通报。

袁世凯对督阵的胡景桂说:"不可糊弄,必须绝德军口实。"

胡景桂明白其中利害,知道不用猛药不足以治沉疴。这一通捕杀着实把村民吓住了,村民们原本以为像从前一样,上司无非做做样子,没承想,姓袁的真下毒手,果真和德国人站在一起。袁世凯由此也在高密留下了恶名。

这天,胡景桂突然接到袁世凯的信函,要他立即赶回济南。

胡景桂不敢怠慢,即刻起程。到得巡抚衙门,请见袁世凯。

袁世凯先问了高密的一些情况。胡景桂把这些天捕杀破坏者的情形详细做着讲述。讲到一半,却发现袁世凯脸色变得难看起来,他不知道哪里不妥,语气就不连贯了。

袁世凯问:"你觉得收到效果了吗?"

胡景桂说:"当然收到效果了。现在高密乡的百姓消停多了。"

袁世凯点着头,但看得出来,却并非对他的认同,而更像是在画出的问号。

"长期如此,也不是办法。"袁世凯说。

"那……"胡景桂不知如何作答。

袁世凯说:"非常措施应当适可而止,总得找个彻底解决问题的办法。"

胡景桂无语,他不知道袁世凯所说的"彻底解决问题的办法"是什么。

袁世凯说:"我已经在高密赢得了足够的骂名,也该停下来了。"

胡景桂明白,袁世凯爱惜羽毛了。

袁世凯自言自语道:"他们都叫我刽子手、屠夫,恨不得扒我皮,抽我筋。"

胡景桂低语:"那倒不至于。"心里却在想,有过之而无不及。

袁世凯无奈摇摇头,说:"他们不了解我的苦衷。要把'一碗水'端平不容易。我已经向叶世克做出承诺,就得兑现,谁先破坏了规矩,就得惩罚谁。外国人为何信我,支持我来山东任巡抚,无非就是言必信,行必果。"

胡景桂只是听着。

袁世凯说:"但是,我想……现在应该改变下策略了。擒贼先擒王,要想彻底解决问题,归根结底还是要把领头人解决了。孙文,杀了。"

胡景桂听罢一惊。半天才说:"杀孙文谈何容易。十里八乡都护着他。"

袁世凯说:"正是因为如此,才是釜底抽薪之法。"

胡景桂面有难色，说："道理如此，但实施起来，难度太大，没有把握；再说，哪怕是真的抓了孙文，高密这锅汤可就算大开了，能不能控制得住局面也就很难说了。"

袁世凯说："这是治本之策。风险当然有，但我不信孙文有这么大能耐。"

"如何能够捕杀得了他？"胡景桂一筹莫展。

袁世凯当然已经把这个问题想透彻了。"找他的对头。"

一句话提醒了胡景桂，从孙文的对头冤家那里找到捕杀的机会，这倒不失为一条妙计。

袁世凯的命令当然不能违背。

领命回到高密的胡景桂开始派密探四处打探孙文下落。村民对这些突然而至的陌生人保持着足够的警惕，但还是有位密探打听了蛛丝马迹。那是孙文的邻居，姓黄。两家在一块土地归属问题上闹了多年纠纷，这些年因孙文的特殊身份，这位黄姓邻居一直被压制，心怀不满，却又无处发泄。所以当有人向他询问孙文的消息时，心怀鬼胎的他便透露了他的行踪。

孙文正藏在赵庄的一个远房亲戚家养伤。他是上次夜袭铁路公司施工住地时受伤的，并无大碍，只是因为这些天风声紧张，不敢轻易出门。密探进一步确认了信息的真实性。当晚，胡景桂就带兵包围了赵村，毫不费气力把睡梦中的孙文抓了。

孙文被下了大牢。

捉住了孙文，胡景桂大喜过望，困扰了清廷多年的难题在自己手里解决了，暗自庆幸，颇为自得。当天就派人到省府向袁世凯报告。袁世凯听罢也是惊喜不已，没想到胡景桂如此之快便完成了他交办的这件大事。高密的筑路从此有了保障。袁世凯责成胡景桂从速将孙文押解济南法办。

虽有预见，但胡景桂还是没想到，捕获孙文，其实才是麻烦的开始，自己捅了"马蜂窝"，高密村民被彻底激怒了。过去一直捕获不到的反抗者突然间都从田间地头冒了出来，老实巴交的村民蓦然间挺直了腰板，甚至连小孩子也跑上街喊"放孙文"……村民都不怕死了，不约而同地涌向高密县衙，向曹榕、胡景桂示威，要求放人。

曹榕惊恐万状，对胡景桂说："惹了众怒，如何是好？"

胡景桂先还镇定，渐渐也坐不住了，衙门外的人越聚越多，呼喊声越来越大，眼见局面很快便会导入不可收拾的地步。就在这时，德军上尉康裴德也来到县衙要人，口口声声嚷道："孙文是杀德军的罪魁祸首，必须交德军处置。"胡景桂严词拒绝。康裴德闹了一通之后走了，但胡景桂知道，自己成了矛盾焦点。孙文只要在县衙一天，危险便会进一步加大，很难说不会发生意想不到的事情。外间已有传言，说有人已经做了劫狱的准备。

曹榕和胡景桂一筹莫展。

"胡大人看如何处置眼前局面？"

胡景桂叹气说："事不宜迟，马上解往济南。"

曹榕说："难，走不出高密。"

胡景桂知道曹榕的判断没错。这是最大的难题。

"可是……如何向袁大人复命？"

曹榕说："事不宜迟，马上在高密解决此事，否则必有麻烦。"

"可……"胡景桂怕引起袁世凯不满，另外如此一来也让自己的功劳打了折扣。

曹榕明白他在想什么，便不再说什么。

孙文成了烫手山芋。

孙文关在县衙内的地牢，天天唱茂腔，撕心裂肺，壮怀激烈："有孙文，无铁路，高密乡里大丈夫；有铁路，无孙文，一腔热血拜先祖……"只把胡景桂、曹榕唱得魂不守舍，惶恐不安。

权衡利弊，胡景桂痛下决心，在高密秘密处决孙文。他给袁世凯写信说明情况，直言孙文无论如何是押解不到济南的，所以必须就地正法。信寄出后，便与曹榕布置，这天晚上半夜将孙文由地牢提出，破布堵嘴，悄无声息地将其押解至高密城外大石桥砍了头……

清晨，红彤彤的太阳出来了。高密城外的田野被一片血色浸染，清冷的风把凝重之色涂满沟壑山坡，悲情迅速蔓延高密城周边。县衙门口的骚动消失了，高密沉浸在一片死寂中。突然间，荒郊野外有唢呐响起，有人在唱："……有孙文，无铁路，高密乡里大丈夫；有铁路，无孙文，一腔热血拜先祖……杀德军，宰巡抚，男儿从来不认输……"尖利怪异的声调既熟悉又亲切，像蛇一样钻进人们心里。

有人说，"那是孙文在唱？！"

"是，是孙文在唱。"

9

袁世凯接到张之洞的来信，信里满是对锡乐巴的溢美之词。这有些出乎袁世凯的意料，只听说锡乐巴曾在张之洞手下任职，私交甚好，却实在没有想到能到了亲自为他写推荐信的地步。就算是朝内大臣，张之洞都不怎么放在眼里。张之洞信的总体意思是，希望袁世凯善待即将到济南谈判的锡乐巴。袁世凯由此明白了锡乐巴对中国人情世故的熟稔，知道办事先托关系。袁世凯对张之洞的相托当然重视，无论听到过对锡乐巴怎样的评价，能让张之洞为之说情的人一定非等闲之辈。他也因此多少改变了这些天来从多种渠道听来的一些由非议所形成的先入为主的印象。他想还是要在谈判中仔细观察和评价锡乐巴的为人。

杀了孙文，也就等于兑现了承诺，袁世凯重新赢得了叶世克的信任，康裴德的军队也从高密撤回青岛。孙文的死虽然让高密百姓的仇恨变得无以复加，但在袁世凯残暴的镇压下，复仇的欲望还是暂时被烧灭。高密乡的阻路风潮暗淡下来。

铁路又复工了。叶世克知道他现在所要做的是尽快让山东铁路公司前往济南与省府衙门谈判，签订胶济铁路章程。这应该是他与袁世凯达成的默契，既然袁世凯能不计代价地杀了孙文，平息了筑路风波，那他也得投桃报李。再说，如果不能满足袁世凯的期待，很难保证铁路修筑不会再遇麻烦。

他再次与锡乐巴做了一次长谈。很显然，锡乐巴之前的承诺是虚伪的，他甚至根本就没有与董事局沟通，还是一如既往拿出"一事一议"来搪塞。

叶世克不再掩饰自己的愤怒。"山东铁路公司的固执连我都不能容忍，何况袁世凯。如果继续坚持消极的态度，我会报告海军部，不再实施对内地筑路的保护。"

锡乐巴见自己的拖延战术激怒了叶世克，忙起身道歉："我一定尽快成行。"

锡乐巴对高密的情况了解得非常清楚，知道自己拖无可拖了，如果不有所姿态和行动，叶世克不会放过自己。既然如此，就退一步，到济南去与袁世凯周旋。

不知为何，他并没见过袁世凯，仅仅从传闻中便对袁升出几份忌惮，无论是朝鲜的经历，小站的练兵，变法中的举动，还是感知更多的对高密事件的处置，袁世凯都表现出了与清廷官员截然不同的一面，他的手段更为狡诈，计谋更为老辣，格局也更为开阔。特别是他与叶世克的过招，处处不落下风，有理有据，让人既恨又敬。和这样的人打交道，锡乐巴提醒自己不能掉以轻心。

他仍然坚守着自己的谈判宗旨，他已与董事会进行过沟通，董事会也不再对他的任何意见提实质性的反对，一切由他根据情势定夺。向董事局汇报成为一种例行公事。尽管开始时，他还对这份无限的责任有所顾虑，但时间一长，他便尝到了以我为主的甜头，不用照顾别人的感受，不受他人钳制，确实很是愉悦，能够得到充分的满足感。锡乐巴越来越变得自以为是。

尽管他不想在济南有任何的改变，但他仍然需要对谈判细节有所准备。其间，他突然想起要给张之洞写封信，请他代向袁世凯传递些信息，以求情感上的联络。他知道，在中国官场，人与人之间的关系是微妙的。以张之洞的资历和威望，袁世凯不会不买账。

锡乐巴来到济南时刚刚过完春节，喜庆的爆竹屑还在老城的街巷飘荡，西门大街的店铺大多没有开张，门上贴着的福字、对联鲜艳依旧，鞭竹不时会炸响……锡乐巴一行的到来受到了济南百姓的围观，从西门进到老城便有人尾随，后来越聚越多，人们想知道这些骑高头大马的德国人是干什么的。有人说，他们是德国人，是来和袁大人谈判铁路事宜的，铁路马上就要修到济南了。果然，他们的目的地是巡抚衙门。

锡乐巴一行六人，除却随从之外，还有山东矿务公司总办施密特，总督府派出的官员布德乐上尉。锡乐巴与施密特、布德乐三人在巡抚衙门大堂见到了袁世凯。袁世凯肥肥胖胖，步伐笨拙，眉目间却传达着一种不怒自威的神情。锡乐巴先是想笑，随即便不自觉地收敛。袁世凯是个笑面与恶毒的混合体。心怀敬畏，可笑的成分便不足挂齿。锡乐巴心里提醒自己，千万不能因自己的过失冒犯对手。袁世凯伸出手，锡乐巴握在手里的另一只手湿润而柔软，让他恍然再次陷入自我的迷失之中。

锡乐巴介绍了随行人员，袁世凯也把参与接见的荫昌、张人骏，还有从直隶总督请来帮办谈判事务的周馥等人做了介绍。逐一握手示意，锡乐巴知道这些人将是接下来的对手。他在握手的瞬间都刻意地体会着对方传导过来的温度与感觉。

会见只是礼节性的，但也有些特别之处，那便是荫昌。会见中，荫昌还充当了翻译角色，开始时锡乐巴有些愣，没想到荫昌的德语如此流利，他所站的位置显然又不是翻译的位置。袁世凯刻意做了介绍："这位是荫昌总办，曾留学德国，对贵国有着特殊感情。"

锡乐巴顿时恍悟。他早就听说过荫昌其人，对这位尖嘴猴腮，留着一缕夸张八字胡的满族人升出敬畏。官场上的人，无人不知，荫昌与威廉二世皇帝相交甚好。

锡乐巴说："久仰久仰。"

荫昌有礼貌地还礼。

这是谈判的开场白，友好融洽，和谐自然。袁世凯对锡乐巴的印象也不坏，心想谈判或许并不会像想象的那么困难，但是接下来的发生的一切却大大出乎他的意料。他实在没有想到锡乐巴是如此死打烂缠、不讲情理的人。

10

谈判按照约定的时间在巡抚衙门的一个小院落开始了。珍珠泉的冰已经融化，清水绕墙从院落西侧的沟渠流过，流至高墙外的王府池子，然后由王府池子再到百花洲，再流放大明湖，继而进入小清可；墙檐的细柳尚未见嫩，但摇摆的姿态却已轻柔飘逸起来。谈判本来是在这样一种环境中展开的，本以为也会如斯般轻松，但没想到从开始就进入一种格格不入的状态之中，这与人们的期待相距甚远。

客套话还是有的，却是非常短暂而急促的。

荫昌显然是承担着中方的主角身份，很重要的原因或许是他的语言优势。他的开场白很是热情华丽。"……在这春光盎然的日子里，与尊敬的锡乐巴先生相聚济南，共商山东铁路的大事，实乃是我等的荣幸……我们对锡乐巴先生久仰已矣，本人也对大德国实怀钦慕……"洋洋洒洒，竟然自己也有些陶醉了。

锡乐巴的致词显得要简单得多，谈判的落差由此便开始显露端倪，只是这一刻还没人想到不和谐的调子已经由此而定。

落座后的锡乐巴马上就说了这么一段话："各位大人，我实在不明白，我们有必要坐下来谈这样一个所谓的协议或者章程吗？山东铁路公司更认为一切以现实的状况为判断依据，没有必要非制定一个千篇一律的东西，这样或许更不便于执行，更会延误铁路建设的速度，也更会激化……矛盾。"

荫昌等人面面相觑，不知为何上来就把路堵死。如此，还有谈判的必要吗？

荫昌清清嗓，说："锡乐巴大人此言就有些听不明白了，我们谈判不是要谈不要谈的问题，而是如何谈，谈什么的问题。照您这么说的话，我们为何坐在这儿呢？"

锡乐巴笑笑说："我一直对此持怀疑态度。所以，我们谈这样一个章程甚无必要。"

荫昌说："锡乐巴先生既然如此说，那就是把这次尚未开始的谈判叫停了？"

荫昌说这话的时候，瞥了一眼对方参加谈判的施密特、布德乐二人，见他们的脸上也有诧异之色。他想，难道是锡乐巴自作主张？荫昌多次听说，锡乐巴是个自以为是、擅于自作主张的人，看来，果然不假。

荫昌说："那我们就没必要再谈了。"

锡乐巴摆摆手说："并非没谈的必要，毕竟发生了那么多事情，我想巡抚衙门还是要对现在面临的局势对山东铁路公司有所承诺，保证村民不再破坏筑路。"

张人骏转头对周馥说："这是什么道理？这也不是谈判的内容！"

周馥竟然闭上了眼，嘴唇紧抿，一言不发。

荫昌说："您所说的事项已超出谈判范畴。"

锡乐巴说："巡抚衙门都不能保证筑路安全，又如何谈具体的事宜？"

荫昌此时已经不愿意再和他费口舌，只是碍于面子，还是说："大原则是巡抚大人与叶世克总督谈，两位大人早有共识。最近高密的事也处置得圆满。德军撤了，孙文被诛，已没障碍。我们坐在一起就是谈细节，谈具体问题的。"

锡乐巴耸耸肩，微微笑着说："既然没有障碍，又何必谈细节？"

这明显就是胡搅蛮缠了。荫昌等人几乎都在用一种不相信的眼神在看锡乐巴。他们压根就没有想到这位有名铁路工程师为何会如此不入流。隐隐感到，锡乐巴本不愿意来参加这次谈判，是迫于某种压力而来的，他在尽可能拖延谈判的进程。

荫昌还是不想让谈判无疾而终，便想继续和锡乐巴打太极，看他底牌到底是什么，总不能始终这么绕来绕去不触正题吧？一上午就这样过去了。

午饭后荫昌把情况向袁世凯做了报告，袁世凯大为不解。锡乐巴是何用意？既然他都把张之洞搬了出来做铺垫，为何不认真谈？

荫昌说："或许此次他来济南并非个人所愿。"

袁世凯若有所思，联想到叶世克之前对谈判迟迟不能敲定，或许正是此因。

荫昌问："怎么办？"

袁世凯说："硬谈。"

荫昌哭笑不得，硬谈如何谈？

原定每天只在上午谈，下午研究议题事项。由于上午没有谈出什么，下午也没有要研究的事项。荫昌等人还是碰头，对于锡乐巴的态度做了认真分析，大家一致认为，锡乐巴是排斥这次谈判的。既然他不积极，那就和他软磨硬泡，看到会坚持多久。

第二天，谈判照章进行。荫昌先入为主，说："今天我们谈的也算是大原则，为避免在修路时起纠纷，山东铁路公司在寻查修路地段时，应该由山东巡抚衙门派官员，会同勘办，而买地一切事宜，应与专派官员商办。勘察后确定路线后也应呈报巡抚，等到一切手续办妥后，方准动工。"

这种一点过渡都没有，单刀直入的方式既是对锡乐巴海阔天空胡云一气的回应，也是对袁世凯所谓的硬谈的活学活用。

锡乐巴觉得极不舒服，如此一来，节奏便会导入对手的轨道。很久没有答话。

以不讲话的方式拖延时间，让人可笑。荫昌摸清了他的套路，也不多说，就这么干巴巴地等他的回答。

锡乐巴终于说话了："所派官员要是从中作梗呢？"

荫昌见他仍在纠缠细节，就说："不同意当然就不能办。"

"不能办，铁路怎么修？"

"绕道走？"荫昌也不按常理出牌了。

锡乐巴愣了。两人就这么如小孩过家家般，把谈判搞成了儿戏。

张人骏、周馥虽知是不得已而为之，心里还是慨叹，如此重大的事情，竟然会陷入如此套路。

又一天过去了，在第一个议题没有谈妥的情况下，荫昌直接抛出第二个题。

"从高密村民与山东铁路公司的冲突看，归根结底还在于维护自身权益。村民最关注的是保证水道畅通，减少水害，这没错，在情理之中。高密本来就低洼，十年九涝，水道不畅，会带来绝大麻烦，这是最要紧的问题。所以，我们在章程中有一款是必须明确的，铁路所过之处应留水道，或造桥梁，或留涵洞。"

锡乐巴已经看了文本，他没想到这么快就涉及这些问题。既然荫昌这么蛮横地把问题摆在了面前，不回答也不行。但他还是立定主旨要拖。"山东铁路公司已没有更大成本空间，如果处处都修桥，铁路无法按期修到济南。"

荫昌说："这个问题如果不解决，高密的问题就等于没有化解。高压之下恢复的筑路恐也难长久。"

"如此说来，倒不如不去签这样的一个章程，还是具体问题具体解决为好。"

谈来谈去，锡乐巴又成功地绕回到了原点。他很有些得意。这么谈下去，如何会有结果？

一晃半月过去，墙角的柳枝有了绿意，荫昌等人的心情却愈发灰暗，他们知道无论如何也绕不出这个死胡同了。指示荫昌等人硬谈的袁世凯本以为可以通过耐心打开突破口，但也觉无望，终于还是失去了耐心。他把谈判的情况特别是锡乐巴的态度发电报告给总署，同时向叶世克发电说明情况，丝毫不掩饰对锡乐巴的厌恶和不满。

叶世克接到袁世凯的电报后并不感到意外，因为谈判的情况，布德乐随时在向他报告。锡乐巴的态度让他很无奈，也觉得丢脸，便发电给锡乐巴要他认真对待谈判，不能耍小聪明，因小失大。锡乐巴回电强调了诸多困难，非但不觉得自己的手段卑劣，反倒认为袁世凯会先沉不住气，总之他是要拖着尽可能不签这样一个章程。

锡乐巴我行我素，叶世克不能遥制，同行的布德乐实在看不下去了，作为总督府派出的谈判代表，尽管他的任务并不是直接参与谈判，而是为了监督保证租借地政府的权益不损害，但他还是觉得脸上无光，到了该出面干预的时候了。他也看出来，中方的谈判代表已经表现出了极大的耐心，如果一旦他们变得不能容忍，那么费尽心机促成的谈判就彻底失败了。高密危机便会再次浮出水面。

布德乐对锡乐巴说,"希望您履行对总督的承诺,以真诚的态度对待谈判,只有这样才符合殖民地的利益,也只有这样山东铁路才能顺利铺轨,否则,我们可能不得不面对非常难堪的局面。"

锡乐巴不置可否。他知道,自己的同胞现在其实也已经是自己的对手了。

其实,为了挽回局面,布德乐在头天晚上已经独自拜访了荫昌,向荫昌说明了锡乐巴的态度并非总督授权,而是他自己擅作主张。他表达了对这件事的无奈。胶济铁路虽然有着政府背景,但具体操作还是山东铁路公司,有些事情不便插手过多,希望荫昌理解,并表示一定会竭尽全力说服锡乐巴。

荫昌对德国人本就有好感,对布德乐的一番话表示认同。他对布德乐说:"请转告锡乐巴先生,如果不能进入正常谈判,巡抚衙门或许会采取强硬措施,希望好自为之。"

布德乐听得出来,这既是让他转告锡乐巴的话,也是对殖民地政府的警告。心里更是沉重。因此第二天就与锡乐巴做了一次长谈。

锡乐巴对布德乐的忠告不以为然,他认为布德乐等人一味相催,他们不能站在山东铁路公司的利益出发来考虑问题,只是单纯讨好山东巡抚衙门,以此求得息事宁人的目的。本来,叶世克在电报中的诘难已经让他不爽,现在又听了布德乐一通报怨,他当然不会开心。包括施密特也跃跃欲试,想要劝解他,好在施密特作为矿务公司总办的身份,接下来还要参与矿务章程的谈判,此时不便与锡乐巴争执,所以并没有找到合适的切入点说出来。但很显然,施密特也不愿意谈判陷入如此僵持之中。中国人在逼自己,自己人也在逼自己。锡乐巴极度沮丧和愤怒。

尽管锡乐巴的思想问题没有得到解决,但经过如此一番折腾,他还是收敛了许多。接下来的谈判中,态度有所好转,对之前所谈的问题,也有部分做了正面答复,但总体还是含混不清。看得出来他仍然抱着最后的侥幸。

鉴于此,袁世凯授权荫昌总体把控节奏,不必急于求成,但最终目的一定要达到。如果真不能谈了,要硬起手腕,做个非常了断。两个月过去了,谈判终无进展。袁世凯根据荫昌的建议,决定置之死地而后生,以中止谈判的极端方式来推动谈判的突破。

袁世凯通报叶世克,由于锡乐巴极度不合作,加之高密出现了新的骚动,巡抚衙门决定中止谈判,并不再承诺对筑路提供军事保护,直言这并非是对承诺的反悔，纯属由于锡乐巴的不合作态度造成的。德方毁约在先，德方不能将此作为向高密派兵的理由。"

叶世克不想与山东巡抚交恶，加之北京局势日渐恶化，海军第三营有更多的兵士补充进东亚远征军，已不可能抽调更多兵力保护高密铁路，如此一来，他便进入了进退两难的境地。

叶世克发电严斥锡乐巴。同时，要求布德乐责成锡乐巴速签章程。

布德乐推开锡乐巴房门，见锡乐巴正拿着叶世克的电报发愣。锡乐巴万万没想到，袁世凯竟然会下如此狠手。不要说巡抚衙门撤销兑现军事保护的承诺，就算稍有暗示，村民便会对筑路工人群起攻之。如此一来，山东铁路公司员工特别是德籍人员便会陷入极度危险之中。

布德乐半天没说话，他知道锡乐巴已意识到了危险的降临。

锡乐巴见布德乐进来，苦笑着摇摇头，极力掩盖着自己的尴尬。

布德乐说，"锡乐巴先生，一刻都拖延不起了。我们面临着巨大的危险。"

锡乐巴点点头，虽然口头上不认输，但心里已经退缩。除了尽快完成谈判，他已别无选择。

11

哪怕是这样的机会，袁世凯也不愿意轻易给他们了。

当锡乐巴重新提议开始谈判时，荫昌说："我们接到巡抚大人的命令，谈判中止了。"

锡乐巴十分沮丧。他的拖延战术是建立既有制衡状态不变的情况做出的，因为他不相信袁世凯会有改变现状的勇气，在这种状态下他可以最大限度地争取到一切有利于山东铁路的结果，当然这只是他的一厢情愿。锡乐巴的行为恰好为袁世凯改变现状提供了借口。胶澳总督也已无力为其辩解和坚持。如此一来，马上就把山东铁路公司置于了一种极度的危险之中，已经不再是进度问题，而是关系筑路工人的生命安全问题。锡乐巴如坐针毡。他知道，袁世凯既然下了如此大的决心，大有破釜沉舟的架势，自己便无条件可讲了。

他几次找荫昌，希望请见袁世凯。荫昌说："巡抚大人很忙。请耐心等待。"

在此期间，锡贝德来到济南，告诉锡乐巴，高密已完全停工，筑路工人全部撤回了青岛，所筑铁路也大多被破坏殆尽，希望总督能派兵保护。锡乐巴知道，这几无可能挽回，唯一的希望是恳求袁世凯高抬贵手，重开谈判。他为山东铁路公司争取利益的空间非常小了。

事已至此，袁世凯当然不会再给锡乐巴面子。布德乐只得亲自出面请见袁世凯。

袁世凯余怒未消，问布德乐："锡乐巴的行为已把德国人的颜面丢尽，他的所作所为缺乏基本诚信。"

布德乐深深叹息，说："我代表总督向您表示歉意，他的行为并不代表总督府，甚至也不代表山东铁路公司的利益。他……只能代表个人。"

袁世凯说："希望布德乐先生能够向叶世克总督介绍眼前发生的一切，不让彼此发生误会，也不能让一个人误了大事。"

布德乐点头应允。

谈判得以重开，但此时谈判进程已经变得摧枯拉朽，一泻千里，完全不受锡乐巴控制，他甚至失去了争取应该归属于租借地利益的所有主动权。

荫昌继续按着列好的章节往下谈。村民们对铁路对祠庙、坟墓、庐舍、水道、果园及菜园等涉及自身的利益关注最甚，荫昌念着早就拟好的条文："但能绕避，应不使因之受伤，至修理众多齐整坟墓，尤当顾惜。倘有万不得已时，公司应查明妥商，请地方官提前两个月通知该业主，使其另于他处能照原式修盖，且不使其于钱财上吃亏。"

这些具体事宜没得商量，锡乐巴只得答应。类似条款还有很多，主要旨在保护沿线村民利益，尽管有些条款不是不可以谈，但已失骄横之气的锡乐巴有一种处处有气无力，难以应对之感。诸如，筑路过程中，必须尽可能就近使用各村之人，按所录入地工人一样发给工价，包括铁路造成后，如果需要设修路、看路工役时，也应当雇佣本地老住。这么谈下来，似乎之前耽误的时间大半补了回来。

不要说，这些具体事宜，就算是些本认为非常难啃的条款，也因此变得容易了许多，锡乐巴也想极尽所能抵抗，但越是如此，他的抵抗反倒愈发显得微弱而可怜。当谈到叉路建造时，他突然警觉起来，因为条款中写有"除原约指定地段建造铁路外，不准擅行另造支路。每造一叉路，必须预禀山东巡抚"。

锡乐巴提出异议，问："如果干路中引矿、取石、运灰等项所需叉路算不算？"锡乐巴想到了原设计中的博山支线。博山虽称之为支线，但却是与干线一并设计并建造的，如果一时把握不好，把这段支线也算做荫昌口里所说的"支线"，那这条以博山煤炭为主要运输对象的铁路也便失去了意义。

荫昌心中暗笑，知道锡乐巴已成惊弓之鸟。但他还是故作沉思一番，说："博山支线不在此禁例之内。"说完，提笔在纸上勾画着。

最困难的环节还有。当荫昌把"该公司所用华人、德人，应有地方官与公司会印之凭单，以便稽查是否假冒。在勘路修路时，应由中国官派人逐段跟随，帮同照料各物以及木桩"时，锡乐巴认为这项条款过分，但荫昌不轻易松口，最后也便只得留下。

谈判快要结束了，袁世凯觉得这种情势下，应该乘胜追击，提出了一条锡乐巴所无法答复的问题，有意试探。

"倘在百里环界外有须兵保护铁路之处，应由山东巡抚派兵前往，不准派用外国兵队。山东巡抚允许竭力保护，无论在工作时，或在走车时，总使铁路一切不使匪徒毁伤。"

"本省遇有饥馑之年，或有水灾，必须赈灾，所运米粮、衣服等项，或有变乱须用兵队与此项兵队所用之军械、粮草、行李等项，应少给车价。"

当锡乐巴看到这两章条款，脸涨得绯红，愤怒之情渐渐溢周身，他几乎坐不住了，剧烈地扭动着身子，最后一推面前的文本起身离开。荫昌、周馥、张人骏平淡如初，以这些天对锡乐巴的了解，此项条款如果不能激怒他反倒是奇事。他的失态是正常的反应。

布德乐也看到了条款，尽管他更沉稳些，但还是表现出了极大的震惊。他说："缘何会有此项条款，这已经超出了山东铁路公司的权限。"

荫昌说："布德乐先生不就是代表总督府来签订条约的吗？"

布德乐说："总督府只是来监督条约签订，此两项条款似不应该在这种的一纸铁路修建章程上出现。"

荫昌早与袁世凯有过商议，至少要在此节上与之有几个回合的交锋之后才能做出最后判断，对方的这种反应都在情理之中，便说："这两项是非常情况下的约定，但只要涉及铁路的事项，本章程都是可以涉及的。"

布德乐也起身欲离开，说："我们要向总督请示。请理解，对此我们无权决定。"

荫昌说:"好的。我们等着答复。"

谈判又停滞下来,袁世凯、荫昌等人都知道此事一定不是锡乐巴、布德乐所能决定。等待,只是一种战术。

叶世克的电报终于来了,他询问两项条款的用意。袁世凯回电做了解释,表示作为巡抚衙门最关心的无非是这两条,其他都是细节,唯此才是原则,希望总督理解。一条德国修建的殖民铁路,如果对中国政府的政治利益不能有所裨益的话,实在不能说会有被保护的积极性。叶世克对此有着充分的认识。反倒不如卖袁世凯个账,以此换得他对胶澳租借地政府更多的理解支持。况且如果真的发生如条款所言及的因战争原因中国政府必须征用铁路的使用权时,有无条款恐怕都是一样的。

叶世克与袁世凯惺惺相惜,当他看到袁的来电后,沉思良久,认为并不无道理,况且铁路管理权在山东铁路公司,如果中国人有非分之想的话,只需通过技术手段便可以达到他们的目的。阻挡又有何用?

当叶世克的电文传递到德方谈判代表手里时,几个人都愣了,半天没说出话。布德乐甚至再次发电确认,才对锡乐巴说:"确定是总督的决定无疑。"

谈判终于尘埃落定。签字仪式还是在巡抚衙门大堂进行,锡乐巴此时的心情与初来时的踌躇满志有着天壤之别,他觉得在济南的两个多月几乎是一场梦魇,充满着惊喜、期待、失控、慌恐、焦虑、无助、迷惑、虚脱……从自信满满到失魂落魄,只到他在胶济铁路章程上签下了自己的名字,都恍惚不解,脑子里一片空白,他只看到在自己名字旁边所写下的那个叫作"袁世凯"的三个汉字,甚至对签下的条文是什么都想不起来了。他觉得恐惧,难得自己就这么稀里糊涂地就签下了这个之前坚持拒签的条约吗?

三月的济南,有人感受到了春光无限,喜在枝头;有人觉得春寒料峭,不胜凉意。

12

锡乐巴离开济南后,袁世凯与荫昌、周馥做了一次交流。几人在衙门备了酒食,谈些闲话。袁世凯心情很好,来山东后两件大事基本都按他的思路在进行。义和团的事虽然有人非议是他的高压政策把他们"挤"向了河北,甚至威胁京畿,但明眼人一看便明白,其实是清廷的导向在发挥作用,得到慈禧宠信的端亲王载漪正试图借助义和团的力量施展个人的政治抱负，这种风向标的作用使得义和团俨然成为保家卫国的正义之师。

几杯酒下肚，官面上的拘束也就少了，顺着义和团的话题说出自己的担忧。周馥说："实在不知道下一步会成什么样子？"

荫昌说："局面有些失控，没有哪个国家攻击外国使馆，犯大忌讳。"

"听说外国兵集结到了天津，牵头是西班牙公使？"

"也有人说，各国公推德国牵头，但德国不愿出头露面，怕成为众矢之的。"

"因为占胶澳修铁路的事，德国人已惹众怒，只是西方列强碍于各自利益，不愿和德国人闹翻就是了。"

"局势如此，很难预料。巡抚大人您看？"

周馥见袁世凯一直没说话，神态放松，脸色阴沉，便把话题交给他。

袁世凯说："有人为了达到个人的政治目的不择手段，不怕把国家给祸害了。我现在倒是更关心局势会不会影响到山东。"

"德国现在消停了，山东倒是一片乐土。"周馥有奉承的意思。

荫昌说："听说叶世克从海军第三营抽调人马组成东亚远征军前往天津了。"

"如果义和团势力真的大了，高密问题便会重新暴露，别看和德国签了章程，我还是担心村民不守信用。好在现在叶世克不会轻易出兵，他的兵力有限，又去了天津。"

荫昌说："无论德国人如何，我想大人还是尽快帮助德国修好这条铁路。铁路于山东的发展实在太重要了，现在的骡马车如何与铁路比？"

"我如何不知？虽然德国人的做法不光彩，但单纯从修铁路来讲，我是支持的。百姓不知铁路的好处才反对，等到有了好处便会求之不得，我们从现在就要考虑铁路修好后如何为我所用的问题。"

袁世凯说着看了一眼周馥。周馥看出了这一眼的特别用意，使劲点点头。

酒意浓了，袁世凯突然问："你们怎么看……锡乐巴。"

周馥听罢摇头，一副无从置言的意思。说："感觉此人轻狂。有无赖之相。"

"听说张之洞对他评价极高？"荫昌说。

袁世凯从旁边拿出一封信，说："你们看，这是张之洞大人替他写的信，把他夸得一塌糊涂。"

周馥看罢信件，说："怕是他的专业能力也没有张大人说的那么出色吧，更不要说他的情商了。"

荫昌说："别看此人张狂，其实还是对大人惧怕的，无非虚张声势，以此掩饰罢了。"

袁世凯不以为然。"他怕我什么？"

荫昌说："这就不好说了。"

三个人都笑了。荫昌如此说，大家才发现对此有同感，锡乐巴在袁世凯面前总会表现出一种局促感。

袁世凯说："他虽有专业能力，但不可深交。此人不但轻狂暴躁，还善于挑拨是非，为达到个人目的不择手段。只要我袁项城在，就不会再给他机会。"

荫昌、周馥知道，锡乐巴此行的表现让袁世凯大为不满。

13

离开济南后，神情落寞的锡乐巴到高密察看施工现场，他想确认一下，章程签订后袁世凯是否兑现了承诺。果然，袁世凯重新派清兵实施对筑路的保护，锡贝德带领施工队伍回到了现场，重新收拾残局，希望可以使工程得以顺利推进。

但是，锡乐巴却闷闷不乐。锡贝德问他原因。锡乐巴摇头，说："我也不知道为什么？"

锡贝德多少能猜得出来，他的济南之行并不愉快，受到了山东巡抚的打压，也签了他最不愿意签的章程。

他劝慰道："签章程也非坏事，对双方都有了约束。我们可能会多付出一些，但至少村民们不会再胡闹了。"

锡乐巴没说话，其实，锡贝德看到的只是表面，没人了解他的内心世界。他的不快，甚至说是沮丧根本不是因为签订了一个本不愿意签的章程，而是来自这场谈判所处处表现出来的失算。首先，他的战术错了。本以为可以采取拖延的方式延迟甚至最终无法签订章程，但当进入面对面的谈判进程时，每一分钟的拖延都可能付出巨大的精力和体力。拖延只适合于暗处、远处，互不交集的时空，而不适应于彼此的面对面，那是短兵相接，是你来我往，是刺刀见红，并且自己低估了中国人的能力，或者说高估了自己的能力。况且，袁世凯集聚了可能是国内一流的谈判高手来与自己过招，而自己却是单打独对，布德乐是以监督的身份出现，施密特作为矿务公司代表，只不过是陪衬而已。这两个人又根本不能与自己形成统一意志，反倒是在关键时候处处掣肘。他哪有力量与对手周旋？

再就是，连他自己都不明白，为什么会如此惧怕袁世凯，这种惧怕并不是一般意义上，而是一种深入灵魂的软弱。他不知道自己怕什么，但从袁世凯的身上他总感受到一种威慑的力量渗入骨髓，让他的手脚麻木、颤抖。袁世凯的身材是可笑的，哪怕是这种可笑也透着一种欺骗与隐瞒，那些可怕的符号都写在他一眨眼一张嘴间，他走路表现出来的笨拙也会让人体会到熊的尖锐的利爪，他的身上无处不透出一种慑人的气息。张之洞的严厉都没有让锡乐巴胆怯，但袁世凯由内里所透出的杀气却让他胆寒，哪怕更多时间里他所表现出来的慈善与平和也让他周身不得舒展。

谈判过程中，他并没太多出现，但他的意旨所表现得非常强烈而鲜明，就像始终在荫昌背后站立着，在他强行停止谈判的日子里，他在锡乐巴心中所投射出来的影子愈发强烈恐怖，有几次锡乐巴甚至看到了他在珍珠泉旁的影子，本想有意向前与他交流，但却见对方冷冷折身而去，明显是在躲着自己，自己也没有跟上去的勇气。

这种触及灵魂、骨髓的恐惧、胆怯对他来说是从未有过的，他觉得在这个世界上袁世凯是一位与生俱来的让自己惧怕的人。而在这样一个人面前自己所有的叫嚣、狂望无非是真实心态的一种掩饰、一种抗拒，似乎只是为了说明自己并不害怕他，但其实自己正深陷恐惧的泥淖挣扎、呼救。

在济南，他的无知、卑微暴露无异，这让他汗颜、无解。同时，也知道袁世凯是一个可以把任何人心里的龌龊逼迫出来的恶魔。

他现在想的是尽快从济南的困顿中走出来，他还有很多的事要做。高密的筑路工程必须迅速走上正轨，否则会延误工期。在高密住了一天，又去了胶州第一标段施工现场。胶州段热火朝天的场景让他突然间寻回了丢失的自信，一种振奋重新溢满身体的角落。胶州处于租借地保护领地，工程非但没受到影响，反倒在韦勒的精心组织下，工期被大大提前了。尽管叶世克对胶州的工程有着极高的期许，也有着工期上的严苛，但锡乐巴坚信他一定会交出一份满意的答卷。

回到青岛第一个要见的当然是叶世克，布德乐和施密特已先期回到青岛，叶世克对谈判的整个过程有了更细致的了解。锡乐巴知道自己在济南的表现已经失分，所以也不在乎他人会有怎样的评判，对于与叶世克见面的尴尬也有了充分预想。

叶世克显然已从感性的认识中回归理性，对锡乐巴的人格有了完整的认识，所以他告诫自己不要太责备他，毕竟人的性格是很难改变的，锡乐巴的专业特长和组织能力并不是每个人都有的，只是他错误地估计了形势也遇上了一位中国最强劲的对手，这只能说他的命数不济。身在异乡，很容易彼此理解，哪怕是胶澳总督首先也是基于人性的角度去考虑问题。

锡乐巴见叶世克如此，也不便做太多解释，他体会到了总督的理解和宽容，足以。

叶世克说："章程既然签了，但愿高密能重新复工，加快推进。"

锡乐巴说："我刚从高密来，铁路已经开工。"

叶世克没有丝毫高兴的样子，说："章程虽然签了，但现在最担心的是北京的形势，听说克林德公使被义和团杀了，只是现在还没有听到更多消息……"

锡乐巴惊得张大了嘴巴说不出话来。

叶世克说："我担心筑路会因此再度被耽搁……"

锡乐巴知道，如此的话，恐怕胶澳总督都无法左右局面。

叶世克说："我们先不要过多关心北京的事，只有把我们的工作做好，无论形势变得如何坏，总有好的一天，等到那一天，如果我们自己滞后了，就无法弥补了。"

锡乐巴明白叶世克的意思是怕他以此为借口突破五年的特许期，毕竟高密的一番折腾，让五年的工期已经变得非常紧张。但特许期是租借地的底线，必须按期完成，否则会影响殖民事业的整体规划。

"总督请放心，我刚从胶州过来，一定会按您的要求修筑完成第一标段。"锡乐巴说。

叶世克对胶州段工程的进度非常了解，他说："从铁路的建设看，胶州段的建成是胶澳成功的第一个标志；而更为重要的，能够标志着我们走向成熟或者说取得初步成就的是潍县煤炭能够输入这里，并通过海运抵达本土，让德国见到从中国运来的煤炭。这是政府对胶澳认可的至关重要的一步。要实现这一步,除了高密要顺利修通,还要把铁路与煤炭的开采有序衔接起来,希望您考虑好,如果潍县的煤矿能够出煤的话,必须第一时间能够通过铁路运抵青岛。"

锡乐巴听罢若有所思,这既涉及铁路修筑,也涉及与煤矿公司的接轨,实在不是一句话可以说清楚的。叶世克与他的考虑不一样,他是从租借地能更快更充分得到认可的角度着眼的,他的想法站位高,也有着更多的理想化成分。而对于锡乐巴来说,要达到这一要求不知会有多少个技术难题需要克服。

面对这样的要求,锡乐巴只有一句话的答复:"没问题,我会尽最大努力。"尽管他对叶世克的官僚做派不以为然,但凡是专业上的挑战他都愿意接受。此刻,济南之行的阴影还覆盖在他的心中,他反复告诫自己,无论在任何事情面前都要保持足够的低调和诚恳。

14

回到铁路公司,锡乐巴首要的任务是处理案头积攒下来的函件,尽管在近两个月的谈判时间里很多紧急公文寄到了济南,但还是有些文件资料尘封在了青岛总部。大部分函件无关紧要,但有一件却引起了他的注意。那是一封关于津浦铁路开始启动前期规划的函件,该件发自柏林董事局,希望锡乐巴能阅办并提出意见。

锡乐巴之前听闻了津浦铁路修建的事,那时便引起了他的高度关注,并且从中嗅到了一种危险的信号。早在1898年,江苏候补道容闳就呈请清政府准予修建由天津至镇江的津镇铁路。但由于当时张之洞、盛宣怀正全力修建卢汉铁路,如果再修津浦铁路,便会形成两条南北干道并行的格局。在张、盛看来,如此便会形成恶意竞争,盛宣怀表现最为激烈,反复上书总署,指出"内地土货不多,彼此在损。……路宜衔接,不宜并肩,故拟请总署停止津镇"。两江总督刘坤一也在盛宣怀鼓动下,上书朝廷"津镇铁路,上策不办"。容闳的奏议受到打压。

但是,随着德国占领青岛签订《中德胶澳租借条约》后,容闳等人又看到了机会,再提建津镇铁路一事,并且将南端的终点由镇江转移到浦口,因此又被称津浦路。张之洞、盛宣怀等人虽然极力反对,但其间所隐隐透着的遏制德国人的意图又使他们颇为警觉，反对声不再那么强烈。

锡乐巴作为铁路工程师，对发生在中国内部的关于铁路修建的矛盾非常了解。在他看来，《中德胶澳租借条约》签订后，随着胶济铁路修筑至济南并且极有可能延伸到德州甚至会与卢汉铁路的某个车站连接，那么津浦铁路修建的可能性更小了。按照《中德胶澳租借条约》规定，"中国允准德国在山东省盖造铁路二道"，一道"由胶澳经过潍县、青州、博山、淄川、邹平等处往济南及山东界"，也就是锡乐巴正在全力修建的这条铁路，有时又被称为胶济北道。而另一道是"由胶澳经沂州经莱芜至济南"，具体线路走向是，从胶州至临沂，经莱芜、兖州、泰安到达济南，这条可以称之为胶济南线的线路走向恰好与进入山东后的津浦铁路重叠。

条约签订后，山东铁路公司全力举办胶济北线，对条约中所说的南线将视北线建设情况再确定开工时间。如果津浦铁路重新启动，麻烦就来了，那将会夺胶济南线。单凭中国的实力很难建成这样一条较胶济铁路两倍之长的南北大干线，英国一直渴望攫取津浦铁路修建权。这对于已经视山东为禁脔的德国是无法容忍的。

在德国人看来，津浦铁路由英国所盘踞的势力范围扬子江畔出发，向北迤逦而来，自然是想趁德国的影响力尚未稳定之前急于渗透与挤压，抵制是必须的，所以捍卫德国在山东修筑第二条铁路的权益，不容许另外一条铁路穿越山东是德国所必然的行动。

这种局面当然也是张之洞、盛宣怀所乐见的。

所以，英德间对津浦铁路的修建一直暗中较劲，在局势非常紧张的时候，董事局曾将相关情况通报给锡乐巴并希望他提出应对建议。

锡乐巴知道此事并非自己所能解决，必须调动国家机器整体动作才可能有所收获，但他还是突发奇想向董事局提出了一个所谓的解决方案，那就是，把规划中津浦铁路线路向西移动，在铁路线由江苏北部进入山东前，向西北折拐，进入安徽，再由安徽经河北到达天津，这样就可以避开山东，避免与山东铁路公司的第二条线路重合。

这样的建议连锡乐巴本人都感到荒唐，其中大部分掺杂着戏耍嘲弄的成分，他甚至猜想如果英国人知道后一定会暴跳如雷，当然很大程度上这样的一份所谓的建议基本在董事局便会被丢进纸篓。但是，不可思议的是，董事局竟然真的通过外交部门将这一方案递交到了英国人手里，更为滑稽的是英国人竟然接纳了这一方案，决定一试。这下轮到锡乐巴目瞪口呆了。

英国人的"认真"让锡乐巴的建议迅速成为争论的焦点。如果津浦铁路在进入山东前折向西北进入安徽，那便会与卢汉铁路更加接近，张之洞、盛宣怀当然更加无法容忍，这对于操持着权柄的重臣大佬们来说，绝对不会让他们得逞。锡乐巴对此早就有预见，这也正是他的阴险所在，故意挑起清廷与英国的纠纷，从而打乱津浦铁路修建计划。

英国人的尝试当然以失败告终。

而此时锡乐巴所接到的董事局的来信，是向他通报了津浦铁路建设的进展情况。

鉴于德国的强硬立场，英国决定让步。信中引用了英国外交部的描述，"如果德国希望特别规定通过山东省的部分将由德国资本建筑，而其余的归英国建筑，在我看来，只要对行车权力和全线运费率做出明白规定，就无须强烈反对"。

让锡乐巴神经突然绷紧的是，德国与英国已经于1898年9月分别委托德华银行、汇丰银行在伦敦召开了一次会议，专门商讨津镇铁路投资事宜。信中附有一份抄录的会议纪要：

时间：1898年9月1—2日

出席者：德国辛迪加代表汉西曼，中英有限公司代表凯司威克，汇丰银行代表卡默龙和布罗赛。

汉西曼对英德两国在中国要求铁路让与权和利益范围，提议如下：

一、英国的利益范围，包括：

扬子江流域，但得将山东各铁路接至镇江、扬子江以南各省、山西省，以及接至京汉线上正定以南某点，和跨过黄河通至长江流域的连接线。

二、德国的范围，包括：

山东省和黄河流域并接至天津、正定，或京汉线上另一地点，南面通到镇江或南京，与扬子江相连接。黄河流域经谅解，只限于山西省内的连接线，以及通到长江流域的连接线，前者为英国利益范围的组成部分，后者也属于上述利益范围。

（大家）同意（这一提议），但作如下修改：

自天津至济南或至山东省北界另一地点的铁路线，以及自山东省南部某地至镇江的铁路线，都由英德两国辛迪加（即以德国辛迪加为一造，汇丰银行和中英公司为另一造）承筑，其办法如下：
　　一、两线所需资本由英德两方联合征集。
　　二、自天津至济南或至山东省北界另一地点的铁路，由德国方面建筑、装备及经营。
　　三、自山东省南部某地至镇江的路线由英国方面建筑、装备及经营。
　　四、路线建成之后，悉由英德两方联合经营。
　　就会议记录所记载，另外又同意：除非山东路线是在同时建筑，德国方面或英国方面俱不限于只在其指定范围内建造铁路。
　　……

　　英德竟然擅自在中国划分势力范围。锡乐巴突然感到困顿和不安。
　　信中特别告诉锡乐巴，清政府已经准备与英德财团签订《津镇铁路借款合同》，将会以山东峄县韩庄运河桥为界，分南北两段投资修建津镇铁路，南段由英国负责，北段由德国负责。
　　如此说来，《中德胶澳租借条约》中所说的山东"第二道铁路"将会在一番纠葛、纷争、妥协、退让、权衡中被改变、消失，那么对正在修建的胶济铁路会有多大影响？如何调整与适应？他觉得必须高度关注事态发展。这或许也是董事局将相关情况通报给他的原因所在。

15

　　津镇铁路修筑对胶济铁路可能构成的威胁当然是个严重的问题，锡乐巴把信件专门放置在书桌中间的抽屉中，又打开其他信件看。看完后，把无关紧要的处理掉，只留下了一封关于四方机厂选址问题的回函。
　　在四方机厂的选址问题上，董事局同意锡乐巴的想法。已经没人能阻止锡乐巴在胶济铁路建设中的绝对话语权，这也使得他愈发独断专行，刚愎自用。经过与盖德兹的明争暗斗，已没人敢和锡乐巴叫板。实践证明，锡乐巴放弃潍县而在青岛四方建设机车工厂是个明智的选择，从塔埠头上岸的铁路建设设备和机车车辆配件已经在四方附近形成了一个规模较大的集散地，很多设备就地组装，有些工棚已经搭建起来，虽属临时设施，但隐隐已经颇具规模，并且组装的工序已经在这些工棚间形成一种协同的联络关系，大量设备得以以最快速度组装完成后运送到施工现场。如果将来更为笨重的机械、车辆设备到达后，这些临时性设施显然无法满足需求，而这种状况随着铁路建设的推进会越来越突出。锡乐巴觉得与津浦铁路的修建相比较，四方机厂的建设是眼前更紧迫的事情。

董事局的来信主要意图是需要一份关于四方机厂建设的具体规划，包括整装、分装、木器等厂房的规模、形制，锅炉、车架等型号标准，厂区内敷设的轨道的长度、方式，工人的休息区分布……这些事无巨细的事项，他必须要与多浦弥勒做细致研究分析。多浦弥勒是锡乐巴挖空心思从德国找来的机车工厂工程师，有着丰富的经验，他已经按照锡乐巴的要求开始在四方周边做具体勘测规划。锡乐巴想让人把多浦弥勒找来，这时却听到急促的脚步声和打闹嬉笑声。

锡乐巴知道是米勒和登格勒来了。米勒已经由第一标段转到第三标段，而第三标段正是过了高密后的丈岭、潍县一带。登格勒却有着与米勒截然不同的性格，每天总是愁眉不展，似乎越是开心的事，他的眉头会皱得越紧。此刻他是陪着米勒一路轻快地皱着眉头进到了锡乐巴的房间。登格勒负责潍县以西第四标段，与米勒的第三标段相接。锡乐巴这才想起，是他召两人来商量潍县一带的线路勘测设计事宜。锡乐巴便打消了与多浦弥勒会面的想法。

叶世克对通车到潍县的渴望让锡乐巴意识到有必要进一步稳定潍县一带铁路线路的勘测。虽然已经有了初步选线，但还要进行深度的地理地质勘测后才能确定路基走向，凭着多年经验，他认为，潍县一带复杂的地形地貌或许对整条线路走向会产生重大影响，这种变数会让工期、成本变得难以控制。

在此之前，锡乐巴已经与米勒、登格勒探讨过这个问题。米勒很乐观，他认为虽然现在线路走向所跨河道较多，但桥梁技术完全可以解决这些难题，至于说，线路如果往南移动一些，可以避开较宽的河道，但向西的线路也将会相应出现较大改变，如此便对整条线路产生影响，显然是不合适的。

登格勒却不这么认为，他坚持认为潍县北部的地质条件很差，很可能在这一带有地质断层结合部，向南偏移些或许能避开这个断层。

两人的论断都是推测。

锡乐巴对二人说:"我们马上去潍县重新进行勘测。"

米勒、登格勒面面相觑。米勒说:"现在就去?"

锡乐巴说:"明天。"

登格勒说:"那要准备。"

米勒说:"推一天。"

锡乐巴说:"好。但是越快越好。"他也知道,重新勘测考察需要携带必要的设备,需要有个准备的过程才行。

两天后,三人出发了,同行的还有三名中国雇工,他们携带着勘测设备肩扛车推向着潍县出发了。途经高密,锡贝德在迎候他们,并且也一同前往参与勘测。锡乐巴问起高密的治安,锡贝德说:"中国军队天天跟在筑路工人屁股后面,没人敢再破坏铁路的修筑了。这些中国军人也挺烦人,寸步不离。"

锡乐巴说:"那就好!"

米勒插话:"这个巡抚挺讲信用。五年工期内完成是有保障了。"

登格勒闷头走路,他觉得不讲话更省体力。

地质勘测非常辛苦,虽然胶东半岛的五月,天气宜人,但在开阔的潍县平原仍然会遇到意想不到的困难。根据计划,他们要在潍县北部几十公里交错的河道里,钻取不同地段的地质标本。泥泞的河道让一行人深一脚浅一脚,两种不同的语言交织着对时时陷入困境的不满和咒骂。数据不断积累,但曲线方向却在向着大家最不愿意看到的方向发展,几名德国工程师的快乐的呼喊越来越少了;只有中国雇工还在说说笑笑、骂骂咧咧,三名德国人的沉默让他们也感觉到了地下发生的变化,慢慢也沉静下来。快乐爽朗的米勒闷头走着,不时抬脚踢飞旁边的泥块;登格勒的眉头皱得更紧,一脸愁相,汗水夹杂着泥水顺着脖颈往下流。中国工人疲惫不堪地躺在河道边的草丛中、土堆上休息。

此时的几位德国工程师几乎可以肯定了一个现实,那就是潍县确实处在断裂带的结合部,基础不稳定,加之潍县以北河道交错密布、分叉较多,也将会加大桥梁的架设难度,潍县地段面临着较大的改动的可能。

回到青岛,锡乐巴找来了冯·李希霍芬的《中国》第二卷,果然在其中找到了答案。冯·李希霍芬写到,潍县处于中国东部第二隆起带和第二沉降带的衔接区，境内有四条东北西南走向的断裂带，地理地质极为复杂。锡乐巴重重地叹口气，合上书。一个巨大的难题摆在了面前。

他和米勒、登格勒，包括锡贝德有过几次争论。米勒坚持既有意见，认为哪怕是处在断裂带上也并不一定会给线路基础带来太大影响。而登格勒皱眉摇头说，"从长远看是不妥的。"

锡贝德虽然对此地段介入较少，但他支持登格勒，认为任何轻率的环节都可能造成将来运营的隐患，源头上的问题如果不能慎重解决，一旦既成实事要想再改变就会很难。

"绕行。"锡乐巴确定了这样一个答案，但他也知道绕行虽然是个稳妥和彻底解决问题的办法，但绕行的条件是否具备同样是个大问题。也就是说，潍县以南的地理地质条件是否允许；另外，这个绕出来的曲线半径太小，对于运行速度是否会有影响也是必须要考虑的因素。还有个问题，弧线与既有的线路在另一段的接轨，如果继续与原有的接轨点连接，就会在坊茨形成一个半圆。如此的铁路构造，连富有创新精神的锡乐巴也缺乏足够的自信。

方案的合理性仍然来自实践，锡乐巴与米勒、登格勒再到潍县，针对线路南移做了一次实地考察。这次考察让锡乐巴得到了惊喜，线路南移会与山东矿务公司所开采的矿井更加接近，而在原计划中，需要建立一条与矿井连接的铁路支线。如此一来，便可将这条支线节省掉。潍县以南的地质条件虽然不能避开断裂层，但上游的河道在靠南的地方汇集到虞河，使所架设的桥梁跨度变小，稳定性得到保证。

问题只剩下一个，那就是如何与向西的既有干线接轨，由此向西的线路由登格勒负责，他已多次勘察过此段，所以坚定地说："潍县以西的地势使既定线路几无更改的可能。"

米勒调侃道："那就划个弧线。"

锡乐巴说："有何不可？"

米勒愣了，他没有想到锡乐巴真把自己的调侃当成真实。

锡乐巴说："我已看好了，铁路由高密进入潍县境内的黄旗堡后，向西南拐至峡山、南流，经张路院，然后再向西北，经二十里堡，到达既有线路上的潍县站。这是一个所能划出来的曲线半径最大的弧线。张路院是这条弧线南端的顶点。大家听得出来，这是一条有利于矿务公司煤炭开采运输的方案。

矿务公司总办施密特参与了这次讨论，他对重新调整的选线兴奋不已。因为张路院正是矿务公司勘探所发现的煤炭含量最高的区域，这样一个弧形可以最大限度地把未来的矿区囊括其中。真的是有一弊便有一利。

米勒嘟嘟囔囔。在他看来，这样的改变尽管对矿务公司有利，但会增加该区段的工作量。但每个人都知道，经过这么长时间的考察，除此之外，别无他法。

除却米勒嘟囔几句外，没人再发表反对意见。锡乐巴下决心在胶济铁路的修建中划出这样一个标志性的弧线"符号"。

按照叶世克的暗示，特许期过半也就是在1902年，铁路要将产于潍县的煤炭发送至青岛，以满足威廉二世和国内民众对于这座东亚"模范殖民地"的期许。

锡乐巴知道，关于潍县的线路修正必须尽快确定下来。

16

八月的高密暑气蒸腾，绵延的远山丘岭不规则地起伏，呈现着波浪般的曲线；阔大的玉米叶长势正旺，把这个季节的绿意铺垫得厚重深邃，河道小径隐在坡底沟谷和摇曳的草色中，饱满的山野因为空无一人而显出一种孤寂与落寞，但包含其中的激动却似乎又是难以按捺的。热浪滚滚，流烟缥缈，一切都变得朦胧混沌。施工总是会在一天最适宜的时刻，譬如天刚亮的凉爽之时，太阳偏西不再直射之时，而中午时分是筑路工人例行避荫休息的时候。往常，锡贝德总会在这个时刻饱睡一场，以便太阳偏西时能精神抖擞地投入紧张的工作之中。但这天他却怎么也睡不着，心烦意乱，眼皮不停跳。折腾几个来回，知道无法入睡了，便起身出来，想到坡下河里冲凉。但就在他走出工棚的瞬间，看到了远处奇怪的现象，大骇。只见热浪滚滚的山梁沟壑间星星点点有蚂蚁样的黑点在移动，汇聚、跳动、扭曲，变换着队形，是人，还是暑气虚幻出来的假象？他揉揉眼睛，定神去看，却发现这些悄无声息移动着的目标越来越清晰，突然间就听了一片吆喝喊打声。

锡贝德一激灵，突然明白，自己已经放松了对这种既熟悉又陌生的场景的警惕，因为章程签订后有了袁世凯的军队随时保护，有了一段时间工程再无阻拦可以顺利推进的松懈，这个曾经无数次出现过的场景突然间又如梦魇般出现，并且没有哪一次像这次人多势众，村民们举着锄头、铁锨、镐，有的还端着火枪冲了上来，最前面的领头者红巾缠头，戏服打扮，显然是义和团。

义和团大师兄们参与到了高密的阻路中，带领村民攻击山东铁路公司的筑路队伍了。

锡贝德知道最怕的事情发生了。就在前天晚上，袁世凯突然宣布撤走了保护的队伍，锡贝德原以为是正常换防，没想到这个空当村民卷土重来。

锡贝德的消息滞后了。几个月前，袁世凯已正式电告叶世克，鉴于当前北京形势风云突变，义和团已被清廷授以正当身份参与保卫京畿的战斗，所以他已经很难再对高密筑路实施保护。袁世凯建议，山东铁路公司所有参与筑路的人员全部撤往租借地保护范围，也就是胶州以东，如果不能及时撤离，对可能发生的意外将不再负责。

叶世克看罢袁世凯的来电，知道北京的事态还是不可避免地波及了铁路的修建，尽管他对此极为恼火，也对袁世凯大有责备之意，但仔细一想，此事确实已超出袁世凯的控制能力，他的致电应该是真诚而不失为及时的。

清政府的变法可谓一波三折，慈禧太后软禁光绪于中南海瀛台，西方各国同情维新派，协助康有为、梁启超逃离，慈禧密谋废黜光绪帝，但却遭到各国的反对而不敢轻举妄动。慈禧因此对各国的干预内政恨得咬牙切齿。而以刚刚迎立新太子而得宠的端亲王载漪为巩固势力，不惜撺掇义和团以"扶清灭洋"为口号，蒙蔽慈禧，与洋人对抗。慈禧太后本是犹豫的，但端亲王撒谎说西方列强是要逼迫其下台，招致太后盛怒。不惜以一国抵多国来捍卫所谓的尊严。自1900年5月，各国公使眼看清政府内政外交错乱，总理衙门也"无力说服朝廷采取严厉的镇压措施"，便决定以保护使馆为名，调集军队进京。6月，各国驻天津领事及海军将领召开会议，决定成立联合军队，由英国海军中将西摩尔率2000余名法德日俄等11国组成的联军开赴北京，接着便发生了廊坊之役、大沽之役。而在东交民巷的西方各国公使馆也在以英国公使窦纳乐带领下开始自卫。在这场冲突中，德国开始并不愿意充当"带头大哥"，但德国驻华公使克林德却在东单牌楼意外地被义和团击毙。所以，威廉二世在命令胶澳总督叶世克组成东亚远征军汇入八国联军的战斗的同时，批准德军将领瓦德西率3万军队来华助战。

如此情势下，清廷已失去了对整个中国的控制，地偏一隅的高密也便如此。袁世凯无暇顾及高密甚至山东事务，他所关注的重心完全转移到了北京。

就在锡贝德受到村民攻击的时候，叶世克也下达了紧急出兵令，既然袁世凯不能保护筑路，德军就可以"名正言顺"进入高密。这是他与袁世凯的约定。他派出了两支队伍，一支驻守胶州，在殖民地与内地的交界处防范中国人可能的进攻；另一支队伍由康裴德率领前往高密，尽最大可能保护筑路。高密始终是铁路筑路沿线的重镇。在叶世克心里，这次出兵与前两次有着不同的意义，他已通知锡乐巴要结合铁路的建设，在胶州、高密建设永久性的兵营。

康裴德率队来到高密时，锡贝德已狼狈不堪地逃回青岛，如果不是早一刻走出工棚看到了黑压压的村民杀将过来，他一定也和其他几位德国老乡一样命丧高密了。这场袭击除却锡贝德逃了回来，其他德国工程师全部被村民杀死，也有大量的中国筑路工人被打伤致残，工棚被烧，钢轨被拆。锡贝德从午时仓皇钻进玉米地一直到藏到晚上才惊魂失魄逃掉，附近一直有手拿简陋武器的村民在搜索目标，幸运的是他都躲了过去。

康裴德进入高密城时面对的几乎是座空城，知县跑了，年轻力壮者都躲了起来，城里大多是老弱病残。就是这样，康裴德还是指挥士兵挨家挨户搜查，稍有怀疑便下令枪杀。接下来的几天，康裴德的队伍开始在四邻八乡进行大规模清剿，高密血雨腥风，顿成人间地狱。

如此惨烈的局面下，德军除却疯狂地进行报复，真实的目的并不能真正实现。胶济铁路的修筑实际上已完全停工，筑路工人早作鸟兽散。所谓的护路实际上已不具备任何意义。身在青岛的锡乐巴看清了当前局势，除庆幸自己的弟弟能侥幸逃离厄运外，对高密的筑路已不抱任何希望，无论特许期如何，这种不可抗力下带来的影响都是能够得以原谅与宽容的。

他现在考虑的是如何不间断自己的工作，加快推进青岛至胶州段的工程。锡乐巴对弟弟说了自己的想法，锡贝德还未从惊吓中恢复过来，根本无法集中精力做任何事情。但是，锡乐巴的可用之人并不多，特别是在高密失去了很多工程师，除却极度的惋惜与痛心外，他最大的损失是无人可用，他只能找来米勒、登格勒，本来两人正紧张准备着潍县段的开工，现在显然已不可能如期开工，正好让他们集中精力投入第一标段施工中，和韦勒一起，以最快的速度把租借地范围内的这段铁路修筑完成。米勒说："现在找不到中国工人了，他们都跑了。"

锡乐巴说："必须尽最大努力找，提高薪水，吸引他们来。"

锡贝德也被安排了活计，当然更多的是为了帮助他从恐惧之中走出来。

锡乐巴集中了所有能够组织的人力物力投入青岛至胶州段的施工中。

在锡乐巴心里，加快第一标段建设还有另外一层不为人知的想法，他与山东铁路公司合同签订的截止时期1901年，如果不能如期完成一个具有标志性的路段的话，董事局或许就会有人提出异议，这是将他排挤出山东铁路公司的一个很是名正言顺的理由，绝不能让对手有可乘之机。

而实际上也正如锡乐巴所想，胶澳总督叶世克此时接到了山东铁路公司柏林董事局希望对锡乐巴评价的函件，这将成为锡乐巴留任的重要考评依据。盖德兹在董事局不遗余力地攻击锡乐巴。叶世克对山东铁路公司这种考评方式不屑一顾，如果把锡乐巴辞退，那只能是山东铁路自己的损失，如果他们看不到这点，董事局也太过昏庸。他本人对锡乐巴的工作充分认可，尽管他确实存在着诸多的问题和毛病，尽管有着诸多的非议。

租借地范围内的74公里铁路进入紧张建设之中，有更多的筑路工人被充实进来，有更多的技术人员因无法到铁路沿线施工而全部进入这一标段，工期得以大大提前。在1900年底，慈禧、光绪逃往西安，端亲王铁定会被绞死，权势重新转移到了奕劻、李鸿章等人手里，勤王有功的袁世凯也已回到济南。虽然他仍然无暇顾及济南的事务，但在这场国难中却表现出了更大的责任担当。北京的局势渐渐稳定，随着袁世凯的回归，山东包括青岛在内的政治环境也得到极大稳定，青岛至胶州段除却大沽河桥因基础尚在施工，全线基本告成，这将成为叶世克向威廉二世献上的一份最珍贵的礼物，以此证明皇帝的东方政策取得了巨大成功。当然，也说明在混乱的局面下能取得如此重大的成就实属不易，这是租借地政府不懈努力的成果。

17

但是，让锡乐巴担心的是叶世克的身体。在他回到青岛之后的日子里多次向叶世克就高密的情况以及如何推进青岛至胶州段的铁路建设向叶世克报告，让他暗自吃惊的是，叶世克身体消瘦得特别厉害，并且总在不停地咳嗽。

他提醒总督保重身体。

叶世克攥起拳头，把虎口堵在嘴上，剧烈地咳嗽一番，说："没什么，这段时间太劳累，休息些日子就会好的。"

锡乐巴说："最近风寒病肆虐，还是小心。"

叶世克有气无力地点点头。锡乐巴见状就长话短说。

"总督大人，青岛至胶州段即将完工，想听您对庆祝仪式的意见。"锡乐巴说。这事本是叶世克提议的，他有意在胶州段完工后举行个盛大的庆祝仪式。

但此时的叶世克似乎对这样一个仪式失去了兴趣，说："你们看着组织就是了，当然还是要隆重些。"

"您要致辞的。"锡乐巴问，这是他关心的问题。

叶世克惨然一笑，说："好，好……"

又简略地说了仪式涉及的其他几个问题，锡乐巴便退出。在门口遇到了叶世克的妻子海伦·沃琳。这是叶世克的第二任妻子，3月份才刚刚在香港完婚。

海伦·沃琳说："我丈夫一直对您非常赞赏。"

锡乐巴说："谢谢夫人，总督太过操劳，他的身体状况令人担忧。"

海伦·沃琳说："他总是忙于工作。"

锡乐巴说："祝愿总督大人早日康复。没有他的支持，山东铁路公司难以取得现在这样的成就。"

叶世克的身体状况并没有如锡乐巴所期望的那样好转过来，进入1901年1月份，病情持续恶化。有时，他经常会进入一种昏昏沉沉之中，会想是什么原因导致自己得了病，到底是什么病？好多德国籍优秀医生给他诊断过，都说没大碍，但他觉得越来越不乐观。这是只有他个人才能体会得出来的。这些天里，他连续给海军部、威廉二世写报告，把青岛这些年的发展情况做着详细介绍。写这些报告的过程，成了他自己在青岛履职的回顾总结，而在他看来，对于铁路的高度关注和付出的心血是自己任职期间所付出的最大的努力。为了确保胶济铁路能顺利推进，他出兵山东内地，几乎酿成一场大的外交风波，只是在海军部的帮助下，才适时调整政策，使得事件得以平息。这件起于保护筑路的事件，让德国在中国的利益迈出了很大一步，拓展了德意志帝国在东亚的生存空间。他丝毫不讳言对此的自豪与骄傲。但在他看来，这件带有隐秘色彩的事件必然会随着时间的推移为越来越多的人知晓，所以他愿意在报告中加以详细描述。这些翻来覆去写出来的文字，最后让叶世克本人都感到吃惊，因为越看越像是临终遗言。

只有海伦·沃琳能够看到这些文本，她虽然不能尽知事件本末利害，但从丈夫笔下的字里行间，感受到了一种巨大的伤感与悲痛，这是只有与世不久的人才会流露出来的情感。她产生了一种不祥的莫名的巨大忧伤。

海伦·沃琳握着叶世克的手，说："你没事的。总督府马上就修建完成了，我们还要到新的总督府生活，这是您答应过我的。"

一番话似乎提醒了叶世克。他说："我想想去看看总督府的进度。"

海伦·沃琳摇头说："太冷了，不合适。"

叶世克点点头，但是当海伦·沃琳离开后，他还是走出房间，在回廊上眺望马上就要竣工的新总督府。他只能看到建筑一角，但它巨大的阴影投射在青岛山上，却像是反射给叶世克灵魂的一个巨大的慰藉。

从这天下午，叶世克开始持续高烧，打摆子，进入一种昏昏沉沉的状态。似梦似醒间他觉得自己被拖入了一场战争之中，他大半生都在海军服役，而这场战争却是发生在陆地，让他感到非常的陌生、无助，高岗、土岭、河道，连绵不断的玉米地……他记起来了，这些场景都是锡乐巴、毛威讲述给他的，是他熟悉又陌生的。他并未参与，但与他有关的这场战争，既遥远的，又似乎近在眼前。他感到眼前似有一架望远镜，镜头不断拉伸，一场惨烈的场面越来越近，越来越清晰，从无声到有声，从远远地指挥到完全置身其中，他被一种力量挟裹，整个身子进入一种失控状态，最后他觉得自己被完全抛进了一个恐怖的地方，鲜血、碎肢、头颅、枪支、砍刀……堆积重叠，持续不断地叠加。三次，他三次派兵去高密，他的士兵被杀，更多的中国人也被杀，他曾经为高密村民在手无寸铁的情况下的顽强反抗感到不解、愤怒，但现在他完全被一种恐惧所震慑，那些死去的中国的冤魂们在召唤他。怎么办？自己将要面对他们了，如何向他们解释？他们会如何对待自己，会不会把自己碎尸万段？他能否还能够进到天国？

叶世克的异样让海伦·沃琳深感不安和惊恐，他把总督府的高官都请到了大堂，医生再次给叶世克注射了镇静药物，所有人都明白他得了伤寒，这个病是当年青岛最严重的流行病，已致多人死亡。所有聚集过来的人都表现出一种静默，都在等待着某个时刻的到来。

1901年1月27日，德国派驻胶澳的第二任总督、海军上校叶世克因染伤寒病死亡。他已经无法回到他的国家，好在他喜欢海天一色的青岛。

2月2日，总督府在《青岛官报》发布了叶世克死亡的消息，并发文追悼。"非官方人士、传教士、商人和工程师们，在贯彻租借地的各项措施中，都给予了海军当局及机构宝贵的协助。而促使和保持这些人士同心协力的合作，是帝国总督叶世克的一大功绩。在1900年动乱的那段困难日子里，他不顾自己虚弱的身体状况，全力以赴地工作，这无疑加速了他生命的终结。因此，我们在此要牢记他的崇高功绩。租借地居民为了表达对他的敬意，决定为他树碑。实际上，他已经给自己树立了一座永恒的纪念碑，因为租借地的繁荣将使人永远铭记他的名字。"

两天后，租借地政府为叶世克举行了安葬仪式。叶世克被安葬在青岛山东麓的欧人墓地。叶世克墓地位于园区中心，墓碑由白色大理石制成，基座用花岗岩砌筑，方尖碑式，像刺向天空的白色宝剑。基座与底座之间有碑托，中间是呈半圆状的石龛，石龛中间雕刻有"铁十字"勋章。墓碑前设祭台，祭台前部刻有叶世克的姓名——Paul Jaeschke。

叶世克，1851年8月4日生于布雷斯劳（今波兰弗罗茨瓦夫），17岁以候补士官生身份加入德国海军，1881年在西印度晋升为海军上尉，1886年，在东亚成为"狼"号炮艇指挥官，并在两年后晋升海军少校。1888至1892年，叶世克在基尔任鱼雷局负责人。1892至1895年，任德国海军部中央局局长，并在1894年晋升海军上校。1895年4月，被任命为"皇帝"号巡洋舰舰长，率该舰到达东亚。1896年5月，担任海军最高统帅部外事局局长。1898年10月10日，任胶澳租借地第二任总督。1899年2月19日到任履职。1901年1月27日长眠于此。

次日，锡乐巴看到了海伦·沃琳在《青岛官报》上的答谢词，对叶世克病重期间各方给予的帮助表示谢意。

叶世克的死，让锡乐巴极度悲伤。他对这样一位杰出的租借地领导者的死伤心，也为他的成就感到由衷的自豪。在他看来，他是德意志的英雄，以他的努力把德意志的精神播散在了东亚这片热土。锡乐巴全身涌动出悲壮的内在动力。

叶世克生前一直想参加青岛至胶州段的通车典礼，在他死后不到三个月的4月25日,这样的一个仪式正式举行了。胶澳总督已换成特鲁泊。此时特鲁泊尚未到位。代理胶澳总督的是海军大校罗尔曼。为向叶世克致敬,在总督讲话环节刻意没提罗尔曼的名字,当主持人讲出"请胶澳总督讲话"时,全场静默,似乎大家都在期待着叶世克的到场,人们无不沉浸在对叶世克的怀念之中。仪式上几乎没有中国人,锡乐巴再度成为焦点人物,他简要介绍了胶州段修建的过程,讲话中数次提到叶世克对胶济铁路建设所做的特殊贡献。在高密阻路事件的大背景下,胶州段的通车更有着更为特殊的意义。尽管此前,锡乐巴的诸多表现颇受争议,特别是因为青岛站的选址问题,在青岛的德籍工程师大多对他颇有意见,普遍认为他"不可理喻",但没人对他的专业能力持丝毫怀疑。包括代理总督罗尔曼在内的人都明白为何过世的叶世克会如此看重胶州段的通车,在德国国内有很多人认为向青岛大规模投资是不理智的,而胶州段的通车显然可以展示租借地政府的成就,平息国内的质疑和不满,从而为租借地的建设打下基础。

按照总督府的提议,罗尔曼签署了请求德皇威廉二世给予锡乐巴嘉奖的文件。

青岛至胶州段通车后一个月,也就是1901年5月11日,清朝大臣庆亲王奕劻、李鸿章代表清政府与西方列强签订了《辛丑条约》。随后,载漪、载澜、载勋、英年、赵舒翘、毓贤、启秀、徐承煜、徐桐、刚毅、李秉衡、董福祥等12位王公大臣被处死,142人受到严惩。同月,山东巡抚衙门向山东铁路公司支付了10万两白银,用以补偿高密事件中的损失。

至此,停工近一年的筑路工程全面恢复,所有的破坏行为销声匿迹,辛丑年的灾难所带来的灵魂拷问,让无以计数的官员、百姓陷入深深的思考和反思之中,思考铁路与中国发展的关系,反思着中国的前途和命运。

1901年6月,海军大校特鲁泊正式接任胶澳总督。

18

叶世克死后半年,也就是1901年8月,高密乡降下了几十年不遇的暴雨。老百姓们似乎在十多天前已经预感到了一场可能会超出想象的大雨的到来,他们与天气是有感应的,也是基于多年对高密乡气候周期的经验,今年会有大雨。天先是沉闷,一团团湿气由高到低缓慢下降,纠结成人们心头的烦闷，让人憋闷的喘不过气来。太阳最初的几天里是暴晒，然后迅速投入一种昏暗之中，最后便成了一个混浊的物体粘在空中。接着云来了，胡乱没有规则也涂抹天际，黏稠不匀，凝滞几日，在某天里均匀铺展开来，天空的底色完全灰暗下来。田地里高大健硕的玉米挤在一起，密密麻麻地站立，有着一种惊悸的沉默，一种怯懦的等待，一种无助的观望……有农民在田间地头走着，也没有声音，没有行为，只是惶惑地走，看看天，看看地，再看看目光穿不透的玉米地。

　　高岗上的铁路路基长长地延伸开来。不远处，有人为孙文修了坟，官府也不再阻止。坟修在距离堤东村不远的高岗上，孤寂静默地趴伏着，疯长的庄稼、植物将那个土堆遮掩得看不清楚，但走过的村民还是习惯性地朝那个方向望几眼，他们在心里是看得到的。铁路的修建已成大势所趋，高密乡民众所关注与争取的利益似乎得到了满足，但又没有在具体赔偿上得到实惠，人们对修建铁路所带来的更长远的影响抱持着期待、怀疑、困惑，情绪复杂而又微妙。火车从孙文坟前经过，却已经听不到他的呐喊，也见不到高密人奋争的身影，就像此时此刻，人们对即将到来的一场大雨抱持着紧张、麻木、担心交织一起的情绪，接下来将发生什么以及将会面对怎样的灾难，人们似乎很明白，又似乎茫然无知。

　　雨是一点点下的，尽管有着巨大的迷惑性，但村民们知道必须做好避难的准备，高密乡应该有场大雨出现，尽管这样的雨季并不鲜见，但还是觉得今年的这场雨注定与往年不一样。因为高密乡的河道改变了，山梁改变了，道路改变了，而所面对的气候环境却没有改变，这场将要到来的大雨一定将对这种变与不变的关系做出一种准确的诠释和解读。所有的人对此只有侥幸，没有怀疑。雨一滴一滴下了半天，空气中的湿气更重，更压抑，有人喊："老天爷，你这是怎么了，有怨你就说，有恨你说骂，谁让我们遇到这个世道呢？"有人带头这么一喊，更多的人就开始联想到了高密乡的几次屠杀，几百条活生生的性命搭了上去也没挡住德国人把铁路修到家门口，最后的结局是"有铁路没孙文"了。现在更多人明白，其实大家反对的根本就不是修铁路，而是修铁路的德国人，德国人的压迫、凌辱与屠杀。一股从心里升起的怨气与沉闷的天气交融汇合在一起。高密乡面对巨大的无助，欲哭无泪。

　　天就是在这时决了口，大雨倾盆而下，像是受到巨大委屈的怨妇突然间没有顾虑，号啕大哭起来，没有丝毫间歇、停止的意思。大雨如注，下了一天、两天，第三天还在下……先是模糊了田野的绿色，天际一片朦胧，很快这种朦胧的意境就消失了，变成了混沌，变成了混浊，变成了混乱，田野的一切都开始面临着巨大的破坏，高大的玉米成片倾倒，高岗上所呈现出来的曲线早就软化、消失，村头的大树慢慢倾斜，一切都变得酥脆，变得那么容易被损毁，似乎只需要一个手指的力量，整个世界就结束了。田里水的突然就积满了，然后迅速向村庄倒灌，水面上漂浮起门板、枯枝、瓦缸、面盆、鞋子、衣服，还有人的形状，已经无法看清楚是真是假；水还在上升，向着更高的村庄蔓延，一切都无法幸免。雨下的声音已不是"哗哗"响，而成了"轰轰隆隆"的声音，雨不像是从天上下来的，更像是从地上涌出来的，天上下的与地上奔涌的连成一片，似有蛟龙奔腾宣泄。人们所说的，修铁路会触动龙脉，当官的都说农民愚昧，现在看来，似乎是真是得到了应验。太恐怖了。很明显，造成水势如此之大的一个最明显的原因，当然就是那一道曲折蜿蜒的铁路路基，它们仍然没有成为一个可以与大自然互为补偿的桥梁形式，还是仍然是一道长长的坚实的高堤，将河道拦腰斩断，尽管有了所谓的合理改造，但没人相信一个测量仪器会从根本上改变对水道的影响，无非是一种欺骗的手段，抑或是自我心理上的安慰。

　　雨下了五天，高密乡的大多数村庄在浸泡了半个月后才露出原本的样子，当然早已面目全非，人们从水里在打捞有用的东西，死猪死鸡甚至死猫都可以吃，不时有人的尸体飘过来，人们麻木地看着他们飘远。

　　……

　　高密乡的灾害让整个山东为之震惊。袁世凯紧急召集张人骏、胡景桂等人前往现场勘察，并迅速组织赈灾。胡景桂欲言又止，说："我不想去高密。高密民众会把我吃了。"

　　袁世凯看他一眼，叹道："你在后方组织赈灾物资吧。"

　　张人骏去了高密，详细情况很快报到巡抚衙门。袁世凯这才知道，高密乡的水灾远比之前听到的要严重得多，他开始调动全省力量援助高密。张人骏的报告尽管没明言，但还是可以看得出来，这场水害之所以造成如此大的损失，很重要的原因就是铁路设计不合理。张人骏说："……很显然，铁路路基阻挡了水道的泄洪，才会加剧灾情。应向胶澳申明，责成山东铁路公司赔偿。"性格中庸温和的张人骏说出如此话来，可见相当不满。

　　袁世凯知道确实需要对造成这场灾害的原因向刚刚到任的胶澳总督特鲁

泊进行通报，让山东铁路公司赔偿实在不能指望，但至少能使其惊醒，有所改进。特鲁泊听说了高密的水灾，接到袁世凯的电报，怀疑其有夸大之嫌，特别是其中隐含的对前任总督叶世克和山东铁路公司的不满非常明显，他无从判定袁世凯的真实想法。他对叶世克的崇敬与所有参与租借地建设的德国人一样，本能上也不允许中国人随意玷污这位伟大的军人。

但是，特鲁泊又是务实的，为确认袁世凯所说的真实性，他将刚刚随他来青岛的海军工程师苏梅尔找来，派他到高密进行实地考察，看到底是实情，还是袁世凯故弄玄虚，有意推责于胶澳总督或铁路公司。他反复叮嘱苏梅尔，掌握真实情况。他想以此判断袁世凯的品行，因为接下来他将会与不断与之过招。知己知彼，方能百战不殆。

尽管临行前听说了很多高密灾情的描述，但苏梅尔到达高密后还是被其惨状所震惊。同行的还有传教士卫礼贤，他筹集了大批食品物资运往高密。一路上，卫礼贤一言不发，甚至对苏梅尔的问话也不予理睬，以此发泄对总督府的不满。

苏梅尔把看到的情况写成报告发给特鲁泊，而他本人却主动留下来帮助卫礼贤。卫礼贤在高密乡有着很高威信，平时里中国人多称他为卫大人，而现在人们看他的目光已变得困顿与迷惑，看待苏梅尔更是充满警觉和敌意。但高密乡村民们还是无法拒绝两位德国人递过来的食物，他们太饿了。

特鲁泊看到了苏梅尔的来信。

信中写道："铁路管理部门似乎也承认，该地段必不可少的疏水渠道因铺设铁路而被截断，因为听说事后它计划在本路段及胶州建造一系列桥拱5米的桥梁，并且要扩建胶河大桥一至两个涵洞，每个宽15米。高密后方低洼的濠里地区，除了连贯的下沉和下滑，铁路路基不会出现重大损害。但是，该地区房屋的大片坍塌和土壤的大面积流失清楚地表明，这里的桥梁还是太狭小了，铁路的铺设严重破坏了洪水疏导系统。值得注意的是，同一铁路部门在青岛附近建造了若干大桥，甚至大得过分（不过，这使该城市获益匪浅，因为除此之外，别无其他通往海港的道路），它在中国内地建设的桥梁却又过分狭小，疏水系统在此极易失效……"

特鲁泊由此对高密的情况有了更深入的了解，也消除了对袁世凯的疑虑。他觉得非常有必要和袁世凯做进一步沟通，以确保不因这次水害损害他与山东巡抚衙门之间的关系。

苏梅尔在报告最后一段表达了他个人的一些感受和想法。"和我同行的卫礼贤博士是位深受中国人爱戴的人，我觉得如果德国人都像他的十分之一，中国人就会对德国人表现得更好。高密的水灾对德国来说是有责任的，山东铁路公司的野蛮做法在高密普遍不被肯定，尽管他（锡乐巴）做了很多工作，但他似乎很大程度上应该对造成现在这个局面负有责任。鉴于此，我准备在高密待一段时间，协助卫博士给灾民发放食物，让这些饥饿的灾民感受到德国的爱心和善意……"

特鲁泊对苏梅尔的决定若有所思。

接下来的一段时间，从得到的更多信息中，特鲁泊对锡乐巴以及山东铁路的所作所为产生了怀疑，很多人的责难变得有据可查，甚至说铁证如山。特鲁泊心情极为复杂，他对锡乐巴的印象产生了动摇。他想，这样一位对德国殖民事业有着巨大贡献的人物，又是在如何破坏着中德之间的关系，从而更深地影响着青岛的发展？只是他不知道，那位刚刚死去的前任总督，也曾经有着与他极为相似的感悟。

与锡乐巴再次见面时，特鲁泊目光里的信任少了很多，这种变化让锡乐巴警觉，并且很敏锐地感知到这种警觉的出处和缘由。这段时间里，高密的灾情几乎成了大家共同的话题，越来越多的人把痛恨的目光投向锡乐巴，包括一些德国商人、传教士、工程师都无不以复杂的心情在看他，特别是那位从高密回来的传教士卫礼贤，在公开场合抨击山东铁路公司的行为。

锡乐巴不得不向特鲁泊写了份关系高密灾情的报告，但他所表达的，却是铁路公司在这次水灾中所受的损失，以此证明高密的灾情与铁路公司无关。"异常猛烈的大雨在夏季期间引发了前所未有的洪水，不仅使新建的路基，许多铁路桥梁经受了严峻考验。在通车至潍县前不久，建成的潍河大桥，有两座桥墩于7月18日因底部受到冲击而下沉；桥梁主梁有两根跌入超过以往已知最高水位洪水的河中，汹涌的急流将一重达48吨的桥梁钢铁部件向下游冲出了600米远。这就是灾情，无论是对中国人，还是山东铁路公司都是一样无情的……"

山东铁路公司在这场水灾的损失是事实，但他们加重灾情的责任同样无法推卸。特鲁泊有着自己的判断。

当他在斟酌如何回复袁世凯的来信时，却又接到袁世凯的来信。而这次所涉及的问题较之高密水灾更加复杂敏感。袁世凯希望特鲁泊迅速将高密驻军撤回青岛，避免再升事端。特鲁泊知道向山东内地派兵是叶世克以军人的荣誉作代价为德意志帝国换取的权益，德军在高密的驻军才会有现在的合法性。如果自己刚来不久就撤回驻军，一定会引起争议甚至会让海军部产生不满。所以，尽管他很想维护修补与山东巡抚衙门的关系，但在驻军问题上还是没打算让步。

让特鲁泊没想到的，在他煞费苦心考虑如何处理好与山东巡抚衙门之间的关系时，袁世凯却调离了山东。1901年11月，袁世凯升任直隶总督。特鲁泊既感到庆幸，避免了与一位中国最强势人物的直接对话，又隐隐觉得错过了与这样一位对手的交流有些可惜。

失路惊魂

第四章

1

在青岛火车站尚未揭开它神秘面纱之前，在青岛的所有对锡乐巴持不同看法的人都抱着一种莫名的兴奋。这种兴奋当然不是怀揣着期待，而是恰恰抱持着与之截然相反的想法，他们想要看看锡乐巴的教堂理想会以怎样的丑态屹立在东亚地平线上，很多人甚至抱着不惜以牺牲租借地形象的心态让这座尚未露面的建筑变得丑些，更丑些，因为他们对锡乐巴在青岛的城市规划中所表现出来的不合作感到恼怒和愤慨。

在长达一年的工期中，这种阴暗的心理一直潜存于德籍人员特别是城市规划师、建港工程师的派对、交流、对话里面。建筑工程师格罗姆施经常会在自己的公馆举办小型酒会，有些名望的德籍人员总会接到邀请，但自从与锡乐巴在青岛站的选址问题上产生矛盾后，他便基本上把锡乐巴拒绝在了酒会之外。在青岛的德籍人员总以接受到格罗姆施的邀请为荣，而锡乐巴先是以此感到不解、恼怒，接下来便嗤之以鼻。尽管锡乐巴不再参加格罗姆施的酒会，但关于锡乐巴的奇闻轶事却大多是他举办的这样一个时尚酒会里传出来的。关于锡乐巴在济南与袁世凯的谈判，锡乐巴对胶澳总督叶世克的欺骗，乃至于叶世克的死都因锡乐巴的无耻而起；锡乐巴纵容手下员工与山东地方官大打出手，导致中德两国间的关系几近破裂；锡乐巴为中国清廷官员所不容，不要说袁世凯恨之入骨，就连张之洞也深恶痛绝……所有的事情都是建立在"有根有据"上的捕风捉影，锡乐巴对格罗姆施的酒会所传出的肆意诽谤早已怒火中烧，但因为没有把柄说明是格罗姆施的个人所为，所以他也不能做出过分举动，只是恨得咬牙切齿。

格罗姆施总是在煽风点火后刻意劝告大家，不要谈论锡乐巴先生的事情，反复强调锡乐巴先生是皇家工程师，对胶济铁路、对租借地建设做出了巨大贡献，要公正地对待这位一位优秀的人物。然后会狡黠地提醒大家，"不要连累我"。越是如此，反倒越是引起大家谈论的兴趣。

这些日子时，在格罗姆施酒会上人们谈论最多的是即将竣工的青岛火车站。格罗姆施说："一座伟大的德国式建筑就要诞生在东亚地平线上。拭目以待。"大家都明白格罗姆施说的是反话。他对锡乐巴拒绝青岛火车站的选址，改变了铁路与城市和港口之间的关系大为不满，这种不满既有技术方面的，更多却是非理性的原因，那就是他与盖德兹之间的矛盾。锡乐巴推翻了青岛站的选址方案，是对他们专业的轻视。在他看来，一个铁路建筑工程师对城市规划和建设的蛮横粗暴干涉是不能容忍的。

总之，格罗姆施最大限度地鼓动人们目睹锡乐巴出丑，而这样一个时刻成为很多别有用心者期待的日子。

韦勒参与到了整个青岛站的建设之中，他对建筑本身非常自信，但如此一个建筑真正的揭开面纱时，他对于它是否能融入整体的城市景观却没有信心。他是铁路工程师，无法具有一个城市规划师的眼光与格局。让他有信心的是，锡乐巴的稳定。流言蜚语越多，锡乐巴表现得越是沉稳安定。韦勒看得出来，锡乐巴是在靠自己的"作品"征服大家。韦勒想，这样的作品在苛刻挑剔的目光中是否具备接受验证的魅力。

这个日子终于来到了。一座典型的欧陆乡村风情的教堂式车站突然间亮相在了波光粼粼海滨之畔。它的亮相是突然的，这种突然不是来自客观的存在，而是惊艳于心理的别具一格，因为它超出了所有人的想象，更超出了意欲贬低它的人的期待，它的惊世骇俗般的呈现让所有看笑话的人的心态产生了一个巨大的翻转。

青岛站是在一个深秋的清晨亮相的，冉冉的旭日中人们突然见识到了一份独具韵味的摇曳的美。它挺拔的身姿溢彩流光，坚实中尽显灵动。东边是正渐次展开的城市，总督府、瑞典木屋、德华银行、山东铁路公司等都拥有属于自己的建筑风格，在弯曲的威廉皇帝大街勾连下形成一串欧陆韵律，青岛火车站在这样一串风景中超凡脱俗；西侧是大港码头，那里是进出青岛港的起点与终点，火车站犹如一个坐标形成大海与陆地的连接；而南侧则是伸展开来的栈桥铁码头，那里曾是章高元的部队运输武器装备的地方，而现在成为青岛建设期间最繁忙的货物运输地，延伸开来的是一望无际的海的流连忘返；北侧是新筑成的青岛火车站的站场，钢轨交错、车辆穿梭，租借地最生动的实践和最强劲的动力在这里协同动作，爆发出时代强音。从东西南北的大平面上拉近视野，几条纵横无规划的街道的斜角线巧妙地构建出一种和谐的关系，在人和车辆的缓行中让城市变得自然而流畅。

所有德国人眼里都透过一座教堂看到了一种欧陆乡情在东亚这块土壤里

生长起来的风景，两种文明在这片土地上的交相辉映。

韦勒惊叹道："我的天！"

锡贝德心里感叹，那些善于散布不实之词的人可以闭嘴了。

锡乐巴在所有来参加揭幕式的人面前表现出了趾高气扬、不可一世的姿态。这种高傲与不屑是故意做出来让某些人看的。参与揭幕式的有特鲁泊等总督府一众官员；格罗姆施也在其间，他和商界朋友站在一起，经历了一次痛苦的灵魂的扭曲和逆转，他不得不和所有的人一起拍手叫好，赞叹不已。而锡乐巴似乎对所有的一切都不屑一顾，更不要说格罗姆施等极力排挤他的人了。

2

无论存有怎样的争议，锡乐巴的成就仍然是卓著的。特鲁泊意识到，租借地政府对锡乐巴自身的问题应该自我消化掉，毕竟瑕不掩瑜。否则，德国人的不团结，特别是对于有着卓越才能的人的不容会引来质疑。所以，在1901年底锡乐巴获得政府颁发的皇家工程师顾问称号时，特鲁泊专门在亨利亲王饭店为他举办了盛大的庆祝仪式。这是锡乐巴在1898年获得威廉二世所颁发的"四等红鹰勋章"之后获得的又一项殊荣。

不只是碍于特鲁泊的面子，青岛站建设的巨大成功让之前因为诸多原因而对锡乐巴抱有成见的人不得不重新审视和修正自己的看法。是不是给予一位铁路工程师过于苛刻的评判了？人无完人。能通过一座车站，把德意志精神如此和谐完美呈现在东亚的人，他所做的一切已经足够完美。所以，很多人抱有了这样一种积极的心态来参加特鲁泊出面组织的庆祝会。

心底骄傲的锡乐巴对这样一个庆祝会却是心存顾虑的。特鲁泊的好意他心领神会，但他对庆祝会可能遇到的抵制和冷场心怀忌惮。那样的话，无论是总督还是他本人，还是参加庆祝会的锡贝德、韦勒、登格勒等铁路工程师们都会面子上难堪。所以，他拒绝了特鲁泊的好意。特鲁泊明白锡乐巴的想法，但他有自己的判断，青岛火车站的成功让很多人改变了对锡乐巴的看法，包括格罗姆施在内的青岛著名德籍工程师们都有意参加这样一个庆祝会，希望利用这个机会与他交流一下对青岛站的看法，主要还是想表达一下好感。所以，特鲁泊对锡乐巴的悲观不以为然，反倒觉得是让青岛德籍工程师们团结在一起的大好机会。

尽管如此，锡乐巴在庆祝会开始还是表现出了一种孤傲的神情，这也是他应对想象中可能出现的刁难、嘲讽等现象的一种对抗方式。其实，他所想象到的尴尬都消失了。反倒是更多人对他充满好感，对他在中国所取得的巨大成就极尽赞美之能事。

特鲁泊宣读了皇家工程师顾问的颁发令，对锡乐巴的成就给予了充分肯定，接着便是嘉宾祝辞，没想到第一个上台来的竟是格罗姆施。这是特鲁泊刻意安排的，并且瞒着锡乐巴，意在给他个惊喜。

格罗姆施说："……我们见证了一个伟大工程师的成长，见证了他为租借地所做的贡献，我们由衷地赞美……"锡乐巴仔细倾听着他说的每句话每个词，极力想从中听出一些揶揄嘲讽的意味，但格罗姆施的真诚毋庸置疑。这可以从他讲完话后，人们热烈的掌声中感受得出来。包括锡乐巴在内也情不自禁地拍起了掌。

锡乐巴做了答谢词。他对突然出现的这样热烈场面缺乏预料，所以答词也显得平淡，极力想表达的意见，又因为有些过于激动而变得磕磕绊绊。

酒会上，格罗姆施主动向他示好，对锡乐巴说："之前，我对锡乐巴先生确实有看法，也是为了青岛市的整体规划，绝无个人成见。锡乐巴先生的敬业精神与您对租借地建设的理解是正确的，您对于如何在青岛站与城市建设整体规划中的关系有着独特的理解。"

锡乐巴有些不适应，说："我……全力做好工作，发挥铁路在城市建设中的作用，只不过有些看法不同而已……"

特鲁泊走过来说："不同的见解才是推动租借地多元发展的动力。"

更多知情人看到特鲁泊、格罗姆施与锡乐巴长时间地交流，都感到一种特殊意味，曾经飘浮在青岛工程师团队上空的不和的云团现在变成了一团祥云。人人纷纷找机会与锡乐巴攀谈。

魏尔·纳拉查洛维茨上前给锡乐巴敬酒，话题还是青岛站的设计风格与租借地内涵的体现，锡乐巴觉得这个话题太深奥，他对这位设计了总督官邸的工程师心怀崇敬，但对他事必讲理论的做派感到不适应。在锡乐巴看来，他所有的一切都是借着专业的本能和灵感得到的，而非理论。

魏尔·纳拉查洛维茨从理论上论述了青岛火车站对德意志精神的标志性意义，总体的意思是说，总督官邸的建设是最大限度地从官方语境展于德意志精神的强大意志，而青岛火车站却是从民间、文化的层面弘扬了德意志精粹。锡乐巴认为他的分析头头是道，却是他在设计建造青岛站之前没有考虑过的。他暗笑，原来自己有那么多先见之明。

加入这种奉承的讨论中的还有费里德里·希比博尔工程师，他和魏尔·纳拉查洛维茨一起设计建设完成了总督官邸。他借着魏尔·纳拉查洛维茨的话往下说，但奉承的对象显然是魏尔·纳拉查洛维茨，称赞总督官邸的伟大意义，那里面也有他的一份功劳，也便是在不失时机地自我赞美了。

锡乐巴感受到了庆祝会所飘浮着的一层淡淡的虚伪浮夸之风，或许对于他们来说习以为常了，他却感到一丝不舒服。

这时，另外一位建筑师库尔特·罗克格也走了过来。他正在设计海军水兵俱乐部。他显然是个易兴奋型的人，面色通红，喝了很多酒。他说："我要向锡乐巴先生请教，如何把德意志精神根植于水兵俱乐部。水兵俱乐部虽然是个很优雅的去处，但接待的却是一群一天到晚烂醉如泥、喜欢打架斗殴的大兵……我不知道从他们身上如何展示德意志精神。"

他的加入和他一番不着边际的话，让周边的人渐自散去，看得出人们对他的做派都不敢恭维。锡乐巴只得和他应付，乱说一气，韦勒过来打圆场，拉他到一边胡吹海聊起了。

……

庆祝会是极成功的，让锡乐巴感动。他突然间觉得有一种神圣感，在忙忙碌碌的工作中他从未把自己所做到的一切上升到理论的高度来认识，很显然，他所做的一切较之他所想象的更有意义，也更为大家所认可。他感到欣慰。

3

荣誉对锡乐巴来说，当然是重要的，但对视工作为最大乐趣和荣誉，甚至可以为此不顾一切的他来说，做好接下来的工作、解决好当前面临的多如牛毛的问题才是他最大的乐趣。

庆祝会当天晚上，回到住处，他便开始翻阅秘书整理出来的近期工程进展情况。"……至济南府段的筑路工程仍在加紧进行。勘线工作全部结束；目前已在济南府为建设火车站所用地段打了标桩。土方和砌筑工程进展顺利，有大量建筑工程的㳺河大桥（每孔30米的九孔桥），尤其是淄河大桥（每孔为40米的十一孔桥以及两座长为20米的河滩桥）正在大力建造中。10月初在线路上部建筑器材可通过潍河以后，线路的铺设将会快速推进。至昌乐县一段（208公里）可望在1902年12月通车，至青州府段（240公里）可在1903年2月通车。"

尽管在1900年因高密村民阻路问题而使胶济铁路停工近一年，但后续的工作却出奇的顺利，按目前工程进度是完全可以在5年特许期内完成整条铁路的建设任务。从这份工作报告中他开始思考两个时间节点上的问题。一是按照特许权规定，山东铁路公司要在1902年6月时间过半时通车到潍县，以便尽快实现将潍县煤炭送抵青岛甚至销往德国的目标。显然，按照现在工期看，半程上会有半年的时间延误。而此时矿务公司的建设正紧锣密鼓，如果铁路不能正常修达，一旦张路院矿井出煤，就会因铁路的延迟而无法满足国家期许。而从更多的渠道得到的消息可知，威廉二世认为在德国见到潍县所产的优质煤炭是他海洋政策成功的最关键的象征。尽管有着因高密问题延迟一年的借口，但他还是不想因为自己或者说山东铁路公司的原因而让皇帝不快。

第二个问题是，胶济铁路将于两年后的1904年通达现在确定的终点济南。这本来是在规划中已完全确定的事，但由于德英两国财团暗中操作，津浦铁路的修建被迅速提上议事日程。一旦津浦铁路动工，修建速度将会非常快，因为江苏、山东内陆大多是平原，那么必然会在济南与胶济铁路迎头碰上，如此一来，如何处理两条铁路的关系就成为一个非常重要的问题，亟须考虑。

关于津浦铁路的修建，他是持反对态度的，因为它的建设非但对卢汉是个威胁，对胶济同样也是一个竞争对手。在他看来，如果张之洞、盛宣怀等人反对，那么它建成的概率较小，至少在卢汉没有形成绝对竞争力前，肯定不会被付诸实施。但因为有了英德财团的暗中推动，这件事情就很难说了。

他不明白，柏林董事局为什么没有提出自己的意见，因为在《中德胶澳租借条约》中明确载有，山东铁路公司还有另外一条铁路经过沂州、兖州、泰安到达济南，如何解决好这条线路与津浦选线的关系，柏林董事局应该拿出主导意见，因为这实际上已经侵害了山东铁路公司的利益，尽管这条铁路还没修建，但实际上已进入山东铁路公司的远景规划。柏林董事局没有理由对此充耳不闻，而锡乐巴却没有得到任何这方面的信息。

之前，由于锡乐巴从未参与过山东铁路公司对南线的工作，况且从来到山东后全部精力都集中在了北线建设中，所以他对南线的概念相对比较模糊，但现在的形势却让他不得不加以考虑。

锡乐巴觉得有必要询问一下董事局的意见。便写了封信，不久收到了董事局回信，大意是，董事局完全服从国家战略需要，从积极方面理解津浦铁路的修建，或许可以为胶济铁路赢得更大发展空间。回信虽是以菲舍尔的名义，但字里行间所表现出来的冷漠却非常鲜明，尽管相隔千山万水，但锡乐巴多少还是体会出了盖德兹在其中发挥的作用，他们的对峙与抗争从来都是在巨大的思维理念和空间跨度下进行的，这让他们之间的每一招每一式都具有宏大的叙事结构。那些无言的对白和真实对决只有两人体会得出来，而在外人看来却是八竿子打不着的事情。

锡乐巴叹口气丢下信，便不再去想。胶州段的通车让他赢得了足够的时间享受生活，但像他这样的工作狂，却总是自己不放过自己。所以关于津浦路的事，始终在他脑海里萦回。这是一个始终绕不过去的问题，哪怕根本不去考虑胶济铁路南线问题，只是北线全线通车后都难以避免与津浦铁路的冲突，胶济铁路的最终方案还是会因津浦铁路的修建而进行必需的修改和调整，因为它们会在济南交汇。

深秋的青岛格外美丽，窗外的银杏树黄了叶子，在浓浓的阳光下闪动着特殊的光泽。海面船帆飘过，海鸥翔集，一片清冷澄明。山东铁路公司住地位于青岛绝佳地段，这让他可以看到一片明亮的海，思路变得格外开阔，他易于澎湃汹涌的心情也会又得到回应。锡乐巴倒了杯红酒自酌，这让他的眼神更加有色彩。是的，有一点他倒是越来越认可董事局的意见了，那就是以积极乐观的态度对待津浦铁路的修建问题，无论回信的腔调如何官样十足，是否真的代表了董事局的本意，这种态度是应该持有的。当然，还有一种情况就是这种所谓的乐观的态度其实无非建立在政府压迫下的悲观的情绪之上。德华银行是山东铁路公司最大股东，他与礼和洋行的协定当然是建立在政府意图之上的，山东铁路公司又如何改变得了这一局面？不以乐观的心态待之又如何？锡乐巴有些得意，他似乎又猜透董事局的另外一种心事，那就是他们的无奈。

锡乐巴约了韦勒、格勒登一起到住处喝酒。登格勒下一步将会负责博山支线工程，正准备支线的勘测设计。胶州段结束后，韦勒放了个大假，去了中国内地，刚从五台山回来。推杯换盏间，快乐的话题还是自然而然地又回到工作上。登格勒对博山的繁华兴奋得不得了，他没想到在中国还有如此繁盛的市镇。他对博山的煤赞叹不已，甚至预言博山的煤炭一定优于潍县煤。锡乐巴对此不置可否。韦勒用了很大的篇幅在谈五台山的香火，然后不知怎么就转到津浦铁路上来。

锡乐巴说："你怎么看这事？"

"这是件麻烦事。"

"为何？"

"如此一来，济南站如何修建？等津浦，还是独立建站？是胶济建站，以后让津浦接入，还是反之？"

"你的意思是阻止他修？"

"我们哪有这么大本事！"

锡乐巴说："这些当然都是要面对和解决的问题，开始我也大有顾虑，但这些天想来，觉得津浦铁路或许会给胶济打开一个更大空间。"

韦勒和登格勒显然都对津浦铁路的修建很关注，听锡乐巴如此说，一起用困惑和期待交织的目光去看锡乐巴。

锡乐巴说："济无出路。难道胶济铁路修到济南就算终点了吗？济南，从来都不是我们想要的终点。我们要把铁路修到更远的地方。盖德兹也有此愿……但我们面临着很大困难。最大的困难就是怎么过黄河。津浦铁路要修，首先要解决的问题当然也是如何跨黄河的问题。胶济铁路能借助津浦铁路得以实现到达德州的目的，这不是好事吗？"

韦勒和登格勒不约而同地点头。

"如此说，我们面临的困难确实就变得无足轻重了。"韦勒说。

登格勒说："伟大的设想。"

锡乐巴说："但是，津浦铁路的修建逼迫我们要进行规划上的修改和调整。原来确定的终点站问题必须要变。但如何变现在还没有确切的答案。所以，我们需要在济南的某个地方预留块地段，以备与津浦铁路济南站接轨使用。"

格登勒和韦勒也认为是必须要做的事。提前做好土地预留是妥当的。三人就此谈了很久。

一顿酒饭的畅谈，相互补充，让锡乐巴的想法得到完善。饭后，立即给董事局写信，详述方案，以期董事局决策。但他知道，提前预留一块地段显然要付出更大成本，董事局批复结果很难预测。但从长远看，胶济铁路需要一个长远谋划。不管董事如何批复，只要是锡乐巴认准的事他都会努力争取。

深夜了。因为过度思考的原因，锡乐巴处在了一种亢奋状态。他还没有从对胶济铁路的畅想中自拔出来，这是典型的工作偏执狂的状态，虽然他经常提醒自己这样有害健康，但他还是不能避免这种状态的反复出现。尽管锡乐巴曾经否定了盖德兹把终点放在德州的方案，但条件一旦成熟他会极力把胶济铁路拓展到最大空间。现在的他被一张无限延展开的铁路网激动着。试想，如果胶济铁路过了黄河，就可以与京奉铁路相连接，由京奉可以转至即将全线完工的中东铁路，而中东铁路是可以直达俄罗斯，由此抵达欧洲就成了现实。也就是说，在不远的将来，由德国来青岛，不仅只有水陆，陆路通道也正在构建形成。一个辉煌的铁路梦在锡乐巴的脑海里闪烁着璀璨的光芒，照亮了他生命的每个角落。

如此美好的畅想，激发了锡乐巴的热情和干劲。他决定尽快前往济南拜会山东巡抚。此时的山东巡抚已换作张人骏。

袁世凯的离任让锡乐巴打消了很多顾虑，更有信心完成胶济铁路与将来津浦铁路的接轨。

4

津浦铁路的修建毕竟还有两年的时间可以考虑，而铁路修建工期如何与潍县地区矿务开采相衔接的问题，这是他能够掌控和处置的现实问题。

1902年初，锡乐巴接受施密特邀请来到潍县矿区考察。他与施密特之间的交流是充分的，正如山东矿务公司与山东铁路公司源于同一母体，同样的基因决定了彼此的亲密无间，哪怕是在一些问题上有不同看法也不影响这种亲密关系。施密特有着肥胖的身躯，但为人谦和低调，很好地互补了锡乐巴的强势。这也是锡乐巴对他表现得非常友好的一个原因。

铁路、矿务两家公司是亲兄弟。山东矿务公司10月10日成立于德国柏林，较山东铁路公司晚三个月。两家公司同属联合辛迪加德华银行投资，无论组织架构还是运营模式如出一辙。山东矿务公司成立初，资本金1200万马克，按每股200马克分6万股平均分配。山东矿务公司同样是特许公司。特许权规定，矿务公司所产煤首先供德国海军使用，并给予5%优惠。两家公司的管理层实行交叉任职，山东铁路公司董事会主席菲舍尔，也是矿务公司董事会主席，矿务公司理事会主席韩赛满则是山东铁路监事会主席。你中有我，我中有你。

冯·李希霍芬对潍县一带地质地理考察后，提出了地下埋藏有丰富煤炭资源的论断，实际上这成为德国出兵占领胶州湾的一个非常重要的因素，山东内地丰富的煤炭资源可以提供给东亚舰队所需的优质煤炭，租借地由此可以得到强大支持。潍县煤炭由此也成为德国政府对殖民地建设的最大期许。如果说铁路只是交通工具、运输载体的话，煤炭是真正的需求主体。

潍县第一口矿井被命名为坊茨井。施密特说："坊茨是附近一个村子的名字。"锡乐巴以其专业的敏感性对坊茨的位置做着判断。坊茨井本来距离老城较远，当铁路线路被修正后，绕一个弧形的最大受益者就是坊茨矿井了，它距离铁路线经过的张路院只有咫尺之遥，可以极大地节省矿务公司的运输成本。对山东铁路公司来说，虽然这个弧形会增加建设成本，但如果按照原定方案，潍县与坊茨矿井之间也难以避免要修建一条铁路支线，如规划中张店至博山一样，同样需要附加成本投入。

施密特陪锡乐巴边走边看，介绍着矿区的情况。矿区内所有设备都是由德国运来的，处于世界先进水平，现在已完成了一套锅炉设备的安装，施密特显然对此很自豪，他说："这套锅炉设备包括4台双焰管道锅炉，每台锅炉有一个35米高的铁烟囱……"还介绍了井下的提升设备和竖井泵、抽水机和一台功率为每分钟2000立方米气体的通风机。施密特说："矿区内还建有一座修理厂，包括铸造、车工和细木车间……"

从施密特的介绍中，锡乐巴感受到了德国政府对潍县煤炭所给予的极高期许。

锡乐巴最关心的是坊茨井何时出煤，因为这与铁路的建设工期息息相关。他必须保证第一井煤炭能第一时间由铁路运出，他下定决心要达到这一目标，不能因铁路原因延误煤炭运输。

施密特说:"很快就能出煤,但能够形成规模估计会在10月份。"

锡乐巴不解道:"为什么会这么久?"

施密特不安地搓搓手,说:"事情并没有想象得那么乐观,坊茨矿井所出之煤无论是从规模上还是质量上或许都无法达到预期。"

锡乐巴有些意外,问:"这不是我们最看好的矿区吗?"

施密特继续搓着手,似乎想把所有的无奈搓掉。"或许并没那么乐观。"他清清嗓,局促不安愈发明显,说:"坊茨矿井所出煤是海军部首选,前些日子东亚舰队已将炭样拿到青岛检测……其实,结果让人失望,这些煤根本不能满足舰船使用,只能达到生活用煤标准。"

锡乐巴也皱起了眉,这对于德国政府来讲恐怕不啻为一个"噩耗"。

"当然,并不是说,接下来其他矿井都会如坊茨矿井一样。"施密特显然不愿意让这种不详的气氛影响锡乐巴情绪。

锡乐巴心想,如果再等下一口井,不知道什么时候才能形成规模,铁路没必要赶进度了。

这时一阵风刮来,扬起煤灰和尘土。一行人扭身躲避,还是不免弄得灰头土脸。来到矿长室,德籍矿长显然是刚从井下上来,满脸煤屑,只有一双眼珠转动。见到锡乐巴,弯下腰与他握手,说:"快出煤了,快出煤了。"

锡乐巴见同胞如此形象,心里颇有些感动。说:"辛苦。"

矿长不善言辞,腰弯得更低了。

锡乐巴在矿长室里喝了水,继续与施密特攀谈。

施密特说:"这里与铁路最近的张路院还有两公里,要中转运输势必会增加矿井成本,如果能修建一条铁路专用线可以直达矿井。"

锡乐巴知道这条弧形从技术角度讲,极限的曲线点在张路院,不可能再靠近坊茨矿井,施密特所说的铁路专用线不失为一种降低成本的方式,便点头同意。对于他来说,能够为矿务公司排除困难,他都会全力去做。

施密特说:"其实坊茨矿的开采遇到了很多困难,包括中国劳工的使用。很早前,中国人就在这里采煤,但他们并不以此为业,只开采些浅层煤,一旦庄稼收割季便闹回人荒,他们不是有责任的工人……另外,政府的管理能力有限,任由村民开挖煤炭,这对矿务公司带来了较大影响。"

施密特说得婉转,这是由他性格决定的,其实也因为涉及一个忌讳的话题。《中德胶澳租借条约》时明确"铁路沿线三十里,只准德人开矿",

但在1900年与袁世凯所签订的《矿务章程》里面，锡乐巴却犯了个致命错误，中德两个文本之间出现了不同的表述。德文版，"在三十里内，除华人外，只准德人开采矿产。凡经华人已开之矿，应准其办理"。中文版却是，"其附近铁路每边三十里内，除现办之华矿外，只准德国公司开挖煤矿及他项矿产。其当时正在开办之华矿，仍得照向来办法办理，惟不得德矿务因之吃亏"。两者对照，显然中文版相对于德文文本省略了两处重要的限制性规定，分别是"现办"和"照向来办法"，即省略了对现有中国矿井只能使用传统方式经营的限制性规定。于是，在实际操作中，中国矿主能以一个范围内的旧矿为依托增开新矿，并且可以使用机器开采，打破了山东矿务公司的垄断。

只有锡乐巴最明白为什么会犯这样的错误，当时他面对袁世凯的强势打压，确实心智大乱，或许也是更关注于《胶济铁路章程》而忽略了《矿务章程》的原因造成了这个常识性错误。等到锡乐巴发现这一问题，已难挽回。处心积虑地在文本上动了手脚的袁世凯当然不会再给他任何更正的机会。这是锡乐巴的一个隐痛，也是施密特面对如此大的问题不能不委婉表达的原因所在。锡乐巴知道，随着矿务公司的发展，这一问题将会进一步发酵，甚至会产生致命后果。

但锡乐巴也知道，此事已是回天无力。

施密特见锡乐巴态度温和，并无特别反应，便进一步说："前些日子，山东商人王凤锡买下了丁家井煤矿，这个矿最早是由山东巡抚张曜派人开办的，早就废弃了，如果重新开采必然会对我们的矿区有影响，我们向山东巡抚衙门投诉后，非但没得到支持，反倒得到官府更大支持，很明显是针对矿务公司的。"

施密特说这些话当然不是为了揭锡乐巴的伤疤，而是这一问题已经严重影响到了矿务公司的发展，他希望锡乐巴能够对此有所了解，并在可能的情况下帮助解决。

锡乐巴没说什么，但心知肚明。

结束了对潍县矿区的考察，锡乐巴对矿井出煤时间有了基本判断，觉得有把握实现铁路与潍县矿区煤炭开采上的精准对接，既不过度消耗铁路建设能量，也确保以适当的时机与矿务公司有效衔接。这是锡乐巴的严谨所在，他总是把缝隙做到最恰到好处。

锡乐巴由潍县去了济南，他本是与张人骏约好要谈与津浦铁路接轨预留用地的相关事宜。现在又有了一项新内容，就是向山东巡抚提出关于约束规范中国矿主在铁路30里界内开矿事宜。经过潍县的一番考察，他意识到，后者比前者更为紧迫。

5

袁世凯在直隶保定府刚刚送走了一位贵客，湖广总督张之洞。此时的张之洞不敢小觑这位晚辈，因为在庚子之变中的出色表现，袁世凯已成为被慈禧宠信的权臣，此时刚刚将西狩的慈禧迎送回京。张之洞判断，袁世凯前程不可限量。不久前，袁世凯已在保定设立掌管直隶全省军务的北洋军政司，自兼督办。清廷还从驻京旗兵中挑选3000人，分期分批派至保定训练，称为"京旗常备军"，并命河南、山东、山西各省选派将弁头目赴北洋军学习操练。张之洞知道，掌握兵权是政治上最大的资本。

直督总督在保定、天津两地轮流办公，这次袁世凯是专程来保定迎接张之洞的。张之洞奉诏晋谒，到北京向慈禧太后和光绪皇帝报告事宜。李鸿章死后，张之洞便遥领疆吏之首，袁世凯格外看中。他知道，实现政治抱负没有张之洞的认可是不行的。

张之洞抵达保定后，袁世凯随即请他检阅刚刚改编的北洋新军。随后，在直隶总督署举行盛大宴会。除却这些场面上的事外，袁世凯一直有个小小的心结，那便是锡乐巴的事情。袁世凯很想解释一下上次锡乐巴在济南谈判的相关情况，以争取张的理解，避免误会，只是一直没找到机会。不知是张之洞根本就没把这事放在心上，还是不愿在这种场合提及此事。袁世凯也便作罢。

送走张之洞，袁世凯见了周馥。周馥虽然调任四川布政使，但却一直留在直隶为袁操办事务。他是袁世凯称心的左右手，袁不愿意他远去。

清廷体制中，总督节制巡抚，唯有两地特殊，一是川，一是鲁。两地的巡抚皆有独立性。督、抚之间往往总视实际情况办事。袁世凯由山东巡抚升任直隶总督，自然视山东为其必然的管辖之地，加之他在山东还有着更大的政治谋划，所以对山东的事丝毫不放手。

周馥是他和山东巡抚之间的联络者，这次是专程来报告山东的一些情况的。

袁世凯见到周馥后问及何事。

周馥说："锡乐巴的事。"

"哦？"

"前些天，他去了巡抚衙门。"

"哦，谈的何事？"

"津浦铁路。"

袁世凯不解："与他何干？"

周馥说："锡乐巴听说津浦铁路要上马，计划在济南与津浦铁路接轨，准备在济南以西购置土地，以备使用。"

袁世凯说："万不可行。"

周馥迟疑片刻，说："好像张人骏已答应了他。"

"什么？"袁世凯一听便皱起了眉头，"我们已立定宗旨，从此决不给锡乐巴任何机会。"

"是的。"周馥说，"我与张巡抚做过交流，他似乎对此不以为然。"

袁世凯眉毛耸动了一下，眉宇间的疙瘩拧得更紧了。除却达成的共识不被认可外，袁世凯更在意的是事情本身，他很佩服锡乐巴，津浦铁路修筑的问题本是敏感话题，但还是被他敏锐地捕捉到了相关信息，并不是每个人都有这种嗅觉和判断的。但是，把山东铁路公司的渗透和影响控制在济南以东，不让其外溢，这对他来说是基本宗旨。为何张人骏不理解？要达到这一目的，就决不能让胶济铁路与将来所修建的津浦铁路接轨。

袁世凯问："你怎么看？"

"我当然和大人一样，是反对的。如果一旦接轨，德国人就会向内陆渗透，不只山东，他们的目标可能是卢汉。山东铁路公司最初之所以聘请锡乐巴，很大可能就是源于此。锡乐巴参与了卢汉铁路的规划，没有人比他更明白卢汉铁路这条南北大通道的意义，况且以他与张之洞的关系，有着诸多便利。"说到这里，周馥停顿了片刻，似乎有个难题是过不去的。"……有个问题，正如张人骏所说，两条铁路相交而不接轨，显然是不合理的，如此便会有争议，山东铁路公司自然也不会轻易让步。"

袁世凯沉默。

"你说得没错。但我们还是要从大局出发。按照常理，两条铁路相交而不相接似与常理不符，但从政治的角度讲，……这么做并非没有道理。并且从纯粹的经济角度讲，两条铁路不接轨，对济南的城市发展也并非没有益处。"

周馥"哦"一声，他不知道袁世凯说这番话的意思。

袁世凯说："如果两条铁路在济南不接轨，人流、物流就会在济南转运，麻烦是麻烦了些，但济南作为商业枢纽的地位也会凸显出来。"

周馥想想，觉得无非是退而求其次的办法。既然袁世凯决定的事情，他自然不能反驳，尽管他也有自己的想法，但他认为只要是袁世凯认定的事一定有他的原因和道理。

"要想不能让两条铁路接轨，也是要找到理由的，否则难免不受诟病，特别是商界一定会对两路接轨提出自己的看法。"

袁世凯点头。

袁世凯和周馥间存在着绝对的信任和深度的默契，所以话并不需要太多。袁世凯之所以没有让周馥到四川就职，有着更深一层考虑，那就是一旦机会合适，便让他接任山东巡抚。张人骏虽然勤于职司，但在领会袁世凯执政理念上并不那么尽如人意，非袁世凯中意之人。现在看来，必须要加快替换的步伐，一旦有些风吹草动，张人骏很难说不会曲解自己的意思，造成不必要的麻烦。

袁世凯问："两人还谈了什么？"

周馥说："谈了矿务公司的事，就是三十里地带采矿的事。不过大人放心，张大人对此还是咬得死死的。这是大人确定的原则，他不会如此糊涂。"

袁世凯说："那便好，你要多过问下山东的事。"

周馥多少也能猜得透袁世凯的心思，便说："大人放心，我一定会上心的。那……山东铁路公司购地之事，如何处置？需要给张大人提醒吗？"

袁世凯停顿片刻，说："不用了，他愿意购就购吧。反正最终决定此事的是津浦，而不是山东衙门，他批了地又如何？"

周馥明白了袁世凯的意思。山东铁路公司如果愿意花冤枉钱的话，就让他们买好了；接轨的事关键在津浦铁路公司，而非山东巡抚衙门。但涉及接轨的具体事宜确实需要山东巡抚衙门的具体操办。

所以，这事说不急也不急，说急也急。但立定了宗旨，抓住了要害，总是可以稳妥处置的。此事就说到这里，两人的谈话又换到了另外一个话题上。

周馥说:"胶济铁路马上就要修到潍县了。锡乐巴向张人骏通报的时间是在今年六月初。到时,德国矿务公司也会正式出煤。德国人很看中这个时间节点。锡乐巴说,柏林董事局正在争取威廉二世向山东巡抚衙门发贺电。"

袁世凯沉思片刻,说:"这事当然要庆贺。"虽然袁世凯表达简单,并无提出太多想法,其实他心里还是"咯噔"一下,这事甚至比锡乐巴提出要与津浦接轨更让他震惊,一种现实的逼迫感真实而迫切地出现在面前。

除却被动应对铁路修筑过程中出现的问题,铁路呈现出来后的整体影响到底有多大,如何采取完整全面的应对抵制计划与政策必须马上考虑了。虽然自己现在是直隶总督,需要处理的问题很多,但山东仍然是他的施政重心,不能忽略。而所有的一切,最终无非还是落在一点,就是抓紧明确一位能准确理解并执行他意图的巡抚。

人选就在眼前,但需要操作的过程和更替的时机。

6

1902年6月1日的潍县散发着难以排遣的热情,一条铁路穿透多事的高密进入昌乐,那里已是潍县地界了。

火车通到潍县意味着在五年特许期过半之际,胶济铁路完成了预定的半程目标。而这个目标是在高密阻路运动耽误了一年工期的情况下完成的,也就是说,山东铁路公司在半程上就把失去的时间补了回来,意义巨大。这让整条铁路的建设完成变得没有任何悬念,而在此之前人们的担心是普遍存在的。无论是胶澳总督特鲁泊,还是山东铁路公司总办锡乐巴,甚至包括中国官员张人骏、周馥等人,都明白其中的意义。胶济铁路到达济南指日可待,这让很多人开始思考全线通车之后的事情,一条铁路对于山东的影响将会越来越突出地显现出来。

特鲁泊当然同意锡乐巴关于举办庆典仪式的请求。非但如此,他还特别要求把仪式办得尽可能隆重。隆重到与威廉二世所发贺电相匹配的程度才行。

胶济铁路通车潍县的庆典与众不同。胶澳总督府派出了一名商务官员参加,山东铁路公司的职员悉数到场,山东巡抚张人骏送来了喜幛。山东铁路公司还派人走访当地士绅,希望他们能够尽其所能动员更多的人来参加庆祝仪式，营造更为热烈喜庆的氛围。

锡乐巴对常规性的安排不满足，突发奇想，要邀请青岛、潍县的中国商贾乡绅参加首趟列车的体验活动。锡乐巴的想法得到了特鲁泊的大力支持，这不但可以让仪式变得更加隆重，更重要的是这种体验活动能让中国士绅阶层更好地了解铁路，让这些长期处于封闭状态的人开开眼界。

仪式当天，青岛的士绅一大早就乘车由东向西而来，而潍县的官商士绅也都在等候着那个喜庆的时刻的到来。潍县的士绅大部分没有坐过火车，无论是反对修铁路者，还是支持修铁路者，此时此刻都不会拒绝乘坐火车做一趟免费的旅行。

仪式现场人山人海，热闹非凡。

火车站的站台上搭起彩棚，彩球悬于中央，绸缎横挂左右，垂于两侧。祝贺的官员客商立于铁路旁边，身后是成百上千观看盛况的百姓。铁路是新鲜事，几乎所有人都泯灭了敌视的目光，以期待的眼神顺着平滑的铁轨投向远方。人头攒动间，人流仍在汇聚，激情涌动，维持秩序的路警变得吃力。

午时不到，就听到远处一声低沉悠长的火车鸣笛声，随着一个漆黑的庞然大物挟制巨大的气浪而来，村民不约而同地将身子后仰，像有一阵波浪袭来，掀起强烈的躁动不安。

"哎哟，我的娘，这就是火车？"

"太吓人了？"

"吞云吐雾，真的就是火龙。"

"真不知道它是怎么会跑起来的。"

……

火车停下来了，惊诧无处不在。吐着蒸汽的机车让所有的人真真切切地体会到了所谓的火车的完整形象，除却会喘气、会鸣笛的车头外，人们跑着向后数着车厢的辆数，那么长，一时数不过来。坐在观礼台前面的士绅们稍显矜持，但脸上错愕同样明显的，这样的庞然大物对于他们来说究竟意味着什么？这成了他们不得不考虑的问题。

仪式上，巡抚衙门代表致辞，盛赞火车通至潍县必将会给民众带来福祉。锡乐巴致辞，表达了对潍县民众、官员的谢意。锡乐巴特别讲到了德国皇帝发来的贺词。在他想来，或许说到皇帝之后，会有强烈的反应，但没有想到的是，当然把皇帝的贺词念完后，现场却鸦雀无声。很明白，热闹的人潮中顿时出现一道逆流。

锡乐巴似乎意识到了什么，顺势把话题滑到了一个更重要的环节上来。锡乐巴宣布了火车正式与潍县矿区实现接轨。施密特在人群中带头鼓掌，火车重新缓缓启动，向着矿区开去，象征着火车与矿务的正式联通。

两个小时后，仪式完成。锡乐巴以山东铁路公司的名义宴请了几十位客人。午后，火车返程，潍县客商士绅上了火车前往青岛做进一步的体验，从青岛来的客人乘车返程。其中胶州知县张承燮最为活跃，不停地向人们讲述铁路的好处，俨然成了铁路公司的宣传员。火车渐快，窗外的景物模糊起来，铿锵的节奏换来人们阵阵的惊呼，慢慢地，惊呼声变得平淡了许多，但人们心里的惊呼的感叹却变得更加激荡，让整个灵魂变得不安起来。

"以后通过火车运货比马车不知要快多少倍！"张承燮一直在不断鼓动着大家的情绪。"将货物运到青岛，可以至天津、上海，还可以到欧洲……高密有草帽辫，德国女人最喜欢草帽辫……"

有人问："火车还要修到济南？"

张承燮说："当然，听说还会更远，修到天津、奉天。"

有人吐吐舌头，露出不可思议的表情。

有人突然问："有了火车，马车不就没了生意？"

众人都看张承燮。张承燮说："不会，不会，各行其道，各行其道。"

大家都没明白他的"各行其道"是什么意思，也便不作声。很多人不以为然，有人脸上甚至出现了不屑的意味，张承燮突然没了说话的兴致。

但无论如何，火车的快捷还是让大家印象深刻。几个时辰，就到了青岛。大家心里都有一种复杂的感受，因为始终有一个"火车通了，马车怎么办"这样一个问题始终没有得到回答。

山东铁路公司承担了所有乡绅往返的费用。晚饭后，张承燮代表大家向山东铁路公司表达谢意，这个环节是刻意安排的。张承燮早就写下了副对联，这个时候便不失时机地展示出来，"荡荡平平斯道会归中外，乐乐利利此功溥博官民"。

锡乐巴接下了对联，大家稀里哗啦地拍掌。拿人家手短，吃人家嘴短。这些掌声也算是让山东铁路公司感到了几分满足。

7

山东铁路公司的通车仪式举办得很成功，达到了锡乐巴想要的效果。锡乐巴是个追求完美的人，当然不会失去利用一切机会推介铁路的目的。但是，有一个人却在热闹的人群中感受到了一种难耐的空虚与寂寞。他就是矿务公司总办施密特。仪式前一天，他又得到了个不好的消息，东亚舰队对坊茨所开采的煤炭样本进行复验，几乎可以肯定已无法使用在舰船之上。非但如此，尽管经过勘察又发现了几处更丰富的煤层，但由于位置过深，需要购置更先进的设备才能开采，这必然会加大成本，如果煤质仍然无法保证，会面临更大的成本风险。如此一来，人们对坊茨的期许将会大打折扣。而摆在眼前的任务更为紧迫，铁路已经通了，坊茨矿井必须以最快的速度向租借地供煤，而现在，坊茨矿井所能够开采出来的产量可怜，只有孤零零地几堆煤炭，要开出一列完整的煤炭专列，恐怕要等到十月份以后了。

锡乐巴把铁路修到了坊茨煤矿，而他却要等着一点点积攒煤炭资源。人们会把目光聚焦在矿务公司身上。施密特焦虑万分。

铁路在继续延展，由东而来，向南向北，再与西端相接的线路走向已经渐自形成，一个在他看来叫作坊茨弧线的形状马上就要完整呈现在潍县南部。施密特开足马力，努力扩大煤炭产量，终于在这年十月底向山东铁路公司提报了十辆车的煤炭运输计划。锡乐巴马上安排车辆组织装运，每辆车十五吨，首列装载有一百五十吨坊茨煤的列车缓缓驶出矿区，向青岛驶去。

特鲁泊在青岛举行了盛大的迎接仪式。运煤专列是披红挂彩开进青岛的，中德两国客商见证了中国煤炭进入青岛的庄严时刻。没有人像施密特一样了解坊茨矿井的实际情况，他们对德意志的赞扬几乎到了疯狂的地步。德国商人见面交流的话题就是坊茨煤炭，德国已经从中国攫取到了第一桶金。对他们来说，租借地的伟业已经开启，滚滚不断的黑色黄金从此可以源源不断地输入世界各地。只是很少有人知道，坊茨煤炭至此仍然只适用居民生活所用，而人们所期望的高品质的煤炭仍然没有开掘出来。

施密特不轻言于坊茨的现状，但唯一不隐瞒的是锡乐巴。但锡乐巴认为，施密特太过悲观，这当然与坊茨煤不能达标有关，但也与他的性格有关。冯·李希霍芬在《中国》一书中明确表示了坊茨煤矿的价值，难道世界公认的著名地理地质专家会有失误？锡乐巴给予施密特更多鼓励，怕他因在中国生活的枯燥乏味而失去信心。

施密特明白锡乐巴的好意，但他对前景的失望一如既往，无以复加。更让他有口难开的是，矿务公司所购置的现代化开采设备仍然源源不断地运送到坊茨，而他却无法有更充分的依据找到想要的优质煤炭。信心需要建设在科学的判断之上，失去了科学的判断又有何信心可言。

如果说以上是天灾的话，是不以人的意志为转移的；那还有一个"人祸"，虽然他在极力扭转，但情况并不乐观。

所谓的"人祸"，就是中国私营煤矿业主对坊茨周边矿区的蚕食。这种蚕食得到了山东巡抚衙门的暗中支持。这让山东矿务公司寻找优质煤炭资源的努力变得更加困难重重。虽然锡乐巴多次向山东巡抚衙门交涉，但效果并不明显，哪怕极好说话的张人骏对此也绝不吐口。很显然，袁世凯交办的事是没人敢违背的。前几天，他与锡乐巴有过一次谈话，希望能和他一起到济南拜访张人骏，以求有所突破。锡乐巴也同意他的请求，但尚未成行，张人骏却突然被调离，周馥接替了山东巡抚。施密特更觉无望，他在济南谈判时就看出来，周馥更倾向于袁世凯，与他打交道的难度肯定比张人骏大得多。

每次火车到来，似乎都是在向施密特吹起号角。他在无望中艰难前行。他没法改变董事局的决定，不敢擅自改变规划甚至不敢轻易提出建议。坊茨矿井在一条铁路划出的弧线范围内日渐成长，脚手架、竖井、大型鼓风机、锅炉、抽水机，由地上到地下，钢铁金属框架不断构建连接成有规则设施设备，高大的厂房修建起来，设备与房子嵌在一起，粗壮的铰链、转盘活动起来，轰鸣的机器声响起来，这块荒凉、干瘪的土地突然变得热气腾腾。煤炭越来越多地被生产出来，坊茨在极力回报和弥补着施密特的失望。

火车每隔几天就可以拉出一列煤炭到青岛，虽然大部分的煤炭被消化在了青岛本地和铁路沿线城市，还有一部分经水陆转运去了南京、上海，那个向东亚舰队输煤的愿意破灭了，但毕竟还是渐渐形成了规模。

铁路已开通十个多月，潍县每天都有一列日班火车在青岛至潍县的线路上对开往返一次。潍县民众每天都会听到火车的鸣笛声和车轮的铿锵声，他们的心被震得发痒发痛，总会被触发一种跃跃欲试的状态；每天都会有人跑到铁路旁看火车，有时还会进到火车站。潍县火车站配备了德国站长，说话"呜啦呜啦"，嗓子总会发出一种奇怪的鸟叫声，在火车开时，他的嗓子会变得尖利，不停地催促旅客上车，越是如此，越是把乘客逗得哈哈大笑。

铁路沿线的小站上也有的配备了中国站长。从1899年秋，锡乐巴就向设在青岛的斯泰尔教会提议建立了一所学校。学校学制1年，课程包括德语、算术、电报、运营和车站业务。学徒学成后被分配到胶济铁路各个车站，其中有的成为小站站长，有些成为大站的副手，越来越多的人在车站担任管理工作。他们穿着山东铁路公司统一制服，做着从图画书中比比画画学来的动作，手里拿着红绿色的旗子，晚上拿着发光的信号灯，他们的动作和手里旗子、灯光都有着特定含义，火车司机能读懂，他们根据发出的指令开车、停车……

铁路继续向西修筑着。

8

真正有意识的抵抗正是从1902年开始的，通车到潍县的盛大典礼让很多清政府官员感受到了扑面而来的紧张和压迫，如果说过去的抵抗是被动的，还存着一丝通过抵抗恢复到既有现状的念头，1902年的某个时刻，很多人突然明白了，抵抗已经不能抵挡现代工业文明的脚步。抵抗在这么一个节点转化成了一种积极的吸收和接纳。一切为我所用。在落后与被动的整体局面下，付出、牺牲当然是难免的代价。

周馥明白，他必须以这样的心态面对胶澳租借地的压迫，来对待一条铁路所给予山东乃至于整个中国的影响。这是周馥心态的改变，也意味着清廷官员在这样一个特定历史时刻的觉醒。在这样的思想指导下，周馥开始思考改变的方法，并逐渐形成了自己的策略。时不我待。他决定冒险一试，主动出击，改变目前的被动局面。

当然，在尝试所设想的行动前，他必须向袁世凯报告。他坚信自己的行动一定符合袁世凯的意图。争取袁世凯的支持不难，这项尝试所可能产生的效应远大出袁世凯的想象，更多的是他需要袁世凯与总理各国事务衙门达成共识，并随时能够帮助自己应对可能出现的风险。

"我要去胶澳！"

当周馥这句话说出来时，即便一向自识为了解周馥的袁世凯也大感意外。要知道，德人视胶澳为自己的国土，自从章高元撤出胶澳，还从未有任何中国官员登上过这块土地。中国对这块热土的感受是暧昧与微妙的。如果周馥去的话，就是失地五年的首次。这算是两国访问，还是视察自己的国土？这些含混的概念必须理清，但其中却会涉及很多敏感问题。能不能去碰那些红线？会不会触碰到雷区，引发不必要的风险？

一瞬间，袁世凯脑子里闪过无数问号。周馥没作声，他需要给袁世凯充分的时间领悟判断。他已经深思熟虑，但袁世凯还是第一次直面这一问题。

沉思良久，袁世凯慢慢问来。

"目的是什么？"

周馥道："宣示主权，学习经验，表达态度。"

袁世凯听罢又是长时间思考，很久才点点头，似乎对这三句话的意思有了大致领悟，但从他的神情可以看出，还是希望周馥能细致讲解一下具体计划。

周馥说："青岛是中国人的青岛，但德国人却已视为德国人的领土。这一点我们也要把我们的理解传达出去，尽管胶澳已经租借给德国，但他仍然在山东巡抚衙门管理下，德国人所做的一切，都需要与山东巡抚商量。"

袁世凯说："恐怕与西人理念不同。"

周馥说："可以试探一下他们的底线。"

"那要冒很大风险，搞不好会有外交风波。"

"但我觉得在掌控之中。"

袁世凯不作声，望着周馥，继续听他解释。

周馥说："德国人一直在挑战我们的底线，他能够把军队派到胶州、高密，我们为何不能宣示对青岛的主权？胶澳签了99年，一旦我们需要，也是完全可以进入的。当然，我们不求军事进入，关键还是人员、商贸的进入。"

袁世凯点头。但他认为自己所判断的红线风险并不会因此而消解。

周馥说："如此还不能保证达到目的的话，还有一层意思，那就是德国人对山东内地的需求。如果他们真的在我们宣示主权的问题上有激烈反应，我们也会对他们进入内地的种种行为施以限制。我想，这是他们的'七寸'。胶澳弹丸之地，德国无非是以此为跳板来进入山东乃至于中国内地，这也是他们要修建一条铁路的目的，所以他们'有求'于我们。况且，如果我们有意识地对胶澳施加影响的话，他们更加无所施展。"

袁世凯听罢,深深地点点头。如此说来,当然可以一试,在一些关键问题上,的确需要让德国人感觉到疼,他们太舒服了,自然会无所顾忌,得寸进尺。

"那么,学习经验呢?"袁世凯问。

周馥知道第一个答题过了关。

面对"学习经验"的提问,周馥先以一声叹息作答。"不能不说,西方工业文明较之我们先进了百年。德国人在青岛的建设是个典范,才五年,就把一个不毛之地变成了西式'城市',不能不让人佩服。无论如何说,我们也要承认他们的先进。除却城市建设,铁路更具有代表性,快速、便捷、运量大,这根本就不是中国传统车马运输所能比的。这些先进的东西都将会对我们的城市建设、传统的运输行业带来巨大挑战。我们既要想办法把短处变成长处,更要学习他们的长处。师夷长技以制夷。这个道理都懂,但认识自己的短处和愿意学习别人的长处并不容易。所以,此行,我要亲眼看看他们的城市建设,与生活在这个城市的中国商人,甚至是德国人交流一下,体验一下他们的先进之处到底何在,我们如何学习。只有实地调查才能真正有所感悟,也才能真正得到想要的东西。纸上得来终觉浅,绝知此事要躬行。"

袁世凯对此当然不会有异议,只是笑笑说:"难得你能放下架子去当小学生。"

周馥说:"我们落后得太多。我们的落后既在技术,也在制度,更在理念上。所以,凡事非得亲往才能打得开天窗。"

袁世凯说:"这层意思倒通顺。后面……表达态度?"

周馥由于话说的多了,端起杯喝口水,喘口气,正正身,先说一句:"这确实是有些难度的地方。"

他说:"我们对原则性的主权问题当然要强硬,但更要让租借地政府看到我们合作的良好意望,不能让他们只看到对抗看不到合作。在有些合作项目上,我们要主动示好,或者说……要让步。"

袁世凯说:"如何示好与让步。"

周馥沉吟片刻,说:"这便是难点。我想……我们要让租借地看出诚意来。我想……《中德胶澳租借条约》规定,中国人是可以入股山东铁路公司的,但我们为何一直不入股?山东铁路公司全部是德股,一方面德国人占了便宜,如果铁路赢利当然全是他们的;另一方面,也会让德国人感到中国人不入股，是对新生事物的不接纳甚至是有意对抗铁路。我觉得，我们应该出面购买山东铁路公司的股票……"

"这……"

"不如此，不足以表达我们对胶济铁路的支持。我们应该把胶济铁路当成山东自己的铁路来对待，如果始终以排斥的姿态来对待这条铁路，会一直处于被动。我们有了股份，就说明，铁路也是我们的。"

袁世凯说："会有大佬反对……"

周馥起身鞠一躬，说："无大人支持，不能推行。"

袁世凯说："我当然支持。"

"还有……"周馥说，"山东铁路公司在青岛开办了培养铁路员工的学校，现在从这个学校毕业的很多学生都成了铁路骨干，有的甚至干到了站长，他们成了新一批'有权有势'的人。有的小站站长威望甚至比当地知县都高，他们与德国人有交际，与商人有交际，我们如何将他们纳入管理之中，也是个问题。"

"你的意思是？"

周馥说："我想授予他们与中国官员相匹配的官衔，这样一方面可以看出，我们对山东铁路公司的支持；另一方面也会对这些人有所约束。"

袁世凯挠挠头皮，笑道："你也真敢想，这倒真的是新鲜事。现在中国办了那么多条铁路，还没有铁路员工授政府官职的。"

周馥赔笑道："值得一试。"

袁世凯说："既然值得一试，那就一试吧。"

周馥说："谢大人支持。"转眼又说，"我想给大人讲一个故事……"

"噢……"袁世凯不知周馥葫芦里卖的什么药。

"峱山站站长原是高密人，因高密乡闹事被德国人抓到青岛，没想到竟然送到了铁路学校去了，现在回来干了站长，你说这事奇还是不奇？都说是德国人收买人心，但我不这么看。德国人还真的可以。这事在高密乡传开了，现在如果再有人说修铁路是错误的，反为高密人所不容。高密乡也记着大人的好呢！"

这事倒真的很有意思，袁世凯摇头苦笑。

"甚至还有人，看到了铁路好处，后悔没有从自家门口过，那样的话，去青岛、运货就更方便了。"

两人一直谈到屋子里的电灯亮了。周馥说："这灯真亮堂，济南也要办电灯公司。"袁世凯说："百废待兴，天津是榜样，济南不能落后。"

这时都觉得累了，后堂已经准备好酒食，两人移坐就餐。袁世凯让人拿来洋酒，说："荫昌送我的，尝尝。"周馥笑道："不会又是威廉皇帝送他的吧？"两人笑了。荫昌送人礼物，总以"威廉皇帝相送"示其贵重，多以此炫耀。

"不管是谁送的，先尝尝鲜。"

无论是怎样的洋酒洋食，袁世凯总是就着一只鸭子伴食。吃着吃饭，两人不自然地又接续上了前面的话题。现在讲的，却是些更为具体的操作层面的事。

袁世凯关心的是周馥会以何种形式前往青岛。

周馥显然对此早有考虑，说："我想出其不意。事先并不通知胶澳，而是先到芝罘，然后突访胶澳。"

袁世凯觉得这么做很是唐突，但仔细一想，也有道理，如此会减少不少麻烦。如果正式宣布周馥访胶澳，对方一定会启动外交程度，只是手续也够麻烦的，况且很难说胶澳方面不会提出反对意见。

周馥说："如此做有两个方面的考虑，一是我确实想考察一下小清河的通航情况。这么多年，小清河的很多区段已为泥沙所淤积，通行不畅。胶济铁路通车后，如何利用小清河扩大水陆运输是发挥我们自身优势与铁路对抗的重要手段，这条水陆的作用需要发挥好。另一方面，我想到达芝罘后，再宣告去胶澳，可作为个人即兴所为，使胶澳方面措手不及，不至于刻意为难……"

袁世凯晚上宿在直隶总督府，两人饭因此也吃到很晚，彼此做了充分交流。正是有了充分的交流沟通，权衡利弊，周馥才可能做周全准备；而袁世凯需要做的事情也很多，他需要与总理衙门的官员达成共识，当然最关键的还是要争取到庆亲王奕劻的支持。

9

1902年12月某天，寒风刺骨的季节里，周馥由济南泺口码头上船，开始了小清河的考察之旅，也迂回曲折地开启了前往胶澳的"破冰"之旅。

小清河是山东的一条内陆河，由济南发源，流经历城、章丘、邹平、高青、桓台、博兴、广饶、寿光8个地区，蜿蜒至寿光羊角沟入渤海，全长二百余公里，流经面积一万余平方公里，是山东重要的水陆运输通道。小清河的形成，可以追溯到古代的济水和唐宋时的清河。原为济水故道，后因其南的济水于历城县境内决口，一支夺漯河故道东流，后改为北清河。另一支仍为济水故道，改称南清河。公元1130至1137年，南清河水量日微，河道淤塞，舟楫不通。南宋初年，济南太守刘豫为把广饶一带的海盐自小清河运送至历城与南宋交易，下令开挖废弃河道，数年凿通，始称小清河。

小清河历经数百年，屡遭堵塞，历代虽皆有整治，但屡浚屡塞，时兴时废。而距离最近的一次大规模整治发生在清光绪十七至十八年。时任山东巡抚张曜调集十万民工治理小清河，对河道疏浚、展宽、筑堤、裁弯，小清河得以定型，全线贯通，中断航运一百七十余年的小清河恢复通航。张曜本人也因长期盯在施工现场，忽然"疽发于背"，不治身亡，被人尊为黄河"大王"。

在周馥想来，胶济铁路作为一条现代化的交通运输工具，由济南至青岛入黄海，其速度的优势无法可比。但是，小清河也是由济南进入渤海却有着价格上的优势，而山东的劳动力又极便宜，为何不能下功夫把这条古老水道运用起来，并且通过增强辅助功能，提升其运输能力，从而形成与胶济铁路的竞争呢？但是，小清河的现状堪忧。自张曜凿通小清河后已二十余年过去了，有些区段由于清淤不及时，出现了通行不畅问题，必须解决。所以，这是他考察小清河的主要动因，目的就是对小清河沿线情况全面了解，为下一步开发利用好做好准备。而这个季节正是淡水季，可以更有利于摸清小清河的现状。

船自黄河泺口古渡口驶出，水急且满，一泻千里，但这种强壮的势头很快便委顿了，一过章丘、邹平，河道开始变窄，水浅而缓，负载能力脆弱；岸边两侧黄土高垒，荒草萋萋，更有些河段若即若离，船只根本无法通行。周馥所乘的船需要停歇下来，采取一些拖拉的措施才行，这还是地方官员提前得知周馥之行而有所疏浚的情况下实现的，平时这样的河道根本无法通行。周馥知道这二十多年时间，小清河并没有处在一种良好的管理状态，他所表现出来的羸弱根本无法与铁路抗衡。当然，也有些河道因为有着当地水系的充盈而得到局部补充，小清河因此在区域内的作用还是很大的，特别是过了博兴、广饶，水源丰满，顿显繁华景象。周馥为之一振。羊角沟是入海口，古水泱泱，烟波浩渺，眼界变得开阔。

从地理位置看，小清河流入渤海的莱州湾，而青岛正处于黄海之滨，一北一南，各具优势。胶澳水域向内陆收缩较紧，是天然良港，可避风浪，缺点是出入不畅；而羊角沟面朝正北，水面开阔，进出顺畅，且与芝罘（烟台）距离更近，向北更靠天津，有着明显的竞争优势。胶澳向南往上海、广州，而羊角沟去天津、旅顺、大连更方便，优劣分明，用优避劣，必会大为有益。

周馥站在羊角沟前的礁石上举目远望，思绪连绵，在他看来，小清河开发的价值和意义非常之大，因为有了张曜的功业，小清河开发有了基础和保障，只要稍下功夫，便一定可收功效。尽管不能和铁路抗衡，但至少沿河两岸的运输资源不至于轻易为铁路所夺，民众多年赖之生存的手段也不至失去。当然，哪怕是"稍下功夫"也是一笔大投入，没有统筹谋划不行，既紧迫，又不能着急，需慢慢计算才行。

在羊角沟盘桓数日，周馥启程去了芝罘，然后又去威海，沿胶东半岛北部海岸线进行了一次全面考察。1902年的12月6日，周馥突然发布消息，将由威海前往胶澳考察。

10

胶澳总督特鲁泊听到周馥要造访青岛的消息后着实大吃一惊。之前，没有任何官方的消息告知他山东巡抚要来访青岛，哪怕是在得到相关信息后他仍然不相信，周馥会如此"草率"。他的访问是正式，还是非正式？他来青岛的目的是什么？作为一省最高军政长官，不可能如此随便。那么自己又该以何等方式和规格接待这位不速之客？这让经验丰富的特鲁泊不免乱了方寸，因为给予他应对的时间太少。前方暗探报告，周馥已从威海启程，不过就是一天时间就到胶澳了。

特鲁泊要做的是先向驻京公使穆默发电询问情况，同时也将相关情况同步向海军部报告。

穆默的信息很快就反馈过来，他咨询了总理衙门，得到的答复是，总理衙门并没有明确指示，纯属周馥的个人行为。

实在是咄咄怪事！

如此一来，特鲁泊更加难处置，他所面对的是外交史上从未有过的事件。一位国家政府官员在没得到双方国家认可的情况下，突然宣告要到另一个"国家"访问，并且还没正式通知驻在国（殖民地）的行政长官。特鲁泊虽然没有与周馥共过事，但他也对周馥进行过深入研究，知道他在中国官吏中所处的位置以及将来对中国政局的影响，所以他是位经验丰富、深谋远虑的政治家。那么，他为何会做出如此让人费解的举动？结论只有一个，那就是他此行一定大有深意。

由此，特鲁泊也便确定了自己的应对之策，那就是视而不见，暗自观察，伺机行事。

周馥在12月7日踏上了为德人割去五年之久的胶澳之地，迎面而来的是凛冽的寒风，而他脚下的土地却反射出一股巨大的暖流回注到他的双腿，蔓延周身，让他感到一种巨大的责任在驱使着他。周馥是以接受中国商会邀请来到胶澳地区的，以三江会馆为代表的中国商人举行了盛大的欢迎仪式。很多人也在暗地观察着胶澳总督的态度。特鲁泊虽然没出面，但他也高度关注着周馥在青岛的一举一动，一言一行。

作为这场暗战的主角，周馥首先表明了他来胶澳的意图。他知道，必须打消很多人的猜测和疑虑。尽管他的表白说得轻描淡写，但有备而来的他显然不会让欢迎仪式如此平庸无味，所以，接下来人们听到了他的这样一段话。"……自1898年条约签订之后，胶澳就进入一个特殊时代，但无论如何特殊，胶澳都是山东的管辖区域，都是中国的一部分，这一点不容置疑……"

参加欢迎仪式的人不免对周馥这番话感到震惊，在人们心里划出一个巨大的问号？周馥此行的目的是什么？中国难道有收回胶澳的打算？周馥是提前来造舆论的？欢迎仪式结束后，这些问题迅速成为彼此征询的热点，大家都猜不出准确答案，但有一点是肯定的，周馥的第一炮是放给胶澳总督的，就看特鲁泊如何接招。

第二天，青岛商会举行联合茶会，周馥要在茶话上做主旨演讲。

因为有了欢迎仪式上的一席话，周馥的演讲更为大家关注。

周馥心里明白，所以，他在一番客套的表达后，以一种非常自信的口吻对大家说："……各位对我昨天所讲的话一定会有很多问号，也希望我能够解开谜底。我负责任地说，我的每句话都是有根据的。当然，也不是说，现在就要把胶澳收回，我们得承认，德国在青岛的建设是卓有成效的，德国国家对于青岛建设所投入的精力、财力有目共睹，我们欣赏和感谢租借地政府对青岛发展所做出的努力。在中国的城市中，除却香港、上海、汉口、天津，当属青岛，且青岛以其独特的地理位置，与上述这些城市相比，也是最有特色的。况且青岛才发展了五年。

但话说回来了，无论如何，青岛都是中国的组成部分，都在山东管辖范围内，所以我对青岛的访问是合乎情理的，不能认为我是到另外一个国家访问，难道青岛是他国，不是中国？尽管它现在由德国管理、使用，但它终究是中国的，哪怕它真的要在德人手里99年，那么99年后也是要归还的。

……我此次来青岛的目的就一个，考察青岛发展，与大家共商如何促进胶澳与内地的经济联系，这是个大话题，但是需要在座的诸位从一桩桩生意做起……你们与德国的企业都有联系，可以引导德国企业依法合规进入一个更大的市场，但前提是善意的，有利两国和谐发展的，而不是破坏两国关系……

青岛是由德国经营的中国领土，这一点坚定不移，请大家不要怀疑，这是基本原则，无论从政治层面讲，还是从经济层面讲，都是需要保持的立场……"

周馥在商会的演讲有了更丰富的内涵，带给人更多的回味和咀嚼，也从中读出多重的含义。

晚上，下榻在亨利王子客栈的周馥站在窗前，看不到面前的大海，却听得到近在咫尺的浪声。他原本想最大限度地来表达促进经济发展的善意，但没想到胶澳总督对他的到来视而不见，尽管此前并无官方照会，但在他看来，出于基本礼貌也不应该不出面相迎，如果按照这样的态势发展的话，他此行的目的就大打折扣了。所以，他的讲话包含着这样一个目的，就是以犀利的言辞刺激一下那个躲在背后窥视的总督大人。

正是如此，当特鲁泊听到周馥在欢迎仪式上的一番话后，大为光火，他认为周馥对胶澳的定位违反国际关系法，他是在明目张胆地挑唆两国关系，挑战国际行为准则。他对周馥到了极为厌恶的地步，之前所有的好感荡然无存，他甚至决定发表一份声明，表达对周馥的不满和谴责。

但是，声明还没有发出，他却从周馥在商会的演讲中听到了更多弦外之音。尽管有着文化差异，但两位高手的过招还是有着诸多默契。

特鲁泊决定进一步观察，再做行动。

周馥接下来的行程主要是城市考察，他去了港口码头，看到了教堂般的火车站，规模庞大的四方机车工厂，用机械屠宰牲畜的屠宰厂，黑澜兵营，还远眺了刚刚建设完工的总督府……他从不同的角度观察和思考着青岛城市建设所蕴含的哲理和启示，也以这样的一种并不回避的参观路线和态度向那双躲在暗处的眼睛表达着诚意。他知道，自己的一举一动都在那双眼睛的紧张关注之下。虽然周馥从未到过胶澳，但胶澳的变化仍然在普遍意义的参照下给他带来了强烈的视觉冲击和心灵震撼。这种变化不是局部细微的，完全是一种理念、一个时代、一个民族的区别，他在中国的任何地方都没看到过这样一幅异域风情画，一个欧洲的翻版，以出人预料的方式在这片海滨之地拔地而起。周馥发自肺腑地表达着对于现代文明的向往与钦佩，也刻骨铭心地感受到两种文明所存在的巨大差异。我们如何应对时代发展趋势，如何适应未来世界变化格局？周馥扪心自问，感叹、悲伤、忧愤搅在一起，让他头晕目眩。

此次青岛之行，最让周馥叹为观止的还是四方机厂。锡乐巴陪同周馥进入厂区，介绍了最初山东铁路公司要把工厂设于潍县、后来为他所更正的曲折建厂经历。主持建造四方机厂的首席工程师是锡乐巴专门从德国聘请来的多浦弥勒。多浦弥勒温文尔雅，思维缜密，并且还有着一幅极磁性的嗓音，给周馥留下了深刻印象。四方机厂从1900年10月动工修建，以散装码头为起点，边建设边开工，第一年就完成了13台蒸汽机车的组装。现在，已成为一座颇具规模的现代化工厂。

多浦弥勒向他介绍，四方机厂按功能划分出机器房、主车间、锻工车间和锯木车间四大厂区。来到锅炉房和机器房厂区，周馥被眼前占地500余平方米，有着高耸入云的屋脊的厂房所震慑。多浦弥勒告诉他，这是整个厂区的中心高度，屋脊有8.8米之高。厂房内有他从未见过的情景，两个双焰管道锅炉和两台110马力的卧式单缸蒸汽机。多浦弥勒说，这两台锅炉的加热面积可达70平方米，这个单缸蒸汽机压力值是8个标准大气压。每台蒸汽机驱动一台发电机，发电机可以为机床运输及照明设备提供能量，另外还有一台蒸汽机连同发电机作为备用机使用。

如果说锅炉房和机器间让周馥感受到的是高度，而在主车间却是一种连续的大跨度所带来的宏阔，主车间的面积达到了近6000平方米，采取钢架连续梁形式，按跨距6米以10跨连排构造出内部空间。周馥虽然不动声色，但在他看来，这在中国是绝无仅有的。主车间内设有6台机车、4台煤水车和7条修车轨道。另外附设带有2条轨道的油漆车间，此外还有车工车间，机械木加工车间和机床修理车间，机车车辆修理轨道被一个长12.5米的下陷移车台分开。

锻工车间仍然在工作着，多浦弥勒停止了介绍，因为一座下落重量达到400公斤的蒸汽锤正在运作着，每次"爆发"所发出的巨大声响让所有人都在一种力力量面前感知到了自身的渺小。旁边还有一个锯木厂车间，周馥等人在锯木车间门口停下脚步。

周馥环视四周，见厂房的整体建设基于土堆和排桩上，柱子为铁质，屋顶是浮石混凝土顶，四周有窗户，还有天窗。多浦弥勒介绍说，所有厂区的机器设备全部来自德国萨克森机器厂、勒维公司、法兰克福机器厂，整个厂区的铁质构架全部由古斯塔夫斯堡桥梁公司供应并安装。

……

周馥在尽可能多地考察着青岛的城市建设，特鲁泊虽仍未露面，但周馥参观考察所涉及的包括监狱、兵营这样的禁地也向他打开了。周馥明白，没有特鲁泊的命令，这些地方是无法涉足的。周馥觉得，这已经是特鲁泊所表现出来的最大诚意了。他决定自己要主动出击，不能再等了。

第三天，周馥登门拜访特鲁泊。巧合的是，就在同时，特鲁泊的帖子也送到了周馥下榻之地。最后，双方商定把这次历史性意义的会面放在了新落成不久的总督府。

周馥一行是乘特鲁泊的专用轿车上山的，特鲁泊在总督府门口站立迎接。周馥下车后与特鲁泊有了一个别有意味的一笑。总督府坐落在青岛山，前海的景色一览无余。天是冷的，但没有风，显出一种特别透明干净的深蓝之色。周馥赞叹道："真是个绝佳位置。"特鲁泊说："青岛从哪个角度看都是美的。"

步入会客厅，周馥才对特鲁泊有了细致观察，穿着德国海军军服的特鲁泊很英武，但他个头并不高，留着两撮小胡子，脸庞饱满扁平，双目炯炯，一种旺盛的精力溢于言表。

周馥首先表达歉意，说："此行纯属个人的即性所为，本是考察寿光、芝罘、威海，因途径胶澳，顺路而来。当然，更多的原因还是仰慕德国对青岛建设开发的成就，社会上多溢美之词，自己作为山东巡抚却无缘来此，说起来惭愧。"

特鲁泊说："欢迎巡抚大人来到青岛，本应亲自出面，因关乎外交体制所以不敢贸然，还请原谅。"

周馥说："都有难言之隐，彼此理解就是了。"

双方的真诚把彼此的尴尬化解了。

特鲁泊笑着点头。"但无论如何，我还是想问一句巡抚大人，您此行的目的？"

周馥说："别无其他，只是想看看青岛的发展，如果还有其他的话，也便是为了找出差距，迎头赶上。"

特鲁泊沉吟良久说："德国要在胶澳树立一个'模范殖民地'的标杆，但这并不容易，还是要依靠中德两国的共同努力。包括袁世凯大人，周馥大人，还有张人骏大人，都为青岛建设做了贡献，没有大家的共同努力，胶济铁路的修筑不会这么容易。"

周馥说："是啊，尽管发生了很多事情，但新生事物总是要有一个接受过程，铁路更是这样……现在通车到了潍县，并且正在继续向西修筑，很快就会到达济南，中德之间的合作也一定会越来越多。"

特鲁泊说："还得靠巡抚大人支持。"

两人这么说着，都觉得客套平平，没有进入实质话题，也都在思考着突破的切入点。还是特鲁泊先说："我耳闻大人在不同场合的演讲，想问，您怎么看待青岛的地位？"

周馥显然对此早有准备。他说："胶澳当然是中国的一部分，但德国人的管理也是客观现实。两者没有矛盾，更谈不上冲突。"

特鲁泊说："这……其实，严格来说，这里就是德国领土。"

周馥摆摆手道："我知道西方对概念的理解，但我们也有自己的理解。山东不会放弃对青岛的管辖权。"

特鲁泊皱皱眉头，说："这种概念上的不统一，恐怕会伤及合作。"

周馥说："概念是概念，有时和实际情况并不能同日而语，就像你们可以在胶州、高密驻军一样，同样没有法理依据。"

特鲁泊脸上显出一丝尴尬。他不能就这个话题与周馥发生争执。他早知道，山东巡抚衙门已多次向总督府提出撤掉高密驻军的请求。高密驻军是在村民破坏筑路的情况下的应急措施，现在铁路已经修通并且没有丝毫迹象表明还会有人破坏铁路，驻军实无必要。话说到这里，特鲁泊犹豫了，很显然，周馥此行的目或许并不那么简单。

周馥不愿意看到特鲁泊不快，更怕引起误解，这并非他想看到的，就说一句："尽管我们对驻军问题有自己的态度，也真的希望特鲁泊先生在条件成熟的情况下有所考虑，但这并不能表示我们对青岛的建设不持积极态度。"

特鲁泊点头，表示理解周馥的善意。

周馥说："如果说我这次来还抱有其他目的话，也是为了表达想与您合作的良好愿望，并且也带来了一些具体措施……"

"噢……"特鲁泊兴致倍增。

"我想以个人名义，购置部分胶济铁路股票，以鼓励国人投资铁路。"周馥说，"当然，这件事需要山东铁路公司同意，但我还是愿意以此作为对青岛的支持来做。"

周馥的话确实大大出乎特鲁泊意料，甚至一度怀疑是不是听错了，待他确信这是周馥的真诚表达后，喜出望外道："如果能得到巡抚大人投资，那它既具有实际意义，更具有象征意义，太难得了。"

"谢谢大人支持，回头我会和锡乐巴谈这件事。"周馥说，"还有一件事。我想总督大人也一定会感兴趣……"特鲁泊没有说话，只是用一种渴望的眼神望着他。周馥说："现在铁路已经通到潍县，沿线车站有很多中国人做站长，这是山东铁路公司的努力。为了感谢山东铁路公司的良苦用心，特别是锡乐巴先生付出的心血，更是为了这些站长们以后行事方便，我想给予这些站长授予相同级别的官衔。"

特鲁泊又是一阵大喜，在他看来，周馥确实是抱着巨大的诚意来拜见他的。他没有把这份欣喜表露出来，反倒是表现出非同寻常的冷静。因为，他一时无法想通周馥突然送来如此大礼的原因是什么。他说："实话说，巡抚大人的诚意确实出乎预料，胶澳政府代表铁路公司感谢。山东巡抚衙门的事情，我们也当尽力去办。"

特鲁泊明白，如果说周馥来青岛没有其他目的是不可能的，至少他是来表达合作诚意的，如此足以。

特鲁泊中午时分在总督府宴请周馥，两人相谈甚欢。

另外一个关注周馥青岛之行的人当然是锡乐巴，他本来想借周馥访问，再次向他表明关于矿务公司的问题，希望能得到巡抚支持以消除零散的中国矿主对坊茨矿井开采的干扰。但是，很快他就听到了从总督府传来的消息，周馥送给胶澳政府的两件大礼竟然都和山东铁路公司有关。他马上意识到，寻求山东巡抚衙门的支持不能拘泥于矿务公司一时一事上，如此看来，很显然山东巡抚与山东铁路公司的合作应该是更为全面与深刻的。

锡乐巴迅速请见周馥。

刚从总督府返回住所的周馥就接到了锡乐巴请见的消息，他并不感到意外，毕竟自己所带来的这两项着眼于改善关系的具体事宜都与铁路息息相关。锡乐巴一定会有所表示。果然，锡乐巴见面便对周馥表达了最真诚的谢意，这种谢意既有着对周馥两份大礼的回应，更有着另外一层只有周馥才体会得出的对之前不敬的弥补。

周馥回避其中的深意，就事论事道："铁路就要修到济南了，我们彼此应该以更良善的态度加强合作，而不是斤斤计较，应该把眼光放长远。"

锡乐巴说："巡抚大人所言极是，山东铁路公司愿意为山东社会经济发展尽绵薄之力。"

周馥说："火车马上就要通到济南，我们之间的合作会越来越多，也会越来越实际，但愿锡乐巴先生能从全局考虑，无论对于巡抚衙门，还是山东铁路公司都是有益的。"

锡乐巴点头称是。

对周馥来说，他给铁路公司所送的"大礼"，既是表达真诚合作的心愿，铁路全线通车在即，他已经没有退路，以开放的心态接纳一切是必然选择，与其被动反不如主动，同时也是他一退一进间的策略，希望能用主动换得对方的主动。

因为有了济南之间的龃龉，周馥与锡乐巴之间都存着一份疙瘩。虽然彼此间都极力避免消减心里的不舒服，但还是不能释然，所以话题并不深入。

离开青岛时，周馥去了前海的总兵衙门，那里曾是章高元的驻军所在，现在是德国殖民地的办事机构，进进出出的德国人知道这位神情肃穆的人是山东巡抚，极尽毕恭毕敬。周馥并不能从中得到安慰，心底凄凉，且多留一时，数倍增之。物是人非，不堪回首。

周馥匆匆离开总兵衙门，他本来是想凭吊的，也想到一定会引发诸多感慨，但他还是没想到自己的反应竟会如此剧烈，那些埋藏在心底的酸甜苦辣突然间在这样一种情绪的调动下彼此都发挥了作用，所调节出来的是一种难以言述的味道，让他只想大哭一场。

青岛之行结束后，锡乐巴亲自安排周馥乘火车返程。特鲁泊到火车站送行，还安排了海军仪仗队奏乐。列车缓缓驶出站台，青岛这个神话般崛起的城市以及正在续写着的崭新的故事如画卷一般展开，远去……锡乐巴极尽所能，为周馥安排了一等卧车。精致的布置、舒适的享受是周馥第一次体验到的。锡乐巴一直陪同他到达潍县。周馥从潍县下车后，由陆路乘轿或马回到济南。

由陆路返回济南的途中，周馥写下了《过胶州澳》：

朔风雨雪海天寒，老眼沧桑不忍看。
列国咸称周版籍，斯民犹恋汉衣冠。
是谁持算盘盘错，相对枯棋招招难。
挽日回天须大力，可怜筋骨已衰残。

失路惊魂

第五章

1

周馥的青岛之行所带来的冲击是巨大的。尽管特鲁泊对周馥此行的目的仍惴惴不安，但他还是无法把周馥作为一个敌人对待，无论如何，他所表现出来的诚意无可否认。

经过反复考虑，特鲁泊感到应该把周馥此行定义为中国官员的一次觉醒，尽管大部分中国官员还抱持着陈旧落后甚至是迂腐的观念，却还是有越来越多的譬如袁世凯、张之洞、周馥等大批中国官员正在向着西方先进的思想文化观念靠近，他们是中国进步力量的重要推动者，应该给他们以足够的重视和尊重。德国应该把握住这些中国官员所给予的机会，推动德国利益在中国的进一步发展。否则，德国将失去机会。

由于时间的滞后性，这些天越来越多来自国内的电报开始传过来，大多是对周馥中国之行的质疑。而这些所谓的质疑透着一个基本的论调，就是对周馥之行的猜疑、不安、愤怒甚至是指责。这让特鲁泊极为不满。在周馥突访青岛前，他发给海军部、外交部的一系列电报中都未得到切实的回复，把他置于了独自应对局面的尴尬境地，现在困难过去了，来自不同方向的论调却接踵而来，并且这些论调大都是建立在先入为主的猜测之中。特别是当有人听到周馥在青岛所发表的关于租借地言论后，更是断章取义地认为这是中国政府对德国所抱持的极大敌意和蔑视，甚至有人提出要向中国抗议，让中国人道歉。所有的话题一旦脱离当时的语境就会失去本意。特鲁泊这才深刻地体会到为什么国内会有那么多人对租借地持不同看法，很大程度上是不了实情。

周馥初到青岛时对胶澳租借地的一番言论，从特鲁泊本身来讲也持反对态度的，但随着后来与周馥的交流以及周馥所主动表达出来的诚意，他的那番言论显然是刻意的别有意味的，但一定不是信口开河，而是有着一定深意。不了解中国人的人会不理解，特鲁泊也是从锡乐巴的解读中深刻地体会到了周馥的良苦用心。他一定要以这样一种态度来处理中德的关系，首先以强硬的语气满足中国人的虚荣，青岛是德国人武力占领得来的，是中国人心头的恨，需要有来自政府的强硬声音回应民意。随之而来的，周馥所抛出的两条具体措施，既可以看作是对铁路即将全线通车的积极回应，更应该看作是对租借地政府的示好，期盼以此争取到租借地对于他之前言论的默认，换取他更大的外交回旋余地的手段。如果租借地不能容忍周馥的言行，那非但不会得到民意的支持，或许真的会与山东地方政府发生对峙，中德之间的合作空间必然会受到限制。这种只可意会不可言传的意味，并不是所有人都能领悟。但是，现在看来，如果不能解除来自国内高层的压力，对下一步与山东巡抚衙门的合作也会大有影响。

特鲁泊决定把这层意思要向外交部、海军部解释清楚，让各方不必究责于此，相信他能够因地制宜解决这一问题。他首先把这层意思向驻京公使穆默作了介绍。穆默可以说是历任驻华公使之中最温和的一位，他对中国抱有先天的好感，也对这些年来德国在中国的一些行为有着自己的看法，而启用这样一位似乎与政府对华理念格格不入的人作公使，其实也是德国政府一种矫枉过正的做法，因为德国无论是在胶澳问题上，还是在辛丑年的表现上都以一种咄咄逼人的面孔出现，这幅面孔已经极大地伤害了中德间的睦谊。德国政府已经有越来越多的人认识到了这点，并且开始有意识地加以修补这种被伤害到的关系。穆默对特鲁泊的意见给予充分肯定，他认为应该给中国人以充分的发表意见的机会，他们的真实用意与他们口头所表达的意思并非一致。认识不到这点对德国是有害而无益的。

穆默的态度当然更大程度上对于平息国内的不满起到了积极作用。但是，特鲁泊越来越意识到仅限于此是不够的，既然周馥主动来访胶澳，自己又为什么不能回访？

想来想去，他确信如此做是可行的。便在与穆默沟通后，给海军部和外交部分别写信，表达了访问济南的愿望并且陈述了理由。外交部没有回复。海军部回复是，可以自主决定以何种方式回访。特鲁泊对于一方的回避、另一方的模棱两可都心存不满，当一切事情过去后，各种责难会迅速跨洋而来，喋喋不休，而当真的问题摆在面前，却又都事不关己，高高挂起。

这一刻，特鲁泊反倒对周馥力排众议、敢作敢为的态度升出几份敬意，中国人都表现出了这样一种果敢无畏的决心，而德国政府反倒处处显得缩手缩脚。这让他不能理解。

2

周馥回到济南后,心情同样不能平复,他听说过德国要把青岛经营成一块能够超越香港的"模范殖民地",当时他还仅仅认为无非是两个国家打的心理战,无论他们如何较劲,中国的利益最终得不到保障,这已经在越来越多的事例中得到验证。经过此行,彻底地颠覆了他的这一判断。他为德国人对青岛所倾注的心血、投入的资金,以及短短五年时间的经营所取得的巨大成就惊讶不已,也断定德国的努力绝非只是为了和英国争高下,却是实实在在要在东亚成就一番新天地。如此一来,青岛所具有的与世界相连接的龙头作用便会越来越体现出来,而作为山东地方政府,如何应对来自其间的挑战和如何更好地利用德国人所创造出来的得天独厚的机会实在是个重大课题。作为山东巡抚,一刻都不能懈怠,既不能因疏于防范而给德国人留下可乘之机,也不能因为懒于应对而丧失有利于自身发展的契机,或许两者根本就是互为一体的,此消彼长的。周馥觉得自己正立在潮头之上,不有所作为就会为大浪所吞没,而这样的良机也是展示作的大好时机。

自从青岛归来的那刻起,紧迫感与责任感从未如此强烈,以至于让他夜不能寐,食不甘味。他觉得自己必须要有所动作……

所有计划当然要与袁世凯商妥好后才能实施。周馥一番谋划后连同青岛之行的情况向袁世凯一并报告。

袁世凯对周馥的迟迟到来有些不解。他的青岛之行在朝廷内所引起的影响是巨大的,尽管朝臣中都知道周馥背后站着袁世凯,但仍然还是发表了一些不同看法,有些看法不失激烈,抨击周馥的"冒失"与"自作主张"。袁世凯知道周馥的迟到一定有原因,并没催促。周馥到来后,他当然要在第一时间与他见面。

周馥歉意道:"有些事情要考虑,所以迟了几日。"

袁世凯无语,表示理解。

周馥说:"听说朝内多有言论。"

袁世凯说:"你的青岛之行,既是试探德国人的,也是试探朝内大臣的,有不满是自然的。"

"不会给您添什么麻烦吧?"

"那倒不至于。"

"不过，我觉得青岛之行，以及我们应对铁路开通后的措施起到了很好的效果，并且出乎意料。对下一步处理与殖民地的关系，实现彼此间的合作将会起到积极的作用。那些大佬们不应该指手画脚。"

袁世凯叹口气说："无所事事最舒坦，别人想干事，又会横加指责。别去理他，如果没人愿意揽事，大清也就差不多快完了。但是，有一点，谁揽的事谁得担啊。"

周馥听罢，脸上掠过一丝淡然的苦笑。朝中的状况他大概也明白。

开场白后，周馥将青岛之行做了介绍，两人并没忌讳，所以周馥对德国在青岛的建设大加赞赏，认为这无疑将会是中国进行现代化建设的一条可资借鉴的道路。除却关注德国人在青岛的城市建设、工业建设所取得成就外，周馥重点讲到了德国人严谨自律的精神。在他看来，改进和加快国人的文明步伐，培育契约精神是件迫在眉睫的事。这多少有些暗拍袁世凯马屁的意思，他的后话是，山东大学堂已初具规模，对培育国人精神是条重要的途径。

袁世凯只是点头。

周馥说："铁路快通到济南了，我们必须有切实的应对之策。从青岛回来后，我在考察的基础上，制订了一揽子经济振兴计划，还请总督大人支持。"说着，取出了准确好的振兴山东计划书。

袁世凯接过后，略略翻看一遍。计划书厚实详细，包括开办工艺局、铜元局、电灯厂、造纸厂，还有疏浚小清河，等等，事无巨细，包罗万象。有些项目，袁世凯在济南时就曾有所谋划，周馥也参与过，袁世凯并不陌生，只是有些过去的提议变得更具操作性，这当然倾注着周馥的心血。袁世凯没有理由不支持周馥把这些事情做好。他说："您全力举办就是了。"

周馥说："这些项目，总督大人成竹在胸，只是有一项需要单独向大人禀明。"

"您是说小清河？"袁世凯从计划中已看到了小清河的项目的分量，加之周馥的青岛之行是由小清河启程的，知道这是他下一步要与胶济铁路对抗的一个重点工程。

周馥说："小清河很多区段淤塞严重，但如果稍下功夫，是完全可以达到全线通航标准的，值得去做。"

袁世凯说:"那会是笔巨大的投资。"

周馥说:"是,投资肯定很大,我想从当地税收中争取一部分专用于河道疏浚。"

袁世凯半天才说:"不是说不行,但要测算好,不要做劳民伤财的事。"

周馥说:"不会的,我想商界和民众一定支持小清河的疏浚。以现在的条件,如果小清河全线通航,可以组建轮船公司专门开办货物和旅客运输,这样就会把胶东半岛北部的部分货源和客流吸引到水陆,而不至于流于铁路。"

袁世凯说:"总之,这是个大工程,要谋定而后动,不要做成半截子工程。"

周馥说:"那是自然。"同时,他心里也起了一丝狐疑。他是带着一腔激情向袁世凯报告自己设计的宏大计划的,但明显看出来,似乎并没有调动起袁世凯的情绪。是自己的计划有问题,还是袁世凯有心事,自己来得不是时候?

如此一想,中间就出现了空白。

袁世凯开口:"您的计划都很好,有些具体项目现在就可以推进实施,但您有没有想过可以采取一个总揽全局的项目,既有效应对铁路的渗透,还能借助铁路通车的便利,达到为我所用的目的?"

"大人……"周馥不知道袁世凯说的是什么,但从他的神情看,这个"总揽全局"的项目显然已在他的长久考虑之中。而这样一个项目肯定优于他的计划书,这或许正是他意兴阑珊的原因所在。

"我有个想法……"袁世凯说着,站起身来,在厅堂内走了几步,显然是在考虑从何说起,"您有没有想过……我们可以在济南开办商埠……自办!"

周馥听罢不禁从凳子上"曛"地站起来:"自开……商埠?"

袁世凯说:"对,自开商埠。在济南、周村、潍县三地同时自开商埠。"

周馥半天没说话,他被袁世凯的提议震惊了。自开商埠,且是在济南、周村、潍县三地同时举办。这确实非常人气度所能想到的。

自1842年中英《南京条约》规定开放广州、福州、厦门、宁波、上海五处为通商口岸以来,商埠便成为中外不平等条约的产物,严重损害了中国主权和利益。这在当时是无奈之举。这些年来,清政府一直力求改变商埠的开放模式。1898年3月,总理衙门先后两次上奏朝廷,建议将湖南岳州、福建三都澳和直隶秦皇岛三地自开商埠,获旨允准。所谓自开商埠是与传统约开商埠相对而说的，清政府希望通过主动开办商埠，获得所设通商口岸的行政管理权、税务征收权等一系列权益。百日维新后，清廷再次颁布谕旨，"著沿江边各将军督抚迅就各省地方悉心筹度，如有形势扼要商贾辐辏之区，可以推广口岸展拓商埠者，即行咨商总理衙门办理"。虽然朝廷倡议，但实行起来并不顺利。

现在袁世凯提出要将济南、周村、潍县三地同时自开商埠，虽然看起来有先例，且朝廷多加鼓励，但真的要举办却无异于惊天动地之举，并且山东地方事务无不与德国殖民政策交织，难度可想而知。

见周馥沉默不语，袁世凯问："您认为不可行？"

周馥心事重重地说："当然可行，但难度恐怕……实难想象。"

袁世凯明知故问："难在哪？"他也是想听听周馥的想法。

周馥说："难在德国人？"想了片刻，说，"德国人已将山东视为他们的势力范围，如此一来，会激起他们的剧烈反应，或许会有外交风波，此事不能不考虑。风险极大。"

袁世凯说："我们的最终目的不就是抵抗德国人的渗透和侵略吗？如果没有冒险，四平八稳能达到目的？"

周馥说："那当然，但风险还是要评估的。"

袁世凯沉默片刻，又问："还有呢？"

周馥说："还有，就是……难在自身。"

袁世凯不语，看着周馥听他继续说下去。

周馥说："岳州、三都澳、秦皇岛都是沿海口岸，有着得天独厚的条件，但济南、周村、潍县三地都是旱码头，外务部是否同意是个问题，更重要的是自开商埠的效果如何也值得考察。"

袁世凯对此倒是认可，认为这确实是需要提前考虑解决的问题。

袁世凯说："从大战略上考量，您觉得是否值得一试？"

周馥想了半天，一拍胸脯说："值得一试。只要巡抚大人力推，我当全力以赴。"

袁世凯说："我觉得，这是能够使铁路'为我所用'的一个大项目，不如此不足以全方位抵制德国人的渗透与侵略，这可以从政策上争取主动，形成钳制，至于说开办工艺局、铜元局等事，包括疏浚小清河都是战术问题，如果没有政策上的谋划或许这些战术上的问题也会受到阻碍，可以大小结合，整体推进。倒是您所说的，专业方面的问题确实需要论证，特别是三个内地城市自开商埠是否可以达到预期效果，商埠的规划设计如何与胶济铁路衔接，等等，需要大量的工作要做。"

周馥道："大文章，需要统筹谋划。"

袁世凯看出周馥尚不得要领，所以犹豫吞吐。

他对周馥说："事情虽说复杂，但只要找到切入口并不难。"

周馥知道袁世凯已经思谋久矣，也已立定宗旨，便只是洗耳恭听。

袁世凯说："您回到山东后，可以邀请袁树勋到济南，先行考察论证，多听他的意见，让他做个规划设计。专业上的问题依靠他是没有问题的。"

周馥对袁树勋有所耳闻，知道他曾做过上海知县、江苏按察使，参与过上海租界地的规划建设。现在作为候补道台身份，赋闲在家。周馥听罢，豁然开朗，知道只要得到此人相助，那便可以提纲挈领，事半功倍。为此，也便有了信心。

袁世凯说："事在未成之际，要作为天大机密，否则一旦风声透露，德国人出面干涉，我们就会被动了。外务部的工作我去做，但也不能提前透露给他们，那班自以为是的大臣们很难说不会横加干涉。等到一切成熟了，我们再来个突然袭击，不待他们反应过来，就把生米做成熟饭。"

周馥对此也有同感。他没有过多表达自己的意见，有些事情他确实需要好好消化理解之后才能提出自己的想法。

袁世凯也是尽可能地把自己的想法传导给周馥，山东的事情还得靠他去做。一番筹措，周馥越来越深刻地体会到了袁世凯的良苦用心，也对于他的三地自开商埠有了更透彻的理解，愈发觉得这个项目所具有的"总揽全局"的作用，与自己的经济振举计划相比较，确实有着牵一发而动全身的效应。他暗自佩服袁世凯的站位和格局。同时，他也明白实施这样一个庞大的计划的困难和不易……

3

因苏报案而赋闲在家的袁树勋接到袁世凯的一封没头没尾的信，心里狐疑万分，他不知这位多年断了音信的朋友在如今炙手可热的情况下如何会突然想起自己。在接到袁世凯信件不几日，来自山东的布政使胡廷干请见。袁树勋知道其中必有联系，赶忙相见。

见礼后，胡廷干竟然也不讲明缘由，只是说："请道台济南一行。"

袁树勋笑了，说："让我去济南，总得有个原因吧？"

胡廷干诡异一笑说："道台大人，此事不便相告，巡抚大人想请，到济南自然明白。"

袁树勋连声道："这事怪了。"

胡廷干施礼，说："道台见谅，此事断不能在此说。"

袁树勋不知袁世凯和山东方面罐子里到底卖的什么药，但其真诚却是让他无法推却的。前有袁世凯的信件铺垫，后有布政使司亲自相请，只得说："我总得有所准备吧？"

胡廷干说："备些个人用品即可，其他倒不必。"

胡廷干稍加准备，次日便跟胡廷干北上。三月底的天气，北方也暖意融融。胡廷干陪袁树勋说着话，慢悠悠走进济南。

袁树勋之前来济南，对济南家家泉水、户户垂杨的景致印象极深，现在正是泉水叮咚、杨絮飘飞的季节，他不知道这趟差事能不能容他有机会到大明湖、趵突泉一游。他知道山东的巡抚衙门与济南绝佳胜地毗邻，船可通王府池子，王府池子的水至百花洲，再流到大明湖。巡抚衙门的高墙里面深藏着济南最有名的一座泉，珍珠泉。

袁树勋没想到，在到了济南的头天晚上，山东巡抚周馥就在珍珠泉畔的凉亭为其摆下了接风宴。生性喜游、风流倜傥的袁树勋很兴奋，只是因为揣着那个不解的谜而不能尽兴。接风宴由胡廷干等人陪同，礼数倍至。宴请后，夜晚了，灯亮了，珍珠泉汩汩涌上来的串串珍珠摇曳生辉，把袁树勋只看得发愣。平生竟未在泉上见过如此生动的景象。不一会，他才缓过劲来。知道该谈正事的时候了。

周馥道："道台大人，如此方式请您来此，实在迫不得已。"

袁树勋说："大人尽管吩咐。"

周馥叹口气说："道台知道这些年，山东发生了什么吗？"

袁树勋说："当然是德国人的事。"

"是，德国人所修的铁路马上就到济南了，山东不能不有所应对。"

袁树勋静静地听着，知道快要触及正题了。

周馥说："之所以以这种方式请大人来，实在是事出机密，一旦有所泄

失路惊魂

287

露，恐前功尽弃不说，还会有绝大麻烦。"

袁树勋明白周馥的意思，起身拱手说："大人放心，袁树勋知道利害，不当说的一定不会泄露天机。"

周馥说："有道台大人一番话，周馥便放心了。这次请大人来，实在是总督大人的意见，想请大人谋划济南自开商埠。"

"自开商埠？"尽管袁树勋猜了很多答案，但还是没想到会是此事。

"济南？"

"不，准确说是，济南、周村、潍县三地。当然，济南为重点。请大人来，就是谋划此事。"

"这……"袁树勋说，"此事并非几句话可以讲明白的，需要考量的事情太多，所以现在拿不出意见来。"

"当然，此事需要从长计议，断不是一句话两句话就说清楚的。不过，大人在上海办过商埠，从大的方面是否可行？"

袁树勋沉思片刻说："从现在看，济南、周村、潍县三地自开商埠并不具备条件，但如果铁路修通，火车开到济南，那自然另当别论。德国人对内地的渗透是有着长远打算的，济南必会成为经济重镇，这些年外界对此多有评论，况且现在津浦铁路的修建也已提上议事日程，不出几年将会动工。如此一来，济南将会成为交通枢纽，其经济状况自然大有改善。"

周馥问："旱码头是否有建商埠的可能。"

袁树勋说："这倒不关大碍，只要条件具备，商埠无非是为吸引商贸，繁荣经济而办。况且，如果说真的要开办商埠，倒不失为全面应对德国渗透的一步妙棋，否则的话德国人很容易在山东一家独大，其他西方国家就会受到排斥，对经济发展并无益处。"

周馥心里甚喜。以袁树勋的判断，大方向是没有问题的。

虽然袁树勋初次面对山东自开商埠的问题，但随着话题的深入，他还是凭着既有的经验提出了很多让周馥、胡廷干耳目一新的意见。

袁树勋说："我来过济南几次，实话说，济南的地形地貌对于开商埠实在是有着比较大的滞碍。南有泰山，北有黄河，老城又狭窄，如何做商埠的选址极需考察论证，要慎之又慎。至于周村、潍县，我自然更不甚了解了。"

周馥说："大人句句在理。我想，只要把济南规划好了，其他两地倒可以慢慢斟酌。"

"那我需要时间。"

"时间自然由大人安排，不知大人是后续专程再来济南，还是现在就在济南住下……只是时间太紧，需要抓紧去做，至少有个大致眉目，也好向总督大人报告。您也知道，总督大人是个急性子，今天说了，明天就要结果。"

袁树勋听得出来，这是在给他压力，可见其情之迫。便说："两者结合吧，我来得匆忙，有些资料或者有些问题要与专业人员商议才行，但既然已来，就把前期考察做了，把问题汇总起来，需要下一步采取什么措施再定。"

周馥说："道台大人真是急人所急，先谢过了。只是不知道，我需要做些什么辅助道台大人。"

袁树勋说："并无特别需要之处，只是备好车马以及熟悉周边环境形制的人即可。接下来，就任我游山玩水了。"

"当然没问题。"周馥大喜过望。

1903年春夏之交，济南城里出现一位操着南方口音的外地人，他走街串巷、翻山越岭，很多人视他为游山玩水的纨绔子弟，其实正是这样一个人在暗地里谋划着改变济南的大规划。几年后，一个由他亲手规划的新济南城将会在老城以外崛起。

而在此期间，胶澳总督特鲁泊对山东巡抚衙门的回访也终于成行了。锡乐巴、施密特等人作为访问团成员来到了济南。这是对上次周馥访问青岛的回访，双方更广泛地洽谈了合作的可能，包括互派经济代表处、允许德国洋行进入济南，等等，所有的合作都已经开始基于胶济铁路全线通车后的状况而展开，特鲁泊暗示，威廉二世将会在全线通车时发来贺电，他希望周馥能以中国地方政府的名义向威廉皇帝回复答谢电。周馥表示，没有问题。袁树勋参加了周馥与特鲁泊的一次公开会谈和一次宴请。周馥也是有意让他从政治层面来做出一些分析判断。袁树勋认为这对他的考察有着很多启示，让他能从宏观层面有所把握和取舍。

只是特鲁泊、锡乐巴等人没想到，会谈的人群中会"隐藏"着这么一位特殊的观察者，更不会知道他将会对德国的在华政策产生多大影响。

三个月后，袁树勋与周馥做了次长谈。他先是给周馥吃了一颗定心丸，告诉周馥，以他的经验和对形势的判断，济南三地的自开商埠是可行的。但是，话锋一转，他也实事求是地把济南开埠所面临的难处开诚布公地说了出来。他认为，以现有济南的逼仄的地形地势看，济南自开商埠有着先天不足。周馥虽然心里一紧，但他还是更愿意听袁树勋所提出的问题以及解决问题的办法。

袁树勋几个月的考察卓有成效，酝酿出了一套完整的规划，所以他提的意见中肯而又可行。他说，商埠的开办与老城区之间必须要有一个适当的弹性空间，这个空间可以使既有的东西不至于影响新生事物，但也有一个新老衔接问题，毕竟无论商埠如何求其创新，它的整体管理体系还是在既有管理秩序里面的，巡抚衙门不可能放松对其实施监管。而济南巡抚衙门对此的选择极为有限。

周馥认真听着袁树勋的意见。

"济南所处南北太窄，无辗转腾挪空间；向东一马平川，似是有利所在，但处在济南与章丘这片传统的经济文化区域之间，既在行政区划上老旧之间形成重叠，不易规划，也会在理念上产生冲突，一些看不见摸不着的东西对人的思想观念的影响似乎更大，不容忽视。那么就只剩下一面了……"

"向西？"

"对，向西。"

周馥陷入沉思，不用袁树勋再说，他也知道向西有着更大的局限性。西门一出，没有几里地就到五里沟，那里是一片荒草杂生的乱坟岗子。在济南人看来，是孤魂野鬼才去的地方，除却盲流、无家可归者，极少有人涉足。这样的地方本身就是忌讳，在那里开商埠能有人气、财气？这很让人泄气。

袁树勋看出了周馥的心思，这确实是个现实问题。但袁树勋也有不同看法。

他说："尽管西边是一片不洁之地，但也有有利之处。它距离老城区不算太远，很适合与老城衔接。并且沿西门出来后有一条大街——馆驿街，由此往西便是可达泰安的长清大道。馆驿街向来是商旅必经之道，很容易把人流引向五里沟。"

周馥仔细听着。

"我做过计算。馆驿街西头有十王殿，新开的商埠可以东起十王殿，过五里沟，西至北大槐树村，南沿长清大街，北侧……最为重要，将来的胶济铁路会修至此，如此便可与铁路衔接，面积大概有200公顷左右，已经能满足商埠需要。"

周馥不听便罢，听罢也觉出了其中的便利。除却对这片乱坟岗子忌讳外，反倒是有利之处更多。

袁树勋看出了周馥的心事，便说："大人不必对此太过在意，天津、上海的商埠无不是从一片滩涂上建起来的，如此对照，五里沟反倒是一块平阔之地。再说，其中最大的好处，是地价便宜。"

"地价？"

"对。如果开办商埠自然先要征地，这里的地当然价格低，低价购进，将来经过统筹规划后，再出租，其中差价当然会大，如此算来，难道不是好事？"

周馥听罢，哈哈笑了。他知道袁树勋不但有经验，还确实把功课做足了。袁世凯慧眼识珠，商埠的谋划非袁树勋莫属。

周馥对济南开埠信心倍增。他觉得济南、周村、潍县三地的自开商埠与他眼前谋划的实业发展计划相结合，或许真的可以筑起一道坚实的屏障，足以抵挡德国人的侵袭……

袁树勋结束了对济南的初步考察，带着大堆考察资料，回上海去做更深入的思考和准备去了。

袁世凯听到周馥所形成的最终意见后，也展开了秘密筹划。他要从外务部入手，暗地里把功夫做了，一旦时机合适，便宣布济南三地的自开商埠。

4

这年，胶澳总督特鲁泊对山东省政府进行了回访。

锡乐巴随特鲁泊来到济南再次见到了周馥，在热情的礼数倍至的寒暄中，或许只有锡乐巴自己能够感觉得出周馥对他的冷落与不屑，尽管他的热情一如往常，但锡乐巴还是感觉到周馥的眼神始终没有与自己对视，他有意识地表达了与之交流的愿望，但周馥的若即若离在他心里划出一道冰冷的印迹。

购买铁路公司的股票、授予中国站长以相同职级官衔当然是对铁路的支持，但这种支持是更多地向租借地政府所表达的，并非铁路公司，也更不是他锡乐巴，只不过受益者却是山东铁路公司和锡乐巴。周馥的态度说明了这一点。

锡乐巴心知肚明，周馥为何会以如此冷淡的态度对待自己。他也听过一些传言，说袁世凯已经放出话，将来决不会与锡乐巴有任何交集。这正如他重新回到山东巡抚衙门一样，更多的德国人感到的好奇和赞叹，而对他来说，却有着一种难以言述的伤感与尴尬，在这里他遭遇到了真正的对手袁世凯，本来一把好牌让他打得一塌糊涂，他不但在谈判中失去了主动，更在精神上被打得抬不起头，而这一切并非袁世凯的强大，而是自己战术的完败。这是锡乐巴人生经历中所遭遇的极少的几次失败，难以言述。

但是，随着铁路越来越快地通至济南，他与山东巡抚衙门官员当然包括周馥的交往也会越来越多，很多事情会有求于对方，而之前所产生的龃龉与尴尬都将会成为一种阻力。但无论如何他还是要硬着头皮与对方打交道的。好在，袁世凯、周馥等人都是中国开明的官吏，只要对双方有利的事，他们并不会刻意刁难。

这次到济南的随访，他所带的议题至关重要。

第一，还是与周馥交涉关于矿务开采秩序问题。他想尽最大可能把经过袁世凯刻意修改的两份不同的章程文本统一起来，能够使中国的小矿主不至于侵入沿铁路线三十里的区域范围；更为重要的是不能使用大型开采机械与矿务公司抗衡。这本来是有着默契和共识的，反倒是因为签订铁路章程节外生枝而闹出来的问题。他想极力修补。

锡乐巴要做的第二件事，就是要向周馥通报，尽快实现张店到博山间铁路线路的建设。这是矿务公司施密特多次恳请的结果。按照既有规划，这条铁路支线是与干线同步推进的，但在实际操作中，锡乐巴认为矿务公司在坊茨的开采遇到了困难，要形成规模或许会需要更长时间，所以不可能再在博山投入力量开采新矿区，但施密特的态度出乎他的预料，施密特基本是以放弃的心态来对待坊茨面临的窘况，而德国政府却一厢情愿地对坊茨付出着巨大的热情，大批人力物力财力源源不断地投入进去，使得对坊茨现状非常担忧的施密特更加不敢发表意见。对坊茨的开发由于先入为主的观点，已变得欲罢不能。而在现场的指挥者几乎已经放弃努力，但又没有向董事局提出反对意见的胆量。锡乐巴意识到问题的严重性，德意志帝国将会面临巨大损失。

施密特的解救之法是加快开发博山一带的煤矿，以求可以迅速转移阵地，而不至于让董事局难堪，尽可能使企业少受损失。这是一种与锡乐巴采取的方式不同，更容易明哲保身的方式。尽管都是由同一辛迪加投资，但毕竟有着管理上的分隔，锡乐巴不能用自己的方式提出处置建议，并且他必须尊重和他处于同一位置的施密特的意见，毕竟施密特是矿务公司的实际控制者。他能够做的就是接纳施密特的意见，加快张店至博山的支线建设，以期能够与干线同步竣工，以解坊茨困局。

结果几乎与他所预判的一样，他所带来的两个议题，前者被周馥断然拒绝，后者得到了山东巡抚的积极响应。

对于前者，锡乐巴已通过多种方式和渠道表达过修改章程的愿望，但一直没有得到山东巡抚衙门的正面回应，周馥依然还是说："这事是不可能的。白纸黑字。希望以后不要谈这件事情。"这事是锡乐巴的隐痛。但这个扣却越系越紧，几乎解不开。这些年来，中国人关于收回矿权、路权的呼声越来越高，在这种情况下，丝毫的权益丧失都会得到过度反应，包括驻德公使穆默也多次提醒锡乐巴和施密特不要轻易触碰这条红线。只是两人不死心罢了。由此一谈，锡乐巴便决定彻底放弃。因为周馥的脸色已经不好看了。周馥脸上所表现出来的厌烦之感与上次谈判时所表现出来的反应非常相似，锡乐巴知道自己当时的胡搅蛮缠确实给袁世凯、周馥等人留下了太过深刻的印象。

而对于后者，周馥的态度很明朗，全力以赴支持山东铁路公司修建由张店至博山的支线，接下来的事情便是与当地官员和士绅接洽一些技术上的问题。修建张博支线的有利之处在于博山山谷间村庄稀落，铁路对村民的影响较小，修建起来自然纠纷也会少，加之铁路快要修到济南，村民们除却经济利益上的讨价还价外，已没有了精神层面的不适应。

回到青岛，锡乐巴先是召集相关人员商议张博支线的建设以及与当地官员对接问题。因为这一标段建设本身就在工程末端，在锡乐巴看来也有意识地放缓了，现在突然加速，显得有些措手不及。锡乐巴想指定韦勒承担这一标段的建设，没想到在开过第一次协调会后，突然接到董事局来函，科隆铁路局希望韦勒到该局任职。锡乐巴有些意外，提出反对意见，但董事局的复信让他看到对韦勒的任命或许并不那么简单，便不再坚持。

韦勒是个很开朗的工程师。锡乐巴为他举行了送别会，表达了惋惜之情。从韦勒口中才知道，他有可能在科隆铁路局稍作停留后会到暹罗负责当地的铁路建设。锡乐巴既替他高兴，也感到很是伤感，虽然胶济铁路建设快要结束，后续收尾工作依然十分繁重，他本意想让这几位与他同甘共苦的兄弟一块完成任务后再"散伙"，没想到这么快就结束了愉快的合作。

因此，张博支线的建设任务交给了登格勒。

1881年，冯·李希霍芬在山东考察时，便对博山所产之煤称赞有加："……煤炭品质优良，乌黑而坚硬，火焰明亮，能制成上等焦煤；这种焦煤有高度的热力。"这些最初的动机，甚至成为德国下决心谋取胶州湾并修建胶济铁路的动因。在两国签订的《中德胶澳租借条约》中，德国人对博山已经有了字斟句酌的编排："于所开各道铁路附近之处三十里内，如胶济北路在潍县、博山县等处……允准德商开挖煤斤……"随后，盖德兹在山东考察时也将"周村—黉山—淄川—博山—金岭镇—潍县"列入重要区段，他在报告中描述："在博山山谷及其旁边山谷里有优质石煤，根据1898年6月底在德国对采自作业煤矿中的煤进行的试验，其与卡迪夫煤（优质英国煤）有相同的价值。"毫无疑问，盖德兹的考察，为中德《胶澳租借条约》附加了翔实的方案，一个"丁字形"路口清晰地出现在胶济铁路的整体规划中。后在锡乐巴最终修订的方案中，对此也没有做任何更改。

而当坊茨煤无法达到满意的效果时，焦虑的施密特再次来到博山，对此地所产之煤进行了取样检测，而东亚舰队的检测结果让施密特坚定了加快开发博山煤矿的决心，因为博山一带所产煤炭的各项指标均高出舰队所需要的标准。

1903年底，登格勒进驻到了博山山谷。很快由胶济铁路干线上的张店站接轨，设有南定、淄川、大昆仑、博山四个车站的张博支线正式动工建设。

5

1904年初，正当铁路建设顺利推进之时，却从北方遥远的俄国飘来一丝不祥的乌云。因为俄国成立东亚伐木公司而与日本交恶，演变成觊觎朝鲜的争端，很多人已经丝毫不怀疑两国之间爆发战争的可能性。

锡乐巴因为胶济铁路通车的事来到总督府向特鲁泊汇报。特鲁泊手里拿着报纸，脸色凝重。锡乐巴看到了日俄战争将要爆发的消息。锡乐巴对这场战争并没有太多关注，所以他不知道总督为何会有如此反常的举动，以至于报纸掉到地上而无觉察。

锡乐巴的汇报当然没有得到特鲁泊的积极回应，只得快快而去。只能再抽机会来。下午，特鲁泊就乘船去了北京。

此事确实关系重大，作为青岛的最高军政长官，特鲁泊已经没有任何心思处理其他事务了。日俄战争的爆发并不是偶然事件，尽管有着现实原因，但深层原因还在于三国干涉还辽之事。十年前，中日之间的那场战争以日本战胜为结点，最终的胜利者却因为德、俄、法三国的联合干涉而不得不将费尽心机得到来的辽东半岛归回中国，《马关条约》所签订的内容并没有得到完全兑现，这让日本人引以为耻，甚至国内对中日甲午年的战争也有了一种重新评估，认为战场上胜利了，外交上却遭遇惨败。更让日本人愤愤不平的是，以正义形象示人的德俄两国却在三年后以武力方式联手占领胶澳、旅顺。至少旅顺在《马关条约》里应该是日本的战利品。日本人一直伺机报仇。而现在他们挑起了与俄国人的战争，目的当然是收复失地。

特鲁泊进京与穆默沟通此事。穆默对形势的发展如同特鲁泊一样，不甚乐观，甚至还大感悲观。他说："日俄两国的战争不可避免，而下一个目标，日本一定会针对德国，也就是说针对青岛，还是早做准备。"

特鲁泊知道，青岛孤悬海外，如果日本人真的进攻，根本无应对良策。他没有说出口，但情绪沮丧，知道如果一旦发生战争，是备无可备的。

穆默安慰他，也是在安慰自己，说："日俄之间的战争，不要看日本咄咄逼人，但胜负难说。在我看来，俄国的胜算更大，没必要太过顾虑，把眼前事办好就行了。"

当然，特鲁泊只是了解和掌握些消息，可能的应对之策在海军部，青岛政府并不具备决策权。现在最重要的事情，就是胶济铁路马上就要通到济南了。

穆默说："听说皇帝会为全线通车发贺电？"

特鲁泊说："潍县通车，皇帝发了贺词，全线通车当然会更加重视，要发贺电的。"

穆默问："具体通车时间定了吗？"

特鲁泊说："根据锡乐巴的说法，初定在2月底，也就是这几天了，全线就会铺轨到济南东站，也就是济南的终点站了。到时，会举行一个仪式，周馥等山东巡抚衙门的官员们都会参加，总督府也想派人参加，毕竟是件大事！但要等到一切收尾工程结束，恐怕还得几个月时间，到那时才能具备货物和旅客运输的能力。山东铁路公司的意思是把通车时间定在6月1日。"

穆默点头说："这倒是件比较着急的事。铁路的通车对殖民地开发的意义重大,也要提前谋划与山东省地方政府之间的经济合作框架。"

特鲁泊说:"我们和山东巡抚衙门的沟通是畅通的,周馥是中国少有的开明的官吏,一些具体合作项目也在洽谈。山东方面也感受到了来自铁路的压力,他们在积极地推行经济改革政策,新近就成立了工艺局,推行现代企业制度,但是……实话说,他们太落后了,要想与铁路竞争是不可能的。"

"听说他们在疏浚小清河?"穆默问。

"是的,这可以看作是他们与铁路抗衡的一个最大的项目,但是,这项工程并不容易实现,并且传统水路运输也不可能对铁路构成威胁。"特鲁泊说。

"但是,你们要特别关注山东方面的一些信息,尽管周馥对铁路持开放和接纳态度,但一旦与他们的利益发生冲突,他们一定会有所动作,听说……也只是听说,并不确切,我也正在核实……他们要在济南、周村、潍县三地自开商埠。"穆默说着,面色变得阴郁起来。

特鲁泊第一次听到这个消息,大为惊讶:"自开商埠?"

"对,如果真有此事,我们可以看作是他们围堵德国势力的一招。此招一出,对德国的既有政策影响重大。"

"如此一来,德国将会损失很大利益。我们必须有所回击。"

"回击?如何回击。不消说,这是中国人自己的内政,就是其他西方国家也乐得中国如此做,没有哪个国家愿意德国控制山东利益,我们会陷入被动之中。"

特鲁泊心里明白,这才是眼下最大的隐忧,而日俄战争的影响对于他来说毕竟还远了些,他必须对穆默所说的这一问题有足够的防范和应对才是。

6

1904年2月6日,日俄之间终止谈判并宣布断交。两天后,日本海军不宣而战,袭击俄国驻扎在中国旅顺口的舰队,日俄战争爆发。德国海军部部长蒂尔皮茨对此的判断是审慎而悲观的,在他看来,俄国虽然有着强大的军事实力,并且此役在中国领土上进行,但日本虎视眈眈主动进攻的态势让人感到极大的不安。蒂尔皮茨担心的当然是由海军部管辖的青岛会不会受到战争威胁。威廉二世的态度却极为乐观,在他认为,他更乐见于日俄之间有此一战，无论谁输谁赢，对德国来说都有益无害。

他对蒂尔皮茨说："俄国赢了，会把日本的嚣张气焰打压下去，彻底消除日本对青岛的威胁。如果日本赢了，它也不会赢得轻松，十年之内不会再有能力打第二仗。言外之意，就是青岛便不会受到日本人的威胁了。

这样的分析判断并不是没有道理，但皇上的性格脾气喜欢从乐观的角度考虑问题，而作为军人的蒂尔皮茨来说，却总会以悲观的态度对待一切。但愿悲剧不会发生，但避免悲剧的努力却是一刻都不能放松的。为此，他给特鲁泊发出命令，希望他能够举行一次实战性的军事演习，以评估受到某国侵略时可能达到的最大限度的抵抗。

如此一来，刚刚从不安中解脱出来的特鲁泊又感到一种巨大的压力。这年他在青岛举行了一次具有实战意义的军事演习，而整体评估是，青岛如果爆发战争，在没有本土支援的情况下，只可抵抗十五天。这就是青岛的未来，这就是青岛的悲哀。青岛无力自保。

蒂尔皮茨接到特鲁泊发来的演习报告后，愣了半天，他知道青岛的命运或许并不那么乐观。但现在他所面对的同样是另外一件事——胶济铁路全线通车。这对于山东铁路公司董事局来说，是件具有里程碑意义的事情，在特许期内完成了铁路与山东内地的联通，也是海军部的重大的标志性事件。对于威廉二世来说，是他海洋政策胜利的象征。

山东铁路公司董事局呈文报告，山东铁路公司的第一列火车已经开进山东省府济南。

喜不自禁的威廉二世亲自起草电文："获悉第一列火车抵达济南府，我十分高兴，祝贺管理层取得成功，并在东亚展现了德意志进取精神；希望你们在中国不知疲倦的工作将取得更多同样的成功。"皇帝的兴奋之情溢于言表。八年前，李鸿章访问欧洲时，对德国威廉二世谋求"殖民地"的非分之想根本不买账，让这位脾气暴躁的皇帝无计可施；而现在，威廉二世非但成功地攫取了青岛，并且他向山东内地渗透的目的也随着一条铁路的开通而变为现实。威廉二世意犹未尽，紧随着通车的贺电，他又发出了一份嘉奖令："对锡乐巴、锡贝德、山东巡抚周馥和三位道台"给予嘉奖。

很快这位狂放不羁的皇帝就收到了山东巡抚周馥的回电。

"山东巡抚复柏林德皇电（光绪三十年正月十二日发），柏林德国皇帝承电，感幸之至两国商务从此日渐兴盛，深盼两国交谊日笃，两国商民日见和好，馥必竭力维持，以副期望盛意，山东地方现极平安，请释谨念，祝皇帝身体健康，永享长寿，巡抚周馥。铁路的完工有利于两国贸易，希望两国扩大友好交往。"

而在此时的济南，既寒冷刺骨，又激情涌动。

1904年春节前后来自西伯利亚的寒流持续而深邃，在常人眼里只是一个季节的特殊，而在特鲁泊、锡乐巴、袁世凯、周馥等人的眼里是很容易与那场相隔千里的战争联系在一起，这场战争虽然只是日俄之间的交战，却涉及中、德、日、俄等国的恩怨情仇，而这场战争又实实在在发生在中国的东北地区，如果直线距离计算，战场的发生地距青岛不过百余海里。在这种特殊氛围中，一条铁路通车的狂欢仍然在持续着它的温度。

济南东站是济南的临时终点站，至少在锡乐巴的眼里，这里只是一个临时驻脚点。胶济铁路在这里所形成的只是一个短暂的时空格局，很快他就应该有着更大范围的拓展与联络。济南东站毗邻济南名胜大明湖。大明湖是由泺水之源形成的一个大湖泊，滋养了济南的灵秀与美丽，而现在的她仍然在持续的寒冷中沉睡，当第一辆工程车开进济南后，连续不断进出的车辆嘶鸣、尖啸声让人怀疑她无非是在刻意保持着一种沉默，所有的一切都需要应对与思考，正如周馥现在心情是一样的。

越来越多的人聚集在大明湖畔围观来来往往的火车，它们是那么长，能够装载那么多货物，这是独轮车所不能比拟的，这让他们兴奋激动，欢呼雀跃后，便会陷入一种理性思考，没有了独轮车的日子，他们该如何活下去？不同的人都在从自己的角度思考一条铁路所带来的变化。商人在考虑，是否可以放弃一些东西，而借助于这个庞然大物而使生意扩大；更多的人知道可以乘坐火车去青岛，那个由德国人建设的梦幻世界，那里到底有着哪些与济南不一样的景致？

济南的思维与现实都在面临挑战。一切才刚刚开始。

那个确定为正式通车日的6月1日很快就要到了，所有的想法都会在那一刻变成现实，商人可以用火车运货，百姓可以乘坐火车前往海天一色的青岛。变化终归要来了。

7

青岛海面上突然出现了俄国舰船，引起巨大恐慌。特鲁泊紧急发电质询德国驻华公使穆默，希望向俄方交涉。很快消息传来，原来是俄国"泽沙列维奇"号旗舰在旅顺港被日舰所发射的炮弹击中，严重受伤，不得不停靠青岛。特鲁泊松了口气。但第二天，又有5艘俄国远洋鱼雷艇接踵而来。特鲁泊感到局势严重。

为消除恐慌，他命令东亚舰队向俄舰发出通牒，限其24小时离开，否则就解除武装。俄舰显然无路可退，自愿向德方投降。少尉克林格按照总督命令，接受了俄舰的投降。

……

1903年10月，特鲁泊曾组织实施了一场以进攻青岛为主题的军事演习。演习假定为青岛受到一个"黄种人"国家袭击。而袭击的时机选择在德国东亚舰队离开青岛后，青岛的防御处于最薄弱的状态之下。

当然，特鲁泊也命令军方准备了符合现实状况的防御力量，这些力量包括既有防御工事，还有一支海军陆战队、一个海军炮兵分队、一个野战炮兵连以及"S90"号鱼雷艇。

凌晨5点35分，演习开始。各炮台向快速驶来的舰队开火。3艘重巡洋舰载着陆军部队从外围工事边驶过，并在无视这些工事存在的情况下，紧靠南部航道的边界线停泊下来。军舰待了大约20分钟，距离炮台仅有4000—5000米。这么短的距离内，防御工事火力大开。由于重型火炮数量少，发射速度慢，而敌方的军舰速度极快，防守方失败。

6点2分，"汉萨"（Hansa）号旗舰向大约在5000米处的小泥洼开火。轰击过程中，处于内泊地的军舰起锚并开动。（敌我双方）距离在4000米和2500米之间不断变换，"堡垒的火炮暴露，堡垒展现出未设防的背面。在轰击1个小时和紧接着进行的近距离作战后，堡垒丧失战斗力"。除自动暴露的炮台，周边的房屋也成为军舰轰击的目标。

小型巡洋舰则从远处以各种方式向外围工事射击。

7点45分—8点15分，汇泉角炮台和青岛炮台经历了类似的攻击。直到3门150毫米口径塔式舰炮把汇泉角的240毫米口径榴弹炮炮台和青岛炮台完全制服为止。突袭者胜利。青岛陷落。

……

之所以进行这场演习，是特鲁泊在俄舰不断进入青岛海域的情况下基于对局势的分析判断做出的。在此之前，他曾接到蒂尔皮茨要求对青岛防御能力进行全面评估的电报。但是，他并没有太过重视，只是想从理论上作番推演了事。但眼前的事实告诉他，如果俄国在与日本的交战中失败，青岛就会成为日本的下一步目标。

1896年，海军部曾经起草了《1899—1908年第一个防御工事计划》。按照该计划，青岛的防御工事主要是针对进攻者的舰队"强行进入海湾，另一方面也能够打退同时进行的、无攻坚炮兵配合的登陆行动……并且即使在舰队未驻泊于附近或根本无法投入战斗的情况下，也能够做到这一点"加以设计的。为达到这一目标，这些年来，青岛政府在防御工事上做好规划和建设，安装重型大炮的炮台，以及需要增加中等大小口径火炮的工事，还有水雷封锁线。同时明确了陆地防御工事的任务，是保护海岸防御工事和港口本身免受袭击和重炮轰击。

在军事演习结束之后，特鲁泊拿出这份6年前制订的计划，显然心烦意乱。时至如今，只有坐落在汇泉角的150毫米口径装甲炮台和原先的中国留下的火炮可以使用。但前者尚缺乏射击指挥设施，后者因为缺乏弹药静躺在炮位上，恰如"稻草人"。安装在汇泉角的两门240毫米口径火炮与安装在小泥洼的4门210毫米口径火炮的情形与之类似，因为缺少弹药，从未进行过试射。而在陆地防御方面，只建成了一些临时的120毫米口径青铜炮和野战炮炮位。另外，可供夜战使用的探照灯没有到位，可供封锁用的散布水雷也还在途中。更要命的是，这份防御计划是基于德军初占青岛时设计的，防御重心是中国人从内地的进攻，而非是海上的某个"黄种人"国家。这几乎是方向性错误。

实战演习的结果让特鲁泊明白，自身的防御能力是如何的脆弱。

在1898年所形成的这份计划旁边放着的是由海军中将盖斯勒基于这次演习所提交的报告。两者之间是一种鲜明的对比。

盖斯勒的报告中写道："……进攻演习的目的已达到，即加强巡洋舰舰队战舰炮兵的训练，帮助青岛守备军积累应对此类突发事件的经验。演习使人认识到，目前的状况下，即使对于力量并不十分强大的敌人来说，要深入内锚地、摧毁港口设施等,也是轻而易举的,而目前的防御工事所能提供的保护远远不够,根本无法使巡洋舰舰队得到一个哪怕是有限的安全据点。但在另一方面,也证明了皇家总督府所建议的扩建防御工事措施——首先是计划在叶世克角和游内山半岛建造工事,以及在两者之间着手布置水雷封锁线——是正确的。"

在这份报告面前,特鲁泊十分沮丧。他在这种消极情绪支配下向蒂尔皮茨写成了相关报告。"……甚至未在青岛,但他在其表态中坚决强调:因为缺乏准备和经费等,此次军事演习既不能被确认为攻击要塞,也不能被确认为海岸登陆演习。它更多的是一场纯粹的没有裁判的舰队演习。

……对于驻防部队来说,此次军事演习只是造成了一些负面影响,它使人们清楚地看到,炮台就连打退一只船的能力也没有。……青岛目前的防御状况根本不能应对较大规模的攻击,这一点可谓尽人皆知,它也是到目前为止的发展方针的结果。现有的防御工事非但没有赋予本地以要塞所具备的抵抗力量,也剥夺了其开放城市的本质。"

就在他向蒂尔皮茨发出报告不久。1904年2月16日,他就收到了被赋予"要塞总督权利和义务"的新任命。此时的他只能表达这样一种意愿,就是坚守岗位,"直至献出自己的生命"。

无论如何,青岛的防御工事计划得到了加速和新的提升。尽管准备的周期会很长,但对于一种新的威胁的防范已经在准备之中。

8

1904年5月1日,新成立不久的外务部收到了袁世凯与周馥联名奏议。"自光绪二十四年,德国议租胶澳以后,青岛建筑码头,兴造铁路,现已通至济南省城。转瞬开办津镇铁路,将与胶济之路相接,济南本为黄河、小清河码头,现在又为两路枢纽,地势扼要,商货转输较为便利,亟应援照直隶秦王〔皇〕岛、福建三都澳、湖南岳州府开埠成案,在于济南城外自开通商口岸,以期中外商民咸受利益。至省城迤东之潍县及长山县所属之周村,皆为商贾荟萃之区,该两处又为胶济铁路必经之道。胶关进口洋货、济南出口土货,必皆经由于此,拟将潍县、周村一并开作商埠,作为济南分关,更于商情称便,统归济南商埠案内办理。"

此时的外务部尚书是瞿鸿禨。他看着这份上书露出了会心的微笑。在此之前，袁世凯已多次与他沟通，外务部没有不支持的道理；在此之前，总理衙门已发出过倡议，希望各督抚尽最大可能提出自开商埠建议，无奈应者寥寥。这份提议不但是对总署的响应，更重要的是提议者是炙手可热的袁世凯。外务部并非没有担心，因为济南、周村、潍县三地自开商埠指向性非常强，那就是抵制德国人以胶济铁路为跳板而向内地的渗透。德国人对山东内地的觊觎是明目张胆的，他们甚至不同意英国人承建一条新的铁路通过山东，自然是视山东为其势力范围。突然的自开商埠，当然会使德国人不快，甚至会引起强烈反应也很难说。外务部愿意接受这样一个挑战，也是表达对总署倡议的支持。拿德国人小试牛刀，不失为一个机会。况且前面还站着袁世凯这样一位与德国人打惯了交道，同时也是备受德国人赏识的人物，他所承受的压力自然小了许多。事半功倍，乐得一试。

瞿鸿禨并非没有犹豫，主要原因是没有先例。济南、周村、潍县三地全部是内陆城市并且经济实力并不强，在这样的城市自开商埠是否会收到应有的效果值得商榷。不过，自太后"西狩"归来，极力推行新政，没有理由把这么件新潮的事挡在外面。

所以，瞿鸿禨在接到折子次日便递交给了皇帝。

光绪见是袁世凯、周馥联名的折子，没有心情去看。倒是慈禧问了一句："这事不会惹了德国人吧？"

瞿鸿禨说："这倒是个大胆的尝试。"

慈禧说："是啊，得挡一挡德国人的势头了。"

由慈禧这么一句话，光绪更不会有其他意见。5月4日，批复的折子就到了外务部。

当天，德国驻华公使穆默闻讯前来，请见瞿鸿禨。

瞿鸿禨明白他的来意，却不说破。

穆默性格温和，态度也不吞吐，直截了当道："听说济南要自开商埠？"

瞿鸿禨不置可否。过一会才说："公使大人，有些事还不到说的时候，您得见谅。"

这其实已经是承认了。

穆默说："这是针对德国吗？"

瞿鸿禨说："不针对任何人，中国自己的事。"

穆默说:"胶济铁路已经通至济南,马上就要正式通车,这无疑是对通车的一种抵制!"

瞿鸿禨摆摆手说:"更不会是如此。公使大人想多了。"

"那么,选择这样的时机,不能不会让人产生联想。"

瞿鸿禨说:"每个人都有不同的看法,任他们想去吧。"

穆默的平静其实是缘于刚刚结束的一场内部争论。他早就听说清廷有意在济南自开商埠,甚至远在青岛的特鲁泊也为此专程来京咨询。就在前几天,锡乐巴也来了。锡乐巴是位爱激动的人,他先是见了商务代办斐斯探听信息。斐斯也对清廷的决定持反对态度,他已经多次就此向穆默提出意见,希望向中国施压,穆默尽管对中国的做法很不满,但还是保持着足够的理性,劝说斐斯不能一意孤行,要等他把事情的来龙去脉了解清楚后再做决定。

锡乐巴听说斐斯的态度后,来到北京就先找到了他,两人一拍即合,一起来见穆默,向穆默施压,要求他向中国政府提出抗议。

锡乐巴说:"铁路修到济南是为了什么,不就是为了让德国受益吗?如此一来,德国的利益会受到巨大伤害。"

斐斯说:"必须制止中国人这么做,这太不讲道理了。"

从听到这一消息,锡乐巴就火冒三丈。在他看来,尽管袁世凯、周馥对自己有成见,但他们对德国总体上还是友好的,为什么他们一方面示好德国,另一方面又毫不留情面地陷德国于万劫不复的境地?这让他既悲伤,又愤怒。他知道清廷官吏阴险狡诈,当面一套背后一套,但还是相信袁、周如此境界高远的政治家不应该做出这种事情。同时,他对穆默有意无意流露出来的软弱、妥协感到强烈不满。

穆默永远是理性的,并且他非常检点德国人的过失,力求有所弥补。所以他的不满在冷静的分析后便渐自消失。面对两个人的愤怒与不满,他所表达的是:"我们也要从中国人的角度出发考虑问题。"

斐斯摇摇头。在他听来,这早已是穆默的口头禅。

穆默并不在意这位下属的不屑,自顾道:"如果我们采取强硬措施就会让中国人打消念头吗?显然不可能。如此一来,非但会和中国人闹僵,也会引得其他西方国家不满,我们会更加被动。再说,要想从山东获取利益,需要依靠真正的实力,而不是垄断。现在已经没有垄断了。三都澳、岳州、秦皇岛已有先例，美国人做了多次交涉，但中国人从来没有让步。美国推行门户开放政策，他们会允许德国人垄断吗？还有，英国和德国已达成共同投资津浦铁路的意向，难道还要把英国排除在外？所以，我们最好的做法，通过与中国建立良好的关系，以求得到贸易政策上的优惠对待，我想以德国在山东的影响力，这是完全可以做到的。"

穆默以自己的"软弱"降服了斐斯和锡乐巴的质疑，尽管两人依然愤愤不平，但也不得不认为穆默的话是有道理的。

穆默说："我当然会向外务部提出我们的想法，让他们知道在这件事情上所给予他们的最大理解；也让山东巡抚衙门知道，在接下来应该如何对待德国的商贸业务。"

所以，穆默文雅得体的举止大大出乎瞿鸿禨的预料，哪怕是一位绅士，也会对这突然的有针对性的抵制感到恼火。穆默说："德国方面理解中国政府的举动，但中德之间始终有着良好的合作，胶济铁路的通车是最好的见证。铁路尽管是德国人修的，但受益最大的无疑是中国。"

瞿鸿禨说："我相信袁大人、周大人知晓其中利害，会处理好中德间的关系，公使请放心。"

穆默将中国在三地自开商埠的消息提前告之了德国外交部，也表明了自己的态度。然后静待清廷相关消息的发布。

5月15日，外务部正式回复山东巡抚衙门，同意济南、周村、潍县三地自开商埠。山东巡抚衙门随之昭告全国。一时舆论大沸。举国震惊。这一天，距离既定的胶济铁路正式通车还有十五天。锡乐巴正奔波于济南青岛间，为即将全线通车的胶济铁路而忙碌。

9

1904年6月1日的济南，风和日丽。大明湖畔的济南东站涌入了第一批前往青岛的客人。之前到达的列车已经把由青岛至济南的一批主要以洋人为主的客人送抵济南。火车的汽笛声里，大明湖的水鸟不时被惊，"扑扑棱棱"飞起，超然楼里的人翘首向北门外的方向眺望，欧式中式相间的济南东站站房盘旋着一团团火车喷吐出的浓烟，济南的宁静与恬淡将会被改变。同时改变的当然还有人们的心情，一种难耐的欲望正在所有人心中酝酿蓬勃。

面对激情涌动的人群，一个人的心情却是复杂的。此刻，他正坐在一等花厅车上，望着窗外大明湖的景色若有所思。他面前的桌上摆着一份英文版的《东方杂志》，一段评论："德国尝以独占山东全省利益，屡向北京政府要求权利。其所经营者，著著进步。周中丞见此情形，深知其害，遂……辟商埠，密奏朝廷，既获俞允，忽然宣布万国。德人闻之，亦惟深叹，其手段之迅速而未可如何也。"

三地的自开商埠先是小道消息传出，后成为人们的暧昧话题，到后来公开，引起巨大轰动，给人们一种别有用心的蓄谋，最终的结果才让人们的印象定位在是对德人的抵制，很多细节为人忌讳，官报上的评论却越来越犀利，特别是京津等地的报纸均把济南自开商埠作为一件特别重大的事情来报道，其间不乏渲染与夸张。

这样的报道，已经有了近半个多月的狂轰滥炸，锡乐巴本来已经变得麻木，但在今天全线通车的日子里，再次看到这样的报道，让他心里格外不快。

本来，胶济铁路全线通车应该是此时此刻的独家新闻和最有影响力的事件，但在袁世凯、周馥操纵下，三地自开商埠非但彻底抢了胶济铁路全线建成通车的风头，更重要的是还为将来铁路的运营带来诸多困难和不便。锡乐巴感到，五年多的辛苦打了折扣，也让他期待已久的通车庆典变了味道。三座内陆城市联手自开商埠，在中国尚属首例。非同寻常的开埠时机，让锡乐巴窥见了袁世凯、周馥在对待胶济铁路问题上的良苦用心，这足以引起他警觉。他不知道接下来还会面对两位中国政坛大佬怎样的阴谋和挑战。

而此刻他乘坐全线通车后的第一列车到达济南，除却具有象征性的"始发"意味外，还肩负着另外一项艰巨任务，那就是与山东巡抚谈判关于小清河叉线修筑问题。因为有了心情上的波动，这使他对即将与周馥的谈判产生怀疑。他的信心被中国人三地自开商埠的举动所打击。此刻他有一种特别的孤独感，在越来越深入的事务交涉中他竟然发现与他共事的朋友大多渐行渐远，包括张之洞这些一直很器重他的中国官员也似乎对他有了成见，他将此归咎为袁世凯、周馥的反制。但检点自己，他也确实感到自己在处理问题上的固执己见、不能容人，脾气越来越暴躁。但他也有为自己开脱的理由，他所面对的棘手问题并不是谁都曾遇到过的，如何能够去做一个老好人？

锡乐巴少有地产生了一丝伤感。再看眼前，胶济铁路全线通车了，但韦勒走了，格登勒在完成了张博支线建设后一直发高烧，他的弟弟锡贝德也因为一次意外而不慎摔折了腿，只能在青岛静养，不消说预定的庆祝，此刻甚至连能够为他排解心中郁闷和伸手支持他的朋友都不在身边。

他百无聊赖地翻着《东方评论》，而正面新闻栏目中有日俄战争的报道。5月底，日俄发生对马海战，俄国舰队几乎全部覆灭。日俄战争大局已定。锡乐巴意识到，更大的隐忧可能还在后面。

10

因为对袁世凯、周馥等人升出的戒备，锡乐巴处置事宜时不敢再有丝毫的大意，所以在小清河叉线问题上他做足了功课，以防不测。

自1904年第一趟工程车进入到济南东站后，锡乐巴就听说了关于修建小清河叉线的事情。黄台桥是小清河在济南最重要的码头，凡经济南运输到达的货物大都在黄台桥码头装卸。济南府东站距黄台桥只有不到3公里路程。路程很短，但铁路修通之后，货物在小清河与铁路之间的短途搬运却成为极不方便的最后一公里。有中国商人建议修一条轻便铁路，以使小清河与铁路相接。随即有人向锡乐巴建议，由山东铁路公司承办。但锡乐巴心里明白，其中大有滞碍，因为在《胶济铁路章程》第十三条款中规定，山东铁路公司"不得擅行另造支路"。锡乐巴由于之前在章程谈判时与袁、周结下了不快，承办小清河叉线又会突破章程界限，对此大为忌惮，并不认为会轻易成功。正所谓一年被蛇咬，十年怕井绳。所以，先是放弃的。但后来想起，越发觉得这条叉线意义非常重大，能够实现胶济铁路与黄河运输的连接，并且或许会对下一步津镇铁路的接轨运输有好处，所以便跃跃欲试。后下定决心，与周馥一谈。

与周馥的见面很正式却似乎没有情感上的呼应。锡乐巴对周馥的冷淡有着充分的思想准备，但他还是认为自己有足够的理由说服周馥让山东铁路公司承办这条叉线。因为经过他的了解，周馥一定希望建造这样一条铁路，并且最节省费用的方式恐怕就是山东铁路公司来建造了。在此之前，周馥已经开始了大规模的小清河疏浚工程，很多淤积的区段已经开通，小清河的全线通航在技术上已经没有问题。锡乐巴尽管对小清河与铁路的竞争颇有看法，但如果将两者连接起来，彼此既有了竞争，更有了合作，是互相受益的事。

无论是巡抚衙门，还是山东铁路都是乐见的。

所以，锡乐巴直言不讳："尽管小清河叉线的修建有章程上的滞碍，但我觉得有所突破是现实的，彼此有益的。"

周馥问："益在何处？"

锡乐巴说："益在铁路与水陆互益，彼此支持。益在商民的便利，不必为了几公里的距离而付出数倍的费用。"

周馥当然明白这些，其实在他心中也是倾向于山东铁路公司来承建这段铁路的，虽然《胶济铁路章程》上有限制性条款，但铁路已为国人所接受，并不会产生太大情感上的排斥，有所突破并非难事。况且如此之短的线路，如果重新招标建设，将会耗费太多的精力，得不偿失。只是他对锡乐巴有些本能的防范，更有着与袁世凯"决不和锡乐巴再行合作"的约定，所以迟迟没有下定决心。现在，经锡乐巴如此说，便又动心了。

他问："你觉得这条铁路如何修？"

锡乐巴说："我听说山东方面的意思是修建一条便线，我并不这么认为，要修就要建一条标准轨矩的铁路，这样会省却极大的不便，水陆的货可以直接在码头装车转运至铁路，铁路货物可以直接开到码头卸货上船。"

周馥听罢禁不住说："这倒是好。不过……修建标准规矩的铁路费用肯定会增加不少。"

锡乐巴说："费用会有一定程度的增加，但可以解决。山东方面只要筹款达到2万两，其他款项由山东铁路公司筹集。"

周馥心里一喜。如此一来，费用就不是问题了。但他也有疑虑，问："山东铁路公司想要什么权益？"周馥已经在心里盘算，如此山东铁路公司恐怕至少要倒贴4万余白银，那它如何取得相应收益呢？

锡乐巴说："铁路建成后由山东铁路公司租赁经营。山东方面的2万两可折作股份根据营业状况支付利息。"

山东铁路公司从租赁经营中获得收益，山东地方政府还可以从中拿利息，这当然是可行的。但他还是把最关键的问题摆在了明处，说："这条铁路是山东的，而不是山东铁路公司的。日后如果有用可以随时收回。"

锡乐巴说："当然可以。但要补偿修路费用。"

周馥哈哈笑了，说："你是锱铢必较啊！"

锡乐巴说："大人谅解。"

两人的谈话很愉快，甚至中间没有半点不畅。周馥宴请了锡乐巴。推杯换盏中，周馥心想，这个锡乐巴通达人情事理了。看来是凡人都一样，不敲打不行。而在锡乐巴看来，中国官员只要不触及他们的根本利益，一切都是好商量的。以后与中国官员打交道，是要多留个心眼，他们一旦记了仇，化解起来便很难。

11

为防夜长梦多，周馥决计要把商埠开埠的具体操作方案抓紧确定下来。他给袁树勋写信，请他速到济南确定章程。袁树勋此时已经厘定了基本原则，对上海开埠的基本制度做了梳理，思考形成了济南自开商埠的规划框架。在他看来，济南的自开商埠动起于胶济铁路全线通车，根本是为了遏制德国人渗透。商埠规划建设的基本原则应该立足于此，即通过制度建设遏制德国人扩张，更要着眼长远，增强商埠吸引力，让更多的国家参与市场竞争，达到抵制德国垄断的目的。

袁树勋在到达济南前，商埠总局的办事机构已在周馥操作下举办起来，以便与袁树勋所确定的制度设计相对接。8月份，袁树勋来到济南，他先是到商埠中心地带的五里沟做了番勘察。商埠总局设在五里沟。总局主事赵绰陪他前前后后把周边环境又转了一遍，袁树勋也把一些注意事项做了交代，让赵绰尽可能把周边环境整治好，以便在基本原则和主旨确定后，商埠总局迅速开张办事。

随后，袁树勋便需要与周馥做更细致的交流和安排。周馥很用心，两人的会面安排在了大明湖的一只画舫中。

周馥先举杯敬袁树勋，说："济南开埠，公为绝大功臣。此行，不避炎暑，敬一杯。"

袁树勋也不客套，笑而相授。

周馥说："商埠最大的原则必须要能够最大限度地利用好胶济铁路的辐射和带动作用。"

袁树勋说："这是当然的。所以我们划定的区域是，东起馆驿街西首的十王殿，西至北大槐树村，南沿长清大街，北以胶济铁路为限，规划面积为200公顷。整个商埠区是以胶济铁路为基准向南铺展开来的。只是这里面有个问题……胶济铁路现在只通车到黄台，如何在五里沟衔接或许会有误差。"

周馥说："商埠一开，德国人当然会想办法向西延伸，那至少要增加两个车站。可以以商埠倒逼他们的车站设置，给他们留出空间。"

"好倒是好，但为何不先和山东铁路公司沟通？"

周馥想想说："锡乐巴并不是个好说话的人，他们现在正在考虑如何与津浦铁路接轨的问题，如果商埠设车站的话题由我们提出，他一定借此机会，向我们提出条件。"

袁树勋不解道："难道山东方面不支持胶济与津浦接轨？"

周馥叹道："无奈之举，德国人当然是想借津浦铁路而突破济南的瓶颈，如此一来，他们的势力会向内陆渗透，这并不符合我们国家利益。"

袁树勋若有所思，但他还是认为这非可取之道，路与路相连是基本道理，无端遏制不一定会得到好效果。但他知道，自己必须删掉这些不必要的枝节，否则商埠开办会陷入更深的麻烦与矛盾中。

袁树勋又把话题转移到商埠租地的具体操作上来。他说，商埠租地难的是有部分农民的田野耕地，包括魏家庄、三里庄、五里沟三个村庄。这会影响商埠的整体规划，倒不如下决心，一并解决。

周馥对此却显出几份犹豫，他说："农民辛苦，处置不当会引起事端，倒不如把这三个村庄暂时保留。其余耕地尽数收购归公。"

袁树勋说："大主意当然巡抚拿，只不过这样会使商埠缺乏完整性，也很难避免将来会有利益上的纠葛。"

周馥说："无法求其完美。"

袁树勋说："如此也好。关于商埠的具体规划，我想详细向大人做一个详解……"

周树勋重点讲了商埠的划分和主干道设置。这显然是他的得益之笔，他说："商埠道路从经一向南排至经七，沿胶济铁路平行排列，充分考虑用好铁路优势。纬路从纬一向西排至纬十，与经路垂直……"从袁树勋的讲解可以看出，商埠的道路在保持自身独立性的前提下，充分照顾到了与旧市区路线的衔接。他说："商埠所设定的经一路东与迎仙桥的永镇门相接，向西和通往齐河的大道相连；经七路东与永绥门相对，向西与泰安、长清大道相连。经纬路的宽度，由七公尺到十七公尺不等。如此都得方便。"

袁树勋特别讲了以经纬方式设置街道的好处。他说："经纬之间均呈垂直形，这样所有街坊均为大小不等的矩形式样。每个矩形街坊面积，多在三、四、五、六公顷，道路网的间距也在二百公尺左右。四边可以更多地安排临街房舍，适于商业、铺店之用，利于繁荣市场。"

说到土地的租放，袁树勋取出一幅绘制的商埠全图，说："商埠土地是发价收购归为公有的。经过重划，将界内地亩分为四等。以福、禄、寿、喜四字由东向西分别编号。"图中标着各字号、地段的详细情况和每亩每年的租价。周馥看到，福字地每亩每年租价银洋三十六元，禄字地二十四元，寿字地十六元，喜字地十元整。

袁树勋还详细讲解了租地程序、租期等问题。他说："除设关、建署、设局以及菜市、公园各公所等由总局和监督衙门会办外。其余，无论华、洋商民凡欲租地建筑的，必须先到工程处呈明挂号，愿租某字某号土地，并照所定等级的年租，先交十分之一做定金。再由工程处丈量租地，由商埠总局知会监督衙门批准领租。若系洋商租地，须由就近领事馆照会监督衙门，方可租给。其预交之定租金，一俟地亩定租以后，可由租价内扣除。租地一户以十亩为限，至少二亩。如果租地人是为建立公司或其他事业大、用地多、需用大片土地者，应先将用地情节说明，报由监督衙门查核裁定……"

袁树勋说得津津有味。"商埠土地是双层负担。领租土地人，除按年交纳应交埠地租金外，还须交纳正课钱粮，每亩每年二元。均由工程处照数代收，送交监督衙门。上项租粮，均于每年正月内一律完清。如过期一年未交清租粮的，撤除租权，注销租契。如租地未建筑房屋，即将租地收回充公。已建筑的，将地上产业拍卖。除扣还欠租及钱粮外，余款仍归租户。如系洋商，即会商该管领事馆照样处理。"

他说："已领租的商埠地，如无力建筑或因其他情况，不愿继续租建时，只能将全地转租，不能割租，租地在三年内必须建筑，逾期仍不能建筑的，将租契注销，租地归公。过去所交租价、钱粮概不退还。还有……埠地租期以三十年为限。期满后，另换新契。仍以三十年为限。所有商埠地亩，均以官弓二百四十弓为一亩。计官尺六千方尺。每一官亩折市亩一亩零三厘六毫。"

他说："如此，商埠所出租之地可以达六千四百余亩。"

……

随着袁树勋深入浅出地讲解，周馥对商埠规划已了然于胸。

话讲得差不多了，袁树勋突然话锋一变说："有一事不知是否当问？"

周馥示意他说。

袁树勋问："听说德人借口胶澳条约，要求在济南商埠享有治外法权？"

周馥说："确有其事。"

"还有，他们想照胶澳条约第三端德商应享承办工程售卖料务特别之权利……我们会答应他们吗？"

周馥说："说是说，做是做。德国人如此说了，不能不顾及他们面子。"

"那自开商埠，不就失了自开的意味？"

周馥一愣，打着哈哈说："还是那句话，凡事难求完美。"

其实，在周馥心里，德国人反对的声音已经足够弱化了，至于他们依据《中德胶澳租借条约》中的相关条款所提出的一些要求尽可以先答应他们，一旦开埠，众商云集，德国所谓的"优先"条款要想实施也并不是那么容易。

12

小清河叉路事宜进展顺利，合同很快得以签订。而另外一件重大的事情让锡乐巴心头沉重，他觉得有必须与周馥做进一步交涉。无论是他自己，还是柏林董事局都对这件事给予高度关注，而锡乐巴也在关注着清廷方面的动向，寻找着合适的机会与山东巡抚衙门谈判。这便是胶济铁路与津浦铁路在济南接轨的事宜。在锡乐巴看来，这是件再自然不过的事情了，只是接轨的条件和方式需要谈而已。而在董事局看来同样如此，反倒对锡乐巴迟迟对此没有动作感到不解甚至渐升不满。锡乐巴在山东的经历越来越长，积累了丰富的实战经验，但他总觉得有些事情并非因此越来越得心应手，反倒更加难办了。譬如，与津浦铁路接轨事宜，很显然无论是中央政府，还是山东地方政府对此都抱持着非常暧昧的态度，使他无法找到机会有所进展，更不要说突破，以至于柏林董事局对他产生误解。

柏林董事局甚至海军部、外交部对已经不断延迟的两路接轨问题给予了高度关注，一方面德国将会是北段的重要建设者并期望能够参与到后续管理中，另一方面胶济铁路因为有了津浦铁路而会在济南有新的突破和拓展，过去无法想象的黄河天堑将会得以跨越，向北延伸至天津、与卢汉铁路某点相接都会顺理成章地完成。但前提是两路首先要在济南连接。柏林董事局感受到了政府相关部门的期待与由此形成的压力。尽管如此,他们还是感到两站相接在情理之中,不会遇到太大障碍,只是不知道锡乐巴那里发生了什么。

锡乐巴在袁世凯离开济南的短暂空档期里不失时机地与张人骏达成意向。锡乐巴专门就此向特鲁泊汇报过几次,也是重在听取特鲁泊的意见。特鲁泊与锡乐巴看法当然是一致的,他明确表示:"必须以最大可能地利用津浦路的优势来提高青岛租界的经济政治影响力。"

大家是有共识的,也在努力推进之中。锡乐巴与张人骏达成意向后,迅速在济南东站以西十余里的地方购置了一块闲置土地,以此作为与津浦路接轨的场地。这是他从专业方面做出的判断,津浦铁路进入济南的大概率线路设计应该就在五里沟附近,而胶济铁路当时所设定的终点站却是济南东站。与津浦铁路设定的站点有十里之距,胶济铁路由济南东向西延伸势在必行。锡乐巴不但超前预测到了津浦铁路的位置,为接轨预留了外部条件,让他本人都没想到是,山东衙门自开商埠的选址竟然也是在五里沟一带,这样两条铁路自然就会在此形成一个商圈,愈发证明了他的先见之明。所以,他在与特鲁泊谈及此事时,显得特别自信甚至带有难以掩饰的自负。

但让特鲁泊不解的是,既然已有了前期准备,为何锡乐巴随后却并没有实质性推进?

特鲁泊终于向他提出了这个问题。

锡乐巴说:"现在是周馥执掌山东,他……对我本人是有看法的。在两路接轨这件事情上明显在设置障碍,只是还不知道他最终的意图是什么?"

特鲁泊说:"周馥非小肚鸡肠之人,不会因为过去这么多年的事再耿耿于怀。"

锡乐巴说:"我也这么认为,但现实看,他们在这个问题上似乎并不那么痛快。"

特鲁泊多少听说过锡乐巴在胶济铁路章程谈判、高密事件等事情上惹恼了时任的山东巡抚袁世凯,当时袁就曾放话不会再给锡乐巴机会,但接下来的时间里可以看出,山东铁路公司与山东巡抚衙门之间的合作还是愉快而顺畅,他不相信山东政府官员特别是像袁世凯、周馥等有才干的官员会斤斤计较,特别是前一段时间小清河叉线的谈判中,其中滞碍很多,但周馥还是非常痛快地促成了此事。那么这两路接轨,到底有着什么不可解决的隐衷?

而就在这时，特鲁泊从驻京公使穆默那里听到了一个让他诧异的消息，清政府或许真的不愿意让两条铁路在济南接轨。特鲁泊第一时间向锡乐巴求解，从技术角度是否有无法接轨的障碍？锡乐巴想到过会在接轨问题上会遇到麻烦，但没想到过清政府会真的拒绝，从技术层面上讲这种影响是完全可以排除的。那么为什么中国政府会有此议？

锡乐巴说："那就是政治上的问题？"

"政治？"

锡乐巴说："曾经有过一个说法，就是中国担心德国军队会由铁路进入北京。"

特鲁泊说："由青岛进入北京，水陆比铁路更快，这不应该成为不能接轨的理由。"

锡乐巴说："还有一个理由就是抵制德国经济势力向内地的渗透。这和济南自开商埠是一样的。"在锡乐巴看来，这一重大的决策决不会只是因为袁世凯、周馥对自己的好恶做出的，自己尚没有那么大的价值可供中国政府官员取舍。

津浦铁路与胶济铁路接轨的问题正式被提上了议事日程，已经到了揭盖子的时候，不能不解决了。

几天后，锡乐巴前往济南，代表山东铁路与山东农工商厅签订了小清河叉路合同。签字仪式结束后，他专程到巡抚衙门拜会周馥。见到周馥后，锡乐巴将小清河叉路合同签字之事简要作了介绍，然后话语吞吐，想着如何把津浦胶济两路接轨的事说出来。

周馥心知肚明，并且因为两路接轨的事尽量避免与锡乐巴接触。他见锡乐巴言词犹豫，便把话题引到另外一件自己关心的事上，这也是他痛快答应与锡乐巴见面的一个原因。

周馥问，说："现在山东铁路公司已修建完毕，锡乐巴先生手下的筑路工程师们正在修假，并且有的已回国，不知他们有没有想过再在中国修建另外一条铁路。"

锡乐巴知道他说的什么，清廷已经通过穆默向他传递了相关信息，希望山东铁路公司的筑路工程师们接下来能够参与津浦铁路的建设。他的弟弟锡贝德，还有格登勒等人甚至已经接到了津浦铁路公司的邀请函。

锡乐巴知道可以借着话题把自己想要说的话说出来，于是很痛快地说：

"这没有问题，我会极力促成他们在中国的合同，并且他们在胶济铁路修建过程中与山东政府的合作是愉快的。"

周馥说："那就先谢谢锡乐巴大人。"

锡乐巴摆摆手，顺势说："我还有一事，想请大人赐教。就是……胶济与津浦接轨的事，我想此事应该有个说法了，为何一直没得到巡抚衙门，哪怕相关部门的正面答复？不知为何？"

周馥早有准备，沉默半晌说："锡乐巴大人，实不相瞒，我们没有把这两条铁路连接起来的计划。"

锡乐巴大吃一惊。这是他第一次从中国政府官员并且是山东一省最高军政长官口里得到的明确答复，胶济、津浦不能接轨。

"为何？"

"实不相瞒，这并不是山东地方政府可以决策的事。奉命行事而已。"

周馥一推六二五，自己清清爽爽。

锡乐巴性格的弱点得到充分诱发，脸色涨红，言语也语无伦次。

"两条铁路不接轨是不可理解的，全世界都没有这种先例。再说，山东铁路已经预留了地段，如何出尔反尔……"

周馥并没有回话，无论是中央政府，还是地方政府对此事都没有正面答复，又如何"出尔反尔"？周馥知道这事对于锡乐巴来说已经是个致命的打击了，不便再往他的伤口上撒盐。再说，锡乐巴自从胶济铁路章程签订之后所表现出来的谦恭，已经足以抵销他在谈判时的蛮横无理。袁世凯对他深恶痛绝，自己也没必要落井下石。

他几乎有些同情和怜惜锡乐巴，他知道这个德国人做了很多事情，实属不易。

13

关于两路最终不能接轨的决定，绝对不会仅仅是锡乐巴的个人原因，正如锡乐巴本人所想，他还不足以有这样的分量来影响和制约中国官员对某件事情做出判断。袁世凯对此有着更深层的考量。当周馥专程来天津，向他征询关于两路接轨问题时，他觉得有必要把自己的想法向他讲明白，因为周馥将会是直接处置此事的地方官员，必须让他有准确的认识，避免产生动摇，否则会贻害大局。

在这一问题上，袁世凯有着深远的考虑。他对周馥说："这里面的滞碍主要有三层，一是德国人是想以两路接轨达到侵略渗透的目的，非常直观，不用多说。我们必须竭尽全力，阻止德国所有企图向内陆渗透的想法和行为。如果两站接轨，一个非常现实的问题就是德国人会介入津浦铁路管理之中，哪怕只是两路过轨这样的技术问题，德国人都可以大做文章，从而达到控制津浦铁路的目的。津浦铁路牵扯到路权问题，中国政府虽然同意英德两国的投资行为，但绝对不会允许英德两国参与到将来的铁路管理之中，这几乎已经成了一条红线。而两路一旦接轨，德国便会自然地渗透进来，德国人来了，还能推得住英国人？

这是最大的一层滞碍，不但涉及胶济铁路，还涉及将要建设的津浦铁路，不但涉及建设问题，还涉及民众越来越关注的路权问题。路权即主权。如此语境下，又有谁敢轻碰这条红线？

再者，这件事情还牵扯到另外一个人，香帅。之前，香帅是乐得见到卢汉铁路与胶济铁路接轨的，那样的话卢汉会由此曲折地找到一个出海口，德国的渗透也会为彼此的互益而有所弥补，而现在把津浦连接在了一起，香帅肯定持反对意见。因为这么多年来津浦之所以不能修建，就是因为以张之洞、盛宣怀为主的反对派造成的。津浦、卢汉本身就是个忌讳的话题，而现在因为胶济的连接，或许津浦与卢汉也会连接起来，这同样是一条不能碰的红线。当今政坛，谁敢惹香帅？"

袁世凯认为，得罪张之洞得不偿失。作为后起之秀的他，在极力维护着与张之洞的关系。彼此之间都能够体会到其中的微妙与艰难，也都为此付出心智和努力。张之洞的苛刻是出名的，但对袁世凯还是极为包容的，这实属不易，如果一旦有哪件事情办得不妥，打破了平衡的格局，会于大局不利。周馥明白。这是袁世凯的政治追求，并不能完全归之为私利。两者间的关系远超个人利益，确实需要慎重对待。

"还有一点不能碰……"袁世凯说，"那就是德国与英国在津浦铁路上的交易，此事让太后、皇上极为不快。很多官员上书，极力谴责德英两国在巴黎谈判中划分势力范围的做法，愈发让事态激化，哪怕太后、皇上有意淡化也不行了。津浦铁路之所以议了这么多年不能修，就在于不同势力派别间的利益之争，现在他们利用德英的插手而大做文章，使事情变得更复杂，这会成为一个'死结'。现在民间争取路权呼声越来越高，影响不可小觑，不小心会被冠以丧权辱国的罪名。这是不能见的局面。所以，我们不能对德国人要宁紧勿松……"

袁世凯的长篇大论隐含的信息量太大，很显然他对此有着更深层的和长远的考量，有些事情周馥确实考虑得简单了，仅仅是袁世凯所说的这些事情就足以让人望而却步。周馥明白在这件事情上必须慎重，不能轻易越雷池半步。

这些话不能讲给锡乐巴，所以他只有一句话，两路的接轨并不是他所能决定的。弦外之音就让锡乐巴自己领悟吧！或许在他看来，只不过是袁世凯、周馥心胸狭窄、公报私仇，但那也是没办法的事情。

锡乐巴茫然走出巡抚衙门，一时竟不知该往何处去？是回青岛与特鲁泊进一步商议对策，还是前往北京，让穆默公使出面与清政府继续交涉？一时拿不定主意。他只觉得这件事情必须迅速解决，否则他非但要承担大部分责任，更重要的是德国政府既定的计划和目标会受重挫。回顾通车后的几件事情，从中国政府突然宣布自开商埠，到现在的拒绝两路接轨。很显然，中国政府对德国的抵抗是蓄谋已久的，德国前进的步伐在全线通车后突然被终止了。锡乐巴对此困顿而惶惑，就像他不明白为什么他的朋友会越来越少一样。

14

柏林董事局接到中国政府拒绝两座车站接轨的消息后，主席菲舍尔大为恐慌。自德英两国金融界代表政府在巴黎磋商后，对津浦铁路的修建和管理的主体框架已基本清晰。德华银行将代表德国金融界实施对津浦铁路的投资，而在前期准备阶段，实际上是由胶济铁路董事局代为运作的。以这样的运作模式看，哪怕津浦铁路的管理机构建立后，与山东铁路公司都会是一个投资主体，况且政府对东亚铁路的管理不希望出现多头共管的局面。这是菲舍尔对两座车站接轨的事情较之锡乐巴更为关注和着急的原因所在。如果两座车站不能接轨，就意味着东亚的铁路管理体系是撕裂的，无法形成一种吸纳利益的共同作用，这显然不符合德国在东亚的利益，也不符合山东铁路公司的现实利益。

董事局咨询外交部意见并对事情的发展做出评估，外交部尽管不无推责之嫌，但话里话外对山东铁路公司的管理特别是锡乐巴本人的不满还是让菲舍尔感到了事态的严重。锡乐巴的专业能力有目共睹，但他暴躁的性格脾气却不时从万里之遥的青岛传到他的耳朵。不消说，从铁路建设之初与盖德兹的争执，到后来与建港设计师的交恶，再到铁路建设完成后的种种非议……综合方方面面的信息，菲舍尔感到，所有与锡乐巴接触的人在称赞他才华的同时，无不对他的待人接物表现得极度不满。如果说在铁路建设过程中，有很多矛盾纠纷需要处理，别人因此会有不同意见还是可以理解的，但整个过程所给予人的整体印象，可以说客观全面地暴露出了他性格中的致命弱点。这种弱点在问题较多的情况下可以被掩盖，甚至会成为一种解决问题的方法，会得到宽容和放纵，但在常态下显然就不合时宜，其危害性也会大大增加。锡乐巴曾与张之洞无话不谈，这在高层无人不知。在胶济铁路章程谈判中，张之洞甚至直接写信向袁世凯推荐锡乐巴，极尽赞美之能事，没想到锡乐巴在济南拙劣的表演，让张之洞很是难堪。好在袁世凯识大局顾大体，对此只字不提，大大地卖了张之洞一个面子。尽管从维护山东铁路公司利益讲，锡乐巴也有为难之处，"一事一议"是董事局上下的共识，但负责现场处置时锡乐巴却没有审时度势，有效地把握和处理好此事。因此失去了张之洞的信任。此事情虽多有隐讳，大家都不去讲，但潜在影响巨大。

菲舍尔专门给驻华公使穆默写信，先是对两路接轨的情况表达了自己的关注以及无法接轨可能对德国利益的影响，最后委婉地征求对锡乐巴的意见，意思还是想得到明确的答案，是否是由于锡乐巴的原因导致了两路的不能接轨？穆默对前者同样有着相同的认知，因为他已经从外交部得到了质询，希望穆默想办法探听其中症结，并且尽可能帮助山东铁路公司解决这一棘手问题。穆默拿着菲舍尔的来信，显得极为困顿，因为知道以现在所掌握的信息和判断看，他无法给予对方一个满意的答复。在他眼里，这件事情显然已经陷入了一个"死结"，并不是说哪个疙瘩是这个"结"的关键和要害，既有历史原因也有现实问题，既有中国人对于德国的偏见，也确实有锡乐巴留下的隐患……哪些是主要矛盾，哪些是次要矛盾？他并不能有个准确把握。所以，他给予菲舍尔的回信简单而概括，直言他并不能从中找到一个切实的解决问题的办法。而对于锡乐巴，他倒觉得是可以多说两句的，因为他确实听到了大家对锡乐巴的种种不同反应，而这些反应大多是非良性的，如果不能及时提醒山东铁路公司柏林董事局或许会产生更大忧患。实际上，锡乐巴在青岛已经缺少了足够的监督和约束，变得为所欲为，滥用权力。

穆默在回信中写道："……我本人对锡乐巴先生并无成见，并且在我任公使期间与之交往不多，他在我面前极有礼貌，保持着绅士做派。我也听到了很多人对他专业上的肯定。但是……很不幸，尽管如此，我周边的人似乎大多对他并无好感，大家一直认为他在山东铁路公司的所作所为已经或正在损害着德国的形象……我尚找不到问题的症结所在，所以只能给您说出这种评价。当然，如果可能，调锡乐巴回国任职并非不是一件好事……"

菲舍尔对穆默的来信感到失望，一个方面他最想得到关于接轨问题的答复，但从驻华公使的口中没有得到丝毫有价值的线索。这是他最为关心的事情，对方似乎漠不关心。而对于锡乐巴的问题，他只是想征求他的意见并且重心也是探究两路接轨的问题是否有锡乐巴的原因，但穆默在叙述了一些现象后，替他做出了撤换锡乐巴的结论。他想要的东西依然没有得到，而最终的结论也让他大感不解，是穆默对锡乐巴的主观看法，还是锡乐巴真的在两路接轨问题上有着不能饶恕的过失？总之，穆默给出的答案是模糊的。

本想找到答案的菲舍尔却陷入更大迷茫之中，他突然觉得有必要前往中国一趟，亲自去解开这道难题，中国人为何会不顾常理，在两路接轨问题上设置障碍？

15

菲舍尔中国之行的首站当然是青岛，由基尔港乘船到达青岛时已是深秋。青岛秋天的美景出乎他的意料，而他首次来青岛时这里还被人们称之为胶澳，而现在这个经威廉二世所勾画出来的青岛美得让人窒息。

锡乐巴到码头迎接菲舍尔，住处安排在距离山东铁路不远的德华银行办公楼内。菲舍尔不愿意到外面酒店住，他觉得德华银行更安全。德华银行的总办劳尔先生安排得无微不至。休整半天后，菲舍尔便在锡乐巴、劳尔等人陪同下参观了山东铁路公司在青岛的办公地点、青岛火车站、四方机厂。

他是第一次见到锡乐巴所设计的青岛站的真实风貌，尽管他开始也对这样一座教堂式风格车站有着不同看法，当初他的签字认可无非是照顾工期和锡乐巴的个人意愿，毕竟他不能随意违拗一个身在现场为董事局拼命搏杀的人，哪怕是为了大局容忍他的缺点也在所不惜，但当他实地看到青岛站时，鼻子竟然一酸，眼泪差点掉出来。任何脱离了客观环境的建筑都不会成功，任何一个在遥远的地方揣度评判甚至是指责一座建筑的行为都是不正确的。

伫立在青岛的欧式教堂式建筑竟然那么容易让人回归到田园般的欧陆风情之中，让人在遥远的东亚能够如此切身地体会到家的温馨与呼唤。这种情感并不是任何人都能体会得到的，他需要一种真实的离别以及由此而升出的对家乡的渴望、眷恋。德国人需要这样一座教堂承载的精神世界，而修筑于东亚的铁路当然也需要附着这样一种文化符号。

所有的质疑在现实的情景中得到平复与纠正。

菲舍尔再次确认了饱受非议中的锡乐巴的正确。

四方机厂的壮观场面更让他心潮澎湃。尽管他对四方机厂的状况有所估计，但现实的场面依然让他意外，这在欧洲司空见惯的场景复制到东亚空旷的海边，所呈现出来的宏阔雄伟和强大的精神气场让人震撼。而无论是青岛站，还是四方厂却都是锡乐巴在否定了原有设计方案后，按自己的想法实施的，对锡乐巴的评价在这些已经取得的成就面前如何判断？

菲舍尔一路上对锡乐巴淤积起来的怀疑与不满，此刻迅速瓦解。

这让他与锡乐巴谈话变得更加对等，更加能够虚心倾听一位现场管理者的心声。

在谈了一些山东铁路公司的基本情况作为过度后，话题迅速转移到胶济、津浦两路接轨问题上来。菲舍尔坦诚地说："我非常希望听听锡乐巴先生对此的看法。"

锡乐巴外观给人一种矍铄精干的印象，而一接触这个话题，一丝沮丧与不安明显地浮现在他的面部表情和举止之中。他个人对此的困顿一览无余。

他说："我不知道，中国官员是怎么想的，包括周馥，他对山东铁路一直持开放支持态度，但对这件事情却没有半点的通融。"

"锡乐巴先生没有分析过原因？"

锡乐巴想了很久，几次用手搓脸，欲言又止。

"或许根本无法找到原因，他们对德国的抵制一直在进行着，一些具体的有利于他们的事情他们会显得很开明，但在关键问题上却总是设置障碍。"

"有没有袁世凯、周馥个人的成见？"

这个话题让锡乐巴多少有些难堪。所谓袁、周的个人成见，换句话说，无非是袁、周对他个人的成见。

锡乐巴想了半天，肯定地说："有，肯定是有的，但如果把这些归结为个人恩怨，也不尽然……"

"问题的症结在哪？"

"在于中国对德国的抵抗。"

"太过笼统了。"

"问题在于并没有看得见摸得着的理由，如果真的有具体原因的话，反倒好办了。"锡乐巴说到这里，有些急躁。

菲舍尔便不再说什么，锡乐巴性格弱点很容易便暴露出来。或许，这确实是很重要的一个因素。

与锡乐巴做了一次深谈后，菲舍尔又与特鲁泊做了一次深入的交流。而在特鲁泊看来："中国人对德国的抵制几乎就是本能的、全方位的，渗透在他们骨子里面。尽管他们已经接受了铁路，但并不能接受德国的价值观，所以德国要想在东亚立住脚跟并非易事。"他说："我在青岛所能见到的无不是对德国友好的笑脸，他们对德国在青岛的建设成就无不津津乐道，甚至他们为成为青岛人而有一种莫名的自豪，但他们的本能之中却有着一种排斥，一种你所看不到的、无处不在的排斥。"

菲舍尔心情沉重，谈了这么多，他还是不能找到答案，这毕竟更多的是基于德国人个人体验得来的判断。他把寻找答案的期望寄托在下一站山东巡抚衙门，或许只有从中国人的言谈中才能得到准确的信息和判断。

几天后，菲舍尔与周馥在济南见了面。

两人的见面是热情而友好的。周馥对山东铁路高层的来访给予了高度重视，交流之间满是对铁路开通以来的赞誉，但菲舍尔也能够感受得出，周馥丝毫不提及锡乐巴在其中的作用。一般讲，主人会当着客人的面夸奖一番对方的下属，但周馥似乎是在刻意回避谈到锡乐巴。

周馥还讲到自己购买山东铁路公司股票的事，看得出来，他很为自己作为第一个吃螃蟹的人感到骄傲和自豪。但周馥的喋喋不休似乎一方面是为了调动情绪营造氛围，另一个目的更像是尽可以避免菲舍尔去提及那个敏感的话题。

菲舍尔不愿意浪费时间，突然单刀直入问："巡抚大人，你看如何解决好胶济与津浦的接轨问题？"

这话虽然问得突兀，但并不意外。周馥沉默了。

菲舍尔看着周馥，也不讲话。他认为，山东巡抚有责任直面这一问题并解决好这一问题，而不是回避，或者听之任之，任由事态向着不利于双方的方向发展。

沉默很久，周馥才说："津浦铁路的修建马上就要提上议事日程，但我们还不知道，德英两国到底会如何参与到这条铁路的修建中来，所以，接轨问题也便无法涉及。"

菲舍尔一脸困惑，说："这与两路的接轨并无实质性影响，不过是个技术问题而已。当然，这对于胶济铁路来讲更是一个如何发展的问题，但只要是津浦路修建，那一定是要接轨的。"

周馥一脸无奈，说："津浦铁路穿过江苏、安徽、山东、直隶，并不是胶济铁路能比拟的，涉及的事情很复杂，也不在山东独自掌控范围，需要外务部、农工商部等部门以及沿线各省综合议定。我想，现在……只有等待，视情况再定。"

沉默再度大面积出现。

菲舍尔问了一个具体问题，他说："如何两路不能接轨的话，难道要在济南修两座车站？"

菲舍尔本来认为这会是周馥非常难回答的问题，没想到周馥的回答丝毫不含糊。

"修两座车站又如何？"

菲舍尔愣了。

"重复建设车站，会耗费很大！"

周馥微微一笑，说："不是钱的问题……"

菲舍尔问："那问题在哪？"

周馥说："我也不知道，总之现在时机总不成熟，也并非山东方面所能左右的。"

菲舍尔从周馥时而模棱两可，时可干脆利落的回答中似乎找到了答案，又似乎变得更加迷糊了。他并没有从寄希望最大的地方得到想要的答案。

菲舍尔不掩饰自己的遗憾。临行前，他还是表达了自己希望周馥给予关注和支持的心情。

最后一站当然更重要，那就是和穆默交谈。他希望能通过驻华公使馆疏通与中国相关部门的关系来打开突破口，但和穆默一番长谈后，他几乎当时就陷入了失望之中。

穆默告诉他："中国对津浦铁路的抵触从他们本身的官僚体系里就已经存在着。现在中国民间收回路权、矿权的呼声正高，有些西方国家在中国开办的企业包括山东矿务公司几乎受到了中国民间企业的'围攻'。虽然德英的两家金融机构有意共同合作，拿下津浦铁路的修筑权，现在看来不容乐观，中国人似乎正在努力不让德英的想法实现。我们可能太一厢情愿了。"

停顿一会，穆默继续说："看来，有些事情我们不与中国人沟通是不行的。不同于从前，从现在形势来看，中国人对于倍受欺凌的现状特别敏感。西方人的一举一动都在他们怀疑之中，他们还会善于利用舆论施加影响。现在，中国人正极力渲染英德两国在巴黎的磋商，他们认为关于一些区域性商业利益的划分其实是对中国的瓜分，很容易激怒他们……"

这确实超出了菲舍尔的认知，他从与穆默的交谈中认识到，胶济、津浦两路的接轨问题在当前中国大的政治背景和形势下，甚至已经成为一个讳莫如深、无法轻易触及的话题。

穆默肯定了他的想法，说："中国所有官员对这个话题都避而不谈。"

菲舍尔知道他的中国之行可能会无功而返了。尽管穆默反复承诺，他一定会再和总理衙门沟通，力求有所突破，但在他看来，这无非是对他的一种安慰而已。

但就在他将要告别穆默，准备由天津返回德国时，穆默却给了他一个意外的消息。

已经打点好行装准备出发的菲舍尔来到德国驻华公使馆辞行。穆默公使拿出一份电报说："这是昨天刚收到的，德国政府希望锡乐巴能前往津浦铁路任职。因您在中国，柏林董事局委托我转交给您。"

菲舍尔仔细看了电报，大意是现在中国政府正在为津浦铁路开工做准备，招募了很多西方工程师，特别是曾在胶济铁路服务过的工程师们，几乎全部都收到了津浦铁路的邀请函。希望穆默能够向中国政府推荐锡乐巴，由他来担任津浦铁路北段的德方总工程师。由于菲舍尔主席正在中国，请一并转告。电报是由外交部发来的。

菲舍尔愣神，外交部所发的电报当然有着政府背景，或者说是国家战略需要，当初锡乐巴到山东铁路公司任职就是由外交部操作的。问题在于，目前情况下，锡乐巴真的能够成为津浦铁路总工程师吗？当菲舍尔已经了解到津浦铁路复杂的背景后，他产生了巨大怀疑。同时，他对于德国政府对形势的研判感到不安……

16

锡乐巴到天津送菲舍尔回国，得到了政府有意让自己任职津浦铁路北段总工程师的消息。初闻精神一振，所有的不快与沮丧瞬间变得踪影皆无。果真如此的话，对他来说，至少有三个方面的困惑迎刃而解，一是政府部门对他在胶济铁路的任职是满意的，不像有些传言，政府部门包括柏林董事局都对他锡乐巴极尽厌烦之能事，并且已经在考虑如何撤换他。到津浦铁路任职是个责任更大的挑战，政府部门不会轻易让一个失去了信任的人去承担这份责任。二是他可以摆脱在处理胶济铁路繁重的事务中所积攒下来的矛盾，到一个新环境中重树形象。尽管铁路修筑处于相同的环境中，但至少可以避免一些具体矛盾。三是胶济、津浦两路接轨的问题或许能够得到圆满的解决。因为那样的话，他会更有条件和技术上的便利加以利用，争取实现两路的接轨。

锡乐巴与菲舍尔握手道别，手微微颤抖。但是，当他望着远去的轮船消失在苍茫的迷雾之中，他的激动也在一个最基本的问题面前迅速降温。中国政府能同意吗？

中国政府的态度是最关键的因素，而现在他已经不再是八年前那个由汉口转到山东时的锡乐巴了，他现在在铁路建设领域已成为众矢之的。如此想来，他的消失了的不快与沮丧又浮出水面，他觉得前路并不乐观。

锡乐巴走回了天津的住处，很长的一段路，才让他摆脱了眼前的烦恼。他要从陆路到济南，再转到博山去和施密特会合。博山矿山的一件棘手的事需要等他去处理，他没有时间再陷落到眼前的烦恼中不能自拔。他告诉自己，能走到哪里就算哪里，只要问心无愧就是了。哪怕自己有过失，也无不是为了在争取国家利益的过程中犯下的，他有足够的理由让自己心安。

张博支线与干线的同步开通，使得博山一带的煤矿资源开发得到了全面提速。由于在深知坊茨一带资源状况的施密特推动下，位于博山山谷的第一口矿井簧山矿即将进入出煤阶段，但是有些致命的问题还摆在面前。

张博支线由干线张店站引出后，设有南定、淄川、大昆仑、博山四个车站。而新开发出来的有着丰富煤炭资源的簧山矿却并不在这四个车站的覆盖范围内，距离最近的车站也有四公里之多。

施密特最初把这一问题想简单了，他对锡乐巴说："希望铁路公司修建一条到淄川的支线，这样就可以把簧山煤炭直接运送到铁路干线。"

锡乐巴一听便很是惊觉，问："您想修一条矿山便线呢，还是要修一条等规格的支线？"

施密特说："当然是与张博支线等规格的线路。便线还要倒装，不方便，并且会加大装卸成本。"

锡乐巴最担心的便是他有修支线的想法。修一条与张博线等规格的线路就等于重修一段支线，那又是与《胶济铁路章程》相关条款相违背的。中国政府肯定不会同意。

锡乐巴说："这不是件容易的事。"

但在施密特看来，如果这样一条铁路不修，簧山煤的盈利就会大打折扣。所以他恳请锡乐巴务必想办法把这一问题解决，并且相约锡乐巴在送走菲舍尔后再到博山实地考察。

两天后，锡乐巴来到博山。博山周边山峦起伏，车马不便，这使得簧山站最后一公里更显然困难重重。锡乐巴也认为，对于矿务公司来说，这个困难不解决，一个新的开发地的梦想或许就会成为泡影。

但是，重修支线会受到中国百姓和政府的极大抵抗，这是显而易见的事。特别是近年来，各地铁路正在酝酿收回路权，政府的审批早就关了门。正规的程序几乎已无法走通。

施密特也看出锡乐巴的困窘，他知道作为亲兄弟的山东铁路公司如果没有难处的话一定不会袖手旁观，他必须要打消锡乐巴的顾虑，让他以超常规的方式解决这一问题。他也看得出来，由于在修建胶济铁路过程中树敌太多，现在的锡乐巴已没有过去的锐气和锋芒，而是变得小心翼翼甚至有时会胆战心惊。其实在他看来，大可不必。

所以，当看到面有难色、再度犹豫的锡乐巴时，施密特说："我们根本就不必通报中国政府，按修建便线的名义，实则修起来又如何？"

锡乐巴不是没有想这种欺瞒的方式，但他顾虑重重。特别是当他知道政府部门希望他出任津浦铁路德方总工程师的消息后，这份顾虑又增加了一重。

但施密特决定不达目的不罢休，在他看来，如果这一次无法说动锡乐巴，这件事情就算告吹了。

"并不是我们不讲信用，难道中国政府讲信用吗？本来章程里面明明写有中国人不得在铁路沿线三十里处开矿，他们不还是采取卑劣的手段来蚕食我们的利益吗？他们不也是睁只眼闭只眼吗？我们为什么要追求清清白白？"

锡乐巴心里一动。在矿务公司问题上，中国政府多少是理亏的。如果沿着这个思路去想，那么也应该允许铁路公司做些出格的事。

"如果我们在中国这么老老实实，还怎么活下去？"施密特有些激愤，他的激愤当然是以锡乐巴的脸色变化而变化的。

"不冒险何以才能争取到我们想要的东西。中国人一直得寸进尺，不和他们争又如何实现我们的利益？"

施密特一连串的问号，渐渐地打动了锡乐巴，他也明白，在这条偏僻的支线上再修一条支线，是能够找到足够的理由解释的，那么就替矿务公司冒次险，大不了，中国政府追责，就改成一条便线使用。

锡乐巴的犹豫在施密特的坚持中得以改变。之前老实憨厚的施密特现在竟然说服了固执倔强的锡乐巴。一切都会在利益面前改变，这似乎也没有什么可奇怪的。

锡乐巴在博山山头俯瞰着黉山周边一带，铿锵的机器声、灰尘浮动处，阳光穿越其间，有些地方明亮，有些地方暗淡，明暗交错间是激情的涌动。锡乐巴感到热血慢慢沸腾，失去的自己的影子似乎又变得张扬。他突然意识到，这些年他已经从工地现场走进了人的心智的较量与斗争中，后面的场景远不是他对于前者所更熟悉的，所以才不再那么得心应手，不再自信，不再游刃有余。再搏一把又何妨？

博山所给他的是个难题，也让他从田野乡间感受到了一种清新的锐利的激情。锡乐巴离开博山，山东铁路公司的工程车迅速开进淄川至黉山之间的田野间，一条章程中明令禁止的铁路暗自开工了，那些冒险的快乐又在锡乐巴的心中浮荡……

锡乐巴又开始了一次铤而走险。

17

周馥对博山的事情尽在掌握，但他不动声色。他对锡乐巴的反对与抵制确实应该分别对待，只要有利于自身利益的事情，他也会睁只眼闭只眼，尽管他知道锡乐巴的做法严重违犯了《胶济铁路章程》规定的条款，但在他看来，从淄川修建一条通达黉山的铁路支线确实非常必要，黉山矿的开采无论是对山东铁路公司还是当地经济发展都非常有益，何乐而不为？况且在铁路沿线，山东地方政府是没有空间可以发挥的，仍然还是需要山东铁路公司助力。所以，周馥决定不去干涉淄川至黉山支线的建设。除非他们会有出格的举动或者是招惹出是非。

周馥暗地与当地士绅做了沟通，讲清利害，不让他们喧嚷此事，更不要有反对的举动。一条几公里的铁路在周馥的暗中相助下很快就接近完工。而一直以紧张的心态关注此事的锡乐巴对山东地方政府的行为大为诧异，逐渐也便明白了对方的"好意"。

就在锡乐巴对周馥心存感激之时，决定着他下一步前途命运的事情已经在袁世凯、周馥这两位起着关键作用的人物面前达成了共识。这种共识就是坚决排除锡乐巴作为津浦铁路德方总工程师的人选。

周馥是接到袁世凯的信函后入津的。他并不知道袁世凯召见的目的。拿了小清河招商、举办电灯公司等一大摞议题准备与袁世凯商议。但见到袁世凯后，话题还是从锡乐巴说起。

袁世凯问："您听说德国要推荐他任德方总工程师的事吗？"

周馥说："听说了。"

"您如何看？"

"当然是拒绝了。"

袁世凯说："如果抛却成见，他能否任职？"

周馥说，"不能。"

"为何？"

"他太聪明，且爱耍小聪明。一旦不慎会坏事。"

"您是说他在博山的事？"袁世凯问。

周馥很意外，锡乐巴偷梁换柱修建淄黉支线的事他并没有禀告袁世凯，没想到尽在他掌握之中。

周馥说:"我倒觉得那条线修的有益于我们,只是他的手段不怎么光明。"

袁世凯说:"一如既往,不用锡乐巴。我把这个意见反馈给外务部的。外务部现在有札咨询此事。"

周馥说:"津浦铁路真的能修?"

袁世凯说:"或许很快,现在的新政大力推行铁路建设,张之洞、盛宣怀两条铁路会带来恶性竞争的说法也站不住脚。再说,近期多有人事调整之议,或许香帅会内调京师。如此一来,他关心的就不再只是卢汉,包括津浦也在他的管辖范围,自然就不是一样的态度了。"

"哦。"尽管两人相熟,但对于人事方面的问题周馥还是不往深里问。

袁世凯说:"津浦铁路的开工指日可待,现在最大的问题是,或许德英要被排除。"

"排除?"

"路权归我,只接受德、英两国的货款,不让他们参与铁路管理。"

"德、英会同意?"

"局面就是这样。德、英的应对不得而知,但现在看来,无论以何种方式只要能介入津浦铁路的建设中是第一步,接下来的事情可以慢慢看。"

周馥想了半天,说:"虽然要把英德排除在外,但没有德国的技术恐怕过不了黄河。"

袁世凯叹道:"所以说,现在是既想要路权,又没有能力自己做,只有良好的愿望是不行的。"

周馥说:"就是说,还有变数……"

袁世凯说:"变数不在铁路,而在政局。"

周馥知道,袁世凯现在已经被慈禧、光绪奉之为官职改革委员会主办,正在奕劻主持下操办政府机构改革事宜。改革的最大难度当然是官职改革,这涉及具体的人和事,涉及实实在在的利益调整变化。周馥不敢轻易涉及,但他不知道袁世凯为何会往这个方面引话。

难道?

周馥有些忐忑,说:"大人,我……?"

袁世凯说:"不只是您,包括我,或许也不能在直隶位子上久待了。"

周馥大惊,不知有何变故。

失路惊魂

袁世凯说:"我要把兵权交了,再不交会有麻烦。"

"那我?"

周馥知道自己的命运是与袁世凯系在一块的。

袁世凯说:"我想,您先去两江,先把位子占下。"

周馥由惊变喜。两江总督,那可是封疆大吏中的翘楚。自己能一步到位是他不敢想的。

袁世凯并不多说,只是问:"胡廷干能挑得起山东这副担子?"

周馥说:"没问题,他还是看得比较透彻的,能把山东的局面继续下去。"

袁世凯说:"如此最好。您赶快把山东的事安排停当。"

周馥问:"大人的意思是……就在眼前。"

袁世凯说:"大局尚不明朗,但得提前布局。"

周馥点头。

话题最后又回到了津浦铁路建设上。袁世凯问:"排除锡乐巴,有无中意人选?"

周馥本无准备,听袁世凯如此一问,脑子里突然跳出一人,就是在青岛四方机厂视察时他所见到的那位总工程师多浦弥勒。他说:"他把四方厂打理得井井有条,可堪大任。"

袁世凯点头让人写了多浦弥勒的名字,说:"我让荫昌了解下此人。我觉得,还有一人比较合适。"

周馥"噢"一声,他猜不住此人是谁?

袁世凯说:"锡贝德。"

周馥说:"锡乐巴的弟弟?"

袁世凯点头。

18

周馥调往两江总督的任命是在这年11月底发下来的。胶济铁路通车半月前,官方正式宣布自开商埠,商埠的建设由此紧锣密鼓地开始推进。周馥离开山东前,济南商埠的整体框架已初具规模。包括德国礼和洋行、哈利洋行、瑞记洋行,英国亚细亚煤油公司、太古公司等洋行都在联系交涉进驻商埠所在地。原定为1906年10月举办的开张仪式,如果不出意外,会如期进行。围绕胶济铁路运营后所带来的诸多调整和适应,抵制与接纳,除却在商埠上全面实施创新外,周馥还努力振兴传统工商业。自袁世凯在时就已经开办起的工艺局,已陆续建起多家下属的手工作坊;林木培植会也在酝酿;济南电灯公司已被山东巡抚衙门批准,并且以"附入官股"的方式得到大力支持;一位叫周庆冕的人正在集资谋划创设济南机器厂;还有一位叫唐世鸿的人正在筹办烟草公司;劝业道道员丁道津正在积极筹办泺源造纸厂。

在所有这些努力中,周馥最看重也是倾注心力最多的还是小清河的疏浚工程。这项工程在他离开前,已具备了通航条件,尽管有些区段还不理想,但只是时间问题了。

临行前,周馥最放心不下的还是小清河通航后的经营问题。在此之前,济南大户商贾唐荣浩已多次与巡抚衙门沟通,预备招股成立小清河轮船公司,前期已投入资本10万两白银,先后购置了两只浅水轮船、42只运货船、4只客船,并在羊角沟、黄台桥设栈房码头,在岔河、泺口、济南等处设局所。但是,尚未恢复元气的小清河显然尚无法与铁路形成有效竞争,正如《政府官报》称,"进出各通商口岸之货物多由火车运载……内地货物但有火车可通之处,商人趋利乘便,沿途又无捐税,往往改运火车"。

水路运输很难与先进的铁路运输相提并论,虽然由巡抚衙门鼎力支持,小清河轮船公司要想真正形成能力,还得需要更多具体的措施和手段。周馥已经有了更为详尽的谋划,但尚未来得及付诸实施,临行前,他专门就此向胡廷干做了交代。

胡廷干对周馥在小清河上的用心感受深刻,并且他也承办了一些具体项目,周馥可以言无不尽,便也心领神会。

周馥说:"小清河轮船公司是小清河发挥作用的一个大举措,短时间内还得要巡抚衙门大力支持才行,并且……需要有一些务实的措施。譬如,可以许以官盐包运,还有是否可以研判实行十年期限的专运等。当然,这只是我的初步想法,胡大人酌情办理就是了。"

胡廷干很明白自己的接任没有袁世凯、周馥认可是不可能的,对周馥交办的事当然言听计从。他说:"大人放心,我会一件件研究办理,不明之处,会请示大人。"

周馥感慨道:"铁路一通,什么事情都变了。"

胡廷干讨好道:"一切都在袁大人、周大人谋划中,我会尽心承办。"

周馥告别了山东巡抚衙门的一行官员，只带着几名随从乘坐胶济铁路的火车前往青岛，他将由青岛转海路前往两江总督衙门赴任。

锡乐巴专程到济南接周馥前往青岛，一路无微不至，心里却也忐忑不安。他和大多数人一样，没想到周馥一跃竟成为两江总督兼南洋大臣。他和袁世凯一南一北，分掌起了大清的南北重镇。袁、周始终是锡乐巴不敢轻易触碰的人物，也是在他们手下吃过亏的。也就意味着，他将会永远被这两位中国重臣所压制着。

周馥在青岛与特鲁泊的会面与两年前他在破冰之旅时的试探、揣度有了天壤之别，两年多来青岛与山东巡抚衙门之间频繁的互访、交流已使两人成为无话不谈的老朋友。特鲁泊将周馥安排在海因里希亲王饭店，当晚两人就做了长时间叙谈。

特鲁泊对周馥的升迁表示祝贺，对他促进青岛发展所做的贡献表示感谢，更着重讲了青岛几年来的快速发展。特鲁泊很是自豪地说："德意志在东亚所建立的殖民地正在升起，这不是空话，是有一系列数据做支撑的，现在铁路每周运送人数达到近两万人。今年的货运量较去年增强了三倍之多……"

周馥说："青岛这些年的发展有目共睹，除却一些具体的效益外，它所带来的新鲜理念和新鲜事物，是中国所独缺的，具有引领的作用和意义。"

特鲁泊说："历史的发展就是这样，任何事情不能拒绝进步的事物，这也是青岛之所以能够发展的原因，其中有袁大人、周大人的贡献。"

周馥摇摇头，一笑了之。两人天南海北，话题扯得很远。

特鲁泊介绍了刚刚在北京订立的中德关税办法的相关情况，说："今年欧人墓地、植物试验等一些重要基础设施也在建设之中。"最让他兴奋的显然是位于崂山的梅克伦堡宫疗养院的建设，他说着，还拿出一大堆疗养院的图纸让周馥看。

周馥饶有兴趣地听他讲着，看着图纸。

一番兴致过后，特鲁泊觉得累了，喝杯咖啡，突然想起什么，脸色变得严肃起来，问："我听说，中国方面拒绝了德国政府对锡乐巴的推荐？"

周馥听罢微微一笑，说："那是外务部的事。"

特鲁泊皱皱眉说："我还是想知道其中的真实原因。"

周馥并不避讳这个话题，甚至不否认他和袁世凯的意见，说："他不合适。"

特鲁泊说："他的能力有目共睹。"

周馥说："或许如此，但中国政府考虑找一位更合适的人选。"

特鲁泊说："是谁？"

周馥说："相信总督大人，包括德国政府一定满意，当然也一定会出乎预料。请放心，我们只做对中德友谊有益的事情，不会反其道而行之。"

特鲁泊耸耸肩，说："我当然相信大人。"

两人相谈甚欢。次日，特鲁泊安排了盛大的仪仗队表演。全副武装的德兵组成的步兵方队、骑兵方队，还有马车拖拽的重机枪方队，以及野战炮方队依次从周馥面前驶过。特鲁泊指着重机枪方队说："那就是马克沁机枪。"周馥定眼细看。马克沁机枪是李鸿章最推崇的西方武器，也一度想引进中国，但在世之时却因种种原因一直没能如愿。李鸿章离世时，周馥守在他身边，是最后送他一程的人。看到马克沁机枪，眼前又闪过老臣的影子。

检阅完德军第二天，周馥乘"新济"轮由海路前往上海，转至南京。

19

尽管没有任何人向锡乐巴透露信息，但他以个人的分析判断，德国政府推荐他到津浦铁路的努力看来已化作泡影。在周馥短短两天的青岛访问期间，他期待有机会与这位即将卸任的巡抚见一面，但终究没有合适时机，因此也失去了最后努力的可能。周馥走后，他第一时间拜访特鲁泊。锡乐巴虽然没道明来意，但特鲁泊心里明白。沉默良久，说："德国政府的努力失败了。"

锡乐巴无法就任津浦路总工程师的消息得到了确认。他本来想追问原因，但随之作罢。他知道，如此一来会让特鲁泊为难，既然是这样的结果，必然特鲁泊有难言之隐。自己只会自寻无趣。但是如此一来，后续他所期待的能继续努力解决胶济、津浦两路接轨的事也随之无法进行，他对此更为痛心疾首。

他想告辞，突然又起什么，问："中国政府有意向人选吗？"

特鲁泊说："有，好在他们相中的人也是可以考虑的，锡贝德，或者是多浦弥勒，他们想从中选一人。"

锡贝德，多浦弥勒？这大大出乎锡乐巴的预料。在他看来，这两个人或许都不足以胜任总工程师的职司，尽管锡贝德是他的弟弟，多浦弥勒是一个难得的工程师，他们的专业和协调能力似乎都无法达到要求。

但除却专业原因外，还有谁更胜此任？他在内心深处，认为非己莫属。而自己不能赴任，这俩人确实又无疑是最合适的人选。锡乐巴觉得不能再有过多的苛求，点点头，走了，丝毫不掩自己的失落与沮丧。走出总督府时，夕阳恰好投射进拱形大门，把他的影子拉得很长很夸张，自然勾勒出一幅失落者最真实的意象。

已经参与到津浦铁路前期勘测的锡贝德回到了青岛，他在山东铁路公司门口等着哥哥回来。锡贝德较锡乐巴听到了更多信息，他已经知道袁世凯、周馥毫不留情地将锡乐巴排除在了津浦铁路总工程的行列，虽然也为锡乐巴抱不平者，但对于锡乐巴在济南时与袁、周结下了"梁子"也听说了不少，仔细想来这样的结果也便在情理之中。这些年，锡贝德具体参与了胶济铁路的全线勘测设计和建设，对锡乐巴的工作作风和性格脾气有了更深的了解，他对专业的苛刻，对同事不留情面的挤兑、挖苦日甚一日，使他也深陷非议，尽管没人怀疑他对工作的专注和投入，但他丝毫不顾及别人感受的行为让每个人都对他极为不满。

锡贝德知道，无论是何原因，这次对锡乐巴都是个不小的打击。

但是，当他看到暮色里失魂落魄的锡乐巴时，愈发感受得出这种打击比自己所想象的要大得多。

锡贝德准备了西餐，摆在山东铁路公司办公楼宽敞的阳台上。每逢喜庆之事，锡乐巴总爱和朋友在此小聚，现在他手下的工程师大多离开，而铁路开通后所雇用的人员显然已经无法与之前同甘共苦的朋友相提并论，况且弟兄两人都明白，将要展开的话题也非他人可以介入，所以并没约人。但当走向阳台时，彼此才发现只有两人对话将会进一步加重孤独感，尚有亮色的西方所投在海面上的亮光，以及近处屋檐墙角过早出现的阴暗分明的色彩空间，让这种孤独感更加清晰、强烈而又深刻。

弟兄俩当然不会有客套，这份特殊的孤独感只属于两人，他们彼此静默，咀嚼着孤独之中蕴含的苦涩与辛楚。锡贝德打破了寂寞，因为相对于锡乐巴所承担的心灵的痛苦，锡贝德显然更加轻松超脱些，并且有很多迹象表明他可能在哥哥失势的情况下会得到一些意想不到的机会，尽管这些并不是他最渴望的，但终归是不幸之中一种幸运。

锡贝德说："我想，您可以回国休息一段时间。"

锡乐巴说："哼，我回国就能休息吗？董事局那帮人一样不待见我，毕竟和他们斗争了这么多年，他们乐见我一败涂地。"

锡贝德说："……我想，这根本就不是您的失败，而是中国人有意识对德国的反制。"

"不管怎么说，我得承担这份责任，董事局已经有人提议我的任职问题了。"

"他们不了解中国的情况。"

"他们从来就不了解中国的情况，也不愿意了解，只喜欢指手画脚。"

锡贝德无语。

锡乐巴说："我想辞职。"

锡贝德惊道："辞职？"

"是的，有些事情只能以退为进，如果继续恋栈，或许会有更多人把矛头对准我。"

"那……，铁路公司怎么办？来一个不了解情况的人不是更糟糕吗？"

"这就是我所说的以退为进，柏林无法派出一个不了解情况的人来管理山东铁路公司，这或许是您的机会，也是承继铁路公司管理的最佳人选。"

"这……"

锡乐巴的话让锡贝德感到意外，因为外界的传言是他将要去津浦铁路任职，他更是从没想过要接替哥哥管理铁路公司，并且他自认为自己并非综合型的管理者，而是专业性的技术人员。或许在他看来，锡乐巴也并非一个优秀的管理者，其处理问题的方式也是更多地源于技术性思维，所以认真、执着、坚定，但也教条、固执、不通人情。

更让锡贝德困惑的是他现在已经被抽调到津浦铁路勘测现场，为即将动工的这条中国东部的南北大干线做着前期准备。并且有消息称，在锡乐巴出局后，他或许会成为德国人所承建的北段的总工程师，那……

锡乐巴说："您不要去津浦铁路了，让多浦弥勒去。他是一位很有潜质的工程师，会在津浦铁路有所作为的。但他不是胶济铁路管理者的合适人选。"

锡贝德没作声，此刻的前海已全部为夜色所笼罩。阳台上没有亮灯，锡贝德的呼吸声清晰可闻，显然他在对比着胶济、津浦两处职位的优劣，但他也明白，锡乐巴的话对他来说就是命令，他没有选择的余地。他既有遗憾，也感到欣慰，因为在哥哥心里，胶济铁路当然比津浦铁路更重要，因为这是他亲自创办起来的铁路，这些年来，他克服了重重困难，也积攒了太多人的诟病，可谓毁誉参半，他把这条铁路交给别人管理当然不放心，在哥哥的心里，自己无疑是最为合适的人选。

锡乐巴也没有征求弟弟意见的意思，这么多年都是他下指令，弟弟奉命行事，已成习惯。他根本没想过弟弟会有不同意见，甚至都没有意识到他会有想法。

"之所以如此安排，还是希望您能与多浦弥勒携手，把那件事办好。"锡乐巴说。

锡贝德明白他说的"那件事"是什么，仍然是让他耿耿于怀的两路接轨问题。锡贝德知道这是哥哥让他留在胶济铁路的深层用意，既然他无法实现两路接轨的愿望，那当然寄希望有一个最佳的组合完成这件大事，尽最大可能避免两路相近而不相交的现实出现。这既可以让他减轻些"罪责"，也会让山东铁路减少更大损失。

"我会努力的。"锡贝德说。他从来没有向锡乐巴表过态。每次接到任务后，便转身而去，义无反顾地把一切都做到尽善尽美。此刻，他觉得应该给哥哥一个态度。

"但是……"

"什么？"

"火车通至济南后，商贸日渐繁荣，很多德国洋行都纷纷到济南商埠设点，济南东站毕竟与商埠相隔太远，把铁路延长到商埠附近自是必然之事，但由于接轨之事不能确定，商埠车站如何办也是亟待确定的事。"锡贝德说。

锡乐说："我想过了，只要还有一线希望，就继续努力，商埠附近所设济南西站先建成一座临时性车站，在一切没有确定的情况下，避免造成浪费"锡乐巴长叹口气，说："或许我离开了，中国政府就会同意两路接轨了。"

锡乐巴的伤感与无奈蔓延在漆黑的夜里。

从这一刻，锡乐巴就做好了离开的准备，或许一切困难随着他的离开会迎刃而解。当然，他还要做进一步观察，时机合适时他才会向董事局提出，现在需要考虑的是要把身后的事安排布置好，留给胶济铁路一个最好的未来。

20

  1905年1月10日，在胡廷干精心筹划下，济南、周村、潍县三地同时举行自开商埠仪式。胡廷干亲自主持了在济南西关举行的开埠仪式，发表了热情洋溢的讲话。近百家中外客商参加仪式，兴奋之情溢于言表。仪式结束后，胡廷干在商埠新开的一家酒楼宴请来宾，酒至酣畅，说了些大话。就有人窃窃私语，对胡廷干的言行包括开埠的讲话颇有不屑。无人不知，济南自开商埠先于袁世凯，后于周馥，尽管胡廷干也有辛苦，却不能贪天之功。胡廷干言谈话语间显然没有拿捏好分寸。

  胡廷干表现出来的自得并非在此一事，袁世凯、周馥之前均有觉察。

  开埠仪式举行前，胡廷干专门到天津向袁世凯汇报。自1904年宣布自开商埠以来，已有德国、法国、美国、俄国的19家洋行入住到了商埠，其中包括德国的哈利洋行、瑞记洋行、美最时洋行、礼和洋行、捷成洋行、禅臣洋行、礼丰洋行、义利洋行、万顺洋行，英国的仁德洋行、和记洋行、亚细亚煤油洋行，美国的美孚煤油洋行，法国的立兴洋行、振兴洋行、华昌洋行，俄国的永昌洋行、开治洋行。甚至有些原在老城区的洋行也纷纷迁至商埠，在寸土寸金的商埠争一席之地。除却济南外，潍县、周村的商埠引商也成效显著，英美烟草公司在周村丽正号栈房设立了代销点；德国礼和洋行在周村设立了德元号油栈，开始推销石油。

  胡廷干说着这些成绩，得意之色显露无遗。他说，自己最得意的是这些年利用外国洋行的进入，加快推动了民族工业的发展，山东机器局总办刘恩驻已集资28万元创办了济南电灯公司，开了济南时尚之先；沈景臣的大公石印馆、徐锵鸣的志诚砖瓦公司、丁道津的泺源造纸厂也正在筹备谋划，将会渐次展开。胡廷干专门向袁世凯汇报了正在筹备的济南农桑总会，说将会聘请日本农业技师传授农业技术，并成立农业学堂培养农业专门人才。袁世凯之前也看到过清廷批转的胡廷干就农桑会所上的奏折，其中便有："凡富民以农利为先，而教养无业闲民，则以工艺为急。"话说得没错，但事情早就筹划已久，并非凭空而来。袁世凯听着，就有些不以为然。

  济南自开商埠的情景自然有人反馈给袁世凯，特别是胡廷干讲话中的夸大之词，更是不会遗漏。

袁世凯对此并不感到意外，只是累积在心上。胡廷干的位子岌岌可危了。

袁世凯对济南有着特殊的感情，毕竟那里是他掘得人生第一桶政治资本的地方，他在济南付出得最多，也是在济南的一番打拼成就了接下来的事业。但是，他在济南所做的一切毕竟已成过去，特别是听到胡廷干在济南自开商埠仪式上的讲话后，尽管大有不快，但也觉得自己在济南的愿望得以实现，可以放手让他人经略去了。在他眼里，济南太小了，他已经不再局限于山东一隅了。

做大事的第一要务是找替手，要把山东经略好首先要找一位放心的替手。胡廷干显然不是。经过这段时间的观察，他已有了意中人，那就是现在正与他搭档的直隶布政使杨士骧。杨士骧出自翰林，曾是李鸿章幕僚，为人敏捷沉稳，稳得住大局。在直隶布政使任上与袁世凯相处融洽，极为相契。

济南自开商埠仪式两个月后，杨士骧就替换胡廷干成为新任山东巡抚。

杨士骧接到任命后，知道总督大人给自己压担子，但对于此次任命还是不得要领，在他看来胡廷干能够秉承总督意旨，把济南打点得井井有条，总督在济南的谋划正一步步变成现实，并且也会听到袁对胡廷干的评价，非但无不满，反倒常有溢美之词。那么，为什么要自己去呢？

袁世凯不隐瞒自己的想法，说："济南的事情该做的差不多都做完了，你去后稳住局面，也要适应时势，力图创新，以求别开生面。以后我不可能把精力过多地放在济南，希望你能体会我的良苦用心。"

杨士骧说："那是自然。"

"济南的局面来之不易，商务发展日渐生机，还是要保持好现在的势头，对于一些经济形态不要过多干涉，要调动一切潜在的积极性，先干起来再说。对于看准了的事情，哪怕一时不能有所收益，只要有前景，于整体有利，一定要扶持。"

杨士骧连声道："是，是。"

"还有一点，就是……胡廷干没有处理好与青岛方面的关系，与胶澳总督总不能彼此信任，这一点还要注意，其中关碍还是……不知你是否明白。"袁世凯把问题空了出来，希望看到杨士骧能回答出正确答案。

"当然是高密的事。"杨士骧恭敬道。

袁世凯满意地点点头，说："其实督促胶澳总督撤出高密驻军已水到渠成，但迟迟没有进展。"

杨士骧这才明白了袁世凯所说的胡廷干"与胶澳总督不能彼此信任"的意思，说："这是本不容易做的，我会努力。"

袁世凯说："和特鲁泊搞好关系，他也要选择合适机会才能做出决定。这本就是件敏感的事，对方也有难处，我们要给对方台阶下，才能达到目的。"

袁世凯知道杨士骧对德军在高密驻军的事大概清楚，但还是提纲挈领地把要点交代了一遍。

高密驻军事宜，过程曲折复杂，又曾因此闹出过绝大风波，1900年后袁世凯无力维持局面，给叶世克留下可乘之机，使得德军长期驻守高密。虽说这些年政局稳定，人们对铁路的态度也由拒绝变成接纳，驻军实无必要。但对德军来说，驻军虽无实际意义，但仍然具有象征标志，况且驻军是时任总督叶世克留下的政治成果，现任总督特鲁泊当然要考虑这些因素，不会轻易撤出驻军。所以，尽管袁世凯、周馥，包括后来的张人骏、胡廷干都曾向胶澳总督提出过撤军要求，但特鲁泊一直没有正面回应。

袁世凯说："铁路开通后，中德间的贸易大有进展，特鲁泊由此也积攒了话语权，所以说解决这一问题的条件已经具备。"

杨士骧说："好的，我会不失时机把这事做好。"

杨士骧接替胡廷干后，更加刻意维护经济发展，保护德商利益，加强与胶澳联系，不断向特鲁泊施放善意，当年年底杨士骧访问青岛时，特鲁泊送了一份大礼，特鲁泊告诉杨士骧："鉴于中德之间的友好状况，我们决定将高密驻军全部撤回青岛……"

杨士骧甚至还未来得及正式向特鲁泊提及此事，对方先就提了出来。竟然不费吹灰之力把这么大的事办了，杨士骧大喜过望。

袁世凯的目的达到了。杨士骧对山东的经营也便得到朝臣的极大认可……

21

但此时的袁世凯却深陷到了一场官场纠纷，几乎无力自拔。

这场纠纷有着复杂的政治背景。1901年，慈禧、光绪西狩回京，痛定思痛，开始酝酿政体改革，到1905年开始有了实质性运作。这年7月份，清廷派出宪政考察团，准备考察欧亚等发达国家，为预备立宪做准备。宪政考察团的考虑历程一波三折，甚至一度惊心动魄。由天津出发时，革命党人吴樾身捆炸药，实施自杀式袭击。宪政考察由此推迟，且差点胎死腹中。最后在这年9月份才终于成行，但此时的考察团成员已发生了很大变化，其间的政治氛围也变得曲折隐晦。新组成的考察团人选原是由贝子载振、军机大臣荣庆、户部尚书张百熙和湖南巡抚端方组成，后又有人传言说户部侍郎李盛铎，军机大臣徐世昌补进；还有人说，山东布政使尚其亨也在其列。最后上谕下来的名单是载泽、戴鸿慈、端方、尚其亨、李盛铎。山东布政使尚其亨果然名列其中，大家都觉意外。

经过一年考察，1906年，考察团带着一大批成果回京，慈禧太后、光绪帝召见，大为赞赏，认为此行为国家前途探得了明路，必将对立宪改革产生巨大助推。除却集体召见，载泽、端方、尚其亨等人分别受到单独召见，在廷前陈述各自关于改革的心得和意见。一番铺陈，端方、载泽先后上了《奏请宣布立宪密折》《请定国是以安大计折》，提出了立宪的基本原则、实施框架和的推进路径。这年8月25日，上谕命醇亲王载沣和各军机大臣、政务处大臣及北洋大臣袁世凯等共同阅看了考察大臣们所上的条陈奏折，并组织会议讨论。大家对立宪的基本宗旨和方案表示一致同意。29日，慈禧太后与光绪帝再次召见诸大臣，决定预备立宪。9月1日，就有了清廷颁布的仿行立宪上谕。一切安排都在既定的规划中有条不紊地进行。

预备立宪是国家大政，在袁世凯看来，自当不计私嫌，奋力推进。所以，开始时态度积极，力图有所作为。但慢慢的，却发现，这样一份关系到国家政体变化的大文章，却在一些蝇营狗苟的小人操作下变成了别有用心的阴谋。

推行预备立宪上谕颁发后，第一件事便是改革官制。这本是方案中确定下来的事情，却有了"削藩"之论，袁世凯不以为然，他认为把如此重大的改革视为"削藩"，不是心怀不轨，就是格局太小。

无论如何认识，预备立宪总算拔锚启航了。改革官制第一次会议由镇国公载泽主持，研究成立了更定官制的"编纂"机构。牵头的是载泽，以下包括东阁大学士世续，体仁阁大学士那桐，协办大臣荣庆，商务尚书载振，吏部尚书奎俊，户部尚书铁良、张百熙，礼部尚书陆润庠，左都御史寿耆。

兵部没人参与。

载泽说："补袁世凯。"

袁世凯以北洋大臣的身份替代兵部成为更定官制的具体操作者。身在天津的袁世凯闻后大为困惑，虽说此项决定合乎情理，但总觉有些不对劲。

既然议定的事情，他个人是无法更改的。但在第一次议事会议上，他再次觉出了其中的怪异。编纂官制局设在海淀朗润园。第一次会议是立定操作宗旨和具体步骤的会议，在确定议事形式上出现了两种意见，一是专人负责，二是轮流值日。议来议去，大家认为"轮流值日不妥，一天换一个值日的堂官，并不能总其成"。载泽在综合了大家的意见后，说："专人负责为宜。"

载泽如此说，事情也就这么定了。但是，世故大佬们却都生怕这件差事落到自己头上，纷纷表示，公事太忙，无法胜其任。

载泽总其成，末了说一句："慰庭担当此任吧。"

袁世凯愣了，他一时没缓过神来，在他想来此事万万是不会落到自己头上的，没想到载泽把这事砸在了自己头上。仔细想想，大家都忙，难道说他这位直隶总督兼北洋大臣是闲人？

袁世凯突然觉得脖颈上勒了个套，并且越拉越紧。

更定官制是个"雷区"，关系到各部司利益调整，是得罪人的活，但既然被架到了"专人负责"的位子上就难免不被火炙。硬着头皮担此大任的袁世凯上来就捅了"马蜂窝"。在第一份提交官制局研究的说帖中，就有了这么段话："名为吏部，但司签掣之事，并无铨衡之权；名为户部，但司出纳之事，并无统计之权；名为礼部，但司典仪之事，并无礼教之权；名为兵部，但司绿营兵籍、武职升转之事，并无统驭之权。名实不副，难专责成。"虽然对这些弊端平时大家都心领神会，但落到纸上就不同了。

此议一出，引起公愤。袁世凯先还不以为然，赌气说了句："……恐怕连都察院都要裁。"此言一出，官场大哗。"寿州相国"孙家鼐说："台谏为朝廷耳目，自非神奸巨憝，孰敢议裁？"孙家鼐是在李鸿藻、翁同龢后隐然为清议领袖。袁世凯听罢大为恐惧，知道真的是遇到了麻烦。次日便告假回津，避而远之。

杨士骧在山东听到了一些传言，但不知内情，便专门到津问候。

袁世凯垂头丧气把事情简要说了一遍。

杨士骧说："避其锋芒是对的。"

袁世凯说："我觉得从开始就是个阴谋。"

杨士骧沉默，又似是有话要说。

袁世凯说："有话尽可以讲来听。"

杨士骧片刻犹豫后，说："坊间多有传言说瞿鸿禨要搬庆……"

袁世凯一惊，说："不可能，他没有那么大胆量。"

杨士骧说："我也觉得蹊跷，但不可不防。"

一句"不可不防"让袁世凯心里一沉，外面的人都知道庆王奕劻是他的奥援，一旦真的有人想扳倒庆亲王，那么先从自己下手的可能就很大。他也听说瞿鸿禨曾说与自己势不两立，当时觉得不能理解，还以为是在什么事情上惹得他误解，现在看来，或许真的事出有因。

杨士骧提醒了他。

袁世凯与杨士骧一番谈话不久，新官制就以上谕的形式分发到督抚征求意见。其间袁世凯就听到徐世昌、载振传话来说，官制推行对己不利。上谕到来后，袁世凯便迫不及待地看起来，果然，大麻烦真的来了。

新官制对于现行官制的改革有了明确："……正名以核实，巡警为民政之一端，拟正名为民政部。户部综天下财赋，拟正名为度支部，以财政处、税务处并入。兵部徒有虚名，拟正名为度支部，以练兵处、太仆寺并入，而海军部暂隶焉。既设陆军部，则练兵处之军令司，拟正名为军咨府，以握全国军政这要枢……""次分职以专任。分职之法，凡旧有各衙门与行政无关系者，自可切于事情，首外务部、次民政部、次度支部、次礼部、次学部、次陆军部、次法部、次农工商部、次邮传部、次理藩院。专任之法，内阁各大臣同负责任，除外务部载有公约，其余不得兼充繁重差缺。各部尚书只设一人，侍郎只设二人，皆归一律……"

袁世凯心里凉了半截，没想到，改制把自己的命先改了。巡警部撤裁后，徐世昌肯定出军机，那就等于剪除了他的羽翼。就他本人来说，除却直隶总督本缺外，还有九个头衔。按照新的官制规定，大部分是不保了。练兵处并入陆军部，当然不会再有会办大臣的名目，新设邮传部，而以轮船、铁路、邮电并入，这就一下子去了铁路、电政两个督办大臣的名号，最可忧的是，海军部暂属陆军部，则南北洋大臣，或许都会裁撤。

新官制最后的"钦笔懿旨"的结论是："……此次改定官制，除民政部、学部、农工商部尚书、侍郎均毋庸更换外，吏部尚书仍着鹿传霖补授；度支部尚书溥颋补授；礼部尚书仍着溥良补授；陆军部尚书着铁良补授；法部尚书戴鸿慈补授；邮传部尚书着张百熙补授；理藩部尚书着寿耆补授；都察院都御史仍着陆宝忠补授。

鹿传霖、荣庆、徐世昌、铁良均开去军机大臣，专管部务。

庆亲王奕劻、协办大学士尚书瞿鸿禨均着仍为军机大臣；大学士世续着补授军机大臣……"

袁世凯明白了，瞿鸿禨要把自己摒除出权力核心，背后的目的或许真的是要扳倒庆亲王奕劻。更让袁世凯恐惧的是，此前以改革官制为名行"削藩"之实的说法并非空穴来风，而相对于暮气重重的其他督抚旧镇，手握兵权的袁世凯才是真正被削减的对象。

22

锡乐巴从来没有像现在这样感受到履职的痛苦与艰难，尽管他在1905年末最终确认已经无法得到中国政府认可参与津浦铁路建设时就感受到了一种无形潜在的巨大压迫，从那时起就萌生退意，准备结束自己的中国之旅，但对他这样一个长年在中国工作的工程师来讲，真的要面对离别时，才感受到一种难以言述的不舍。所以，他的决心长时间徘徊在起伏的心绪间，一直到1907年都没有做出决定。

在他离开前，锡贝德仍然参与着津浦铁路的前期勘测工作。但是津浦铁路的建设也在中国风起云涌的路权运动中一波三折，筑路方式不断地接受着挑战和改变，并且一步步距英德想要达到的美好意愿越来越远。英德本意是通过投资控制将来铁路的管理运营权，而中国政府在路权运动的挟持下，变得简单又粗暴起来，那就是路权必须由中国掌控，英国与德国的参与只能是投资，而不能从任何角度进入将来的管理之中。这几乎成为铁律。英德之间的选择变得狭窄而逼仄。锡乐巴高度关注着事态变化，他对此有自己的看法，那就是应该尽最大可能争取到将来的管理运营权。他期望董事局能主动听取他的意见，但失望的是，他一直没有得到董事局的任何消息。这种忽视的意味较之能否听取他的意见本身更让人感到羞辱。在这种压抑的情绪支配下，他离开中国的决心愈发坚定，他知道那将是不可避免的。

就在他极度失望之时，却突然收到柏林的电报，内容是让他确认谁可以成为津浦铁路北段的总工程师，并且告诉他德英两国无论以何种方式都会参与到津浦铁路的建设，中方已明确以山东南部韩庄运河为界，运河以南由英投资，北部由德投资，现在非常急迫的是把总工程师人选确定下来。

他知道这样的选择权没有任何实际意义，无非人选涉及胶济铁路让他确认一下而已。他对此早就有了基本的原则，他支持多浦弥勒到津浦，而让锡贝德留在胶济。而锡贝德不去津浦的前提是任职胶济铁路管理局总办，那就意味着自己要首先辞去总办一职。一种被逼到悬崖无路可退的感觉强烈地袭上心头。他知道自己必须做出选择了。

经过两天的徘徊思考，他把自己的决定梳理了一遍又一遍，以一位工程师的理性确定了自己判断的正确性。这天晚上，他给柏林董事局写下了这样一封信：

尊敬的菲舍尔主席：

……非常高兴德国能够再次以这样一种坚定的信念参与到中国的铁路建设，津浦铁路之于中国的意义远大于胶济，但两者的建设权的取得是不一样的，这注定了两者之间无法相提并论，也使我们在更大范围内失去了主动权，这是不能不接受的现实。德国政府的决定是明智的、可行的。关于北段总工程师的问题，权衡许多，还是觉得以多浦弥勒为宜，他的专业能力和协调能力以及表达能力都无与伦比，不然的话，也不会得到中国巡抚的推荐，而实际上他们只是才见过一面而已。关于锡贝德，我并非认为他不适合津浦铁路的重任，我觉得他对胶济铁路非常熟悉，并且几乎是不可或缺的，他可以留下来以待我离开这个位子时能替代于我，不至于胶济铁路出现管理上的空缺。多浦弥勒到津浦，锡贝德留胶济，对下一步两路能够最终实现接轨也是有益的，多浦弥勒、锡贝德对于路的背景熟悉，会有默契的……

尊敬的菲舍尔主席，我感到在山东铁路公司总办的位置上已经很累了，如果条件成熟，请允许我回国任职……

锡乐巴的信情真意切，菲舍尔读完陷入沉思。他对锡乐巴可谓爱恨交加，他的贡献不容磨灭，但他处理问题上的自以为是让他陷入了极度被动之中，也让山东铁路公司董事局也陷入了某种程度的被动。几乎是仅仅知道他的名字甚至根本就没见过面的人也会说，这个人太霸道，不易再干总办。菲舍尔由此判断,应该撤换他了。但是,他却长久地陷入沉默,对此没有表态。重要的原因就在于他的功过参半让人实在难以取舍,痛下决心,况且董事局没有一个人首先提出此议,包括大家都认为的与他有着不共戴天之仇恨的盖德兹。正如,菲舍尔一样,大家都明白,锡乐巴对山东铁路公司来说太重要了,一旦将其撤换,并不容易能找到一个可以替代他的人。而盖德兹的三缄其口,也并非没有这方面的考量,另外他更不愿意让人把自己的态度看作是他的公报私仇。他当然对锡乐巴恨之入骨,是锡乐巴影响了他在山东铁路公司的技术权威和话语权,让他始终处在一个失败者的位置让人审视。董事局很多人之所以不表态,也有着惧于锡乐巴与盖德兹矛盾的原因。

　　董事局早就有撤换锡乐巴的想法,这是人知共知的,也是菲舍尔从上次失望的中国之行后就下决心要办的事,但因为上述原因却迟迟没有落实。他最大的担心当然还是锡乐巴能否接受撤换他的决定,毕竟他对于中国对于胶济铁路实在太有感情。他自己都公开称,他的第二个国家是中国,他的故乡是山东,他对中国的感情和德国一样。就是一个抱持着这样一种情感的人,如果突然让他回国,他会有怎样的反应?

　　现在问题全部解决了,他自己提出辞职,尽管字里行间透着模糊与犹豫,但意图是鲜明的。更重要的是,他为董事局解决了一个后续更为重要的问题,那便是接续人选的事。没有比这件事更让菲舍尔头疼的了。锡乐巴辞职后,如果从国内找一个替代者并不一定合适,况且极易引发人事上的争议,锡乐巴本人也不一定认可。锡贝德的接任,一方面可以满足锡乐巴的功利心,另一个方面锡贝德恐怕是对山东铁路公司最了解的人了,专业能力无人可以质疑。

　　菲舍尔长吁一口气。

　　接下来,他先把多浦弥勒的事情办了,然后才放话出去,说,锡乐巴有意引退,而替换者是锡贝德,没有任何反应,他觉得奇怪但又正常。或许这是一个最无可挑剔的人事任命了。菲舍尔心想,只待合适机会便可与锡乐巴正式沟通此事。

　　多浦弥勒到津浦铁路任职总工程师了。锡乐巴第一步计划兑现了,但接下来的一步却是要以自己的引退作为代价。

23

多浦弥勒向锡乐巴辞行了。锡乐巴很开心的样子,但多浦弥勒还是看出他残留在脸颊间的些许无奈与伤感。被调至津浦铁路的相关信息他已经有所了解,所以对锡乐巴非常感激,平时他和大多数人一样,对其敬而远之,但此时此刻他更多的是感受到了一位德国工程师对国家赤诚的情怀。

锡贝德也在场。锡乐巴从来还没有当着两人的面说过两路接轨的事,多浦弥勒对此事的认识并不一定那么深刻,所以,他要在多浦弥勒来与自己道别的时机,把事情交代一番。他说:"这是我最大的遗憾,也是我最大的心愿,必须想办法实现两路接轨,否则我会抱憾终生。"

两人都没有正面回答他的话,毕竟这不是他们努力就能成功的,但两人的沉默并不否认他们的决心和信心。

过了一会,锡贝德说:"听说一位叫赫尔曼·菲舍尔的人来到了济南,他在考察济南火车站的设计方案。"

"是的,一位刚毕业有着雄心壮志的年轻人。我们应该和他见见面。"多浦弥勒说。

锡乐巴也很感兴趣,说:"这样太好了,如果是一位德国工程师承担了津浦路济南火车站的设计任务,那便更容易配合了。哪怕一时不能接轨,也能提前预留出接轨的技术条件。"

等到三人谈话结束时,锡乐巴已经决定要到济南去与赫尔曼·菲舍尔见一面。

锡乐巴并不是和多浦弥勒同时前往济南的,他是应施密特之约先到博山帮助解决黉山煤炭建设中的一些技术问题的,原计划结束博山行程后,前往坊茨参观刚刚落成不久的"安妮"竖井,那是一座更具有现代化水准的矿井。现在,他改变了行程,打算从博山直接去济南,与赫尔曼·菲舍尔见面后再去坊茨。

黉山矿进出煤之快、煤质之优出乎施密特预料,他见到锡乐巴后几乎是欣喜若狂地拥抱了他,说:"感谢您的延长线,不然的话成本会加大不少,盈利空间也小,这样一来我有信心把更优质的煤运到德国了。"

锡乐巴当然替他高兴,也乐于听他的奉承,一段时间以来积郁的忧伤消散了不少。施密特说:"您没必要这么伤感,任由那些别有用心或不明事理的人去说吧。我如果回了德国,一定会去宣传您的功绩。"

锡乐巴说:"无所谓,皇帝已经给了所有我能享受到的荣誉。只是越是这样,反倒越有动力。"

施密特说:"您是德意志的荣耀。"接着话题一转,说:"说这些太远了,我们还是讲点具体的,现在博山的第二个矿井进入开发阶段了,您帮助我们规划一下厂区,如何更合理地实现与铁路的衔接。"

两人边谈边到博山周边一带进行实地查看将来要开采的矿井所在地。锡乐巴转了一圈后说:"这个矿井要与铁路连接可能会比黉山矿更困难,周边沟壑纵横,修筑铁路支线很难,再说也不能再冒这个险了。"

施密特是位非常情绪化的人,坊茨的初战不利让他心灰意冷,但博山的胜利又让他把一切都不放在眼里,说:"没什么不能克服的。一旦这里形成规模,我将会把坊茨的设备全部转移过来。我的战场在这里。"

锡乐巴当然不会给这位矿务专家以专业指导,但他会尽大可能帮助支持他。

结束博山考察,锡乐巴如愿在济南见到了赫尔曼·菲舍尔先生。因为有了多浦弥勒提前安排,见面很顺利,地点在德国人开的石泰岩饭店,济南最高档的西餐厅。

锡乐巴见到赫尔曼·菲舍尔的一刻愣了,他听锡贝德说过是位年轻人,没想到如此年轻,竟是位二十岁出头的小伙子,细高身材,着一身白色西装。锡乐巴年轻时也喜欢穿白西装,近年来他显然已越来越离白色的装束更远。小伙子脸上带着笑意,表现得很谦逊,但丝毫遮挡不住高傲的神情。

赫尔曼·菲舍尔说:"我对前辈仰慕已久,在此见面三生有幸。"

锡乐巴笑笑说:"你设计济南站?"

赫尔曼·菲舍尔听出了其中所隐含的一丝不信任,还是客气道:"不知道能不能被授权,但我还是要以自己的设计征服建设者。"

"你了解中国?"

"不,我不了解中国。"

"那,你怎么设计?"

"但我像锡乐巴大人一样了解我的专业。"

赫尔曼·菲舍尔的回答出乎锡乐巴的预料。

"锡乐巴先生，您在中国创造出了伟大的业绩，相信我也可以做到。"

"我创造了伟大业绩？"锡乐巴不知道对方是恭维自己，还是说的真心话。

赫尔曼·菲舍尔说："我在大学时就听过锡乐巴先生的传奇故事，您是我的榜样，我相信自己一定也能像您一样做得如此优秀。"

锡乐巴听出这位小伙子自负中的真诚。问："您这么有信心？"

"当然有信心，现在中国人越来越接受西方事物。德国的精神在山东更是得到普及，这与锡乐巴先生的工作分不开。有这么好的条件，我如果做不好是不对的。"

锡乐巴频频点头。

几位身在异乡的德国人聊得很开心，赫尔曼·菲舍尔的单纯直率让锡乐巴几次想对他谈两路接轨的事，但还是忍住没说，因为一旦触及这个话题就难免不会涉及他的伤感。锡乐巴最终还是没有把想说的话说出来。在他看来，既然多浦弥勒、锡贝德和赫尔曼·菲舍尔已经相熟，随着工作的进展一定会涉及这个问题，自己反倒没必要放心不下。但对他来说，此行意味着一个重大收获。那就是，他既看到了新生一代在中国的前仆后继，也明白了，哪怕自己不能参与到津浦铁路修建中，德国的精神依然可以渗透到中国大地。更让他重拾信心的是，赫尔曼·菲舍尔对他的评价，虽然不乏客套与恭维，他的钦佩之情却并不是装扮出来的。

锡乐巴感觉浑身又充满了活力。

24

列车是清晨时分到达坊茨车站的，未下车，锡乐巴就已经觉出些不对劲，他发现车窗外人头攒动，惊慌失措的人在站台上无序奔走，喊叫声被玻璃窗阻隔，但其中的嘈杂还是能感受得到；浮动的灰尘把乱作一团的人群遮盖掩蔽起来，无法辨别出清晰的面孔。锡乐巴本能地紧张起来，他的第一反应是车站发生了事故，但仔细一看，混乱似乎只局限于站台，并不像有事故发生。他赶紧走到门口，只能下到车下才能看清楚。

德籍站长希得克在包厢门口迎接他，他显然经过了无数人的冲撞、推搡后才有了眼前的样子，制服有扣子掉了，敞开着，帽子歪戴，边走边用手扶正，气喘吁吁，狼狈不堪。锡乐巴皱皱眉，扫视下混乱的站台，这时才发现，站台上的人大部分不是旅客，而是一些民工模样的人，有些人正从旁边的一辆工程车上卸着木架、被絮之类的东西。更让锡乐巴意外的是，没有见到施密特。他已经把行程告诉施密特，他没有理由不来接自己。德籍站长希德克用一幅惊恐的眼神望着他，口里嗫嚅，不知在嘟囔着什么。

　　锡乐巴问，"怎么回事？"

　　希德克说："出事了，矿井，坊茨矿，死人了。"

　　锡乐巴这才知道是坊茨矿井发生了事故。也明白施密特为什么没有来接他。不是铁路发生了事故，让他松了一口气，但矿井发生事故同样让他揪心。

　　坊茨火车站距离坊茨矿一步之遥，事故的氛围不可避免地延及车站。锡乐巴在希德克陪同下向矿区走去。远远地就看到，一号竖井已经倾斜，股股浓烟、雾气、灰尘交杂弥漫升腾而起，机器的轰鸣声时高时低，金属棒杆的碰撞声从轰鸣中传出尖利的刺耳声。随着越来越接近矿井，大量煤矸石堆积而成的小丘让人举步维艰，大量污水从低洼处排泄出来，有细流，也有较大的水流。蹒跚前行，前面就有路障了，有德语、中文交杂在一起的呼喊声传来，意思是不让人前行了。希德克用德语打着招呼，说明身份，不一会就有三四人结伴过来，问明情况，就人搬移开栅栏，让他们进入事故现场。

　　除却混乱之外，锡乐巴没有看到可怕的场面，正当他困惑不已时，施密特踉踉跄跄地走来，见到锡乐巴，他抬手抓了一把头发，说："没想到，没想到。"

　　锡乐巴问："怎么了？"

　　施密特痛苦万分地说："透水，一号井透水了，整个井都垮了，都垮了。"

　　锡乐巴下意识地问："死人了吗？"

　　所有人都沉默了，包括施密特也没作声，只是裂着嘴巴拼命摇头，活像一头被人痛打了一顿的黑熊。

　　锡乐巴知道这个时候问这个话是荒谬、唐突而又极不礼貌的。

　　在施密特等一众人引领下，锡乐巴默默来到事故现场。事故发生在昨天下午最后一批矿工上井前，一号井的某个巷道突然出水，不到一个时辰就把矿井淹没，所有矿工都被吞没。锡乐巴看到了那个井口，现在它正在往外喷吐着乌黑的污水，井口旁的工人们正在组装着临时抽水设备，很显然，这些设备根本派不上用场,因为巨大的水流仍在从矿井口自溢。由于正在施救,周围的矿井设备有的被拆除,有的被破坏。锡乐巴这时也看出来,虽然大家都在手忙脚乱地组织抢救,但整体上都处在一种无能为力的状态。

接近午时,救援现场已经组织召开了几次会议,向施密特通报情况说明,一切都仍然没有进展,锡乐巴也挟裹其间,听出了事故发生的轮廓和严重程度,让他不安的是死亡人数或许是一个无法想象的数字,所有人都在避讳着具体数字,但几次会议听下来,他知道至少有近二百名工人当时正在井下作业,而到现在也没有人提及到底有多少人被解救了上来,也就意味着或许全部人员都已遇难,更让他无法接受的是,包括上次见到的斐斯矿长在内的七名德国籍工程师都在其中。

一个整天,救援都无法实施,混乱和焦急在接近傍晚时已经变得平静和麻木,风的声音在耳边吹成了最尖利的提醒和暗示,在锡乐巴听来更像是某些魂灵传达过来的信息,让人毛骨悚然。巨大的水流仍然没有消减,反倒成了最大的灾难背景声,人们无助地走动着、站立着……空气凝滞、呆板、苦涩、萧瑟。

锡乐巴与施密特特坐在矿务公司的一间小会议室里,天暗下来,但没有开灯,两人淹没在狭窄的空间,都不作声,彼此听着对方的呼吸。两人此时此刻都把自己想象成了困于井下的工人,他们正面对着死神狰狞的直视,他们的绝对与痛苦无法想象。在经过了一片巨大的如同跋涉了沼泽地般的静默与苦闷后,施密特先发话。"我准备尽快把坊茨的业务转移到博山。"

对坊茨的失望从运营那天起就在施密特心中萌发,这些年来德国政府投入巨资开发坊茨矿井,但始终不能尽如人意。尽管如此,当前最要紧的事情还是应该放在现场救援,要把一切精力物力投入到救人上,无论是中国人,还是德国人,生命总是第一位的,但施密特的话说明他已经放弃了现场救援,意味着他将会放弃一号矿井,整个矿区或许将会因这次事故而发生重大的结构性调整。作为矿务公司总办,施密特已放弃救援,考虑退路了。

锡乐巴明白,这次矿难无论是对于矿务公司,还是租界政府的打击都是巨大的,当然也包括山东铁路公司。或许备受争议的租界政策也会因这次矿难而再次遭受质疑,甚至有着被否定的危险。而此时此刻,锡乐巴心头又跳出那个敏感的问题,德国政府对坊茨矿井的开发或许从开始就是错误的,而施密特是最早意识到这种错误的人,但是他在政府狂热的殖民政策面前,只能将错就错，以至于招致灭顶之灾。这次灾难是一次意外，还是一种意象，昭示着坊茨矿吉凶难测的前景？

锡乐巴离开坊茨时，愁绪满肠，他觉得整个殖民政策都在遭受着巨大的压力和挑战。

25

坊茨矿发生的严重透水事故到了根本无法营救的地步，在坚持了几天后，矿务公司最终不得不宣布放弃所有努力。当这一消息得到确认后，被阻挡在栅栏外的遇难矿工家属犹如爆发的火山，释放出了一种巨大的无法阻拦的能量，疯狂地闯进遇难现场，整个矿区先是为一片哀号笼罩，接着就能看到人们的怒火在燃烧，而这种怒火最终发展成矿井的一次实实在在的火灾，悲愤的民众放火烧了矿区的厂房、车辆、宿舍，尽管施密特向愤怒的矿工家属承诺一定会给大家一个满意的赔偿，但在生命面前，所有的赔偿都不值一提，愤怒必须得以释放才会平息，矿警们的悲伤与矿工家属相同，有些矿警的家属也在遇难者之列，所以他们对发泄愤怒的矿工家属并不去阻挡，有时还会在暗地里推波助澜，局面失控了。

施密特是在一片愤怒的呼喊和倾泻而来的石块、污物的追打下，从坊茨火车站乘车回到青岛的。惊魂未定的他刚到青岛便被胶澳总督特鲁泊召见。施密特仓皇来到总督府时，除却特鲁泊，还见到德国驻华公使穆默。穆默得到矿难信息后，专程由北京赶来。

在会议室见面后，三人沉默良久。特鲁泊开口问："到底死了多少人？"

施密特已无法再隐瞒，吞吐半天说出一个数字："193人。"

在这样一个巨大的数字面前出现的是平静，这样一份平静是因为惊讶与感叹已无济于事。

穆默说："全部施救无望？"

施密特说："透水太大，根本无法施救。"

穆默说："现在中国民间对收回矿权的呼声一浪高过一浪，如此一来，正好让他们找到了借口。殖民政策会受到更大冲击，你们要做好准备。"

施密特看出穆默对矿务公司或者是他本人所表现出来的极大的失望和不满。

特鲁泊一旁说："施密特先生，还是请您尽快妥善处理好此事端，避免产生更大的负面效应，杨士骧已就此事发来质询。现在中国的政治生态非常微妙，不能不加小心，否则德国的国家政策可能会受到影响。"

穆默说："矿务公司一定要尽最大可能给予遇难者补偿。"

施密特说："我们一定会做最大努力，但事实上，无论怎么做都不会满意的。况且这些年，矿务公司一直处于与地方政府和民众的对抗中，经营效益大受影响，亏损状态没有得到扭转，所以……也拿不出更多钱补偿。这笔款项太大。况且后续矿井整理又会是一笔巨大支出。"

这是现实状况，大家都明白。如何解决平息事端与巨大的善后支出确实是矿务公司面对的大问题。

穆默讲了几条原则："一是要尽最大可能给予抚恤，如果达不到要求，至少要让遇难者家属看到矿务公司的诚意；二是尽快恢复坊茨煤矿正常运转……"说到这里，他问一句，"能够多久才能恢复正常？"

施密特并不能给出准确的时间节点，他说："尽快，在这段时间我们会加快博山矿的生产……"

穆默说："……，三是希望特鲁泊先生主动与山东巡抚衙门沟通，说明情况，减轻压力。最后……"说到这里，穆默惨然苦笑道，"最后，看来我们确实需要重新评估一下殖民政策实施以来的具体效果了，我们犯不着一方面得罪中国，另一方面又在这里做些不见成效的事情。"

穆默最后所说的话有深意，特鲁泊有些意外，施密特有些紧张。

施密特神情疲惫地回到矿务公司驻地，本想痛痛快快地睡一觉，没想到一位德国记者已经在门口等他。施密特本不想与他纠缠，记者递上名片，才知道对方是德国著名新闻记者问格。施密特早闻大名，从未谋面，显然不能等闲视之，忙将其请到会客室。

问格三十出头，有着记者普遍所有的桀骜不驯的派头。问格直截了当地问："我来此是想听听坊茨矿井发生的事情，还请施密特先生告之实情。"

施密特说："我刚从胶澳总督府回来，已向胶澳总督、驻华公使通报了相关情况。意外，就是一场意外。对此，恐怕没有比我们更沉痛的了，希望理解。"

问格问："死了多少人？"

施密特略有迟疑，说："数据尚未完全统计出来，实话说，有些多……"

"到底是多少？"门格紧盯不放。

"没有确切数据。"

门格说："我听说有193人之多，对吗？"

施密特一惊，知道这位记者神通广大。

施密特说："差不多……"

门格问："作为矿务公司总办，您认为您的公司经营有方吗？达到了德国政府预期的目的吗？"

施密特知道必须小心回答对方的问题，含糊道："我们开出了第一列运煤专列，在坊茨矿井开发的同时，进一步向博山一带进发，目标正在一步步实现。"

"坊茨矿是不是一直处于亏损状态？"

"怎么说，经营状况确实不乐观，但这是一个过程。"

"与中国的抵制有关系吗？"

"……有，我想是有的，但无论是租界政府，还是外交部门都在积极争取政策，相信会越来越好。"

门格不怀好意地一笑："您真的相信会越来越好，我怎么感到无论是中国中央政府、地方政府，还是民间组织都在以不同方式进行着抵制，特别是收回路权矿权问题现在是越闹越大。"

施密特当然不会直面这样一个敏感的问题，只是说："我在努力做好自己的事。"

门格说："我再问一个问题，请您尽可能回答得直接些。您认为德国的殖民政策是成功，还是失败的？"

施密特拒绝得非常干脆，说："这个问题我回答不了，因为我没有这种评估能力，更没有这种资格，您还是问该问的部门吧？"

门格对施密特的态度不以为然，说："山东矿务公司是否在坊茨矿的投入不成正比，或者说坊茨矿根本就没有预期所想象的那么值得投入。您是否对此有不同看法？"

施密特大起戒心，坚定地否认，说，"我对殖民政策从不怀疑，但我是一位现场执行者，不是决策者，投资是专业部门做出的，我不能妄议。"

门格对施密特略显过激的举动感到高兴，似乎这本身就说明了一些问题，他耸耸肩说："施密特先生，我们都是为德国的利益在努力，无论支持，还是反对，都建立在对现实客观公正的认识之上，请您谅解……"

送走门格，施密特重新盘点了刚才的对话，觉得并不无太大漏洞，也便放心。他觉得这个门格居心不良，担心他在坊茨矿透水的事故上做文章。

26

让施密特没想到的是，门格并没有特别针对坊茨矿难做文章，而是直接向殖民政策发难了。

很快，门格所写的文章就在德国国内多家报刊发表，公开质疑殖民政策，在国内掀起轩然大波。

"……在这里（青岛），几乎所有贸易都掌握在中国人手中。相反，德国商品在青岛商业贸易中所占的比重依然很小，继续徘徊在6%—8%之间。其中有一半属于供应胶澳总督府或者更确切地说铁路建设工程需要的供货，可以在山东自由市场上销售的德国商品只占胶澳租借地贸易总量的3%—4%。由此可见，把胶澳租借地建设成为一个德国的商业贸易中心和把山东开发成为德国产品销售市场的原定目标远远没有达到。就是工业经营也失败了。除了国家企业，私营企业根本没有前来设厂、投资。"

……

门格对德国在青岛的经济状况做了深入分析，认为经济赢利远不及帝国近十几年来对青岛的支出。"……德国进出口公司多为老牌中国贸易商家的分支，它们不以赢利为目的，而仅仅怀抱爱国主义热情。海关关税收入虽然超过了芝罘海关，但芝罘并不是一个意义重大的商业区。而在天津，德国的商业贸易名列其他国家商贸之前，与之相比，胶澳租借地的商业贸易就逊色多了，若与上海商业贸易比，胶澳租借地的商业贸易更是不足挂齿。但是德国政府每年却要为该地付出近1200万马克的补贴，而在东亚最大的国际都市上海只需450万马克。山东矿务公司能养活大约200名欧洲人，是发展较好的企业，但它属于一个独立企业。啤酒厂和几个小型工厂经营得不错，但大部分收入却来源于帝国国库，因为它主要向官员和军队兜售商品，而后者的薪水都是由帝国支付。德国所成就的只是建造了一座城市，但商业是开发的主要目的，它迄今尚未得到与开支相应的发展。新建楼房的供应远远超过需求，不少住宅房空空如也，生活品价格昂贵，航运也未形成规模。"

门格将所有一切论述的落脚点归结为，现在是时候将青岛和胶济铁路以及所有矿山归还中国政府了。

包括锡乐巴、施密特在内的所有在青岛的德籍人员看到这篇煌煌巨论后，无不惊得目瞪口呆。这些年，不缺乏对殖民政策的质疑声，但还没人大胆到全盘否定殖民政策，并且毫不含糊地要求将租借地交还中国，实在是件难以想象的事情。一时间，门格的论调成为人们谈论的话题，无论公务间隙、酒会等不同场合，大家都在猜测着门格写这篇文章的背景，下一步会不会真的会发生政策上的调整和变化。

德国海军部部长蒂尔皮茨看到这篇文章时也是惊讶得半天没回过神来。他知道好不容易才被按下的关于对殖民政策的质疑或许会卷土重来。正如蒂尔皮茨所想，国会里面马上就有人以门格的文章为由头，让过去只是私下里议论的关于退还青岛问题成为公开的话题，并在帝国国会引起了一场大辩论。

威廉二世极为恼怒，他质问海军部为何会把事态闹到如此地步？蒂尔皮茨的答复是，这无非是反对殖民政策者的故伎重演，可以采取冷处理，时日久了，自然会消停下来。但威廉二世对海军部的殖民经营抱持了很大意见。他说："殖民政策不容置疑，但海军部必须以良好的经营来避免授人口实。政府所有的投入都要见到成效才能服众，现在看来，有太多不尽如人意之处。"

蒂尔皮茨没有辩解，威廉二世是有所指的，特别是坊茨矿井所发生的重大渗水事故严重地影响到了德国企业和政府的形象，实在让人无话可说。最近，更是有人说，坊茨在选址之初就发生了重大偏差，政府的投入或许会化作泡影。这虽然都是传言，但无风不起浪，究竟是何原因不能不有所判断。

蒂尔皮茨向皇帝表示，一定会尽快向国会做出解释，以消弭负面影响。但在他心里，还是想以推托的方式来解决问题。一篇文章所引发的热度是有限的。

但是，让蒂尔皮茨没想到的是，在门格的文章发表不久，紧跟着又有人烧了一把火，局面近乎失控了。而这个人却是位举足轻重的人物——驻华公使穆默。他直接向外交部递交了一封公开信，没有太多论述，直截了当地要求外交部研究租借地政府权益移交的可行性。在他看来"山东民众的言谈当中一直或隐或显地带有仇恨德国人的倾向。为了总体的中国政策，最好还是远离山东这个充满危险的是非之地。如果让中国人管理铁路、维持海港的繁荣，中国方面至今仍耿耿于怀的对青岛的敌意立即就会消失。青岛的全部未来完全依赖于能否使中国人对海港和租借地产生发自内心的兴趣。"

这如同投下了一枚重磅炸弹，无论是东亚，还是德国国内都感受到了强烈冲击，甚至连其他西方国家都不得不开始研判德国国家政策可能发生的变化了。

蒂尔皮茨终于坐不住了。他不能以自己苦心的经营最终让大家得出殖民政策错误的论断，那么他甚至会由此葬送了威廉二世的政治前途。他必须反击了。

私底下的努力当然少不了，最终他还是不得不在国会专门做了一场关于东亚殖民政策的演讲，介绍了海军部近十年来所做的努力，青岛的变化以及如何赢得越来越多的中国民众的信任和支持，他不否认存在的问题，特别是在矿山经营中的问题，但瑕不掩瑜，成就是巨大的，未来的前景是美好的。最后，他做了慷慨激昂的陈词："……其实，青岛经济发展的速度远超期望和预期。香港在存在了15年后还未见起色，以至于人们不知道是否应当放弃它，而青岛作为中国的商业城市只用了11年就在40个条约口岸中占第7位了。我们认为，必须耐下心来，让青岛在一个良好的环境中得以发展才是正确的选择。"

蒂尔皮茨最终安抚了反对者，但这番操作也让他元气大伤。威廉二世对他的信任得到削弱。穆默的举动让他严重怀疑外交部的立场，如果不是国内支持，穆默会突然做出如此怪异的举动？

看来，这么多年过去了，依然有人对海军部"插手"殖民事务心怀不满。

蒂尔皮茨准备合适的机会采取反制，但还没容得他有所举动，外交部就将穆默调回国内，由雷克斯替代他成为新的驻华公使。

蒂尔皮茨尽管愤恨难平，但就此也无话可说，外交部此举有着多重用意，巧妙地择清了自己的责任，一方面既可以理解为外交部对此并不知情，纯属穆默个人所为，也可以理解为外交部的示弱让步；另一方面还可以说明外交部只是为了平息风波所为，根本对此无任何责任，而是一种大度的姿态。如果蒂尔皮茨再去诘责，反倒格局境界小了。

任何怪异的事，都事出有因，但巧妙的化解手段使得一切不为人知的隐情销声匿迹。但对于清廷来说，这实在是件大好事，德国政府自身表达了对殖民政策的不满，中国政府的争取与努力显得名正言顺了，似乎一切都在向着好的方向发展。

27

及至袁世凯明白了瞿鸿禨与岑春煊内外合谋的伎俩后，便开始与庆亲王奕劻联手反击了。虽然瞿、岑都为慈禧器重，并且占据着显赫位置，掌握着充分的话语权，但与袁世凯、奕劻相比，气势能力便显不足，后者一旦联手没有不胜的道理，况且汉人向满洲贵族挑战，瞿、岑确实有些不自量力，这在大清历史上是不曾有过的事情。

奕劻隐于后，袁世凯筹划布置，手段极其老辣，打蛇打七寸，一招毙命，且必使其永无翻身之日。袁世凯早就掌握着一条信息，那就是在上海办《时务报》的汪康年是瞿鸿禨的同乡，两人一直没间断走动。汪康年极力鼓吹新政，报端多有"归政"隐语，实为慈禧大忌。就在前些天，汪康年到了北京，其间多次拜会瞿鸿禨，主要目的是想在京筹办新《京报》。袁世凯指派心腹恽毓鼎参奏瞿鸿禨"暗通报馆"，密谋"归政"等情事，触痛了慈禧的隐忧，瞿鸿禨不出所料地被逐出军机。采取相同手法，袁世凯授意上海道蔡乃煌"弄"了张岑春煊与梁启超在报馆的合影，蔡上书弹劾岑与康梁交接、密谋保皇、讪谤朝廷，慈禧忧惧攻心，本要立志进军机的岑春煊被贬至两广。

搬走了瞿、岑，柳暗花明。一番布置，张之洞以文华殿大学士身份入主军机，并分管学部。袁世凯以外务部尚书身份入主军机。张之洞、袁世凯得遂所愿。山东巡抚杨士骧前脚跟后脚，署任直隶总督；原来的山西巡抚吴廷斌接替杨士骧任山东巡抚。

人事布局重新得以确立和稳定，其间的惊心动魄非当事人所能理解。大政也在新的人事结构中沿着特有的规律运行，不知道有什么不同，也不知道有什么相同。

……

张之洞入主军机后，便操纵谋划了一件大事。

这天，德国公使雷克斯突然造访张之洞。张之洞有些意外，只当是礼节性拜访。坐定后，双方说了些客套话，没有更多话题延展。雷克斯不断恭维张之洞在湖广任上的功绩，说到卢汉铁路、汉阳铁厂，这都是张之洞的得意之笔，他也乐意听，所以气氛融洽。后来聊到教育。在教育方面，张之洞更负有盛名，他既提倡传统经学，更重视经世致用的"实学"。湖广任上，仿照西洋学制，将传统的两湖学院改造为两湖高等学堂；在武昌创办湖北师范学堂；出任两江总督，又奏请设三江师范学堂，成就显赫，蔚为大观，以教育为本体实践创造出了独树一帜的中学为体、西学为用的理论体系，为政界学术界激赏。

两人聊得开心。聊着聊着，张之洞突然产生了一丝困惑，他本能地感到这位文质彬彬的公使如此用情地与自己谈教育似乎背后隐含着什么。

张之洞便停下来，别有意味地看着雷克斯。

雷克斯会意，说："之所以和大人聊了这么多教育方面的问题，是因为我有个想法。"

张之洞点点头，习惯性地捋着灰白胡须，示意他说下去。

雷克斯问："大人有没有兴趣为中国办一所高规格的学堂？"

张之洞一听办学就有兴致，情不自禁道："公使的意思？"

"中德之间可以尝试在青岛建一所高规格的大学。"

"噢？"这很是出乎张之洞意料。

"在青岛，建一所高规格的大学。"雷克斯重复一遍。

"为何会有如此提议？"突然为之一动的张之洞放缓了情绪，用一种刻意舒缓的语调问。

"青岛是中德之间文化交流的胜地。德国旨在把青岛打造成'模范殖民地'，我想这不仅仅体现在经济方面，更应当体现在文化方面。可惜的是，这些年我们重视经济发展，铁路、港口、矿井，甚至屠宰场、啤酒厂……都建了，但没有一座现代化高层次的大学堂，这与'模范殖民地'的地位和理想不相符。当然，这些年青岛也建设了一些基础性教育设施，但远不能满足中德文化交流的需要。建造一所大学是长远的要求，也是青岛发展的现实之需。"雷克斯对此胸有成竹，说得头头是道。张之洞明白，他或许就是为此而来。

张之洞沉默长久，然后问："公使先生，这是您个人的想法，还是代表贵国政府？"

雷克斯没有犹豫，说："这确实是我的个人建议，但已向政府通报，外交部会大力支持，德国政府也希望有机会与中国政府沟通对接。如果中国政府有兴趣的话，很容易就会上升到国家层面。"

"但，这……并不容易。"

雷克斯说："是的，之前我曾向外交部瞿鸿禨大人正式提过此议。不瞒大人说，他否决了。"

"为何？"张之洞此话一出，也觉多余。因为不久前，清政府由于担心西方宗教势力借助西学实施政治渗透，专门颁布了《奏定学堂章程》，其中一条就是明令禁止中外合办学堂。

雷克斯没说话，他也知道张之洞无非顺口而说，其中的深层原因不会不明白。

张之洞换了种口吻，说："您既然找过瞿鸿禨，为什么现在不找袁世凯？"

雷克斯用一种恳请、信赖、深情、坚定交织的目光望着张之洞，说："我已向袁大人报告过。"

"噢。"这么说来，雷克斯确实是在为推进他所说的这座学堂在努力。问："他的态度？"

雷克斯略微一沉，说："他说，大人分管学部，此事还要大人定夺。并说此事非大人所不能办。"

张之洞惊诧。此事涉及对外事务，当然是外务部先批，学部研判可行性。为什么袁世凯会推到自己身上？正是因为有《奏定学堂章程》中的禁令，袁世凯越发不能如此？但转眼一想，袁世凯一定有自己的想法，便说："他高看我了。"

雷克斯说："袁大人确实这么说，但我觉得他说得千真万确，此事非大人不能办。"

张之洞一皱眉，说："为何如此说？"

雷克斯："不只是因为大人分管学部，更是只有以大人的威望、学识、远见才能突然禁区。"

这话说得真诚，不容张之洞不信。

张之洞说："有些红线，不能踩。"

雷克斯说："太后、皇上会怀疑任何人的忠心，绝不会怀疑大人。只要对清政府有力，为什么不能踩？哪怕是禁令也并非不能突破。再说，只有大人才有这种胆识和魄力。"说着，雷克斯起身用中国礼节给张之洞深施一揖，说，"此事还靠大人玉成。"

张之洞发笑了，笑得苍凉、爽朗、疏离、空洞，却不难让人体会到一位老官吏所残存的热情、真诚、敏锐和深邃……

雷克斯告辞后，张之洞迅速陷入些许的激动中，这对他来说已是久违的情感。他视办学为一生志向追求，宦海沉浮，初心不改，这些年办了许多新式学堂，为办洋务举新政、发展中国经济培养了大批人才。这次调任军机让他分管学部，本就是清廷对他功业的肯定和奖赏，并且也有推动清廷教育改革之意。尽管如此，他也明白自己已到残暮之年，恐怕再没机会亲手去办学堂了。雷克斯的提议让他为之一振，感觉冥冥之中上天似乎要在他生命最后一程还要赋予他继续办学的使命。如何会不激动？

这晚他竟然辗转反侧，不能入眠。迷迷糊糊想了半夜，早上醒来，便有了明确的目标。此事应该办！但是，他也明白，要办这样一所学堂难度极大，况且他还不知道雷克斯所说的这所学堂到底是什么性质，教习内容是什么。清廷已决定不再审批中外合作办学项目，最根本的考虑就是怕西人以西学为名传播宗教思想，这所学堂会不会也是挂着羊皮卖狗肉的货色，如此便有极大风险。想来想去，又想到袁世凯，他如何会推卸责任？

想来想去，还是认为，以袁世凯的政治韬略，一定大有深意。

张之洞决定探听一下袁世凯的想法再做打算，但一直没有机会，张之洞觉得不能唐突，只得自己先细细揣摩。

揣摩来揣摩去，脉络大概也清晰起来。

一层意思是，外务部无论是支持还是反对雷克斯的提议，都可能会与学部造成冲突，如果与学部意见不一，那么或许会得罪张之洞。一层意思是，袁世凯是新派人物，对练兵、办学极为热衷，况且青岛又是他在任时形成的局面，没有理由不支持在青岛办学，尽管如此，他也必须得到张之洞的支持才能如愿，毕竟有着刚刚颁发的《奏定学堂章程》，如果学部有人稍加摇头就会被轻易否决。这种情况下，让学部出面提议，他暗中支持，既可以把事办成，又可以做个顺水人情，成全张之洞毕生办学的美誉，岂不是一举多得。

想透彻了，张之洞就决定不再顾及袁世凯，下决心推动此事。

政务繁忙，拖延了些时日，这天张之洞突然意识到不能再拖了。雷克斯是试探自己的，如果时间长了得不到回音，对方一定认为自己拒绝了此事，倒不如趁热打铁，抓紧去办。但是，有个基本前提需要解决，那就是必须了解雷克斯倡导建立学堂不会附加任何政治企图，包括课程设置都要符合清廷用意，只有这样才可能付诸实施。

他派人去请雷克斯。

雷克斯接到邀请，大喜过望。从上次提及创办学堂事后，他一直等着张之洞的信息，他一直没有任何回音，渐渐地便有些心冷。他也本想再次拜访张之洞，但顾虑重重。随着时间一点点过去，他最后的希望也一点点消失，有了放弃的念头。张之洞的突然相请，在他想来，除却办学之事，没有更要紧的事情。

见到张之洞，雷克斯很兴奋。

张之洞很坦诚，不绕弯子，说："您详细讲讲办学计划，课程怎么设，人员怎么选？还有……总之，仔细点。"

雷克斯对清政府所颁《奏定学堂章程》的背景和内容做了深入研究，所以他的每句话都旨在让打消张之洞的顾虑，说："……之所以举办这样一所学校，大的意义上次已给大人回了。如果具体讲，就是为了培养铁路、港口、城市建设方面需要的高技能技术人才，为青岛下一步的发展，也为推进中国的更大发展培养专需专业人才，决不会附加任何条件……随着青岛发展，对工程技术人员的需求越来越大，同时由于越来越多的工程技术人员云集到青岛，青岛也具备了这样一种使用人才、培养人才的良好循环机制，所以在青岛建这样一座学校顺理成章，无论对德国，还是对中国都是有益的……"

张之洞点头，这既是他需要了解的内容，更是期望公使的承诺。

"课程设置呢？"张之洞问。喜办学的人，倾向于事必躬亲，同时了解课程设置也是对前面他所做承诺的验证。教学意图都会体现在课程设置上。

雷克斯歉意道："实话说，课程设置这一环节还没考虑到。但有一点请放心，德语、工程、医学都是有的，西方宗教课一定不会有，并且所有课程都会履行审查程序。"

张之洞"噢"一声，没再往下去说，他知道现在让对方说出详细的课程设置显然是不现实的，便说："公使大人，您也知道，这些年西方国家不断兜售价值观，更有图谋不轨者抱着不可告人的目的做事。要办这样一所学校决不能有这些忌讳，请公使明白，否则学校不会办成。"

雷克斯道："我们会严守基本原则的。"

雷克斯很明白，张之洞的召见，基本上确定了办学的原则，这座学校或许较之自己的期望值会有更加预想不到的结果。由张之洞处返回后，他立即向外交部发电报告相关情况。如果清政府真的有意建这样一所学校，德国方面当然尽快予以积极回应，必须让外交部有充分的思想准备。

28

外交部部长比洛接到雷克斯来电后，有些兴奋，他没想到中国政府在已经颁布了《奏定学堂章程》的背景下，会同意德国的办学提议。他对在青岛办一所大学是持积极支持态度的。在他看来，实施殖民统治当然是文化的统治，但目前青岛的弱点也正在此，海军部对青岛的建设真正建成了一个军国主义的殖民地，凡事喜动武，不但严重损害了中德关系，甚至也造成了西方国家的敌视。这种局面当然要改变。改变的方式有多种，从长远看，建一所学校播种德意志国家的思想观念和文化价值非常必要。虽然他没有像雷克斯的愿望那么强烈，但推动青岛建设的积极性却是一样的。总之，他坚决支持建设这样一所学校。但是，他也深知，仅有外交部同意是不行的，更重要的是海军部。海军部是否对此持支持态度尚是未知数。海军部更看重眼前利益、现实利益，而不是长远的文化意义。

雷克斯焦急地等着外交部的回复，他在电文也表达了这种急切的心情。他不想因为国内的拖延而让张之洞失去热情。他在电文中告诉比洛，张之洞正在为突破中国禁令做着努力，包括奕劻、世继、袁世凯等一批权臣都没表示反对。另外，中国的太后和皇帝正在上演宫闱之斗无暇顾及眼前的具体事情，一切可以假这些大佬去办，如果不抓紧去办，一旦时机错失，可能会付之东流。

比洛了解雷克斯的心情，但他首先要做海军部的工作，取得海军部支持至关重要。比洛专程与蒂尔皮茨沟通此事，蒂尔皮茨非常痛快，说："建一所学校非常有必要，海军部也并不像是有人所说，只会以武力屈人，我们的目的是推动德国的整体利益在东亚的实现，只不过角度和方式不一而已。"

比洛对他的含沙射影并不在意，说："海军部有这种认识，实在太好了，我向皇帝报告，争取同意和支持雷克斯的提议。"

蒂尔皮茨说："没问题。"

威廉二世对海军部与外交部意见的高度统一感到满意，这些年来因为殖民问题他用了太多精力做相互之间的调和平衡，他说："这样一所学校非常有必要，希望你们通力合作，尽快付诸实施。"

消息很快就反馈给了雷克斯。雷克斯第一时间向张之洞通报了德国政府的意见，希望张之洞尽快推进。

张之洞对建设这样一座学校有着极高的兴致，所以没有理由会在他手里耽误。在他看来，这事既难办，也好办，只要稍施手段，突破所谓的禁区也并非难事。

新军机班子都是因共同利益组合而成的，彼此都会维护当前团结和谐的局面。所以，当张之洞提出了要与德国举办一所高等学堂的建议后，没人提反对意见，尽管大家都明白有《奏定学堂章程》在先，但学部执掌权在张之洞，又是他亲自提出来，当然会有他的理由，况且对错都是他负责，所以谁也不愿意多说什么。如果说除却学部，最有理由发表意见的应该是外务部了，而作为外务部尚书的袁世凯却第一个表达了支持，别人更是无话可说。况且，大家都知道，张之洞一生以办学为荣，有这等风头，他怎会轻易让度别人？

更多的人还考虑到了另外一层因素。当前，朝政不稳，光绪皇帝病入膏肓，朝不保夕。西方国家横加干涉，要为皇帝视疾，母子离心离德，君臣左右为难，中外互不信任。政坛的变数在瞬息之间，没有人会因为一所学校而得罪张之洞。

如此背景下，在青岛开办一所高等学堂的奏请很快就得以批准，并迅速进入操作程序。雷克斯在请示外交部后，专门向海军部提交了一份书面报告，在报告相关情况的基础上，希望海军部选择一位谈判代表来中国负责与清政府的谈判。

蒂尔皮茨接到雷克斯的报告后，先是苦笑，海军部确实做了很多外交部的事，难怪有人不高兴，换位思考，如果别人要把手伸进自己的腰包，自己也一定会不快的。但青岛已经由海军部管理了十余年，有些事情也习惯了，有了约定俗成的做法。

但是，要找一位谈判代表其实非常困难，这个人既要有一定的外交经验，熟悉外交程序和规则，综合协调和应急处置能力要强，同时还需要有教育经验，对学堂章程规制熟稔，不至于走弯路，并且这个人还要熟悉中国情况，了解中国人处置问题的思路和方式。说难也难，说易也易，当他把这些条件一条条过滤完成后，才发现一个人清晰地浮现在了他的眼前，满足这些条件恐怕只有他一个人了，此人便是福兰阁。

福兰阁曾在驻华公使馆工作多年，是《中德胶澳租借条约》的德文起草者，参与了1897年中德间那场长达三个月的激烈的外交谈判。福兰阁热衷中国传统文化，有丰厚的研究成果；本人也与中国政坛的很多人士交往广泛，中国官员对这位温文尔雅、有学者风范的德国人充满好感。两年前，福兰阁任职到期后未再与公使馆续约，而是回到了德国。他要实施自己在心中谋划已久的一项大工程——全面系统整理研究汉学文化。回到德国后的福兰阁从此极少在公开场合露面，而是专心致志地开始了他的汉学研究。

蒂尔皮茨兴奋之余，也升出几份担心。沉迷于东方传统文化研究的福兰阁能否愿意走出象牙之塔，再度投身俗务？

无论如何，蒂尔皮茨决定亲自试一试。

29

锡乐巴与特鲁泊的交谈已经进行了很久，此刻两人陷入沉默之中，他们对于面对的新问题形成了统一意见，现在他们必须要深入研究应对措施了。

雷克斯正在积极推进学堂建设的消息传到青岛后，第一个坐不住的竟然是锡乐巴。在他看来，这样一所学校显然与他的务实主义思想根本对立。早就萌生退意的锡乐巴本来认为在一系列打击下，自己已消磨掉了意志，不会再为任何事情而激动，但当他听到这个消息时，竟然发现心底所潜藏着的倔强的反抗的猛兽突然间又苏醒了。并不是他不注重教育，而是建立一所高等级的学堂显然与山东铁路公司的利益是不相符合的。

从山东铁路公司成立后，锡乐巴就向斯泰尔教会提议建造了一所学校。铁路开工当年，这座铁路学校已经建立起来。第一批学生招收了13人，都是教会学生，进入铁路学校后开始学习铁路运营知识，课程包括德语、算术、电报、运营和车站管理。在这所学校里承担教学任务的是一位叫亨宁豪斯的德国人，还有一位叫黑明的牧师。实践证明，建立这样一种务实的学校非常正确，现实解决了铁路对专业人才的需要，由这所铁路学校毕业后的学生被分配到了胶济铁路的各个车站,有的已经成为小站站长,有的成了大站站长的副手。胶济铁路开通以来,这所学校培养出来的年轻人都成为各个车站的骨干力量。

另外,在四方机厂,锡乐巴也创办了一所学校性质的徒工养成所。主要培养德国式的工匠。每年招收10人,每天由德国人讲课2小时,其余时间到各工厂实习,采取师带徒的方式,由德国工长传授操作技术,甚至还组织较高难度的机车车辆的机械化组装操作。

这些学校在铁路建设和接下来的运营中都发挥了重要作用,但是,由于规模较小,师资力量不足,学校并没有具备足够的培养能力,无法达到胶济铁路的需求。锡乐巴为此一直在动员特鲁泊想办法以殖民政府的名义创办一所以培养铁路、建筑工程人才为主的华人学校。锡乐巴对学校的创办有个基本的认识,那就是必须实用。但是,海军部所主导的所谓的高等学堂建设却是不符合他的想法的,当然也不符合青岛建设的实际。在他的看来,这是国内某些政客长期以来存在的好高骛远的思想的再次抬头。更让他关心的是,青岛自建设以来一直大兴土木,财务物力紧张,如果建设这样一所学校,那么他一直鼓动特鲁泊创办的华人学校很容易就会夭折。那是他最不愿意看到的。

锡乐巴决计阻挠高等学堂的建设,不能让它成功。

锡乐巴也明白,作为外交部提议,得到海军部积极响应的一项文化建设工程,单靠自己的力量对抗显然是不可能产生作用的,他必须说服特鲁泊出面,让他表达租界政府的意见。只有如此,才有可能成功。

当锡乐巴向特鲁泊表达清楚自己的意愿后,特鲁泊竟然深有同感。一方面,他与锡乐巴对建立华人学校曾经有过多次沟通,非常认同务实办学的道理。另一方面,他对海军部不事先征求他的意见,滞后且轻描淡写的通告方式产生了本能的反感。一项在青岛实施并最终需要青岛管理的工程,竟然不听取青岛总督意见就组织实施论证,显然是不合时宜的。特鲁泊更在意后者。

锡乐巴并没有想到特鲁泊内心的不满情绪,但是他对特鲁泊对此事的反感却是极为认同的。

"这样一所学堂从根本上就不是青岛所需要的,劳民伤财做这样一件事倒不如办些实用性的学校,以此向青岛提供高质量的劳动力。"

锡乐巴的表述准确恰当，很容易引起特鲁泊的共鸣。特鲁泊问他："您的意思是？"

"向雷克斯提出抗议。"

"但他们已经进入操作阶段，听说海军部准备派福兰阁去北京，与张之洞谈判。我们现在抗议，合适吗？"

锡乐巴说："至少应当表达我们的意愿，不能让雷克斯任意为之。"

特鲁泊犹豫，说："我们没有权利否决政府的提议？"

锡乐巴说："青岛政府对此事应该有话语权，您想象一下，将来这所学堂有谁管理，校址在哪？经费如何筹措？以现在青岛的财力，能做得到吗？"

一席话触动了特鲁泊的心事，也于他之前所升出的不满连接起来。在不评估青岛财政能力的情况下，就提议建立这样一所学校实在太过轻率。胶澳总督将会为这所学校的管理、安全、运营承担一切责任，而建设过程却似乎没有他的存在，都是雷克斯一人出风头，而将来的脏活累活一定是自己承担，让人气不平。

特鲁泊说："我们的确应当把意见表达出来。"

特鲁泊决定，明天进京，与雷克斯沟通此事。

雷克斯有些意外，特鲁泊会专程来京表达对学堂建设的不满。

他向特鲁泊做了解释，告诉他这件事本来只是个倡议，而中国的《奏定学堂章程》其实已把他的提议排除在外了，没想到张之洞调入军机并分管学部，他试探性的提议得到了张的积极响应，所以才有了现在的局面。既然如此，何不加快推进？他把事情的来龙去脉原原本本讲了一遍，希望取得特鲁泊的理解和支持。

特鲁泊有所动摇，尽管他不希望建设这样一所学校，但更多的原因还在于不满于雷克斯和外交部的自作主张，也没有再说什么。觉得因此和雷克斯翻脸也不合适，倒不如观察一下再做决定。

为了消解特鲁泊的不满，雷克斯在次日安排了一场晚宴，邀请到了包括醇亲王载沣、庆亲王奕劻之子载振、外务部袁世凯与那桐，以及陆军大臣荫昌等一批达官贵人参加。雷克斯以此示好特鲁泊。他知道，特鲁泊热衷于与中国官员建立良好的私人关系。但是，意想不到的是，在晚宴上，特鲁泊竟然向袁世凯质询："外务部为何会同意建立这样一所学校？"

袁世凯极机敏，不置一言。

特鲁泊却不罢休，他对袁世凯说："尚书大人，青岛的建设您最有发言权，中国人对德国租借地的信任十分脆弱，这件事很可能破坏中德之间建立起来的信任，您不认为这事有些操之过急吗？"

袁世凯一笑了之，不置可否。

雷克斯对特鲁泊此举极为不满。

晚宴后他当面质疑。他对特鲁泊说："总督大人这样做极为不妥。建设学校的计划已获政府批准，根本不存在您认为的'操之过急'之说。如今的形势与三年前全然不同，中国正在快速发展，中国青年对现代教育有需求，德方也有必要推进这项计划的实施。"

特鲁泊固执道："中国政府内部意见不统一，学部和外务部根本就是彼此掣肘，一旦处置不好，恐怕事与愿违。"

雷面斯极为无奈。他对特鲁泊只关注租借地而不顾国家整体利益的做法极为不满。此时，才知道，他可能会成为阻碍建校的绊脚石。是他，而不是中国人。

30

福兰阁早就下定决心不过问政事了。在他看来，人的一生是有限的，如果不把前半生在汉学研究方面的成果整理出来，会愧对一生。他立志于后半生心无旁骛地研究推出一批汉学研究成果。自从回国后，他向所有关心他的人表达了自己的意愿，推却一切事务，专心致志做学术研究。无论政界还是学术界对他的意愿极为尊重，尽最大可能避免对他的干扰。时间一长，很多人竟渐渐把他遗忘。他也习以为常。当他突然接到海军部的邀请时，大感不解。他下意识地认为一定是殖民政策发生了重大变化，否则海军部怎会想起他？

来到海军部大楼，福兰阁有些眩晕，他已经很久不到公共场合，有些不太适应。蒂尔皮茨在大楼一层迎接，更让他困惑不安。坐进会议室，蒂尔皮茨恭敬地和他说话，谈了些他在中国的成就，特别是关于《中德胶澳租借条约》签订期间驻华使馆与海军部的密切配合，成就了德国在东亚的开垦。蒂尔皮茨认为，"德国殖民地的建设有每个人的贡献，特别是像福兰阁先生这样伟大的人物的努力，历史是大家共同创造的，更是英雄创造的。"

蒂尔皮茨以军人特有的姿态描述着殖民地建设的艰辛与不易，但在福兰阁听来却恍若隔世。他觉得世界很近也很远，生命很长也很短。

"请问，部长阁下，您找我来不会只是叙旧吧？"他用缓慢的语调问。

蒂尔皮茨停下来，会议室陷入短暂的寂静。

"当然不是，是想请您再度出山。"

"再度出山？"

"对，再度出山。"蒂尔皮茨说，"海军部正在准备和中国政府谈判，联合在青岛建立一所大学，一所能够真正弘扬德国民族文化和精神的大学，想请您牵头与中国政府谈判，以期能够完成这项伟大的任务。"

福兰阁听罢微微一笑，说："我已退出政坛，不再做这些事情了。"

蒂尔皮茨说："本不想打扰您，但……此事非您莫属。我实在没办法。无论是从海军部的角度，还是从弘扬德意志精神的伟大事业出发，您都应该考虑重新出山。"

福兰阁说："您能说出一百个意义，它们确实都存在，但对我个人来说，全无意义。我不会答应，让您失望了。"

福兰阁说完站起身要离开。

蒂尔皮茨说："福兰阁先生，牺牲——作为帝国公民，牺牲有时候也是一种美德。您不这么认为吗？"

福兰阁一愣，年轻时，他总把"牺牲"放在嘴边，勇于任事，从不避难，蒂尔皮茨显然做足了功课，一句牺牲让他坚固的领地疏松起来。

福兰阁惨笑一下，说："我的牺牲于事无补，我现在最大的牺牲就是在汉学研究上有所进步。"

蒂尔皮茨说："我想，建一座学堂难道不是汉学研究的一部分？您现在所做的一切与建一所学校并不矛盾，都是为了推进中德文化融合。"

福兰阁有些发愣，他在世俗的逻辑层面显然抵挡不过这位杀伐果断的海军部部长。

福兰阁笑笑说："您说得没错，但我已经脱离了既有的运行轨道多年。"

蒂尔皮茨宽厚地笑笑，说："您可以返回，再做一件对中德文化交流有着重大意义的事，并且只需几个月时间，不会占您更长时间。我知道，这对您来说，是非常漫长的，但对中德之间的友谊却是源远流长的。"

福兰阁的学究意味看似坚固，却正在融化，只是他仍在做着顽强抵抗。

两人默默坐了很久。蒂尔皮茨见火候差不多了，便拿出一封信递到福兰阁面前，说："您看看。"

福兰阁打开信，为之一震。原来是威廉二世写给他的。

"尊敬的福兰阁博士，我以德意志帝国皇帝的名义恳请您，答应海军部部长的请求。这件事情确实如部长先生所说，非您莫属。他已经在我面前多次重申这一观点。经过几天的考虑，我也认为他是正确的……请您务必接受邀请，以'牺牲'之精神来为传播德意志帝国的文化而再次做出奉献，为帝国完成一项新的伟业……以皇帝的名义恳请。"

福兰阁手颤抖起来，这时他才明白，蒂尔皮茨是以必成之心相邀，他所做的一切让他这个根本就没有任何准备的人无法回绝。

福兰阁起身，在会议室里踱步，然后苦笑着说："您让我感受到了诚意，也让我再次拥有了帝国的信任，但您让我不得不牺牲我的事业与追求而做一件似乎很有意义但对我或许毫无意义的事情，因为它或许能成功，或许根本就是失败，一无所获。"

蒂尔皮茨坚定地说："只要我们做，相信一定会成功，并且只要您出马，成功的概率会更大，福兰阁博士要有信心。"

福兰阁先是点头，后是摇头，走了出去。他需要更长时间思考、分析和判断。蒂尔皮茨知道，需要给他时间做出抉择。

31

特鲁泊接到了海军部关于将派代表参与中国建立学堂的电报，心里极不舒服。电报几乎没有其他内容，无非是通知他此事而已。并且海军部直接委派人员参与谈判，而在当时他尚不知道这位谈判者会是福兰阁先生。在他看来，建设这样一所学校不应该避开青岛当局。因此事涉及外交部，或许海军部也只是被动的角色来处置此事。他猜测。

当他听到福兰阁以"海军部全权谈判代表"身份来到北京，将会全面负责学堂建设的谈判事宜后，特鲁泊陷入了更大的烦恼之中。他敏感地觉察到，海军部实际上已经全面承担起了这项建设任务。如此一来，把胶澳总督排除在外是不合适的，至少说明海军部对胶澳总督并没有给予足够的尊重和信任。所以，他决定毫不犹豫地表达自己的反对态度，以期能够对谈判施加影响。

福兰阁来到北京后，首先接到了特鲁泊的来信。看罢信，福兰阁大为诧异，胶澳总督在此事上竟然持不同意见？

他在房间徘徊半天，一时不知如何处置。

他去找到雷克斯问询相关情况。雷克斯摇头，一幅无奈的神情，说："博士阁下不必顾及胶澳总督的意见。他的不满在于自始至终没有参与到这项工作中来，最初的动议是我提的，后来便是在外交部与海军部直接交涉下达成的，这事不可能把足够多的细节向他通报，所以……也算是忽略了他，但他所表现出来的态度是不对的。"

福兰阁说："没有他的支持，办这样一所学校显然是困难的。"

雷克斯说："当然。但是，现在还考虑不到那一步，毕竟我们还无法预测谈判结果。如果有了眉目再与他做深度沟通不迟。"

福兰阁想既然如此，多说无益，倒不如按雷克斯所说，找合适时机再与特鲁泊沟通。他让自己把这事忘记。但是，福兰阁对雷克斯的话也有不同看法，他已经不远万里由德国抵达中国，那就没有不成功的道理。他有这份自信。雷克斯尽管是此事的倡议者和推动者，但他显然对此还是抱有着一种特别审慎的态度。

不消说特鲁泊的态度，就是雷克斯的态度也让福兰阁警惕。各方对建立想象中的这样一所高等学堂的态度是微妙的，他们既有着对不可预测的前景的担心，也抱有着怕因此事会影响彼此关系的隐忧。如此使然，福兰阁竟也对自己作为"海军部全权谈判代表"的身份能否真正履行好职责产生了一丝怀疑。福兰阁心里叹道，这就是俗务，他曾经习以为常、驾轻就熟，而现在却非常陌生，像是穿惯了宽松的睡衣，突然穿上一件浆洗生硬的西装，挺括却不舒服。

尽管有诸多不适，但福兰阁还是信心百倍。

当换了休闲装束几年的福兰阁重新穿起西装打起领带，他自己都惊讶地发现，在书斋里自觉老态龙钟的他，突然间又恢复了生机活力。其实，从天津港上岸后，他便与蒂尔皮茨所帮助回忆的那段血与火的历史重新拼接到了一起，那种意气风发的劲头神奇般地回归身体，让他顿感满身鼓胀，犹如一张渴望远航的风帆……但是，当他看到特鲁泊、雷克斯的反应后，也深深地明白，要实现既定的目标，或许要付出比他想象的要更多的汗水，甚至会在内部做很多消耗能量的无用功，但现在已无退路，只有坚定前行。

雷克斯已约好了与张之洞见面的时间，作为全权代表的福兰阁当然义无反顾，迎接挑战，不辱使命。他就像一位久疏战阵的将军重新回到搏杀的战场，既信心百倍、渴望胜利，又战栗不已，担心出师不利。

福兰阁的再度出山让包括张之洞在内的很多中国官员都感意外，大清官场很多人对这位福兰阁先生耳熟能详，无论是否与之共过事，无不对他的品行为人、专业能力一致好评，特别是他经历了《中德胶澳租借条约》签订过程中多次唇枪舌剑的较量，仍让对手赞许有加，实在难能可贵。

福兰阁的出马传递出一个明确信息，那就是德方对创办这样一所学校所抱持的积极态度，当然也有着对中国政府的尊重。张之洞听说福兰阁重回中国，很想见见他，更觉得能与这样一位公认的谈判高手、著名汉学家过招实在是幸事。

五月的北京，酷热难耐，张之洞在香山私人别墅接待了福兰阁和雷克斯。

初次见面，福兰阁便送上一件独特的礼物，一张自己收藏的来自吐鲁番的石碑照片和他对此所做的研究报告。张之洞兴奋异常，反复端详揣摩，爱不释手。做学问的人总有相互沟通的方式和手段。三人的谈话由此也变得顺畅起来。

在接收到雷克斯的倡议后，张之洞就向公使馆反馈了创办这样一所学校必须秉持的原则，一是德方不得自主招生，须由中国政府统一选送资历合格的学生，且新生录取范围不能局限于山东。二是学校分高等和中等学堂两级，由两国合办。三是教学计划应至少达到国内中等学堂毕业生水平。四是设置中文课程，由学部选派中文教师。五是不得讲授外国宗教。六是德方要有足够的资金保证。

当福兰阁在蒂尔皮茨说服下，决定参与学堂建设谈判后，他就开始认真研究张之洞所提出的六条意见。尽管张之洞所提的原则与蒂尔皮茨的意见很多地方有冲突，但他相信作为大原则会有巨大的妥协空间，可以在谈判中慢慢退让、接纳和修正，大家都是希望获取总体利益前提下的平衡。谈判就是这样，为谋取己方利益，说服对方妥协和让步是基本形式，但有时为了获取整体利益，自己也会不可避免地妥协退让。

所以，在研究完张之洞所提出的谈判原则后，福兰阁向蒂尔皮茨提出了四项应对措施，也是他经过判断后，认为与中国官府谈判的基本条件。一是高等专业班须与初级班相结合。理由是中国缺乏足够的符合资历的生源，需要建立初级班补充。二是可以排除一切宗教宣传。三是与中国政府相关部门共同管理学堂。四是该校须获得中国政府立案认可，并享有与国立学堂相同的地位。

尽管蒂尔皮茨能够体会到其中有些并不是他的本意，但还是尊重福兰阁的意见，在他看来这些无非是彼此的隔空揣度，其间伸缩的空间不知会有多大。

现在，他把四个方面的答复条款交到了张之洞手上。

张之洞粗略一看，便知福兰阁下了功夫，拿捏得非常精准，似乎已经洞悉了他的心思。张之洞表现出一分淡漠之色说："我对中德建立一所高等级学堂是坚决支持的，此事不会假手他人，我会亲自办理。"

福兰阁、雷克斯彼此交换了眼神，都觉得如此会省去许多波折，成功的概率更大。

福兰阁直言不讳地表达了自己的想法，说："如此最好，如果假他人之手反倒会颇费周章。"

张之洞说："当然，我会审定每个问题，但具体事情还得有人谈，他们谈的事一定是代表我个人意见的。我会尽快组成班子，与福兰阁先生接洽。"

福兰阁说："感谢大人，只要大原则确定下来，具体细节总是好谈的。"

张之洞点头，说："我会尽快安排。但有一点，此事必须保密，除却我们之间的联系外，希望公使馆不能私自与学部联络，更不能与其他衙门交流。只有这样才能保证谈判顺利推进。"

福兰阁、雷克斯知道中国官场的办事规矩，毫不含糊地表示会谨守约定。

这次谈话是谈判的先声，双方表现出了最大限度的真诚和谅解，气氛融洽和谐。福兰阁坚信，这会为接下来的谈判奠定很好的基础。外界都言张之洞尖酸刻薄，但在他看来，张之洞办事干净利索，要言不烦，非常好合作。

回到公使馆后，福兰阁开始全权接手谈判事务。雷克斯表示，他公务繁忙，不再具体过问此事。福兰阁也便边做着进一步准备，边静候张之洞的消息。但让他大感意外的是，过了十多天，学部却没有任何动静。福兰阁先是认为学部办事效率低,但随着时光一天天流逝,他渐渐觉得事情可能并非想象得那么简单,就有些耐不住性子。迫不得已,他去找雷克斯,公使先安慰他,后也跟着不安起来,因为之前有了张之洞的忠告,不敢贸然联系他人,只得苦等。福兰阁最大的担心是怕张之洞变卦,他已听说外务部与学部对此并没有形成统一意见,甚至有人传言袁世凯反对此事。

福兰阁度日如年,坐困愁城。这天,他突然看到《中央大同日报》竟然刊登了一条中德建校的消息,上面不但有科系设置、招生人数,还透露中方将出资16万两白银建校。福兰阁大为恐慌,不知为何会有如此空穴来风。福兰阁翻看其他媒体,看到上海《申报》也有报道,内容与前者却是截然相反,说中德之间合办学堂因违反《奏定学堂章程》被张之洞断然拒绝。

福兰阁知道如此一来,谈判会陡升变数。特别是张之洞很有可能会认为是德方走漏了消息,如果迁怒下来,中断谈判的可能不是没有。

福兰阁焦虑万分,不知如何是好。

殊不知,这正是张之洞的战术,他试图以此让福兰阁在谈判开始前就陷入被动,无法从容应对。他想看看这位为外界所推崇的谈判专家到底功力如何。

其实,张之洞早已将中方谈判团队组建完成,学部郎中杨熊祥、陈曾寿专办此事,另外还增加了一位叫蒋楷的人随班办事,但后者并没有被安排具体事务。蒋楷便是在山东平原任上因围剿义和团而被免职的县令,兜兜转转又为张之洞招之麾下,包括杨、陈二人都莫名其妙,不知道蒋楷在谈判团队中承担何种角色。

时至6月底,当福兰阁感到绝望之时,学部突然传来谈判的消息。福兰阁一惊一喜,一时神情恍惚。好不容易调整好心情,谈判已近在眼前。

谈判是在公使馆进行的。杨熊祥、陈增寿、蒋楷如约而至。略加寒暄,便入正题。

上次福兰阁会见张之洞时所提出的四项谈判原则,现在以"对应协议草案"的方式提交到了谈判桌上。

关于学校级别问题,是"高等学堂"而非德国所期望的"大学堂"。

福兰阁对此表达了疑问。"我们希望在青岛建立一所能与京师大学堂地位相同的学堂,为什么是"高等学堂"而非'大学堂'。如此,不是降低了级别?"

杨熊祥口才极好，说："奏定学堂章程已有成规，中央设京师大学堂，各省设高等学堂，都处于大学堂之下，只负责为京师大学堂提供合格生源。以博士所言，青岛设'大学堂'就越制了。所以，张大人说，只能给予'高等学堂'地位。"

其实，福兰阁对此有过研究，他之所以提出"大学堂"的要求无非是抱持了一种最好的期许，他的心理底线也是"高等学堂"，前者不能达到，后者并非不能接收。况且，他坚信该校只要纳入"高等学堂"序列就可以在未来中国教育体系中占有一席之地。此刻，不便对此争执。

但福兰阁没有表达是否认同，只是把话题直接过度到了第二条上。

第二条是关于预备班制设置，德方提出六年，中方希望五年。这是容易接受的，并无可谈。

第三条就触及了要害。关于学生分配权问题。中方提出学生应该由山东管理学务衙门分配入学名额，反对德方提出的由胶澳总督分配新生名额的意见。

福兰阁说："这不能接受，如果山东管理学务衙门分配新生，那么便会对外省学生入学增加难度，对青岛和外地德国学校的学生不利。"

杨熊祥说："如果不由山东提学选送学生，会使所选学生滥竽充数。张大人不会同意。"

福兰阁听罢，停顿片刻。他不知道对方所说的"滥竽充数"什么意思。在他看来，这是中国官方想控制学生身份的一种手段，便说："这一条需要重新评估和修订，至少要保证胶澳总督府对青岛本地学生入学的分配权。"

"那……得请示张大人。"

"如果您不能决定的话，请把意见带给……张大人，这一条我们坚决不同意。"

谈判到此就有些磕磕绊绊了。

下面的话题是关于课程设置问题。张之洞希望学堂设置中国经学、文学、伦理道德、地理和历史课程，教员要由学部负责挑选和推荐。

这是座不好逾越的大山，中方的意图明显，那就是想取得更多的学校管理权，但是，蒂尔皮茨临行前，反复叮嘱福兰阁，坚决"禁止中国直接参与学校的领导与管理"，否则德方将会无法控制学校管理。这是非常危险的。

福兰阁表明了态度。

杨熊祥显然对此有所准备，说："中国会为此承担更多投资。张大人已经承诺。"

福兰阁无奈，他不断地从杨熊祥口中听到"张大人如何如何"，作为谈判代表丝毫不避讳成了"传声筒"，很显然他是不能自主决定关键事情的。

中方加大投资当然是德方乐见的，蒂尔皮茨最大的担忧也是国会对这样一所学校会给予怎样的预算支持。如果有中方投资对学堂开办当然是有益的，特别是会减轻殖民地的财政压力。但这又与蒂尔皮茨确定的原则相冲突。面对这样一个诱人的"馅饼"，福兰阁却不敢轻易下口。

长时间的谈判已使人口干舌燥，到午时，公使馆备了简餐，饭后继续谈。

午后重点谈的是毕业生问题，焦点在于学校能否获得官方认证。根据1906年学部发布的公告，清政府不再承认在华外国学校毕业生的学历资格，这一点必须得以明确，如果该校毕业生无法获得中国政府承认，也便等于否定了德国建校的合法性，是无法接受的。

但杨熊祥、陈增寿对此问题却模棱两可，并不给予明确答复。这时，福兰阁发现一个怪现象，一直坐在末端位子上的那位叫蒋楷的人自始至终未置一词。福兰阁瞬间掠过一丝不解。

见福兰阁追问不放，杨熊祥才表态："张之洞大人认为可以考虑毕业生的学历资格问题，但还要具体商议。"

福兰阁的不满溢于言表，说："告诉张大人，此事不能承认，办学便无意义。"

杨熊祥见福兰阁有些激动，便说："此事可以继续商议……"

首回合的谈判至此也便结束。双方约定了再谈的时间。

福兰阁将三人送出，回到房间，感到疲惫异常。和中国人谈判最折磨人的地方在于，谈判者并不掌握决定权，所有问题必须请示后才能回复，效率大打折扣。

晚上，福兰阁将一天情况进行了梳理，觉得总体上成效还是很大，对学校的级别、课程设置等基本问题达成了一致，而矛盾主要集中在了三个方面，一是新生入学分配问题，一是中国教员选派问题，一是毕业生资格认证问题。

要想突破这三个方面的问题，还要付出巨大努力。福兰阁觉得有些力不从心。他暗自感叹，身体大不如前。

32

这是张之洞的谈判艺术，也是他的狡诈之处，更是他喜于玩弄别人于股掌之间的嗜好所在。他一定不能看着对手轻而易举地取得胜利，哪怕自己的条件很容易就会得到满足，也一定要兜个圈子，满足于类似于猫捉老鼠般的游戏所带来的快感。越来越老，这种近乎变态的游戏感愈强。这是他不为所知的一面。

在福兰阁所纠结的问题中，有一件是张之洞预料得到的，那就是学堂等级问题。在他的判断上，德方最看重的正是学堂的等级问题，他们的目标一定是致力于要建设一所能够与京师大学堂相提并论的学堂。而他也是决计要在此有所突破的，否则的话就无法实现真正意义上的自我超越，那么建这样一所学堂又与这么多年来所建的学堂有什么不同呢？正因为他判断福兰阁一定会对此有高的需求，所以先不去满足他，以此为条件争取其他必须争取的利益。

他最看中的是什么？两个，新生入学分配权，中方课程设置及教师选配。此两项是张之洞决计不放弃的。

在张之洞的判断中，德方一定对毕业生资格认证、学堂等级这两大问题最看中，这也成为他最终想要放弃前两项权益的筹码。只是让他有些意外的是，德方似乎对学堂等级并没有表现出应有的急迫。

在听完杨熊祥、陈曾寿的报告后，他决定先就学堂等级问题做个试探。

在下次的谈判中，杨熊祥主动表达诚意，说：“经过统筹考虑，张大人力求有所突破，下了很大功夫，才争取到一项权益，就是'高等学堂'可以享受到与京师大学堂相匹配的权益，希望博士能体谅大人的良苦用心。”

福兰阁有些不敢相信自己的耳朵，虽然在首次谈判中他搁置了这一问题，因为是在他看来是个比较难谈的问题，想留待接下来的谈判中视情况加以解决，没想到张之洞先自答应了这件事。意外之下，福兰阁也感受到了中方的诚意。

"如此最好，如此最好。"他连声道。

"希望博士能在学生分配权上有所让步。"

"实不相瞒，这件事情我必须请示上司才能做决定。"

杨熊祥、陈曾寿对视一下，点头，便结束了这次谈判。

福兰阁思考如何请示海军部。想来想去，在此有所让步也并非不可。不想让山东有丝毫分配权显然是不可能的，既然对方在学堂等级问题上让了一大步，自己也应该有所表示才对。那么，还有一个问题就是中方课程设置和教师选配问题，虽然第二次的谈判没有涉及这一问题就匆匆结束了，但肯定是无法回避的，况且又是蒂尔皮茨非常关注的问题，所以也应该一并请示为好。重新回到中国语境中的福兰阁突然间又升发出了特有的中国情结。在他看来，一座设在中国的学堂如果没有中方课程和中方教师绝不可能，并且这一问题与蒂尔皮茨所担心的"中国人参与管理"问题并不在同一逻辑序列，教师总不能参与到管理中，更不会产生矛盾和冲突。他觉得这两个问题，一定尽可能说服蒂尔皮茨有所让步才行。

他把自己的意见梳理清楚后，发电报向海军部请示。几天后，蒂尔皮茨回电。蒂尔皮茨表示理解和尊重福兰阁的决定，只要不对德国的根本利益造成伤害，可视情况有所进退。福兰阁被最大限度地授予了谈判权利。

在下一次谈判中，福兰阁表达了海军部的意见，同意山东管理学务衙门有全国新生招生权，但同时也必须满足胶澳总督在青岛的新生分配权。

杨熊祥、陈曾寿满意地笑了。

这一问题得以解决，果然下一个问题便进入中文课程设置和教师配置权上。

福兰阁决定一方面退，一方面进。说："那么中方的投资意向多少？"

"每年四万两白银。"

"能够保证吗？"

"只要载入约定，没什么不能保证的。"

福兰阁不想让对方看到自己如此痛快就答应了下来，便说暂且如此。

"暂且如此是什么意思？"

杨增祥、陈寿曾面面相觑。

福兰阁只得说："同意。"

杨、陈相视一笑。

这两个关键问题得到解决，彼此都松了口气，因为接下来的事情就轻松多了。

这天的谈判基本把一些所能涉及的细枝末节都解决了，大家都在考虑如何签约的事了。

谈判结束后,福兰阁第一时间向雷克斯通报,两人分别向海军部、外交部发电。

雷克斯说:"要把情况一并向特鲁泊报告。"

福兰阁说:"您通报吧。"

雷克斯苦笑道:"好的,还是我向他通报,他一直耿耿于怀。"

33

特鲁泊接到电报后,立刻赶往北京。

在公使馆,带着一肚子情绪的特鲁泊与雷克斯、福兰阁做了一次长谈。他公开表示对谈判结果不满。福兰阁极不理解,他带有鲜明的个人色彩和自我意识,根本上不是从国家或者说整体利益考虑问题。福兰阁有些无法接受,但他还是愿意听明白他的不满到底源于何处。

"高等学堂建在胶澳,不是北京,更不是其他地方。没有胶澳政府的认可,任何谈判结果都不算数。"特鲁泊情绪异常激动。显然积攒了许久,一张口便带有明显的火药味。

雷克斯说:"总督大人,您对哪条不满意?这可是福兰阁博士呕心沥血谈下来的,也得到了海军部、外交部的认可。"

特鲁泊说:"我既对条款不满意,更对一味向中国退让的做法感到羞耻。请问,新生分配权为什么让山东学务插手?这是胶澳总督的权益,谁征求过我的意见?"

沉稳的福兰阁也不得不说话了。"总督大人,我们不可能把谈判桌上遇到的每件事都预先征求您的意见,因为我们也不知道将会发生什么、遇到什么问题。这些成果是一点点争取来的,是从整体上考量的选择。它既有个体的合理性,也要从整体把握,不能就事论事。一个问题的让步是换得其他问题的突破。再说,谈判点桌上的事情,瞬息万变,机会一旦失去,就不会再有。我们争取到了高等学堂的最高等级,它甚至比协和医学堂的权利都大,我们不是只有退却而没有收获。"

在特鲁泊的情绪影响下,福兰阁的语速也快起来。这番话说下来,竟然有些气粗。

雷克斯一旁说："我们时时处处都在为你着想，中国政府如果一年有4万两白银的投入，那会解决你们多大负担？"

特鲁泊的火气在两人的毫不退让下，变得有些惶惑又惨淡。他知道自己的这番不讲策略的声讨显然既失风度，也非明智之举。在两位理性的政治家面前，情绪是软弱的。而他这番举动也把自己的软肋彻底暴露给两位"对手"。或许在他们看来，自己并不是为了纠正某个错误而来，反倒纯粹是为了发泄不满与怒火。特鲁泊虽然表面上强硬，但这一刻他也知道所有的弱点清楚无疑地暴露在了对方面前，这对自己极为不利。

他需要一个台阶，而这个台阶只能自己找了。他嘟囔一句："我不想因为中国政府的4万两白银而出卖学校管理权。"

情绪失控下总会破绽百出。特鲁泊本想找个台阶下，没想到口不择言，反倒让局面更尴尬，因为这句话太难听了。

雷克斯、福兰阁全部沉默下来。特鲁泊再次感受到了自己的失策。他窘立原地，竟然不知如何是好。如果事情闹僵，他会陷入难以自处的地步。他本能地感到，不能让这种关系恶化，如果对面站着的这两个人向国内反馈相关信息，自己会处于绝对不利的境地，吃亏的当然是自己。

气氛变得沉默而怪异。

福兰阁打破了沉默。说："既然总督大人不能同意这个谈判结果，我是暂停呢？还是……放弃？"

特鲁泊叹口气，说："胶澳为学堂添设一个教舍就需要花多少钱？4万两，杯水车薪。胶澳现在入不敷出，将来还要为此背上更大包袱。这个责任谁背？你们当然不会去背。"

雷克斯依然咄咄逼人："请问总督大人想结束当前的局面？"

特鲁泊说："我不想结束当前的局面，但这样的局面不应该在胶澳总督所无法控制的范围内进行。青岛，把谈判地点改在青岛。到青岛去谈青岛的事，而不是北京。"

三人的谈话就在这样的情绪中开始，也在这样的不安的氛围中结束。

福兰阁明白。特鲁泊仍然是在纠结于自己不能在谈判中体现自己的存在，现在结果马上就要出来了，他却要把地点改在青岛，显然是不肯让功劳与己无关。

谈判本就不易，没想到自己人还不能统一意志，无端纠缠。

谈判至此，又要把地点改在青岛，简直匪夷所思。

福兰阁不禁长叹一声。

34

接下来事态的发展简直让福兰阁哭笑不得，他非但不能把谈判转移到青岛，反倒是张之洞突然提出一个条件，就是中方决定不再把学堂设在青岛，而是济南。同步提出的条件还有一个，那就是要在学堂设立总稽查。这几乎从根本上推翻了前面所谈的一切。

福兰阁不明白张之洞为何突升波澜。

杨熊祥、陈增寿似乎只是来通知福兰阁的，对福兰阁的不满未做正面回答。

福兰阁当然不敢轻易做出决定。如此一来，这样一所学堂和海军部也便失去了所有的关系。他几乎可以判断得出，海军部不会对此有丝毫让步。结果只能是终止谈判，无功而返。福兰阁对张之洞的突升变故百思不得其解。

一番痛苦的思考后，他突然感觉到了一丝微妙，因为在他看来事情已到了这个地步，哪怕是外务部的反对都成为不可能，张之洞突然抛出这样一个撒手锏，要么是他决计要让这场谈判胎死腹中，要就是另有他图。而连续提出来的两个条件似乎可以说明这样一种策略，接受一个，拒绝一个。因为在此之前他所提出来的条件中，几乎便是如此对等的排除法。现在突然提出的两个条件中，他想要的是哪个？一眼便知，他想要的一定是后者，向学堂派一名总稽查。所谓的总稽查是什么？

既然谈判的是建一所德国管理的学校，校长当然是由德方选派，难道中国也要选一位校长，让学堂置于双重管理之下？

这便触碰了蒂尔皮茨的底线。

福兰阁向海军部报告，蒂尔皮茨的答复在意料之中。两个条件都无法接受。福兰阁苦闷不已，事到如今，功败垂成的话实在心有不甘。但事实是，如果让海军部接受这两个条件显然是不可能的，如何破局？他决定亲自去找张之洞，当面表达海军部的意见，更想窥探一下张之洞到底是何用心。

没待福兰阁前往，杨熊祥、陈增寿，还有那位尾巴一样跟随的人物蒋楷又来了。

依然是杨熊祥主问，陈增寿偶尔插话，蒋楷绝不说半句话。

杨熊祥说："福兰阁博士，请问是否考虑好上次的意见？"

福兰阁见他们未打招呼便上门，反倒沉住了气，静待事态发展。

他说："不用考虑，海军部不可能接受这两个条件，如果张大人真的不想办这所学堂，我想也就罢了。"

杨熊祥笑了，说："张大人怕福兰阁博士误解，让我们讲明用意。清廷内部很有一部分人认为，这所学堂办在济南最好，但我们认为初衷就在青岛，如果擅改也不妥，但总得要考虑这些人的意见，所以才有此议。如果博士真的觉得无法说服国内，那么就一定要把第二条答应下来，我们必须要有一个交代，才能减轻压力。否则……"

福兰阁决计死嗑到底，说："不可能，一个学校难道还会出现两个校长，如何界定职责？"

杨熊祥说："并非两个校长，总稽查只是针对中国学生，而非德方学生。朝廷很有一部分人对中国学生不放心，坚持有人管理中国学生才行，以免他们惹是生非，这本身也有利于学校管理。"

福兰阁知道对方说得轻巧，实际上是对中方学生的监督，怕受到德方教育的影响。但仔细想来，杨熊祥的说法也不是没有道理。只要有中国学生在，就有管理中国学生的人员，不是总稽查，也会有相同职责的人。如果真的像杨熊祥所说，只是管理哪怕是监督学生的话，只要不干涉校长职责，并非不能接受。

但因为兹事体大，尽管有自己的想法，但福兰阁不敢自作主张。他知道，此事必须经过蒂尔皮茨同意。

他表示要考虑后才能答复。等中方人员走了，福兰阁翻来覆去在想如何解开这个疙瘩。通过这段时间的谈判看得出来，中方其实最关心的还是管理权问题，从中方选派教师、到新生分配权，再到现在所提出来的总稽查，无不是想实施对学堂的控制。而德方也在尽可能避免出现中国对学堂的行政管理，这是根本的矛盾，彼此都不会放手，那么想要这次谈判成功，没有彼此的让步、相互的受益是不可能的，那么，一个总稽查对学堂的管理会起到致命的损害吗？

他最终决定，说服蒂尔皮茨同意中方选派总稽查，当然，一定要把职责明确下来，总稽查当然不能干涉校长工作，更不能越界。

尽管蒂尔皮茨对福兰阁绝对信任，但这次他对福兰阁的提议还是大为犹豫，最终的结果是，他决定再次相信福兰阁的判断。在他想来，如果没有一个总稽查的话或许中方真的会终止谈判，中方已经在学堂等级、学生资格认证、资金投入等方面做了重大认步，特别是在清廷刚颁布《奏定学堂章程》的背景下，有此让步实属不易，张之洞所承担的压力肯定也是常人所难以想象的。

　　蒂尔皮茨决定让步。

35

　　谈判的所有条款都已达成，只待形成正式条文后由两国相关部门审核确认，然后便可签订正式协议。福兰阁感到现在这样一个时间节点，自己有必要前往青岛与胶澳总督就此事进行充分的沟通，毕竟之前由于全身心放在谈判上而无暇顾及总督的感受，而接下来工作的重心就会转移到青岛，有些具体的事项需要特鲁泊布置落实，譬如说校舍、德国教师选聘等。这些问题事无巨细，非常麻烦，没有特鲁泊的谅解与支持是不可能完成的。

　　特鲁泊的态度依然恶劣，并且愈发变本加厉。这大大出乎福兰阁意料。主要还是源于特鲁泊所提议的谈判地点改在青岛的建议未被采纳。他坚信自己确实已经被完全排除在了这项辉煌的外交成就之中。胶澳总督将无法分担这件事的任何一点荣誉，却要分担接下来无法估量的烦琐的筹备以及可能由此带来的责任之中。所以，特鲁泊忍着性子听完福兰阁对无法转移到青岛谈判的解释，听完了谈判的艰辛与曲折，听完了海军部苛刻的要求，但依然不为所动，对福兰阁冷眼相待。

　　特鲁泊说："一切与中国政府共同管理的做法都是无法接受的，无论如何都不能用4万马克换取德国在青岛的'主权'，这些都会威胁到德国在青岛的统治，包括学部分配新生权利，穿戴统一校服。更不能容忍的是，你们竟然会让中国在学堂里设置总稽查？"对后者，特鲁泊丝毫不隐瞒自己的愤怒。

　　福兰阁彻底失望，本来他揣测有些事情是可以商量的，现在看来扭转总督的看法是困难的。

　　福兰阁决定不再与特鲁泊做任何解释，但他还是要把接下来胶澳政府需要做的事情交代清楚，做与不做，接受还是抵制，那便是总督自己的事情了。与他无关。

需要胶澳总督府马上要做的事情是确定新的校舍。福兰阁所设想的学堂一定是宽敞明亮，应该与中国最高等级学堂的名分相吻合，与德国所建设的"模范殖民地"相匹配。特鲁泊直接拒绝了他的要求，说："青岛没有这种能力。"

特鲁泊在强调困难，根本没考虑去尝试。福兰阁强迫自己尽可能不让不满的情绪外露。在青岛办学，没有胶澳总督支持就一事无成。无论他怎么说，学堂是海军部创办的，尽管最初的提议来自驻华公使，但海军部是胶澳租借地的管理机构，也便是特鲁泊分内的事情，他的消极会被记录在案。特鲁泊如此胡搅蛮缠，蒂尔皮茨或许就不会轻饶他。

在青岛的日子，福兰阁还拜访了卫礼贤、单威廉等一大批德籍人员，把建设学堂的事情向他们做了通报，听取各方意见建议，希望对办学有所裨益。所有人都迥异于总督，他们对能在青岛创办一所如此高规格的学校欣喜不已，也对特鲁泊对学校的态度惊讶和不解。卫礼贤博士甚至提出如果不能建设新的校舍，他可以说服相关人员，把福音教会和柏林传教会的部分建筑用做教学楼，并且领着福兰阁现场做了一番考察，但低矮狭窄且年久失修的建筑与福兰阁所想象的学校形象差距实在太大。

福兰阁觉得还是要说服特鲁泊尽最大可能建设一座新的校舍。

几天广泛的接触，也让福兰阁听到了一个重要信息，那就是特鲁泊之所以如此固执或许是受了某个人的蛊惑，此人便是山东铁路总办锡乐巴。他极力鼓吹要在青岛建设一所能满足铁路需要的普及性的华人学校，认为建设一所高等级学堂对租借地发展毫无意义。福兰阁对锡乐巴行事专断、喜欢挑唆早有耳闻，此时便觉得此人大有问题。

福兰阁决定离开青岛，此时的特鲁泊却提出要与他就建校问题做进一步交流。福兰阁对特鲁泊反常的举动大惑不解。

经过一段时间的冷静，特别是看到福兰阁在青岛的活动以及就建校问题所得到的各方的广泛支持，他感到极度不安。他不希望福兰阁把负面信息带回国内，对自己的前程产生影响。他对福兰阁说："请博士阁下理解，青岛租借地的经济状况实在不容乐观，确实拿不出预算建一所新校舍，可以肯定地说，德国议会对建校的费用也不会太高，加上中国的投入，恐怕也无法解决大规模的学校建设问题。我想……还是采取些折中的办法。"

"折中办法？"

特鲁泊说："现在海军第三营的部分营房已竣工，不日即可入住，我想把腾空的旧军营作为主校区。如果还不能满足需求，我询问过卫礼贤博士，他答应从礼贤学院挪出些房舍应急。"

福兰阁没表态，他不知道所谓的旧军营状况如何，并不轻易做此决策，毕竟此事已与他关系不大。特鲁泊说："博士如果有时间，可实地考察。"

次日，特鲁泊陪同福兰阁看了他所说的腾空的军营。这座军营是德军原来的炮兵营，又名"黑澜兵营"，场地开阔，中心地带有三层营房，气象不凡，格局宏阔。所谓旧营房，却是新建不久的样子，符合学堂的规格标准。福兰阁看罢就知道，其实特鲁泊也在下功夫寻找着合适的办学场所，尽管他对海军部甚至他本人不满，但还是知道职责所系。

福兰阁说："感谢总督，如此不失为一种过渡办法。"

特鲁泊说："办学初期，应该够用。再说，这里场地有空余，每年加盖些校舍，会逐步得到改善。"

福兰阁有些感动，说："谢谢总督大人。"

次日，福兰阁就回到北京，隔了几天，张之洞在香山的别墅接见了他和雷克斯公使。

福兰阁发现张之洞神情委顿，气色不佳。

张之洞说："谢谢博士努力，这所学堂很快就会出现在黄海之滨。"

福兰阁说："此事仰仗大人鼎力支持，没有大人绝对办不成。"

张之洞也不客气，只是说："我余生能为中德文化交流再做件事足以。"

接下来，三人谈了些闲话，张之洞格外问了福兰阁汉学研究的情况。

张之洞说："如果博士来青岛任校长，那是最合适不过了。"

"不，不可能。此行已勉为其难。接下来，我还要继续我的汉学研究，不然会遗憾终生。"

张之洞点点头，没说话。福兰阁感受到了张之洞的空洞与虚弱。他突然间没来由地升出几份伤感。

雷克斯说："张大人，我和博士来时还商量，这所学校应该叫什么名字？"

福兰阁说："对，到现在还没有正式名称，请大人赐教。"

张之洞想了很久，颤颤巍巍道："就叫……中德青岛特别高等专门学堂。"

福兰阁、雷克斯在心里默念几遍，总觉得拗口，但细细想来，意思却精准，便不约而同道地说："好，这个名字好。"

张之洞开始剧烈咳嗽。两人起身告辞。

张之洞摆手，示意两人坐下，说："我给你们介绍个人……"

这时，蒋楷走进来。张之洞指着他说："你们都认识他，蒋楷，一个能吏，他来干中国的总稽查如何？"

蒋楷深揖一躬。

俩人才明白张之洞的用意，其实从谈判开始他就想到了最后一步，并且一步一步按照自己的节奏出牌，最终如愿以偿。

36

谈判结束后，福兰阁开始为这项开创性的工作画着最后的句号。接下来的重点是要对谈判进行全面总结，这是他从儒家"一日三省吾身"训诫中得来的启发，每件事情做完总要反思优劣得失，已成为他的习惯。而对于这件大事来说，已经不再只是自我反省，他必须以对历史负责的态度进行系统总结，为后人提供启示和借鉴。这项后续工作与谈判本身同样重要。他必须集中精力。为此，闭门谢客十多天，一气呵成，写就了《在青岛为中国人建立德国学校的备忘录》，这是一份他向海军部递给的最后答卷，也是对这次谈判经验得失的梳理。

起草过程中，他曾经考虑过是否把胶澳总督的态度以及下一步可能会因此生发出来的问题写清楚，但最后还是把已经形成的这方面的文字删掉了。有些东西不能留在纸面上，哪怕不能从中留下借鉴，他也不愿意让当事者受到负面影响。这既一种品格的表现，也是另一种方式的责任和担当。福兰阁觉得自己应该有这种大局意识和换位思考的自觉，哪怕自己受点委屈，也不要让他人尴尬，这是他的原则，况且自己已经从中得到了足够的鲜花与荣耀。

但是，想到这里，他眼前总是闪现出那位叫锡乐巴的山东铁路公司总办的影子，他在其中到底发挥了怎样的作用，实在耐人寻味。为什么有那么多人给予了自己那么多暧昧的暗示。

福兰阁写完报告后，又做了一次修改，确认所表达的观点并无不妥，语境也温和无偏见，这才寄给蒂尔皮茨。

此时的福兰阁有一种无事一身轻的感觉，回国前他去了趟五台山，在那座佛国圣山盘桓半月才返回北京。1908年10月29日，福兰阁从北京出发，途径汉口、南京前往上海，连续半月时间，拜访三地的德国教师，游说其中的知名人士到将要建成的学堂任教。11月14日，福氏从上海登上客轮，踏上回国旅途。这时，他听到了光绪帝和慈禧太后相继辞世的消息。

福兰阁曾经多次见过光绪皇帝和慈禧太后，两人双双殡天的诡异与神秘让他深感不安。好在，学堂的事已谈成，想来不会再有变故。

福兰阁回国后虽然没有受到夹道欢迎的殊荣，但他的名字在国内已是响响当当。大家都在津津乐道那个在北京一人抵一朝的福兰阁先生，由于他的努力，德意志伟大的旗帜将会更加炫耀地飘扬在东亚天空。威廉二世专门给他写了致谢信，满朝廷臣都在向他行敬慕礼，但福兰阁低调与谦逊地回避了一切，甚至包括皇帝所给予的荣耀。他唯一接受的也是他复命必须履行的程序，就是到海军部拜会蒂尔皮茨部长。

蒂尔皮茨把外界所能给予的荣耀都附加于福兰阁一身，福兰阁摆手拒绝一切奉承的赞美。

蒂尔皮茨说："福兰阁博士的工作无可挑剔，尽管您如此谦逊，但我还是替皇上向您表达谢意。或许也只有您才会毫不犹豫地拒绝皇帝的邀请，并且唯有您能够这么做而让皇上不生气。"

福兰阁说："我做了该做的。实话说，没有皇帝和您的支持我是万万做不到的。"

说者无心，听者有意。没想到，蒂尔皮茨问："听说，……特鲁泊在这件事情上没少给您添麻烦？"

福兰阁停一会说："关于特鲁泊先生……我想，他是有自己的想法，或许他并没有准确理解海军部的意图，所以有时候会有不同意见。"

蒂尔皮茨说："博士阁下，尽管您在报告中对此不置一词，但我还是能够听到一些消息的。胶澳的意见也多次向海军部表达过，他们希望建一所实用性的学校。其实这并不矛盾，但胶澳总督……固执己见。"蒂尔皮茨也在斟酌着用词，毕竟在福兰阁这个谦谦君子面前，他不便妄议下属。

蒂尔皮茨有给福兰阁主持正义的意思，但越是如此，福兰阁越是认为决不能表达对特鲁泊的不满。

蒂尔皮茨说："为了把这所伟大的学校顺利建成，我想……当然，我已经请示了皇上，还对阁下有个请求……"

福兰阁看他的神情突然凝重起来，不自觉也紧张起来。

"您是说？"

"我想请阁下出任中德青岛特别高等专门学堂的校长。"

空气突然凝滞了。

半天，才传出一个生硬的声音。"不可能，绝无可能。"

蒂尔皮茨说："福兰阁先生，这是众望所归。"

福兰阁摇摇头，扬长而去。

福兰阁实在没想到蒂尔皮茨会如此"得寸进尺"，他已经为这场谈判牺牲了太多的时间和精力，而他还想继续要他付出对他来说已毫无意义的工作，实在太不讲道理了。

但是，当他冷静下来后，也感到哪怕自己绝对不会答应他的要求，也应当推荐一个合适的人选才好，而不是如此武断决绝地离开，毕竟这个学堂也是经他之手精心打造出来的，他有这样一份责任和义务把该做的事情做到尽善尽美。

这么想着，他便给蒂尔皮茨写了封信，在解释自己不能出任校长的同时，郑重推荐著名数学家坎培尔出任该校校长。在他认为，没有比坎培尔更适合的人选了。

蒂尔皮茨并没有给福兰阁回信。福兰阁很失望，但很快他就得知了坎培尔将会到中国出任学堂校长的消息。他知道，尽管蒂尔皮茨依然在生自己的气，但还是尊重并接收了自己的意见，这让他释怀。

1909年2月，福兰阁制定的《关于在青岛为中国人建立德语学校的备忘录》提交议会获得通过。德国政府为学堂拨付了60万马克创办经费，分3年划拨。常年经费比原计划少了些，只拨付13万马克，但还是比预想中的要好。同时，新建校舍的计划也获得批准，并于不久后动工。

37

尽管福兰阁在对待谈判问题上表现出了极大的涵养，但雷克斯以及公使馆里了解详情的人无论出于好奇、妒忌、炫耀等诸多原因还是把很多细节传回了国内。蒂尔皮茨这才了解到谈判的更多内幕，特鲁泊和锡乐巴一唱一和试图阻止谈判的所作所为让他几乎到了怒不可遏的地步，他甚至一度想要把特鲁泊更换掉，但考虑到接下来还要他在建校过程中承担一定的任务和责任，便打消了这一念头。但是，对于另外一个人锡乐巴，他觉得决不能轻饶。

蒂尔皮茨约见了山东铁路公司柏林董事会主席菲舍尔，公开表达了对锡乐巴的不满。

菲舍尔听到的关于锡乐巴的负面传言实在太多了。就在中德建校谈判处于胶着状态之时，他就收到过锡乐巴的一封信，表达了坚决反对中德在青岛建设一所高等学堂的意见，他的意思是："青岛不需要一个传播理论和精神的'器官'，而是需要建设所能够降低铁路、港口成本的实用性的以招收中国人为主的华人学校，而董事局方面在此应该传达出自己的声音，让帝国政府明白实业家在青岛的需求到底是什么？"

透过薄薄的纸片，菲舍尔都能感受到锡乐巴的傲慢。山东铁路公司总办插手政府事务是不明智的，一旦处置不好会陷入危险的矛盾纠纷之中。菲舍尔知道，锡乐巴的提议对山东铁路公司自身利益来讲，或许是正确的，但建设一所高等学堂是德国国家利益的体现，两者根本不可同日而语。尽管锡乐巴反复说明胶澳总督与他有着相同意见，菲舍尔不明白，作为海军部下属，胶澳总督怎会如此不识时务地反对上级意见？他一直都对锡巴此说画着问号。

现在，真相大白于天下，其实锡乐巴一直在鼓动特鲁泊反对海军部的命令，蒂尔皮茨尽管没明说，但这层意思却是显而易见的。菲舍尔之所以不想为锡乐巴辩解，是因为他知道锡乐巴是能够做得出来，他想到了他与盖德兹、格罗姆始关系的不断恶化，想到了他鼓动叶世克向高密派兵的事情……感到后背发凉。或许背后还有更为不为人知的事情，如果自己为他辩解，或许会陷入被动。

另外，锡乐巴已经在两年前有过辞职的意愿，只是一直没有接到他的正式辞呈，且他仍在接手后续工作，董事局也无人再提及此事，便被搁置下来。现在看来，可以顺理成章地把这事处理完成，没有必要再做更多解释。

在这种情况下，锡乐巴很快就接到了董事局的来函，意思很委婉，却非常明确，董事尊重他的意愿，希望他能够到董事局任职，而山东铁路公司的职位由锡贝德接任。锡乐巴看到董事局的来函，愣了半天。尽管他一度想离开总办位子，但真的到了这一刻却又有着百般的不舍，现在他确信董事局的耐心已经用完，他必须离开了。中德高等学堂的谈判结果让他的努力化作泡影，他知道自己的华人学校计划也将随着高等学堂的筹建而永远失去了机会，这是除却胶济、津浦两站无法接轨后的又一个打击，他觉得青岛确实已让他了无牵挂。

10月的青岛寒意渐浓，原定次日要参加赫尔曼·菲舍尔的婚礼，本来心情极佳的他，现在却变得灰暗起来。锡贝德来了，他们约定要一起到大教堂去做现场筹划的，锡乐巴没有去。锡贝德不知发生了何事，来找他。才知道哥哥接到了董事局要他回国任职的通知。见锡乐巴落寞的样子，说："您在青岛久了，回柏林也未尚不可。"

锡乐巴叹口气说："早晚会有这么一天。只是真的到了这一天，才觉得这么多年来，对中国的感情实在太深了，不舍得。"

锡贝德说："您回去后，山东铁路公司肯定会为您安排一份合适的工作，与中国的交往也不会终止。"

锡乐巴说："我还是替您感到高兴，他们终归没有辜负我，听了我的意见。"

锡贝德说："哥哥，您放心，我一定想办法与津浦铁路局协商，尽最大可能实现两条铁路接轨。"

锡乐巴突然想起什么，说："赫尔曼·菲舍尔的婚礼准备得怎么样了？明天我还要致辞呢？我可从来没有做过这种事情。"

锡贝德说："稿子都给您写好了，无非是念段祝福词而已。"接着话锋一转说，"我已经把中国政府为何不答应两路接轨的原因告诉了赫尔曼·菲舍尔，他同意在车站设计建设中预留出两站并用的技术条件。"

锡乐巴说："真没有想到一位24岁的小伙子会有这样的天分。"

锡贝德说："这都是爱情施的魔咒。"

两人笑了，他们衷心地为两位德国人在中国的相识与结合感到开心，锡乐巴本能地把赫尔曼·菲舍尔在中国的努力看成了一种德国工程师奋斗精神的延续和继承，他欣赏他的才华，他开朗热情的性格和进取的劲头。

38

赫尔曼·菲舍尔和阿斯塔的婚礼是在青岛爱弥尔大教堂举行的。午时，一阵悠扬的风琴声从大教堂传出，高耸的爱弥尔教堂尖顶像是一把爱情之箭射向天际，为一对新人搭起心灵的桥梁；秋天青岛的前海是最美的时刻，湛蓝的海水表达着一种久违的情愫；小青岛山的灯塔构建成一个支点，撑着海与天际的视野，几抹白云淡抹的天际呈现出的是海的倒影，澄碧无暇，韵味无限。海鸥浅翔，微风拂动。德国人在小青岛山种植的黑槐、松柏已经连成一片，其间所隐现的是一片片红色的瓦片所覆盖的欧式风情的院落、别墅。

赫尔曼·菲舍尔与阿斯塔第一次来青岛时就疯狂爱上了这座海天一色的城市，在他们看来，爱弥尔大教堂是这座城市的至高点，散发着璀璨光芒。在这样的一种意境中，青岛有着它的别具一格、无可替代的魅力。

二十一岁的美丽少女阿斯塔指着爱弥尔教堂说："您要娶我的话，就一定要在这里。"

二十五岁的赫尔曼·菲舍尔说："我一定会在这里娶回我美丽的妻子，也会把一座伟大的车站作为新婚礼物送给美丽的阿斯塔。"

赫尔曼·菲舍尔与阿斯塔在青岛之滨的爱弥尔教堂留下了爱了承诺。

赫尔曼·菲舍尔对于神秘的东亚一直情有独钟。大学毕业后他曾沿中东铁路考察东亚铁路的建设，当他来到中国时，恰好德华银行开始参与到津浦铁路建设中，亟须铁路专业工程师。赫尔曼·菲舍尔很顺利地被聘请为津浦铁路的德方工程师，并主动申请承担津浦铁路济南站的设计工作。开始并没人看好这位初出茅庐的小伙子，赫尔曼·菲舍尔不服气，梦想着在东亚设计一座伟大的车站。但是，他显然没有认识到理想与现实之间的巨大落差，他所设计的几个方案都为同事们所耻笑，他几乎放弃了努力，而就在这时却遇到了由德国旅行而来的阿斯塔。阿斯塔的哥哥也是津浦铁路的德籍工程师。

阿斯塔性格开朗，面容姣好。从第一眼看到她，赫尔曼·菲舍尔就陷入爱河不能自拔，开始了对她疯狂的追求，他的设计一座伟大车站的梦想也被抛之脑后。阿斯塔也为这位一头黄发的小伙子所吸引，无奈却为哥哥甘波特反对。甘波特对妹妹呵护有加，无法容忍她把年轻的生命与一个注定四处流浪的人拴在一起，更不想因为婚姻而让他滞留在这个陌生国度。但越是阻拦，爱情的火花愈是迸溅，一对年轻的德国少男少女开始了上演了一场在异国的爱情大剧。让人意外的是，赫尔曼·菲舍尔的恋爱还激发了他的创作灵感，他所设计的济南站站房以哥特式建筑为范本，所爱之人的一笑一颦、曼妙的身姿，甚至是她所戴的纱帽、衣服……都成为他的创作元素。

他不知疲倦地为阿斯塔画着她的各种神态，不断地让阿斯塔评判画得是否相像。阿斯塔总是说不像不像，两人就追逐打闹。他把她的姿势、身材画得变形夸张惹她嗔怒，博她开心；安静下来，也会画一个想象中的火车站的模样给她看，一个欧式车站与东方环境的结合……不自觉间，他刻骨铭心的爱意渐自融入这些画作中，融入对于一座车站的构思中，车站有了阿斯塔的影子，阿斯塔成了车站的载体，爱情与事业融为一体。阿斯塔有时也会替他设想不同方案，一个具有西方气质却又与东方精神有着完美结合的车站的轮廓逐步形成。

最后一笔，他记得非常清楚——

他无数次地为设计一个独特的车站穹顶而苦恼，阿斯塔也给他过主意，却终不能满意。阿斯塔就劝他不要在每个环节都追求完美，但赫尔曼·菲舍尔总是心有不甘。眼看到了最后交稿的日子，仍然无法拿得出最佳方案的赫尔曼·菲舍尔陷入了深深的焦虑之中。

时值冬季，为了让赫尔曼·菲舍尔从苦恼中解脱出来，阿斯塔约他去大明湖划冰。大明湖是济南的胜地，景色优美。冬季结冰的湖面是划冰的好去处。阿斯塔不知从哪寻来一双冰鞋，开始在湖面上飞翔起来，把湖边的中国人看呆了。中国市民的划冰方式是传统的双脚溜冰，乐趣在于一不小心摔个大跟头，引得大家哈哈大笑。还有人喜欢在冰上玩抽陀螺游戏，从来没人见过一位外国女人会做出如此迅疾、优美、曲折、多变的姿势，所有人都为这样一场西方冰上舞蹈惊呆了。等到阿斯塔累了，划回岸边，周围响起长时间的掌声和吆喝声。不要说从未见识过西方滑冰的中国人，就是赫尔曼·菲舍尔也为阿斯塔的技艺震惊，他没有想到这位美妙少女还有着如此冰上绝技。赫尔曼·菲舍尔为阿斯塔的精彩表演拍红了掌心。

更让他欣喜若狂的是，她从阿斯塔曼妙的冰上舞姿中突然看到了一个从未见过的车站穹顶的形象，鼓涨着的裙裾像一张裹满风的白帆，裙骨勾勒出的横竖交叉的轮廓让坚硬的物体有了灵动和生气。

结束了冰上的玩乐，赫尔曼·菲舍尔抵制不住兴奋的心情，拉着阿斯塔的手就往回跑。阿斯塔大惑不解。回到住处，赫尔曼·菲舍尔就趴在桌前开始画起来，不一会，一个车站穹顶的形状出现了。他激动地问："怎样？"

阿斯塔瞪大眼，惊讶不已。

赫尔曼·菲舍尔所设计的济南站完成了，很快，方案就得到批复，要求立即组织实施。赫尔曼·菲舍尔在济南建造一座属于两个人的火车站的梦想成功了。梦想即将实现，而另一个更值得期待的梦想便是到青岛那座恢宏的爱弥尔大教堂举行一场盛大的婚礼。

赫尔曼·菲舍尔来到青岛，首先拜见锡乐巴，对这位前辈他是崇敬之至。锡乐巴看了赫尔曼·菲舍尔的车站设计图后，感到一种后浪推前浪的欣喜与压力。锡乐巴知道自己借鉴复制、综合运用的能力无人可比，他能从无数的建筑方案中综合提炼出属于自己的东西，而赫尔曼·菲舍尔的创造性却是独有的，这让他对眼前这位小伙子倍加赏识，也毫不犹豫地答应了在婚礼上为两位新人祝福的任务。

赫尔曼·菲舍尔举办了他们心目中最盛大的婚礼。尽管胶澳总督特鲁泊都来到了现场，还有卫礼贤牧师、单威廉等在青岛的一众德籍名流，但赫尔曼·菲舍尔心中的主角只有阿斯塔，直到事后听说这些嘉宾的身份后，两位新人才真正感受到了另外一种盛大的意味。

赫尔曼·菲舍尔在婚礼结束后便听到了锡乐巴将会离开的消息，本来想直接返回济南的赫尔曼·菲舍尔，再次拜访锡乐巴，以为他辞行。

赫尔曼·菲舍尔也听到过人们对锡乐巴褒贬不一的评价，但在他眼里，锡乐巴是一位真正优秀的工程师，也是他努力攀登的标尺，本想以后有更多机会向他学习，没想到他却突然被召回国任职。

"什么原因？"他问这位前辈。

锡乐巴说："我在青岛太长了，需要换个环境。"

"听说是因为学堂的事情，福兰阁说了您坏话？"

"一切都不重要。原因很简单，是我提出的辞职。"

赫尔曼·菲舍尔摇头表示不信。但他还是说："锡贝德在青岛，也就像您在青岛一样。津浦铁路与胶济铁路一定会接轨，我们会朝着这样一个目标努力。"

锡乐巴凄惨一笑，说："但愿如此。实话说，我觉得越来越无望了。"

赫尔曼·菲舍尔没作声，他在津浦铁路工作的这段时间，也明白了很多事情，中国人尽管在使用德国的人员、技术、设备，但他们决计是不会让德国人插手到铁路运营管理之中的，包括英国人也一样。他们对路权看得比什么都重要。在这种情况下，两路接轨被上升到了民族大义的高度来对待，所以，阻力是巨大的。

他与锡乐巴握手道别。

锡乐巴说："希望早日看到您设计的车站能够屹立在山东的中心城市。祝福您与阿斯塔幸福。"

"谢谢。"

两人拥抱，惺惺相惜。

39

1909年10月25日，中德高等特别专门学堂在青岛正式举行开学典礼。山东巡抚衙门、学部均派出代表参加，特鲁泊没有出席，只派副官参加。

十天前，张之洞在北京白米斜胡同寓所溘然长逝。享年72岁。从中德学堂谈判进入尾声，张之洞的身体便急转直下。蒋楷一直陪在恩师身边，送他走完最后一程。料理完后事，蒋楷匆匆赶到青岛，参加学堂典礼。而在此之前，学堂已经招生开学。这个典礼的举行其实是为了迁就蒋楷这位中国总稽查的时间而补办的，也是为了向张之洞致敬。总稽查是张之洞在谈判中费尽心机才安置进来的，他的缺席对中国官方来说是不能接受的。

典礼仪式盛大而隆重，从一大早就有德籍、华籍教师和学生们来到礼堂。而在一间屋子里，中国学生提议在典礼举行前要先办个庆祝会。蒋楷应中国学生之请参加了庆祝会，并讲了话。蒋楷的讲话具有象征意味，传达着官方的谆谆教诲。"希望中国学子们要遵从孔子之道，首先研究孔子待人处事的教诲，理解并深化这些教诲。先辈们所遗留下来的许多格言应是这种学习的基础，要进一步培养自己的德行，做一个真正的人。当然，也要通过吸收科学知识来丰富自己的精神世界。"

正式的庆典从午时才开始。

坎贝尔校长上台讲话，先简要叙述了建校历史，然后又介绍学校的工作计划和发展目标。讲话很短，但切中要害，他特别强调"我们要用良好的、适合新时代要求的学校教育来培育中国青年，特别要努力把民族主义的中国教育和现代化的西方教育有机地结合起来"。

接着是山东巡抚衙门所派的代表讲话,他说:"山东是孔夫子的家乡。为纪念这位先师,诸位同学应该以同样的精神培养自己的道德和学习科学知识,承前启后,积累理论知识并把知识用于实践,你们将在数年之内取得成就。这样,你们就不但可以为我们的祖国争光,也将为加强和发展中德两国的友好关系做出贡献。"

而学部代表的讲话似乎更有激情,洋洋洒洒讲了一大通,说:"今天,我作为学部的代表出席青岛高等学校的隆重开学仪式,我为其壮观的设施和它充足的设备所折服。我从这所学校的建立中看到了我们两国政府友谊的明证。这里汇集一堂的求知若渴的学生们使我感到了希望,学生们有朝一日将成长为出色的人才,这将使我们多么高兴而满意啊。希望诸位同学都要听从老师的教导,要竭尽所能,使自己成为精神上和道德上完美无缺的人。诸君将分别在四科中学习,应当在自己的专业上取得最好的成绩。你们无须跨中国国门,就能享有像旅居国外的、你们祖国的许多优秀人物一样的、与欧洲老师朝夕相处的良好机会,花费少许精力就得到较多的全面学习的条件。这真是你们不可多得的幸运!这所学校向你们提供丰富的教材;有幸来到这里求学的诸君,将要在西方科学知识的土壤上耕耘,而仍保存着咱们民族特点的美好种子。你们学成之后,将在祖国受到聘用和委任,那时,你们就可证明,你们并没有辜负这所学校对你们的培养和期望。"

庆典完毕,举行了新校址奠基。一块巨大的基石上镌刻着中德两种文字:"为支持中国方面安排其青年人学习西方科学知识所作的努力,为向中国表明德国的友谊,表明德国在东亚工作的和平性质,德皇威廉二世陛下提议在青岛建立德华特别高等专门学堂—建议为中国政府怀着感激的心情所接受。青岛特别高等专门学堂的章程已于1908年8月在北京议定并得到了德国和中国政府的同意,在准备工作就绪后,于今日,在暂时为临时房舍中安置的高等学校开学的同时,隆重举行新的高等学堂大楼的奠基仪式,参加仪式的有德国和中国行政当局的代表和全体师生。祝愿这一新建大楼将成为德国科学和文化在东亚传播的基地,期望高龄的政治家张之洞在谈判结束的讲话中所表达的愿望能够实现:这是个伟大的工作,这是个很好的事业。青岛,1909年10月25日。"

显然,镌刻文字时,张之洞尚健在;此时,却已殡天。

特鲁泊的困顿与尴尬显而易见，尽管他在极力弥补，但无论是从海军部的正式信函，还是内部渠道传过来的消息都说明，蒂尔皮茨对他在谈判期间与福兰阁之间的龃龉以及他的表现极为不满，甚至有他可能会被撤换的说法。特别是锡乐巴在这样一个时间节点被调离回国，包括特鲁泊本人也觉得后果很严重。或许没有更多人知道锡乐巴在谈判中间接发挥的负面作用，但特鲁泊心知肚明。

此时，还有一个人高度关注着中德高等特别专门学堂建立之后的情况，他就是袁世凯。此时的他已因醇亲王载沣摄政而被迫下野，回到老家河南洹上开始了自己的垂钓人生的时光。尽管假手张之洞建了这所学堂，既满足了张之洞的虚荣，也避免了自己受谤。在他看来，这所学堂的建立是一种真正意义的中外文化的融合，中德之间的对抗已进入了一种新的境界。

学堂成立后，很多世界知名的科学家慕名而至，包括著名数学家康拉德·克纳普，伦琴射线理论创始人、量子物理学家卡尔·埃里希·胡普卡等。特鲁泊最初的担心也渐渐消失，海军部把办好这所学堂的任务不出意外地交到了他的身上。特鲁泊的自信得到了恢复。他重新相信一个总督的威严必须靠强硬的手段才能建立起来，或许正是保持了这样一种认识，使他终于还是在一次与学堂教师的冲突中终结了自己的总督使命。

而在蒂尔皮茨看来，特鲁泊这次与教师们的冲突正是他与福兰阁矛盾的延续。所以，他变得不能饶恕了。

康拉德·克纳普、卡尔·埃里希·胡普卡等来校任教的教师们一向自由散漫，他们不愿意受到校方约束。校长坎贝尔本身作为科学家，对老师是宽容的，这让特鲁泊大为不满。在特鲁泊看来，青岛特别高等专门学堂应当把服务青岛作为第一任务，所以首先应该是服务于殖民统治的工具，而不是一个由所谓的著名科学家组成的自由散漫的集市。

他把自己的这一观点明白无误地告诉了坎贝尔。坎贝尔并不认同。坎贝尔说："学校首先要尊重个性自由、学术自由，不能用强制手段来管理和压制教师和学生。"这次冲突源于特鲁泊要修改学校的作息时间和课程安排，让师生们必须拿出一定比例的时间来进行军事训练。

特鲁泊认定坎贝尔不服从管理，大为恼火。他不能容忍归属于殖民管理的学校会反对总督的命令。这样的校长是不称职的。但坎贝尔丝毫不让步，明确对特鲁泊说："如果要坚持这一做法，我将无法行使学校的管理权。"

特鲁泊认为这是对他的公开威胁，以强硬的口吻说："这里所有的一切都必须服从总督。"

坎贝尔无话可说。而他背后站着的教师们却是他坚强的支持者，他们以实际行动表达了对特鲁泊的抗议和对坎贝尔校长的支持。坚决不执行总督的军事教程。同时，还不断揶揄嘲讽租界的军事政策，让特鲁泊威信倍受影响。租界政府与刚刚成立的高等学堂由此从开始就陷入了内部的矛盾和对立之中。

这种情况下，无计可施的特鲁泊下发了一道强制性命令，强行要求增强军事训练课程。

矛盾爆发了。康拉德·克纳普带头，向特鲁泊发难，公开表达不满，所有德籍教师都纷纷响应，到总督府示威，要求特鲁泊撤回命令，还教师以自由。特鲁泊见状，公开威胁教师："租界是由海军部管辖的，有海军部的规矩。租界不归教育部管辖，不能容忍一切无政府行为，如果不遵守租界命令，可以离开青岛。"

特鲁泊一番话惹了众怒。学堂开办之初，海军部调动一切力量动员在东亚的教师或有志于来东亚奉献的教师到青岛，甚至在教育、科学界大名鼎鼎的福兰阁博士都给在东亚的教师写信请求支持青岛高等学堂，而时隔不久他们竟然发现青岛竟然生硬地站着一个指手画脚的军人。

有德籍教师把信写到海军部、外交部，有的甚至直接写给福兰阁，还有人二话不说，直接离开了青岛。这很出乎特鲁泊的预料，他觉得惹了麻烦。而蒂尔皮茨更感到意外，这一次，他对特鲁泊的最后一丝耐心也失去了。他在看到接二连三的来信，特别是当福兰阁转交过来的信时，便下定了撤换特鲁泊的决心。他知道，特鲁泊对青岛的管理不是从海军部的角度出发，更不是从德国政府的整体利益出发考虑问题的，他的蛮横与霸道，不顾及一切的做法必将会对青岛造成伤害。

在报请威廉二世同意后，蒂尔皮茨签发了免除特鲁泊总督的命令。

1911年5月，海军上校瓦德克出任新一任胶澳总督。

失路惊魂

第六章

1

锡乐巴由青岛返回德国后，先回到家乡毕特堡郡。

幽静的小镇有着一种既熟悉又陌生的气息，一种生于斯长于斯的本能的情感依托在离开三十多年后重新在心头萌动；周边的一草一木已物是人非，想象不出少年时树叶、瓦片的模样，只有街道的轮廓隐约还浮动着过去的曲线，两边的房舍也已不能认出。小镇寂静，与中国的小镇譬如青岛周边的即墨、胶州、高密相比较，完全不一样。中国古老的村庄似乎都充溢着一种跃跃欲试的冲动与激情，他早就熟悉了那样的环境，在那样的环境中会经常遭遇一些新生事物，不时会受到挑战的警觉和防备时常伴随。正是在那些小镇里，发生了杀害德国人的事件、血腥地屠杀中国民众……尽管他也不愿意发生那样的事情，但他的成就成荣誉却来自于此。这让他困惑不已。现在，他置身毕特堡特有的温馨与静谧之中，这种安宁来自纯粹的大自然，让心灵有一种皈依。但这是他所陌生的。街上偶尔路过的人已不认识他，有人长久地盯视着他，当他打开自家大门，对方才知道这家闭门锁户久矣的人家有人归来了。

父母已亡故，留下一处大院落和一幢房子在毕特堡郡西北，他打算从此就在这个小院落洗掉一身征尘，也梳理回眸曾经的过往得失，然后以一种随波逐流的心态过完余生。在他回国前，威廉二世皇帝再次授予了他皇家土木技监的荣誉称号，这是对他最后的褒奖，这个称号已不完全是专业能力的肯定，而是对他为国家所做的贡献的认可。他更看重这个荣誉。当然，他以狼狈不堪的心态回归故里，非但没有奢望会得到皇帝褒奖，反倒认为会受到某些别有用心之人的攻讦。反差巨大，也让他在荣誉面前变得冷静。他拒绝了山东铁路公司给他准备的庆祝会，而是告假还乡让自己无限期休整。山东铁路公司当然会答应他所有的条件。

锡乐巴收拾了旧房子，把随后到达的一批物品放置于此。这些物品大部分是胶济铁路的设计图纸、方案等资料，这些物品既凝聚着他的心血，见让着他的心路历程；也承载着他人生最美好的回忆，他的一生大部分是由这里面的一行行数据，一个个符号构成的，正如他器官里流淌的血液、躯体的纤维、细胞，维系着他生命的运转。

锡乐巴以这样一种心态过了大半个月，锡贝德的来信打乱了他刻意保持的节奏。锡贝德告诉他，津浦、胶济两路接轨问题已彻底破灭。他没有往下看，只是在这个结果面前就愣了半天。他已经不想纠缠于过程，过程只会让他感到更加失败和痛苦。他现在需要做的就是要启动自己早就准备好的最后的方案了。尽管走到这一步是万不得已的，但他还是坚定地走下去。他早就下定决心，只要锡贝德确认无法实现两路的接轨，他便会毫不迟疑地将这一方案付诸实施。

而这个方案在他看来是两败俱伤的一个方案。

如果两座车站最终不能接轨，也就意味着两条铁路在济南要各设一座车站。除却会带来重复投资，造成浪费外，彼此相近而不相交更会给人流物流带来极大不便，长期的影响更为深远。锡乐巴已经看过赫尔曼·菲舍尔所设计的津浦铁路济南站的图纸，那是一座恢宏庞大的建筑，将会成为济南的空间的绝对制高点，要想建造一座与之媲美、相抗衡的车站简直不可能，并且所有的制约与控制都不是以长制长，以优制优，而是找到对方的弱点，以长制短，以优制劣，但赫尔曼·菲舍尔的方案显然让这种空间变得极其渺茫。尽管如此，锡乐巴还是没有放弃寻找到一种制衡的方式和手段，随着时日延长，并且已渐渐有了眉目。在他离开中国时，他给锡贝德说过，对于两路接轨进展一定及时报告给他。目的就是要及时应对，无论今后自己将做什么样，他都始终关注着两路的接轨。这是他的一个心结，也是他一生中不容忽视的败笔，无论以何种方式，他都渴望着能够反败为胜。

锡乐巴知道，尽管迫不得已，但必须付诸实施了。没有退路了。他破釜沉舟的做法是，在津浦铁路济南站正前方，建造一座新车站。一定是津浦铁路济南站的正前方，这样就会从视觉上把津浦铁路济南站挡在身后，无论从远处看津浦站如何雄伟高大，到了跟前一定要让它"消失"。锡乐巴所预留的那块地段恰好就在津浦铁路济南站与商埠区最繁华的经一纬三路间，这个地段恰好能够实现他以设计的巧妙来掩盖另一座车站的目的。非但如此，在功能上更会直接切断津浦铁路济南站与商埠区的联系，哪怕它与商埠近在咫尺，仍然会有极大的不便，因为如此一来它需要借助一条通道绕行才能由车站出来，而所有的人流物流在进入津浦铁路济南站前必须经过胶济铁路济南车站才能进入。一进一出，优劣互移。建造这样一座车站不需要高大，却需要宽厚，不需要张扬，却需要沉稳，能够具有挡得住一切的气质和稳定。这并不容易，但锡乐巴早就构思完成，成了他藏在心里的撒手锏，现在终于可以派上用场了。

锡乐巴找出设计的图纸样稿重新做着审视和修改。这是一座哥特式风格的建筑，有着巨大的蘑菇石基座，巨大的拱门；二楼有六根挺拔的艾奥尼克柱支撑；建筑追求横向的延展，而不追求高度；左右不对称，刻意的非对称让厚重的建筑消解了可能的呆板和无聊，变得生动丰富而又富有变化。这种不对称的设计既承载着一种风格，也有着功能上的区分，东侧是车站候车购票进站的场所，西侧是为了满足商旅需求设立的餐厅和宾舍。这种功能设置尽最大可能地实现了对利益的吸纳，也充分体现了锡乐巴设计理念的中所包含的苛刻的智慧。

事到如今，锡乐巴已没有选择，长时间的周折已让他没有犹豫和不安，唯一的遗憾和伤感却是来自赫尔曼·菲舍尔，因为他不得不与这位优秀的年轻工程师对决，以让他的作品失去光泽而努力。而从另外一个方面讲，他也乐于见到两座伟大的建筑屹立在山东腹地，这种标志性的建筑一定会强化德意志精神的存在，或许这种符号的意义更有价值更长远。

他把胶济铁路济南站的建筑图纸寄给锡贝德，也把他的理念做了进一步阐释。尽管在他看来，锡贝德对他的设计思路的理解不用怀疑，但是这样一座车站所附加的内涵太过沉重，他必须百分之百地达到自己的设想。

2

接到了锡乐巴寄来的图纸样本，锡贝德很久没打开，因为一件更大的事情发生了。

1911年，由于盛宣怀极力推行铁路国有政策，川汉铁路爆发了轰轰烈烈的路权运动。在川汉铁路公司鼓动下，民众暴动，杀死四川总督端方，引发新军哗变，爆发武昌起义，近三百年的大清王朝突然分崩离析。乱局中，袁世凯复出维持大局。

大清朝的覆灭让人痛彻心扉，毕竟是一个朝代的消亡。在这场旷世的变革中，孙中山所代表的革命派与以袁世凯为代表的既得利益集团有着截然不同的心境。作为身在青岛的德国人无不深切地关注着中国的命运走向，关注着中国政治走向可能对租借地的影响。但是，随着时局发展，大家不安的心情也平复下来，孙中山本身接受的就是西方教育，他的"三民主义"思想注定渗透着强烈的西方的价值观念和实践追求；而袁世凯无论在政治上抱持着怎样的野心，也秉持的也是传统的开放思维。袁世凯之于孙中山可能更让德国人有安全感。只要他能够把持政权，局面就不会有太大变化。所以，1911年，津浦铁路在动荡的局势面前仍旧顺利推进，以黄河为界，南北之间均已修筑完成，只剩下了"卡脖子"工程济南泺口黄河铁路大桥尚在建设之中，一旦桥梁合龙，津浦铁路就会全线通车。

情绪安定下来的锡贝德终于有机会可以从容地打开锡乐巴寄来的济南站的设计图纸了。他用了几天的时间，细细揣摩其中的设计理念，谋划着具体的实施措施。而此时的山东巡抚衙门已经换成督军孙宝琦。孙宝琦曾在清政府驻德澳法等国使馆工作，1907年还出使德国专门就青岛问题与德政府交涉。孙宝琦刚任职山东任巡抚，便爆发了辛亥革命，遂宣布山东独立，自己出任山东都督，旋即又取消独立。乱局下，没人把巡抚与都督做细致区分，总之是山东的实际掌控者。

锡贝德知道，要顺利完成车站建设就必须征得孙宝琦支持。

孙宝琦一度曾担任过帮办津浦铁路大臣，对两站不能接轨也有自己的看法，但碍于政治原因，他是决不能表达置疑更不会提反对意见。津浦、胶济两路接轨在当时已是个不能触及的敏感话题。尽管如此，孙宝琦还是默许胶济铁路与津浦铁路在济南站建设了一条特殊的过轨线。正常的运营过程中，两条铁路互不过轨，一旦出现特殊情况，两条线路上运行的车辆可以通过这条过轨线彼此往来。这条线的修建是个公开的"秘密"，它源于最初津浦铁路修建时需要从青岛转运机车车辆和设备而来，而当这种需要减少时，也无人提议把这条铁轨拆除，由此实际上形成了两路接轨的"暗道"。所以，政策总是会因某些不合理性而遭遇对策。孙宝琦对两路不接轨而对山东铁路公司深怀同情，也在暗里做着实质性的支持。

当听了锡贝德关于修建车站的报告后，他当然不会提反对意见。在他看来，胶济铁路作为山东境内管辖的铁路，在济南没有一座像样的车站，实在有些不成体统。现在，由山东铁路公司投资修建车站当然是他求之不得的。但是，他也看出了其中的怪异之处，两座车站如此近距离地并肩而立，或许会产生恶性竞争甚至是彼此掣肘。但是，他不愿意节外生枝，况且山东铁路公司多年前就预留了空地，不让他们建造车站，情理上讲不通，也肯定会得到山东铁路公司的反对。

他表达了坚决支持修建胶济铁路济南站的态度，锡贝德打消了顾虑。孙宝琦问了锡乐巴的近况，说："他为山东经济发展做出了贡献。"

锡贝德说："我一定会转达都督对锡乐巴先生的问候，他对山东有着深厚感情，并且非常希望山东能有更大发展。"

聊到这里，孙宝琦突然问："你们没想过实现津浦与胶济的迂回连接吗？"

锡贝德不知道他所说的"迂回连接"是指什么。

孙宝琦沉默片刻，做出深入思考状，说："津浦铁路修到济南后，正在设计规划一条由泺口站向黄台桥的支线，以便实现与小清河的水陆运输，我想胶济铁路是否也可以考虑在黄台桥的水陆联运。"

锡贝德一听便知孙宝琦有意提示，但对这样一条支线缺乏认识，所以并不能想象得出如何实现这样一条铁路的"迂回接轨"。只是口头应承："谢谢大人好意，我确实不知道这样一条铁路对山东铁路公司意味着什么，但我会马上考虑。"

虽然表面上的回应平淡，但锡贝德记在了心里。从孙宝琦处回来马上让人找来地图，细细考察起孙宝琦所说的这样一条迂回线路的大概方位。没想到，不看不知道，看后震惊不已。在黄河泺口码头，原有一处运盐的窄轨铁路向西通至小清河黄台桥码头。津浦铁路在泺口设有车站，按孙宝琦所说，从泺口车站修一条到黄台桥的支线就可以实现津浦路与传统的小清河运输连接。而小清河黄台桥码头的对岸距离胶济铁路济南东站只有四五公里，如果山东铁路修建一条支线，就会在小清河实现与津浦铁路通过水陆码头的连接，这也正是所谓的"迂回线路"。对于不能接轨的两条铁路来说，这确实是一种变相的接轨方式。锡贝德大为感动，他觉得孙宝琦的提示实在是为胶济铁路找到了一条与津浦接轨的最佳路径。

他当即返回都督府进一步向孙宝琦请示方略，都督府的人却告诉他，孙去了北京。但锡贝德还是觉得孙是有意躲着他。他明白，有孙宝琦的提示已经足够，在津浦胶济两路接轨的问题上没人比孙更倾向于山东铁路公司，并且在乱世中是要冒风险的。

锡乐德决定回青岛后再做详细分析研判，然后向锡乐巴报告，一旦得到他的认可，便立即向山东行政机关提出申请。他还要在济南待一段时间，做好胶济铁路济南站的前期论证和施工准备。毕竟当务之急的还是胶济铁路济南站的建设问题，赫尔曼·菲舍尔的津浦济南站已经将要建设完成，一种紧迫感容不得他有半点松懈。他一直觉得哥哥锡乐巴的眼睛在身后盯着自己。

3

　　济南的准备工作告一段落，本来锡贝德想回青岛，但听说多浦弥勒来到了济南，决定留下来与他见一面。多浦弥勒平时的办公地点在天津，大部分时间在施工现场，两人久未谋面。锡贝德推返程，既是想与这位德国老乡叙叙旧，更重要的是想就泺口支线事向他做进一步求证，听听他关于"迂回径路"的可行性。

　　这天晚上，锡贝德终于见到了多浦弥勒，让他高兴的是赫尔曼·菲舍尔以及他年轻漂亮的妻子阿斯塔也一起来了，地点还是在石泰岩饭店。几人见面后一阵热烈的问候和招呼。多浦弥勒老成持重。赫尔曼·菲舍尔和阿斯塔娜仍然像对活泼的孩子。喝了几杯酒，锡贝德就与多浦弥勒聊到铁路建设的事上，而那一对小夫妻自顾一旁卿卿我我。

　　锡贝德问："您的黄河大桥修得怎么样了？"

　　"这是'卡脖子'工程，大家都在盯着工程进度，压力巨大。好在最困难的阶段已过去了。"

　　锡贝德说："听说中国的所有在建铁路桥都要詹天佑把关？"

　　"那是，他是中国铁路的'上帝'，没他的认可中国人是不放心的。"

　　"他技术真的很好？"

　　"这倒不容否认，他是从美国留学回来的专家，是中国铁路桥梁建设的佼佼者。"

　　"这座桥的建设难度确实太大了。"

　　"是啊，最大的问题还不在技术，而在于人云亦云，先是山东巡抚不同意在济南建桥，要把桥建在平阴，但如此便会远离济南，大方向发生错误；后又有人说建在齐河，位置也不合适。我的方案是建在泺口，也就是现在的位置，并且得到了治河督办吕海寰的同意。"

多浦弥勒有得意之色。

锡贝德说，"他们应该相信德国工程师的能力。"

多浦弥勒叹口气说："哪怕是让他们认可了选址，但建桥方案还是各有考虑，意见难统一。"

多浦弥勒说得累了，喝口水接着说："无论什么方案，综合起来，无非是孔大孔小的问题，基本原则是于河有益，还是于桥有益，最后争执不下，只得请詹天佑来定方案。但最后方案确定下来后，预算成本却增加了150万马克。孟恩桥梁公司接到修正的桥梁方案，认为工期耽误一年，钢材价格大涨，又提出要增加成本，等到桥梁建成还不知道又会涨出多少……"

锡贝德能够理解建造这座桥的艰辛与不易，但他听了大概便把话题转移开。

"我想问一下，泺口站向要西修一条支线通小清河？"

多浦弥勒想了想说："是的，有这么回事，但我并不具体负责这个方案。"

"你说，胶济铁路有没有可能在小清河实现与津浦铁路的迂回接轨？"

"迂回接轨？"

锡贝德把线路走向简要描述一下。

多浦弥勒说："如果是这样的话，迂回接轨就非常有意义了，这种接轨还把中国传统的水陆运输资源吸纳进来，可谓一举多得。"

锡贝德说："希望您多关注一下这条铁路支线的事，既然官方不同意两路接轨，这或许不失为一种迂回方式。"

多浦弥勒说："那是当然，你放心，我一定关注此事。"

赫尔曼·菲舍尔仍在缠绵。多浦弥勒说："我们走吧，天才建筑师还不知道要纠缠到何时。"

锡贝德会心，只与多浦弥勒走出来，并未向两位情侣打招呼。

回到青岛，处理完手头事务后，锡贝德便把建立小清河连轨线的事写了个报告，寄给锡乐巴。锡乐巴收到报告后，喜出望外。他对这条线路十分熟悉，七年前正是他与周馥商定修建由济南东到小清河的叉线，如果将此线延长到黄台桥，很容易就能实现与津浦铁路在泺口的水陆连接。锡乐巴回信答复他，一定尽全力确保这条铁路支线的建设。锡乐巴知道此事必须经董事局同意，便前往柏林就此事与菲舍尔沟通。菲舍尔没有不同意的理由，并且锡乐巴虽然还没有得到职位上的确认，但他对山东铁路公司的意见仍然一言九鼎。

董事局向德国驻济南公使馆发函，希望全力协助山东铁路公司做好济南东站至黄台桥支线建设的交涉事宜。

4

瓦德克上任后最大的难题还在于前清遗老遗少们的大量涌入。周馥是最先来青岛的，他还在1908年就已厌倦了官场纷争。当时，他是由青岛离开山东，就任两江总督的，但不到两年，就因官场纠纷而重新调整了位置，先是云贵，后是两广。一番折腾，他明白了，自己无非别人手里的棋子，想搬到哪里视他人利益而定，包括亲家袁世凯，只是利用自己，而自己的抱负根本无法施展。慢慢便委顿下来，厌倦仕途，终至到了青岛做起寓公。1911年清亡后，包括劳乃宣等一批达官贵人也把青岛作为隐退之地，让瓦德克陷入左右两难的境地。一方面，必须表达德国租借地应有的宽松的政治环境，对前清达官贵人敞开胸怀接纳，让他们有个安全去处。另一方面，还需要考虑新政府对德国租借地接纳反对者的容忍程度，一旦超出限度，会走向反面。来青岛的很多前清官员确实并不是存着避难免灾之心，有很多人怀揣复辟梦想，希望以青岛为跳板，得到德国支持，以期恢复大清基业。瓦德克对此保持着高度警惕。

周馥年事已高，儿子周学熙供职新政府，所以他在青岛的存在反倒让人安心。周馥为人诟病之处，无非借助自身影响而谋些个人利益，对新政府构不成威胁。反倒是一些并不为人看好的人，却一天天叫嚣着复辟大清，代表人物便是小恭王溥伟。自从来到青岛，他人前人后，并不避讳，叫嚣恢复大清基业，四处活动，颇让人忌惮。

更让瓦德克不安的是，不知溥伟通过何种途径与亨利亲王搭上关系，四处扬言亨利亲王支持他恢复大清的计划。瓦德克大为紧张，此事一旦为袁世凯知晓，说不定会升波澜。曾经一直想做胶澳总督的亨利亲王由于种种原因并没有得到威廉二世认可，但他对青岛情有独钟，经常以各种理由驾临青岛，并且毫不忌讳地出席各种场合的宴会，以至于人们都在猜测亨利亲王到底是在德国还是一直待在青岛。瓦德克对亨利亲王过多地参与中国的内政感到非常担心。

1912年，亨利亲王参加日本天皇加冕仪式前，来青岛做了很长时间逗留。让瓦德克烦恼的是，在他的欢迎仪式上却发生了军警与德华学堂学生的冲突事件，闹得沸沸扬扬。而几乎与这件事情发生的同时，瓦德克得到了一个更让他意外的消息，孙中山要来青岛访问。此时，亨利亲王尚在青岛，而一位在中国新旧交替期间有着特殊影响力的政治人物突然莅临，让瓦德克一时手忙脚乱，不知如何应对。

5

孙中山是前往北京与袁世凯大总统交接职位的。

为赢得袁世凯对共和的支持，换取新的国家政体，孙先生委曲求全卸任中华民国临时大总统，将国家治理权移交给袁世凯。这对于一直窥伺国家大权的袁世凯是一次难得的机会，他所有的野心都将会经过这次仪式而得到确认和拥戴，因此他给予了孙中山超常规的礼遇，以慈禧御辇相接，组织最高待遇的迎接。在京期间，两人相谈甚欢，密晤十余次，对关乎中国命运之事无所不谈，最后达成"共识"，袁世凯"政治救国"，孙中山"实业救国"。这是中国近代最伟大的理想主义者与最居心叵测的功利主义者的遭遇。会见后，袁世凯授予孙中山总理全国铁道督办，孙中山表态，要在全国修建二十万公里的铁路。外界对此多有报道，是国内外关注的重大事件。

完成移交后，踌躇满志的孙中山以全国铁路事务总办的身份先后到京绥、石太、津浦铁路考察，然后来到济南。在济南期间，先是乘火轮船察看正在修建的津浦铁路泺口黄河大桥，接着受邀到山东省议会做了演讲。

正当大家认为接下来他会南下时，却突然听到了他要视察胶济铁路的消息。

1912年9月28日，孙中山乘车前往青岛。

瓦德克遇到了与当年特鲁泊相同的问题。特鲁泊上任伊始，周馥突然不请自到，着实让他困惑了一次，好在最后的结果是积极而正向的。孙中山的突然而至，与当年周馥的举动有着惊人的相似，只是与当时的政治环境大相径庭，需要考量的问题更为复杂。孙中山虽然已卸任临时大总统，但他是推翻大清王朝的象征性人物，一方面瓦德克无法确定应该给孙中山怎样的接待规格；另一方面是他最大的担心，亨利亲王正在青岛，这位被外界谣传支持溥伟复辟的人物，会不会与孙中山发生冲突？

越往深里想，越举棋不定，焦躁不安。他向海军部报告，得到的答复是，无论是海军部，还是外交部均未收到过任何孙中山前往青岛的消息，让他酌情自处。

酌情自处？难题抛了回来。想来想去，他还是认为最大的问题不是礼仪接待上的，而是决不能因亨利亲王所谓支持复辟而惹出麻烦。

他上门拜访亨利亲王。亨利亲王已经知道了孙中山访问青岛之事，只是他并没有把问题想透彻，特别是他支持复辟对于即将来青岛访问的孙中山又意味着什么。在他看来，所谓的复辟无非是与溥伟之流的周旋与消遣而已。瓦德克如此说，让他感到了问题的严重性，不禁流露出一丝慌乱。

亨利亲王为自己解释说："外界传言，多为不实，我何时表达过对溥伟支持？无非是酒会上的闲聊而已。"

瓦德克说："说者无意，听者有心。溥伟之流本就别有用心，以此达到个人目的并非不可能。"

亨利皱皱眉，并未说话。瓦德克没再说什么，在他看来，只要亨利亲王意识到了问题的严重性，有意识地加以克制，避免问题发生便可以了。倒是溥伟是个问题，必须借助周馥等人的力量，遏制溥伟的狂妄嚣张。

瓦德克为避免话题再说下去尴尬，便转移话题，咨询以何等规格接待孙中山。

"以孙的影响力，他来青岛一定会受到中国商会等有关方面的欢迎，但是我们并没有得到任何官方消息，既不能不有所表达，但以官方出面又显唐突。"瓦德克说出了自己的顾虑。

亨利亲王说："我觉得，租界政府还是不要出面为好。南北之间现在是面和心不和，不知道会有多少是非。"

瓦德克点头，想想并无万全之策，便以此采纳亨利亲王的意见，不主动出面做形式上的接待。这也是他心里早就立定的主意。

回到总督府后，副官来报告说："军警与德华学堂的学生又发生冲突了。"

瓦德克大动肝火，越是在关键时候越是发生问题，很容易因小失大。

他问："为什么？"

副官说："市民在迎接亨利亲王时，搭建了一个临时迎宾彩门，德华学堂学生想借彩门迎接孙中山先生。"

瓦德克说："这有什么问题？借给他们就是了。"

"可……总督府对孙中山来青岛有不同看法，所以不同意借。"

瓦德克说："借给他们。"

副官尴尬地一笑，说："借不了了，已经把彩门破坏了，这才激起学生不满。"

瓦德克长叹一声，说："学生本来就想借孙中山来青岛闹出些事情来，不要再做火上浇油的事情了，能满足他们的条件就满足，避免他们惹是生非。"

副官点头表示明白。

这时礼宾官走进来，说："德华学堂的学生提交了举行欢迎孙中山仪式的申请，还要举行游行……"

瓦德克尽管刚刚还在说，要尽量迁就学生，避免激化矛盾。但面对这个要求，还是干脆地说了一句话："不行，决不行。"

礼宾官犹豫片刻说："如果不能答应他们，有可能会闹事。"

瓦德克此时对孙中山的到来有了几分深恶痛绝。孙中山的到来不但打乱了他的工作秩序，并且让他突然之间处在了险象环生的境地。德华学堂成了最有可能引发冲突的火药桶，正如海军部所担心的，德华学堂虽然是德国人主导建立的学校，但由于大量中国学生涌入，且有中国总稽查的"负面"引导，它似乎越来越像一个反对殖民统治的根据地。

他沉默片刻，对礼宾官说："你们掌握尺度，不能答应，否则会助长他们的气焰；但也要视情况而定，总之不让他有过急行为。"

孙中山的到来成了瓦德克上任以来面临的最大的"危机"。

6

其实，孙中山所谓的考察胶济铁路，无非是个幌子，真正的目的是想绕开兖州这个"雷区"。由济南向南便是兖州。兖州盘踞着有辫帅之称的前清大佬张勋，他一直视这位建立共和的伟人为眼中钉肉中刺。南下无疑会存着巨大风险。这是孙中山一行最大的担心。但此事又不便明说，一位堂堂民国缔造者竟然会惧怕一位前清臣子。但凶险是客观存在的。

正当大家困顿不已时，一个机会来了。山东省临时议会副议长刘冠三、国民党山东支部理事长徐镜心专程由青岛来济南，希望孙中山前往青岛访问。正在担忧孙中山行程安全的山东民军统制陈干这时便找到宋蔼龄，希望他能说服孙中山由济南前往青岛，再由青岛通过水陆返沪。理由是视察胶济铁路和青岛城市建设。这个理由符合逻辑，因为孙中山正是一路南下考察铁路的。宋蔼龄觉得确实不失为一条好计谋，便向孙中山提出。孙中山心领神会，并且他确实也想去一趟青岛，外界对青岛建设有太多的溢美之词，只是他还未亲自有所体会。

孙中山答应了徐镜心、刘冠三的邀请，踏上了青岛之旅。

清晨由胶济铁路济南站乘车，在徐镜心、刘冠三、陈干等人陪同下，于傍晚时分到达青岛火车站。车站内外人山人海挤满了迎接的人，而其中以三江会馆会长身份出现的原山东巡抚周馥最扎眼。他以东道主的身份承担了迎接孙中山的任务。此时，周馥的三子周学熙已成为袁世凯政府的财政部部长，而其本人在青岛大量购置房产、经营实业，且兼任三江会馆会长，隐隐然已成为青岛商界领袖。

虽然孙中山是徐镜心、刘冠三以个人身份邀请来的，其实，在此之前，以三江会馆为代表的商界便有邀请孙中山访问的动议，并且向胶澳总督瓦德克递交了申请。瓦德克坚决拒绝。认为"作为商会团体，决不允许参与政治活动，扰乱租借地秩序"。后来，徐境心、刘冠三通个人关系的邀请更是得到了商界支持。所以，周馥对东道主的职责尽心尽力。

周馥也在观察胶澳总督的反应，担心他会加以阻拦。但是，在迎接孙中山的现场，他并没有看到瓦德克出现，也没有看到维护秩序的军警有过分之举，心里才坦然。

孙中山下榻在沙滩宾馆。接下来的两天时间里，主要参观了青岛的城市建设，出席三江会馆的茶会并做演讲。在完成这些议程后，孙中山突然决定拜访胶澳总督瓦德克。

这让参与接待的各界人士感到意外。

不只是中国政商各界的人士，最惊诧的恐怕要算胶澳总督瓦德克了。当他得知孙中山要登门拜访时，呆愣了半天，他没想到孙中山会反客为主。

周馥对孙中山拜见瓦德克的想法持支持态度，他对孙中山说："胶澳总督有他考虑问题的方式，我们也有我们自己做事的原则。总体讲，孙先生的到访还是让胶澳总督处于一个被动的局面之下，如果孙先生不能主动出击，瓦德克很难露面,他有很多滞碍。"

孙中山听了很多意见,大部分意见对于瓦德克的不积极不主动持不满甚至是愤慨的态度,在他们看来,瓦德克应该以谦卑的态度来见孙中山,没有理由让孙中山屈尊。周馥说:"凡事还要换位思考。"

周馥自从任职山东巡抚时就与历任胶澳总督交好,站位和格局自然不同。孙中山听了周馥的意见后,马上决定去见瓦德克。否则一旦失去机会,将会是一种遗憾。

所以,当孙中山来到总督府时,瓦德克还没有从不安和纠结中摆脱出来。当听到孙中山先生到来的通报后,他便知道容不得他有更多思考和准备,只能见招拆招,即兴发挥了。

总督府中央大厅在一片迷幻的光泽中迎来了一位中国伟人,他个头矮小,却器宇轩昂,他的步幅很小,却透着特有的坚定和自信。

落座后,瓦德克表现出了足够的谦恭,说:"孙先生来青岛,有失远迎,还请见谅。"

孙中山笑道:"我仓促而来,也得请总督理解。"

瓦德克说:"对先生仰慕已久,今日得以相见,实乃三生有幸。"

孙中山说:"我对德国在青岛的建设早有耳闻,早就想来参观考察,只是公务繁忙,好在终于得以成行。"

"孙先生此行是?"

"别无他意,我已交卸大总统职务,现在总办铁路事务。所以,此次来青岛就是考察铁路,考察青岛的城市建设。"

瓦德克赞许地点点头,意味深长地问:"孙先生怎么看青岛的发展?"

孙中山直言不讳道:"德国的严谨精细,值得国人学习。"

瓦德克为之一振,说:"先生真这么认为?"

孙中山说:"德国在城市建设、铁路建设等方面有很多值得学习之处。中国正处于转型期,发展国计民生需要借鉴德国经验,只有这样才能赶上世界发展步伐。"

瓦德克对孙中山对德国的评价大为意外。

孙中山说:"希望德国将来能更多地参与到中国建设中。"

瓦德克说:"德国当然愿为中国发展做贡献。"

孙中山说:"我现在是铁路事务总办,中国要发展,一定要建设一个发达的铁路网，而德国应该积极参与到中国的投资建设之中。"

瓦德克说："无论是德国政府，还是德国企业都对与中国的合作持有良好愿望，希望孙先生能够推动两国在各个阶层的合作。"

"那是当然的，一定不遗余力，因为这对中国的经济建设是在有益的。"

……

两人的交谈由此变得轻松而自然起来。孙中山所表达的与德国的合作意愿是真诚的。瓦德克听得出来。在他看来，如果能够发挥德国在东亚的桥头堡作用，那么作为胶澳总督的地位无疑也会得到极大提高。他对孙中山提出来的合作意愿，表现出了强烈的兴趣。

谈话看似轻松平常，但当他想到亨利亲王后，突然紧张起来。好在整个会谈，孙中山对此只字未提。

两个人的谈话有两个小时之久，都有意犹未尽之感。

送走孙中山，瓦德克激动地在徘徊良久，他把两人的对话仔细回顾一遍，觉得孙中山非但没有半点隐喻，反倒在亨利王子问题上给予了足够的理解和包容。在他看来，孙中山对青岛的局势不会不了解，显然他在极力回避政治上的问题。

傍晚时分，瓦德克突然有了冲动，既然孙中山上门造访，自己为何不能做次回访。他觉得很多话题没有与这位刚卸任的前临时大总统交流透彻，他有着与之再叙谈的渴望。他表现出了和孙中山拜访总督府时同样的心情，他不想失去这样一次中德之间深度对话的机会。尽管孙中山已卸任，但他的影响力和号召力无与伦比。

瓦德克的回访同样让孙中山惊喜，当两人再次握手时，距离上次见面的时间不过刚刚过去几个小时，彼此却有种老友重逢的欣喜。

这次两人交谈的话题更加深入。孙中山滔滔不绝地介绍了他建设二十万公里铁路的宏伟构想。

瓦德克不解道："先生真的不过问政治了，专注铁路？"

孙中山笑笑说："现在，我心中最大的政治就是铁路。"

瓦德克说："先生二十万公里的构想太过宏阔，中国有这样的财力支撑吗？"

孙中山叹道："中国还处在积贫积弱阶段，但谁又能先有了钱再做事？西方资本是最大优势，中国市场也是优势所在。中国最需要做的就是引进外资，改善民生。"

瓦德克点头，说："胶济铁路是最好的例子。"

孙中山说："胶济铁路确实是成功案例，但我们不希望以这种方式合作，而是以和平的商贸方式合作。当然，不能不承认，胶济铁路在山东经济社会发展中发挥了巨大作用。"

"但是……"瓦德克犹豫片刻，似乎不知是否该说，最终还是说，"胶济铁路的经营并不好。"

孙中山问："为何？"

瓦德克说："主要是矿务公司，因为'路权'运动，矿务公司经营困难，离倒闭只有一步之遥了。"

孙中山说："这当然要具体情况具体分析，总体讲，竞争是最能体现公平的，市场不能拒绝竞争。"话题一转，问，"总督是否知道，锡乐巴现在何为？"

瓦德克想想说："在山东铁路公司任监事，政府还聘他为中国经济顾问。"

孙中山说："如果有机会，我想聘他做我的经济助手。"

瓦德克高兴地"噢"一声，能得到孙中山的青睐当然是好事。但转念一想，觉得这事似乎并没那么简单，因为锡乐巴的争议实在太大了。

瓦德克表达了这层意思，孙中山说："超长之人必有短板，我们应该宽容短处，用其长处。另外，您所说的山东矿务公司的状况，我想还是可以有办法改善的……"

孙中山对锡乐巴的关注让瓦德克兴奋，毕竟锡乐巴这样一位备受争议的人物却为中国新的铁路事务总办青睐，无论是对锡乐巴本人，还是德国企业都意味着一种千载难逢的机会。如果消息传回国内，足以引起相关企业部门关注，也会成为政府决策的依据，毕竟孙中山所构想的"二十万公里铁路网"计划实在太过庞大，从中能够分一杯羹就隐含着巨大的利益。

瓦德克与孙中山的非正式见面，融化了情感之冰，彼此都意识到了可能蕴含的更为长远的合作与交流。当两人握手道别时，瓦德克说："希望孙先生能够始终关注青岛的建设，也期待着有更多中国企业与青岛合作。"

孙中山说："相信中德之间的合作将会有更深的拓展。"

沙滩宾馆正对前海，灯光昏暗，但却正如此情此景，海涛汹涌，心潮澎湃。

7

  胶澳总督瓦德克对孙中山来访的事情本来忐忑，但没想到会有意外收获。这让他产生了巨大的成就感，因为这意味着他外交上的胜利。但是，让人意想不到的是，风云突变，平地一场风波却打破了这种和谐气氛。

  就在瓦德克拜访完孙中山的次日，他突然收到德华学堂邀请孙中山演讲的申请。尽管已经有了与孙中山良好的沟通，但瓦德克还是犹豫，毕竟私下里的见面与公开演讲不一样。他知道学生们的诉求是什么，也明白孙中山一旦给学生们演讲必然会为情势所迫，讲出一些不得已的话来。毕竟在公开场合谴责殖民政府的侵略本质，成为所有到胶澳的中国官员的惯例，包括周馥来胶澳时也是如此。

  犹豫之际，德华学堂的校长坎贝尔请见。

  瓦德克见到坎贝尔神色慌张，大为不满。

  坎贝尔说：“学生们一定要胶澳政府批准对孙中山的邀请，不然会有过激行为……”

  瓦德克说：“会有什么过激行为？”

  坎贝尔讲了学校的情况，原来因为给胶澳总督施加压力，以求批准对孙中山的邀请，中国学生开始闹罢课了。一名叫作陈名桐的学生与学校警务人员发生冲突，爬到了校舍顶层，扬言如果不答应孙中山来校演讲便以死抗争。

  瓦德克没想到会闹到如此程度，想了半天，知道如果再刻意阻止学生的话，一定会闹出更大风波，便说："不要再阻拦了，我也不批，他们要邀请的话就让他们请好了。"

  坎贝尔皱皱眉，有些犹豫，他知道总督让他见机行事，那么一旦发生问题，他便难辞其咎。但碍于瓦德克的权威，又不敢多说话，踟蹰一番，只得返回学校。

  当坎贝尔刚到校门时便知道，孙中山已接受学生邀请，正在来校演讲的路上。他知道已无退路，只能尽力维持局面，但愿不发生意外。

  正在三江会馆与周馥聊天的孙中山听到德华学堂的事情后，眉头顿时皱起来，他向来报信的刘冠三问了情况，脱口而出："荒唐。"接着站起身来，说,"我去给这些学子们谈谈如何报效祖国。"

没人知道孙中山此时此刻的心境,只把孙先生的到来作为值得庆贺的事欢欣鼓舞。

陈名桐也从楼上下来了。学校沸腾起来。

瓦德克陷入了不安,他当然不能阻拦,但最大的担心仍然是孙中山面对群情激奋的学生会不会有不利于中德关系的言行。

孙中山来到学校,先与凯贝尔校长和中国总稽查蒋楷见面,聊了几句,便来到学生聚集的演讲地点。新礼堂正在施工,演讲地点在几排平房的会议室内。

屋里挤满人,孙中山进来,掌声雷动,经久不息。

待到大家安静下来。孙中山便问:"听说有人跳楼?"

所有人都把目光投向陈友桐。

孙中山说:"我觉得这种方式不妥。青岛这些年发展很好,这个学校是样板,是清政府给我们留下的为数不多的好遗产之一;你们要珍惜在这里学习的机会,这里有世界上最好的老师——你们的校长就是世界著名的地质学家;这里还有最好的教学设备,更重要的是,这里有最好的教学理念……所以,我大家要懂得珍惜。"

教室一片静寂。学生们没想到,孙中山竟然会这样开场;更没想到,他们高涨的爱国热情似乎并没得到先生认可;更没想到的是,孙先生竟然无一句对德国人的不满与谴责。学生预先设计的一些呼应也变得无法使用。

孙中山感受到学生的不解,但他认为必须把自己的主张告诉这些朝气蓬勃,但又涉世不深的学生,历史的发展不以人的意志为转移,德国对青岛的统治已是既成事实,如何借鉴德国铁路建设和城市治理经验,才是当下最应当考虑的,他有责任把同学们引导到这样一种思考问题的方向上来。所有非理性的抗议和不满都无济于事,从奴役与占领中找出被奴役被占领的原因和奋发图强之道,才是正确选择。

孙中山用沉默回应着同学们的困惑,给大家充分的思考时间。沉默起到了非常好的调节作用。没人怀疑孙先生改造中国的诚意和决心,他们唯一想知道的是,孙先生为何会如此说?

这时,孙中山才用自己的肺腑之言慢慢打开呈现在学生们面前的那个大大的问号:

我很高兴接受同学们邀请，和大家作些交流。看到你们，就像看到了我的过去。

大家都是爱国的。但是，中国的形势已发生翻天覆地的变化。我们创造的新国家还处于初始阶段，这就意味着必须动员所有力量，使之完善改进。共和国的宪法以自由、平等的原则为基本思想。但是人们要警惕对这一思想的滥用。自由和平等绝非没有限制，它们对官员、士兵和学生就不适用。官员、士兵在当今时代担负着十分艰巨的任务和责任，他们必须竭尽全力，为人民、为人类做出重大贡献。

就学生而言如何？学生，必须用极大的勤奋、热情和忘我的精神投入学习之中，以便完成学业后能走向社会，以其所学知识为人民大众谋幸福。这就是说，要创造一个幸福的中国，要通过发明创造或做好组织工作等，在公众生活的所有领域，为中国人民谋福利。中国的发展、进步和未来依藉于此。

我已卸任临时大总统，今后将以毕生精力投入铁路建设，中国要在十年内建成二十万里铁路网，从华北、华东、华南、一直到西北、西南，包括新疆、西藏，建成覆盖全中国的四通八达的交通网，那时，我们国家就像一个打通了任督二脉的巨人，必然会体魄壮硕，那时我们在世界上才会有发言权。胶济铁路是中国最好的铁路之一，是铁路建设的"样板"，依如青岛的城市发展。这两天我在青岛走了很多地方。街道、房屋、海港、卫生设施等等，所有这一切都显示出德国超常的勤奋和努力精神。

高等学堂中有优越条件，可以在著名学者指导下学习先进的知识。在世界各国之中，德国以其文化和科学发达、法律完善著称。同学们应当以德国为榜样，学习先进文化知识，学习他们精益求精的精神。当然，高等学堂不是唯一的学习途径，围墙之外也有许多知识值得学习。学生们在这里所看到的、所感觉到的，应该变成自我鞭策的动力，我们要有这样的目标，就是把这个范例推广到全中国，把祖国建设的同样完美。

这是莘莘学子义不容辞的责任！

……

孙中山的演讲石破天惊。学生们在经过了极度不适后，感觉像打开了一扇门，强劲清新的风扑面而来。

瓦德克第一时间得到凯贝尔反馈的信息。只有两个人的谈话是容易的，但面对群情振奋、跃跃欲试的几百名学生能够讲出这番石破天惊的话是需要胆识和勇气的。这让他真切地感受到了一位伟人宽阔的胸襟和至远的境界，感受到这位瘦削的人身上所凝聚着的改变中国的巨大力量。

演讲次日，孙中山登上著名的风景胜地崂山参观游览。因为有了德华学堂的演讲，很多人心情复杂，其中不乏忧心忡忡者。

傍晚时分，孙中山由大港上船，乘"龙门号"客轮返沪。

瓦德克在孙中山离开当天就将相关情况向海军部做了报告，他的评价是"……在所有与他接触的人士中，都对他留下了美好印象。他的克制和谦虚，他的理想主义和能言善辩，无不昭显着伟人的风范。"

8

当所有遮挡物及附属建筑设施被撤除，为人期待已久的津浦铁路济南站完美地呈现在济南传统的城市天际线，所有人都在惊呼中为之倾倒。巨大的蘑菇石台基所负载出一个挺拔婀娜的英姿，既有着男子汉的雄奇与伟岸，又有着少女的曼妙与轻灵。东西向错落有致的建筑曲线让整座建筑体既玲珑曲折，又深厚丰富。东侧的穹顶俨然就是一位女子被风吹鼓起的绿色纱裙，而西侧的迤逦延展轮廓更像是变幻着造型的女子的身躯。以东部为重心，一座钟楼突然耸立，以一种刺破云端的尖利让人感受到坚硬与纤细相结合的生动与跳跃，挑起整座建筑最有特色的大钟。大钟四面形状，钟盘像四只眼睛傲视远方，一种警惕与戒备的本能清晰毕见。顶端的绿色冠盖与底部的绿色穹窿彼此呼应，形成高低错落有致的反差。冠盖顶端有锋利的塔尖，像高扬的眉梢，赋予建筑以特有的优雅与自信。

济南在这一刻突然间长高了许多，一个新坐标屹立在这块古老的大地。所有济南人都在仰视着这样一种高度，关于商埠区的另外一种解读出现了，传统与时尚在这里形成完美融合。

所有的惊讶变成惊喜，长时间停留在人们的关注中，化作一种自豪为人津津乐道。这是赫尔曼·菲舍尔的作品，这是一件典型的欧式建设，但它是脱去了所有欧式的呆板、教条意味的一幅清新脱俗的作品，让整个城市以及来到这座城市的驻足观看，流连忘返，也开始向更多人介绍传播一座车站以它所带给人们的从未有过的无与伦比的感受。

此时的赫尔曼·菲舍尔、阿斯塔，还有多浦弥勒、锡贝德相约来见证这座伟大的车站的诞生，他们都是铁路工程专家，当然阿斯塔不是，但她以另外一种方式参与了这座车站的创作。他们的欣赏不止于惊喜，在惊喜之余，更多的是品味一座建筑所能够展示出来的多元化内涵，既有着对传统的突破，也有着对国人敢于突破成规的勇气的肯定。对于这样一座车站的接纳本身就是突破传统观念的尝试，是一座旧城市接受新理念的飞跃。

多浦弥勒情不自禁地感叹道："真是座了不起的建筑，匪夷所思。"

锡贝德的感叹不亚于此，但他一时并没有找到合适的表达。这座车站对他来说，本身就是个巨大挑战，他的胶济铁路济南站也进入初始阶段的施工，尽管有锡乐巴远在千里的专业支持，他还是在面前这座伟大的车站面前感受到了一种实实在在的压力。他暗自说："非同凡响。"

赫尔曼·菲舍尔丝毫不掩饰自己的得意之色，说："这都是阿斯塔的功劳，没有她我怎么会设计出这样一座车站。"

阿斯塔一直用双手捂着脸，满脸的激动与兴奋从指间溢出，她一直保持着这样的动作，生怕惊喜会让自己变得无法承载。

多浦弥勒说："祝福你们，你们几乎要改变济南这座城市的面貌，它不只是一座建筑，更是一种德国精神的象征。"

赫尔曼·菲舍尔说："我已经和阿斯塔商量好，虽然津浦铁路已经全线通车，但我不会离开济南。济南就像是注定为我留下的创作空间，我对他太有感情了。我和阿斯塔要住在这里，至少在这里生三个孩子后才会离开。"

阿斯塔羞红了脸，她靠在赫尔曼·菲舍尔的肩头，幸福地享受着这样一个特殊的时刻。

从车站广场出来，四人一起来到石泰岩饭店，边吃边聊起来。

赫尔曼·菲舍尔问多浦弥勒："津浦铁路全线通车，你这位总工程师下一步将会有何高就？"

多浦弥勒摇头说："津浦路不同于其他路，中国人是不会让德国人参与管理的，当然我最想干的事情还是专业。"

锡贝德非常关注多浦弥勒的去向，他想尽可能让他回到胶济铁路。

但多浦弥勒说："我不想再回胶济路，津浦路这么多年，毕竟有感情。再说中国方面已交给我一个新任务，也是我乐于做的，所以我想留在济南、留在津浦。"

锡贝德听罢也不勉强，只是问："能说说你的新任务吗？"

多浦弥勒说："津浦铁路的设计有个最大的不合理就是机车工厂设置太过间疏。北段只有一个于官屯，南段只有浦口，并且一为德国人建，一为英国人建，虽然标准一样，但总有些技术标准不同。所以我提议在济南建座机车工厂，把修建泺口黄河铁桥所建立的机车折返点迁到济南站附近，这便是一座小型工厂的规模，然后慢慢再增加设备，检修维护能力会大大提升。济南在津浦中段，太需要这样一个机车工厂了。"

锡贝德不能不佩服多浦弥勒的远见卓识。

9

锡贝德回到青岛，才知道这些天矿务公司总办施密特一直在找自己。见面后，施密特长吁口气，说："你终于回来了，或许德华银行对矿务公司会做大的动作。"

锡贝德知道施密特一直在为矿务公司经营不善焦虑，在他的视线里似乎从未见施密特有过笑脸，他有着一幅非常滑稽的苦大仇深的表情，第一次见他的人会为他的外在表情所感染，不知他是受了多大的委屈，一旦了解他，他的愁眉苦脸非但无法让人给予同情，反倒会让人禁不住发笑。当然，或许他的这幅表情正是他为矿务公司的操劳与焦虑中所形成的，仔细想来，又不应该嘲笑他。

施密特一直想关停坊茨矿，但由于政府对坊茨的期许过高，并且辛迪加一直在不断加大投入，使得对坊茨站一直心怀疑虑的施密特不敢把坊茨的真实情况向矿务公司做实事求是的报告。但是，随着对坊茨矿越来越暗淡前景的判断，实际上施密特已经把本应投入坊茨的设备开始向博山转移，包括坊茨矿正在使用的一些设备也在拆除，准备移往博山。就在不久前，他终于鼓足勇气，向矿务公司提出申请，要求彻底放弃坊茨矿，转而集中精力开采博山山谷丰富而优质的煤矿资源。

"什么大动作？"锡贝德不解地问。

施密特愁苦的脸上笼罩了一层神秘面纱。他说："听说要把在矿务公司与铁路公司合并。"

"什么？"这确实让锡贝德感到震惊。"会有这事？"他确实没有听到过一丝半点这方面的信息。

施密特说："我也是从小道消息听来的，但判定这事有很大可能，希望锡贝德先生帮助确认一下。"

锡贝德明白，他是想让自己问一下锡乐巴。既然得到了这样一个与自己息息相关的信息，锡贝德不可能不确认此消息的准确性。施密特走后，锡贝德马上给锡乐巴写信询问相关情况。

写完信后，他坐下来静静地在想着矿务公司的事，如果真的合并，铁路公司如何应对？又如何设置矿务管理机构，以确保经营惨淡的矿务公司不至于在自己手上继续滑坡，甚至出现更糟糕的局面？虽然这些事情考虑得有些早，但无风不起浪，矿务公司早就岌岌可危，改变应该在必然之中。

他翻找出德华银行发布的一些内部资料。山东矿务公司的纯销售收入在十年中经营一直不尽如人意，其间只有1906—1907、1909—1910、1911—1912三个年度增长。屋漏偏逢连阴雨，这些年坊茨矿井事故频发，1905年6月发生瓦斯爆炸、1907年有几次小事故，从那时起公司销售收入就从原有的36万马克减少到不足20万马克；1912年5月坊茨矿发生渗水事故，停工1个多月。

1907年，矿务公司管理层曾打算通过增发股票将资本提高300万马克，但糟糕的业绩却没能争取到股东的信心，后来只得向山东铁路公司借款解决困难。此后，为清理事故、建设矿井构筑物、加强安全措施等，公司的营业费用进一步加大，更是雪上加霜。虽然1908年后煤炭开采量增加不少，但较低的销售收入仍然无法抵偿高额的折旧费用。锡贝德的目光落到最终的结论上，至1912年上半年，山东矿务公司累计亏损达123.7万马克。

他长叹一声，重重地把这份材料摔在桌上。

施密特所得到的信息是准确的，这是德华银行在听取了锡乐巴的意见后最终所做出的一项痛苦的决定。高层管理人员把赋闲的锡乐巴请回柏林，就矿务公司情况听取他的意见。锡乐巴并不是谨慎的人,他对于发现的问题一定会直言不讳地提出鲜明的意见,这些意见有时是剧烈的,这也使其得到了更多非议。但是,之前在矿务公司经营问题上他却三缄其口,决不去说半句话,因为他觉得职司不同,加之怕自己的某个建议会给施密特带来麻烦,所以变得非常慎重。他非常同情理解施密特的处境。况且,他现在的身份不同了,作为政府的中国经济顾问,他提醒自己可以从宏观的角度思考问题提出建议,但最好不要过多地介入一些具体问题。除非是管理层主动征求自己的一些细节问题,否则他不愿多言。尽管也想为施密特减轻经营上的压力,并最终使矿务公司摆脱困境,却不得不如此。回国后,他越来越变得患得患失。

德华银行向他征求关于施密特放弃坊茨将经营重心转移到博山意见。锡乐巴对此知无不言,言无不尽。他说:"这是一个非常明智的选择。应该支持他这么做。实话说,从开始坊茨就没有达到预期,尽管政府部门凭着最初的判断而倾向于坊茨的开发,因此也影响甚至是……误导了辛迪加的投资方向,政府也为此投入了大量的精力和物力,但坊茨实际上并没有大家想象的那么好。一个决策会受到源头消息判断的误导,一旦不慎会形成惯性让我们的行动无法停止。有时,这是无法取决于理性的。"

锡乐巴的话仍然是那么犀利,咄咄逼人,尽管德华银行高层在财务工作报告以及频繁的事故信息中判断出了坊茨所存在的危机,但他们同样需要找到一个合适的理由,这个理由取决于是否能够给曾经的决策、投入找到一个合适的借口,而至于伤害到其他人。尽管德华银行高层对锡乐巴的专业判断有着绝对的信任,但还是感到他的这番话非常刺耳。

德华银行接下来便征询了胶澳总督瓦德克的意见。瓦德克对此表示认同。高层由此决定,认可施密特在现场的判断,允许他把矿山开采重心逐步向博山一带转移。

但是,当他接到锡贝德的来信询问关于矿务公司与铁路公司合并的消息时,也有些出乎预料。之前他并没有听到任何这方面的信息。

锡乐巴有些纳闷,他找到菲舍尔询问此事。

菲舍尔半天没说话,锡乐巴知道他虽然作为山东铁路公司监事,但有些事情公司层面已开始有意识地避免让他参与了。

菲舍尔说:"此事,确实在研判中,但还没最终决定。既然您问起此事,我很想听听您的意见。"

锡乐巴站起身，他担心自己会因此而恼怒，但没想到自己心里除却失望便是空白，他知道山东铁路公司已经不需要他了，起身说："主席阁下，我决定辞去监事一职。"

菲舍尔沉默。他知道锡乐巴的脾气，也不相劝，只是笑笑了事。锡乐巴回到住所果真递交了辞呈。这确实出乎菲舍尔预料，他的态度是置之不理。文件、会议通知依旧发给锡乐巴，参不参加由他自己决定。

很快，锡乐巴就听到了德国首相比洛已经批复山东矿务公司与山东铁路公司合并。不久，锡乐巴也看到了董事局专门给他送来的文件。

1913年2月5日，德山东矿务公司和山东铁路公司在柏林签订协议，由山东铁路公司通过发行540万马克新股票接收山东矿务公司资产，同时向股东发行60万马克新股票。4月4日，按德国首相颁布的清算规定，山东矿务公司的许可权登记到山东铁路公司名下。山东铁路公司的德文名称保持不变，原山东矿务公司成为山东铁路公司的"采矿部"，而山东铁路公司的中文名称变为"山东路矿公司"。

锡乐巴知道这番大变动对山东铁路公司会带来更大挑战，他经过细致考虑，给锡贝德写了一封信：

……这实在是一个无奈之举，虽然董事局并没有征求我的意见，就贸然做出了这个决定。当然，他们也已经不再需要我了。但仔细想来，这一个决定或许是正确的，至少是不得已而为之的。因为矿务公司确实已经到了举步维艰的地步了，不能再让施密特为难了。别看他一天到晚愁眉苦脸的样子，但施密特有着柔软而坚强的意志，是一位少见的有杰出才华的矿务工程师，换作任何一个人，或许早就辞职了。

煤炭是为铁路运输提供动力的重要资源，没有煤炭就会无法运营；煤矿的继续经营同样需要以铁路的运输为保障，彼此相互依存发展，合并之后的矿务公司尽管在山东铁路名下变成了一个采矿部，但我认为在具体的运作过程之中，仍然需要保持它的独立性，这并不是仅仅关系到施密特的面子，更重要的是应该尊重煤矿开采规律，施密特是专家，他应该对此保持足够的话语权，并且他的品德值得尊重……

你应该支持施密特的决定，尽快将坊茨矿的设备转移到博山，我听说坊茨矿日产只能维持在500吨左右,已没有盈利空间,博山是有希望的……

接到锡乐巴的来信时,锡贝德与施密特之间正在做业务上的交接,所谓交接其实无非是把关于矿山的经营情况梳理对接一番,以便于了解掌握。锡贝德表达的意思很明确,尽管原矿务公司的业务归并到山东铁路公司"采矿部",但施密特仍然享有与原职位相同的权力,锡贝德明确告诉他,"我不会干预您任何的在矿务业务方面的权力。"

施密特说:"所有的事情当然都会置于铁路公司管理和监督之下,我会倾尽心力将矿务事项做好。"

此时,锡贝德正在看着锡乐巴的来信,看完后他觉得也有必要让施密特了解锡乐巴的良苦用心,便把信交给他看,施密特看完有些感动,眼里竟然噙着泪。

俩人都心情复杂,知道此举是董事局力图改变现状的努力,尽管既有的管理模式已为大家所习惯,但毕竟矿务公司的账务实在太过沉重,但愿如此能够摆脱困顿局面。

但是,也并非没有让人开心的事情。第二天,锡贝德就将启程前往济南与新任山东都督周自齐会面,就建设济泺支线事做最后磋商,如果顺利的话便可以与山东农工商厅签订协议组织实施。北洋局面让人眼花缭乱。济泺支线的事本是孙宝琦有意透露给锡贝德的,而现在将要与他达成协议的却已换成周自齐。

袁世凯视山东为禁脔,对山东的执政者要求甚高。所任用的官吏大都有着留洋经历,思想创新开放。周自齐是山东单县人,1896年赴美留学,历任清廷驻美公使馆参赞,驻纽约、旧金山领事,眼界开阔,视野不凡。与孙宝琦一样,他对济泺支线的修建给予大力支持,对一些滞碍也是睁只眼闭只眼。

锡贝德与周自齐的磋商并没有遇到困难。

周自齐不问细节,只是说:"只要与大局无碍便可。"

锡贝德说:"这是条联络支路的叉道,铁路公司可以自行办理。"

"自行办理"这话说得有纰漏,分明是山东铁路公司可以自行其是的意思。周自齐并不为怪,只说:"只要与商有益,尽快办理。"

锡贝德也觉得心情急切了些，忙解释说："沿胶济铁路两旁，大多是华商，洋商极少，修建这条支线对华商最为有利。从小清河运来的大豆、谷子、棉花到达济南后，商户需要雇用驴车才能将货物从泺口运至济南西站装车，再通过胶济铁路运到峄山、潍县、蛤蟆屯等处，如果修建这条支线，由泺口直接就可以装运火车，运费大体可以少三成，况且还能进入津浦铁路，会走向全国的市场。"

周自齐点头称是。这事算是定下来了。随后，锡贝德又在济南会见了津浦局相关人员，与之签订下了《津浦铁路黄台桥至泺口暨泺口码头岔道允认胶济铁路过车条件》，支线正式开始建设。

半年后，济泺支线建成，从此胶济铁路的所有车辆都能在济南府东站和泺口岸边之间运行，实现了胶济铁路与黄河的联运，也建立起了与津浦铁路的一条迂回线路。

身在柏林的锡乐巴在听到济泺支线建成的消息后，终于稍稍松了一口气，虽说并不圆满，但至少也让他对山东铁路公司有所交代，自己心安了许多。

10

进入1914年，所有青岛人都突然嗅到了一种危险的气息。十年前日俄战争曾经一度弥漫的紧张气氛好像在不知觉间又飘了回来。所谓"突然"，其实也是事出有因，特别是对瓦德克来说，这种"突然"其实早就有预感。只是他无从判断这种"突然"而来的危险程度到底多大，在他看来，这取决于国内政策的调整变化和对事态的应对程度。

铁路。德国人钟情的铁路既成为他们攫取殖民地的"武器"，也成为制造这场危机的导火索。他们无法从一条铁路成功的修建运营中得出有效的利害权衡和判断。但可以肯定的是，一条从柏林、君士坦丁堡到巴格达、波斯湾的巴格达铁路，直接损害了英国在中东的利益，威胁到了英属印度。威廉二世上台后政策的调整，一直都着眼于和英国争霸世界的考量。巴格达铁路终于让英国人忍无可忍。英国把主要的假想敌聚焦在了德国人身上。

瓦德克从海军部的军事简报中不断体会着英德间这种对抗的演化，时而紧张对峙，时而又会出现某种缓和甚至是超乎寻常的"亲密"举动，而在这种反复不定的变化中，瓦德克能判断得出来，两国间通过武力征服对方可能是会是最终的选择。只是这样一个时机何时出现是个未知数。

1914年8月，奥匈帝国皇储斐迪南大公夫妇在萨拉热窝被杀，局面混乱起来。而在海军部的简报中越来越多地传递出了备战的信息，青岛二字偶尔出现其中，对青岛面临的形势的总体判断与1904年出奇地相似，总体的基调是青岛占领军必须要有应对一个黄种人国家进攻的能力，并且做好应对准备。瓦德克召见了曾指挥过1904年那场为特鲁泊极为不满的实战演习的海军中将盖斯勒，听他谈如何应对局势变化。

盖斯勒说："这是我们一直在致力做的事情，十年来我们的炮台、堡垒等防御工事有了长足进步，但如果在没有国内援助的情况下，只能坚守十五天，这与十年前的预判不是进步了，而是退步了，因为敌人的能力在提升。"

"你的意思，我们这十年没有比敌人做得更多。"

"我这么认为。这还是在中国人不为难我们的情况下。如果中国人主动攻击，我们根本不堪一击。"

"投降？"

"当然不能。"盖勒斯说，"虽然一旦战争爆发无法指望国内援助，但战争总是在动态中发展的，不确定因素多，既有不利因素，也有不可预测的有利因素，没有一成不变的战争，所以我们只能在战争进程中寻求取得胜利的机会。推断都是基于一般意义，战争却会瞬息万变。"

"对，你说得很对。我们做自己能做的事情，最终结果，只有天知道。再说，我们也不怕最坏的事情发生，青岛本就是孤悬海外的租借地，能否保住并不以我们的意志为转移。"

接下来的几天，瓦德克一直在和官员们研讨局势发展变化情况以及应对措施。国内传来的消息愈发让人不容乐观，海军部已将那个可能对青岛实施进攻的黄种人国家，变成了指向明确的日本——那个曾在二十年前被德俄法三国联合逼迫让出"战利品"辽东半岛，十年前已完成对俄复仇，而今虎视眈眈要报德国二十年前一箭之仇的国家。租借地迅速进入战前紧急状态。

青岛驻军只有第三海军营的5000多人的兵力。炮台、堡垒这些固定的防御工事不可能在短时间内有大的提升，而尽最大可能补充兵员是当务之急。盖斯勒说:"现在必须把天津的远征军抽调回来,集中精力防保卫青岛。"大家都知道,那是1900年北京政变结束之后留在天津的一支部队,抽调回来理所当然。除此之外,还达成另外一个共识,紧急征调在东亚的德国籍退役士兵。根据参谋部统计的数据,估计可以募集到300人左右。瓦德克迅速签发了征调令。

完成一番部署后,瓦德克筋疲力尽。这时却收到一封让他极为震惊的电报。蒂尔皮茨在电报中说,外交部正在努力,要将租借地包括胶济铁路在内所有德国资产交还中国。

瓦德克有些垂头丧气,但在没有更好避免战争办法的前提下,或许这不失为一种避免损失的途径。

外交努力确实正在进行。德国政府已经向驻华使馆代办马代尔发出命令,向袁世凯政府表达移交包括胶济铁路在内的租借地资产的意向。

8月中旬的北京,天气干燥闷热,马代尔来到北洋政府外务部提出外交照会,希望中国能够给予适当补偿,德国将包括胶济铁路在内的胶澳租借地交还中国。袁世凯大喜过望,但是,消息却不慎走漏。不几日,日本驻华代办小幡酉吉就来到外务部面对面提出抗议,恐吓道"中国在不向英日商量的情况下,直接与德国人私下沟通,恐怕日后会生出重大危险。"

袁世凯只得改变策略,请求美国出面干预,建议德国先将胶澳租借地交给美国,然后再由美国转交中国,但美国却不愿惹这个"麻烦"。表示爱莫能助。尽管如此,袁世凯也没有放弃最后努力,外交部金事程遵尧奉命赴德驻华使馆,再次与代办马代尔磋商胶济铁路归还事宜。马代尔根据国内指示,同意无条件将胶济铁路交由中国接管。但日本外务省却不依不饶,强硬干预,表示如果胶济铁路"由德人交中国接管手续,日本绝不承认"。公然威吓中国"一旦进入战争阶段,日本政府对山东胶济铁路有管理的必要。"

锡贝德也听到了关于胶济铁路移交给中国政府的消息,感到这或许是条最为安全的生存之道,尽管有着诸多不情愿,但毕竟战后还可以与中国人再度协商解决,至少可以避免当下的灭顶之灾。但是,锡贝德与瓦德克等抱有同样心情的人一样,最终大失所望,连如此不得已的要求也被日本人斩断。他们由此感受到了日本对德国的痛恨以由睚眦必报的态度。剩下的,只有以必死的决心应对局势变化了。

11

日本对德宣战的消息很快就出现在了各大媒体。

鉴于当前局势，日本帝国政府认为，为确保东方的持久和平，必须将影响到东亚地区稳定的干扰因素彻底清除，并且需要采取切实措施保护英日同盟的整体利益。为此，日本帝国政府有义务对德意志帝国政府提出以下两项要求：

1. 德国军舰和辅助巡洋舰须立即撤离日本和中国水域。无法撤离的军舰须立即解除武装。

2. 德国政府至迟于9月15日前将从中国租借的胶州无条件、无补偿地移交日本帝国政府，后者将视情交还中国政府。

日本政府同时宣布，如果在1914年8月23日中午未能收到德方关于同意无条件接受日本上述要求的照会，日本政府将被迫采取一切视为必要的措施。

1914年8月15日

瓦德克反复看着日本的最后通牒，心情复杂，他知道与日本人决战的时刻就要到了。但是，他也非常明白以青岛现在的军事力量特别是在本土无力支援，只能靠租借地自保的情况下，与日本人死磕无异是以卵击石。是否可以保存力量，选择适当的时机撤离青岛是在他考虑范围之内。但是，一切都要等国内指示，那是最终确定战略的依据。

瓦德克终于等到了海军部转发来的威廉二世对于青岛的旨意："德意志祖国和我都在自豪地注视着青岛的英雄们，相信你们一定能忠实于总督府的指令，切实履行义务。誓死一战。为此，请接受我对你们的感谢。"

瓦德克热血沸腾，同时他心存的最后一丝苟且也失去了存在的依据，他只能与青岛共存亡，与德国官兵共生死了。

而此时，驻北京公使馆马代尔也正式向瓦德发来电报，确认北洋政府将会划出潍县以西作为"交战区"，容许两国在此范围捉对厮杀，这恍惚就是十年前日俄战争的翻版。很快就有情报，神尾光臣所率日本第十八师团与英军巴奈狄斯坦准将率领的康德拉与维尔纳英国军团组成英日联队从日本出发向青岛杀来。

　　瓦德克根据皇帝的命令和对形势的研判，经请示海军部同意，马上便建立起战时动员体制，以他战时守备军总司令官的身份开始指挥整个租借地军队应对日本蓄谋已久的进攻，租借地的所有政府部门、机构、企业只要为战争所需都纳入了这个战时的运行机制之中。山东铁路公司作为交通运输的重要部门，在战时机制居于关键的位置的地位。锡贝德以及他所管辖的所有胶济铁路的运输设施、调度指挥权都纳入了瓦德克的总体指挥体系之下。

　　这天，锡贝德参加了瓦德克组织的第七次战时动员会，命令他集结一列由十二节车辆组成的列车在青岛火车站待命。但列车组织完后却迟迟没有发出的命令。列车上装满炸药、油桶，还有一些机械设备，几十名德军士兵在车辆之间守护逡巡。锡贝德有些不安，多方打听消息，才从一位年轻德国士兵口中了解到。日本人已经在龙口登陆，他们奉命前往潍县一带炸毁铁路桥梁以阻止日军通行。

　　锡贝德大为惊恐，他没想到胶济铁路需要付出这种代价。可他仍然不明白，军列又为何迟迟不出发。

　　士兵说："龙口、潍县一带正在下大雨，要看日本人的动向才能确定。"

　　战事进展确如这位士兵所讲，瓦德克在得到日军已从山东龙口一带登陆的消息后，惊出一身冷汗。本以为日本人会从海面强行登陆，没想到他们选择由龙口登陆，做了一个如此之大的迂回，很明显是要对青岛实施两面夹击。这无疑给瓦德克的军事部署都来了巨大困难。而阻击日本由西自东的袭击，除却近距离部署青岛以北、以西的防守阵地外，如果时间允许，以破坏铁路和以铁路沿线的车站为据点实施阻击是最有效的方式了。

　　军列准备好了，但潍县一带的大雨却使日军深陷泥淖举步维艰，瓦德克也在等待时机。

　　瓦德克没想到，锡贝德竟然来到总督府，提出尽量不要炸毁铁路桥梁的要求。在瓦德克看来，战争状态是必须省略掉诸多解释、论证的，简单的声音会避免诸多不必要的歧义和误读，所以，他对锡贝德的上门求情视作不视时务的举动，本想大加斥责，但突然想起另外一件事，还是努力压下了心头怒火，只是脸色依旧凝重。

瓦德克说:"我会视战争进展而确定如何行动,你只需要按命令行事即可。"

锡贝德见状,也不敢再说什么。

瓦德克说:"锡贝德先生,还有件事需要你马上办。"

锡贝德停步细听。

瓦德克说:"东亚的很多退役军官以及在东亚的旅游的德籍人士都在向青岛集结,他们尽可能地携带一些枪支弹药,但在乘车时却遇到了困难,你向各车站打好招呼,只要是德籍人员一律无条件放行,不得私自查扣他们所携带的物品,无论是个人物品,还是枪支弹药。现在是战时,战时!"

在平常时期,携带枪支弹药乘车是违禁的。但现在要放开违禁品?锡贝德稍有犹豫,但还是点头说是,离开总督府。

瓦德克发出征召令之后,身在东亚各地的德籍人士踊跃响应。而就在锡贝德到来前,瓦德克刚刚接见了一位由越南辗转万里来青岛参战的志士。瓦德克是从卫礼贤口中听到这一消息的,大为感动,决定亲自接见他。

总督府副官福屯勒将这位叫维尔纳的人引进总督府。瓦德克与他做了简短交谈,知道维尔纳是位越南雇佣兵。瓦德克问:"为何要来青岛?"

"青岛是德国租借地,国家有难,当然为国家一战。"

瓦德克听维尔纳讲述了他前往青岛的传奇经历。维尔纳是从越南开小差跑来的,先到云南昆明,德国驻云南领事馆听说他要前往青岛,便资助他一笔费用。但纳尔纳从云南出发后却走错了方向,竟然去了重庆。他只得从重庆坐船,沿长江往下游走,先是到宜昌,又到汉口。从汉口坐火车去北京,再从北京转车到济南。瓦德克、福屯勒等人听得目瞪口呆。

福屯勒不无崇敬地问:"维尔纳先生,你觉得您来青岛可以胜任何种工作?"

"炮手!我在舰艇服过役,打炮是我的拿手戏。"

众人都惊喜,觉得是个意外。

瓦德克让新闻官将维尔纳的事迹公之于众,目的在于激励更多德籍人士投入青岛保卫战。其间,维尔纳也讲到了他从济南乘车到青岛时,受到铁路方面的严格盘查,他从北京搜集到的一只手枪和一袋子弹差点被没收,好在遇到了另外一位赶往青岛的德籍人士帮忙才化险为夷。这才有了瓦德克专门对锡贝德的交代。

瓦德克送走锡贝德，海军中将盖斯勒来了，他说："现在最紧要的是把天津的三百余名专业军人运送到青岛。好在大雨阻止了日本人，一旦他们进入潍县，胶济铁路就会阻断，进入青岛的希望就非常小了。"

瓦德克确实正在为此事发愁，其实停留在青岛站的那列准备对胶济铁路实施破坏的列车之所以迟迟没有发出，正是因为等待着那列从天津开来的车辆能够抢在日军到达潍县前进入青岛，如果破坏计划一旦实施，也就意味着近三百名的德军正规部队将会无法到达青岛。

听完盖德兹的报告，瓦德克立即与德国驻济南领事馆代办威斯先生联系，希望对方能掌握相关信息，一旦有运兵车进入济南，马上协调各方力量实现由津浦铁路过轨。威斯先生说，自己正在一刻不停地关注着天津方面的信息，但他派出去执行这趟任务的津浦铁路大厂厂长多浦弥勒却杳无音信。

12

实际上，较之威斯、瓦德克，多浦弥勒更加着急。

在此之前，他无论如何都不会想到，竟被赋予这样一项带有军事色彩的任务。威斯先生说得很明确，胶澳总督想把辛丑年来到天津的德国驻屯军集结青岛，但没有比他更合适承担这项任务的人选了，因为他曾是津浦铁路北段总工程师，既与铁路方面的人员熟悉，也对津浦铁路北段的线路状况熟悉，无人可替。多浦弥勒并非不想为国尽责，而是他根本就没有完成这项任务的信心，怕误了大事。威斯先生取出胶澳总督专门发来的电报，多浦弥勒别无选择。他知道，或许自己真的是那个最合适的人选了。

当他忐忑不安地来到天津，才发现发生在欧洲的战事影响已经不只是青岛，包括天津都因为德国驻军的存在而变得阴云密布，风声鹤唳。远征军早就集结完毕。但天津周围的铁道线却被英国人严密监控起来，他们一定明白这支驻军下一步的动向，所以严密防范，决定强行阻挠，不给德国人有通过铁路南下的机会。

多浦弥勒联系了很多关系，大都表示爱莫能助，没人冒着制造外交事件的风险为他开绿灯。多浦弥勒一筹莫展。

德国驻华公使马代尔也参与到了这次运兵的秘密组织中，他的斡旋效果同样并不明显，一旦涉及此话题大都避之犹恐不及。情急之中，马代尔亲赴天津与多浦弥勒见面，商谈摆脱困境的办法。

马代尔说："事已至此，只得冒险一搏。有没有强行开车的可能？"

多浦弥勒说："很难。"但情急之中，他还是把自己想过多次，但总觉很难实施的一个方案说了出来。"在津浦铁路天津段施工时，曾经修筑过一条施工线，铁路建成通车后这条线路便被荒废不用，如果这条线路还存在并且能用的话，便可以绕开英军的控制区段。"

马尔代和远征军上尉库洛兴奋地"噢"一声，似乎看到了一线希望。

"但是，首先要确认一下这条线路是否存在，状况如何。并且还需要疏通铁路方面的关系，让他们暗中相助。"多浦弥勒说。

马代尔急切道："你和库洛去看铁路，我去疏通铁路方面的关系。"

几人都知道已经没有了更多办法，便分头行事。

让多浦弥勒和库洛欣喜不已的是，那条施工线路虽然已经有多处损坏，但基本保持了完整。接下来的几天，库洛秘密组织几十名德军对线路进行了适当维修，当他觉得基本可以满足行车条件时，便决定开始实施这次冒险行动。而马代尔此时也做好了外围的工作。

这天晚上，三百余名德军不知鬼不觉地由天津北一座废弃的陈塘庄车站登上一辆早就准备好的工程车。半夜时分，列车缓缓启动，开始在寂静的天津外城区绕行。兵士蜷缩在车厢内，大气不敢出。多浦弥勒凭借对路段的熟悉指挥着车辆运行，其实所谓的指挥无非是凭借记忆进行的预判。列车一路开来，在多浦弥勒最为担心的区段果然发生了几次险情，有一次剧烈颠簸，让他几乎已经断定会颠覆无疑，有一次列车分明已经脱离了轨道，但在几次摇摆、飘移后又神奇地复原……列车终于在天将亮时来到了施工叉线与津浦干线接轨的小站。多浦弥勒的心又提起来，他不知道马代尔是否已经在这个小站做好功课，如果没有人提前在此搬动道岔，列车是无法进入津浦干线的。果然，马代尔的工作做到了家，早就有人在此守候将道岔开通到津浦方向。列车在经过最后一次剧烈的晃动后，缓缓驶入津浦线。车内的士兵瞬间便判断出列车已远离了危险，便开始躁动起来。而就在不远处就有驻守的英军，他们面面相觑，不知道这列火车是从哪里突然冒出来的……

车过泺口黄河大桥，便可以确定完全脱离了危险。多浦弥勒与库洛击掌相庆，车厢内士兵们欢呼雀跃。

列车到达济南站，威斯先生已在车站苦盼多日。多浦弥勒顿感心力交瘁，瘫软在地。

13

运兵列车到达津浦铁路济南站后便被迅速换轨进入胶济铁路，并以最快的速度通过潍县这个关键节点。很快，在司令官神尾光臣率领下的日本十八师团，历经周折，终于从山东龙口抵达潍县。他们的第一个战略目标便是占领潍县火车站，截断胶济铁路。神尾光臣没想到的是，刚刚有一列德军专列从此通过进入青岛保卫战的战斗序列当中。

但让更多人没想到的却是日本人的军事部署。神尾光臣所率各部只留小部分驻守潍县火车站，占领坊茨矿区，大部队却向西进发。瓦德克不惑不解。身在北京的袁世凯大呼上当，因为他突然间明白了日本人的真实用意，青岛对于他们来说可以说是探囊取物，而整个胶济铁路沿线、整个山东乃至于整个华北才是他们最重要的战略目标。无奈为时已晚，大局已难挽回。

在日军到达前，施密特正在黌山车站组织人员实施对矿山的破坏。夜色渐暗，炸药已被安装在新开发的淄川矿井，随着一声剧烈的爆炸，一束火光喷射而出，烟尘在夜色里无声蔓延，人们开始剧烈咳嗽，整个博山不时传来相同的爆炸声，那是一种有组织的破坏的连锁反应，那些曾经寄托着山东铁路公司梦想的井架、来自德国的抽水设备、提升机械都瘫软地倾斜、毁灭。施密特笑了，他的所有心血都在这惨不忍睹的笑声中化作一片废墟，他选择这样一个时机，既是方便于破坏行动的实施，也是不忍看不到矿山被毁的模样。他从力主从坊茨将所有设备转移到博山才仅仅一年，博山的煤炭销量飞快提升，而现在他不得不亲手扼杀掉自己的梦想。把自己的心血和成果毁灭后，施密特前往济南与锡乐巴汇合，他们选择在日本人占领青岛前由津浦铁路离开山东。

天刚亮，日本陆军独立步兵第一大队"特遣队"在阪田新圊嘱托率领下占领淄川矿场。矮小的阪田新圊望着尘埃未消，青烟袅袅，一片狼藉的矿区，脸上露出绝望的眼神，他从更多先遣人员那里听到过博山矿业的兴盛与发达，而德国人留给他的却是这样一个烂摊子，要想重新恢复生产需要付出巨大的人力物力。

博山距离济南更近,在阪田新圃进入博山之时,十八军团司令官神尾光臣已率部进入正在施工的胶济铁路济南火车站。

下车后的神尾光臣仰视着津浦铁路济南站雄伟的钟楼,若有所思。他不明白为什么两座车站相近而不相交?他想知道,这座车站的设计者到底是谁?是如何把一座理想主义的建筑安放在这样一个古老的城市。

他知道,德国工程师们早就逃之夭夭。但他不知道他们的名字,包括赫尔曼·菲舍尔、阿斯塔,还有锡贝德、施密特,那样一群有才华的铁路工程师在日本人的刺刀下已纷纷逃离。神尾光臣想,如果他们在这里的话,自己非但不会杀他们,还一定会待为座上宾,让他们继续完成这座未完成的车站——胶济铁路济南火车站。

神尾光臣命令占领军接续建设胶济铁路济南火车站。

日本占领军的到来让山东督军靳云鹏大为恐慌,紧急致电袁世凯请示对策。焦头烂额的袁世凯并无良策略,只一而再再而三地责成外交部向日方抗议。

外交总长孙宝琦曾任山东都督,对山东事务既有责任更不敢懈怠。他已到日本驻华使馆去过数次。代理日本公使小幡酉吉不是回避就是敷衍,坚持说:"胶济铁路是德国人的资产,理所当然应该由日本收回。"

孙宝琦义正词严道:"济南已是中国内地,早就出了德国租借地,日本的所做所为为国际社会所不容。"

小幡酉吉只是摇头。

孙宝琦说:"我们已在潍县以东划定交战区,日本没理由西进。"

一番交涉无果,袁世凯只得命令靳云鹏以地方政府名义与日军签订了《胶济铁路临时维持治安条款》,对济南实施共治。日军堂而皇之地占领济南。

部署完成济南防务,神尾光臣挥师东进。与此同时,日本海军第二舰队司令加藤定吉率领日英联军开始从黄海正面进攻。

日本联军开始东西夹攻青岛。

14

9月17日,日本人到达租借地边界。战斗首先在女姑山打响。

德军一直处于被动防守中,尽管偶尔也会传来些令人振奋的消息,但包括瓦德克在内的德国军官们始终也没有真的相信过会出现奇迹。9月18日，预备役少尉冯·李德泽尔（von Riedesel）成为第一个阵亡的德国军官。为避开优势敌人，德军撤退到李村高地。但"S90"号、"美洲豹"号和"伊丽莎白皇后"号战舰还是通过迂回出击给日本战舰以有效打击。

瓦德克密切关注着战事发展。9月23日，英国和印度军队在英国将领巴纳迪斯通率领下逼近青岛。9月26日，日军被阻止在沧口—李村—沙子口一线。但是，9月28日，德军又不得已开始全方位收缩，大部分部队撤退到主阵地。

10月2日，瓦德克得到个好消息。德军在四方山实施了一次出击，在"美洲豹"号和"伊丽莎白皇后"号战舰以及小泥洼火炮的支援下打退了日军进攻，致使日军伤亡士兵达到2500人，而德军只有6人死亡、90人受伤。

更提振士气的消息接踵而来。10月4日，一艘满载武器和弹药的亨宝轮船公司的轮船突破海上封锁进入青岛，这意味着青岛有了进一步得到外部支援的可能。

10月17日夜，"S90"号军舰成功突围，并在突围过程中用鱼雷击沉了日本"高千穗"号巡洋舰。只是随即便受到日舰围堵，最终不得不被驶入中立区海滩上搁浅，无奈之下，德军炸毁军舰，大部分舰员牺牲，包括从越南前来的雇佣兵维尔纳。

自10月31日中午开始，日军开始对青岛实施了连续7天7夜的炮轰，青岛笼罩在一片浓重的硝烟之中。

而在这几天的战斗中，最让瓦德克振奋不已的却是海军部派来的飞行员普吕肖夫的出色表现，他所驾驶的鸽式战斗机不断在空中盘旋，与日军海上飞机搏杀，连续击落几架日本军机，致使日军飞机一度不敢升空。这大大出乎瓦德克预料。本来海军部派了两位飞行员前来参战，据内部消息通报，两人都有极为娴熟的实战经验，特别是普吕肖夫，被称之为空中冒险家。但是，让瓦德克意外的是，两人来青岛的第一次适应性飞行就发生了严重事故，另一位叫米勒斯考斯基的飞行员驾驶鲁姆普勒飞机直接撞到了山岩上，飞机报废，自己也受了重伤。这让瓦德克极度失望。让人想象不到的是，普吕肖夫的空中芭蕾征服了青岛的所有人，人们甚至每天都翘首期盼观看普吕肖夫的"表演"。但是，有所准备的日军开始有针对性地根据普吕肖夫的特点制定攻击战术，加之德军只有普吕肖夫一架鸽式战斗力，势单力薄，一旦在空中出现，马上就遭遇多架日机围攻。所以，普吕肖夫只能寻找合适时机出击，实施完攻击或侦察完目标后必须迅速返航。在一次攻击中，普吕肖夫战机的螺旋桨折断，他硬是用自制胶带将其黏合，重新投入战斗。

这天一早，普吕肖夫升空后执行侦察任务，突然发现日军在崂山湾一带又有一股新的军队登陆，而此前并没有这方面的消息，为了准确了解情况，普吕肖夫向外海飞去，但当他把地面的情况了解清楚准备返航时，却发现前后左右已经有四架日机将他合围起来。

以一敌四，必须有破釜沉舟的决心。普吕肖夫把时速提高到极限，从腰间拔出手枪，向敌机迎面飞去；不循常理的飞行姿态，让对手大感意外，本能躲避，普吕肖夫举枪朝敌机驾驶舱射击，可以看到子弹穿透舱盖，日军被击中后的狰狞表情，敌机失控，翻滚而下，与另一架飞机侧撞，两架飞机啸叫着向海面栽去。

普吕肖夫的飞机鹰一样脱离险境，另外两架日机被突如其来的情况惊呆了，似乎忘记了对普吕肖夫的攻击。普吕肖夫敏锐地摁下了射击按钮，枪孔窜出火舌，一架敌机燃起浓烟，紧接着在空中爆炸。

这时，普吕肖夫感觉到了自己座机异样，他本能地判断，刚修复的螺旋桨叶片折断了。普吕肖夫每遇险情，总会激发出无穷的智慧和斗志，这是他屡次绝处逢生的原因。他凭经验把飞机稳定下来。他想，只有一架敌机了，不但要控制好自己，还要尽可能把那架敌机消灭。他提醒自己要有足够的耐心。这时，一排子弹射来。普吕肖夫沉着地判断着敌机的位置和飞行路径。普吕肖夫已很难掌控平衡，顺势做出逃遁的样子，迅速降低飞行速度，在一处岩体前猛然拔高，后面的敌机直接撞上山崖，一个巨大的火球在半空燃起……

瓦德克和很多德军士兵都目睹了这场精彩绝伦的空中对决。

15

战斗仍在继续。最终不出预料地德军被迫放弃战斗。11月2日夜，"美洲豹"号、"伊丽莎白皇后"号和其余战舰的弹药储备告罄，船舰被炸沉于港口。同天，起重机和船厂设施被炸毁。

11月7日晚，所有弹药耗尽。瓦德克只得下令把剩余的火炮和防御工事全部炸毁。日军陆续攻占伊尔梯斯山（太平山）、青岛山和信号山。德军在观象山挂起白旗。

与此同时，日军所属的一支特殊建制的部队占领了山东路矿公司驻地，正式接管胶济铁路。这支部队就是武内队长率领的日本铁道联队。

在对青岛发动军事行动前，日本军部通过对青岛的深入研究，特别是针对胶济铁路在整个战事中将会起到至关重要的作用，决定成立铁道联队，主要任务就是通过敷设轻便铁路和接管运营铁路的方式对军队后勤实施有效保障。铁道联队在十年前的日俄战争中就有过尝试，但那次尝试并不成功，所以，山东铁道联队成立初，日本军方就有巨大的反对意见，认为铁道在战时作用极其有限，成立山东铁道联队实在没有必要。但参谋本部对自己的研判却持坚定态度，并且在战事前一年，军方就在千叶至三里冢间做过一次轻便铁道铺设演习，并公布演习结论争取赢得支持。尽管如此，还是有人认为："根据日俄战争的经验，重炮的搬运只能靠滚轮在道路上搬运，轻便铁路是没有用的。""根据（日俄战争时）旅顺攻城经验，轻便铁路是完全不行的。依靠那种东西，不知道重炮要到何时才能到达阵地。"

尽管反对的声音不绝，但参谋本部不为所动，并且专门任命了曾在参谋本部任职的少将武内为临时铁道联队队长。

武内果然在战争中，把铁道联队的作用发挥到了极致。为配合登陆部队攻击，铁道联队以最快速度铺设出两条轻便铁路，一条从王哥庄经丹山、墨涧到李村。这条线修得非常迂回，并且还出人预料地穿越了白沙河。另一条轻便铁路，经沙子口、张村，到达季村，是一条距离主战阵地最便捷的径路，可以迅速地输送弹药。轻便铁路除为登陆部队运输辎重，还承担起包括运送28厘米榴弹炮、伤员等所有一切可以做的事情，最多时一天的物资运送量达到140余吨。

随着战事的推进，山东铁道联队的职能也由敷设轻便铁路转向负责胶济铁路全线的修复和运营。规格由营升格为团的建制。武内知道，对山东铁路公司总部的占领，标志着整条胶济铁路全部置于他的管辖之中。

11月9日，瓦德克向威廉二世发出电报：

在所有防御手段都罄尽之后，防御战线的中部被敌人突破，要塞陷落了。此前，连续不断的来自陆地直径达280毫米的曲射炮炮弹的轰炸和来自海上的猛烈射击早已把防御工事和城市毁得面目全非。最后，所有火炮都无法使用了，具体的伤亡情况尚难以准确估算，但可以肯定，尽管遭遇到长时间的猛烈轰击，士兵的伤亡仍比预期的要少得多，这恰如奇迹一般。

尽管做了最大限度的自我辩白的解释，但他最后的结论是："德国是时候退出青岛了。"

11月10日，德军投降。

11月14日，日军举行入城仪式，正式占领青岛。

16

此时，锡贝德已在返回德国途中。他手里拿着一份清单，那是他在青岛的财产细目。离开青岛前，他对自己的资产进行了详细清点。他知道自己无法带走这些多年积累的物品，希望委托德华银行代管得以保全。这份长达几十页的目录清单，既是他的资产，更记录着他在青岛的生活细节，那些美好的如今却已不堪回首的往事。

……

三角钢琴1架，2000马克；锦缎钢琴罩1顶，60马克；钢琴曲谱若干，100马克；茶几1张，20马克；日本四角茶桌1张，60马克；花台1个，14马克；中国琵琶1把，10马克；水彩画（带框）1幅，150马克；油画（带框）1幅，200马克……

座钟1台，50马克；缝纫小桌1张，16马克；圆形日本桌1张，40马克；编织桌布1块，10马克；1752年荷兰铜版画4幅，200马克；德国铜版画（带框）1幅，50马克……

刮脸用具（带套）1套，12马克；刮脸刀2把，6马克；版画（带框）1幅，50马克；盘子2只，10马克；羔羊皮手套2双，24马克……

餐桌上的圆盘1只，30马克；绘画中国挂盘（康熙时）1只，100马克；绘画中国挂盘1只，60马克；绘画中国挂盘1只，30马克；绘画中国挂盘2只，30马克；绘画中国挂盘8只，80马克……

大棕榈树（在木桶中）10株，120马克；欧洲夹竹桃5株，20马克；柠檬树2株，10马克；中国花木6株，48马克；香木1株，10马克；山茶1株，10马克；花卉盆景180株，200马克；儿童秋千1架，10马克；秋千支架1张，26马克；上海产玫瑰树50株，20马克；绣球花6株，10马克。

　　德国、意大利鸡30只，60马克；中国鸭8只，8马克。

　　顶篷可打开的四座马车（带银质挽具和其他附件）1辆，2800马克；鞍褥（带花押字）2条，40马克……

　　瓶装酒（pommery和Haidsiek）8瓶，80马克；瓶装酒（pommery和Haidslek）6瓶，24马克；瓶装酒（Bordeaux）25瓶，50马克；瓶装酒（Burgunder）5瓶，20马克；瓶装酒（Chablis）7瓶，28马克……

　　男式毛皮大衣1件，1700马克；白色女毛皮大衣（丝绸衬里）1件，120马克；绿色女服1套，100马克；灰色女服带夹克（已穿过）1件，100马克；条纹女服带夹克（已穿过）1件，100马克；真正俄罗斯化装舞会服装（编织）1套，200马克；化装舞会服装3套，300马克……金色锦缎2匹，100马克；中国刺绣丝绸被4条，80马克；大幅中国刺绣丝绸被1条，60马克；沙发及其他刺绣枕垫8个，80马克；老式中国丝绸服装（产地北京）1件，70马克；黄锦缎1匹，20马克。

　　海滨游泳屋（包括两间更衣室、阳台和其他家具什物）1间，300马克。

　　两只标明"交青岛德意志亚洲银行"的箱子，内装：大的银质匙、刀、叉18柄，435马克；小的银质匙、刀、叉12柄，162马克……

　　这些目录清单，看起来是那么亲切，散发着甜蜜气息，但或许都将成为遥远的不可触摸的回忆了。

　　锡贝德感叹不已。

　　……

　　身在柏林的锡乐巴密切关注着东亚战况，当他接到锡贝德的来信，得知青岛所发生的一切后，特别是当他最终从新闻中得知瓦德克总督已被日军送往福冈战俘营，他的心碎了。

　　1915年初，锡乐巴到柏林火车站接回了从中国返回的锡贝德。两人相见却无言以对。东亚梦碎，但与之共同创造了东亚梦想的兄弟能顺利返回，实在是不幸中的万幸。在东亚经历的艰辛与苦难,无从向人提及,所有强加于身的误解与攻击与青岛的陷落相比都变得不值一提。柏林火车站巨大的镂空窗投射下来的光线凝重而深刻,月台上的人在建筑几何图案里交织流动,火车进站的喘息声亲切而遥远,铁路像一根敏感的神经牵动着万里之遥的大洋彼岸,一边是柏林,一边是青岛,没有人想到这里的一个人会在柏林想着青岛,更没有人会想到,一个对青岛饱满情感的人已经与青岛渐行渐远,慢慢地,便会无人忆及。

1915年8月8日,锡贝德突发心脏病死亡。

锡乐巴备受打击。他没想到,最后的一个可以依靠的生命悄然离去。他的痛伴着对一个古老国度的怀念欲罢不能。而就在这时,他却突然接到了来自中国的一位叫孙中山的邀请。1916年锡乐接受孙中山邀请,再度到中国,而这次的地点却是距离山东很远的中国南部城市广州。无奈造化弄人,他并没有在广州找到属于自己的位置。渴望与中国再度续缘的锡乐巴郁郁返回德国。这时他似乎明白,一切都时过境迁,尽管他在做着最后努力,但冥冥之中有一把剪刀把自己的生命与这样一个传统古老的国度剪断了,他过去习以为常,并不懂得珍惜的所有,想要重拾起来也成奢望。就像他钟情的那条铁路,尽管他做了无数努力,但事到如今仍然无法与中国的铁路网连接在一起。他所做的一切,都成为对曾经的一段生命历程的怀念与留恋。这是他灵魂最后的挣扎。

1925年8月21日,锡乐巴在柏林去世。